Mike Omer
Der Blutdürstige

Das Buch

Der Mörder hat sein Opfer stranguliert und dessen Blut getrunken: FBI-Profilerin Zoe Bentley und ihr Partner Agent Tatum Gray stehen vor einem grausamen Fall. Noch alarmierender ist, dass der Mord die Handschrift des Serienkillers Rod Glover trägt. Seit Zoes Kindheit stalkt der Psychopath sie und will sie tot sehen.

Als die Forensik herausfindet, dass Glover nicht allein am Tatort war, beginnt für Zoe und Tatum ein tödliches Katz-und-Maus-Spiel mit zwei Mördern. Doch vorerst können sie nicht verhindern, dass noch mehr Blut fließt …

Der Autor

Mike Omer, Autor der »Zoe-Bentley«- sowie der »Glenmore Park Mystery«-Reihen, arbeitete bereits als Journalist, Spieleentwickler und Geschäftsführer von Loadingames. Er ist mit einer Frau verheiratet, die ihn emsig ermahnt, seinen Traum zu leben, und Vater eines Engels, einer Elfe und eines Kobolds. Außerdem besitzt er zwei gefräßige Hunde, die jeden Besucher mit eifrigem Schwanzwedeln begrüßen. Mike schreibt am liebsten über authentische Menschen, die ein Verbrechen begangen haben oder einem zum Opfer gefallen sind. Wenn Sie Kontakt zu ihm aufnehmen möchten, schreiben Sie eine E-Mail an mike@strangerealm.com.

MIKE OMER

DER BLUTDÜRSTIGE

EIN ZOE-BENTLEY-THRILLER

Aus dem Amerikanischen von Kerstin Fricke

Die amerikanische Ausgabe erschien 2020 unter dem Titel
»Thicker Than Blood« bei Thomas & Mercer, Seattle.

Deutsche Erstveröffentlichung bei
Edition M, Amazon Media EU S.à r.l.
38, avenue John F. Kennedy, L-1855 Luxembourg
Juni 2020
Copyright © der Originalausgabe 2020
By Mike Omer
All rights reserved.
Copyright © der deutschsprachigen Ausgabe 2020
By Kerstin Fricke

Die Übersetzung dieses Buches wurde durch Amazon Crossing ermöglicht.

Umschlaggestaltung: semper smile, München, www.sempersmile.de
Umschlagmotiv: © Paul Barson / ArcAngel; © CoffeeAndMilk / Getty
Lektorat und Korrektorat: VLG Verlag & Agentur, Haar bei München,
www.vlg.de
Gedruckt durch:
Amazon Distribution GmbH, Amazonstraße 1, 04347 Leipzig /
Canon Deutschland Business Services GmbH, Ferdinand-Jühlke-Straße 7,
99095 Erfurt /
CPI books GmbH, Birkstraße 10, 25917 Leck

ISBN 978-2-49670-433-4

www.edition-m-verlag.de

Für meine Eltern, die mir auf jedem Schritt dieses Weges zur Seite standen.

KAPITEL 1

Freitag, 14. Oktober 2016

Catherine war immer davon ausgegangen, ihre Seele hätte kein Gewicht; sie sei ein Gebilde aus Gedanken, Gefühlen und Ansichten – körperlos und leicht wie der Sonnenschein. Aber die Seele enthielt auch die Geheimnisse eines Menschen und musste dadurch doch jeden Tag schwerer werden.

Hätte sie das Gewicht auf dem Rücken tragen können, wäre vielleicht alles normal weitergelaufen. Sie stellte sich einen robusten Rucksack vor, wie ihn ihr Onkel besaß, mit Schnallen und abgepolsterten Trägern. Darin könnte sie all ihre Geheimnisse verstauen, den Hüftgurt festzurren und die Last gleichmäßig verteilen.

Stattdessen konnten sich ihre Geheimnisse selbst aussuchen, wo sie sich ablagerten. An einem Tag schlangen sie sich um ihren Hals, zogen sie nach unten und bewirkten, dass sie ganz krumm ging. Am nächsten Morgen ballten sie sich in ihrer Magengrube, sodass sie ständig von Krämpfen geplagt wurde und jede Stunde auf die Toilette rennen musste. Im Augenblick versteckten sich die Geheimnisse in ihrem Herzen und drückten es zusammen, bis es sich anfühlte, als müsste es gleich zerspringen oder einfach stehen bleiben.

Sie hatte sich an diesem Morgen krankgemeldet, zum dritten Mal in dieser Woche. Ihr Vater machte sich langsam Sorgen, und sie wich seinen Fragen aus, indem sie behauptete, »Frauenprobleme« zu haben. Inzwischen war es später Abend und sie saß im Wohnzimmer. Der Fernseher flackerte vor ihr, während sie versuchte zu weinen.

Aber die Tränen wollten einfach nicht kommen. Ihre Kehle war ständig wie zugeschnürt, sodass ihre Stimme ganz brüchig und weinerlich klang, doch sie konnte schon seit Tagen nicht weinen. Dabei wäre das eine solche Erleichterung gewesen. Vielleicht wäre die Last ihrer Geheimnisse dann erträglicher. Ihre Augen blieben trocken. Ihre Lippen bebten, was nur dazu führte, dass sie sich kindisch und dumm vorkam.

Geheimnisse waren klebrig. Sie konnten einem die Tränendrüsen verstopfen, wenn man nicht aufpasste.

Sie fummelte an ihrem Handy herum, wie sie es in den letzten Wochen so oft getan hatte, öffnete ihre Kontaktliste, wo ihr Dad bei ihren Favoriten ganz oben stand. Es war nur passend, dass er ihr Favorit war. Ihr Lieblingselternteil, ihr Lieblingsmensch, das Liebste auf der Welt. Ihm konnte sie die Wahrheit sagen. Das Gewicht auf ihrem Herzen würde sich in nichts auflösen. Ihr Finger schwebte über dem Display. Eine Sekunde lang konnte sie die Erleichterung beinahe spüren.

Dann kamen die Bilder. Sein verletztes Gesicht. Er war kein junger Mann mehr. Erst letztes Jahr hatte er einen Herzinfarkt gehabt, den die Ärzte als »knappe Kiste« bezeichnet hatten. Was würde das hier mit ihm machen?

Die sich anbahnende Erleichterung verwandelte sich in schmerzhafte Furcht und Schuldgefühle. Sie konnte es einfach nicht tun.

Ein heftiges, wildes Schluchzen entrang sich ihrer Kehle. Staubtrocken, nicht von Tränen begleitet.

Auf einmal klopfte es an der Tür, und ihr Herz setzte vor Schreck einen Schlag aus. Eine Sekunde lang fragte sie sich, ob sie sich das nur eingebildet hatte. Es war schon sehr spät. Ihre Freunde oder Nachbarn hätten eine Nachricht geschickt, bevor sie vor ihrer Tür auftauchten, erst recht zu dieser Uhrzeit. Dann dämmerte es ihr. Das war ihr Vater. Er machte sich Sorgen um sie und wollte nachsehen, wie es ihr ging.

Doch ein Blick in ihr Gesicht würde ihm verraten, dass etwas nicht stimmte. Dass es sich bei diesen »Frauenproblemen« nicht um solche handelte, die sich einmal pro Monat einstellten. Würde sie ihn anlügen können, wenn er sie direkt danach fragte? Im Augenblick nicht. Nicht an diesem Abend. Sie würde ihm vielmehr alles sagen.

Erleichterung, Angst und Schuldgefühle durchfluteten sie, als sie aufstand und zur Tür eilte. Sie warf einen schnellen Blick durchs Guckloch.

»Oh«, sagte sie überrascht. Sie kannte diesen Mann, aber er war nicht ihr Vater.

Eher aus Verwirrung als bewusst griff sie nach dem Türriegel, da ihr Verstand nach dem langen Tag wie umwölkt war. Währenddessen spürte sie bereits, dass es falsch war. Ihre Gedanken versuchten panisch, ihre Finger aufzuhalten und dafür zu sorgen, dass die Tür verschlossen blieb. Dieser Mann sollte überhaupt nicht hier sein. Und etwas schimmerte in seinen Augen, etwas Gefährliches und Instabiles.

Aber für den Bruchteil einer Sekunde war die Verbindung zwischen ihrem Gehirn und ihrem Körper unterbrochen. Wie in Zeitlupe zog sie den Riegel zurück und öffnete die Tür.

Schon wurde sie aufgerissen und ihr ins Gesicht gerammt. Plötzlich spürte sie einen heftigen Schmerz. Sie fiel nach hinten auf den Boden, und die ganze rechte Seite ihres Gesichts schmerzte, während vor ihren Augen alles verschwamm. Ihr schossen die Tränen in die Augen, die endlich den Weg ins Freie gefunden hatten. Sie versuchte, zu schreien oder wenigstens zu sprechen.

Eine Hand legte sich auf ihr Gesicht und hielt ihr Mund und Nase zu. Sie bekam keine Luft mehr. Konnte kein Geräusch mehr von sich geben. Als sie sich wehrte, schlug er sie.

Die Welt wurde herrlich dunkel.

Flatternd schlug sie die Augen auf. Ihr Mund fühlte sich komisch an, und es dauerte einen Moment, bis sie begriff, dass etwas Wolliges darin steckte. Sie hob eine Hand, um es herauszuziehen.

»Nicht!«

Der Befehl ließ sie erstarren.

»Das muss da bleiben. Ich will nicht, dass du schreist.«

Ihr Blick fiel auf das vertraute Gesicht, und sie blinzelte und flehte ihn lautlos an, sie gehen zu lassen.

»Es wird nicht lange dauern«, sagte er, und es klang beinahe wie eine Entschuldigung. Er hielt etwas in der Hand. Eine Nadel.

Er zog ihre rechte Hand zu sich und hob die Nadel, um hineinzustechen. Sie stieß einen gedämpften Schrei aus und versuchte, die Hand wegzuziehen. Aber sie war schwach, und er hielt sie so fest, dass es wehtat, doch der plötzliche Ruck überraschte ihn, sodass er sein Ziel verfehlte. Sie keuchte auf, als die Nadel in ihren Arm eindrang.

»Sieh nur, was du getan hast!«, fuhr er sie wütend an, und sie sah erneut dieses Glitzern in seinen Augen. Sein Griff um ihr Handgelenk wurde fester, schmerzhafter, und er stach die Nadel ein weiteres Mal hinein. Sie versuchte mit der anderen Hand, ihn im Gesicht zu kratzen, und er verpasste ihr eine Ohrfeige.

»So treffe ich die Vene nicht«, schimpfte er. Die Nadel drang abermals in ihre Haut. Er schüttelte den Kopf und murmelte leise etwas vor sich hin.

Sie zog die Hand weg, und ein stechender Schmerz zuckte durch ihren Arm, als die Nadel verdreht wurde. Blut sickerte aus dem zackenförmigen Loch. Ihr wurde schwindelig, und sie glaubte schon, ohnmächtig zu werden.

»Verdammt!« Er schleuderte die Nadel voller Wut quer durch den Raum, wo sie in einer Ecke landete. Zähneknirschend starrte er sie an, um dann auf ihren blutenden Arm herabzublicken. Er riss die Augen auf und schluckte schwer.

Angeekelt sah sie mit an, wie er den Kopf senkte und das Blut ableckte. Als sie seine raue Zunge auf ihrer Haut spürte, wand sie sich vor Entsetzen und Abscheu. Sie versuchte, sich ihm zu entziehen, doch er hielt ihren Arm fest und stieß ein seltsames Geräusch aus. Ein Schnauben.

Er legte die Lippen auf ihre Haut und begann zu saugen. Sie sah wie betäubt mit an, wie er das Blut aus ihrer aufgerissenen Haut schlürfte. Schließlich ließ er von ihr ab und richtete sich auf, wobei ihm etwas Blut am Kinn herunterlief.

»Ich musste es tun.« Er wirkte leicht beschämt. »Tut mir leid.«

Die Welt verblasste abermals.

Als sie wieder zu sich kam, war er verschwunden. Ein seltsames klagendes Geräusch war in der Nähe zu hören. Ein Weinen? Ja. Das war er. Er hielt sich noch immer in ihrem Haus auf, und er weinte.

Die Polizei. Sie musste die Polizei rufen. Doch sosehr sie auch versuchte, sich zu bewegen und aufzustehen, ihre Gliedmaßen wollten ihr einfach nicht gehorchen. Blut sickerte aus ihrem Arm und tropfte auf den Fußboden.

Endlich gelang es ihr, sich aufzuraffen und sich den Knebel aus dem Mund zu ziehen. Sie wollte sich gerade erheben, als ein Geräusch hinter ihr sie erstarren ließ.

Und dann legte sich ein Stoffstück um ihre Kehle und strangulierte sie. Sie griff danach, bekam die Schlinge jedoch nicht zu fassen und riss den Mund bei dem Versuch zu schreien weit auf. Es drang kein Geräusch heraus. Sie bekam keine Luft mehr. Flecken tanzten vor ihren Augen, während die Welt verschwamm.

Ein leises Kichern voller Boshaftigkeit und eine tiefe Stimme, die ihr ins Ohr flüsterte: »Kommen wir zum spaßigen Teil.«

Kapitel 2

Samstag, 15. Oktober 2016

Detective Holly O'Donnell stand im Flur und beobachtete, wie die Rechtsmediziner Catherine Lambs Leiche vorsichtig auf die Bahre legten. Die Leiche lag in einem Leichensack und war nicht mehr zu sehen, doch der Anblick hatte sich in ihr Gehirn gebrannt. Die verfilzten Haarsträhnen, die am getrockneten Blut im Gesicht des Opfers kleben geblieben waren. Die Prellungen, die sich deutlich auf der blassen Haut abzeichneten. Die zerrissene Kleidung, Catherines letzte unvermeidliche Demütigung. Manchmal konnte O'Donnell eine Barriere aus professioneller Gleichgültigkeit um sich herum aufbauen, aber heute gelang ihr das nicht.

Die beiden Männer, die die Bahre trugen, brauchten einen Moment, um sie aus dem Wohnzimmer zu schaffen, und gaben sich dabei Mühe, nicht in den großen getrockneten Fleck aus verschmiertem Blut zu treten. Nachdem sie gegangen waren, nahm sich O'Donnell einen Augenblick, um sich neu zu konzentrieren. Die Atmosphäre an einem Tatort veränderte sich jedes Mal, wenn die Leiche weggeschafft worden war. Stimmen wurden lauter. Polizisten bewegten sich ungehemmter und gingen ihren Aufgaben sachlicher nach. Jemand erzählte einen Witz. Allgemeine Erleichterung machte sich bei allen breit. Die Toten waren fort, die Lebenden hatten die ungelösten Probleme zu klären.

Sie betrachtete ihre Umgebung im schwachen Licht, das durch das Fenster fiel. Das Haus war klein, und sie hatte den Eindruck, dass es bis zu den kürzlich stattgefundenen grausamen Ereignissen ein schönes Zuhause gewesen war. Ein gemütliches Schlafzimmer, ein angenehmes Wohnzimmer mit einer Couch und einem kleinen Fernseher. Die Küche war recht vollgestellt, aber Catherine Lamb hatte auf engem Raum Wunder bewirkt und die Töpfe und Pfannen so an die Wand gehängt, dass sie fast wie Dekorationsobjekte wirkten. Durch das Küchenfenster konnte man in den Garten sehen, wo der Rasen wild wucherte, durchzogen von Unkraut und mit trockenem Laub bedeckt.

O'Donnell drehte sich zu Officer Garza um, der in der Küche stand und in seinem Notizblock blätterte.

»Gehen wir ins Wohnzimmer«, sagte sie.

Er brauchte eine Sekunde zu lange, um zu nicken, und kurz zeichnete sich Missmut auf seiner Miene ab. Sie gewöhnte sich langsam an diese Augenblicke voller Boshaftigkeit. An Polizisten, die sie ansahen, als hätte sie es nicht verdient, sich Detective nennen zu dürfen oder auch nur Polizistin zu sein. Und als hätte sie es definitiv nicht verdient, hier das Sagen zu haben.

Tja, aber sie hatte das Sagen, ob nun verdient oder nicht. Garza würde wohl oder übel damit leben müssen.

Er betrat mit dem Notizblock in der Hand das Wohnzimmer und wartete auf sie. Sie zögerte einen Moment, und der große Blutfleck auf dem Boden ärgerte sie. Für jemanden, der so groß war wie Garza, stellte der Fleck kein Problem dar. Aber sie konnte nicht einfach einen großen Schritt darüber hinweg machen. Sie würde springen müssen, wie sie es bereits zweimal getan hatte. Und aufgrund der Schuhüberzieher, auf denen sie bestanden hatte, konnte sie leicht ausrutschen und hinfallen. Außerdem sah es ihrer Meinung nach lächerlich aus, wenn sie hier wie ein Hase herumhüpfte.

Sie machte einen Satz über den Fleck und rutschte tatsächlich beinahe aus. Als sie sich aufrichtete, starrte sie Garza an und wartete nur darauf, dass er loslachte. Er tat es nicht.

O'Donnell konzentrierte sich auf ihre Aufgabe, ging den Raum mit einem Maßband ab und nannte Garza die Werte, der sie sich notierte. Garza und sein Partner waren als Erste am Tatort gewesen. Als O'Donnell hergekommen war, hatte sie Garza gebeten, alles festzuhalten, während sich sein Partner um die Absperrung kümmerte. Das Badezimmer und das Schlafzimmer hatten sie bereits vermessen, doch im Wohnzimmer konnten sie erst anfangen, nachdem die Leiche abtransportiert worden war.

Sie legte einen Beweismittelmarker mit der Nummer acht neben das Handy des Opfers, das auf dem Boden lag. Beweismittelmarker neun kam neben den zerrissenen BH. Mit den Beweismittelmarkern zehn bis fünfzehn markierte sie die blutigen Fußabdrücke auf dem Boden. Bei einer ihrer ersten Mordermittlungen hätten sie den Fall beinahe verloren, weil sie drei Fußabdrücke mit nur einem Marker gekennzeichnet hatten, woraufhin die Fotos nicht eindeutig gewesen waren. Ein solcher Fehler würde ihr kein zweites Mal passieren.

»Achten Sie darauf, auf der Zeichnung die Richtung anzugeben, in die die Fußspuren führen«, sagte sie.

»Wird erledigt.« Garza maß soeben die Entfernung zwischen dem Handy des Opfers und der Zimmertür.

»Und triangulieren Sie den Abstand jedes Abdrucks separat.«

Er warf ihr einen angewiderten Blick zu, sagte jedoch nichts. Natürlich wusste er, wie er seinen Job zu machen hatte;

es gab keinen Grund dafür, ihm jedes Detail zu erklären. Aber besser war es, auf Nummer sicher zu gehen, denn in den letzten Monaten war bei O'Donnell einfach zu viel schiefgelaufen.

Sie schritt durch den Raum, achtete darauf, die Blutflecken zu umgehen, und hielt Ausschau nach allem, was sie übersehen haben könnte, fand jedoch nichts. Dann trat sie zu Garza und betrachtete die Skizze. Sie musste widerstrebend zugeben, dass der Mann gute Arbeit geleistet hatte. Die Zeichnung war präzise ausgeführt und mit exakten Angaben versehen.

Laute Stimmen erregten ihre Aufmerksamkeit. Der Officer vor der Tür stritt sich mit jemandem, und der Tonfall wurde immer hitziger und gereizter. Waren das schon die Medien oder eher ein neugieriger Nachbar?

Wieder sprang sie über den Blutfleck, rutschte diesmal jedoch nicht aus. Offensichtlich beherrschte sie diese Disziplin so langsam. Als sie das Haus verließ, musste sie die Augen zukneifen, um das Sonnenlicht zu ertragen.

Catherine Lambs Haus und der winzige Vorgarten waren ebenso wie ein Teil des Bürgersteigs abgesperrt. Garzas Partner, ein Anfänger, der frisch von der Akademie kam, stand auf dem Bürgersteig innerhalb der Absperrung und hielt das Tatortprotokoll in der Hand. Auf der anderen Seite des gelben Absperrbandes standen ein Mann und eine Frau. Die Frau trug einen langen beigefarbenen Trenchcoat mit dazu passender brauner Wollmütze nebst Schal und hatte die Hände in den Taschen. Unter dem schwarzen Mantel des Mannes war sein grauer Anzug zu erkennen.

Die Stimme der Frau übertönte den Verkehrslärm, als sie den Polizisten maßregelte. »Wir brauchen nur ein paar Minuten. Es ist in Ihrem eigenen Interesse …«

»Entschuldigen Sie!«, rief O'Donnell und ging zu ihnen hinüber, wobei ihr Atem in der kalten Luft kondensierte. »Gibt es ein Problem?«

»FBI«, sagte der Polizist. »Sie wollen den Tatort betreten.«

O'Donnell runzelte die Stirn und wandte sich den beiden Agenten zu. Der Mann war schwarzhaarig, groß und hatte breite Schultern. Er stand auf alberne Weise lässig, fast schon krumm da, wie ein Highschoolschüler, der versucht, cool auszusehen. Die Frau stellte in gewisser Hinsicht das genaue Gegenteil dar. Sie reichte dem Mann nicht einmal bis zur Schulter, und unter ihrer Wollmütze lugten kastanienbraune Haarsträhnen hervor. Sie schürzte die zarten Lippen, hatte eine verstimmte Miene aufgesetzt, und ihr ganzer Körper wirkte angespannt, als wäre sie drauf und dran, jemanden anzuspringen. Ihre lange, gekrümmte Nase war von der Kälte gerötet. Sie richtete den Blick auf O'Donnell, die beinahe einen Schritt zurückgewichen wäre. Die Augen der Frau hatten die Farbe von Gras, und ihre Intensität war überaus verstörend. Es war, als würde sie O'Donnell nicht nur ansehen, sondern jede einzelne ihrer Poren gründlich studieren.

»Ich bin Detective O'Donnell.« Sie zwang sich, der Frau in die Augen zu sehen. »Und Sie sind?«

»Agent Gray.« Der Mann zeigte ihr seinen FBI-Ausweis. »Und das ist Dr. Bentley.«

»Dies ist ein Tatort des Chicago PD. Sie können ihn nicht betreten, jedenfalls nicht, solange wir unsere Arbeit nicht abgeschlossen haben.«

»Dieser Mord könnte mit einem der laufenden Fälle zusammenhängen, in denen wir ermitteln«, erwiderte Bentley. »Wir brauchen nur ein paar Minuten, um …«

»Wer sagt, dass hier ein Mord passiert ist?«, fiel O'Donnell ihr ins Wort.

Gray warf seiner Partnerin einen genervten Blick zu, den sie nicht zu bemerken schien, und seufzte. »Lieutenant Martinez hat uns informiert. Er rief uns an und teilte uns mit, dass eine neunundzwanzig Jahre alte Frau namens Catherine Lamb in ihrem Haus erdrosselt wurde.«

O'Donnell behielt ihr Pokerface bei und versuchte, sich ihren Zorn nicht anmerken zu lassen. Sie hatte bisher eine hohe Meinung von Martinez gehabt, der wie sie Detective der für die Innenstadt zuständigen Abteilung war. Was hatte er sich nur dabei gedacht, das FBI zu einem lokalen Mordfall hinzuzuziehen? Und auch noch vorläufige, nicht bestätigte Informationen wie die Todesursache weiterzugeben, ein Fehler, den nicht einmal Anfänger begehen. »Wie hängt dieser Mord mit Ihrem Fall zusammen?«

»Das können wir Ihnen leider nicht sagen«, antwortete Gray schnell, um Bentley zuvorzukommen.

Das entlockte O'Donnell ein grimmiges Grinsen. »Ich muss mich um einen Tatort kümmern. Schönen Tag noch.«

»Warten Sie!« Bentleys Stimme wurde schriller, und ihre Augen blitzten vor Zorn.

O'Donnell wandte sich ab. Sie nahm sich vor, später ein ernstes Wort mit Martinez zu reden und herauszufinden, was das zu bedeuten hatte.

»Detective O'Donnell!«, rief Agent Gray ihr hinterher. »Bitte, nur zwei Minuten? Wir haben möglicherweise Informationen für Sie.«

Seufzend ging O'Donnell wieder zurück. Gray wirkte peinlich berührt und machte ein demütiges Gesicht.

»Können wir uns vielleicht ungestört unterhalten?«, bat er.

O'Donnell schlüpfte unter dem Absperrband hindurch und entfernte sich einige Meter vom Haus, sodass sie außer Hörweite waren.

»Was haben Sie mir zu sagen?«, wollte sie von den beiden Agenten wissen, die ihr gefolgt waren.

»Wir suchen nach einem Serienmörder namens Rod Glover«, erklärte Agent Gray. »Er hat etwa zehn Jahre lang unter falschem Namen in Chicago gelebt.«

»Und was hat er mit diesem Mordfall zu tun?«

»Wir sind uns nicht sicher, ob es überhaupt einen Zusammenhang gibt. Aber Rod Glover erwürgt seine Opfer. Und seine letzte bekannte Adresse liegt in dieser Gegend, in McKinley Park.«

»Das scheint mir ziemlich weit hergeholt zu sein«, gab O'Donnell zurück. »Tauchen Sie bei jeder Mordermittlung mit Verdacht auf Strangulation in dieser Gegend auf?«

Bentley schnaubte ungeduldig. »In dieser Gegend geschehen nicht jeden Tag Sexualmorde mit Strangulations…«

»*Sexualmorde?* Hat Martinez Ihnen gesagt, es sei ein Sexualmord?«

»Er sagte, die Kleidung des Opfers sei zerrissen worden.«

»Warum zum Teufel hat er Ihnen das erzählt? Er bearbeitet diesen Fall nicht, und all das steht auch nicht in den bisherigen Berichten. Er …« Mit einem Mal hatte sie einen Geistesblitz. »Dr. Bentley? Sie sind Zoe Bentley, die Profilerin. Sie haben mit Martinez am Bestatterfall gearbeitet.«

»Ja.«

Drei Monate zuvor war Chicago von einem Serienmörder terrorisiert worden, der junge Frauen getötet und einbalsamiert hatte, um ihre Leichen in der ganzen Stadt posierend zu hinterlassen. Lieutenant Martinez hatte die Ermittlungen geleitet und das FBI um Hilfe gebeten. Dr. Bentley und Agent Gray waren Teil der Taskforce gewesen, die den Mörder schließlich erwischt hatte.

»Sie sind nicht vom Chicagoer FBI-Büro.«

»Nein, wir gehören der Verhaltensanalyseeinheit an«, erklärte Gray.

»Und Sie waren heute rein zufällig in Chicago?«, hakte O'Donnell ungläubig nach. Die Verhaltensanalyse befand sich in Quantico, Virginia, und damit fast eintausend Kilometer entfernt.

»Nicht so ganz. Wir folgen Glovers Spuren und sind schon seit einer Woche in Chicago.«

»Und jetzt wollen Sie den Fall übernehmen? Nur, weil Sie glauben, es könnte einen Zusammenhang …«

»Wir wollen gar nichts übernehmen.« Gray hob beschwichtigend die Hände. »Wir würden nur gern herausfinden, ob Glover möglicherweise mit diesem Fall zu tun hat.«

»Wie Sie wollen.« O'Donnell zuckte mit den Achseln. »Reden Sie mit Ihren Kollegen im hiesigen Büro, damit sie die Fallakten von uns anfordern.«

»Es wäre besser, wenn ich mir den Tatort mit eigenen Augen ansehen könnte«, sprudelte es aus Bentley heraus.

»Besser für wen?«

»Na ja, für alle Beteiligten. Wir haben deutlich mehr Erfahrung mit dem Profiling bei derartigen Fällen. Wenn wir den Tatort sehen …«

O'Donnell konnte die herablassende Art der Frau kaum noch ertragen. »Die Fotos finden Sie dann in der Fallakte.«

Gray berührte Bentleys Arm, als sie gerade etwas sagen wollte, und sie klappte den Mund wieder zu.

»Hören Sie«, schaltete er sich ein, »wir können versuchen, Ihnen bei diesem Fall unter die Arme zu greifen, und Ihnen die Ressourcen des FBI zur Verfügung stellen.«

Das war es, worauf O'Donnell die ganze Zeit gehofft hatte. In Chicago gab es einen unerträglich langen Rückstau bei der Bearbeitung von DNA-Analysen. Aber wenn das FBI an den Ermittlungen beteiligt war und sein Labor zur Verfügung stellte? Das wäre ein Glücksgriff für sie.

Außerdem war ihre Neugier geweckt worden. Sie hatte viel über Zoe Bentley und den Bestatterfall gehört. Die Menschen redeten ebenso gern über Bentley wie über O'Donnell und den kürzlich bekannt gewordenen Skandal. Die Beschreibungen der Profilerin reichten von Betrügerin bis Genie, und es hatte während des Falls einige Komplikationen gegeben. Unter anderem war Bentley im Laufe der Ermittlungen schwer verletzt worden. Sie und ihr Partner hatten der Polizei möglicherweise Informationen vorenthalten. O'Donnell hatte sogar das absurde Gerücht gehört, Bentley sei bei der Verhaftung des Mörders halbnackt gewesen. Auf jeden Fall war die Profilerin in aller Munde.

O'Donnell wollte sie in Aktion sehen.

»Na gut«, gab sie nach. »Sie können sich umsehen. Aber wenn ich Sie bitte zu gehen, dann tun Sie das auch.«

»Hey, es ist Ihr Tatort.« Agent Gray schenkte ihr ein Lächeln.

Sie führte sie zurück zum Haus. Bentley und Gray trugen sich ein und folgten ihr ins Wohnzimmer, wo Garza noch immer Skizzen zeichnete. Der Fotograf war inzwischen auch hier und machte Nahaufnahmen der blutigen Fußabdrücke. O'Donnell nahm sich vor, ihn darum zu bitten, auch ein paar Fotos zu machen, auf denen alle Abdrücke zu sehen waren.

»Handschuhe und Schuhüberzieher.« O'Donnell deutete auf die Schachteln neben der Tür. Sie beobachtete Bentleys Gesicht, als die Profilerin den großen Blutfleck registrierte.

»Das Opfer hat geblutet«, murmelte Bentley, während sie sich Handschuhe überzog.

Bisher war O'Donnell nicht besonders beeindruckt von den Fähigkeiten der Frau. »Hat Martinez das nicht erwähnt?«, fragte sie mit Unschuldsmiene. Dabei wusste sie genau, dass er das nicht getan hatte. Diese Tatsache wurde im Anfangsbericht der Officers, die zuerst am Tatort erschienen waren, nicht erwähnt.

Bentley ignorierte sie und streifte sich die Überzüge über die Schuhe. Dann näherte sie sich dem Blutfleck. Ohne auch nur eine Sekunde zu zögern, sprang sie darüber hinweg und landete im Wohnzimmer.

O'Donnell ärgerte sich ein wenig. Zoe Bentley war sogar noch kleiner als sie, hatte es jedoch geschafft, wie eine anmutige Gazelle über den Fleck zu hüpfen.

Kapitel 3

Zoe betrachtete den großen Blutfleck und die Fußabdrücke, die kreuz und quer auf dem Boden zu sehen waren. Zuerst fiel es ihr schwer, in dem Durcheinander etwas Sinnvolles zu erkennen; die Abdrücke waren verschmiert und überlagerten einander. Nach und nach gelang es ihr, sie im Kopf voneinander zu trennen. Jemand war mehrmals in der Nähe der Zimmertür im Kreis gegangen und dann in die hintere Ecke und wieder zurück gelaufen. Dabei war er mehrmals in die Blutlache getreten, was darauf hindeuten konnte, dass er entweder verwirrt oder abgelenkt gewesen war.

Der auf dem Boden liegende BH war mit Gewalt heruntergerissen worden, was man an dem verdrehten Metallverschluss deutlich erkennen konnte. Was war mit der restlichen Kleidung? War sie ebenfalls zerrissen worden? Zoe versuchte, sich von der naheliegenden Frage nicht aus dem Konzept bringen zu lassen. Konnte das Glover gewesen sein?

Wenn sie sich nur auf Glover konzentrierte, würde sie unweigerlich Fakten anpassen, damit sie mit dem übereinstimmten, was sie sehen wollte. Aber sie war sich nicht sicher, ob sie die Frage vermeiden konnte. Glover hatte sich wie eine parasitäre Ranke in ihrem Verstand ausgebreitet und festgesetzt, war in jeden Winkel und jede Spalte gekrochen und erstickte jeden anderen Gedanken.

Während der letzten Wochen hatten Tatum und sie Glovers Schritte über zehn Jahre minutiös zurückverfolgt, als wäre ein Film zurückgespult worden. Sie hatten an dem Ort angefangen, an dem er sich zuletzt aufgehalten hatte: einer Wohnung in dem Gebäude, in dem auch Zoe lebte. Er hatte sie unter dem Namen Daniel Moore gemietet und Zoe und ihre Schwester Andrea über einen Monat lang beobachtet. Als Zoe wegen eines Falls nach Texas geflogen war, hatte Glover schließlich zugeschlagen. Es war reines Glück gewesen, dass Andrea die Sache unverletzt überstanden hatte. Glover war dabei angeschossen worden und im Anschluss in seine Wohnung geflüchtet, um wieder zu Kräften zu kommen. Die Forensiker hatten herausgefunden, dass Glover fast gestorben wäre, es ihm jedoch gelungen war, die Blutung zu stoppen. Und sobald er wieder auf den Beinen stehen konnte, hatte er die Flucht ergriffen.

Das war noch nicht alles. Glover würde in absehbarer Zeit sterben. Nicht an der Schusswunde, sondern an etwas weitaus Alltäglicherem. Er hatte einen Hirntumor im Endstadium, was ihn gefährlicher als je zuvor machte. Eine sterbende Bestie hat nichts zu verlieren.

Sie drehte sich zu O'Donnell um, die auf der anderen Seite des Raumes stand und mit ihren dunklen Augen den Fotografen beobachtete. Der Mann kniete halb am Boden und fertigte Aufnahmen der blutigen Fußabdrücke an.

»Könnte ich die Fotos der Leiche sehen?«, fragte Zoe Detective O'Donnell.

O'Donnell runzelte die Stirn und überlegte einige Sekunden lang, als wäre das eine unzumutbare Bitte. Dann bat sie den Fotografen, ihr die Bilder zu zeigen.

Er stand auf und rückte seine dickrandige Brille mit einem schlanken Finger zurecht. Konzentriert hantierte er mit der Kamera herum und ging die Aufnahmen durch.

Tatum betrat das Wohnzimmer. »In ihrem Schlafzimmer sind auch einige Blutflecken.« Er deutete über die Schulter auf eine Tür. »Weitere Fußabdrücke und einige blutverschmierte Fingerabdrücke an ihrem Nachttisch und der Wand.«

»Fingerabdrücke?«, hakte Zoe nach.

»Ich bezweifle, dass sie brauchbar sind, konnte mit bloßem Auge jedoch nur die Flecken erkennen. Der Forensiker, der dort die Spuren sichert, sagte, es hat den Anschein, als habe derjenige Handschuhe getragen.«

»Handschuhe lassen auf eine geplante Tat schließen, aber dieses Chaos sieht eher nach einem gewaltigen Schnitzer aus«, stellte Zoe fest.

»Es wurden auch Blutflecken auf dem Waschbecken und dem Fußboden im Badezimmer gefunden.«

»Er hat sich hier gewaschen?«

»Sieht ganz danach aus.«

Zoe versuchte gerade, sich vorzustellen, wie alles abgelaufen war, als der Fotograf sagte: »Kann losgehen.« Der Mann kam auf sie zu und zeigte ihnen das Display der Kamera.

Eine Sekunde lang begriff Zoe nicht, was sie da vor sich hatte. »Ist das die Leiche?«, fragte sie. »War sie zugedeckt?«

»Ja«, antwortete O'Donnell, die hinter sie getreten war. »Sie war mit einem Laken zugedeckt.«

»Wer hat das Opfer gefunden?«, wollte Tatum wissen.

»Ihr Vater, Albert Lamb«, erwiderte O'Donnell.

»Hat er sie zugedeckt?«

»Er sagt, er habe sie schon so gefunden«, erklärte O'Donnell. »Und die Beweise sprechen dafür. Sehen Sie die Flecken auf dem Laken?«

Der Fotograf ging die Bilder durch, bis er eine Nahaufnahme von zwei großen braunen Flecken gefunden hatte.

»Blutflecken.« O'Donnell zeigte darauf. »Sie wurde zugedeckt, als das Blut noch nicht geronnen war. Aber als wir hier eintrafen, hatte die Leichenstarre bereits eingesetzt und das Blut war getrocknet. Sie war schon eine ganze Weile tot. Wer immer sie zugedeckt hat, muss es kurz nach ihrem Tod getan haben.«

Hatte O'Donnell auch über die Alternative nachgedacht? Dass der Vater der Mörder sein konnte? Möglicherweise hatte er die Leiche zugedeckt und die Polizei erst Stunden später benachrichtigt.

»Dann hat er sie zugedeckt gefunden und einfach so liegen lassen?«, fragte Tatum fassungslos.

»Nein. Er hat das Laken abgenommen und festgestellt, dass sie tot und ganz starr war. Seiner ersten Aussage zufolge hat er trotzdem versucht, sie zu wecken. Danach hat er sie wieder zugedeckt und die Nummer des Notrufs gewählt.«

Der Fotograf zeigte ihnen noch weitere Aufnahmen der zugedeckten Leiche aus mehreren Blickwinkeln. Dann hielt er bei einem Bild der nicht mehr zugedeckten Leiche an.

Es war offensichtlich, warum der Vater sie wieder zugedeckt hatte.

Die Frau lag gekrümmt da, mit nach hinten gebeugten Beinen, und man hatte ihr den Rock bis auf die Fußknöchel heruntergezogen. Ihre Bluse war zerrissen, und ihre linke Brust lag frei. Sie trug keinen Slip. Selbst wenn der Vater die Absicht gehabt hätte, seine Tochter etwas züchtiger zu bedecken, hätte er ihr aufgrund der angewinkelten Beine den Rock nicht hochziehen können.

Zoe betrachtete den zerrissenen BH auf dem Boden, neben dem ein Beweismittelmarker stand. »Haben Sie ihren Slip gefunden?«

»Noch nicht. Wir gehen gerade den Müll durch.«

»Wenn er nicht hier lag, werden Sie ihn wahrscheinlich nicht finden«, meinte Zoe. »Er hat ihn mitgenommen. Als Trophäe.«

Sie sah sich das Foto genauer an. Der Arm der Toten war blutig, und auch im Gesicht der Frau zeichneten sich Flecken ab. Einige Haarsträhnen klebten an ihrer blutigen Wange. Auch an ihrem linken Bein war Blut verschmiert, allerdings sah es nicht so aus, als stamme es aus einer Wunde. Irgendwann musste das Bein des Opfers mit dem Blut auf dem Boden in Kontakt gekommen sein. Prellungen waren am Hals der Frau zu sehen – vermutlich Erdrosselungsspuren, aber das war auf dem kleinen Display und aufgrund des Aufnahmewinkels schwer zu erkennen.

Der Fotograf ging die Bilder weiter durch und wurde dabei immer schneller, als könnte er den Anblick kaum ertragen. Zoe wunderte sich darüber, denn der Mann hatte die Aufnahmen doch selbst gemacht.

»Warten Sie«, verlangte sie auf einmal. »Gehen Sie wieder zurück.«

Er rief das vorherige Foto auf. Dabei handelte es sich um eine Großaufnahme der Verletzungen am Hals. Sie sahen tatsächlich wie Erdrosselungsspuren aus, aber Zoe war sich noch immer nicht sicher. Was ihre Aufmerksamkeit erregt hatte, war ein feiner Silberfaden am Hals der Frau.

»Hat sie Schmuck getragen?«, fragte sie.

»Eine silberne Halskette mit einem Kreuz. Ihr Vater sagte, sie habe sie nie abgelegt«, antwortete O'Donnell.

»Warum hat er die nicht als Trophäe mitgenommen?«, überlegte Zoe laut.

»Vielleicht mag er keinen Schmuck«, mutmaßte Tatum.

Zoe nickte. Das war denkbar, auch wenn Serienmörder meist Schmuckstücke als Trophäen bevorzugten. Insbesondere, wenn das Opfer, wie in diesem Fall, stranguliert worden war und die Kette um den Hals getragen hatte. Der Mörder würde sie garantiert gesehen haben. Hatte er die Frau möglicherweise sogar damit erwürgt? Zoe sah sich das Foto genauer an und verwarf diese These wieder. Die Kette wäre dabei gerissen. Sie sah viel zu fein aus.

»Sie sagten etwas von Fingerabdrücken auf dem Nachttisch«, meinte Zoe zu Tatum. »Lag darauf noch mehr Schmuck?«

»Das weiß ich nicht.«

»Dort stand eine Schmuckschatulle«, berichtete O'Donnell. »Mit zwei Armreifen darin.«

»Zwei Armreifen und eine Halskette«, stellte Zoe fest. »Der Mörder hat ihre Sachen wahrscheinlich durchsucht, die Halskette geholt und sie ihr nach ihrem Tod wieder umgelegt.«

»Das bezweifle ich«, warf O'Donnell ein. »Ihr Vater sagte, sie habe die Kette immer getragen. Daher vermute ich, dass der Mörder einfach nach anderen Wertsachen gesucht hat, die er stehlen kann. Bei den Armreifen handelt es sich um billigen Modeschmuck, daher hat er sie liegen lassen. Wir werden den Vater fragen, ob sie noch wertvollere Stücke besaß.«

Zoe spürte einen Anflug von Verärgerung, widersprach jedoch nicht. Stattdessen schaute sie sich weiter die Fotos an, die ihnen der Fotograf zeigte, und sah möglicherweise zum ersten Mal seit einiger Zeit Glovers Werk erneut vor sich.

Als Tatum und sie Glovers Decknamen herausgefunden hatten, war es nicht schwer gewesen, seine Spur zurückzuverfolgen. Sie wussten bereits, dass er mehrere Jahre in Chicago gelebt hatte. Sie fanden sein früheres Apartment in McKinley Park, in dem nun einige Studenten wohnten. Zudem suchten sie seine alte Arbeitsstätte auf, wo er ein halbes Jahr zuvor seinen Job als Techniker verloren hatte. Einige Tage lang unterhielten sie sich mit seinen ehemaligen Kollegen und Vorgesetzten und versuchten, möglichst viele Informationen zu beschaffen. Der Großteil seiner Kollegen hielt ihn für einen netten Kerl. Er war immer hilfsbereit und zu einem Spaß aufgelegt. Sein Chef beschrieb ihn sogar als »absoluten Teamplayer«.

Zwei seiner Kolleginnen sagten, er habe etwas Unheimliches an sich gehabt, konnten den Grund dafür jedoch nicht genau beschreiben.

Zoe kannte dieses Gefühl. Sie hatte es selbst mit vierzehn empfunden, als Rod Glover ihr Nachbar gewesen war. Zuerst war er ihr wie ein netter, charmanter und witziger Mensch erschienen. Doch nach und nach traten seltsame und beunruhigende Verhaltensmuster zutage. Etwa zur selben Zeit verschwanden mehrere junge Frauen.

»Das war das letzte«, sagte der Fotograf und ließ die Kamera sinken.

»Gibt es Hinweise auf die Waffe?«, erkundigte sich Tatum bei O'Donnell.

»Ich gehe davon aus, dass zwei Waffen benutzt wurden«, antwortete sie. »Die Spuren an ihrem Hals sehen nach Ligaturspuren aus, daher wird er wohl eine Art Seil oder einen Gürtel benutzt haben. Das Blut stammt aus einer tiefen Schnittwunde an ihrem Arm. Diese muss ihr ebenfalls mit einer Waffe zugefügt worden sein. Außerdem sieht ihre Bluse aus, als wäre sie teilweise mit einem Messer aufgeschnitten worden. Wir konnten jedoch nichts finden, was dazu passt.« Sie deutete auf die Fußabdrücke. »Es macht den Anschein, als hätte der Mörder den Raum durchquert, um etwas vom Boden aufzuheben. Sehen Sie, dass die Abdrücke dicht vor der Wand aufhören? Ich könnte mir vorstellen, dass er dort stehen geblieben ist und sich hingehockt hat.«

Zoes Meinung von Detective O'Donnell stieg ein wenig. »Glauben Sie, er hat das Messer aufgehoben?«

»Ich bin mir fast sicher, dass es so gewesen ist. Wenn Sie zu der Stelle gehen, werden Sie dort einige Blutstropfen entdecken, die mit Beweismittelmarker sechzehn gekennzeichnet sind. Ich glaube, dass sie vom Messer getropft sind.«

Zoe ging in die Ecke und hockte sich hin, um den Fußboden genauer in Augenschein zu nehmen. Da waren sie: mehrere vollkommen runde braune Flecken. Tatum hockte sich neben sie.

»Vertikale Blutstropfen«, stellte er fest. »Darum sind sie rund und nicht ellipsenförmig. Das bedeutet, dass sie nicht von der anderen Seite des Raumes herübergespritzt sind. Wahrscheinlich wurde die Waffe hier fallen gelassen.«

Zoe nickte und versuchte, es sich vorzustellen. »Er könnte mit dem Messer in der Hand hierhergegangen sein. Dann ist er kurz stehen geblieben. Das wäre auch eine Erklärung für die Blutstropfen.«

»Ich bin kein Forensiker«, erwiderte Tatum skeptisch, »aber rings um die Tropfen sind keine Spritzer zu sehen. Wären sie aus einem halben Meter Höhe herabgefallen, müsste rings um jeden Tropfen ein rundes Spritzmuster zu sehen sein. Da es nicht vorhanden ist, kann das nur bedeuten, dass das Blut aus sehr geringer Höhe auf den Boden getropft ist. Ich denke, Detective O'Donnell hat recht. Die Waffe hat hier gelegen und getropft, und der Mörder hat sich hingehockt, um sie aufzuheben.«

Zoe stimmte ihm zu. Das war die einfachste Erklärung. Sie malte es sich aus. Der Mörder hatte das Opfer angegriffen und mit dem Messer bedroht. Während des Kampfes hatte er das Opfer mit dem Messer am Arm verletzt. Und dann? War es dem Opfer irgendwie gelungen, den Mörder zu entwaffnen und das Messer in die Ecke zu schleudern? Gut möglich.

Sie richtete sich auf und versuchte, ihre Gedanken zu ordnen. Der ganze Tatort ließ widersprüchliche Verhaltensmuster erkennen. In die Blutlache treten, die Leiche zudecken, Blutflecken in der ganzen Wohnung hinterlassen. Das alles sprach für Verwirrung, Angst, vielleicht sogar Scham. Aber dass er Handschuhe getragen hat, ließ auf eine geplante Tat schließen. Der verschwundene Slip war eine Trophäe. Die Halskette passte nirgendwo rein. War der Tod bloß Zufall gewesen? Das konnte sie unmöglich erraten; Zoe war sich ja noch nicht einmal sicher, ob das Opfer am Blutverlust oder durch Ersticken gestorben war.

Im Allgemeinen konnte sie sich die möglichen Szenarien problemlos vorstellen. Aber hier passten die unterschiedlichen Details einfach nicht zusammen.

Das ließ nur den Schluss zu, dass sie irgendetwas übersahen.

Kapitel 4

Tatum sah sich erneut im Zimmer um und versuchte, ein Gefühl für das Opfer zu bekommen.

Das war gewissermaßen seine Komfortzone. Er hatte gesehen, wie Zoe in den Verstand eines Mörders schlüpfte, als wäre er ein ausgeleierter Pullover, was ihn jedes Mal aufs Neue beeindruckte, aber auch etwas nervös machte. Bei ihm war es nicht das Gleiche. Selbstverständlich kannte er die Statistiken; er las endlose Forschungsberichte und Abschriften von Interviews mit Serienmördern, hatte die Profile von Serienmördern studiert, bis er fast jede Nacht von ihnen träumte. Doch um seine eigene Pulloveranalogie zu gebrauchen: Wenn er in den Verstand eines Serienmörders schlüpfen wollte, kam er sich vor, als würde man ihn in eine viel zu kleine Zwangsjacke stecken. Es war unbequem, nahezu unmöglich, und danach fühlte er sich ausgelaugt und erschöpft.

Ein großer Teil ihrer Arbeit hatte jedoch mit dem Opfer zu tun. Man musste seinen Tagesablauf kennen, um eine Ahnung dafür zu bekommen, was den Mörder angezogen hatte. Außerdem war es hilfreich herauszufinden, wie das Opfer auf den Angriff reagiert hatte, da sich das oftmals entscheidend auf die Psyche des Killers auswirkte. Manche Mörder wurden gewalttätiger, wenn sie es mit einem gefügigen Opfer zu tun hatten, andere töteten nur, wenn sich das Opfer wehrte. Kannte man das Opfer, war man auf dem besten Weg, auch den Mörder zu verstehen.

Catherine Lamb war abgelenkt, möglicherweise sogar depressiv gewesen. Im ganzen Haus waren Anzeichen für zunehmende Nachlässigkeit zu finden – trockene Topfpflanzen, staubige Fensterbänke, ein überquellender Wäschekorb. Das konnte natürlich auch nur bedeuten, dass sie schlampig war, doch es gab zahlreiche Punkte, die dagegen sprachen. Ihre Kleidung war ordentlich zusammengelegt, das Badezimmer, abgesehen von den Blutspritzern, sauber, das Essen im Kühlschrank frisch. Sie schien erst seit Kurzem nicht mehr so großen Wert auf Ordnung und Sauberkeit zu legen, als hätte sich eine dünne Schicht aus Traurigkeit auf sie herabgesenkt.

War sie einsam gewesen? Möglicherweise hatte sie Verabredungen gehabt oder war bei einer Online-Partnerbörse angemeldet. Sollte sie sehr sorglos gewesen sein, hatte sie vielleicht sogar zugestimmt, sich von einem Fremden für ein Date zu Hause abholen zu lassen. Das würde auch erklären, warum sie keine Spuren für gewaltsames Eindringen gefunden hatten. Aber nein, die zerrissene Kleidung, die er auf den Fotos gesehen hatte, passte einfach nicht dazu. Catherine hatte nicht vorgehabt, das Haus zu verlassen, als sie überfallen wurde.

Tatum warf Zoe einen Blick zu und wollte gerade auf die Kleidung zu sprechen kommen, aber sie kaute auf der Unterlippe herum und runzelte die Stirn. Das war ihr »Bitte nicht stören«-Zustand: Sie war tief in Gedanken versunken.

O'Donnell sah Zoe ebenfalls an. Sie hatte blondes Haar, das ihr fast bis auf die Schultern fiel, und trug eine graue Hose und eine dunkelblaue Jacke. Sie kniff die schokoladenbraunen Augen misstrauisch zusammen. Tatum mochte Schokolade und hatte auch nichts gegen exotische Geschmacksrichtungen wie salzige oder pikante Schokolade, aber er hatte noch nie zuvor misstrauische Schokolade gesehen. O'Donnell legte den Kopf schief, wie sie es zuvor auch schon einmal getan hatte.

Dabei sah sie aus wie eine abgebrühte Zuschauerin bei einer Zaubershow. Als würde sie darauf warten, dass die FBI-Agenten den Hasen aus dem Hut zauberten, damit sie sagen konnte, er wäre schon die ganze Zeit da gewesen und sie hätten ihn bloß aus dem Ärmel gezogen. Bestaunen Sie Tatum Gray, den magischen Profiler. Wählen Sie eine Karte aus, irgendeine. Ihre Karte ist … der Pikbube, arbeitslos, vermutlich weiß, zwischen zwanzig und fünfundzwanzig, hat als Kind ins Bett gemacht und Katzen gequält.

Sie bemerkte, dass er sie musterte. »Und? Glauben Sie, es ist Ihr Mann?«

»Das lässt sich jetzt noch nicht feststellen«, antwortete Tatum reflexartig.

Sie zog die Augenbrauen hoch. »Gibt es irgendwelche Gemeinsamkeiten mit seinen früheren Opfern? Sieht sie ihnen ähnlich? Hat er bei den anderen Morden auch Trophäen mitgenommen? Waren die anderen Leichen ebenfalls zugedeckt?«

»Rod Glover hat die anderen Leichen nicht zugedeckt«, erklärte Tatum. »Aber es gibt Übereinstimmungen …«

»Warum war diese dann zugedeckt?«

»Dafür könnte es mehrere Gründe geben.« Tatum zuckte mit den Achseln. »Einige Serienmörder decken ihre Opfer zu, weil sie sich schämen. Es kann auch eine Art der Abstraktion sein – man verwandelt das Opfer in ein Objekt.«

»Er hat sie aus demselben Grund zugedeckt, aus dem er ihr die Halskette umgelegt hat.« Zoe drehte sich zu ihnen um. »Er kannte sie.«

O'Donnell verschränkte die Arme vor der Brust. Sie schien gerade etwas sagen zu wollen, als der Officer vor dem Haus rief: »Detective O'Donnell!«

»Entschuldigen Sie mich«, sagte O'Donnell und ging hinaus.

Tatum warf noch einen letzten Blick auf den Tatort und folgte ihr. Ein Mann stand vor der Tür auf der anderen Seite des Absperrbands. Er hatte rot unterlaufene Augen und zerzaustes Haar. Tatum schätzte ihn auf etwa sechzig, aber er sah aufgrund seiner gebeugten Haltung und der zitternden Hände aus wie neunzig. Tatum wusste, was das bedeutete, denn er hatte es schon oft genug gesehen: Dieser Mann war am Boden zerstört vor Trauer. Wahrscheinlich handelte es sich bei ihm um Albert Lamb, Catherines Vater, der die Leiche früher am Abend gefunden hatte. Er hielt eine kleine Plastiktüte in der Hand.

»Mr Lamb.« O'Donnells Tonfall veränderte sich und klang jetzt nicht mehr so eisig. »Es tut mir sehr leid, aber Sie können immer noch nicht ...«

»Ich habe hier ein paar Kleidungsstücke«, sagte Mr Lamb mit heiserer Stimme. »Die Sie ihr anziehen können. Ich hatte noch was von ihr zu Hause und dachte ...«

»Das ist wirklich nicht nötig, Mr Lamb. Sie können die Kleidungsstücke später im Bestattungsinstitut abgeben, damit ...«

»Aber ihre Kleidung war zerrissen!« Dem Mann liefen die Tränen über die Wangen. »Sie würde nicht wollen ... Sie braucht ... Bitte, die Bluse hat Knöpfe, man kann sie ihr ganz leicht überziehen. Ich kann es selbst tun, und danach gehe ich wieder. Lassen Sie mich nur eine Minute ...« Er wollte sich schon unter dem Absperrband hindurchducken. Der Officer hielt sich bereit, um ihn davon abzuhalten, aber O'Donnell war schneller und legte Mr Lamb eine Hand auf die Schulter, als wollte sie ihm helfen, hielt ihn auf diese Weise jedoch davon ab, das Haus zu betreten.

»Ihre Tochter wurde bereits in die Rechtsmedizin gebracht«, sagte sie. »Dort wird man eine Autopsie durchführen. Nach der

Autopsie bringt man ihre Leiche zum Bestattungsinstitut, und dort können Sie die Kleidungsstücke abgeben, damit man sie ihr anziehen kann.«

Mr Lamb starrte die Tüte hilflos an, und eine Träne tropfte von seinem Kinn auf den Boden.

»Soll ich die Sachen für Sie hinbringen?«, fragte O'Donnell.
»Ich kann es ihnen sagen.«

Was kann sie ihnen sagen?, fragte sich Tatum, doch er konnte die Erleichterung auf dem Gesicht des Mannes sehen. Mr Lamb hatte gehört, was er hören wollte, und fand Trost in der Autorität und sachlichen Art des Detective.

»Ja, danke«, flüsterte er.

»Sind Sie jetzt vielleicht in der Lage, noch weitere Fragen zu beantworten, Mr Lamb?«

»Ja. Ich … Tut mir leid wegen vorhin. Ich … ich konnte einfach nicht …«

»Das ist schon in Ordnung, Sir.« O'Donnell schlug eine neue Seite ihres Notizblocks auf. »Würden Sie mir bitte sagen …«

»Ist das der andere Detective?« Der Mann deutete auf Tatum.

O'Donnell drehte sich um. »Welcher andere Detective?«

»Sollten es nicht immer zwei Detectives sein? Arbeiten Sie nicht immer zu zweit?«

»Ja, das tun wir.« O'Donnell wirkte ein wenig bestürzt.

Hier schien es irgendein Problem zu geben. O'Donnells Partner war ganz offensichtlich nicht vor Ort, was sie dem Mann jedoch nicht erzählen wollte. Möglicherweise wollte sie verhindern, dass es den Anschein erweckte, als wäre nur ein Detective losgeschickt worden, um wegen Catherine Lambs Tod zu ermitteln. Er trat vor. »Ich bin Tatum Gray und arbeite mit Detective O'Donnell zusammen.«

Mr Lamb nickte geistesabwesend. Tatum sah O'Donnell kurz in die Augen, die ihn abermals mit finsterer Miene anstarrte – offenbar hatte sie für ihn nichts anderes übrig.

Sie wandte sich wieder Mr Lamb zu. »Können Sie mir noch einmal erzählen, was heute Morgen passiert ist?«

»Ich rief Cathy … Catherine an. Sie hat sich gestern nicht gut gefühlt. In letzter Zeit war sie häufig krank, daher habe ich mir Sorgen gemacht. Sie ging nicht ans Telefon. Ich habe es noch mehrmals probiert, aber als sie nie ranging, bin ich hergekommen. Ich dachte, sie braucht vielleicht Hilfe.«

»Um wie viel Uhr war das?«

»Hm … das weiß ich nicht genau.«

»Wann haben Sie sie das erste Mal angerufen?«

»So gegen acht.«

»Und wie lange haben Sie gewartet, bis Sie beschlossen haben, nach ihr zu sehen?«

»Ungefähr eine halbe Stunde, glaube ich.«

»Direkt nach Ihrem letzten Anruf?«

»Ja … nein. Ich habe es von unterwegs noch zweimal probiert.«

»Sie sind also gegen halb neun losgegangen und haben auf dem Weg noch zweimal bei ihr angerufen. Zu welcher Uhrzeit sind Sie hier angekommen?«

»Ich brauche zu Fuß etwa eine Viertelstunde. Es wird also gegen Viertel vor neun gewesen sein.«

O'Donnell nickte und schrieb sich etwas in ihr Notizbuch. »Haben Sie angeklopft?«

»Mehrmals, und als keine Reaktion kam, habe ich versucht, die Tür zu öffnen. Sie war nicht verschlossen.«

»Ist es ungewöhnlich für Catherine, dass die Tür nicht verriegelt war?«

»Ja. Sie schließt immer ab.«

»Bitte fahren Sie fort.«

»Ich ging hinein. Es herrschte eine ziemliche Unordnung, und auf dem Boden lag ein Laken. Mit Flecken darauf. Und ihre ... Ich konnte ihre Hand sehen, die unter dem Laken herausragte.«

»Sind Sie sicher, dass Ihre Tochter unter dem Laken lag, als Sie hereinkamen, Mr Lamb?«

»Ja!« Er hob die Stimme, die beinahe brach. »Sie lag darunter. Ich zog das Laken weg, und sie ... Sie war eiskalt, und ihre Kleidung war zerrissen. Ihr ganzer Körper war voller Blut und Prellungen. Ich habe ihren Namen gerufen und sie geschüttelt. Sie war ganz steif.« Der Blick des Mannes ging in die Ferne, als er sich an diese entsetzlichen Augenblicke erinnerte. »Da habe ich den Notruf gewählt.«

»Und was haben Sie danach getan?«

»Sie sagten, sie würden jemanden schicken. Und ihre Kleidung war zerrissen. Daher habe ich ... sie wieder zugedeckt. Und dann habe ich das Haus verlassen. Ich musste einfach raus. Ich konnte nicht da bleiben. Ich habe vor dem Haus auf die Polizei gewartet.«

»Sie trug eine Halskette, als wir sie untersucht haben. Eine Silberkette mit einem Kreuz. Hatte sie die auch um, als Sie sie gefunden haben?«

»Ja. Sie trug die Kette eigentlich immer.«

O'Donnell fragte ihn, was er sonst noch getan hatte, und ging sorgsam alles mit ihm durch, während Tatum aufmerksam zuhörte. Mr Lamb wirkte verwirrt und aufgelöst. O'Donnell musste einige Fragen mehrmals wiederholen, bis er sie beantwortete. Tatums Wunsch, O'Donnell möge den Mann endlich gehen lassen, wurde immer größer. Nach einiger Zeit kam Zoe aus dem Haus, stellte sich neben Tatum und hörte zu.

»Fällt Ihnen irgendjemand ein, der Catherine hätte schaden wollen?«, erkundigte sich O'Donnell.

»Nein! Alle liebten sie.«

»Hat sie sich mit irgendjemandem gestritten? Ist etwas Außergewöhnliches vorgefallen?«

Er zögerte einen Sekundenbruchteil, bevor er das verneinte.

O'Donnell legte den Kopf leicht schief. »Sie sagten, Catherine sei in der letzten Woche krank gewesen.«

»Ja, sie konnte nicht zur Arbeit.«

»Wo arbeitet sie denn?«

»In der Verwaltung meiner Kirche.«

»*Ihrer* Kirche? Sind Sie Pastor?«

»Ja. In der Riverside Baptist Church.«

O'Donnell machte eine kurze Pause, um sich das aufzuschreiben, und Tatum vermutete, dass sie ihre Sicht auf den Fall auch entsprechend anpasste. Er kannte sich in Chicago nicht so gut aus, vermutete jedoch, dass eine ermordete Pastorentochter diesem Fall in den Augen der Medien und der Behörden einen deutlich größeren Stellenwert verlieh.

»Sie hat sich zuletzt also öfter krankgemeldet«, fuhr O'Donnell fort. »Wie oft genau?«

»Zwei… nein, dreimal in der vergangenen Woche. Aber… sie hat auch vorher schon hin und wieder gefehlt.«

»Hat sie gesagt, was mit ihr nicht stimmte?«

»Nein.«

»Sah sie Ihrer Meinung nach krank aus?«

»Ja. Sie war immerzu müde. Cathy ist eine so tatkräftige und glückliche Frau, aber im letzten Monat…« Seine Stimme versagte. Die Gegenwartsform hing noch in der Luft, unsichtbar und doch nicht zu übersehen. Nach einer Sekunde räusperte er sich. »Sie konnte auch nicht all ihren Ehrenämtern nachgehen.«

»Mr Lamb«, sagte O'Donnell. »Sie erzählten, sie habe müde ausgesehen. Wirkte sie auch krank? Hat sie über Schmerzen geklagt? Hatte sie Fieber? Lief ihre Nase? Ist Ihnen irgendetwas in der Art aufgefallen?«

»Nein, nichts dergleichen. Sie sagte, sie leide unter Frauenproblemen.«

»Könnte es sich um etwas gehandelt haben, das ihr auf der Seele lag? Waren ihre Probleme möglicherweise persönlicher und nicht körperlicher Art?«

»Deswegen hätte sie nie ihre Arbeit vernachlässigt.« In seinen verzweifelten Augen schimmerten Tränen. »Die Kirche und ihre Ehrenämter waren ihr sehr wichtig.«

»Wo hat sie denn ehrenamtlich gearbeitet?«

»In der Kirche. Als religiöse Beraterin. Davon gibt es zwei in unserer Kirche, und sie war eine davon.«

»Wen hat sie denn religiös beraten?«

»Jeden, der ihren Rat gebrauchen konnte.«

»Wer hat sie regelmäßig aufgesucht, Mr Lamb?«

»Alle möglichen Menschen. Jugendliche mit Problemen, arme Familien, Leute, die vom Weg oder ihrem Glauben abgekommen waren ...« Er sprach langsamer und hörte sich an wie ein Mann, der auf einmal schneller dachte, als er reden konnte. »Eben Menschen in Not.«

O'Donnell kniff die Augen zusammen. Ihr war Lambs Verhalten anscheinend auch nicht entgangen.

»Menschen mit Problemen«, fasste sie zusammen. »Frauen. Und Männer.«

»Ja«, bestätigte Mr Lamb.

»Menschen, die sich bessern wollten?«, warf Tatum ein.

»Ganz genau.«

»Ehemalige Häftlinge?«, wollte Tatum wissen.

Langes Schweigen.

»Hat Catherine auch ehemalige Häftlinge beraten?«, fragte O'Donnell und tauschte einen schnellen Blick mit Tatum.

»Manchmal. Sie müssen das verstehen. Diese Menschen hätten alles für Catherine getan. Sie wären zu ... so etwas niemals imstande.«

»Verstehe«, meinte O'Donnell.

Sie wechselte das Thema, als würde es sie nicht länger interessieren, aber ihre weiteren Fragen hatten keine wirkliche Bedeutung und sollten den Pastor nur beruhigen. Als sie ihn schließlich um einige Namen bat, nannte er diese, ohne zu zögern. Auch den des zweiten religiösen Beraters.

Zu guter Letzt hatte O'Donnell alles, was sie brauchte, und der Pastor ging in sich zusammengesunken fort und war vom schlimmsten Tag seines Lebens sichtlich gebeutelt.

»Sie sagten vorhin, die Person, die Catherine getötet hat, habe sie gekannt«, erklärte O'Donnell.

»Davon gehe ich aus«, erwiderte Zoe.

»Wenn es ein ehemaliger Häftling aus ihrer Kirche war, dann ist das nicht Ihr Mann, richtig?«

»Rod Glover saß nie im Gefängnis.«

»Okay.« Ihre Stimme nahm einen entschiedenen Tonfall an. »Ich halte Sie auf dem Laufenden.«

»Die Autopsie«, schaltete sich Tatum ein. »Wann findet sie statt?«

»Vermutlich gleich morgen früh.«

»Dürfen wir dabei sein? Sobald wir den Autopsiebericht haben, sind Sie uns wahrscheinlich wieder los.«

Ein weiteres Mal runzelte sie die Stirn und legte den Kopf schief, aber sie nickte. »In Ordnung. Geben Sie mir Ihre Nummer. Ich melde mich, sobald ich weitere Einzelheiten habe.«

Kapitel 5

Sonntag, 16. Oktober 2016

Zoe und Tatum warteten vor der Pathologie. Die Rechtsmedizinerin, eine Frau mittleren Alters namens Dr. Terrel, war nicht gerade begeistert, die Autopsie vor drei Zuschauern durchführen zu müssen. »Es ist schon eng genug hier drin«, sagte sie und deutete auf die Kühlfächer hinter sich. Zoe hatte den Eindruck, dass sie den Witz nicht zum ersten Mal machte. Sie nutzten die Zeit, um in einem Café in der Nähe zu frühstücken und die wenigen Zeitungsartikel über den Mord zu lesen, die so gut wie keine Details enthielten. Als sie zwei Stunden später zurückkehrten, erfuhren sie, dass die Autopsie noch nicht beendet war.

Zoe hatte bereits das Interesse an dem Fall verloren. Der Mord an Catherine Lamb in Glovers ehemaligem Wohngebiet schien ihr mehr und mehr ein Zufall zu sein. Es gab zu große Abweichungen zu Glovers üblicher Vorgehensweise und Signatur.

Glover griff Frauen im Freien an, meist in der Nähe von Wasser und an relativ abgelegenen Orten, wo es weniger Zeugen gab. Zuletzt hatte er vor einem Monat jemanden angegriffen, beim Überfall auf Andrea, Zoes Schwester. Der Zwischenfall wäre beinahe tödlich für ihn ausgegangen, und Zoe konnte sich nicht vorstellen, dass er so etwas je wieder tun würde.

Auch die Tatsache, dass man das Opfer zugedeckt vorgefunden hatte, war untypisch für ihn. Bei all seinen Taten hatte Glover nach dem Mord vollkommen das Interesse an der Leiche des Opfers verloren. Zoe wollte kein Grund einfallen, warum es bei diesem Fall anders gewesen sein sollte.

Nein. Zoe vermutete, dass Catherine Lamb von jemandem getötet worden war, den sie kannte. Dass der Täter Handschuhe getragen hatte, ließ darauf schließen, dass die Tat geplant gewesen war – er hatte von Anfang an vorgehabt, sie zu vergewaltigen und zu ermorden. Aber nach dem Mord hatte sich ein Augenblick der Reue eingestellt. Er war verwirrt gewesen, in die Blutlache getreten und hatte Fußabdrücke zurückgelassen. Um seine Schuldgefühle zu mildern, hatte er die Leiche zugedeckt. Hinsichtlich der Halskette war sich Zoe unsicher – O'Donnell hatte möglicherweise recht, und Catherine Lamb hatte die Kette, vom Täter unbemerkt, die ganze Zeit getragen.

Aber warum hatte er den Slip der Frau mitgenommen? Diese Frage nagte an ihr. Jemand, der die Tat bereute, nahm im Allgemeinen keine Trophäe vom Tatort mit.

Doch das war im Grunde genommen unwichtig. Vielleicht hatte er der Frau den Slip heruntergerissen und ihn sich in die Tasche gesteckt. Bei jedem Mord gab es einige kleinere Anomalien.

Zoe sah ungeduldig auf die Uhr. Sie vergeudeten kostbare Zeit. Diese Ermittlungen durften sich nicht zu lange hinziehen. Mancuso, die Leiterin ihrer Einheit, hatte Zoe und Tatum zehn Tage in Chicago gewährt, damit sie Rod Glovers Schritte nachvollziehen konnten, und diese Zeit war beinahe um. Ihnen blieben noch zwei Tage, und es gab noch einige Spuren, denen Zoe nachgehen wollte, bevor sie wieder abreisen mussten. Jede

Minute, die sie hier auf den Autopsiebericht warteten, war eine, die sie besser ...

Die Tür der Pathologie ging auf. Detective O'Donnell tauchte im Türrahmen auf und winkte sie herein. Die Frau sah blass aus, was allerdings am fluoreszierenden weißen Licht liegen konnte.

Zoe betrat den Raum und atmete flach, da sie schon mit dem typischen Geruch des Todes, vermengt mit Chemikalien, rechnete. Catherine Lambs Leiche lag auf dem Tisch, und auf ihrem Oberkörper war eine große Y-förmige Narbe zu erkennen. Dies war das erste Mal, dass Zoe Catherines Leiche mit eigenen Augen sah. Nun, wo sie die Male am Hals aus der Nähe betrachten konnte, lief es ihr eiskalt den Rücken herunter. Glovers Opfer wiesen alle derartige Verletzungen auf.

»Ich habe die Autopsie abgeschlossen und einige neue Erkenntnisse gewonnen, die ich Detective O'Donnell bereits mitgeteilt habe«, berichtete Dr. Terrel. »Der vorläufige Bericht wird morgen fertig sein, aber O'Donnell möchte, dass ich Ihnen sage, was ich herausgefunden habe.«

»Danke. Das wissen wir wirklich zu schätzen«, sagte Tatum.

Terrel nickte nur knapp. »Die Leichenstarre war bereits voll ausgeprägt gewesen, als ich sie das erste Mal untersucht habe. Im Allgemeinen bedeutet das, dass das Opfer zwölf bis vierundzwanzig Stunden früher gestorben ist, aber unter gewissen Umständen kann die Zeitspanne auch geringer sein, insbesondere, wenn die Muskelaktivität des Opfers vor dem Tod sehr intensiv gewesen ist.«

»Wenn es sich also beispielsweise gewehrt hat«, warf Tatum ein.

»Ganz genau. Aber ich habe bei der Untersuchung der Livores etwas Interessantes entdeckt.«

Bei den Livores handelt es sich um die dunklen Leichenflecken, die nach dem Tod auf der Haut des Opfers auftauchen. Sie werden dadurch hervorgerufen, dass sich das Blut im Körper staut und der einzigen Kraft folgt, die nach dem Tod noch auf den Körper einwirkt: der Schwerkraft.

»Auf der linken Körperseite des Opfers sind deutliche Livores zu erkennen.« Terrel deutete auf die dunklen Stellen an Catherines linkem Arm und Oberschenkel. »Aber wenn Sie sich die rechte Seite genauer ansehen, werden Sie dort ebenfalls schwache Livores feststellen.«

»Die Leiche wurde nach dem Tod bewegt«, erkannte Zoe. »Jemand hat sie auf die andere Seite gedreht.«

»Sie wurde auf der rechten Seite liegend gefunden«, berichtete O'Donnell. »Ich nehme an, dass sie erst längere Zeit nach Eintritt des Todes umgedreht wurde, als die Totenflecke schon fast vollständig ausgeprägt waren.«

»Sie glauben also, der Vater hat sie bewegt«, sagte Tatum.

Zoe nickte. Das ergab Sinn. Albert Lamb hatte Catherine gefunden. Seiner eigenen Aussage zufolge hatte er sie geschüttelt, um sie aufzuwecken, und anscheinend nicht bemerkt, dass er sie dabei umgedreht hatte. Falls es tatsächlich so gewesen war, hatten sie eine ungefähre Zeitlinie, da sie wussten, um wie viel Uhr Albert Lamb die Leiche gefunden hatte.

Das war interessant. Die oberste Regel an einem Tatort lautete, nichts anzufassen, bevor die Polizei es sich angesehen hat. Doch in diesem Fall hatten sie dank der Art und Weise, auf die Albert Lamb die Leiche seiner Tochter bewegt hatte, eine präzisere Zeitachse, als sie sie ohne diesen Umstand gehabt hätten.

»Ich kann nicht feststellen, ob sie zuerst auf der linken oder der rechten Seite gelegen hat«, fuhr Terrel fort. »Und es ist möglich, dass sie auf der rechten Seite gelegen hat, nach einigen Stunden auf die linke Seite gedreht wurde und nach Ausbildung der Livores zurück auf die rechte Seite bewegt wurde.«

»Können Sie in etwa sagen, wie lange sie auf der linken Seite gelegen hat?«, fragte Tatum.

»Ich schätze, etwa zehn Stunden.«

In diesem Fall war das von O'Donnell vermutete Szenario korrekt und Catherine Lamb zwischen dreiundzwanzig und ein Uhr ermordet worden.

»Ich habe Anzeichen auf kürzlich erfolgten Geschlechtsverkehr sowie Abschürfungen an den Schamlippen gefunden. Das muss zwar nicht unbedingt bedeuten, dass das Opfer vergewaltigt wurde, aber derartige Verletzungen treten bei einvernehmlichem Geschlechtsverkehr üblicherweise nicht auf.«

Ebenso wenig wie zerrissene und zerfetzte Kleidungsstücke oder ein verschwundener Slip. Dr. Terrels Aufgabe bestand darin, so präzise wie möglich zu sein, aber für Zoe bestand kein Zweifel daran, dass Catherine vergewaltigt worden war.

»Sie hat Prellungen im Gesicht, an den Armen, den Knien und der linken Brust. Alle oberflächlich. Die Todesursache lautet Ersticken. Die Verletzungen an ihrem Hals stimmen mit Ligaturspuren überein. Die horizonale Ausrichtung lässt erkennen, dass die Strangulation nicht durch Erhängen erfolgte, was zu der Annahme führt, dass es sich hierbei um einen Mord handelt. Die Ligaturspuren sind breit und flach und haben weder Abschürfungen noch Prellungen hinterlassen. Das lässt auf ein breites, glattes Objekt wie einen Gürtel als Mordwaffe schließen.«

Oder eine Krawatte. Zoe konnte diesen Gedanken ebenso wenig unterdrücken wie ihren beschleunigten Herzschlag. Rod Glover erwürgte seine Opfer mit Krawatten. Die Ligaturspuren, die dabei zurückblieben, entsprachen exakt Terrels Beschreibung.

»Ich habe keine Rillen oder Kratzer an ihrem Hals gefunden, die sich auf die Halskette zurückführen ließen, als die Leiche hergebracht wurde.« Terrel, die die ganze Zeit auf die Tote geblickt hatte, hob den Kopf. »Ich kann es nicht mit Gewissheit sagen, gehe aber davon aus, dass sie die Kette zum Zeitpunkt der Ermordung nicht getragen hat.«

O'Donnell sah Zoe einen Sekundenbruchteil in die Augen.

»Was können Sie uns über die Stichverletzung sagen?«, wollte Tatum wissen.

»Zuerst einmal handelt es sich nicht um eine Wunde, die von einem Messer stammt.« Terrel ging um die Leiche herum und deutete auf die Verletzung am Arm. »Wenn Sie genauer hinsehen, werden Sie drei Wunden und nicht nur eine erkennen. Zwei kleine punktuelle Verletzungen und eine größere dritte. Diese wurden von einer Nadel verursacht. Sie hat Prellungen hier am Handgelenk, die erkennen lassen, dass man sie mit Gewalt festgehalten hat. Wahrscheinlich hat er sie gepackt, um die Nadel besser einführen zu können.«

»Dann wurde ihr etwas injiziert?«, hakte Tatum nach.

»Das kann ich erst mit Sicherheit sagen, wenn der toxikologische Bericht vorliegt, aber es ist sehr wahrscheinlich. Es handelte sich jedoch um eine sehr dicke Nadel mit einem Durchmesser von 1,6 bis 1,8 Millimeter Außendurchmesser und einem Gauge-Wert von fünfzehn oder sechzehn. Nadeln dieser Größe kommen üblicherweise bei Blutspenden zum Einsatz. Zudem verstehe ich nicht, warum er ihr mehrfach die Nadel in die Haut gerammt hat.«

Tatum runzelte die Stirn. »Es wäre denkbar, dass er nicht wusste, was er tun musste.«

Terrel nickte. »Gut möglich. Sehen Sie diese Prellung hier?« Sie deutete auf eine große lilafarbene Prellung rings um die größte Wunde. »Sie stammt wahrscheinlich daher, dass Blutgefäße während der Injektion verletzt wurden.«

Zoe beugte sich vor, um die Wunde genauer zu betrachten. Die Form und Größe ließen sie an etwas ganz anderes denken. »Ist die Prellung nicht zu groß, als dass sie von der Nadel verursacht sein könnte?«

»Das lässt sich nicht so genau sagen. Die große Wunde lässt vermuten, dass die Nadel ziemlich grob bewegt wurde«, erwiderte Terrel, aber Zoe glaubte, ein leichtes Zögern in der Stimme der Ärztin zu hören.

»Wäre es auch möglich, dass die Prellung durch Saugen hervorgerufen wurde?«, wollte Zoe wissen.

Terrel sah sich die Stelle noch einmal an. »Das wäre denkbar.«

Detective O'Donnell schien ihr folgen zu können. »Sie halten das für einen Knutschfleck?«

»Der Nadeleinstich ist ungewöhnlich groß für eine Injektion, wie die Ärztin selbst festgestellt hat«, merkte Zoe an. »Er könnte versucht haben, ihr Blut für den Eigenverzehr zu entnehmen. Und als die Verletzung stark blutete, konnte er sich nicht mehr beherrschen.«

Tatum, O'Donnell und Terrel sahen sie mit unterschiedlich stark ausgeprägtem Ekel und Erstaunen an. Zoe ignorierte ihre Fassungslosigkeit. Es hatte schon häufiger Fälle gegeben, bei denen das Blut des Opfers getrunken worden war, und vor allem Sexualverbrecher und Serienmörder neigten gelegentlich dazu.

»Das würde auch die Verletzungen erklären«, sagte Terrel. »Die ersten beiden Einstiche gingen in den Muskel. Er hat ihre Vene nicht getroffen. Beim dritten Mal ging die Nadel in die Basilarvene, die er jedoch versehentlich aufgerissen hat. Möglicherweise hat sich das Opfer gewehrt, ihm den Arm entzogen, und das war das Resultat. Daraufhin kam es zu starkem Blutverlust, und um eine solche Prellung hervorzurufen, muss er schon sehr energisch gesaugt haben.«

»Können wir das auf irgendeine Weise testen?«, wollte O'Donnell wissen.

Terrel überlegte kurz. »Ich kann mit Fluoreszenzspektroskopie nach Speichelrückständen suchen.«

»Glauben Sie, er hatte Erfahrung mit dem, was er da tat?«, fragte Zoe. »Oder hat er einfach die Nadel hineingerammt und versucht, die Vene zu treffen?«

»Das ist schwer zu sehen, weil es den Anschein macht, als hätte sie sich widersetzt. Selbst eine Krankenschwester hätte unter diesen Umständen Schwierigkeiten gehabt. Aber ein Profi hätte es mit der Ellenbeugenvene probiert. Das hier sieht mir so aus wie jemand, der mal dabei zugesehen hat, wie man das macht, möglicherweise online, es aber nie selbst ausprobiert hat und nie professionell angeleitet wurde.«

Dr. Terrel wies sie noch auf einige weitere kleine Details hin, doch Zoe hörte nur noch mit einem Ohr zu. Bei all seinen Morden hatte Glover nie Interesse für das Blut seiner Opfer gezeigt und es erst recht nicht zu sich genommen. Wie alle vorherigen Hinweise, denen sie in der vergangenen Woche nachgegangen waren, schien sie auch dieser in eine Sackgasse zu führen.

Kapitel 6

»Mit der Halskette hatten Sie recht«, sagte O'Donnell, als sie die Rechtsmedizin verließen. »Anscheinend hat er sie dem Opfer erst nach dem Mord wieder umgelegt.«

Zoe schien sich darüber nicht besonders zu freuen. Die Profilerin sah sogar noch müder aus als am Vortag. *Na, dann sind wir schon zwei,* dachte O'Donnell, die ebenfalls sehr erschöpft war. Das beruhte zum Teil auf der Autopsie. Danach fühlte sie sich jedes Mal, als hätte sie einen unangenehmen, übel riechenden Marathon hinter sich. Aber der letzte Tag hatte bei ihr auch seine Spuren hinterlassen.

Bei der Befragung der Nachbarn hatten sie keine neuen Erkenntnisse gewinnen können. Keiner der Anwohner an der Straße schien etwas Außergewöhnliches gesehen oder gehört zu haben, und keiner kannte Catherine Lamb besonders gut. O'Donnell unterhielt sich mehrere Stunden lang mit zwei von Catherines engsten Freundinnen, die erzählten, sie hätten Catherine in den letzten Monaten immer seltener zu Gesicht bekommen. Angeblich hatte sie ihre Arbeit für die Kirche sehr beansprucht. Die beiden Frauen berichteten, Catherine habe bei ihren seltenen Treffen stets ungewöhnlich müde gewirkt.

Eine der beiden hatte sogar die Vermutung, sie könnte unter einer Depression leiden.

O'Donnell sprach nicht noch einmal mit Catherines Vater. Wie sich herausstellte, war ihre Mutter drei Jahre zuvor gestorben. Sie war für die Verwaltung der Kirche verantwortlich gewesen, und nach ihrem Tod hatte Catherine erst inoffiziell und später offiziell all ihre Aufgaben übernommen.

Danach befragte O'Donnell noch den zweiten religiösen Berater der Kirche, einen Mann namens Patrick Carpenter. Er war noch immer schockiert über die Nachricht, als sie mit ihm sprach, und machte außerdem eine schwere Zeit durch – seine Frau war eine Woche zuvor aufgrund von plötzlichen Schwangerschaftsproblemen ins Krankenhaus eingeliefert worden. Carpenter sagte aus, dass er Catherine einige Tage lang nicht gesehen, aber am Freitag kurz mit ihr telefoniert habe, und zwar wenige Stunden vor ihrem Tod. Als O'Donnell ihn fragte, ob Catherine in letzter Zeit krank oder müde gewirkt habe, antwortete er, ihm sei nichts Ungewöhnliches bei ihr aufgefallen. O'Donnell bat ihn um eine Liste der Personen, die sie beraten hatten, woraufhin er plötzlich abweisend wurde. Er weigerte sich, ihr Namen zu nennen, und stimmte schließlich widerstrebend zu, am nächsten Tag mit ihr darüber zu sprechen.

»Ich würde Ihnen beiden gern etwas zu trinken ausgeben«, bot O'Donnell nun an.

»Das ist sehr freundlich von Ihnen«, erwiderte Tatum, »aber wir sollten wirklich ...«

»Es dauert nur einen Moment.« O'Donnell ging zum Getränkeautomaten auf dem Flur. Sie zog ihre Karte durch und kaufte sich eine Dose Cola. Als sie die Lasche hochzog, versprach ihr das befriedigende Zischen bereits himmlische Süße. Sie trank einen großen Schluck, der die Übelkeit und die Kopfschmerzen sofort erträglicher machte. Dann drehte sie sich zu Zoe und Tatum um, die sie amüsiert beobachteten. »Was ist Ihr Gift? Ich brauche nach einer Autopsie immer Zucker.«

Sie baten beide ebenfalls um eine Cola. Einige Sekunden lang standen sie schweigend vor der Pathologie und nippten an ihren Getränken. Das wäre doch ein großartiger Werbeslogan. »Coca-Cola, der frische Genuss, nachdem man mit angesehen hat, wie ein Gehirn aus einem Schädel geholt wurde.«

Zugegeben, eine Werbetexterin war an ihr nicht verloren gegangen.

Ihr Handy klingelte. Es war Kyle.

»Ja.« Sie meldete sich in einem Tonfall, der ihrem Mann zu verstehen geben sollte, dass dies der falsche Zeitpunkt für ein Telefonat war.

»Mommy?«

O'Donnell wurde sofort weich. »Hey, Baby«, sagte sie. »Ich kann im Moment nicht reden. Ist alles in Ordnung?«

»Nein.« Nellie hörte sich an, als wäre sie den Tränen nahe. »Das ist ein Notfall.«

Nellie war fünf Jahre alt, wusste aber bereits, was ein Notfall war. Denn sie durfte ihre Mutter nur im Notfall anrufen. Daher war jede Situation ein Notfall, die einen Anruf bei Mom erforderte.

O'Donnell seufzte. »Was ist denn, mein Schatz?«

»Daddy kann meine lila Hose nicht finden. Und ich brauche die Hose für Annas Party. Ich habe dir *gesagt,* dass ich sie brauche, und *du* hast versprochen, dass du sie wäschst und ich sie anziehen kann, und Daddy sagt, ich muss meine schwarze Hose anziehen, aber das *geht nicht.*«

Im Hintergrund brüllte ihr Mann Kyle: »Stör Mommy nicht, Nellie – du kannst doch auch diese Hose anziehen. Komm her, Nellie, nicht ...« Plötzlich war seine Stimme nicht mehr zu hören.

»Nellie?«, fragte O'Donnell. »Bist du noch da?«

»Ja. Ich habe mich im Bad eingeschlossen.«

O'Donnell seufzte. »Sag Daddy, die Hose liegt auf der Wäschecouch.« Die Wäschecouch war eigentlich eine ganz normale Couch im Wohnzimmer, aber da sie ständig voll Wäsche lag, saß eigentlich nie jemand darauf.

»Daddy hat schon auf der Wäschecouch nachgeguckt und alles durcheinandergebracht.« Nellie schien es zu genießen, ihren Dad derart anschwärzen zu können.

»Sie liegt im dritten Haufen von links unter den weißen Shirts.«

»Daddy!«, kreischte Nellie, die die Badezimmertür vermutlich wieder aufgeschlossen hatte. »Die lila Hose liegt auf der Wäschecouch unter den weißen Shirts im dritten Haufen.«

Auch wenn dies nicht gerade das perfekte Timing war, freute sich O'Donnell dennoch, dass Nellie das Wort *lila* richtig aussprach. Meist hatte sie damit so ihre Probleme und betonte es falsch.

»Da habe ich schon gesucht.« Kyles frustrierte Stimme klang gedämpft zu ihr herüber.

»Dann guck noch mal nach!«, verlangte Nellie.

O'Donnell warf Tatum und Zoe einen Blick zu. »Noch eine Sekunde«, sagte sie leise.

»Er hat sie gefunden«, meldete Nellie. »Danke, Mommy.«

»Bis später, Schatz. Und viel Spaß.«

Nellie legte auf, und O'Donnell steckte ihr Handy wieder ein.

»Ich habe gestern mit Martinez gesprochen«, teilte sie den beiden FBI-Agenten mit. »Na ja, eigentlich habe ich ihn eher angeschrien. Er hatte kein Recht dazu, mit Ihnen über den Mordfall zu sprechen, ohne mich vorher zu informieren.«

»Wir hatten nicht die Absicht, den Bogen zu überspannen«, erwiderte Tatum.

»Es war Ihnen aber auch egal, dass Sie es letzten Endes getan haben«, konterte O'Donnell. »Wie dem auch sei. Martinez meinte, Sie seien beide ziemliche Nervensägen.«

»Man könnte unser Verhältnis als angespannt bezeichnen«, gab Tatum zu.

»Aber er meinte auch, Sie wüssten, was Sie tun. Und ich würde wirklich gern Ihre Meinung zu diesem Fall hören. Ich habe schon zwei Mordermittlungen geleitet. Bei einem Fall war es der Ex-Freund, beim anderen lief eine Vergewaltigung aus dem Ruder. Solche Fälle kann ich verstehen. Aber ich habe noch nie einen Fall gesehen, bei dem der Mörder das Blut des Opfers getrunken hat. Oder bei dem er sich Zeit nahm, um dem Opfer ein Schmuckstück anzulegen, bevor er den Tatort verließ. Martinez meinte, wenn Sie mir ein Profil erstellen können ...«

»Wir bearbeiten im Augenblick einen anderen Fall«, fiel Zoe ihr ins Wort.

»Ihren Rod-Glover-Fall – das sagten Sie bereits. Aber was ist, wenn er auch Catherine Lamb getötet hat?«

»Das ist sehr unwahrscheinlich.«

»Warum?«

»Dieser Mord weicht signifikant von Glovers ...«

O'Donnells Handy klingelte erneut. »Vergessen Sie nicht, was Sie sagen wollen.« Sie zog genervt ihr Handy aus der Tasche, sah dann jedoch, dass es Larsen aus der Forensikabteilung war. Er hatte den Tatort im Catherine-Lamb-Fall untersucht. Sie ging ran. »O'Donnell.«

»Ich habe etwas für Sie«, sagte Larsen.

O'Donnell wartete. Larsen wartete ebenfalls. Er gehörte zu den Menschen, die andere gern nach ihrer Pfeife tanzen lassen. Sie seufzte. »Was haben Sie gefunden?«

»Wir haben die Schuhabdrücke untersucht, die wir am Tatort gesichert haben.« Am Vortag hatte er ihr mitgeteilt, dass sowohl der linke als auch der rechte Fußabdruck Schuhgröße zweiundvierzigeinhalb entsprachen. Zudem glaubte er, den Schuh dem Abdruck problemlos zuordnen zu können, falls sie ihn denn jemals fanden. Das wäre vor Gericht sehr hilfreich.

»Wir haben mehrere Abdrücke in verschiedenen Räumen gefunden. Als ich sie heute untersucht habe, fiel mir auf, dass einer anders ist. Es handelt sich um einen Teilabdruck aus dem Badezimmer. Aber es scheint ein anderer Schuh zu sein. Und er gehört definitiv nicht dem Opfer. Da Sie gestern auf Schuhkondomen bestanden haben, kann ihn auch keiner von uns hinterlassen haben.«

»Der Vater hat vor uns den Tatort betreten«, merkte O'Donnell an. »Vielleicht ist er ins Bad gegangen.« Sie konnte sich gut vorstellen, dass er ins Badezimmer gerannt war, weil er sich übergeben musste – und das würde auch erklären, warum er es nicht erwähnt hatte.

»Der Vater hat Schuhgröße einundvierzig. Dieser Abdruck ist Größe zweiundvierzig. Daher haben wir uns alles noch mal angesehen, und jetzt raten Sie, was wir gefunden haben.«

Sollte sie wirklich auf sein Ratespielchen eingehen? Sie entschied sich dagegen. »Was denn?«

»Erinnern Sie sich an die blutverschmierten Fingerabdrücke, die überall am Tatort zu sehen waren? Sie stammen eindeutig von zwei verschiedenen Personen. Ich habe sie einem Fingerabdruckexperten geschickt, der das bestätigt. Trotz der Handschuhe lassen sich die Hände anhand einiger Charakteristika identifizieren, und es gibt einige entscheidende Unterschiede.«

»Also waren zwei unbekannte Personen nach dem Mord im Haus. Beide männlich?«

»Höchstwahrscheinlich, wenn man die Schuhgröße und Struktur der Hand bedenkt. Und das ist noch nicht alles ...«

Wieder diese lästige Pause. »Was noch?«, fragte O'Donnell ungeduldig.

»Ich hatte ja vorgeschlagen, dass wir uns draußen gründlicher umsehen. Wenn zwei Männer vor der Tür gestanden haben, müsste es doch entsprechende Spuren geben. Wir haben einen weiteren Fußabdruck in Größe zweiundvierzig draußen im Vorgarten gefunden. Und einen weiteren Handabdruck am Türrahmen. Aber freuen Sie sich nicht zu früh, es gibt keine Fingerabdrücke. Doch der Handabdruck weist dieselben Charakteristika des zweiten Individuums auf.«

»Verstehe. Ist das alles?«

»Das ist alles.«

»Halten Sie mich auf dem Laufenden«, bat sie, und da sie wusste, dass er es erwartete, fügte sie hinzu: »Hervorragende Arbeit, Larsen.« Sie legte auf und drehte sich zu Tatum und Zoe um.

Zoe hatte sich vollkommen verwandelt. Anstelle der müden, entmutigten Person, die eben noch da gestanden hatte, wirkte sie jetzt angespannt und hellwach. »Es waren zwei Männer am Tatort?«, fragte sie.

»Sieht ganz danach aus«, antwortete O'Donnell zaghaft.

»Das würde die Ungereimtheiten erklären.« Zoe warf Tatum einen Blick zu. »Wenn sich Glover mit jemandem zusammengetan hat …«

»Jemandem mit weniger Erfahrung«, meinte Tatum. »Möglicherweise leicht beeinflussbar.«

»Mit gewissen Fantasien, die Glover bedienen kann«, fuhr Zoe fort. »Dieser Mann hatte bereits Fantasien, in denen Catherine die Hauptrolle spielte. Aus diesem Grund hatten sie es auch auf sie abgesehen. Es ist jemand, der sie kennt.«

»Weshalb sie ihm vermutlich auch die Tür geöffnet hat«, sagte Tatum.

»Er darf zuerst ran, darauf hatten sie sich vorher geeinigt. Möglicherweise wusste er gar nicht, dass Glover sie töten wollte, aber Glover hatte von Anfang an die Absicht.«

»Dann bringt Glover sie um. Sein Komplize bekommt Schuldgefühle. Er deckt sie zu. Findet ihre Halskette und legt sie ihr um.«

»Und Glover nimmt seine Trophäe mit.«

O'Donnell beobachtete, wie die beiden in ihrer eigenen kleinen Welt gefangen zu sein schienen, und spürte einen Hauch von Eifersucht. Mit ihrem ersten Partner Jim hatte sie auch so zusammengearbeitet. Sie waren ein Team geworden, als man sie zur Mordkommission versetzt hatte, und vierzehn Monate lang Partner gewesen. Erst im Nachhinein war ihr bewusst geworden, was für ein Glück sie gehabt hatte. Damals war sie davon ausgegangen, diese Art von Beziehung, dieses nahtlose Miteinander, würde sich immer einstellen und wäre Teil des Jobs. Aber dann war Jim befördert und versetzt worden, und man hatte ihr Manny Shea zugeteilt. Und da ging der Ärger los. Bei Manny hatte sie nur die Wahl, korrupt zu werden oder wegzusehen. Und als Mannys zwielichtige Geschäfte schließlich aufflogen, musste sie den Preis dafür bezahlen. Daher hatte sie jetzt niemanden mehr.

Als sie zusah, wie Tatum und Zoe die Sätze des anderen beendeten, sich Blicke zuwarfen, mit denen sie einander Nachrichten übermittelten, die O'Donnell nicht verstand, war sie auf einmal wieder ein Kind, das allein am Rand des Schulhofs stand, während die anderen miteinander spielten.

»Ich will Ihnen ja nicht in die Suppe spucken«, warf O'Donnell ein, obwohl sie genau das tat, »aber es gibt keinen Beweis dafür, dass Ihr Glover in diesen Fall verwickelt ist. Und ich möchte nicht, dass Sie mit einer vorgefassten Meinung an den Fall herangehen und ihn dadurch versauen.«

»Sie haben recht«, stimmte Tatum ihr sofort zu. »Aber wir würden Sie gern unterstützen.«

»Ich will nicht, dass Sie ein Täterprofil erstellen und mir erzählen, es handle sich eindeutig um Ihren Mann«, sagte

O'Donnell skeptisch. Sie wollte die Hilfe der beiden, aber deren Absichten waren offensichtlich.

»Wir können mit dem Profil des zweiten Mannes anfangen«, schlug Zoe vor. »Mit dem Mann, der das Blut des Opfers getrunken hat. Er ist vermutlich auch derjenige, der sie zugedeckt hat.«

»Das wissen wir nicht mit Sicherheit«, gab O'Donnell zu bedenken.

Zoe sah O'Donnell in die Augen, und O'Donnell hatte das Gefühl, einer Katze gegenüberzustehen, die kurz vor dem Losspringen war. »Wir können helfen.«

O'Donnell musste sich eingestehen, dass sie für jegliche Hilfe dankbar war, die sie kriegen konnte.

KAPITEL 7

Der Mann, der die Kontrolle hatte, schlief nicht gern. Jedenfalls nicht in letzter Zeit, nicht, seitdem er aufgehört hatte, seine Medikamente zu nehmen.

Zuvor war das keine Frage, die sich ihm wirklich gestellt hatte. Die verschiedenen Tabletten, die er einnehmen musste, knockten ihn für zehn, zwölf, manchmal sogar vierzehn Stunden am Tag aus. Er fiel in einen tiefen Schlaf, bei dem er das Gefühl hatte, in feuchten Zement einzutauchen. Traumlos, soweit er wusste. Er wusste, dass jeder Mensch träumte, aber was hatte man davon, wenn man sich nicht daran erinnerte?

Aber jetzt, wo er seit fast einer Woche keine Pillen mehr nahm, schlief er zunehmend weniger.

Und er konnte sich an seine Träume erinnern. Es war, als wäre er in einem Sturm aus Angst, Wut und Begierde gefangen. Wenn er aufwachte, hatte er die Bettdecke seltsam verdreht, manchmal zwischen seinen Fäusten zerknüllt, als hätte er sie im Schlaf zu erdrosseln versucht.

Wenn er schlief, verlor er die Kontrolle. Aber er wusste, dass Kontrolle jetzt das Allerwichtigste war. Er hatte früher schon häufiger die Kontrolle verloren, und immer war es schlimm ausgegangen. Nie wieder!

Er wusste, dass Kontrolle nichts war, was man wirklich *besaß*. Sie glich eher einem Kleidungsstück, das man sich überstreifte. Einer Verkleidung, die man anderen zeigte. Solange man so tat, als hätte man die Kontrolle, hatte man sie auch. Die Redewendung *Ein Wolf im Schafpelz* klang immer so, als wäre das etwas Schlechtes. Dabei sehnte sich doch im Grunde genommen jeder danach, oder nicht? Dass man zu einem der Schafe wurde?

Er stand vom Bett auf – kurze Nickerchen am Tag verliefen meist traumlos und halfen ihm, nachts wach zu bleiben. Dann betrachtete er sein Spiegelbild. Er hatte einen Fleck auf dem Hemd. Menschen, die die Kontrolle haben, tragen keine schmutzige Kleidung. Er zog sich ein sauberes Hemd an und kämmte sich. Schenkte seinem Spiegelbild ein höfliches Lächeln, und es lächelte zurück.

Weniger Zähne beim nächsten Mal. Ein Mann, der die Kontrolle hat, bleckt nicht derart die Zähne. Er lächelt mit den Lippen.

Er malte sich aus, wie er die Knöpfe seines Kontrollanzugs zuknöpfte, holte tief Luft und verließ das Schlafzimmer. Die Tür des Gästezimmers war geschlossen. Er zögerte und hätte beinahe angeklopft, entschied sich dann jedoch, stattdessen in die Küche zu gehen.

Dort kochte er sich einen Kaffee – Kaffee war sein neuer Freund, wo er nun den Schlaf hinter sich gelassen hatte. Er überlegte, sich ein Sandwich zu schmieren, öffnete den Kühlschrank und suchte nach dem Frischkäse, den er letzten Freitag gekauft hatte.

Die fünf mit karmesinrotem Blut gefüllten Röhrchen fielen ihm sofort ins Auge. Er hatte es geschafft, sie *ihr* abzunehmen, bevor Daniel sie bekam. Allein bei ihrem Anblick lief ihm das Wasser im Mund zusammen. Er erinnerte sich an den metallischen, salzigen Geschmack, der so belebend war und so anders als Tierblut, so voller Leben. Konnte er es sich erlauben, eins zu trinken? Nicht mal das ganze Röhrchen, nur daran nippen, um sich besser zu fühlen.

Kontrolle. Diese Röhrchen waren nicht für ihn.

Er entdeckte den Frischkäse und schloss die Kühlschranktür. Ein gutes Sandwich und mehr Kaffee würden ihn ebenfalls beleben. Es war nicht so, als würde er das Blut brauchen. Es ging ihm jetzt schon viel besser.

Vor drei Tagen war das noch anders gewesen. Da hatte er sich hundeelend gefühlt. Kopfschmerzen, Heiserkeit, Übelkeit, Herzrasen. Der Arzt sagte, es ginge ihm gut, doch Google hatte etwas ganz anderes zutage gefördert. Eine Blutvergiftung oder Herzkrankheit, da war er sich fast sicher. Nicht, dass es die Ärzte interessierte. Wie Daniel richtig erkannt hatte, war man in diesem Land nur mit einer sündhaft teuren Krankenversicherung etwas wert.

Doch das war kein Problem. Er hatte die Wahrheit schon viel früher herausgefunden. Natürlich wollten sie das nicht an die große Glocke hängen, aber es ergab Sinn, wenn man darüber nachdachte. Nur etwas Blut von einem anderen Menschen konnte so gut wie jede Krankheit heilen. Auf diese Art reicherte man seine eigenen weißen Blutkörperchen an und stärkte das Immunsystem. Und wenn das Blut rein war, so richtig rein, wirkte es umso besser.

Hätte es doch nur von jemand anderem stammen können. Aber wie Daniel richtig erkannt hatte, wollte man doch das reinste Blut, das einem zur Verfügung stand, nicht wahr?

Außerdem musste er sich nicht nur um sich selbst kümmern.

Und es hatte funktioniert. Seit dieser Nacht fühlte er sich deutlich besser. Richtig gut sogar. Er war kerngesund. Zwar musste er etwas weniger schlafen und die Träume wurden schlimmer, aber das war zu erwarten gewesen. Außerdem hatte er gar keine andere Wahl gehabt.

Er merkte, dass er auf einmal vor dem offenen Kühlschrank stand und eines der Röhrchen in der Hand hielt. Komisch, er war derart in Gedanken gewesen, dass er das ganz unbewusst getan hatte. Er zog den Korken heraus, nur um daran zu riechen. Nichts weiter.

Es roch nach Leben.

Vorsichtig nippte er daran. Kalt schmeckte es anders. Nicht unbedingt schlechter, aber anders. Und es ging in Ordnung; er hatte ja noch vier Röhrchen.

Er wusch das Röhrchen aus, ging zur Tür des Gästezimmers und klopfte an.

»Ja?« Daniel klang abgelenkt.

Er öffnete die Tür. Im Zimmer war es dunkel; die Vorhänge waren zugezogen. Daniel saß am Schreibtisch vor dem Laptop. Das ätherische weiße Licht des Bildschirms fiel auf Daniels Gesicht, sodass seine eingesunkenen Gesichtszüge und seine blasse Haut noch kränklicher aussahen als sonst.

»Ich wollte dich fragen, ob du etwas essen oder trinken möchtest.«

»Nein, danke, Mann.« Daniel drehte sich zu ihm um und lächelte müde. »Du siehst viel besser aus.«

»Es geht mir auch besser.«

»Dann war die Behandlung erfolgreich, was?«

Daniel bezeichnete es immer als Behandlung. Er war der einzige Mensch, der es verstand.

Er leckte sich die Lippen. »Ja, eindeutig. Bist du dir sicher, dass du kein …«

»Ja, das ist nicht nötig«, versicherte Daniel ihm. »Du weißt, dass ich das nicht tun kann.«

»Du würdest dich danach viel besser fühlen.«

»Das kannst du vergessen.«

»Okay«, erwiderte der Mann, der die Kontrolle hatte, nach kurzem Schweigen. »Sag mir Bescheid, wenn du deine Meinung änderst.«

»Wie fühlst du dich wegen dem, was wir getan haben?«, wollte Daniel wissen. »Besser?«

Er schluckte schwer. »Wir haben getan, was wir tun mussten, nicht wahr?«

»Es ist nicht unsere Schuld«, sagte Daniel. »Diese verdammten Versicherungsunternehmen … Würden sie für Menschen wie uns doch auch eine anständige Versorgung gewährleisten.«

»Genau.«

»Geht es dir wirklich besser? Gestern hast du noch geweint und gesagt, wir sollten uns stellen. Du hast mir richtig Angst eingejagt, Mann.«

»Das war nur ein vorübergehender Kontrollverlust. Jetzt ist wieder alles gut.«

»Aha.« Daniel sah ihm in die Augen.

»Ich, äh, wir reden dann später.« Er schloss die Tür und versuchte, sein rasendes Herz zu beruhigen. Wäre Kontrolle eine Verkleidung, könnte Daniel sie als Einziger durchschauen.

Auf einmal war er erschöpft. Ganz auf Schlaf zu verzichten schien doch keine so gute Idee zu sein. Vielleicht sollte er sich mal richtig ausschlafen. Nur ein Mal. Sobald er geschlafen hatte, hätte er sich besser unter Kontrolle. Dann würde er Daniel keinen so heftigen Schreck einjagen, wie er es gestern getan hatte.

Er ging ins Badezimmer und schaute in den Arzneischrank. Die Tabletten warteten dort auf ihn in ihren kleinen, ordentlich beschrifteten Dosen. Er hatte fast eine Woche ausgesetzt. Vielleicht sollte er nur die Tabletten von heute nehmen und die danach wieder auslassen. Er öffnete das Döschen, auf dem »Sonntag« stand, und nahm eine Tablette heraus.

»Was machst du da?« Die Stimme erschreckte ihn, und er hätte die Tablette beinahe fallen lassen.

Als er sich umdrehte, stand Daniel hinter ihm in der Badezimmertür.

»Ich dachte, ich nehme lieber die Tabletten von heute, damit ich schlafen kann«, antwortete er. »Gestern war ich bestimmt einfach nur müde, denkst du nicht auch?«

»Gut möglich.« Daniel nickte. »Vielleicht ist das gar keine schlechte Idee.«

»Findest du?«

»Könnte doch sein. Schlaf ist wichtig. Aber bist du dir auch sicher? Denn du hast gesagt, dass du es nicht leiden kannst, wie du dich wegen der Tabletten fühlst.«

»Aber nur ein Tag kann doch nicht schaden.«

»Und du magst das Gefühl in der Kehle nicht, richtig? Es fühlt sich an, als würde dir die Tablette den Rachen aufschaben.«

Das stimmte. Er hatte es vergessen, aber jetzt, wo Daniel es erwähnte, erinnerte er sich an dieses furchtbare Gefühl. Und er musste sechs Tabletten nehmen. *Sechs.*

»Ich finde, du siehst besser aus. Als hättest du jetzt die Kontrolle«, meinte Daniel. »Aber vielleicht ist es eine gute Idee, heute die Tabletten zu nehmen. Nur, damit du die Kontrolle behältst.«

»Ich *habe* die Kontrolle.« Daniels skeptischer Blick war ihm nicht entgangen. Er kam dem plötzlich aufkeimenden Drang nach, kippte den ganzen Inhalt des Döschens in die Toilette und spülte die Tabletten weg.

Daniel lachte auf, und der Mann, der die Kontrolle hatte, lächelte. Es war schön, seinen Freund lachen zu sehen.

»Du bist mir schon eine Marke, weißt du das?« Daniel gab ihm einen Klaps auf die Schulter und wandte sich ab.

Er sah zu, wie Daniel in sein Zimmer zurückkehrte, und nickte. Er brauchte die Tabletten wirklich nicht. Er hatte die Kontrolle.

KAPITEL 8

Zoe starrte durch das Fenster am anderen Ende des langen Raums. Der Tag war regnerisch, was den Blick auf die Straße noch deprimierender machte. Das Fenster ging jedoch auch zum Cook County Juvenile Center hinaus, und der Jugendknast rief nicht einmal bei Sonnenschein und Vogelgezwitscher fröhliche Gedanken hervor.

Tatum und sie hatten direkt nach ihrer Ankunft zwei Schreibtische im dritten Stock des Chicagoer FBI-Büros zugewiesen bekommen. Damals waren sie zwei Außenseiter gewesen und ebenso neugierig wie misstrauisch beäugt worden. Es wurden Insiderwitze gemacht, die sie und Tatum nicht verstanden. Einige der Agenten hatten rätselhafte Spitznamen, deren Ursprung Zoe nicht weiter interessierte. An ihrem zweiten Tag in Chicago hatte einer der Agenten Geburtstag. Sie war drauf und dran gewesen, das Ganze zu ignorieren, aber Tatum hatte sie zum lästigen Kuchenessen und Glückwunschkartenüberreichen mitgeschleift. Dann hatte sie da gestanden und dem Agenten, dessen Namen sie längst wieder vergessen hatte, dabei zugehört, wie er allen für ein Geschenk dankte, an dem sie sich nicht mal beteiligt hatte. Zwanzig kostbare Minuten gingen dafür drauf. Der Kuchen war nicht der Rede wert gewesen.

Nun, eine Woche später, war sie noch immer eine Außenseiterin. Tatum jedoch nicht. Er kannte alle Spitznamen. Die Agenten bezogen ihn in ihre Späße mit ein. Er schien einen Großteil ihrer Unterhaltungen zu verstehen. Eine der Analytikerinnen flirtete eindeutig mit ihm.

Das war alles ganz und gar ohne Belang. Sie würden in wenigen Tagen wieder abreisen. Und sie wollte ihre Zeit nicht mit Small Talk über Politik, das Wetter oder die Chicago Cubs vergeuden.

Aber irgendwie war es dennoch eine Erleichterung, dass an den Wochenenden so gut wie niemand im Büro war. Dass für ein paar Tage keiner außer Tatum und ihr anwesend war.

Sie wandte sich wieder ihrer Arbeit zu und ärgerte sich bereits darüber, dass ihre Gedanken abgeschweift waren. Endlich hatten sie eine Spur. Einen Geruch, dem sie nachjagen konnten. Sie durfte nicht noch mehr Zeit verlieren.

Aber immer schön eins nach dem anderen. Musik wäre jetzt nicht schlecht. Sie zögerte und ging die Songs durch. Taylor, Katy und Beyoncé warteten darauf, von ihr ausgewählt zu werden. In einem unverhofften Augenblick der Entscheidungsfreudigkeit wählte sie Alben aller drei Künstlerinnen aus. Um dann noch Lizzos *Big GRRRL Small World* sowie Adeles *25* hinzuzufügen, was in ihr beinahe Glücksgefühle auslöste. Sie aktivierte den Shufflemodus. Der erste Song drang aus ihren Kopfhörern, Katy Perrys »Peacock«. Zoe wippte mit dem Kopf im Takt und ermahnte sich, nicht den Refrain mitzusingen. Tatum saß in Hörweite.

Fotos hingen an der niedrigen Wand ihres kleinen Arbeitsbereichs, und sie nahm sie nacheinander ab. Es waren alles Tatortfotos von Glovers früheren Morden, und Zoe wollte ihr improvisiertes Büro frei von Glovers Einfluss halten. O'Donnell hatte zu Recht erkannt, dass sie alle vorgefassten Meinungen bezüglich des Falls vergessen mussten. Die Beweise ließen vermuten, dass zwei Männer in den Mord an Catherine Lamb verwickelt waren. Bisher gab es keinerlei Hinweise auf ihre Identität.

Nachdem sie sämtliche Fotos abgenommen hatte, sammelte sie die auf dem Schreibtisch herumliegenden Papiere ein. Beim Großteil davon handelte es sich um Transkripte – sie hatten viel Zeit damit verbracht, mit Menschen zu sprechen, die Glover gekannt hatten, vor allem mit seinen ehemaligen Kollegen. Sie verfügten auch über zahlreiche Dokumente, die seine Aufenthaltsorte erkennen ließen – drei Wohnungsmietverträge, einen Strafzettel für zu schnelles Fahren, ausgestellt auf Daniel Moore, Bankkonten auf Daniel Moores Namen. Zoe fragte sich noch immer, wie es Glover gelungen war, sich eine derart überzeugende falsche Identität zuzulegen. Irgendjemand musste ihm geholfen haben.

Aber dies war nicht der passende Moment, um darüber nachzudenken. Ein neuer Fall, keine Mutmaßungen.

Ihr Handy piepte, eine Benachrichtigung der Instagram-App. Abgesehen von einem zweiwöchigen Abstecher zu Facebook und einem kaum gepflegten LinkedIn-Profil, hatte sich Zoe bisher nicht groß mit den sozialen Medien beschäftigt. Nun tat sie es. Andrea hatte einen Instagram-Account, und nachdem ihre Schwester weggezogen war, hatte sich Zoe auch angemeldet. Sie postete nie etwas, hatte kein Profilbild, und der Name ihres Profils lautete _____ZBentley. Und sie folgte nur Andrea.

Ihre Schwester war der Meinung, das wäre gruselig, was Zoe jedoch nicht nachvollziehen konnte.

Sie tippte die Benachrichtigung an, und die App ging auf und zeigte Andreas neuestes Foto an. Sie hatte ein Selfie gemacht und dazu geschrieben: »Wie in den alten Zeiten, als ich im Zimmer meiner großen Schwester schlief.« Zoe blinzelte und erkannte das Poster im Hintergrund wieder, eine Nahaufnahme von Winona Ryders Gesicht aus einem ihrer Lieblingsfilme mit dem Titel *Durchgeknallt (Girl, Interrupted)*. Sie hatte das Poster am Tag nach dem Kinobesuch gekauft und es sich übers Bett gehängt. Jetzt konnte sie auch den Rest der Möbel im Zimmer erkennen – den vertrauten Schreibtisch, die alte Lampe, den kleinen Nachttisch. Andrea lächelte auf dem Foto, aber ihre Augen wirkten traurig, und sie sah jünger aus, fast schon, als wäre sie wieder ein Kind. Mit einem Mal machte sich Heimweh in Zoe breit.

Beinahe hätte sie einen bösen Kommentar daruntergeschrieben, so etwas wie »Du hättest auch jetzt in der Wohnung deiner großen Schwester schlafen können«. Aber sie tat es nicht. Stattdessen schrieb sie: »Du fehlst mir« und setzte noch ein Herz-Emoji dahinter.

Sie hatten in den letzten beiden Wochen kaum miteinander gesprochen. Zoe war sich nicht sicher, ob es dafür einen guten Grund gab. Die wenigen Telefonate waren angestrengt und quälend langsam verlaufen; Andrea suchte immerzu nach neuen Gesprächsthemen, während Zoe versuchte, nicht die ganze Zeit zu schweigen. Lag es an Glovers Überfall auf Andrea? Erinnerte sich ihre Schwester immer an jene Nacht, wenn sie mit Zoe sprach? Oder war es vielmehr Zoe, die jedes Mal daran denken musste, dass Andrea beinahe vergewaltigt und ermordet worden wäre?

Vielleicht ein bisschen von beidem.

Sie legte das Handy weg und schlug die Fallakte auf.

O'Donnell hatte ihnen eine digitale Kopie der aktuellen Fallakte geschickt, und Zoe hatte sich den ersten Bericht und acht Tatortfotos ausgedruckt. Sie legte alles nebeneinander, zwei Reihen aus jeweils vier Fotos. Bilder von Catherine Lamb, unter dem Laken und nicht zugedeckt. Ein Foto der blutigen Fußabdrücke. Ein Foto des Schlafzimmers, eins des Badezimmers mit den Blutflecken auf dem Waschbecken.

Es war ein brutaler Akt; zwei Männer, die in die Wohnung einer Frau eindrangen und sie vergewaltigten und ermordeten. Auf den ersten Blick schien es nur ein Strudel der Gewalt gewesen zu sein. Catherine hatte es wahrscheinlich genau so erlebt.

Aber wenn Zoe genauer hinsah, erkannte sie, dass es sich nicht nur um eine Tat, sondern um eine Reihe vieler kleinerer Taten handelte. Und jede davon war von *einem* der beiden Männer begangen worden.

Wer hatte das Opfer ausgewählt? Wer hatte den Angriff geplant? Wer hatte sie mit der Nadel gestochen? Jede der Taten sagte etwas über den Angreifer aus. Normalerweise waren die Details eines Verbrechens miteinander verbunden und erschufen das Bild eines Mannes. Aber hier musste sie zuerst in mühevoller Kleinarbeit die Taten in zwei Gruppen aufteilen.

Als Kind hatte sie eine Schachtel mit zwei verschiedenen Puzzles von Micky Maus gehabt, die sie immer wieder begeistert zusammengesetzt hatte. Micky beim Golfspielen und beim Skifahren. Einhundert Teile pro Puzzle. Aber die Teile vermischten sich in der Schachtel. Wenn sie mit dem Puzzeln begann, musste sie immer erst zwei Haufen bilden. Die Teile waren auf der Rückseite markiert gewesen, damit man sie unterscheiden konnte. Ein X für Micky beim Skifahren, ein Kreis für Micky beim Golfspielen.

Auf gewisse Weise war es hier ähnlich. Sie konnte kein Profil der Mörder erstellen, ohne die jeweilige Rolle jedes Mannes beim Mord an Catherine zu kennen. Sie musste sie sortieren. Dummerweise gab es keine Markierungen, die ihr dabei helfen konnten.

Sie griff nach ihrem Notizbuch und erstellte eine Liste.

Mit dem Opfer bekannt

Auswahl des Opfers

Plan

Nadelverletzungen

Vergewaltigung

Mord durch Strangulation

Abdecken des Opfers

Blutige Fußabdrücke

Trophäe

Halskette

Danach betrachtete sie die Liste und dachte über die beiden Mörder und ihre Beziehung zueinander nach. Es gab durchaus Fälle, bei denen Mörder paarweise zusammenarbeiteten. Einige waren ein Paar und gleichberechtigt, aber sie bezweifelte, dass das hier der Fall war. Dafür waren die Handlungen zu unterschiedlich. Nein, in diesem Fall war einer der Mörder dominant und der andere ein Mitläufer. Eine derartige Verbindung gab es häufiger zwischen Gewaltverbrechern, die zusammenarbeiteten. Sie gab den unbekannten Tätern die Namen Alpha und Beta.

Der Plan stammte eindeutig von Alpha. Wahrscheinlich nicht nur der Plan, sondern die ganze Idee. Er war derjenige, der das Sagen hatte. Und er hatte auch das Opfer ausgewählt. Das musste nicht zwangsläufig bedeuten, dass er auch derjenige war, der es gekannt hatte. Möglicherweise war der andere, Beta, derjenige, der mit dem Opfer bekannt war, und Alpha hatte es ausgewählt, um seinen Partner zu überzeugen oder zu manipulieren.

Trotz ihrer Entschlossenheit, bezüglich Glover keine Mutmaßungen anzustellen, konnte sie nicht verhindern, dass sie die Position der Leiche und die Ligaturspuren mit Glovers Mordopfern verglich, mit denen sie identisch waren. Frauen, die erwürgt und gleichzeitig vergewaltigt wurden. Mord und Vergewaltigung gingen Hand in Hand. Das war eine Tat, die für eine Besessenheit von Macht und Dominanz sprach – und somit war sie ebenfalls das Werk von Alpha.

Zoe kaute auf der Unterlippe herum und kringelte alle Taten ein, die sie Alpha zuschrieb. Im Hintergrund säuselte Adeles Stimme. Als ihr jemand auf die Schulter tippte, drehte sie sich gereizt um. Sie konnte es nicht leiden, mitten im Song gestört zu werden. Sie hielt die Musik an und sah Tatum an. »Was ist?«

Er grinste sie an und zog bei ihrem scharfen Tonfall eine Augenbraue hoch. »O'Donnell hat eben angerufen. Die Rechtsmedizinerin hat ihr Ding mit dem Mikroskop durchgezogen.«

»Ihr Ding?« Zoe drückte wiederholt auf ihren Kugelschreiber und hielt den Takt des inzwischen angehaltenen Songs.

»Sie wissen schon, was ich meine. Um nach Speichel zu suchen.«

»Fluoreszenzspektroskopie.«

»Genau.«

»Dafür braucht man kein Mikroskop.«

»Wollen Sie jetzt hören, was sie herausgefunden hat, oder mich weiter mit meiner Unwissenheit aufziehen?«

»Was hat sie herausgefunden?« Klick-klick-klick. Ihr Daumen malträtierte den Kugelschreiber.

»Spuren menschlichen Speichels rings um die große Stichwunde. Sie hatten recht.«

Zoe nickte und hielt den Daumen still. »Er hat ihr Blut getrunken.«

»So sieht es jedenfalls aus. Sie sagte, sie warten noch auf den toxikologischen Bericht, daher wissen sie noch nicht mit Sicherheit, ob man ihr etwas injiziert hat.«

»Mmmh.« Zoe drehte sich zu ihrer Liste um, strich *Nadelverletzungen* durch und schrieb dafür *Blutverzehr* hin.

»Ich bekomme langsam Hunger. Wollen wir was essen gehen?«

»Gleich«, murmelte sie abgelenkt. »Ich bin da an etwas dran.«

»Hoffentlich dauert es nicht zu lange, sonst beiße ich noch in meine Tastatur.«

Kaum war Tatum wieder gegangen, setzte Adeles Gesang ein, aber Zoe war derart abgelenkt, dass sie nicht einmal den Refrain mitsummte. Blutverzehr. Einer der Mörder hatte das Blut des Opfers getrunken. Möglicherweise sogar etwas für später mitgenommen.

Im Gegensatz zu dem, was viele Leute verständlicherweise glaubten, war der bloße Verzehr von Menschenblut noch kein eindeutiges Anzeichen für Wahnsinn. Es wies vielmehr auf eine äußerst extreme und unkonventionelle Fantasie hin. In einigen Fällen, bei denen Menschen zu Kannibalen geworden waren oder Blut getrunken hatten, konnte man aus medizinischer Sicht nicht von Wahnsinn sprechen. Und nicht alle von ihnen waren Mörder gewesen.

Abhängig davon, mit wem man in psychologischen Kreisen sprach, war klinischer Vampirismus beziehungsweise das Renfield-Syndrom entweder ein Mythos oder eine existierende Krankheit. Es gab bewiesenermaßen mehrere Fälle, in denen Menschen Blut getrunken hatten, aber viele Psychologen behaupteten, diese waren bloß ein Symptom einer anderen Krankheit wie beispielsweise Schizophrenie und kein tatsächliches eigenständiges Leiden. Zoe war sich zwar nicht sicher, wie der Stand der Debatte aussah und wie umfangreich die

Dokumentationen über die am Renfield-Syndrom erkrankten Fälle waren, aber sie kannte einen Forscher in Atlanta, der das Phänomen seit sieben Jahren untersuchte.

Sie suchte seine E-Mail-Adresse online heraus und schrieb ihm schnell eine Nachricht. Darin erklärte sie, dass sie möglicherweise bei einer ihrer Ermittlungen auf einen Fall von klinischem Vampirismus gestoßen war, und erkundigte sich, ob er von Personen in Chicago wüsste, die davon betroffen waren.

Danach wandte sie sich abermals ihrer Liste zu. Bisher hatte sie alle aggressiven Taten dem Alpha zugeordnet. Es war durchaus denkbar, dass der Beta nur als Zuschauer dort gewesen war und dass der Alpha alle Gräueltaten begangen hatte, doch das konnte sich Zoe nicht vorstellen. Der Mann, der die Leiche zugedeckt, der ihr die Halskette umgelegt hatte, war nicht derselbe, der die Trophäe mitgenommen hatte. Dies war ein Mensch, der sich schuldig fühlte. Und das bedeutete wiederum, dass er mehr getan hatte, als bloß zuzusehen. Er hatte sich an dem Übergriff beteiligt. Was sie zu dem Schluss führte, dass es möglicherweise er gewesen war, der das Blut getrunken hatte.

Albert Lamb hatte ihnen erzählt, Catherine habe die silberne Halskette immer getragen. In diesem Fall musste es sich bei der Person, die ihr die Halskette umgelegt hatte, um die handeln, die das Opfer gekannt hatte. Der Mann hatte bemerkt, dass sie die Kette nicht trug, danach gesucht und sie ihr angelegt.

Zoe sortierte die Liste noch weiter und warf hin und wieder einen Blick auf die Fotos in der Hoffnung, Hinweise zu finden, die ihre Annahmen stützten. Zu guter Letzt hatte sie zwei kürzere Listen vor sich liegen.

Alpha: Auswahl des Opfers, Plan, Vergewaltigung und Mord, Trophäe

Beta: mit dem Opfer bekannt, Blutverzehr, Abdecken des Opfers, Halskette

Was war mit den blutigen Fußabdrücken? Im Fallbericht stand, dass im Schlafzimmer mehrere Abdrücke in Schuhgröße zweiundvierzigeinhalb gefunden worden waren, und Beta hatte die Halskette vermutlich aus diesem Raum geholt. Okay, der Großteil der Fußabdrücke stammte also von Beta. Er war derjenige, der immer wieder in die Blutlache getreten und mehrmals um das Opfer herumgelaufen war.

Ein einziger Teilabdruck in einer anderen Schuhgröße war in der ganzen Wohnung gefunden worden. Alpha hatte bemerkt, dass er in das Blut des Opfers getreten war, und sich die Schuhsohle abgewischt. Vorsichtig, ruhig, darauf bedacht, welche Spuren er zurückließ. Alpha hatte so etwas vermutlich schon einmal getan, Beta nicht.

Ihr Magen knurrte laut. Sie war am Verhungern. Endlich hielt sie die Musik an und nahm die Kopfhörer ab.

»Hey!«, rief sie zum benachbarten Schreibtisch hinüber. »Haben Sie immer noch Hunger?«

»Muss ... essen«, stammelte Tatum und hörte sich an wie ein verdurstender Mann in der Wüste.

Zoe verdrehte die Augen. »Okay, okay. Aber wir suchen uns ein nettes Restaurant. Ich brauche mal einen Tapetenwechsel.«

Kapitel 9

Der Magen eines Mannes ließ sich durchaus als launisch bezeichnen.

Sie führten eine relativ lange kulinarische Verhandlung, und Tatum musste zugeben, dass dies größtenteils seine Schuld war. Er hatte plötzlich Appetit auf Burger und war vehement gegen Zoes Vorschläge, zumindest jene, die keinen Burger beinhalteten. Als sie genervt verlangte, dass er die Entscheidung traf, war ihm die Lust auf Burger plötzlich vergangen.

Sie landeten in einem Restaurant mit dem Namen Niko's Taverna, das gute Bewertungen auf Yelp aufweisen konnte, darunter eine Fünf-Sterne-Bewertung mit folgendem Text: »Ich habe mich hier mit meinem süßen Tony verlobt, der Liebe meines Lebens!!!!! Die Souvlaki waren gut.«

Es war ziemlich voll, aber sie bekamen noch einen Zweiertisch in der Ecke am Fenster, das zur belebten Straße hinausging. Im Gastraum war es laut, und die Geräusche der zahlreichen sich unterhaltenden Gäste, der klappernden Küchenutensilien und der Hintergrundmusik, einem fröhlichen Bouzouki-Stück, das aus den Lautsprechern drang, erfüllten den Raum.

Ihr Kellner, ein molliger Mann mit grauem Haar, breitem Schnurrbart und noch breiterem Grinsen, schlug ihnen das

»Niko-Pärchen-Spezial« vor, eine Zusammenstellung kleinerer Gerichte, die für zwei Personen reichte. Obwohl sie kein Pärchen waren, stimmten sie ihm schnell zu, dass es sich perfekt anhörte, und bestellten es. Tatum nahm auch noch ein Glas Ouzo.

»Die Musik treibt mich in den Wahnsinn«, stellte Zoe fest.

»Mir gefällt sie.« Tatum grinste sie an. »Passt zur Atmosphäre.«

Zoe schüttelte den Kopf. Sie schwiegen eine Weile. Die Musik lief weiter. An einem Tisch in der Nähe lachte eine Frau viel zu laut und hörte sich ein bisschen wie eine Hyäne an. Auf der anderen Seite des Restaurants sang eine Gruppe »Happy Birthday«, was überhaupt nicht zur Musik passte. Tatum konnte nur hoffen, dass das Essen die Sache wert war.

»Wie geht es Marvin?«, erkundigte sich Zoe.

Tatum seufzte. Sein Großvater hatte ihm eine Stunde zuvor eine rätselhafte Nachricht geschickt. *Haben wir eine Metallsäge?* Zwar besaß Tatum eine, doch er antwortete reflexartig mit Nein, nur um kurz darauf eine zweite Nachricht zu erhalten: *Lügner, ich hab sie gefunden.* Während leichte Panik in ihm aufstieg, wie es bei Interaktionen mit seinem Großvater häufig der Fall war, erkundigte er sich vorsichtig, was Marvin denn mit der Säge anstellen wollte. Doch sein Großvater schrieb nicht zurück und ging auch nicht ans Telefon, obwohl Tatum dreimal versuchte, ihn zu erreichen. Noch rang Tatum mit sich, ob er die Nachbarn bitten sollte, sich zu vergewissern, dass sich Marvin nicht versehentlich die Hand abgesägt hatte.

»Es geht ihm gut«, erwiderte er. »Er hat viel um die Ohren. Sein Schnulzenbuchklub trifft sich zweimal die Woche, meist in meiner Wohnung. Er und etwa ein Dutzend Frauen. Außerdem lernt er gerade, Mundharmonika zu spielen, allerdings vermute ich, dass er das nur macht, um die Katze zu ärgern. Ach ja, und er macht jetzt Tai-Chi.«

»Tai-Chi ist eine gute Idee«, meinte Zoe. »Dabei bewegt er sich, und es ist sehr meditativ.«

»Nicht so, wie er es macht«, murmelte Tatum. Bei Marvin sah Tai-Chi aus, als würde Bruce Lee gegen eine Horde Nunchaku schwingender Bösewichte kämpfen. »Haben Sie Tai-Chi schon mal ausprobiert?«

»Ich nicht, aber Andrea hatte mal eine Phase, da hat sie es ein ganzes Jahr lang jeden Morgen gemacht.«

»Wie kommt sie über die Runden?«

»Gut. Unsere Mom ist vermutlich auf dem besten Weg, ihr den Verstand zu rauben.«

Tatum nickte. Damit hatte sich ihr Privatleben auch schon erledigt.

Er wusste, dass Zoe eine Gesprächspause nutzen würde, um unweigerlich auf den Fall zu sprechen zu kommen. Doch ihm war es lieber, wenn sie dieses Thema möglichst aussparten. Das lag unter anderem daran, dass Zoe sich in der letzten Woche derart intensiv mit Rod Glover beschäftigt hatte, dass es fast schon an Besessenheit grenzte. Sie dachte in nahezu jeder wachen Minute über den Killer nach, analysierte sein bisheriges Verhalten und versuchte, seine nächsten Schritte vorherzusehen. Dabei wurde sie von Tag zu Tag unruhiger, weil ihre Rückreise nach Quantico immer näher rückte. Abgesehen davon, verdarb ihm eine Unterhaltung über Mörder auch den Appetit.

»Was halten Sie von Detective O'Donnell?«, fragte er daher.

»Sie scheint recht fähig zu sein. Aber sie kann mich nicht leiden«, antwortete Zoe.

»Wie kommen Sie darauf? Sie war doch sehr daran interessiert, Ihre Meinung zu hören.«

»Sie wirkt immer sehr ungeduldig, wenn ich mit ihr rede. Sie hat mich mehrmals unterbrochen und wirkte richtig gereizt, wann immer ich etwas gesagt habe.«

»Ich vermute, das ist einfach nur ihre Art. Bei mir hat sie das Gleiche gemacht.«

»Tja, ihre Art gibt mir aber zu verstehen, dass sie mich nicht leiden kann.« Zoe zuckte mit den Achseln.

Tatum wollte ihr gerade eine weitere Frage stellen, als der Kellner an ihren Tisch trat. Der Mann balancierte mehrere Teller auf seinen Armen, was in diesem gut gefüllten Restaurant nicht gerade ungefährlich zu sein schien. Eine falsche Bewegung, und ein unschuldiger Gast hätte auf einmal eine Schale Zaziki auf dem Kopf. Ihr Tisch war so klein, dass es einiges an Tetris-Erfahrung brauchte, um alle Teller darauf unterzubringen. Während der Kellner die Gerichte hinstellte, beschrieb er sie. »Taramosalata, das ist Fischrogen. Das hier sind Artischocken mit Kartoffeln und Zitrone. Gefüllte Weinblätter mit Joghurt ...« Er hörte gar nicht mehr auf, bis der ganze Tisch vollstand und er sie ihrem Abendessen überließ.

Zoe sah aus, als wäre sie vollkommen überwältigt. Sie war immer sehr darauf bedacht, wie sie ihr Essen zu sich nahm, was sie als Erstes aß und welche Bestandteile des Gerichts sie sich bei jedem Bissen in den Mund steckte. Doch die unglaubliche Zahl an Möglichkeiten schien sie kurzzeitig zu überfordern.

Tatum spießte eines der gefüllten Weinblätter auf seine Gabel und biss herzhaft hinein.

Man sagte, Gerüche könnten Erinnerungen hervorrufen, aber Tatum hatte bisher nicht gewusst, dass Geschmäcker dasselbe vermochten. Unverhofft war er wieder in Wickenburg, saß am Tisch und ließ sich von seiner Mutter wieder einmal zeigen, wie man ein Messer festhält, wobei ihre Stimme immer verzweifelter klang, während sein Dad ihr nur riet: »Lass den Jungen doch in Ruhe.«

»Meine Mom hat solche gefüllten Weinblätter gemacht«, sagte er mit halb vollem Mund.

Zoe hatte es geschafft, ihr Dilemma zu überwinden, und tunkte gerade ein geröstetes Blumenkohlröschen in Zaziki. »Ich wusste gar nicht, dass Ihre Mutter Griechin war.«

»War sie auch nicht, aber sie hat gern neue Rezepte ausprobiert. Sie hatte in der Küche ein ganzes Regal voller Kochbücher.« Tatum musste lächeln. »Darin waren so schöne Bilder, und ich habe sie mir immer angesehen und mir ausgemalt, wie die Gerichte wohl schmecken.«

»Das muss schön gewesen sein.«

Er schnaubte. »Nicht für ein Kind. Bei meinen Freunden gab es ständig Steak und Pommes frites zum Abendessen, während wir Pekingente oder Falafel aßen. Ich habe meine Mutter regelrecht angefleht, zur Abwechslung auch mal etwas Normales zu kochen.«

Zoe kombinierte eine Tomatenscheibe und ein Stück Artischocke und wirkte dabei so konzentriert, als wäre sie eine Atomphysikerin, die mit Uran hantiert. »Kinder besitzen dreimal so viele Geschmacksnerven wie Erwachsene, daher erleben sie Gerichte auch anders und bevorzugen oftmals einfache Gerichte.«

»Das mag sein, aber ich wollte einfach Pommes«, erklärte Tatum grinsend.

Zoe schloss die Augen, als sie die Gabel in den Mund steckte, und atmete durch die Nase ein. Tatum nippte an seinem Ouzo und sah sie an, da es ihm für einen Augenblick unmöglich war, den Blick von ihr abzuwenden. Wenn sie die Augen offen hatte, erinnerte Zoe fast immer an ein tödliches Raubtier, das zum Sprung ansetzt. Aber mit geschlossenen Augen wirkte ihr ganzes Gesicht auf einmal zart, fast wie das einer Porzellanpuppe.

»Wie war das Essen bei Ihren Großeltern?«, erkundigte sie sich.

Tatums Lächeln verblasste. »Eigentlich hätte es mich glücklich machen sollen. Kartoffelbrei, Roastbeef, Hamburger,

Pommes. Meine Großmutter hat mir jedes Wochenende Vanilleeis gekauft, weil sie wusste, dass ich das am liebsten mag. Ich war aber ein kleines Arschloch und habe ihr erzählt, sie könne nicht kochen und das Essen habe bei meiner Mom viel besser geschmeckt.«

»Na, Sie hatten Ihre Eltern verloren und haben bestimmt sehr darunter gelitten.«

»Das ist keine Entschuldigung.«

Sie zuckte mit den Achseln. »Ich habe auch nicht gesagt, dass das Ihr Verhalten entschuldigt. Aber Sie müssen deswegen keine Schuldgefühle haben.«

»Wer behauptet denn, dass ich Schuldgefühle habe?«, fuhr Tatum sie ebenso verletzt wie zornig an. »Und wenn schon!« Er hob seine Gabel hoch, merkte, dass seine Hand zitterte, und ließ sie wieder sinken. Dann legte er die Handfläche flach auf den Tisch und machte ein peinlich berührtes Gesicht.

Zoe musterte ihn überrascht. Dann legte sie ihre Hand auf seine. Ihre Haut fühlte sich warm und trocken an, und die Berührung bewirkte, dass das Zittern nachließ. »Sie sollten die Artischocken probieren. Sie schmecken wirklich gut.«

Tatum starrte blinzelnd den Teller an. Eine einzige Artischocke lag noch darauf; anscheinend hatte Zoe den ganzen Rest bereits verspeist. »Eigentlich habe ich gar keinen Hunger.«

»Sie sollten sie dennoch kosten«, beharrte Zoe. »Danach fühlen Sie sich besser.«

»Okay.« Er spießte die letzte Artischocke auf seine Gabel.

»Mit Zaziki. Sie schmeckt am besten mit Zaziki.« Zoe deutete auf die Schale, als wäre sie sich nicht sicher, ob er wüsste, was sie meinte. »Einfach reintunken.«

Er tauchte die Artischocke ins Zaziki und steckte sie sich gehorsam in den Mund. »Lecker.«

Zoe schien sich zu entspannen, als er kaute. Er musste lächeln und schluckte die Artischocke herunter, die wirklich köstlich schmeckte.

»Ich habe meiner Mutter als Teenager schreckliche Dinge an den Kopf geworfen«, gestand Zoe nach einem Augenblick und spießte dabei eine geröstete Aubergine auf. »Nie meinem Dad. Immer nur meiner Mom. Wir haben uns oft und sehr lange gestritten und uns dabei angeschrien. Mein Dad war bei der Arbeit, Andrea versteckte sich in ihrem Zimmer, und wir ...« Sie schüttelte den Kopf.

»Weswegen haben Sie sich denn gestritten?« Tatum tunkte geistesabwesend eine Brotscheibe ins Zaziki. Zoe sprach so gut wie nie über ihre Eltern.

»Ach, eigentlich wegen allem. Was ich anhatte, welche Bücher ich las, welche Fernsehsendungen ich mir anschaute, warum ich nicht öfter vor die Tür ging ... Sie fing jede Diskussion in diesem ganz bestimmten Tonfall an.« Zoe umklammerte ihre Gabel und kniff die Augen zusammen. »Wenn ich nur daran denke ... ›Warum legst du nicht das Buch weg und triffst dich mit einer Freundin, Zoe?‹« Sie sagte den letzten Satz mit süßlicher, hoher, spitzer Stimme.

»Meine Eltern waren sehr dafür, dass Kinder Bücher lesen.«

»Es ging eher darum, dass sie nicht mit dem einverstanden war, was ich las. Biografien von Serienmördern, Bücher über Forensiktechniken ...« Zoes Blick ging in die Ferne. »Und ein paar heiße Liebesromane waren auch darunter.«

»*Wirklich?*«

Sie verspeiste die Aubergine. »Ich war schließlich ein Teenager. Dann habe ich etwas Gemeines erwidert, nur, damit sie nicht länger mit mir redet, als wäre ich vollkommen verblödet. Sofort wurde sie wütend und fing an zu schreien ...« Sie fuchtelte mit der Gabel in der Luft herum. »Dann ging es richtig los. Sie hat mich immer so furchtbar wütend gemacht.«

»Sind nicht alle Teenager sauer auf ihre Eltern?«

»Es war viel mehr als das. Ich habe ihnen die Schuld gegeben. An der Sache mit Glover. Weil sie mir nicht geglaubt haben. Weil sie Andrea und mich in jener Nacht allein gelassen hatten.«

Als Glover Zoes Nachbar gewesen war, hatte sie herausgefunden, dass es sich bei ihm um den Maynard-Serienmörder handelte. Sie erzählte es der Polizei und ihren Eltern, aber keiner wollte ihr glauben. Nicht viel später versuchte er auch, Zoe zu ermorden. Sie sperrte sich mit ihrer Schwester in ihrem Zimmer ein, während Glover vor der Tür tobte, herumschrie und versuchte, zu ihnen zu gelangen. Schließlich rief einer der anderen Nachbarn die Polizei, und er ergriff die Flucht. Tatum konnte sich nicht einmal ausmalen, unter welchem Trauma Zoe danach gelitten haben musste.

Zoes Stimme wurde leiser, fast schon ein Flüstern, und Tatum beugte sich vor, um sie trotz der Musik noch verstehen zu können. »Und an allem, was danach passierte.«

»Was geschah denn danach?«

Ihre Lippen umspielte ein reumütiges Lächeln. »Nichts. Glover tauchte unter. Und trotz all der Dinge, die ich der Polizei erzählt hatte, glaubte keiner, dass er der Mörder war. Sie hatten doch einen überzeugenden Verdächtigen. Sie gingen davon aus, ich hätte Glover Angst eingejagt und er hätte die Flucht ergriffen. Es sprach sich rum. Wir lebten schließlich in einer Kleinstadt. Ich war das verrückte Mädchen, das seinen Nachbarn vertrieben hatte. In der Schule wurde ich gemieden. Gut, ich hatte immer noch eine enge Freundin, aber ich glaube, ihre Eltern haben ihr geraten, sich möglichst von mir fernzuhalten.«

Sie biss sich auf die Unterlippe und starrte ins Leere. Tatum empfand großes Mitgefühl für sie.

»Jedenfalls gab ich meinen Eltern an allem die Schuld«, fuhr Zoe deutlich lauter fort. Sie schüttelte den Kopf. »Teenager, oder?«

»Ja«, stimmte Tatum ihr leise zu. »Teenager.«

»Wissen Sie, was ich denke?«

»Nein, was denn?«

»Ich denke, ich brauche noch einen Nachtisch.«

Kapitel 10

Das Problem damit, die Kontrolle zu behalten, bestand darin, dass der Druck zunahm. Das hatte er immer gewusst. Der Ausdruck *die Kontrolle verlieren* war irreführend. Man verlor die Kontrolle nicht wie einen Schlüsselbund oder seine Brieftasche. Stattdessen zerbrach die Kontrolle, die man so sorgsam zu bewahren versuchte, unter dem immensen Druck, der sich in einem aufbaute. Ein Mensch war im Grunde genommen auch nur ein Schnellkochtopf, und wenn man nicht hin und wieder Dampf abließ, flog einem alles um die Ohren.

Normalerweise ließ der Mann, der die Kontrolle hatte, im Schlaf Dampf ab. Doch das geschah in letzter Zeit nur selten. Und er musste zugeben, dass ein Teil des Drucks von den Mitteln, die er nahm, reguliert wurde. Die Medikamente waren zwar schädlich und sogar giftig, aber sie in der Toilette hinunterzuspülen, war vermutlich doch etwas voreilig gewesen.

Er spürte, wie der Druck zunahm. Wenn er mit Menschen redete, kribbelte seine Haut, und manchmal hatte er das Gefühl, gleich losschreien, in Tränen ausbrechen oder sich die Haare büschelweise ausreißen zu müssen. Konnten andere sehen, was da in ihm passierte? Knirschte er etwa zu stark mit den Zähnen? Oder war seine Haut gerötet?

Das durfte nicht so weitergehen. Er musste einen Weg finden, irgendwie Dampf abzulassen. Und die Lösung lag direkt vor ihm. Er war nie ruhiger gewesen als in dem Augenblick, in dem er Catherines Blut getrunken hatte. Und da waren doch noch ein paar Röhrchen im Kühlschrank, nicht wahr?

Sie waren zwar nicht für ihn bestimmt, aber es handelte sich schließlich um einen Notfall.

Er eilte in die Küche und hastete am Gästezimmer vorbei. Mit Daniel wollte er nicht reden, nicht jetzt, nicht so kurz vor der bevorstehenden Explosion. Zuerst das Blut.

Hektisch riss er die Kühlschranktür auf, erstarrte und musste ob des grellen Lichts blinzeln. Es war nur noch ein Röhrchen übrig. Wie konnte das sein?

Verschwommene Erinnerungsfetzen drangen auf ihn ein. Im Laufe des Tages hatte er vier Röhrchen ausgetrunken. Mit einem Mal wusste er es wieder: wie er mit zitternder Hand den Korken herausgezogen und alles in drei schnellen Schlucken heruntergestürzt hatte, schmeckte wieder den großartigen salzigen, metallischen Geschmack. Wie hatte er das vergessen können?

Er hatte die Hand schon nach dem letzten Röhrchen ausgestreckt und erstarrte. Es war nicht für ihn bestimmt.

Sollte er mit Daniel reden und ihm sagen, dass sie Nachschub brauchten? Er sah die enttäuschte Miene seines Freundes förmlich vor sich. Daniel würde ihn fragen, ob er die Röhrchen tatsächlich schon alle ausgetrunken hatte. Und was sollte er darauf antworten?

Er würde sich eben selbst etwas besorgen. Schon hatte er sich eine Jacke übergezogen und war leise aus dem Haus geschlüpft. Daniel würde es sowieso nicht bemerken; außerdem war er seine regelmäßigen Ausflüge gewohnt.

Im Freien fühlte er sich sogar noch schlechter. Im Haus war er geschützt. Hier draußen auf der Straße fühlte er sich bloßgestellt. Die hellen Fenster in den Häusern entlang der Straße schienen ihn wie gelbe Augen in der Dunkelheit zu beobachten. Möglicherweise standen seine Nachbarn an den Fenstern. Sie würden merken, dass mit ihm etwas nicht stimmte; sie hatten garantiert schon Dinge gesehen, die ihnen komisch vorgekommen waren. Er widerstand dem Drang, wieder ins Haus zu rennen, und schlenderte stattdessen die Straße entlang, so schnell das eben ging, ohne dass es merkwürdig aussah. Es gab einen feinen, aber deutlichen Unterschied zwischen einem Mann, der es eilig hatte, und einem, der panisch war, und er wollte auf gar keinen Fall Misstrauen erregen.

Zuerst sah er nur einen Mann, der seinen großen, bedrohlich wirkenden Hund Gassi führte. Aber je näher er dem Einkaufszentrum kam, desto mehr Leute waren auf den Straßen unterwegs. Seine Nasenflügel bebten. Er konnte es riechen.

Blut.

Jeder dieser Menschen hatte im Durchschnitt viereinhalb bis sechs Liter Blut im Körper. Bei dieser Vorstellung wurde ihm ganz schwindelig. Er stellte sich fünfzehn Bierflaschen in seinem Kühlschrank vor, die alle randvoll mit Blut waren. Das war selbstverständlich unmöglich. Er konnte einem Körper nicht sämtliches Blut entnehmen. Er brauchte bloß genug, um einige Tage zu überstehen.

Eine Frau ging an ihm vorbei und stank nach Parfüm. Sie versuchte, den Blutgeruch zu überdecken, wie es Beutetiere schon seit Millionen von Jahren machten. Aber darauf fiel er nicht rein; er konnte es trotzdem problemlos riechen. Sobald man den Geruch von Blut kannte, konnte man ihn nicht länger ignorieren. Er war überall. Unauffällig drehte er sich um und folgte ihr. Sie hatte hochhackige Schuhe an, die ein klapperndes Geräusch erzeugten.

Er folgte ihr etwa fünf Minuten und blieb auf Distanz, während ihm das Wasser im Mund zusammenlief. Sie drehte sich um. Beschleunigte ihre Schritte. Hatte sie ihn bemerkt? Er bekam Panik und blieb wie angewurzelt stehen, und sie war weg.

Wütend drehte er sich um und überlegte, nach Hause zurückzukehren, als ihm der Atem stockte.

Zwei Mädchen im Teenageralter, höchstens vierzehn, liefen auf der anderen Straßenseite entlang. Sie unterhielten sich und lachten, und er konnte sie trotz des Abgasgestanks riechen.

Ihr Blut roch besser, frischer, reiner.

Davon würde er höchstens ein paar Tropfen am Tag brauchen.

* * *

Katy bereute es, den Schokoladenkuchen gegessen zu haben. Okay, Mel hatte auch ein Stück verspeist, aber so, wie Mel aussah, konnte sie es sich erlauben, jeden Tag Kuchen zu essen. Katy wusste, dass es bei ihr anders war. Jedes Kuchenstück, das sie aß, sah man ihr auch an.

Außerdem war der Schokokuchen nicht mal besonders lecker gewesen, sondern zu süß und zu trocken, und jetzt war ihr ein bisschen übel.

Mel redete die ganze Zeit über den niedlichen Kellner aus dem Café. Katy nickte und lachte in den passenden Augenblicken und kämpfte gegen ihre Übelkeit an.

»Lass uns mal nachsehen, ob jemand unser Foto kommentiert hat.« Mel zückte ihr Handy. Sie hatten ein Selfie von sich vor den Kuchen auf Mels Instagram-Profil gepostet. Darauf sahen die Kuchen richtig gut aus, erst recht, nachdem Mel den Ludwig-Filter aktiviert hatte. Mel nutzte den Ludwig-Filter für alles. Sie hatte daraus sogar ein Verb gemacht – »ich habe es gerade geludwigt« oder »lass uns ein bisschen ludwigen«.

»Siebenundzwanzig Likes«, erklärte Mel zufrieden. »Und Pat schreibt, sie wäre neidisch, aber ich hatte ihr gesagt, was wir vorhaben, und sie meinte, dafür wäre es zu kalt.«

Katy schaute Mel über die Schulter und bereute es bereits, dem Selfie zugestimmt zu haben. Wenn sie neben Mel auf einem Foto zu sehen war, fielen all ihre Makel umso deutlicher auf: ihre komischen Ohren, ihre Pausbacken, ihre großen Schneidezähne. Mel sah auf Fotos immer perfekt aus, mit Ludwig wie ohne. Aber alle Ludwigs der Welt konnten Katy nicht ebenso hübsch machen.

Mel tippte eine Antwort ein, und Katys Aufmerksamkeit schweifte ab. Auf der Straße war es so gut wie leer, abgesehen von dem Mann, der hinter ihnen herging. Folgte er ihnen nicht schon eine ganze Weile? Sie versuchte, sich daran zu erinnern, wann sie seine Schritte das erste Mal gehört hatte. Unauffällig warf sie einen Blick nach hinten. Es war tatsächlich ein Mann, und als sie den Kopf drehte, trafen sich ihre Blicke.

Rasch drehte sie sich wieder um. Ihr Herz raste. Der Mann kam ihr irgendwie … komisch vor. Etwas stimmte nicht mit seiner Gangart, seiner Haltung, seinem Gesicht.

»Oh, sieh nur.« Mel lachte auf. »Jetzt schreibt sie gerade …«

»Ich glaube, der Typ hinter uns verfolgt uns«, flüsterte Katy. Er war noch etwa drei Meter entfernt. Konnte er sie hören?

Mel drehte sich abrupt um.

»Lass das!«, zischte Katy.

»Der ist halt zu Fuß unterwegs«, tat Mel die Sache ab. »Dies ist ein öffentlicher Bürgersteig, Katy. Da dürfen auch andere Menschen rumlaufen.«

Aber sie schwiegen nun beide, während sie angespannt weitergingen. Es herrschte so gut wie kein Verkehr. Hatte er seine Schritte beschleunigt? Ja, er lief eindeutig schneller. Er kam immer näher. Ansonsten hielt sich niemand auf der Straße auf. Wie konnte das sein? War es denn schon so spät?

Mel nahm Katys Hand. Sie versuchte sich an einem Lächeln, hatte die Augen jedoch weit aufgerissen, und ihre Lippen bebten. Ohne ein Wort zu sagen, gingen sie beide schneller und atmeten inzwischen schon schwer. Katy wagte es nicht, ein weiteres Mal nach hinten zu schauen, aber sie hörte seine Schritte und sogar sein Atmen. Tief, keuchend, *falsch*.

Jetzt rannten sie sogar, und als Mel sich umsah und laut kreischte, schnürte es Katy vor Angst die Kehle zu. Die Nachtluft war kalt und brannte bei ihren schnellen Atemzügen in ihrer Lunge.

Und dann entdeckte sie Buddys Drugstore auf der anderen Straßenseite, umklammerte Mels Hand und zerrte ihre Freundin über die Straße und den Parkplatz zur Glastür, die glücklicherweise nicht verschlossen war. Sobald sie das Geschäft betreten hatten, knallte Katy die Tür zu und starrte durch die Scheibe nach draußen. Doch da ihr Atem die Scheibe beschlug, konnte sie die dunkle Straße fast nicht mehr sehen.

»Hey, was ist denn mit euch los?«, fragte Buddy, der mit zornigem Gesicht hinter der Ladentheke stand. »Wollt ihr die Tür einschlagen.«

Mel schluchzte und hatte einen kleinen Fleck im Schritt. Katy wischte die Scheibe ab und spähte hinaus. Aber da war niemand.

* * *

Er ging mit gesenktem Kopf nach Hause. Ihm schlug das Herz bis zum Hals. In seinem Inneren herrschte ein heilloser Aufruhr, und es fiel ihm schwer, sich zu konzentrieren. Während er den beiden Mädchen immer näher gekommen war, hatte er es sich bereits alles ausgemalt. Er hatte immer wieder die Fäuste geballt. Das Verlangen nach Blut tobte in seinen Eingeweiden, umwölkte seine Gedanken, ließ seine Bewegungen fahrig und unstet werden. Er musste wieder nach Hause, sich unter Kontr...

Da war eine Frau, die mit ihrem Baby in den Armen auf ihn zukam. Er konnte das Baby riechen. Sein Duft war süß wie Nektar. Auf einmal wusste er nicht mehr, wo er eigentlich hinging. Denn ein Baby konnte sich nicht wehren, nicht weglaufen. Er musste es nur packen, sobald er nahe genug war, und damit weglaufen, bis er in Sicherheit war. Ein paar Minuten allein mit dem Baby, und schon würde es ihm besser gehen, davon war er überzeugt.

Die Frau ging an ihm vorbei, war ihm ganz nahe, und fast hätte er zugegriffen.

Aber nur fast.

Es gelang ihm gerade noch rechtzeitig, sich zurückzuhalten und zur Besinnung zu kommen. Die Frau würde sich wehren. Sie wusste, wie er aussah. Er wohnte ganz in der Nähe. Die Polizei würde ihn finden.

Er drehte sich um und sah zu, wie sie mit der Dunkelheit verschmolz. Was stimmte bloß nicht mit ihm? Er sollte doch die Kontrolle haben.

Am besten ging er wieder nach Hause und redete mit Daniel. Er würde wissen, was zu tun war.

Aber welcher Weg führte nach Hause? Einen Moment lang wusste er nicht mehr, wo er war, und seine Umgebung sah seltsam und fremd aus. Panik überkam ihn, er atmete schnell und flach, und ihm wurde schwindelig. Als er schon den Mund aufriss, um zu schreien, fuhr ein Auto an ihm vorbei und hupte. Er schrak blinzelnd zusammen, und die Umrisse um ihn herum wurden deutlicher. Natürlich wusste er, wo er war. Sein Haus stand nicht weit entfernt.

Aber auf der anderen Straßenseite befand sich ein Laden, den er nur zu gut kannte. Er blieb wie unzählige Male zuvor fasziniert vor dem Schaufenster stehen.

Auf der rechten Seite stand ein riesiges Aquarium voller glänzender Fische, die im vom blauen Licht erleuchteten Wasser herumschwammen. Daneben waren mehrere Käfige zu erkennen. In einem davon zwei weiße Hasen, mehrere Hamster in einem zweiten und ein sehr großer Käfig mit vier Labradorwelpen.

Er hatte das Geschäft einmal betreten und sich überlegt, zwei oder drei Welpen zu kaufen, jedoch den Mut verloren, als die Verkäuferin wissen wollte, wie sie ihm helfen konnte. Jetzt stand niemand hinter der Ladentheke. Abgesehen vom blauen Aquariumlicht war alles dunkel.

Das Geschäft lag an einer Ecke, an der eine Gasse von der Straße abging, und zu dieser Seite gab es ein kleines Fenster. Klein, aber groß genug, dass ein erwachsener Mann hindurchklettern konnte.

Und es ließ sich mit einem Ziegelstein einschlagen, wobei der Verkehrslärm das Zerbersten der Fensterscheibe übertönen würde.

* * *

Er hatte gerade angefangen, sein Zimmer zu putzen, als Daniel die Tür öffnete und die Augen aufriss.

»Was zum Teufel ist hier passiert?«, verlangte Daniel zu erfahren.

Der Mann, der die Kontrolle hatte, hob beruhigend die Hände. »Das waren nur Hamster.«

Daniel verzog angewidert das Gesicht. »Hamster?« Sein Blick fiel auf den Eimer voll Seifenwasser, die Blutflecken auf dem Boden, das schmutzige Schneidbrett mit dem Hackmesser darauf, die Haut- und Knochenstücke. »Was hast du gemacht?«

»Ich habe nur etwas Blut gebraucht, weil es mir schlechter ging. Das ist doch keine große Sache.«

»Wo hast du um diese Uhrzeit Hamster bekommen? Gibt es dafür jetzt auch schon einen Lieferservice?«

»Ich bin in eine Zoohandlung eingebrochen.« Seine Stimme klang sachlich. Er hatte wieder alles unter Kontrolle. »Der Käfig war klein. Ich konnte ihn problemlos mitnehmen.«

»Wo?« Daniel wurde plötzlich kreidebleich. »Wo hast du das gemacht?«

»Der Laden ist nicht weit entfernt.«

Daniel knallte die Handfläche gegen die Tür, und der Mann, der die Kontrolle hatte, zuckte bei dem Geräusch zusammen. Dies war das erste Mal, dass Daniel die Geduld verlor. Er war sonst immer so nett und fröhlich. Das gehörte zu den Dingen, die er an ihm so mochte. Ohne ein weiteres Wort zu sagen, wandte sich Daniel ab und ging hinaus.

Er beschloss, Daniel etwas Zeit zum Abkühlen zu geben, und konzentrierte sich auf die Blutflecken. Als diese beseitigt waren, schwammen schmutzig-rote Fellbüschel im Eimer. Er brachte Schneidbrett und Hackmesser in die Küche zurück und wusch alles im Spülbecken ab. Dabei spürte er, dass Daniel hereinkam und ihn beobachtete.

»Hör mir mal gut zu«, begann Daniel mit leiser, sanfter Stimme. »So was kannst du nicht machen. Die Polizei sucht nach uns. Du kannst nicht einfach in der Nähe deines Hauses in eine gottverdammte Zoohandlung einbrechen, hast du verstanden?«

»Ich musste es tun«, erwiderte er. »Ich brauchte ...«

»Ich weiß, was du brauchst. Ich verstehe das. Aber handle nicht auf eigene Faust, okay? Komm vorher zu mir. Wir stecken zusammen in dieser Sache drin, das weißt du doch.«

»Ja, aber ich brauchte mehr Blut, und zwar schnell. Und es waren doch nur ein paar Hamster. Das ist doch keine große Sache.«

Daniel schien darüber nachzudenken und senkte den Kopf. »Diese ganze Sache mit Catherine hat dich viel zu sehr gestresst.

Ich … Es tut mir leid. Du solltest mir zuliebe nicht so viel riskieren. Vielleicht wäre es besser, wenn ich mich stelle.«

»Nein! Auf gar keinen Fall!« Er war entsetzt. »Das kannst du nicht tun. Es geht mir gut … Es geht mir wirklich gut.«

»Ganz offensichtlich tut es das nicht. Ich verstehe ja, was du momentan durchmachst. Du stehst wegen der polizeilichen Ermittlungen unter großem Druck. Da ist es kein Wunder, dass du diesen unkontrollierbaren Drang verspürst.«

»Es wird nicht wieder passieren, das schwöre ich! Ich habe wieder die Kontrolle.«

»Ach ja?«

»Das war eine einmalige Sache, und es war sehr dumm. Wenn ich wieder diesen Drang habe, komme ich sofort zu dir.«

Einen Moment lang schwiegen sie beide. Er hatte das Hackmesser gesäubert und legte es mit zitternden Fingern auf die Trockenablage.

»Wir werden wieder auf die Jagd gehen«, sagte Daniel auf einmal. »Ich brauche das ebenso wie du.«

»Wann?« Erleichterung machte sich in ihm breit. Daniel sprach nicht mehr davon, sich zu stellen.

»Schon bald. Du musst morgen auf dem Heimweg einige Dinge für mich besorgen.«

»Was für Dinge?«

»Weiße Farbe und ein Messer. Vielleicht auch einige Kerzen.«

»Wofür brauchst du das?«, fragte der Mann, der die Kontrolle hatte, verwirrt. Sie hatten nie darüber gesprochen.

»Wir werden das alles fürs nächste Mal brauchen«, erklärte Daniel. »Kannst du das erledigen?«

»Ja, aber …«

»Gut.« Daniel beäugte ihn und schien dann eine Entscheidung zu treffen. »Besorg die Sachen, und dann gehen wir morgen Abend auf die Jagd.«

Kapitel 11

Montag, 17. Oktober 2016

O'Donnell beschloss, an diesem Morgen nicht aufs Revier zu fahren. Es war jetzt achtundvierzig Stunden her, dass sie Catherine Lambs Leiche gefunden hatten, und Royce Bright, ihr Captain, schrieb dieser Zahl eine fast schon mystische Bedeutung zu. Wurde ein Mordfall nicht innerhalb von achtundvierzig Stunden gelöst, berief er die zuständigen Detectives zu einer Besprechung ein. Diese gefürchteten Meetings konnten bis zu zwei Stunden dauern, sodass aus den achtundvierzig schon fünfzig Stunden geworden waren. Normalerweise erwartete einen dabei eine Mischung aus Vorschlägen, Drohungen und Geschichten über die gute alte Zeit.

Darauf konnte sie gut verzichten. Sie würde ihm nicht ewig aus dem Weg gehen können, aber sie hoffte, eine handfeste Spur zu haben, wenn er sie schließlich zur Rede stellte. Und es machte ganz den Anschein, als könnte Patrick Carpenter ihr diese Spur liefern.

Als sie das Mount Sinai Hospital betrat, stellte sie fest, dass Agent Gray und Zoe Bentley bereits in der Lobby auf sie warteten. Sie sah auf die Uhr – fünf nach neun. Das musste man ihnen lassen, pünktlich waren sie.

»Entschuldigen Sie die Verspätung.« Sie ging zu den beiden hinüber. »Der Verkehr war wieder schlimm.«

»Kein Problem«, meinte Tatum. »Sie sagten am Telefon, Patrick Carpenter wollte sich hier mit uns treffen?«

»Seine Frau liegt in diesem Krankenhaus.« O'Donnell führte sie zu den Fahrstühlen. »Er bat darum, sich hier mit uns zu treffen, weil er sie nicht so lange allein lassen möchte. Ich dachte, er wäre so vielleicht kooperativer.«

Es war zudem überaus wahrscheinlich, dass er seiner Frau nichts vom Mord an Catherine erzählt hatte, um sie nicht zu beunruhigen. Falls dem so war, würde er sie so schnell wie möglich wieder loswerden wollen, und das konnte er am einfachsten bewerkstelligen, indem er ihre Fragen beantwortete. Hoffentlich nannte er ihnen dabei auch einige Namen.

»War er bei Ihrem letzten Gespräch denn nicht kooperativ?«, fragte Zoe.

»Das war er, bis ich anfing, mich nach den Gemeindemitgliedern zu erkundigen.« O'Donnell betrat die Fahrstuhlkabine, und Tatum und Zoe folgten ihr. »Da fing er auf einmal an, etwas von Privatsphäre und Vertrauensbruch zu faseln. Ich hoffe sehr, Ihre Dienstausweise machen ihn etwas gesprächiger.«

Sie traten in einen langen Flur hinaus, auf dem sich gleich zu ihrer Rechten eine Schwesternstation befand. Eine mollige Krankenschwester mit einem großen Leberfleck am Kinn war gerade eifrig dabei, zahlreiche Blätter zusammenzuheften.

O'Donnell ging auf die Frau zu. »Entschuldigen Sie, können Sie uns sagen, wo wir Mrs Carpenters Zimmer finden?«

Die Krankenschwester blickte nicht einmal auf. Sie legte mehrere Blätter aufeinander, schob sie in den Tacker und schlug mit der Hand darauf, als müsste sie ein Insekt vernichten.

Danach begutachtete sie das Resultat mit einem zufriedenen Nicken. »Gehören Sie zur Familie?«

»Wir müssen mit ihrem Mann sprechen.« O'Donnell zeigte ihre Dienstmarke.

Die Krankenschwester schien nicht im Geringsten beeindruckt zu sein. Sie legte den nächsten Papierstapel auf den Tisch. O'Donnell zuckte unwillkürlich zusammen, als die Frau mit der fleischigen Hand auf den Tacker schlug. Dies war ein klarer Fall von Büromaterialmissbrauch, der jedoch außerhalb des Zuständigkeitsbereichs des Chicago Police Department stattfand.

»Zimmer dreihundertneun.« Die Krankenschwester widmete sich dem nächsten Papierstapel.

O'Donnell ging schnell weiter, hörte aber noch, wie der Tacker abermals malträtiert wurde.

Die Tür von Zimmer dreihundertneun stand offen, aber O'Donnell klopfte dennoch höflich an.

»Ja?«, rief eine fröhliche Frauenstimme von drinnen.

»Mrs Carpenter?« O'Donnell warf einen Blick in den Raum. »Hallo. Wir hatten gehofft, mit Ihrem Mann Patrick sprechen zu können.«

»Oh, Patrick müsste jeden Moment hier sein«, sagte die Frau. »Bitte kommen Sie doch rein.«

»Wir können auf dem Flur auf ihn warten«, erwiderte O'Donnell verlegen.

»Ach, Unsinn. Da stehen keine Stühle, außerdem habe ich Kekse. Bitte kommen Sie rein, ich bestehe darauf.«

Sie gingen alle drei ins Zimmer und setzten sich auf die Stühle, die neben Mrs Carpenters Bett standen.

Mrs Carpenter war eine Frau mit rosigen Wangen und langem kastanienbraunem Haar. Obwohl sie in einem Krankenbett lag, trug sie eine hellgrüne Bluse, die sich über ihrem von der Schwangerschaft deutlich gewölbten Bauch spannte. Die

Krankenhausdecke lag über ihren Füßen. Als ihr Besuch hereinkam, legte sie ihr Buch mit dem Titel *Beten für Ihr ungeborenes Kind* zur Seite und lächelte sie herzlich an.

»Arbeiten Sie für die Kirche?«, erkundigte sie sich.

O'Donnell wusste nicht so recht, was sie antworten sollte. »Nicht regelmäßig, aber wir interessieren uns für einige Gemeindemitglieder.«

»Das ist ja wunderbar«, sagte Mrs Carpenter, die das »Interesse« offenbar falsch interpretierte. Es war ebenso augenscheinlich, dass O'Donnell mit ihrer Vermutung richtiglag und Patrick seiner Frau nichts von Catherine erzählt hatte.

»Mein Name ist Leonor.«

»Ich bin Holly«, erwiderte O'Donnell zögerlich. »Und das sind Zoe und … Tatum. Freut mich, Sie kennenzulernen. Wissen Sie, wann Patrick ungefähr hier sein wird?«

»Er ist unterwegs, aber ich habe ihn gebeten, mir noch einige Dinge von zu Hause mitzubringen, daher verspätet er sich ein wenig«, antwortete Leonor. »Ich bin schon seit fast einer Woche im Krankenhaus, und Sie können sich bestimmt vorstellen, wie oft Patrick meinetwegen schon hin und her fahren musste. Und das nicht nur zu unserem Haus. Ich habe ihn mit der Schmutzwäsche zu meinen Eltern geschickt. Patrick ist ein großartiger Ehemann, aber die Wäsche und erst recht das Zusammenlegen liegen ihm einfach nicht.«

»Das ist wirklich sehr nett von ihm«, warf Tatum ein.

»Ja, allerdings. Und er tut so viel für mich. Ich treibe ihn mit meinen langen Listen noch in den Wahnsinn. Aber können Sie sich vorstellen, wie es ist, eine ganze Woche im Krankenbett zu liegen und nicht einmal aufstehen zu dürfen, ohne dass eine Krankenschwester dabei ist? Ich brauche meine eigene Kleidung, damit ich mich normal fühle. Am liebsten wäre ich wieder nach Hause gegangen, aber Patrick hat darauf bestanden, dass ich hier und unter Beobachtung bleibe. Sie wissen ja, wie sich Männer immerzu Sorgen machen. Wenigstens habe ich etwas zu lesen da. Ohne meine Bücher müsste ich noch die Bodenfliesen zählen.« Sie flüsterte verschwörerisch. »Es sind zweiundfünfzig.«

Leonor redete anscheinend gern, und O'Donnell konnte sich gut vorstellen, dass sich die Frau nach einer Woche allein im Krankenzimmer nach Gesellschaft sehnte. Da war es kein Wunder, dass sie sie hereingebeten hatte. Dennoch fragte sich O'Donnell unwillkürlich, wofür die Frau eigentlich andere Menschen brauchte. Die Unterhaltung war bisher rein einseitig gewesen, und selbst wenn man die drei Besucher durch Topfpflanzen ersetzt hätte, wäre der Monolog nicht anders verlaufen. Nun redete sie über ihre Schwangerschaft. O'Donnell hörte nur mit halbem Ohr zu.

»… unsere vierte Schwangerschaft. Die ersten drei waren frühe Fehlgeburten.« Ihre Stimme zitterte leicht. »Aber dann wurde ich wieder schwanger, und diesmal schien alles so gut zu gehen! Gott belohnt reine und selbstlose Seelen, und wir haben es uns so gewünscht. Als letzte Woche die Blutungen einsetzten, hatte ich solche Angst – ich glaubte schon, ich hätte das Baby verloren. Aber als wir hier ankamen, spürte ich, wie er sich bewegte. Ich war so erleichtert. Dann sagten sie, ich müsse eine Weile hierbleiben. Zuerst dachte ich, sie reden von einigen Stunden …«

Jemand räusperte sich dezent hinter O'Donnell, und sie drehte sich um. Ein Mann stand in der Tür, in der einen Hand eine Reisetasche, in der anderen einen großen Plastikbecher. Er trug ein weißes Hemd und eine schwarze Hose und war glatt rasiert. Doch sein dunkles Haar sah zerzaust aus, und seine Augen wirkten verquollen und blutunterlaufen.

»Hallo.« Er mahlte mit dem Kiefer.

»Ich habe deinen Mitarbeitern gesagt, dass sie hier bei mir warten können«, teilte Leonor ihm mit.

Seine Haltung entspannte sich merklich, als sie *Mitarbeiter* sagte. Offensichtlich war er besorgt gewesen, sie könnten seiner Frau sagen, wer sie waren, oder – schlimmer noch – was Catherine zugestoßen war.

»Gut.« Er versuchte sich an einem Lächeln. »Ich habe dir die Bücher mitgebracht, die du haben wolltest, und eine neue Tube Zahnpasta. Hoffentlich habe ich auch die richtigen Kleidungsstücke eingepackt.«

»Ach, bestimmt.« Sie drehte sich zur Seite, als ob sie aufstehen wollte.

Im nächsten Augenblick stand er auch schon neben ihr und drückte sie wieder aufs Bett. Er gab ihr einen Kuss auf die Stirn und drückte ihr den Plastikbecher in die Hand. »Hier«, sagte er. »Ein Smoothie.«

Sie lachte leise auf. »Du und deine Smoothies. Jeden Tag dasselbe.« Sie kostete einen Schluck und verzog leicht das Gesicht. »Aufgrund der Schwangerschaft schmeckt alles etwas anders, wissen Sie?« Sie lächelte O'Donnell an.

»Daran erinnere ich mich noch gut«, bestätigte O'Donnell. »Ich konnte keine rote Paprika mehr herunterbekommen, vorher habe ich sie so gern gegessen.«

Patrick wandte sich wieder ihnen zu. »Sollen wir uns draußen unterhalten?«

»Aber natürlich«, sagte O'Donnell und wandte sich an Leonor. »Hat mich gefreut, Sie kennenzulernen.«

Sie gingen auf den Flur und suchten sich eine ruhige Ecke. Patrick sah ihnen nacheinander angespannt ins Gesicht.

»Haben Sie schon Fortschritte gemacht bei der Suche nach …« Er blinzelte mehrmals und wandte den Kopf ab. »Nach demjenigen, der Catherine das angetan hat?«

»Wir gehen einigen Spuren nach«, antwortete O'Donnell. »Mr Carpenter, das sind Agent Gray und Dr. Bentley vom FBI.«

»Vom FBI?« Patrick starrte sie verblüfft an. »Was hat das FBI denn mit Catherine zu tun?«

»Wir würden Ihnen gern noch weitere Fragen stellen«, fuhr O'Donnell fort und ignorierte seine Frage.

»Was wollen Sie wissen?«

»Könnten wir noch einmal Ihr letztes Gespräch mit Catherine durchgehen?«, bat O'Donnell. Sie hatten schon einmal am Telefon darüber gesprochen, aber sie wollte sein Gesicht sehen, wenn er ihr alles erzählte.

»Sicher. Äh ... Das war vor zwei Tagen, so gegen Mittag. Catherine rief mich an, um mir Bescheid zu sagen, dass sie krank war und nicht zur Kirche kommen konnte. Sie wollte wissen, ob ich für sie einspringen und mit einigen der Gemeindemitglieder reden könnte.«

Das passte zu den Daten, die sie von Catherines Telefonanbieter hatten. »Springen Sie öfter füreinander ein?«

»Hin und wieder. Nicht sehr häufig, aber manchmal stehen dringende Beratungsgespräche an und einer von uns hat keine Zeit.«

»War für diesen Tag ein solches Gespräch angesetzt?«

»Ich glaube nicht. Sie wollte nur, dass jemand da ist.«

»Sind Sie zur Kirche gefahren?«

»Ich hatte es versprochen, aber dann setzten bei meiner Frau erneut Blutungen ein.« Patrick sah durch den Flur zu ihrem Zimmer. »Und ich habe es vergessen. Als es mir später wieder einfiel, rief ich Catherine an, um ihr Bescheid zu sagen, aber sie ging nicht ans Telefon.«

»Und Sie sind hiergeblieben?«

»Ja, fast den ganzen Abend. Zwischendurch war ich kurz weg, um ein paar Sachen für meine Frau zu holen, und nachdem sie eingeschlafen war, bin ich nach Hause gefahren.«

»Wann war das?«

»Das kann ich nicht genau sagen. Vermutlich gegen Mitternacht.«

»Können Sie uns die Namen der Personen nennen, mit denen sich Catherine an jenem Tag treffen wollte?«

»Nein. Das sind vertrauliche Informationen.«

O'Donnell zog eine Augenbraue hoch. »Sind einige der Gemeindemitglieder, die von Ihnen oder Catherine beraten werden, vorbestraft?«

Patrick verkrampfte sich. »Ich werde hier nicht über Gemeindemitglieder reden und ihr Vertrauen missbrauchen, indem ich Ihnen ihre Geheimnisse anvertraue.«

»Ich bin gar nicht an den Geheimnissen interessiert. Eine Namensliste reicht mir völlig.«

»Auf gar keinen Fall.«

»Es geht um eine Mordermittlung, Mr Carpenter.«

»Sie sagen es. Und keiner der Menschen, denen wir helfen, hat Catherine etwas antun wollen. Ich verbürge mich für jeden Einzelnen. Anstatt Ihre Zeit damit zu vergeuden, Männern nachzujagen und sie zu belästigen, die ihr Bestes geben, um ihre Vergangenheit hinter sich zu lassen, sollten Sie lieber den Mann finden, der das getan hat.«

Zoe räusperte sich. »Aus welchem Grund verbürgen Sie sich für diese Menschen?«

Patrick runzelte die Stirn. »Ich kenne sie alle sehr gut. Wir haben uns stundenlang unterhalten und zusammen gebetet. Sie versuchen wirklich, sich zu ändern.«

»Inwiefern?«

»Sie haben Gott gefunden. Sie wollen bessere Menschen sein. Sie ...«

»Wurde einer von ihnen je wegen sexueller Gewalt verurteilt?«, fiel Zoe ihm ins Wort.

Er blinzelte überrascht. »Falls dem so wäre, haben sie ihre Schuld gegenüber der Gesellschaft beglichen. Sie haben ihr Verbrechen gestanden und um Vergebung gebeten. Sie ...«

»Catherine Lamb wurde vor ihrem Tod vergewaltigt«, unterbrach Zoe ihn. »Wer immer das gewesen ist, hat das nicht zum ersten Mal getan. Falls Sie Vergewaltiger in Ihrer Gemeinde haben, müssen wir das wissen. Diese Männer mögen gestanden und sich entschuldigt haben und all das, aber Wiederholungstäter ändern sich nicht.«

»Jeder kann sich ändern«, widersprach Patrick ihr.

»Sie bekommen möglicherweise Angst davor, erwischt zu werden.« Zoe zuckte mit den Achseln. »Aber sie verspüren weiterhin den Drang zu vergewaltigen.«

Patrick verschränkte die Arme. »Ich will das alles nicht hören.«

»Mr Carpenter«, schaltete sich Tatum ein. »Es ist ein allgemeiner Irrglaube, dass die Aufgabe der Polizei nur darin besteht, den Schuldigen zu finden.«

»Ist dem denn nicht so?« Patrick sah Tatum verwirrt an.

»Doch, natürlich. Aber die Polizei muss auch sicherstellen, dass er vor Gericht für schuldig befunden wird«, erklärte Tatum. »Sie sagen, Sie würden sich für jeden einzelnen Mann in Ihrer Kirche verbürgen. Gehen wir mal davon aus, ich glaube Ihnen. Aber wenn wir den Täter schnappen, was wird sein Anwalt vor dem Richter und den Geschworenen wohl als Erstes sagen?«

Patrick schwieg.

Tatum beantwortete seine eigene Frage nach einer Sekunde. »Er wird sagen: ›Mein Mandant ist unschuldig, und ich weiß, wer die Tat wirklich begangen hat. Es war einer der ehemaligen Häftlinge, die Catherine Lamb beraten hat. Die Polizei hat sich nicht mal die Mühe gemacht, mit diesen Männern zu reden, sondern sich direkt auf meinen Mandanten gestürzt.‹«

»Er würde seinen ganzen Fall darauf aufbauen«, bestätigte O'Donnell. »Und der Mörder käme davon.«

Nach kurzem Zögern gab Patrick nach. »Ich werde mit Pastor Lamb reden. Dann entscheiden wir gemeinsam, was ich Ihnen mitteilen darf.«

O'Donnell nickte. »In Ordnung.« Das war immerhin ein Anfang.

»Eine Sache noch.« Zoe reichte Patrick ihr Handy. »Kennen Sie diesen Mann?«

Er starrte das Handy an und riss leicht die Augen auf. O'Donnell warf ebenfalls einen Blick auf das Display. Darauf war das Foto eines Mannes zu sehen, der einen Arm um die Schultern einer Frau gelegt hatte. O'Donnell entging nicht, dass die Frau auf dem Foto Zoe sehr ähnlich sah.

»Kennen Sie diesen Mann, Mr Carpenter?«, wiederholte O'Donnell die Frage, als er nicht antwortete. Sie wusste längst, dass er den Mann kannte; das war sofort offensichtlich gewesen.

»Ja«, gab er zu. »Das ist Daniel Moore.«

O'Donnell konnte die Energie förmlich spüren, die zwischen ihnen dreien hin und her zuckte.

»Ist er ein Mitglied Ihrer Gemeinde?«, wollte Tatum wissen.

»Das war er«, antwortete Patrick. »Er ist vor einigen Monaten weggezogen.«

»Haben Sie seine Telefonnummer? Wissen Sie, wie Sie ihn erreichen können? Wir würden sehr gern mit ihm reden.«

»Nein. Er hat mir seine Nummer nie gegeben.«

»Stand er irgendeinem Gemeindemitglied nahe, oder hatte er Freunde innerhalb der Gemeinde?«

»Das weiß ich nicht. Worum geht es denn genau?«

»Daniel Moore heißt in Wirklichkeit Rod Glover.« Zoe nahm Patrick das Handy aus der Hand. »Er wird gesucht, weil er fünf Frauen vergewaltigt und ermordet hat. Hat er gestanden und um Vergebung gebeten, Mr Carpenter? Hat er Gott gefunden?«

»Sie müssen sich irren. Daniel ist ein guter Mann …«

»Nein, das ist er nicht. Er ist ein sadistischer Killer. Aber er kann sehr überzeugend lügen.«

KAPITEL 12

Zoe nahm ihre Umgebung kaum noch wahr. Die Welt um sie herum verschwamm, die Stimmen drangen nur noch gedämpft an ihr Ohr.

Ihr Verstand war in den Hochleistungsmodus versetzt worden. Gedanken, Ideen und Theorien sausten in atemberaubendem Tempo durch ihren Kopf. Sie konzentrierte sich allein auf das mentale Gewitter in ihrem Kopf und ignorierte Tatum und O'Donnell völlig, selbst wenn diese sie direkt ansprachen. Nach einer Weile bekam sie am Rande mit, dass sie sich zu dritt in Bewegung gesetzt hatten, wobei sie Tatum eher aus Gewohnheit hinterherlief.

Rod Glover war hier, davon war sie inzwischen überzeugt. Hier in Chicago. Er war einer der beiden Männer, die Catherine Lamb ermordet hatten. Er war der Mann, dem sie zuvor den Spitznamen Alpha gegeben hatte.

Das konnte zwar alles nur ein gewaltiger Zufall sein, aber Zoe hielt diese Option für unwahrscheinlich. Die Vorgehensweise und Signatur deuteten ohnehin schon auf ihn. Die Tatsache, dass er das Opfer eindeutig gekannt hatte, bestärkte sie nur noch mehr in ihrer Meinung.

Während sie aus dem Wagenfenster starrte und sich beiläufig fragte, wohin sie eigentlich fuhren, hatte sie einen bitteren Geschmack im Mund. Ihr Herz raste. Aus Angst? Oder Aufregung? Möglicherweise ein bisschen von beidem. Sie war dem Maynard-Serienmörder nun schon seit so langer Zeit auf der Spur, und nun hatte sie abermals sein Handwerk gesehen. Sie konnte ihn fassen. Dann wäre Andrea in Sicherheit und er würde nicht mehr morden.

Der Wagen hielt an, der Motor wurde ausgestellt, Tatum stieg aus. Zoe blieb sitzen und starrte gedankenverloren durch die Windschutzscheibe. Nach einigen Sekunden riss sie ein lautes Klopfen aus ihrer Konzentration. Tatum trommelte verzweifelt mit den Fingern gegen das Fenster. Sie öffnete die Tür und wollte aussteigen, wurde jedoch zurückgehalten. Ach ja, der Sicherheitsgurt. Zoe löste ihn, stieg aus und folgte Tatum durch eine Tür, über der ... Jackalope stand?

»Wo sind wir?«, fragte sie.

»Oh, Sie sind wieder da«, erwiderte Tatum. »Das ist das Jackalope-Café. Ich habe Ihnen unterwegs zweimal gesagt, dass wir hierherfahren.«

»Warum sind wir hier?« Zoe folgte Tatum ins Café. Es war in hellen Farben eingerichtet, und Pop-Art-Gemälde bedeckten die Wände. Hier und da waren Hasenköpfe mit Geweihen zu sehen – die wohl die namengebende Sagengestalt des Wolpertingers darstellten.

»O'Donnell sagte, dies sei ein nettes Café in der Nähe des Polizeireviers, in dem wir uns unterhalten können. Haben Sie das nicht mitbekommen? Als wir Sie gefragt haben, ob Sie damit einverstanden sind, haben Sie uns nur groß angestarrt und hatten Speichel am Kinn.«

»Das stimmt doch gar nicht.«

»Wieso habe ich Sie dann gebeten, ihn wegzuwischen?«

»Sie nehmen mich doch bloß auf den Arm.«

O'Donnell saß an einem der Tische und wartete bereits auf sie. Tatum ging zur Barista und bestellte eine Tasse Kaffee.

»Was möchten Sie trinken?«, fragte er Zoe.

»Keine Ahnung«, antwortete sie ungehalten. »Kaffee klingt gut.«

Tatum zahlte, und sie setzten sich zu O'Donnell.

»Okay«, begann O'Donnell. »Dann hat Ihr Rod Glover Catherine Lamb also gekannt. Es ist sehr wahrscheinlich, dass er einer der Mörder ist.«

»Es ist nicht nur wahrscheinlich, sondern steht fest«, erwiderte Zoe. »Er kannte sie. Entweder war er selbst immer mehr von ihr besessen oder der andere Mann und Glover hat darauf reagiert. Ich muss noch gründlich darüber nachdenken, aber ich gehe davon aus, dass der andere Mann sie auch kannte … Nein, er muss sie gekannt haben, sonst ergibt das mit der Halskette keinen Sinn. Glover hätte nicht auf so etwas geachtet, und er hat früher Schmuckstücke als Trophäen mitgenommen, das habe ich selbst einmal gesehen, daher hätte er die Kette nie da gelassen, und der andere Mann, Beta, er hat sie ihr umgelegt und …«

»Zoe«, fiel Tatum ihr ins Wort. »Das sollte eigentlich eine richtige Unterhaltung werden.«

»Das ist doch eine Unterhaltung.«

»Nein, im Augenblick schütten Sie nur Ihre Gedanken über uns aus.«

O'Donnell beobachtete die beiden amüsiert. Dann rief die Barista: »O'Donnell? Ihre Bestellung ist fertig.«

Während O'Donnell aufstand, versuchte Zoe, ihre Gedanken in verständliche Sätze zu verwandeln. Glovers Komplize ging in dieselbe Kirche. Hat Glover ihn dort kennengelernt? War Glover selbst religiös? Sie erinnerte sich daran, ihn als Kind ein- oder zweimal in der Kirche gesehen zu haben, hätte ihn aber nie als religiösen Menschen eingestuft.

»Ihr Kaffee wird kalt«, sagte Tatum.

»Oh!« Sie stellte überrascht fest, dass eine Tasse Kaffee vor ihr stand. Als sie daran nippte, war das Getränk noch warm.

»Ich habe O'Donnell gerade von Ihrer Schwester erzählt.«

»Was ist mit meiner Schwester?«

»Sie ist auf dem Foto mit Glover«, sagte O'Donnell. »Das kam mir seltsam vor.«

Zoe nickte. »Ja. Das wollte Glover … Was trinken Sie da?«

»Heiße Schokolade«, antwortete O'Donnell und trank einen Schluck.

Zoe starrte die Tasse mit großen Augen an. Das Getränk war mit Schlagsahne gekrönt, auf die noch etwas Kakaopulver gestreut worden war. Auf einmal hatte Zoes Kaffee jeglichen Reiz verloren. Sie bemerkte, dass sich O'Donnell auch ein Sandwich bestellt hatte, und stellte fest, dass sie am Verhungern war.

»Bin gleich wieder da«, sprudelte es aus ihr heraus, und sie ging zur Barista. Nachdem sie eine heiße Schokolade und ein Sandwich namens Centaur bestellt hatte, wartete sie am Tresen und versuchte, ihre Gedanken zu ordnen. Dabei warf sie hin und wieder einen Blick zu Tatum und O'Donnell hinüber. Die beiden saßen einander zugewandt und unterhielten sich leise. Wahrscheinlich erzählte er ihr von Glovers Vergangenheit. Und seiner Verbindung zu Zoe.

Nach einigen Minuten kehrte Zoe mit ihrer Bestellung an den Tisch zurück und nippte zaghaft an der heißen Schokolade. Die cremige, süße Flüssigkeit belebte sie, ließ sie die Welt um sich herum wieder klarer wahrnehmen und besänftigte das Chaos in ihrem Verstand besser, als es etwas anderes vermocht hätte. Als die schokoladige Wonne ihre Kehle herabbrann, wurde ihr zudem herrlich warm.

»Ich gehe davon aus, dass beide Mörder Catherine Lamb gekannt haben«, sagte sie. »Wir wissen, dass Glover sie kannte, aber er ist nicht derjenige, der ihr Blut getrunken, die Leiche zugedeckt oder ihr die Halskette umgelegt hat. Das war der andere Mann. Wir können ihn als Beta bezeichnen.«

»Damit setzen wir aber voraus, dass Glover Catherine Lamb tatsächlich getötet hat«, stellte O'Donnell fest.

Zoe biss in ihr Sandwich. Entweder schmeckte Zentaurenfleisch nach Putenbrust oder sie hatte ein Putenbrustsandwich bestellt. »Irgendwann müssen Sie sich auf einen tatsächlichen Verdächtigen konzentrieren, Detective. Ich will Ihnen ja nicht sagen, wie Sie Ihren …«

»Ich meine ja nur, dass wir noch keine eindeutigen Beweise haben.« O'Donnell runzelte die Stirn und legte leicht den Kopf schief.

Zoe warf Tatum einen Blick zu und zog die Augenbrauen hoch, um sicherzustellen, dass er es auch bemerkt hatte. Er ging nicht weiter auf ihre Geste ein.

»Vermutlich hat Glover Beta in der Kirche kennengelernt«, fuhr Zoe fort.

»Entweder das, oder Glover kannte Beta schon vorher, und Beta hat ihn in die Kirche mitgenommen«, mutmaßte Tatum.

O'Donnell trank ihre heiße Schokolade aus. »Dann ist Rod Glover also vor einigen Wochen aus Dale City nach Chicago zurückgekehrt. Nach allem, was ich erfahren habe, war er verwundet, todkrank und brauchte eine Unterkunft.«

»Und er hatte wenigstens einen Freund, der bereit war, ihm zu helfen«, sagte Tatum.

»Möglicherweise wohnt er sogar bei ihm.« Zoe löffelte etwas Sahne von ihrer heißen Schokolade. »Es ist nachvollziehbar, dass Glover nach Chicago zurückkehrt. Hier fühlt er sich sicherer. In den letzten zehn Jahren hat er sich hier ein Leben aufgebaut. Nun, wo er krank und arbeitslos ist, kam er wieder zurück, um seine Freunde um Hilfe zu bitten.« Sie leckte den Löffel ab, was ihr einen amüsierten Blick von O'Donnell einbrachte.

»Es ist anzunehmen, dass er wegen seiner Krebserkrankung in Behandlung ist«, überlegte O'Donnell laut. »Wir können uns einen Beschluss besorgen und uns in den Krankenhäusern nach einem Patienten namens Rod Glover oder Daniel Moore erkundigen.«

»Das haben wir längst getan«, teilte Tatum ihr mit. »Wir haben uns einen Beschluss besorgt und uns bei allen Krankenhäusern umgehört. Fehlanzeige. Wir haben auch sein Foto rumgezeigt, doch es gibt in Chicago über zehntausend Krebspatienten, daher gleicht das eher der Suche nach der Nadel im Heuhaufen. Außerdem sind die Krankenhäuser sehr zurückhaltend, wenn es um die Weitergabe von Patienteninformationen geht. Wir haben einen Analytiker aus Quantico darauf angesetzt, den Unterlagen nachzugehen.«

O'Donnell nickte nachdenklich. »Wenn er ein Jahrzehnt lang hier gelebt hat, ist das gut für uns. Wir können uns an die Presse wenden und sein Foto veröffentlichen. Vielleicht hat ihn vor Kurzem jemand gesehen. Das könnte auch bewirken, dass sich seine sogenannten Freunde bei uns melden.«

Zoe dachte darüber nach. »Ich halte das für eine gute Idee. Selbst wenn sich niemand meldet, erhöhen wir so den Druck auf ihn und sorgen vielleicht dafür, dass er einen Fehler macht.«

»Und was ist, wenn das Interesse der Medien ihn zu einem weiteren Mord anstachelt?«, gab Tatum zu bedenken.

»Das ist nicht sehr wahrscheinlich. Es gab nie Anzeichen dafür, dass Glover in irgendeiner Weise auf die Presse reagiert«, erwiderte sie. »Ruhm interessiert ihn nicht.«

»Ich werde dafür sorgen, dass sein Foto an die Presse geht«, entschied O'Donnell. »Und ich rede noch mal mit Patrick Carpenter und Albert Lamb und finde heraus, was sie mir noch über Daniel Moore erzählen können. Möglicherweise nennen sie mir ja doch einige Namen. Was ist mit dem anderen Mann? Diesem Beta?«

»Wir müssen davon ausgehen, dass eine Akte über ihn vorliegt und er mit Diebstahl oder Belästigung angefangen hat«, antwortete Zoe. »Beim Diebstahl könnte es um seltsame Objekte wie Damenunterwäsche, Schuhe oder Make-up gegangen sein.«

»Das nennt man Fetischdiebstahl«, warf Tatum ein.

»Glover würde sich nicht mit jemandem zusammentun, der ihn in ernsthafte Gefahr bringen könnte oder der Misstrauen erregen würde, daher handelt es sich bei diesem Mann nicht um einen durchgedrehten Irren oder um einen schwer Drogenabhängigen. Es ist denkbar, dass er über ein Einkommen verfügt, von dem auch Glover profitieren kann.«

O'Donnell musterte sie irritiert. »Ich hatte auf ein genaueres Profil gehofft. Im Fernsehen sagen die Profiler immer Dinge wie: ›Der Täter ist fünfundzwanzig Jahre alt, weiß, dünn, humpelt und stottert vermutlich.‹«

Zoe überlegte kurz. »Ich halte nichts davon für besonders wahrscheinlich.«

»Wir werden versuchen, ein genaueres Profil des zweiten Mörders zu erstellen«, versprach Tatum. »Aber wir müssen uns beeilen, bevor die beiden wieder zuschlagen.«

»Wie meinen Sie das?«, fragte O'Donnell. »Gehen Sie davon aus, dass sie sich ein weiteres Opfer suchen?«

»Glover liegt im Sterben«, gab Zoe zu bedenken. »Er weiß, dass ihm nicht mehr viel Zeit bleibt, und das verringert seine Angst davor, erwischt zu werden. Solange er gesund genug ist, wird er weiter töten. Was seinen Partner angeht, so kann ich bisher noch keine Prognose treffen. Aber er war dort, um das Blut des Opfers zu trinken. Das lässt auf eine starke Besessenheit vom Blutkonsum schließen, und es ist wahrscheinlich, dass er dieses Erlebnis wiederholen möchte.«

»Nur keinen Druck«, murmelte O'Donnell.

Zoe blinzelte. Hatte der Detective ihnen eben nicht zugehört? »Wir stehen unter großem Druck«, betonte sie.

O'Donnell verdrehte die Augen. »Das ist mir bewusst.«

»Wir müssen Mancuso auf den neuesten Stand bringen«, meinte Zoe, an Tatum gewandt. »Sie muss unseren Aufenthalt hier verlängern.«

Tatum seufzte schwer und setzte eine Leichenbittermiene auf. »Okay, ich werde mit ihr reden.«

»Wir recherchieren in ViCAP nach ähnlichen Verbrechen, bei denen Blut getrunken oder entnommen wurde«, sagte Zoe.

O'Donnell stand schnaubend auf. »Na, dann viel Erfolg. In unserem Department macht sich keiner die Mühe, etwas in Ihr ViCAP-System einzugeben.«

Zoe mahlte genervt mit dem Kiefer. »Wenn Sie sich die Zeit nehmen würden, Ihre Fälle ins ViCAP-System einzugeben, wären Mordfälle wie dieser deutlich leichter zu lösen.«

»Tja«, konterte O'Donnell, »hätte das FBI das System zugänglicher gemacht und müsste ich nicht jedes Mal einhundert verdammte Fragen beantworten, wenn ich versuche, auf einen meiner Fälle zuzugreifen, würde ich das ja glatt in Erwägung ziehen. Aber in dieser Stadt bleibt mir nur sehr wenig Zeit für eine Mordermittlung, bevor der nächste Fall auf meinem Tisch landet.«

Zoe nippte an ihrer heißen Schokolade und sah O'Donnell hinterher, die das Café verließ. »Sie kann mich nicht leiden.«

»Sie ist sehr angespannt.« Tatum schenkte ihr ein Lächeln. »Können wir?«

»Ich überlege, ob ich noch eine heiße Schokolade für unterwegs mitnehme.«

»Treffen Sie nicht überstürzt eine Entscheidung, die Sie später bereuen könnten.«

»Sie schmeckt wirklich gut.«

»Davon gehe ich aus. Holen Sie sich schon eine. Wir müssen Serienmörder fassen.«

Kapitel 13

Harry Barry war an diesem Nachmittag bester Laune. Im Süden von Chicago waren bei einer Razzia Unmengen an Kokain beschlagnahmt worden. Die Sache war in aller Munde, und es war eine Story für die Titelseiten. Und wer hatte sie geschrieben? Etwa Nick Johnson, der leitende Kriminalreporter der *Chicago Daily Gazette*? Nein! Wer denn dann? Natürlich Harry Barry. Er war derjenige mit der Quelle im Team, das die Razzia durchgeführt hatte. Er war derjenige mit dem Augenzeugenbericht. Er war derjenige, der einen Termin beim Verteidiger des Verdächtigen hatte. Und Nick Johnson und seine mittelmäßigen, traurigen Artikel würden warten müssen, während Harry im Ruhm badete.

Als Kind hatte Harry von seiner Mutter häufig zu hören bekommen, dass Schadenfreude und Prahlerei etwas waren, das nur »geringere Männer« taten. Aber Harry hatte bald herausgefunden, dass diese Männer auch den ganzen Spaß hatten. Außerdem gab seine Mom auch immer mit ihrem Silberbesteck an und dass sie mal Richard Gere getroffen hatte. Selbst als Kind hatte Harry Heuchler rasch durchschauen können.

Erst gestern war Nick zu Harrys Schreibtisch geschlendert, um ihm aufs Brot zu schmieren, dass die

Catherine-Lamb-Geschichte, die Nick geschrieben hatte, online in einem Artikel der *New York Post* erwähnt wurde. Aber nun war Catherine Lamb Schnee von gestern, ein zwei Tage alter Fall ohne handfeste Beweise. Alles, was Nick heute vorweisen konnte, war ein Interview mit Lambs Vater. Harry hatte gehört, wie Nick aufgefordert worden war, den Artikel um dreihundert Wörter zu kürzen. Er überlegte, zu Nicks Schreibtisch zu gehen und ihn zu fragen, wie es denn so lief.

Das schien eindeutig etwas zu sein, das ein geringerer Mann tun würde – und somit zog Harry es eindeutig in Betracht.

Das Telefon auf seinem Schreibtisch klingelte. Er nahm den Hörer ab. »Harry am Apparat.«

»Hier ist Detective O'Donnell vom Area-Central-Revier«, sagte die Frau am anderen Ende. »Ich würde gern mit dem Reporter sprechen, der über den Lamb-Fall schreibt.«

»Ach ja?«, fragte Harry abgelenkt. »Da haben Sie die falsche ...«

»Wir suchen jemanden, der mit dem Fall in Verbindung stehen könnte, einen Mann namens Rod Glover, und ich hatte gehofft ...«

»Sie haben die falsche Nummer gewählt«, fiel Harry ihr ins Wort. »Ich stelle Sie durch.« Er gab Nicks Durchwahl ein und legte auf.

Aus irgendeinem Grund war seine gute Laune verflogen. Der Anruf hatte ihn aus seiner Freudenstimmung gerissen, und nun spürte er auf einmal eine seltsame Leere, die er nicht einordnen konnte. Kopfschüttelnd wollte er sich schon wieder an die Arbeit machen, als es ihm plötzlich dämmerte.

Rod Glover.

Wieso hatte er nicht sofort reagiert? War er denn jetzt völlig bescheuert? Rod Glover war der Serienmörder aus Zoe Bentleys Kindheit. Er wusste das, schließlich schrieb er ein gottverdammtes Buch darüber. Und jetzt hatte er den Anruf wie ein armseliger Amateur an Nick Johnson weitergeleitet.

Rod Glover stand mit dem Lamb-Fall in Verbindung?

Harry starrte den halbfertigen Artikel über die Kokainrazzia an. Auf einmal kam ihm die Sache so langweilig und banal vor. Er hatte seine Quelle mit den Worten zitiert: »Ein weiterer erfolgreicher Erfolg der Strafverfolgungsbehörden gegen die Aktivitäten der großen Drogenkartelle.« Ein erfolgreicher Erfolg? Welcher Neandertaler hatte das denn geschrieben? Als er sich den Text noch einmal genauer ansah, musste er feststellen, dass seine Quelle vor allem schlecht formuliertes Gefasel von sich gegeben hatte.

Die wahre Story war der Lamb-Fall. Das hatte Harry eigentlich schon vor diesem Anruf gespürt. Und nun *brauchte* er ihn. Aber wenn er Nick einfach einen Tausch der Geschichten anbot, würde der Harrys Verzweiflung sofort bemerken.

Daher schlenderte er stattdessen ins Büro des Redakteurs und schloss die Tür hinter sich.

Daniel McGrath saß an seinem Schreibtisch und starrte mit finsterer Miene auf seinen Bildschirm. Er bedachte Harry mit einem flüchtigen Blick, um sich dann wieder dem zu widmen, was er gerade las. »Was gibt's, Harry? Ich bin beschäftigt.«

»Ich denke, die Kokainsache könnte einen Journalisten mit etwas mehr Erfahrung in Bezug auf die Drogenkartelle gebrauchen.«

Daniel starrte Harry überrascht an und widmete ihm nun seine volle Aufmerksamkeit. »Was soll das denn heißen? Noch vor einer Stunde waren Sie doch hellauf begeistert, dass Sie den Artikel schreiben dürfen.«

»Ich bin natürlich auch bereit dafür, aber ...«

»Sie haben hier gestanden und mehrfach gesagt: ›Dafür bin ich der Richtige.‹«

»Nein, das habe ich nicht.«

»Doch, viermal sogar. Ich habe mitgezählt.«

»Ich fände es besser, wenn Nick den Artikel schreibt.«

»Erst letzte Woche waren Sie der Ansicht, Nicks Stil sei … mal sehen, ob ich das noch richtig zusammenkriege: ›das langweilige Gewäsch eines Grundschullehrers‹.«

»Das war möglicherweise etwas zu streng. Nick ist super. Er sollte diese wichtige Story definitiv schreiben.«

»Was haben Sie vor, Harry?«

»Gar nichts.«

»Nick arbeitet an der Lamb-Sache. Wollen Sie die Story haben?«

»Die Lamb-Geschichte ist doch alter Tobak. *Das hier* ist morgen in aller Munde.«

Daniel lehnte sich auf seinem Stuhl zurück. »Sie wollen also die Lamb-Story.«

»Ich will das, was für das Team am besten ist. Erinnern Sie sich an die E-Mail von unserem weisen und großzügigen Boss über das Teamwork?«

»Vage. War das die E-Mail, in der stand, dass wir dieses Jahr keine Gehaltserhöhung kriegen?«

»Mir liegt Teamwork am Herzen. Eine Hand wäscht die andere.«

»Diese Redewendung bezieht sich nicht aufs Teamwork, sondern auf den Austausch von Gefälligkeiten. Das ist nicht dasselbe.«

»Na gut! Manchmal wasche ich auch unser beider Hände. Das hier ist ein Team – warum waschen wir uns nicht alle gegenseitig die Hände. Sie, ich, Nick. Seifen wir uns die Hände ein und schrubben einander ordentlich ab.«

»Diese Metapher gefällt mir immer weniger.«

»Teamwork! Das bezieht alle mit ein. Wir können auch Albert aus der Buchhaltung einladen und mit abschrubben.«

»Großer Gott!«

»Und nicht nur die Hände. Es gibt auch andere Körperteile, die man selbst schwer erreichen kann. Wir können uns gegenseitig ...«

»Na gut! Wenn Nick einverstanden ist, habe ich keine Einwände, okay? Aber hören Sie endlich mit diesem gegenseitigen Abschrubben auf. Ich habe eine sehr bildliche Fantasie und würde mir jetzt am liebsten das Hirn mit Bleiche ausspülen.«

Harry grinste ihn breit an. »Danke, Daniel. Sie sind der Beste.«

»Sie haben mir das Händewaschen auf ewig verleidet. Machen Sie, dass Sie aus meinem Büro kommen.«

Harry verließ Daniels Büro, holte tief Luft und wurde schlagartig ernst. Dann ging er zu Nick Johnsons Schreibtisch und fluchte dabei leise vor sich hin, aber auch laut genug, dass es jeder mitbekam.

»Stimmt was nicht, Harry-Barry-Garry?«, erkundigte sich Nick. Ja, das hielt der Mann für witzig, dass er Harrys Namen um weitere Reime ergänzte. Reime, die nicht den geringsten Sinn ergaben. Selbst zu Kindergartenzeiten hatte Harry schon besseren Spott ertragen müssen.

»Ich war eben bei Daniel«, spie Harry förmlich aus. »Er sagte, ich soll Ihnen die Kokainstory geben und dafür die letzten Überbleibsel der Lamb-Geschichte übernehmen.«

»*Wirklich?*« Nick drehte sich strahlend auf seinem Stuhl herum. »Hat er auch gesagt, warum?«

»Er meinte, Sie hätten mehr *Erfahrung*.« Harry malte bei diesem Wort Anführungszeichen in die Luft. »Wir werden ja sehen, was er morgen sagt, wenn Sie alles vermasselt haben.«

Nick schnaubte. »Wie Sie meinen. Schicken Sie mir alles, was Sie bisher haben. Vielleicht kann ich ja einen Teil davon verwursten.«

»Ja, ja. Wo stehen wir denn bei der Lamb-Sache?«

»Ich habe das Interview mit dem Vater, aber das ist schon fertig und liegt Daniel bereits vor. Und der leitende Detective hat mir eben das Foto einer gesuchten Person geschickt. Sie kennen das ja, die Polizei sucht diesen Mann, falls jemand sachdienliche Hinweise hat, bla, bla, bla. Ich leite Ihnen alles weiter. Irgendwo muss es dafür auch einen Vordruck geben. Selbst Sie können das nicht vermasseln, Harry-Barry-Larry.«

»Schicken Sie mir auch die Nummer des Detective, falls ich noch ein paar Fragen haben sollte.«

Aber Nick wandte sich wieder um und ignorierte ihn. Harry kehrte an seinen Schreibtisch zurück und empfand nun etwas, das seine vorherige Laune noch übertrumpfte: Aufregung und Vorfreude.

KAPITEL 14

Tatum saß an seinem Schreibtisch im Chicagoer FBI-Büro, hatte sich über seinen Laptop bei ViCAP angemeldet und ging die Fälle durch, bei denen ein Blutverzehr oder eine ungewöhnliche Interaktion mit Blut erwähnt worden war.

Gewaltverbrechen mit tatsächlichem Blutverzehr gab es kaum. Zuerst hatte Tatum die abgeschlossenen Fälle überprüft und sich die Identität der Täter sowie den Schauplatz des jeweiligen Verbrechens angesehen. Er ging jedem Fall nach, der auch nur entfernte Ähnlichkeiten zum Catherine-Lamb-Mord aufwies, und rief die zuständigen Detectives an. Einige der festgenommenen Verbrecher waren noch in Haft. Zwei waren tot. Letzten Endes hatte er vier Namen auf seiner Liste, von denen jedoch keiner in Illinois gemeldet war. Er nahm sich vor, die aktuellen Adressen der Männer herauszufinden und zu überprüfen, ob sie als Verdächtige infrage kamen.

Danach erweiterte er die Suche in Chicago und variierte die Suchbegriffe. Es gab zwei offene Fälle in Chicago, bei denen der Täter eine mit dem Blut des Opfers geschriebene Nachricht hinterlassen hatte. Zwischen den Fällen schien es keine Verbindung zu geben – die DNA-Proben und Fingerabdrücke deuteten auf zwei verschiedene Täter hin. Tatum rollte mit seinem Stuhl aus seinem Arbeitsbereich und zu Zoes Schreibtisch hinüber.

Sie hatte die Kopfhörer auf, aus denen leise Popmusik zu hören war. Wie laut stellte Zoe ihre schrecklichen Songs denn nur? Seine Großmutter hatte ihn immer gewarnt, dass seine Trommelfelle darunter litten, wenn er zu laut Musik hörte, und ihre drastischen Beschreibungen hatten ihm solche Angst eingejagt, dass er sie bis heute nicht ganz hatte ablegen können.

Zoe kaute auf ihrem Stift herum und hatte ihr Notizbuch aufgeschlagen vor sich liegen. Ihre Schuhe standen unter ihrem Schreibtisch, und sie saß im Schneidersitz und wippte mit einem Fuß im Takt der Musik. Dabei sah sie beinahe aus wie ein gelangweilter Teenager, der überlegte, was er in sein Tagebuch schreiben sollte. Mal abgesehen von den Fotos, die sie rings um sich herum ausgebreitet hatte. Dennoch musste Tatum bei ihrem Anblick lächeln.

Sie schien seinen Blick gespürt zu haben, da sie den Kopf drehte und sich ihre Blicke kreuzten. Augenblicklich erinnerte sie ihn nicht mehr an einen Teenager. Sie nahm die Kopfhörer ab. »Ist was?«

»Ich habe vorhin mit Mancuso telefoniert. Sie hat uns etwas mehr Zeit gewährt, und wir sollen ihr täglich einen Bericht schicken.«

»Gut.« Sie drehte sich zu ihrem Computer um und wollte die Kopfhörer schon wieder aufsetzen.

Tatum räusperte sich. »Ich habe da zwei Fälle, bei denen ich mir unsicher bin. Die Täter haben Nachrichten mit dem Blut der Opfer an die Wand geschrieben. Was denken Sie? Gibt es da eine Verbindung?«

Sie ließ die Kopfhörer sinken. »Das lässt sich so schwer sagen. Beta trinkt das Blut des Opfers. Die Rechtsmedizinerin sagte, er muss fest gesaugt haben, damit eine solche Prellung entstehen konnte. Die Frage ist nur, warum tut er das?«

»Weil er vollkommen verrückt ist.« Das sagte er eigentlich nur, um Zoe zu ärgern. Sie konnte es auf den Tod nicht leiden, wenn Ermittler die Taten von Mördern schlichtweg auf »Verrücktheit« schoben.

Aber sie biss nicht an. »Nun ja, eine Option ist eine wie auch immer geartete psychotische Störung, die zu einem vorübergehenden Kontrollverlust führte. In so einem Fall wäre alles möglich, nicht nur, dass er mit dem Blut des Opfers etwas an die Wand schreibt. Seine Handlungen würden von Halluzinationen oder Wahnvorstellungen ausgelöst und ließen sich unmöglich vorhersagen.«

»Aber Sie meinten doch, Glover würde mit keinen durchgedrehten Irren zusammenarbeiten.«

»Das ist korrekt, aber wir reden hier über eine ziemliche Bandbreite, und viele Personen mit psychotischen Störungen fallen in der Gesellschaft nicht groß auf. Wir können es nicht ausschließen. Falls dem so ist, wäre es jedoch wie gesagt sinnlos, sich diesen besonderen Fall genauer anzusehen, weil es kein Muster geben könnte. Frühere Fälle können mit Blut, Kannibalismus oder nichts dergleichen in Verbindung stehen.«

»Wie sehen die anderen Optionen aus?«

»Auf Blut fokussierte Paraphilie.«

Paraphilie. Das war Zoes Art, auf professionelle Weise von *Menschen, die auf echt kranken Scheiß stehen,* zu sprechen. Tatum ließ sich das kurz durch den Kopf gehen. »Wenn es Paraphilie ist, würde die sich wahrscheinlich auf den Blutverzehr und nicht auf mit Blut geschriebene Nachrichten konzentrieren.«

»Ich denke, das hängt von der Nachricht ab«, gab Zoe zu bedenken. »Etwas mit dem Blut des Opfers zu schreiben, könnte eine frühe Fantasie sein, die sich zum Blutverzehr weiterentwickelt hat. In diesem Fall müssten die Nachrichten sexueller Art sein, und ich würde auch mit Spermaspuren am Tatort rechnen.«

»Dem war aber nicht so«, erklärte Tatum. »In einem Fall hat der Mörder ›Schlampe‹ an die Wand geschrieben, im anderen einen Bibelvers. Und an beiden Tatorten wurde kein Sperma gefunden.«

»Okay.« Zoe zählte die Optionen an den Fingern ab und hob nun den dritten. »Die dritte Option wäre das Renfield-Syndrom.«

»Renfield? Ist das nicht der komische Typ aus *Dracula*?«

Zoe zog die Augenbrauen hoch, und Tatum lachte auf. »Was ist? Wundern Sie sich, dass ich Bücher lese?«

»Ich … nein, ich meine …«

Sie wirkte so verlegen, dass er noch lauter lachen musste. »Ist schon okay. Raus mit der Sprache, was ist das Renfield-Syndrom?«

»Das Renfield-Syndrom oder klinischer Vampirismus ist ein Zustand, bei dem die betroffene Person besessen davon ist, Blut zu trinken, und zwar nur zum Zweck des Verzehrs. Es gibt keinen sexuellen Aspekt und weder Halluzinationen noch Wahnvorstellungen.«

»Wir reden hier also von Menschen, denen danach ist, Blut zu trinken. Hat das kulinarische Gründe?«

»Da bin ich mir nicht sicher«, gab Zoe zu. »Es ist nicht ganz klar, ob das überhaupt eine handfeste Diagnose darstellt. Ich habe deswegen einen Bekannten angeschrieben, der in diesem Bereich forscht. Warten Sie kurz, ich sehe mal nach, ob er geantwortet hat.« Sie checkte ihre E-Mails.

»Aber wenn dies der Fall ist, wären die Botschaften an der Wand doch auch irrelevant, oder? Denn soweit wir wissen, wurde kein Blut konsumiert.«

Sie drehte sich wieder zu ihm um. »Da haben Sie recht. Es gibt keinen Grund für jemanden, der am Renfield-Syndrom leidet, Nachrichten mit Blut zu schreiben.«

»Das scheidet also aus.«

»Dann wurden diese Fälle vermutlich nicht von unserem Täter begangen, da mir keine anderen Gründe einfallen.« Sie starrte mit gerunzelter Stirn auf den Bildschirm und las eine E-Mail. »Anscheinend habe ich eine Verabredung mit einem Vampir.«

Tatum stutzte. »Wie bitte?«

»Mit jemandem, der sich als Vampir bezeichnet. Mein Bekannter hat geantwortet. Ich sagte ja, dass er sich auf klinischen Vampirismus spezialisiert hat. Er hat sich umgehört und herausgefunden, dass in Chicago eine Gemeinschaft angeblicher Vampire existiert. Und er hat ein Treffen mit einem Mitglied organisiert.«

»Heute?«

»Er schreibt, sie wäre bis achtzehn Uhr da. Ich habe nicht mehr viel Zeit.«

»Sie fahren da nicht allein hin«, erklärte Tatum, der das noch immer nicht ganz fassen konnte.

»Sie hat ausdrücklich verlangt, dass ich allein komme. Wir treffen uns an einem öffentlichen Ort.«

»Das können Sie vergessen. Ich lasse nicht zu, dass Sie sich ganz allein mit einem Vampir treffen. Das kennt man doch aus jedem Horrorfilm. Was schlagen Sie als Nächstes vor? Dass wir uns aufteilen, damit es schneller geht?«

»Machen Sie sich nicht lächerlich. Diese Frau ist nicht wirklich ein Vampir.«

»Trinkt sie Menschenblut?«

»Zumindest behauptet sie es.«

»Dann gehen Sie da bestimmt nicht allein hin.«

Kapitel 15

»Sind Sie sicher, dass wir am richtigen Ort sind?«, fragte Tatum mit gesenkter Stimme.

»Das ist der Treffpunkt, den mir mein Bekannter genannt hat. Richard J. Daley Branch, Chicago Public Library«, bestätigte Zoe.

»Wieso treffen Sie sich in einer Bibliothek?«

»Ich wollte, dass das Treffen an einem öffentlichen Ort stattfindet, und sie hat die Bibliothek vorgeschlagen.«

»Was spricht gegen ein Café?«

»Sie sollten eigentlich gar nicht hier sein, also hören Sie auf, sich zu beschweren.« Zoe hob leicht die Stimme, was ihr einen erbosten Blick eines in der Nähe sitzenden Lesers einbrachte.

»Okay, okay. Wie finden wir sie?«

Zoe zuckte mit den Achseln. »Hier ist nicht gerade viel los. Sie wird uns schon auffallen.«

»Wir hätten einen Holzpflock mitbringen sollen, wie ich es vorgeschlagen habe«, flüsterte Tatum kopfschüttelnd, während sie zwischen den hohen Bücherregalen herumliefen.

Er hatte auf dem Weg hierher allerlei Witze gerissen und unter anderem vorgeschlagen, an einer Kirche anzuhalten und Weihwasser zu besorgen, um wiederholt darauf hinzuweisen, dass sie nun tatsächlich ein Interview mit einem Vampir führen würden, während sich Zoe bemühte, ihn schlichtweg zu ignorieren.

Tatum holte tief Luft und atmete genüsslich den Geruch ein. Bibliotheken verströmten eine ganz eigene Note. Lag das allein am kombinierten Geruch von altem Papier, Staub, Kleber und Tinte? Oder strömten die Geschichten einen eigenen Duft aus? Würde es genau so riechen, wenn man Papier, Buchleim und Tinte vermischte? Er konnte es sich nicht vorstellen und wollte gerade Zoe nach ihrer Meinung fragen, als er feststellte, dass sie in einen anderen Gang abgebogen war.

Als er das hintere Ende der Bibliothek erreichte, entdeckte er sie. Die Frau stand in einem Gang mit besonders alten und dicken Büchern und blätterte in einem gewaltigen Folianten. Sie war dünn, so blass, dass ihre Haut fast weiß aussah, und ihre Lippen waren so rot wie … Blut. Ihr langes pechschwarzes Haar schien im schwachen Licht seltsam zu schimmern. Tatum stutzte verunsichert. Die Bibliothek war zwar ein öffentlicher Ort, doch in diesem Bereich herrschte Grabesstille, und er war zwar eindeutig größer und bewaffnet, aber die Frau hatte etwas Unheimliches an sich.

Langsam trat er näher. Sie musterte ihn kurz, widmete sich dann aber wieder ihrem Buch.

»Bitte entschuldigen Sie«, sprach er sie an.

Sie hob den Blick, sagte aber nichts.

»Sind Sie Carmela Von Hagen?«

»Nein«, antwortete sie stirnrunzelnd.

»Ach, stimmt.« Zoe hatte ihm den merkwürdigen Decknamen der Frau genannt. Wie war der doch gleich? »Äh … Night Temptress?«

Die Frau riss entrüstet die Augen auf. Sie marschierte los und drängte ihn dabei fast schon zur Seite. Im Gehen murmelte sie noch: »Man kann wirklich nirgendwo mehr hingehen, ohne von Perversen belästigt zu werden.«

Tatum blinzelte verwirrt und folgte ihr aus dem Gang. Er wollte gerade hinter ihr herlaufen, als Zoe ihn ansprach. »Tatum.«

Als er sich zu ihr umdrehte, stand sie am Schalter der Bibliothekarin und winkte ihn zu sich.

»Ich glaube, sie ist gerade gegangen«, teilte er ihr mit.

»Das ist sie.« Zoe deutete auf die Frau am Schalter. Tatum starrte sie verwirrt an. Sie war klein, trug eine eckige Brille und ein Kleid mit gelbem Blumenmuster und hatte lockiges braunes Haar. Mit geschürzten Lippen und einem missbilligenden Blick wandte sie sich ihm zu.

»Sie sind Carmela Von Hagen?«, fragte er.

»Ja«, antwortete die Bibliothekarin mit leicht piepsiger Stimme.

»Night Temptress?«

»Das ist nur meine Online-Identität. So nenne ich mich sonst nicht.« Sie schniefte betrübt und warf Zoe einen erzürnten Blick zu. »Sie sollten doch allein kommen.«

»Er hat darauf bestanden, mich zu begleiten«, erwiderte Zoe. »Ich schätze, er war um mein Wohlergehen besorgt.«

»Was haben Sie denn erwartet?«, fragte die Frau mit schriller Stimme. »Dass ich mich als Fledermaus auf Sie stürze und sofort versuche, Sie zu beißen?«

»Ich bin mir nicht sicher«, murmelte Tatum.

»Aha.« Carmela wandte sich wieder Zoe zu. »Nun denn. Tun wir es?«

»Was haben Sie vor?«, wollte Tatum wissen.

»Ihre Freundin hat zugestimmt, mir als Spenderin zur Verfügung zu stehen«, erklärte Carmela.

»Ich bin nicht seine Freundin«, korrigierte Zoe sie rasch.

»Okay, wie auch immer. Unterschreiben Sie das.« Carmela reichte Zoe ein Formular. »Damit bestätigen Sie, dass Sie aus freien Stücken zugestimmt haben.«

»Augenblick mal. Was zum Teufel geht hier vor?« Tatum überflog fassungslos das Formular. »Sie wollen zulassen, dass diese Frau Ihr Blut trinkt?«

»Andernfalls hätte ich mich nie mit Ihnen getroffen«, erwiderte Carmela. »Denken Sie, ich würde mich jedem dahergelaufenen Fremden offenbaren?«

»Das kann nicht Ihr Ernst sein.« Tatum wusste beim besten Willen nicht, was er dazu sagen sollte.

Zoe las sich das Formular so konzentriert durch, als hätte sie einen Kontoauszug vor sich liegen. »Das ist doch keine große Sache, Tatum. Hören Sie auf zu quengeln. Ich will nur herausfinden, wie sie es macht.«

»Auf gar keinen Fall!«

»Ihr Freund ist eine echte Nervensäge«, stellte Carmela fest.

»Ich bin nicht ihr Freund, und sie ist nicht Ihre gottverdammte Nahrungsquelle«, fauchte Tatum.

»Mir wird nichts geschehen.« Zoe warf ihm einen verzweifelten Blick zu. »Mein Bekannter hat sich für sie verbürgt.«

»Ich kann auch Ihr Blut trinken, wenn Ihnen das lieber ist.« Carmela beäugte ihn, als hätte sie ein saftiges Stück Fleisch beim Metzger vor sich. »Eigentlich würde ich das sogar bevorzugen.«

»Mein Blut kriegen Sie nicht!«

Zoe unterschrieb das Formular. »Okay, kann losgehen.«

»Am besten machen wir es in der Science-Fiction-Abteilung«, schlug Carmela vor. »Da ist um diese Tageszeit normalerweise nichts los.«

Tatum folgte den beiden Frauen und kam sich vor, als wäre er in einem surrealen Traum gefangen. In der Science-Fiction-Abteilung roch es anders als in der restlichen Bibliothek; und er meinte, einen leichten Schweißgeruch wahrzunehmen. Auf den

Buchtiteln prangten Raumschiffe, Planeten und ein Roboter mit roten Augen.

»Sind Sie Links- oder Rechtshänderin?«, wollte Carmela von Zoe wissen.

»Rechtshänderin.«

»Dann geben Sie mir Ihre linke Hand.« Carmela holte eine Schachtel mit Einmalskalpellen aus ihrer Handtasche, nahm eins heraus und riss die sterile Verpackung auf.

Zoe zögerte nur einen Sekundenbruchteil, und schon war Tatum vorgetreten und hatte ihr eine Hand auf die Schulter gelegt. »Lassen Sie uns gehen.«

Sie warf ihm einen wütenden Blick zu und reichte Carmela die linke Hand. Carmela nahm sie und stach mit dem Skalpell vorsichtig in Zoes Daumen, bis eine etwa einen Zentimeter lange Wunde entstanden war. Ein großer Blutstropfen erschien. Carmela drückte den Daumen zusammen, bis noch mehr Blut ausgetreten war, beugte sich vor und leckte Zoe das Blut vom Finger.

Tatum hielt den Atem an und hatte jeden Muskel im Körper angespannt. Seine rechte Hand lag direkt auf dem unter seiner Jacke verborgenen Holster, als wäre er drauf und dran, seine Waffe zu ziehen und die Bibliothekarin-Vampirin zu erschießen. Nur mit Mühe gelang es ihm, sich ein wenig zu entspannen, und er atmete tief durch. Diese Frau war ausgesprochen seltsam, aber eindeutig nicht gefährlich.

Sie richtete sich auf, leckte sich die Lippen und starrte Zoes Daumen an, der noch immer blutete. Nachdem sie noch einmal darübergeleckt hatte, nickte sie zufrieden. »Nicht schlecht.«

»Dann hat es Ihnen geschmeckt?«, erkundigte sich Tatum.

»Sie wären überrascht – das Blut mancher Menschen schmeckt widerlich«, erklärte Carmela. Sie holte eine Packung Pflaster und ein Fläschchen Desinfektionsmittel aus der Handtasche und reichte Zoe beides.

Zoe desinfizierte ihren Daumen und klebte ein Pflaster darauf. Obwohl sie es zu verbergen suchte, zitterten ihr dabei die Finger, was erkennen ließ, wie sehr sie diese seltsame Erfahrung mitgenommen hatte.

»Kommen Sie mit«, verlangte Carmela. »Ich muss weiterarbeiten.«

Sie ging zurück zum Schalter, und Tatum folgte ihr und behielt Zoe besorgt im Auge. Sie runzelte die Stirn, kaute auf ihrer Unterlippe herum und schien diesen merkwürdigen Zwischenfall noch zu verarbeiten. Carmela griff sich einen Stapel Bücher und fing an, sie zu scannen.

»So«, meinte sie. »Nate sagte, Sie hätten noch ein paar Fragen an mich. Sind Sie Journalisten?«

»Ich bin Psychologin«, antwortete Zoe.

Tatum lehnte sich an den Schalter und beschloss, Zoe das Reden zu überlassen.

»Okay. Worum geht es hierbei? Schreiben Sie eine Art akademische Abhandlung?«, fragte Carmela.

»Etwas in der Art. Wir interessieren uns für einen speziellen Fall. Eine Person, die hier in Chicago lebt.«

»Aha. Und was wollen Sie von mir?«

»Kennen Sie hier in Chicago andere Menschen, die ... so sind wie Sie?«

Carmela musterte sie kritisch. »Andere Vampire, meinen Sie?«

»Ja«, antwortete Zoe nach kurzem Zögern.

»Natürlich. Hier gibt es eine ganze Community.« Sie sagte das so nüchtern, dass sich Tatum nicht sicher war, ob sie es ernst oder ironisch meinte.

»Eine Community aus Vampiren?«

»Ja. Sechsundneunzig, soweit ich weiß.«

»Im Ernst?« Tatum staunte.

Sie zuckte mit den Achseln. »Warum sollte ich Sie anlügen? Dachten Sie, es gäbe nur sehr wenige Vampire? Auf der ganzen Welt gibt es über fünftausend selbst ernannte Vampire. Und das sind nur die, von denen wir wissen.«

»Und alle trinken Blut?«, hakte Zoe nach.

»Nein. Einige sind Psychovampire.«

Tatum hätte beinahe die Augen verdreht. »Psychovampire?«

»Wissen Sie, Ihr Tonfall, der geht gar nicht. Ganz genau, Psychovampire. Sie entziehen anderen psychische Energie.« Sie zuckte mit den Achseln. »Jedenfalls behaupten sie das. Und ich neige nicht dazu, das infrage zu stellen, woran andere glauben. Wer im Glashaus sitzt ... Sie wissen schon.«

»Aber Sie trinken Menschenblut?«, fragte Zoe.

»Das haben Sie doch gerade gesehen.«

»Und Sie sind davon überzeugt, dass Sie es zum Überleben brauchen?«, wollte Tatum wissen.

»Es hält mich gesund«, erwiderte sie. »Ich bekomme Kopfschmerzen und Schwindelanfälle. Manchmal tun mir die Gelenke weh. Aber nach ein bisschen Blut ist das alles vergessen.«

Tatum und Zoe sahen sich in die Augen.

»O ja, ich weiß, was Sie denken«, fuhr Carmela fort. »Sie denken an den Placeboeffekt, stimmt's? Sie glauben, ich hätte eine eingebildete seelische Störung, und wenn ich Blut trinke, geht es mir besser, weil ich mir einrede, dass es mir helfen würde.«

»Was denken Sie denn?«, konterte Zoe.

»Ich wünschte, es wäre so einfach«, gab Carmela zu. »Und ich wäre heilfroh, wenn man mir sagen würde, dass ich das Blut nicht brauche. Schließlich ist es ja nicht so, als könnte man es im Supermarkt kaufen. Manchmal ist es ein ziemlicher Aufwand, sich welches zu beschaffen. Aber ich habe noch nichts anderes gefunden, das mir hilft.«

»Wie haben Sie überhaupt festgestellt, dass Ihnen Blut hilft?«, erkundigte sich Zoe.

»Ich hatte schon als Kind häufig Kopfschmerzen und Schwindelanfälle«, berichtete Carmela. »Mit dreizehn habe ich mit einer Freundin ›Wahrheit oder Pflicht‹ gespielt und musste ihr Blut trinken. Und mit einem Mal waren meine Kopfschmerzen weg.«

»Kommen wir wieder zu unserem Fall zurück«, verlangte Tatum, der vermutete, dass sich Zoe nur zu gern den ganzen Tag mit Carmela über Vampirismus unterhalten hätte. Ihn interessierte dieses Thema jedoch nicht besonders. »Können Sie uns eine Liste aller, äh ... selbst ernannten Vampire in Chicago geben?«

»Nein.« Carmela rümpfte die Nase. »Glauben Sie wirklich, ich würde unsere Community auf diese Weise verpfeifen? Die meisten haben sich nie geoutet und würden es nicht einmal ihren Eltern erzählen, geschweige denn zwei dahergelaufenen Fremden.«

»Es ist aber sehr wichtig«, drängte Zoe sie.

»Ach ja? Das ist unsere Privatsphäre auch. Was würde wohl Ihrer Meinung nach passieren, wenn unser Umfeld erfährt, dass wir Menschenblut trinken? Glauben Sie, es interessiert die Leute, dass man uns das Blut freiwillig spendet? Man würde uns lynchen.«

»Wir werden es niemandem verraten«, versprach Tatum.

»Nichts für ungut, aber ich habe Sie gerade erst kennengelernt, und es ist offensichtlich, dass Sie beide mit meiner Identität nicht klarkommen.«

Na ja, Sie trinken ja auch das Blut anderer Leute. Tatum hielt jedoch den Mund, aber wenn er Carmelas Miene richtig deutete, konnte sie ihm trotzdem ansehen, was er dachte.

»Wir können auch mit einem richterlichen Beschluss wiederkommen«, drohte Tatum ihr.

Sie starrte ihn an. »Sagten Sie nicht, Sie wären Psychologen?«

»Sie ist forensische Psychologin«, erklärte Tatum, beugte sich über den Schalter und zückte seinen Dienstausweis. »*Ich bin Bundesagent.*«

Immerhin waren sie jetzt alle drei ziemlich schockiert. Carmela starrte ihn an, als hätte er sich gerade als Van Helsing, Buffy oder ein anderer Vampirjäger vorgestellt.

»Sie sollten jetzt besser gehen«, stieß sie hervor und wich einen Schritt zurück.

»Einer Ihrer Freunde hat vor ein paar Tagen eine Frau ermordet«, sagte Tatum. »Wir müssen wissen, wer das war.«

»Ich kenne niemanden, der … Bei uns läuft alles auf Freiwilligenbasis. Wir trinken nur von Spendern!«

»Bis einer ausflippt und jemanden umbringt, um an das Blut zu kommen.«

»Ich sage Ihnen doch, dass keiner aus der Community jemanden töten würde.«

»Kennen Sie die anderen wirklich so gut? Alle sechsundneunzig?«

Sie stutzte. Tatum und Zoe beugten sich jetzt beide vor und sahen Carmela eindringlich an.

»Hören Sie.« Carmelas Stimme zitterte, und sie hatte feuchte Augen. »Ich kenne sie nicht alle besonders gut. Ich gehe auch nicht auf die Partys oder Veranstaltungen. Und ich lebe diesen Stil nicht aus und habe nicht mal ein Cape zu Hause.« Ihr Tonfall wurde immer schriller. »Ich brauche nur hin und wieder einen Tropfen Blut, damit ich mich besser fühle, okay? Sie müssen jetzt nicht glauben, ich hätte eine Liste von Krypten in der Tasche oder etwas in der Art.«

»Aber Sie haben Kontakte«, erwiderte Tatum. »E-Mail-Adressen, vielleicht Twitter-Handles. Hashtag Chicago_Vampire_ftw? Müssen wir uns wirklich erst einen Durchsuchungsbeschluss für Ihren Computer und Ihr Handy besorgen?«

Den sie nicht kriegen würden, wie er ganz genau wusste. Kein Richter würde dem zustimmen. Was Carmela eigentlich auch wissen sollte. Aber darauf vertrauen konnte sie nicht. Und wenn man Angst hat, sieht man selbst die Dinge, die man normalerweise als gegeben hinnimmt, auf einmal anders. Er konnte ihren panischen, tränenverhangenen Augen ansehen, was in ihrem Kopf vorging. *Können sie das wirklich tun? Bin ich etwa eine Verdächtige? Was ist, wenn sie mich zum Verhör mitnehmen, wie man es im Fernsehen immer sieht?* Und all die Nachrichtenmeldungen über Polizeibrutalität, unkonventionelle Ermittlungstechniken und korrupte Polizisten, die sich nicht an die Regeln hielten, gingen ihr durch den Kopf und fachten ihre Furcht nur noch weiter an.

»Ich wüsste da vielleicht jemanden«, stieß sie endlich hervor. »Er ist auch Vampir, aber er kennt hier *jeden*. Und damit meine ich, wirklich jeden. Er kann Ihnen beiden mit Sicherheit helfen.«

»Geben Sie uns seinen Namen.«

Sie schüttelte den Kopf. »Nein. Ich will erst selbst mit ihm reden. Ich werde ihn auf keinen Fall outen, ohne mich vorher vergewissert zu haben, dass er damit einverstanden ist.«

Mit ein bisschen Druck würde sie ihnen den Namen, die Telefonnummer, die Adresse und die Lieblingsfarbe des Mannes nennen. Aber sie bevorzugten Kooperation. Außerdem würde diese Frau ja nicht einfach vom Erdboden verschwinden.

»In Ordnung«, gab Tatum nach. »Reden Sie mit ihm. Aber wenn wir nicht bald von Ihnen hören ...«

»Ich melde mich«, versicherte sie ihnen. »Ganz bestimmt.«

Kapitel 16

Zoe nahm sich noch ein Stück Pizza aus der Schachtel, ohne den Blick vom Monitor abzuwenden, auf dem sie fasziniert einen langen Artikel las.

Ihr waren durchaus Zweifel an Carmelas Geisteszustand gekommen, als diese die Zahl der selbst ernannten Vampire erwähnt hatte. Aus diesem Grund hatte sie sofort nach ihrer Rückkehr ins Büro mit der Online-Recherche begonnen und war schnell auf eine Organisation mit dem Namen Atlanta Vampire Alliance gestoßen. Diese hatte eine ganze Reihe von Umfragen veröffentlicht, an denen sich über eintausend Individuen aus der Vampir-Community beteiligt hatten. Die Menge an Daten ließ sich nur als gewaltig beschreiben, und Zoe war angenehm überrascht über deren Qualität. Daten und Grafiken faszinierten sie schon seit jeher, und sie freute sich sehr darüber, dass wenigstens ein Vampir ihre Begeisterung dafür zu teilen schien. Sie las Tatum einige ihrer neuen Erkenntnisse vor.

»Es gibt eine hohe Korrelation zwischen selbst ernannten Vampiren und selbst ernannten Goths.« Sie nahm einen Bissen von ihrer Pizza.

»Das überrascht mich nicht«, knurrte Tatum.

»Mich auch nicht«, gab Zoe zu. Sie sah sich weitere Daten an. Ihr Finger kribbelte ein wenig. Beinahe bereute sie ihre Entscheidung, der Bibliothekarin etwas von ihrem Blut zu geben. Das war schon ziemlich unheimlich gewesen, und sie musste immer wieder erschaudernd daran denken, wie sich der Mund der Frau an ihrem Finger angefühlt hatte. Uah.

Als Teenager war sie ein großer Fan von Fernsehserien und Büchern über Vampire gewesen. Irgendwie hatten die immer sexy gewirkt. Dieser Sex-Appeal ging der Bibliothekarin Carmela jedoch völlig ab.

Tatum rollte mit seinem Stuhl zu ihrem Schreibtisch hinüber und schnappte sich das letzte Pizzastück aus der Schachtel. »Ich habe ein paar Hinweise aus ViCAP, aber nichts Eindeutiges. Und keiner der Fälle ist aus Chicago. Morgen werde ich mal ein bisschen rumtelefonieren, vielleicht finde ich ja heraus, wo die Täter inzwischen wohnen.«

»Okay.« Zoe schloss das Dokument. Zwar interessierte sie sich sehr für die Vampir-Community, aber sie konnte sich nicht vorstellen, dass ihr diese Statistiken dabei helfen würden, das Profil des Mörders zu erstellen. »Das Chicago PD hat eine Datenbank lokaler Verbrechen. Ich habe sie auch im Alston-Fall genutzt.«

Tatum stöhnte leise. »Gut, dann spreche ich O'Donnell morgen darauf an.«

»Warum machen wir das nicht gleich und gehen alles zusammen durch?«, schlug sie vor. »Dann wären wir in ein paar Stunden damit fertig.«

»Ist das Ihr Ernst?«

Sie musterte ihn. Er sah müde aus, seine Augen waren blutunterlaufen, sein Hemd war zerknittert. Sie arbeiteten jetzt seit über einer Woche ununterbrochen an diesem Fall und versuchten, jede Minute in Chicago so gut wie möglich zu nutzen. Aber das forderte seinen Tribut. Sie wollte ihm schon sagen, dass es eine dumme Idee wäre, und ihn darauf hinweisen, dass es schon spät war, als sich jemand hinter ihr räusperte. Es war einer der Agenten, ein Mann namens John. Oder hieß er Jerry? Sie war sich fast sicher, dass der Name John lautete.

»Hey«, sagte John-oder-Jerry. Er zog das Wort in die Länge und sprach es ganz kehlig aus, genau wie Fonzie in *Happy Days*. »Wie geht's Ihnen beiden?«

»Gut«, antwortete Zoe.

»Machen Sie Feierabend, John?«, erkundigte sich Tatum.

Sie hatte recht gehabt, er hieß wirklich John. Zoe war sehr zufrieden mit sich.

»Ja. Ich wollte Ihnen nur Bescheid sagen, dass ein paar von uns noch etwas trinken gehen. Sie können gern mitkommen.«

Die Einladung galt zwar ihnen beiden, aber er sah nur Tatum an.

»Das klingt verlockend«, meinte Tatum. Er warf Zoe einen Blick zu und schenkte ihr ein Lächeln. »Was sagen Sie? Ich könnte eine Pause gebrauchen.«

Zoe stellte überrascht fest, dass eine leise Stimme in ihrem Kopf sich dafür einsetzte. Nicht, weil sie etwas trinken wollte oder müde war, sondern weil es nett klang, mit mehreren Leuten auszugehen.

Allerdings war es eine sehr leise Stimme. Die von der Tatsache übertönt wurde, dass es reine Zeitverschwendung war. Dass Glover da draußen herumlief. Dass sie sie nur Tatum zuliebe mit einluden. Dass sie dann mit den Leuten Small Talk machen musste und dass die Musik sehr laut sein würde.

»Gehen Sie nur«, sagte sie zu Tatum. »Vielleicht stoße ich später dazu. Ich will hier nur noch etwas fertig machen.«

»Sind Sie sicher?«

Sie nickte. »Lassen Sie mir den Wagen da. Ich rufe Sie an, wenn ich so weit bin.«

Tatum ging mit John hinaus. Sie hörte ihn etwas sagen, das sie nicht verstand, und John herzlich lachen. Kurz überlegte sie, aufzustehen und ihnen zu folgen.

Stattdessen rief sie O'Donnell an.

Sie ging fast sofort ran. »Hallo?«

»Hier ist Zoe Bentley. Ich wollte Sie etwas fragen. Sie haben doch eine Art Datenbank lokaler Verbrechen, oder?«

»Ja«, bestätigte O'Donnell. »Das CLEAR-System.«

»Stimmt«, sagte Zoe, die sich nun auch wieder an das Akronym erinnerte. »Kann ich darauf zugreifen?«

»Sie brauchen einen Benutzernamen und ein Passwort, aber das ist kein Problem; Bundesagenten bekommen beides problemlos. Sie müssen dafür ein von Ihrem Chief unterzeichnetes Sicherheitsformular einreichen.«

»Ich hatte gehofft, heute noch Zugriff darauf zu bekommen.« Zoe kaute auf ihrer Unterlippe herum. »Würden Sie mir Ihren Benutzernamen und Ihr Passwort geben?«

»Das können Sie vergessen. Ich gebe meine Daten nicht weiter. Wenn rauskommt, dass sich eine nicht autorisierte Person mit meinen Daten angemeldet hat, ist Teufels Küche nichts zu dem, was ich dann erleben muss.«

Damit hatte Zoe schon gerechnet. »Könnten Sie dann vielleicht ein paar Suchanfragen für mich eingeben?«

»Das mag Sie überraschen, Bentley, aber ich habe auch so schon genug zu tun.« O'Donnell klang angespannt und erschöpft. »Wenn Sie möchten, können Sie gern vorbeikommen. Es ist so gut wie niemand mehr da; wir hätten das Büro für uns allein. Sie könnten von meinem Computer auf das System zugreifen. Was halten Sie davon?«

»Ich soll auf dem Revier vorbeikommen?«, wiederholte Zoe.

»Sie sind doch im FBI-Büro, oder? Dann können Sie mit dem Auto in zehn Minuten hier sein. Rufen Sie an, sobald Sie da sind.«

Zoe zog sich bereits die Jacke über. »Dann bis gleich.«

* * *

O'Donnell hatte zu Recht prophezeit, dass sie das Büro für sich haben würden. Zoe empfand die Stille als regelrecht unheimlich.

Die Abteilung für Gewaltverbrechen war in einem großen, offenen Bereich untergebracht, in dem drei Reihen L-förmiger Schreibtische standen, die alle individuell dekoriert waren. Auf einem standen mehrere Topfpflanzen, auf dem nächsten klebten lauter Haftnotizen, die mit einer nicht entzifferbaren Schrift bekritzelt waren, ein dritter stand voller Familienfotos. Aber sie waren alle leer, ihre Besitzer hatten längst Feierabend gemacht. Bei Zoes Ankunft arbeitete nur noch ein anderer Detective in einer Ecke des Raums, aber er nahm Zoe nur beiläufig zur Kenntnis, als sie O'Donnell zu ihrem Schreibtisch folgte. Als der Mann ging, knurrte er etwas, bei dem es sich um »Gute Nacht« gehandelt haben konnte, und O'Donnell antwortete auf ähnliche Weise. Dann war außer ihnen niemand mehr da. Der Schreibtisch war breit genug, dass sie nebeneinandersitzen konnten, wenngleich relativ dicht.

O'Donnell ging einen dicken Stapel an Ausdrucken durch, auf denen Catherine Lambs Telefonate verzeichnet waren, glich sie mit den Kontakten ab und markierte Nummern, die wiederholt auftauchten. Zoe saß neben ihr vor dem Computer und durchforstete das CLEAR-System. Sie ging sämtliche Mordfälle oder Fälle von Gewaltanwendung sorgfältig durch, bei denen Bisswunden, Nadeln oder seltsame Schnittverletzungen vermerkt worden waren. Jeden Fall, der eine genauere Betrachtung wert war, notierte sie sich zusammen mit dem Tatort, dem Datum und dem Namen des ermittelnden Detective. Normalerweise hörte sie bei derartigen methodischen Aktivitäten Musik, aber da es ringsherum totenstill war, vermutete sie, dass sie O'Donnell selbst mit Kopfhörern damit stören würde.

Ein Problem bei ihrer Suche stellte die Tatsache dar, dass Einstichstellen häufig bei Verbrechen mit Drogenbezug erwähnt wurden. Aus diesem Grund erhielt sie sehr viele falsche Treffer, was die Suche nach Mustern nahezu unmöglich machte. Sie überlegte schon, ob sie Fälle, die mit Nadeln zu tun hatten, ganz ausschließen sollte. Laut der Rechtsmedizinerin deuteten die Verletzungen an Catherines Arm darauf hin, dass der Täter keine Erfahrung im Umgang mit Nadeln gehabt hatte. Selbst wenn Beta zuvor schon mal jemanden angegriffen hatte, konnte er das Opfer dabei auch gebissen oder geschnitten haben, um sein Blut zu trinken. Dagegen sprach jedoch, dass sie so Gefahr lief, etwas zu übersehen. Sie kaute auf ihrer Unterlippe herum und wusste nicht, wie sie mit diesem Dilemma umgehen sollte.

»Ich müsste mal kurz an den Computer«, sagte O'Donnell.

»Natürlich.« Zoe wollte zur Seite rücken, aber sie konnte den Stuhl nur wenige Zentimeter bewegen, bevor sie an den Schreibtisch dahinter stieß. Als sie gerade aufstehen und sich hinter O'Donnell vorbeiquetschen wollte, beugte sich der Detective einfach vor und griff nach der Maus. Zoe schob den Stuhl so weit wie möglich in die Ecke, damit O'Donnell auch die Tastatur bedienen konnte. O'Donnell duftete nach Lavendel. Sie trug eine andere Bluse als an diesem Vormittag. Anscheinend hatte sie auf dem Revier geduscht. Auf einmal merkte Zoe, dass ihr Körpergeruch nach diesem langen Tag auch nicht mehr der beste war.

O'Donnell starrte angespannt auf den Bildschirm, und eine blonde Haarsträhne war ihr ins Gesicht gefallen. Sie hatte sehr lange Wimpern. Es kam Zoe merkwürdig vor, dass ihr das auffiel, denn im Allgemeinen achtete sie nicht auf so etwas wie Wimpern.

»Nur noch zwei«, sagte O'Donnell. Sie gab einige Namen ein, um zu überprüfen, ob diese Personen bereits aktenkundig geworden waren.

»Kein Problem«, erwiderte Zoe.

Beide Namen wurden nicht gefunden. O'Donnell zog sich wieder zurück. »Danke.«

»Es ist Ihr Computer.«

O'Donnell nickte geistesabwesend. Sie markierte etwas auf einer Seite. »Wo ist Agent Gray?«

»Er ist etwas trinken gegangen.«

Das entlockte O'Donnell einen irritierten Blick. »Wirklich? Er überlässt Ihnen die ganze Drecksarbeit?«

Ihr Tonfall war spöttisch, aber freundlich, doch Zoe runzelte dennoch die Stirn. Tatum hatte sehr viel Arbeit in diesen Fall investiert und sich sogar freiwillig dafür gemeldet. Sie hatten die Wochenenden und halbe Nächte durchgearbeitet. Allein die Vorstellung, O'Donnell wollte damit andeuten, Tatum würde es sich gut gehen lassen, verärgerte Zoe. »Wir arbeiten seit sehr langer Zeit sehr hart an diesem Fall.«

»Vergessen Sie's. Ich wollte nicht ...«

»Ich kann Ihren Partner hier auch nirgends entdecken.«

Es war, als hätte sich eine Barriere aus Eis zwischen ihnen herabgesenkt. Das angedeutete Lächeln auf O'Donnells Lippen verblasste. »Stimmt.« Plötzlich klang sie schroff und wütend. Sie wandte sich wieder ihren Papieren zu.

Zoe setzte die Suche fort und spürte wie immer diesen Hauch von Entrüstung, wenn sie sich wegen etwas schämte.

Die nächsten zwanzig Minuten zogen sich in die Länge, und sie startete eine Suche nach der anderen. Sie hatte sich doch dafür entschieden, nach Fällen mit Einstichstellen zu suchen.

Wenn es deswegen länger dauerte, ließ sich das nun mal nicht ändern.

Ihr Magen knurrte. Sie saß nun schon einige Stunden hier und hatte, abgesehen von zwei Pizzastücken, nicht zu Abend gegessen. Aufgrund der Stille war ihr Magenknurren deutlich zu hören und erinnerte an ein fernes Donnern. Sie rutschte betreten hin und her und räusperte sich. Ihr Magen knurrte wieder. O'Donnells Lippen zuckten leicht. Sie zog eine Schreibtischschublade auf, nahm ein Glas heraus und stellte es zwischen sie. Es war mit einer Nussmischung gefüllt.

»Greifen Sie zu.« Sie öffnete das Glas und nahm eine Handvoll Nüsse heraus. »Das ist mein Nachtsnack.«

»Danke.« Zoe nahm sich ebenfalls ein paar Nüsse, steckte sich einige in den Mund und genoss den salzigen Geschmack. »Die sind gut.«

»Nur das Beste für meine Gäste.« O'Donnell klang noch immer abweisend.

»Ihr Partner hat bestimmt einen guten Grund dafür, dass er nicht hier ist.« Zoe verstand diese Worte als Friedensangebot.

»Ich habe keinen Partner.«

»Oh. Ist es in Ihrer Abteilung nicht Vorschrift, immer zu zweit zu arbeiten?«

»Es gibt Ausnahmen.«

»Sind Sie eine dieser Ausnahmen?«

O'Donnell antwortete nicht, sondern blätterte weiter in den Telefonunterlagen herum. Zoe wartete noch eine Weile, aber es machte ganz den Anschein, als sei das Gespräch beendet. Seufzend wandte sie sich wieder dem Computer zu. Unterhaltungen sahen bei anderen Menschen immer so einfach aus, aber für Zoe glichen sie einem zarten Schmetterling, den sie irgendwann unausweichlich zerquetschte.

Nach zehn Minuten legte O'Donnell den Papierstapel mit lautem Knall auf den Schreibtisch. »Catherine Lamb hat auf jeden Fall viel telefoniert, und das mit Unmengen unterschiedlicher Personen.«

»Ist Ihnen etwas aufgefallen?« Zoe warf einen Blick auf die Seiten. Auf der obersten waren mehrere Zeilen mit leuchtend grünem Textmarker hervorgehoben.

»Einige Nummern kamen häufiger vor. Die meisten Telefonate hat sie mit ihrem Vater geführt, sowohl was eingehende als auch ausgehende betrifft. Sie hat zwei Freundinnen, mit denen sie regelmäßig spricht, doch in letzter Zeit haben die beiden meist sie angerufen und die Gespräche dauerten nicht lange. Alle drei oder vier Tage telefonierte sie mit Patrick Carpenter, und es gibt auch noch andere Nummern, die sich wiederholen. Aber da sie sowohl die Verwalterin der Kirche als auch eine religiöse Beraterin war, sollte uns das vermutlich nicht überraschen.«

»Machen Sie jetzt Feierabend?«, fragte Zoe. Sie hatte gerade mal die Hälfte der Fälle durchgesehen und war sich nicht sicher, ob O'Donnell verlangen würde, dass sie ebenfalls ginge.

»Nein. Ich muss noch ihre Bank- und Kreditkartenunterlagen durchgehen. Mir bleibt noch etwa eine Stunde.« O'Donnell wirkte erschöpft. Sie sah auf die Uhr. »Ach, verdammt. Es ist schon nach elf. Ich habe vergessen, meine Tochter anzurufen.«

»Sie haben eine Tochter?«

O'Donnell nickte und griff nach dem Telefon. »Nellie. Sie ist fünf.«

»Oh. Das ist schön.« Zoe war sich nicht sicher, ob das wirklich schön war, aber ihr fiel nichts Besseres ein, das sie sagen konnte.

O'Donnell nickte und hielt sich das Handy ans Ohr. »Hallo, Schatz. Entschuldige. Ich habe nicht auf die Uhr gesehen. Wann ist sie ins Bett gegangen? Oh. Nein, das ist schon okay. Es tut mir leid. Ich hätte ... Ja.«

Zoe versuchte, sich auf den Bildschirm zu konzentrieren, doch es fiel ihr sehr schwer. O'Donnells Stimme hörte sich beim Telefonieren so anders, so viel sanfter an, dass es sie ablenkte.

»Was hat sie heute im Kindergarten erlebt?«, fragte O'Donnell. Sie hörte einige Sekunden lang zu und verzog dann das Gesicht. »Sie haben was? Und was hat sie getan?«

Sie hörte längere Zeit zu, und Zoe nutzte die Pause, um rasch den nächsten Fall zu überfliegen, bei dem eine Drogensüchtige tot und mit mehreren Einstichstellen in beiden Armen aufgefunden worden war. Das war nicht einmal eine Notiz wert; dieser Fall war irrelevant für sie.

O'Donnell seufzte. »Ich werde morgen mit ihr reden. Danke. Schlaf gut, Schatz.« Sie legte auf und ging prompt in die Luft. »Diese *Kackbratzen*!«

Zoe blickte verwirrt auf. »Ist alles in Ordnung?«

»Nellie hat eine Freundin ... hatte eine Freundin. Winona. Und jetzt hat sich Winona mit diesen anderen Mädchen angefreundet, und sie wollen Nellie nicht bei ihrer Stickertauschgruppe dabeihaben. Es geht um ... Schlumpfsticker oder etwas in der Art. Heute hat Winona Nellie gesagt, dass sie nicht mehr mit ihr redet.« O'Donnells Stimme bebte vor Zorn. »Und Nellie hat den ganzen Abend geweint. Das ist das dritte Mal diesen Monat, dass sie zu Hause sitzt und sich die Augen aushäult.«

»Da muss ich passen. Kinder streiten sich nun mal«, meinte Zoe.

»Nellie streitet sich nicht. Sie ist immer so nett. Und letztes Jahr hatte Winona nicht *einen* Freund. Sie war so froh, dass Nellie ihre Freundin sein wollte.«

»Das ist bestimmt nur eine Phase.« Zoe wollte dieses Gespräch möglichst schnell beenden. Ihrer Meinung nach war O'Donnells Reaktion übertrieben.

»Wissen Sie, was ich am liebsten tun würde? Dort reinmarschieren, mit meiner Waffe herumwedeln und vielleicht ein paarmal in die Decke schießen. Sie warnen, dass ich sie alle verhaften könnte. Sie das Fürchten lehren.«

Zoe fragte sich, ob sie O'Donnell möglicherweise falsch eingeschätzt hatte. Anfangs war ihr die Frau wie ein vernünftiger Mensch vorgekommen, aber jetzt schien sie nicht mehr klar denken zu können. »Vielleicht braucht Nellie eine andere Freundin«, schlug sie vor.

»Das mag sein, aber sie will keine andere Freundin. Sie wünscht sich, dass Winona wieder ihre Freundin ist. Ich sollte sie dazu überreden, eine andere Stickersammelgruppe zu gründen. Mit besseren Stickern. Das gibt einen Stickerkrieg.«

»Sie sollten sich da raushalten und Nellie das allein regeln lassen.«

»Haben Sie Kinder?«

»Nein, aber Studien belegen, dass es nicht gut ist, wenn sich Eltern zu sehr in das Leben ihrer Kinder einmischen, weil ...«

»Es ist mir völlig egal, was irgendwelche Studien belegen, Bentley! Meine Tochter hat sich heute in den Schlaf geweint wegen dieser ... dieser ...«

»Fünfjährigen?«

»Dieser schrecklichen ... Sticker sammelnden Ungeheuer.«

Zoe beschloss, die Unterhaltung mit dieser Verrückten zu beenden. Lieber konzentrierte sie sich auf den nächsten Mordfall. Mörder konnte sie verstehen.

O'Donnell blätterte ruckartig in den Bankunterlagen herum und riss sogar eine Seite heraus. Hin und wieder murmelte sie »Denen gebe ich Sticker« oder »Auf einmal ist *sie* die Beliebte und kann auf Nellie verzichten«. Nach einer Weile verstummte sie.

Zoe hatte die Suchergebnisse durchgearbeitet und eine Handvoll möglicher Hinweise gefunden, mehr jedoch nicht.

»Catherine hat ihr Bankkonto leergeräumt«, sagte O'Donnell auf einmal.

Zoe drehte sich ruckartig zu ihr um. »Was?«

»Sie hat damit angefangen, jede Woche Geld abzuheben. Es handelt sich nicht um hohe Summen, ein- oder zweihundert die Woche, aber sie hat so nach und nach ihr Konto geleert.«

»Hat ihr Vater etwas Diesbezügliches erwähnt?«

»Nein.«

»Nahm sie Drogen? Hat sie gespielt?«

»In ihrem Haus wurden keine Drogen gefunden, aber ich werde dafür sorgen, dass die toxikologischen Tests auch auf die verbreitetsten Drogen ausgeweitet werden. In ihrem Browserverlauf waren keine Glücksspielaktivitäten zu entdecken, und bisher gibt es auch keine Hinweise darauf, dass sie woanders gespielt hat, auch wenn ich es nicht ganz ausschließen kann. In jedem Fall wäre ihr bald das Geld ausgegangen. Sie hatte noch einhundertfünfundsiebzig Dollar und ein paar Cent auf der Bank. Ich werde bei der Filiale um die Aufnahmen der Überwachungskameras an den Geldautomaten bitten, damit wir sehen können, wie sie das Geld abgehoben hat.«

»Warum?«

»Um herauszufinden, ob sie dabei bedroht wurde. Und vielleicht erkennen zu können, wie es ihr dabei ging. Hat sie geweint? Gezittert?« O'Donnell zuckte mit den Achseln. »Ich werde es wissen, wenn ich es sehe.«

Das schien ein Schuss ins Blaue zu sein, aber Zoe fand, dass es nicht schaden könnte. »Gute Idee.«

»Ich habe nicht wirklich vor, Fünfjährige zu verhaften oder einen Stickerkrieg anzuzetteln.«

»Da bin ich aber beruhigt.«

»Ich bin nur müde und frustriert. Und ich kann die Nüsse nicht mehr sehen.« O'Donnell schob das Glas von sich weg. »Da verzichte ich schon absichtlich auf Mahlzeiten, nur um dann diese verdammten Nüsse zu essen.«

»Das ist Ihr wahres Problem«, stellte Zoe fest. »Sie leiden eindeutig unter Schokoladenentzug.«

»Ich mag eigentlich gar keine Schokolade.«

»Sind Sie ein Alien?«, fragte Zoe und versuchte, den spielerischen Tonfall nachzuahmen, den Andrea beim Herumalbern immer aufsetzte. »Kommen Sie vom Mars?«

O'Donnell runzelte die Stirn und legte den Kopf schief. »Was? Nein.«

Späße waren nicht gerade Zoes Stärke, aber sie versuchte es noch einmal. »Wenn ich es mir recht überlege, würde selbst ein Alien vom Mars Schokolade mögen. Wegen des, ähm … Namens.« Sie merkte selbst, wie flach ihr Witz kam. Jemand anderes hätte das vielleicht gut vermitteln können, aber Zoes Stärken lagen definitiv woanders.

»Ach ja?« O'Donnell verschränkte die Arme vor der Brust und grinste leicht. »Tja, ich komme vom Planeten Snickers, und wir mögen keine Schokolade.«

Zoe runzelte die Stirn und war sich nicht sicher, ob sich O'Donnell nicht gerade über sie lustig machte. Schließlich entschied sie, dass dem nicht so war. »Ich werde es Ihnen demonstrieren.« Sie stand auf.

»Wo wollen Sie denn hin?«

»Zum Snackautomaten auf dem Flur. Oder, wie ich es nenne, zur Notschokoladenmaschine.«

Sie ging schnellen Schrittes hinaus, zog zwei Kitkat aus dem Automaten, kehrte an den Schreibtisch zurück und reichte O'Donnell einen der Schokoriegel.

O'Donnell wickelte ihr Kitkat aus und biss hinein.

»Was tun Sie da?«, fragte Zoe verblüfft.

»Schokolade essen«, antwortete O'Donnell mit vollem Mund. Sie hatte einen braunen Fleck an einem Schneidezahn.

»Wieso? Was ist denn?«

»So isst man doch kein Kitkat! Man bricht die Rippen einzeln ab.« Zoe wickelte ihren Riegel aus und machte es vor, indem sie den ersten Riegel abbrach.

»Das ist wirklich unglaublich. Sie bevormunden einen selbst dann noch, wenn es um Schokolade geht.« O'Donnell schüttelte mit breitem Grinsen den Kopf.

Zoe nahm achselzuckend noch einen Bissen. Sie schloss die Augen und genoss es, wie sich die Süße der Schokolade mit dem letzten Salzrest der Nüsse vermengte. Köstlich! Sie kostete den Nachgeschmack aus, aß zwei Cashews und noch etwas Schokolade. »Das passt wirklich gut zusammen.«

»Sie sind echt seltsam, Bentley.«

»Sie können mich Zoe nennen.«

»Okay.« O'Donnell biss in ihr Kitkat. »Sie sind echt seltsam, Zoe. Aber Sie haben recht. Ich brauchte wirklich dringend Schokolade.«

Kapitel 17

Im Lieferwagen roch es nach Zigaretten und verdorbenem Essen. Der Mann, der die Kontrolle hatte, atmete flach durch den Mund und versuchte, den Gestank zu ignorieren. Sie hatten die Fenster heruntergelassen, obwohl die kalte Nachtluft hereindrang, um die Wartezeit erträglicher zu gestalten, aber es war dadurch nicht sehr viel besser geworden.

Er hatte einen vernünftigen Mietwagen gewollt, doch Daniel hatte darauf bestanden, dass sie diesen benutzten Lieferwagen gegen Bargeld mieteten, um so wenig Spuren wie möglich zu hinterlassen. Und er hatte auf Daniels Intuition vertraut.

Sein Freund saß auf dem Beifahrersitz und kaute an den Fingernägeln. Er war schon den ganzen Nachmittag unruhig gewesen und hätte die Jagd beinahe abgesagt. Daniels Foto war auf den Webseiten sämtlicher Lokalnachrichten zu sehen. Sie hatten seinen Namen falsch geschrieben und ihn als »Rod Glover« bezeichnet, was doch eher positiv zu sehen war, Daniel aber bloß wütend machte. Er hatte ihn beim Aufbruch sogar einmal angeschnauzt, sich aber sofort dafür entschuldigt.

Der Mann, der die Kontrolle hatte, verstand das. Alles wurde schwierig, sobald es an die Öffentlichkeit gelangte.

Der Parkplatz vor dem Bahnhof war inzwischen so gut wie leer; die meisten Fahrzeuge waren am frühen Abend verschwunden. Sie warteten jetzt schon seit vier Stunden, weil Daniel gesagt hatte, es wäre wichtig, dass sie auf den Parkplatz führen, wenn viel Betrieb war, um nicht weiter aufzufallen. Bei der Einfahrt des Zuges um dreiundzwanzig Uhr hatten sie sich beide verkrampft, aber alle Fahrgäste, die über den Parkplatz kamen, waren in Gruppen unterwegs, nur zwei Männer gingen allein. Außerdem war sowieso zu viel los.

Der Mitternachtszug war viel besser. Sein Herz raste, als er die wenigen Gestalten sah, die den Parkplatz betraten. Eine war allein – eine Frau. Aber Daniel schüttelte wortlos den Kopf. Sie war nicht die Richtige. Daniel wusste immer ganz genau, welche die Richtige war.

Der Mann, der die Kontrolle hatte, wurde nervös. Es würde nur noch ein Zug kommen. Die Sekunden vergingen quälend langsam. Daniel schien das nichts auszumachen; er saß auf seinem Sitz, blinzelte kaum und hatte den Mund zu etwas verzogen, das zwischen einer Grimasse und einem Grinsen einzuordnen war.

Er musste immer wieder an das Baby denken. Es wäre so leicht gewesen, es einfach zu packen. Zwar hatte er im entscheidenden Moment den Mut verloren, aber wäre es denn wirklich so riskant gewesen? Es war dunkel; er hätte sich das Kind geschnappt und wäre damit weggerannt, bevor die Frau überhaupt reagieren konnte. Und es gab nichts Reineres als ein Baby. Die Menschen stopften sich so viel Mist in den Körper, je älter sie wurden. Junkfood, Zucker, Zigaretten, Drogen. Dadurch veränderte sich ihr Blut und wurde befleckt. Bei einem Baby wäre das anders. Es wäre …

So etwas durfte er jetzt nicht denken. Sie waren nicht wegen eines Babys hier, sondern wegen einer Frau.

»Und was machen wir, wenn keine kommt?«, wollte er von Daniel wissen.

»Dann kommen wir morgen wieder«, antwortete Daniel. »Dies ist ein guter Platz zum Warten. Vertrau mir.«

Das tat er. Aber er *brauchte* sehr bald jemanden. Er brauchte das Blut. »Okay, aber ...«

»Konzentrier dich einfach auf den Plan. Erinnerst du dich an den Plan?«

»Ja.«

»Du läufst hinter ihr her. Nicht zu dicht. Wenn sie schreit, ist es vorbei, hast du verstanden? Sobald du siehst, dass sie jemanden anruft, schnappst du dir das Handy, bevor sie ein Wort sagen kann.«

»Das weiß ich alles.« So war es auch. Er hatte die Kontrolle. Er kannte den Plan.

»Ich weiß, dass du es weißt.« Daniel drehte sich zu ihm um und lächelte ihn an. »Du bist eiskalt, weißt du das?«

Der Mann, der die Kontrolle hatte, war froh über die Dunkelheit, da er spürte, wie ihm das Blut in die Wangen schoss.

Das Kreischen des Zuges hinter ihnen bewirkte, dass er den Kiefer verkrampfte. Er hatte schon immer Angst vor Zügen gehabt. Als Kind hatte er jedes Mal einen Anfall gekriegt, wenn seine Mutter ihn dazu bewegen wollte, in einen Zug zu steigen. Seit er erwachsen war, mied er sie völlig. Bis Daniel ihn eines Besseren belehrt hatte, war er der Ansicht gewesen, Züge seien zu nichts anderem zu gebrauchen. Aber man musste nicht damit fahren. Man konnte einfach warten, bis sie zu einem kamen.

Der Zug fuhr polternd wieder los. Der Mann, der die Kontrolle hatte, hielt Ausschau nach den Fahrgästen. Nur eine Gestalt bewegte sich durch die Dunkelheit. Einen Augenblick lang verspannte er sich, doch dann sah er, dass es sich um einen großen, fetten Mann handelte.

»Verdammt!«, flüsterte Daniel.

Würden sie auf den nächsten Zug warten? Es war eiskalt im Lieferwagen, er musste pinkeln, es stank und ...

»Sieh doch.« Daniel beugte sich auf seinem Sitz vor, und seine Augen funkelten vor Aufregung.

Noch ein Fahrgast. Langsame Gangart. Dünn, klein, langes, lockiges Haar. Sie behielt den dicken Mann vor sich im Auge. Wahrscheinlich hatte sie absichtlich gewartet, weil sie nicht wollte, dass er hinter ihr herging. Sie hielt *ihn* für die Gefahr.

Der Mann, der die Kontrolle hatte, legte eine Hand an den Türgriff. Daniel hielt ihn auf.

»Warte«, sagte er. »Noch nicht.«

»Aber wenn sie bei ihrem Wagen ist ...«

»Keine Sorge. Das da vorn ist ihr Auto.« Daniel deutete auf den Wagen, der am weitesten entfernt stand. »Siehst du, wie sie immer wieder dorthin sieht? Wetten, jetzt bereut sie, so weit weg geparkt zu haben.«

Der Mann, der die Kontrolle hatte, wartete. Er hielt den Atem an, sein Herz raste, und es hätte nicht viel gefehlt, dann hätten auch seine Zähne geklappert.

»Okay«, gab Daniel den Startschuss. »Los. Vergiss die Tasche nicht. Und denk dran: nicht zu schnell gehen.«

Der Mann, der die Kontrolle hatte, schulterte seine Tasche und stieg aus dem Wagen, ohne die Tür hinter sich zu schließen, wie sie es geplant hatten. Er folgte der Frau mit langen, hastigen Schritten. Dabei versuchte er, so leise wie möglich zu sein, doch der Klang seiner Schritte auf dem asphaltierten Parkplatz hörte sich in seinen Ohren unglaublich laut an. Die Frau hatte ihn noch nicht bemerkt. Sie beeilte sich, vermutlich war ihr kalt und sie fürchtete sich. Daniel hatte recht gehabt: Er konnte sehen, wie sie sich auf ihren Wagen, ihre Zuflucht konzentrierte. Sie kramte in ihrer Handtasche herum, und er machte sich bereit, um loszustürmen, sobald er die Form eines Handys sah. Aber sie holte nur ihren Schlüsselbund heraus. Für sie schien es nur noch ein Ziel zu geben: zu ihrem Wagen zu gelangen.

Und dann drehte sie sich um. Sie bemerkte ihn. *Wenn sie schreit, ist es vorbei.*

Aber das tat sie nicht. Daniel hatte ihm gesagt, dass nur die wenigsten am Anfang schrien. Sie gingen weiter, redeten sich gut zu und hofften darauf, dass der Mann, der ihnen folgte, nichts Böses im Sinn hatte. Sie hatten Angst, wollten jedoch keinen Aufstand machen.

Sie ging schneller, der Abstand vergrößerte sich. Er musste mit ihr Schritt halten. Daniel hatte ihn ermahnt, dass er nicht rennen durfte. Das war nicht der Plan. Er musste sich an den Plan halten, er hatte die Kontrolle, und der Plan sah vor, dass er ihr nur folgte, bis sie sich von der Straße und dem Bahnhof entfernt hatte. Er hatte die Kontrolle, und er ...

Inzwischen rannte er und hatte den Mund voller Speichel. Er konnte sie riechen, den Duft ihres Parfüms und ihres Shampoos, ihren Schweiß und darunter ihr warmes Blut. Er hatte sie schon beinahe erreicht. Sie drehte sich um und schrie.

Wenn sie schreit, ist es vorbei.

Es war ihm egal. Er rannte weiter, jagte ihr hinterher – sie war beinahe in Reichweite. Aber sie stand vor ihrem Wagen, fummelte am Schloss herum, wollte einsteigen und wegfahren.

Daniels Gestalt kam in Sicht. Er war um den Parkplatz herumgegangen und hatte hinter dem Wagen auf sie gewartet, und jetzt packte er sie und hielt ihr den Mund zu, bevor sie um Hilfe rufen konnte. Sie wand sich in seinen Armen, wehrte sich, stieß erstickte Schreie aus.

»Ich hab sie«, zischte Daniel. »Verdammt, warum hast du ...«

Er keuchte auf, als die Frau ihm einen Ellbogen in den Bauch rammte. Daniels Griff erschlaffte, und sie kratzte und krallte nach seinen Armen. Daniel stöhnte vor Schmerz und stieß sie von sich weg, und sie landete auf dem Boden. Blutgeruch hing in der Luft.

Sie rappelte sich auf und rannte stolpernd vor ihnen weg, allerdings in die falsche Richtung. Klüger wäre es gewesen, zur Straße zu laufen, wo sie Hilfe finden konnte, oder in die Sicherheit des Bahnhofs, aber sie schlug den anderen Weg ein. Jetzt schrie sie auch, aber ihre Stimme klang atemlos und zittrig vor Angst. Sie befand sich auf einem verlassenen Parkplatz, und dieses Gewerbegebiet war nachts so gut wie verlassen.

Der Mann, der die Kontrolle hatte, lief ihr hinterher, und die Aufregung der Jagd erfüllte ihn mit reiner Ekstase. *Das war es, wofür er geboren worden war.* Je weiter er sich von der Straße entfernte, desto mehr veränderte sich der Boden. Kies knirschte unter seinen Schuhsohlen, und das Mondlicht erhellte die zahlreichen Risse im Asphalt. Vor ihm ragten die Schatten der Bäume auf. Sie bemerkte sie und bog nach rechts ab, in Richtung der Gebäude, der Zivilisation.

Zu spät.

Er prallte gegen sie, und sie fielen beide zu Boden. Dabei biss er sich auf die Zunge, spürte einen stechenden Schmerz und schmeckte sein eigenes Blut, was seine Vorfreude auf das, was kommen würde, nur noch mehr anstachelte. Sie wand sich unter ihm, versuchte, ihn wegzustoßen, aber ihre Bewegungen wirkten nicht sehr energisch. Ihre Miene sah leicht benommen aus. Möglicherweise hatte sie sich den Kopf gestoßen, aber das war unwichtig.

Er hatte eine Spritze in der Tasche. Doch darauf konnte er verzichten. Er war ein Raubtier. Sie war seine Beute. Er knallte ihren Kopf auf den Boden und riss ihr den Schal vom Hals. Als er den Kopf senkte, umgab ihn ihr betörender Geruch.

Er biss fest zu.

Sie schrie so laut, dass ihm die Ohren klingelten, aber Schreie oder auch die Angst davor, erwischt zu werden, drangen längst nicht mehr zu ihm durch. Er hatte ihren Geschmack im Mund, so salzig und wunderbar. Knurrend schlürfte er das Blut aus der Wunde, und die Welt um ihn herum verblasste. Es gab nur noch das hier.

Auf einmal wurde er zur Seite gezerrt. Er blinzelte verwirrt und hob den Kopf. Daniel stand über ihm und blickte zornentbrannt auf ihn herab.

»Großer Gott!«, fluchte Daniel. »Was stimmt denn nicht mit dir?«

Diese Worte ergaben keinen Sinn. Machte er nicht genau das, was sie vorgehabt hatten? Er leckte sich die Lippen, genoss den herben Geschmack der himmlischen Frau. Er wollte mehr davon.

»Nein!« Daniel stieß ihn zur Seite. Er stürzte sich auf Daniel und schlug ihm ins Gesicht. Daniel taumelte nach hinten und starrte ihn entsetzt an. Einige Sekunden lang waren sie beide wie erstarrt.

Dann stöhnte die Frau.

»Wir bringen sie zu den Bäumen«, sagte Daniel mit klarer, entschiedener Stimme, die keinen Widerspruch duldete.

Der Mann, der die Kontrolle hatte, nickte und fühlte sich, als wäre er betrunken.

Sie schleiften die Frau zu den Bäumen, und er konnte den dunklen Kanal weiter unten sehen. Das Mondlicht glitzerte auf dem Brackwasser.

»Die Stelle ist gut«, beschloss Daniel, und der Mann, der die Kontrolle hatte, hörte das Echo seiner eigenen Umnebelung in der Stimme seines Freundes.

»Denk an deine Aufgabe«, ermahnte Daniel ihn.

Eine Sekunde lang wollte ihm nicht einfallen, was seine Aufgabe war. Doch dann fielen ihm der Plan und alle Details wieder ein. Warum sie das hier machten. Er warf einen Blick in seine Tasche und nickte Daniel zu.

Daniel zerrte die Frau auf die Knie und wickelte ihr eine Krawatte um den Hals. Der Mann, der die Kontrolle hatte, kannte das bereits aus Catherines Haus. Dort hatte es ihn schockiert, und er hätte beinahe die Nerven verloren. Heute war er jedoch darauf vorbereitet. Er zuckte nicht einmal zusammen, als Daniel die Hose der Frau aufschnitt.

Irgendetwas stimmte nicht. Sein Freund murmelte wütend etwas vor sich hin. Die Frau würgte, rang nach Luft, und Daniel stupste sie an, schlug sie, klang zunehmend wütender.

Der Mann, der die Kontrolle hatte, begriff erst nach einem Moment, wo das Problem lag. Daniel bekam keine Erektion. Der Mann, der die Kontrolle hatte, wandte peinlich berührt den Blick ab, doch dann erinnerte er sich an seine Aufgabe. Er hatte eine wichtige Rolle zu erfüllen. Und so stellte er die Tasche ab, öffnete sie und machte sich ans Werk. Die Augen der Frau quollen beinahe aus ihren Höhlen, aber sie gab keinen Ton von sich und krallte nur die Finger in die Krawatte, die ihr die Kehle zuschnürte. Daniel zerrte heftig daran und fluchte heiser.

Auf einmal lag sie im Schlamm.

»Scheiße!«, schimpfte Daniel. »Verdammte Schlampe!« Er trat sie.

»Daniel«, sagte der Mann, der die Kontrolle hatte.

»Das ist deine Schuld!«, brüllte Daniel ihn an. »Dein bescheuertes Beißen und Schnauben, und dann hast du mich auch noch geschlagen. Als wärst du ein gottverdammtes Tier!«

Daniel hatte recht. Er ließ den Kopf hängen.

»Scheiße«, sagte Daniel. »Vergiss es. Wir haben noch was zu erledigen. Bleib bei ihr. Ich hole den Wagen.«

Der Mann, der die Kontrolle hatte, nickte und wagte es nicht zu widersprechen.

Daniel ging und fluchte noch immer leise vor sich hin.

Der Mann, der die Kontrolle hatte, kniete sich neben die malträtierte Frau und holte die Spritze aus der Tasche. Er hatte zu tun – das wusste er –, aber zuerst wollte er ihr etwas Blut entnehmen. Wäre es nur um ihn gegangen, dann hätte er einfach so viel getrunken, wie er wollte, aber er war nicht der Einzige, der das Blut brauchte.

Kapitel 18

Dienstag, 18. Oktober 2016

Bill Fishburne wachte mitten in der Nacht mit trockenem Mund auf. Er drehte sich im Bett um und versuchte, wieder einzuschlafen, obwohl er genau wusste, wenn er jetzt nicht aufstand und etwas trank, würde der Schlaf eine Ewigkeit auf sich warten lassen.

Der Durst nagte an ihm, und nach einiger Zeit gab er nach und setzte sich vorsichtig auf, um Hen nicht zu wecken.

Erst in diesem Augenblick merkte er, dass sie gar nicht im Bett lag.

Sie hatte ihn früher am Abend angerufen und ihm mitgeteilt, dass sie bis nach Mitternacht arbeiten musste. War es denn nicht schon längst Mitternacht? Es kam ihm vor, als müsste es schon viel später sein. Seufzend griff er nach seinem Handy und schaltete es ein.

Es war sieben Minuten nach vier.

Augenblicklich überkam ihn Sorge. Er überlegte panisch, was wohl los sein könnte, und fand sofort eine Erklärung – Hen musste nach Hause gekommen sein und beschlossen haben, noch am Computer weiterzuarbeiten. Hin und wieder tat sie das. Wenn es um einen wichtigen Fall ging. Um sich zu vergewissern, stand er auf, zog die Hausschuhe an und tapste zum Schlafzimmerfenster. Von hier aus konnte man auf die Straße und auch die Parkplätze sehen.

Hens Wagen stand nicht dort.

Er überprüfte alle Räume im Haus und warf sogar einen Blick in Chelseys Zimmer. Nachdem er sich auf der Küchenuhr vergewissert hatte, dass es tatsächlich nach vier Uhr morgens war, wurde seine Unruhe immer größer.

Schließlich griff er nach seinem Handy und rief Hen an.

Ihr Handy war ausgeschaltet.

Für all das konnte es eine ganz einfache Erklärung geben: Hen war bis weit nach Mitternacht im Büro geblieben und hatte nicht bemerkt, dass der Handyakku leer war. Das wäre zwar das erste Mal, aber sie erwähnte gelegentlich, dass andere Anwaltsgehilfen aus der Kanzlei die ganze Nacht durcharbeiteten. Er wählte ihre Büronummer und zählte die Sekunden, während es klingelte. Bei dreißig legte er auf.

Inzwischen ärgerte er sich über ihren Arbeitgeber – und über sie. Wieso hatte sie ihm keine Nachricht geschickt? Er schenkte sich ein Glas Wasser ein. Seine Hand zitterte, als er es an die Lippen hob.

Eigentlich war er gar nicht verärgert, sondern bekam es zunehmend mit der Angst zu tun. Hen wäre nicht so lange bei der Arbeit geblieben, ohne ihm Bescheid zu sagen. Ihr wäre auch aufgefallen, dass ihr Akku leer geworden war.

Irgendetwas stimmte hier nicht.

Erneut wählte er ihre Büro- und ihre Handynummer. Ohne Erfolg.

Er fand Ginas Nummer in seinen Kontakten, zögerte aber, da man um vier Uhr früh eigentlich niemanden anrief. Aber sein Herz schlug so wild, dass er schon glaubte, es würde seinen

Brustkorb sprengen. Er wählte und wartete gebannt darauf, dass sie ranging.

Nach zehn Sekunden hörte er ein verschlafenes, verwirrtes »Hallo?«.

»Gina, hier ist Bill. Tut mir leid, dass ich dich mitten in der Nacht wecke, aber ...«

»Bill Fishburne?«

»Genau. Entschuldige, aber ich bin gerade aufgewacht, und Henrietta ist nicht zu Hause. Sie ist noch nicht von der Arbeit zurück.« Gina arbeitete im selben Büro wie Hen und hatte den Job eigentlich nur dank Hen bekommen.

»Wie spät ist es? Sie wollte länger arbeiten.«

»Es ist schon nach vier.«

Sie schwieg eine Weile. »Hast du es auf ihrem Handy probiert?«

»Das ist ausgeschaltet. Und am Büroanschluss geht niemand ran. Hat sie möglicherweise beschlossen, da zu übernachten?«

»Nein! Als ich ging, meinte sie, sie würde noch etwa eine Stunde brauchen. Und da war es halb elf.« Gina schien jetzt ebenfalls hellwach zu sein, und ihre Stimme klang ebenso ängstlich wie Bills. »Warte kurz. Sie hat mit einem Kollegen zusammengearbeitet ... Jeff. Ich rufe ihn an, vielleicht weiß er ja mehr.«

»Okay, danke.«

Sie legte auf, und Bill lief unruhig in der Küche hin und her. Die Sekunden verstrichen, während er auf Ginas Rückruf wartete, und er nahm mehrmals das Handy in die Hand und legte es wieder hin.

Eine kleine Gestalt betrat die Küche, Chelsey, die ihn verwirrt blinzelnd anstarrte. »Daddy?«

»Hey, Schätzchen, es ist mitten in der Nacht – geh wieder ins Bett.« Er musste seine ganze Selbstbeherrschung aufwenden, um das Zittern in seiner Stimme zu verbergen und ruhig mit ihr zu sprechen.

»Ich hab Stimmen gehört.«

»Das waren nur Selbstgespräche. Komm, ich bringe dich wieder ins Bett.« Er ging zu ihr, legte ihr einen Arm auf die Schulter und drehte sie sanft wieder um. Sie ging gehorsam mit, und er steckte sie wieder ins Bett und deckte sie zu. Ihr lockiges dunkles Haar lag auf dem Kissen ausgebreitet, als sie sich mit ihrem Plüscheinhorn im Arm einkuschelte. Bill gab ihr einen Kuss auf die Stirn und verließ das Kinderzimmer. Er kehrte in die Küche zurück und stellte sein Handy auf Vibrieren, damit Chelsey nicht vom Klingeln geweckt wurde.

Seit dem Gespräch mit Gina waren nun schon dreizehn Minuten vergangen. Was machte sie …

Das Handy vibrierte, und das Display leuchtete auf. Er strich mit dem Finger darüber und konnte das Gerät erst beim dritten Versuch entsperren, weil er so zitterte.

»Hallo?«, flüsterte er.

»Ich habe eben mit Jeff gesprochen. Er sagte, sie hätten beide um halb eins Feierabend gemacht. Er hat Henrietta am Bahnhof abgesetzt und ist dann nach Hause gefahren.« Ginas Stimme brach. Sie war kurz davor, in Tränen auszubrechen. »Ist sie wirklich nicht zu Hause? Vielleicht war sie so müde, dass sie in Chelseys Zimmer eingeschlafen ist? Oder im Bad? Oder … oder …«

»Ihr Wagen steht nicht vor der Tür«, sagte er mit ausdrucksloser Stimme. Sein Magen hatte sich in einen schweren Eisklumpen verwandelt.

»Vielleicht wollte sie woanders übernachten? Oder sie …«

»Ich muss auflegen, Gina. Ich melde mich, sobald ich herausgefunden habe, wo sie steckt.« Er trennte die Verbindung.

Am liebsten wäre er aus dem Haus gestürzt, um nach ihr zu suchen. Er wollte nachsehen, ob ihr Wagen noch am Bahnhof stand. Aber er konnte Chelsey natürlich nicht allein lassen. Er überlegte, Hens Mutter anzurufen und sie zu bitten, rüberzukommen und auf Chelsey aufzupassen, während er sich auf die Suche machte, aber er wollte ihr keine Angst einjagen. Und wenn sie Chelsey versehentlich weckte, würde alles nur noch sehr viel schlimmer werden.

Daher tat er das Einzige, was ihm noch einfallen wollte. Er wählte eine Nummer, die er auswendig kannte und von der er doch immer gehofft hatte, sie nie anrufen zu müssen.

Er bekam sofort jemanden an den Apparat. »Notrufzentrale, was kann ich für Sie tun?«

* * *

Nach dem Anruf bei der Polizei musste Bill eine Weile allein im dunklen Haus warten. Er verbrachte den Großteil der Zeit damit, sich endlose Gründe für Hens Verschwinden vorzustellen.

Nie zuvor in seinem Leben hatte er solche Angst gehabt.

Chelsey war als Kleinkind operiert worden, das war schon beunruhigend gewesen. Doch da hatte er Hen und Chelsey bei sich gehabt und von einem Arzt versichert bekommen, dass es sich um eine Routineoperation handelte und dass seine Tochter bestens versorgt sei.

Nun gab es für ihn nur die Angst, und er hatte niemanden, mit dem er darüber reden konnte.

Möglicherweise hatte es ein Zugunglück gegeben. Oder Hen hatte auf der Heimfahrt vom Bahnhof einen Unfall gehabt. Vielleicht hatte sie auch gemerkt, dass sie etwas im Büro vergessen hatte, war zurückgelaufen, auf dem Weg von einem betrunkenen Autofahrer angefahren worden und lag jetzt blutend in irgendeinem Straßengraben.

Eine der Theorien, die ihm durch den Kopf gingen, lautete, dass sie es irgendwie geschafft hatte, sich auf dem Bahnhof in der Toilette einzuschließen. Er klammerte sich an diese Möglichkeit wie ein Ertrinkender in stürmischer See an einen Rettungsring und stellte sich vor, wie sie weinend in der Kabine saß und auf den Morgen wartete, damit ihr jemand die Tür aufschließen konnte. Das Schöne an dieser Theorie war, dass sie wieder nach Hause kommen würde, zwar traumatisiert, aber unversehrt. Und abgesehen von einer Anekdote, über die sie in ein paar Jahren lachen würden, hätte das Ganze keine Auswirkungen auf ihr Leben. Chelsey würde morgen früh aufwachen und nicht einmal gemerkt haben, dass ihre Mutter die ganze Nacht nicht zu Hause gewesen war.

Als die Polizei schließlich eintraf, öffnete er die Tür, bevor jemand anklopfen konnte.

»Danke, dass Sie gekommen sind«, sagte er leise zu den Officers. »Bitte seien Sie leise. Meine fünfjährige Tochter schläft.«

Es waren zwei Streifenbeamte gekommen. Der jüngere war farbig, was Bill etwas mehr beruhigte. Er war größer als sein Partner und hatte ein ernstes Gesicht und wachsame Augen. Sein Partner war weiß, mollig und klein und schien wenigstens zehn Jahre älter zu sein.

»Sind Sie Mr Fishburne?«, fragte der jüngere Polizist.

»Ja, der bin ich. Bitte kommen Sie doch rein. Aber seien Sie leise.« Wenn Chelsey aufwachte, solange die Polizei da war, würde sie bestimmt Angst bekommen.

Die beiden Officers traten ein, und Bill schloss die Tür hinter ihnen, um die nächtliche Kälte auszusperren.

»Ich bin Officer Ellis«, stellte sich der jüngere Polizist vor. »Das ist mein Partner, Officer Woodrow. Wie man uns mitgeteilt hat, ist Ihre Frau noch nicht von der Arbeit nach Hause gekommen?«

»Genau.« Schon sprudelte alles aus Bill heraus, wobei er darauf achtete, den beiden den Eindruck zu vermitteln, dass es sich hierbei wirklich um einen Notfall handelte und nicht nur um eine dumme Frau, die vergessen hatte, ihren Mann anzurufen. Er erwähnte mehrmals, dass sie als Anwaltsgehilfin arbeitete, dass ihr Handy ausgeschaltet war, dass ihr Kollege sie am Bahnhof abgesetzt hatte ...

»Und sein Name ist Jeff?«, fragte Ellis.

»Ja, er arbeitet in derselben Kanzlei ...«

»Wie gut kennen Sie ihn?«

»Nicht so gut. Ich habe ihn einmal auf einer Feier getroffen. Er schien mir ein netter Kerl zu sein.«

»Hat Ihre Frau ihn mal erwähnt? Telefoniert sie öfter mit ihm?«

»Äh ... Nein, nicht, dass ich wüsste.«

»Muss sie häufiger lange arbeiten?«

Da dämmerte es Bill, dass die Polizisten eigene Theorien entwickelten, die auf ihren bisherigen Erfahrungen basierten. Eine Frau hatte eine Affäre, schlief im Bett ihres Liebhabers ein und der Ehemann machte sich Sorgen. Oder sie ging etwas trinken und war noch nicht vom Feiern zurückgekehrt. Wahrscheinlich erlebten sie so etwas häufiger. Hieß es im Fernsehen nicht immer, die Polizei würde erst nach vierundzwanzig Stunden anfangen, eine vermisste Person zu suchen?

Bill verspürte den verzweifelten Drang, die Polizisten davon zu überzeugen, dass dieser Fall anders lag. Henrietta würde so etwas niemals tun. Das war derart unvorstellbar, dass er nicht einmal auf den Gedanken gekommen war.

»Henrietta würde nie einfach ... nicht nach Hause kommen, okay? Sie hat mich nicht verlassen. Sie ist nicht bei einem anderen Mann. Sie sitzt nicht betrunken in einer Arrestzelle. Es muss irgendetwas passiert sein.«

»Mr Fishburne«, sagte Ellis. »Ich verstehe Sie ja. Wir werden Ihre Frau suchen.«

»Vielleicht wurde sie am Bahnhof ... auf der Toilette eingeschlossen«, stammelte Bill hilflos. »Und der Akku ihres Handys ist leer.«

»Wir sehen uns dort um«, versprach Ellis. »Können Sie uns die Namen und Telefonnummern der Kollegen Ihrer Frau geben? Derjenigen, mit denen Sie gesprochen haben? Und bitte auch die Adresse der Kanzlei.«

Er gab ihnen alles. Er zeigte ihnen auch ein Foto von Henrietta. Dann sah er ihnen nach, und das flackernde Blaulicht verblasste, als sie davonfuhren.

Es war schon nach fünf. In einer Stunde musste er Chelsey wecken, und Hen war noch immer nicht zu Hause. Und wie sollte er ihr erklären, dass sie an diesem Morgen nicht mit Mommy kuscheln konnte und dass er es war, der ihr das Haar bürstete?

Kapitel 19

So früh am Morgen war es bitterkalt, doch das machte Zoe eigentlich nichts aus. Sobald sie erst einmal losgelaufen war, spürte sie die Kälte fast gar nicht mehr. Eine Mütze bedeckte ihre Ohren, und sie trug Handschuhe. Hinterher fühlte sich ihre Nase zwar immer wie ein Eiszapfen an, aber das nahm sie gern in Kauf.

Früher hatte sie es gehasst, joggen zu gehen.

Während ihrer Zeit in Boston hatte Andrea sie ein paarmal mitgeschleift, und Zoe hatte es stets als Quälerei empfunden. Wie sie zugeben musste, lag das zum Teil auch daran, dass Andrea die ganze Zeit redete, Zoe zwischen den angestrengten Atemzügen höchstens noch ein »Mhmh« herausbrachte, weil sich ihre Lunge anfühlte, als würde sie sich jeden Moment in ein Schwarzes Loch verwandeln.

Seit ihrem entsetzlichen Erlebnis in Texas im Vormonat brauchte sie allerdings frische Luft; sie konnte gar nicht genug davon bekommen. Anfangs hatte sie lange Spaziergänge gemacht, aber die reichten nicht aus, um die Klaustrophobieanfälle im Zaum zu halten, die sie immer mal wieder aus heiterem Himmel überkamen. Seitdem sie jedoch laufen ging, hatte sich das weitestgehend gelegt.

Andrea hatte sie immer ermahnt, dass sie sich vorher gut dehnen musste. Ihre Schwester kannte eine ganze Reihe aus gefühlt einhundert Dehntechniken, von denen einige so kompliziert waren, dass sie Zoe an die Illustrationen im Kamasutra erinnerten. Zoes Geduld reichte gerade mal für eine zwanzigsekündige Dehneinheit. Laut Andrea drohten ihr so zwar schlimme Sportverletzungen, aber Zoe hatte beschlossen, dass ihr Körper nicht zu jenen gehörte, die sich beim Laufen verletzten, auch wenn sie das nicht beweisen konnte.

Daher machte sie ihre drei Dehnübungen und lief los. Als sie eine Woche zuvor nach Chicago gekommen waren, hatte sie einen der ihrer Meinung nach größten Vorzüge der Stadt entdeckt: die Laufstrecke entlang des Sees. Das war viel besser als jeder Weg, auf dem sie in Dale City gelaufen war.

Als sie loslief, war es noch dunkel, nur über dem See zeichnete sich der erste blaue Hinweis auf die Dämmerung ab, und das Ufer war kaum auszumachen. Eine dünne Wolkendecke hing über dem See wie eine sich stetig verändernde flauschige Bergkette.

Ihr Gehirn arbeitete anders, wenn sie lief.

Tagsüber war ihr Verstand auf Hochtouren und glich einer brodelnden Suppe aus Ideen, Gedanken und unbeantworteten Fragen. Aber beim Laufen beruhigten sich ihre Gedanken und sie konnte sich auf einen konzentrieren, ihn sorgfältig analysieren und bis zu Ende denken.

Sie dachte über den grausamen Mord an Catherine Lamb nach. Aber dieses Mal konzentrierte sie sich nicht auf die eigentliche Tat, sondern die Augenblicke davor. Auf die beiden Männer, die sich Catherines Haus näherten. Waren sie zu Fuß oder mit dem Auto gekommen? Hatten sie sich unterwegs unterhalten? Waren sie auf dem Weg zur Tür Seite an Seite gegangen, oder hatte einer die Führung übernommen und der andere war ihm gefolgt?

Es fiel ihr schwer, sich das vorzustellen. Allein der Gedanke, Glover könnte mit einem anderen Mann zusammenarbeiten, kam ihr ausgesprochen seltsam vor. Glover war ein Mann, der allein auf die Jagd ging und mordete. Er versteckte sich hinter der sorgsam aufrechterhaltenen Fassade eines netten, freundlichen Mannes, mit dem man durchaus mal ein Bier trinken gehen würde. Und wenn er diese Maske ablegte, bekam das niemand mit. Offensichtlich wollte er nicht erwischt werden. Aber es steckte noch mehr dahinter. Glover wünschte sich, dass man ihn *mochte.*

Als er vor all diesen Jahren ihr Nachbar gewesen war, hatte er sich große Mühe gegeben und sich mit der ganzen Familie angefreundet. Er unterhielt sich mit ihren Eltern über Politik, wobei seine Ansichten immer identisch mit jenen ihres Vaters waren. Führten ihre Eltern eine politische Diskussion, fand er schnell Vorzüge auf beiden Seiten und achtete darauf, dass sich beide Parteien im Recht fühlten. Er bat um nachbarschaftliche Gefallen, da er gerissen genug war, um zu begreifen, dass jemand, der einem Menschen einen Gefallen tat, diesen oftmals sympathischer fand. Und er war ausgesprochen freundlich zu Zoe gewesen und hatte ihr das gewährt, wonach sich alle Teenager sehnen: ein unvoreingenommenes offenes Ohr. Er wollte auf dieselbe Weise gemocht werden wie ein Psychopath: nicht, weil er sich auch nur im Entferntesten für sein Gegenüber interessierte, sondern weil er sich in seinem positiven Selbstbild dadurch nur noch bestätigt fühlte. Die Reaktionen anderer Menschen auf ihn waren für ihn, als würde er in den Spiegel sehen und sich bestätigen lassen, wie gut er aussah.

Außerdem wusste er, wie wichtig zwischenmenschliche Beziehungen waren – schließlich hatten die Polizisten und ihre eigenen Eltern ihm mehr geglaubt als Zoe.

Doch nun ließ er jemand anderen sein wahres Gesicht sehen und hatte sich einen Komplizen gesucht. Was hatte ihn dazu bewogen? Und wie lief das Ganze ab?

Die Sonne war hinter den Wolken hervorgekommen und ließ den Himmel in strahlendem Orange leuchten und die leichten Wellen auf dem See schimmern. Zoe zückte ihr Handy und schoss ein verwackeltes Foto, das sie später Andrea schicken wollte.

Sie lief am Ohio Street Beach vorbei. Ihr Blick fiel auf den glatten Sand, auf dem man drei Monate zuvor Krista Baker tot und einbalsamiert aufgefunden hatte. Zoe und Tatum waren zum Tatort gerufen worden und hatten sich damals nur gezankt und nicht ausstehen können. Das schien ihr eine Ewigkeit her zu sein.

Sie drehte sich um und machte sich auf den Rückweg, zwang ihren Verstand dabei mit sanfter Gewalt ebenfalls wieder in die richtige Richtung.

Glover zeigte sein wahres Ich niemandem, nicht einmal seinem Partner, entschied sie. Er wollte von allen bewundert werden. Und bei den einzigen Menschen, die zu sehen bekamen, wer er wirklich war, handelte es sich um seine Opfer. Abgesehen von Andrea und ihr, hatte keine dieser Frauen je überlebt. Möglicherweise war er aus diesem Grund derart besessen von ihr, weil sie ihn im Gegensatz zu allen anderen vor so vielen Jahren schon wirklich durchschaut hatte.

Nein, was immer Glover seinen Partner auch sehen ließ, war eine Verkleidung. Er würde sich freundlich, zugänglich und entgegenkommend verhalten, genau wie bei jedem anderen. Und wenn er endlich zur Sprache brachte, was er wollte, würde er das auf eine Art und Weise tun, die es so aussehen ließ, als wäre es überhaupt nicht seine Schuld. In seiner Geschichte wäre er das Opfer. Wem würde er die Schuld geben? Den Frauen?

Der Gesellschaft? Seinen Eltern? Wer immer es auch war, es würde ihm das meiste Mitgefühl seines Partners einbringen und dessen Kooperation.

Allerdings musste er den richtigen Partner finden. Jemanden, von dem er wusste, dass ihn Glovers Worte nicht abschrecken oder verstören würden. Wie hatte er diesen Mann gefunden? Hatte er online nach Ähnlichgesinnten gesucht und durch pures Glück jemanden entdeckt, der auch noch in der Nähe wohnte? Das konnte sie sich nicht vorstellen. So ungern sie es auch zugab, so wirkte Glovers Charme vor allem, wenn er einem gegenüberstand. Sein offenes Lächeln, sein harmloser Körperbau, seine umgängliche Haltung. Das war zwar alles nur Tarnung, aber er spielte sie perfekt. Und er setzte sie ein, wenn er jemanden suchte, dem er vertrauen konnte.

Sie konnte den Parkplatz bereits in der Ferne sehen und verlangsamte das Tempo, um schwer atmend das letzte Stück zu gehen. Dabei hielt sie sich beide Hände vor das Gesicht und atmete hinein, um ihre Nase aufzutauen.

Glover hatte seinen Komplizen von Angesicht zu Angesicht kennengelernt. Wie Tatum richtig erkannt hatte, musste er ihn entweder in der Kirche getroffen haben, oder sie kannten sich von woanders, und sein neuer Freund hatte ihn in die Kirchengemeinde eingeführt. Aber was wollte Glover in einer Kirche? Seine Sünden büßen? Beten?

Irgendetwas entging ihr. Sie musste mehr über die Riverside Baptist Church herausfinden.

Kapitel 20

Auf den ersten Blick machte die Kirche nicht viel her. Ein rotes Ziegelsteingebäude mit einem Kirchturm und einer schlichten bogenförmigen roten Tür als Eingang. Aber während Tatum parkte, bemerkte Zoe die Kleinigkeiten. Die Blumenbeete mit den blühenden Blumen entlang der Mauern. Den gut gepflegten Rasen auf dem Kirchhof, drei frisch gestrichene Bänke an dessen Rand. Anders als auf den anderen Grundstücken entlang der Straße war hier kein totes Laub zu sehen. Irgendjemand kümmerte sich hingebungsvoll um alles.

Ihr Handy klingelte, als Tatum gerade den Motor ausstellte. Es war O'Donnell.

Zoe bedeutete Tatum, dass sie noch einen Augenblick brauchte, und ging ran. »Hier ist Zoe.«

»Bentley.« O'Donnells Stimme klang schneidend und stählern. »Warum haben Sie der Presse mitgeteilt, dass Sie uns bei diesem Fall unterstützen?«

Zoe runzelte verwirrt die Stirn. »Ich habe mit niemandem darüber gesprochen.«

»Ich aber auch nicht. Vor mir liegt ein detaillierter Artikel, in dem es um Ihre Mithilfe bei den Ermittlungen geht. Warten Sie kurz …« Nach einer kurzen Pause las O'Donnell laut vor:

»›Laut zuverlässiger Quellen wurden die Profilerin Zoe Bentley und das FBI zu den Ermittlungen hinzugezogen. Bentley hat dem Chicago Police Department schon einmal beim Bestatterfall geholfen und eine entscheidende Rolle bei seiner ...‹«

»Ich habe niemandem davon erzählt. Was ist mit dem Mann, der mich gestern auf dem Revier gesehen hat? Vielleicht hat er etwas durchsickern lassen?«

»Er wusste ja nicht mal, wer Sie sind, und es war ihm auch egal. Übrigens hat mich gestern Nachmittag ein Journalist nach Ihnen gefragt. Er behauptete, er würde Sie kennen.«

Zoe sackte das Herz in die Hose. »Wie war sein Name?«

»Er hatte so einen albernen Namen wie ... Nick Brick. Nein, es war Jimmy Kimmy ...«

»Harry Barry?«

»Ja, das ist er. Er wollte wissen, was Zoe Bentley zu dem Fall zu sagen hat, und ich habe erwidert, dass ich keine Informationen an die Presse weitergebe, und wollte von ihm wissen, woher er weiß, dass Sie an dem Fall arbeiten. Da meinte er, er würde Sie kennen. Sie hätten ihm nichts erzählen dürfen, ganz egal, ob Sie befreundet sind. Wir hatten uns darauf geeinigt ...«

»Wir sind ganz bestimmt nicht befreundet, und ich habe auch nicht mit ihm gesprochen. Sie wurden reingelegt.« Zoe hätte am liebsten auf irgendetwas eingeschlagen. Sie hatte völlig vergessen, dass zu den zweieinhalb Millionen Menschen in Chicago auch Harry Barry gehörte. Zu ihrem großen Verdruss schrieb der Mann ein Buch über sie. Sie hatte ihm selbst jede Menge Material gegeben. Und nun hatte er O'Donnell auch noch dazu gebracht, zuzugeben, dass Zoe an dieser Ermittlung beteiligt war. Verdammt, das bedeutete, dass Glover es jetzt auch wusste. Er würde jetzt noch vorsichtiger und vermutlich noch gefährlicher sein.

»Wie meinen Sie das?« O'Donnells Stimme veränderte sich. Sie klang zwar noch immer zornig, jedoch nicht unbedingt auf Zoe.

»Er hat im Trüben gefischt. Bevor Sie es bestätigt haben, wusste er gar nicht, dass ich mit Ihnen zusammenarbeite.«

»Verdammt. Aber wie hat er …«

»Harry Barry ist eine Nervensäge«, sagte Zoe gereizt. »Wie wäre es, wenn ich Sie später zurückrufe? Dann entscheiden wir, wie wir in dieser Sache weiter vorgehen wollen.«

»Okay.«

Zoe legte auf und rief die Webseite der *Chicago Daily Gazette* auf ihrem Handy auf. Der Artikel war leicht zu finden; er hatte die klassische Harry-Barry-Überschrift: *Bekannte Profilerin berät Polizei bei Mord an Pastorentochter*. Selbstverständlich hatte Harry Zoe, die Kirche und den Mord in einem Satz untergebracht. Sie tippte den Link an und überflog den Text, wobei sie verärgert feststellte, dass ihr Foto über Glovers abgebildet war. Hätte er nicht wenigstens Glover den Vorrang geben können? Das war doch der wichtige Teil.

»Mancuso wird nicht erfreut sein«, stellte Tatum fest, der über Zoes Schulter auf das Display schaute. »Und O'Donnells Boss ist bestimmt auch nicht begeistert.«

»Tja, jetzt ist es zu spät«, murmelte Zoe. »Ich mache mir größere Sorgen wegen Glovers Reaktion. Das könnte dafür sorgen, dass er sich noch unberechenbarer verhält.«

»Irgendwann wird er schon einen Fehler machen.«

»Ja.« Davon war Zoe überzeugt. Sie scrollte in dem Artikel herum und sah sich abwechselnd ihr eigenes und Glovers Foto an.

Tatum nahm ihr das Handy aus der Hand. »Kommen Sie«, forderte er sie auf. »Es bringt doch nichts, sich deswegen den Kopf zu zerbrechen. Sehen wir uns lieber ein bisschen in der Kirche um.«

* * *

In der leeren Kirche war es auch nicht viel wärmer als draußen. Rechts vom Eingang hing eine Pinnwand, in deren Mitte ein großes Foto von Catherine Lamb prangte. Darüber der Schriftzug *In liebevoller Erinnerung* in einer geschwungenen, zarten Schrift und unter dem Bild in derselben Schrift *Catherine Lamb, 1991–2016.* Dutzende von Fotos hingen daneben, die im schwachen Licht nur schwer zu erkennen waren. Unter der Tafel stand ein Tisch mit einem großen Trauerkranz an der Wand, der von zahlreichen Blumensträußen, brennenden Kerzen und handschriftlichen Briefen umgeben war.

Zoe sah sich die Fotos an der Pinnwand genauer an. Auf allen war Catherine mit anderen Personen abgebildet, die wahrscheinlich alle zur Gemeinde gehörten. Auf einigen Bildern standen sie zusammen und lächelten in die Kamera, auf anderen waren sie bei diversen Aktivitäten abgelichtet worden. Catherine, die mit einem großen Pinsel in der Hand und einem weißen Farbfleck im Gesicht eine Wand strich. Catherine auf allen vieren in einem überwucherten Garten, mit schmutzigen Händen und im Gespräch mit einem Teenager, der neben ihr arbeitete. Catherine in einer großen Küche, wo sie eine Frau anlächelte, die in einem hohen Topf herumrührte. Diese Fotos waren ganz offensichtlich ausgewählt worden, weil Catherine darauf gut aussah, und wer immer dafür verantwortlich war, hatte kaum auf die anderen Personen geachtet. Diese waren auf vielen Fotos verschwommen, blinzelten oder machten ein komisches Gesicht. Allerdings war das nicht weiter tragisch, schließlich ging es hierbei ja um Catherine. Es verlieh der ganzen Collage jedoch eine seltsame Wirkung und ließ es so aussehen, als wäre Catherine schärfer, realer, *lebendiger* als die anderen gewesen.

»Die Kirche scheint leer zu sein, aber die Kerzen brennen noch nicht lange«, sagte Tatum mit Blick auf den Tisch.

»Vielleicht haben sie ja heute Morgen eine Art Trauerfeier abgehalten, bevor die Leute zur Arbeit mussten.«

Mit der Vermutung konnte er recht haben, denn auch die Blumen waren frisch. Weiße Lilien und Nelken waren am häufigsten zu sehen, und Zoe hatte den Eindruck, als würde der Großteil der Blumen aus ein und demselben Blumengeschäft stammen. Eventuell war auch eines der Gemeindemitglieder Florist.

Eine weitere Pinnwand mit einer Monatsliste und mehreren Ankündigungen hing neben der ersten. Dort entdeckte Zoe auch eine handschriftliche Liste, und als sie sie genauer inspizierte, stellte sie fest, dass es sich um Freiwillige handelte, die sich bereit erklärt hatten, in den nächsten Tagen für Pastor Lamb zu kochen. Ferner hingen dort die Absage eines Picknicks aufgrund von Catherines Tod und eine weitere Nachricht über eine verschobene Spendensammlung für Obdachlose. Auf dem Monatsplan entdeckte Zoe ein »Straßenmalerei für Senioren«-Event an jedem Dienstag und eins für eine Kleiderspende an ein Frauenhaus.

Sie hatte den Eindruck, dass diese Kirche von einem starken Gemeinschaftssinn geprägt war.

»Glover wäre von diesem Ort angezogen worden wie eine Motte vom Licht«, sagte sie.

»Wie meinen Sie das?«, fragte Tatum, der sich neugierig umsah.

»Na ja ... Er hat jahrelang in Maynard gelebt. Einer Kleinstadt.« Sie dachte an ihre Kindheit zurück. »In unserer Straße kannte jeder jeden, und man konnte nie das Haus verlassen, ohne einem Menschen zu begegnen, den man kannte. Als Kind habe ich das geliebt, als Teenager habe ich es jedoch zu hassen gelernt.« Sie musste wider Erwarten lächeln.

»In Wickenburg war es so ähnlich«, gab Tatum zu.

Sie erinnerte sich, dass ständig irgendwelcher Klatsch im Umlauf gewesen war. Beinahe glaubte sie, die Stimme ihrer Mutter im Gespräch mit einer Nachbarin zu hören. *Dingsdas Tochter war aus Alaska zu Besuch – wieso ist sie überhaupt dahin gezogen? Da ist es so kalt. Hast du von der Sache beim Friseur letzte Woche gehört? Sie wischen noch immer den Schaum weg. Mrs Godfry, die Grundschullehrerin, ist schon wieder krank; die armen Kinder sollten endlich eine richtige Lehrerin bekommen.* Jeder bekam einfach alles mit.

»Es war eine richtige Gemeinde«, fuhr sie fort. »Alle gehörten zum Maynard-Stamm. Und Glover hat es geliebt. Er war immer sehr freundlich zu allen, hat sich gern unterhalten und weitererzählt, was er gehört hatte.«

»Etwa Klatsch und Tratsch?«

»Auch Nachrichtenmeldungen. Manchmal erfand er sogar Lügen und verwob sie mit der Wahrheit, um die Gespräche interessanter zu gestalten. Um selbst interessanter zu wirken.«

Als Kind hatte sie ihn einfach so akzeptiert, wie er war. Heute wusste sie es besser. Psychopathen waren häufig gute Imitatoren, da sie die Menschen um sich herum genau beobachteten und herausfanden, was erfolgreich und was zum Scheitern verurteilt war. Was andere dazu brachte, einen mehr zu mögen.

Tatum merkte, worauf sie abzielte. »Und dann kam er nach Chicago. Hier war alles anders.«

»Genau. Eine Stadt mit zu vielen Menschen, in der alles viel schneller ging. Zuerst war es vielleicht sogar genau das, was er gesucht hatte. Ein Ort, an dem er untertauchen, mit der Menge verschmelzen konnte. Aber nach einer Weile fehlten ihm die beiläufigen Unterhaltungen und die freundlichen Begrüßungen.«

»Bei der Arbeit fand er das auch nicht«, sagte Tatum.

»Nein.« Sie waren in dem Büro gewesen, in dem er gearbeitet hatte. In diesem riesigen IT-Unternehmen saßen die

Angestellten in abgetrennten Arbeitsbereichen, und jeder in seiner Abteilung musste ständig mit aufgebrachten Kunden telefonieren. »Und dann gelangt er an diesen Ort. In diese Kirchengemeinde, in der die bekannte Vertraulichkeit herrscht. Vermutlich ist er ein- oder zweimal hier vorbeigekommen und sah ein gemeinsames Picknick oder eine Gruppe von Gemeindemitgliedern, die sich vor der Tür unterhalten hat. Und das war's. Er hatte seine Beute gefunden.«

Zoe entfernte sich von der Pinnwand, schlenderte zwischen den Bänken hindurch und sah sich um. Glover war garantiert an Sonntagen hergekommen, wenn die meisten Gemeindemitglieder herkamen – mehr Leute, die er kennenlernen konnte. Mehr Personen, die ihn, den gläubigen Christen, hier sahen. Zuerst ließ er sich nur blicken, um sich dann hin und wieder an Unterhaltungen und Aktivitäten zu beteiligen oder ein Ehrenamt zu übernehmen. Zu dem »guten Mann« zu werden, von dem Patrick Carpenter gesprochen hatte.

Die Menschen würden sich hier versammeln und dem Pastor lauschen, und Glover mischte sich unter sie, sah sich um, vertrieb sich die Zeit, indem er die jüngeren Frauen beobachtete und von ihnen träumte. Wo hatte Catherine wohl gesessen? So, dass man sie gut sehen konnte? Wie oft hatte er seinen Morgen wohl damit verbracht, sie anzustarren, sie sich nackt vorzustellen, mit einer Krawatte um den Hals?

Und es war noch jemand hier gewesen. Beta. Zoe kaute auf ihrer Unterlippe herum. Ein anderer Mann, der immer besessener von Catherine geworden war. Sich möglicherweise gefragt hatte, wie ihr Blut wohl schmeckte.

Kirchen und Kreuze schützten einen in der wirklichen Welt nicht vor Vampiren. Jedenfalls nicht vor diesem.

Wie hatten Glover und er sich kennengelernt? Was hatte sie erkennen lassen, dass sie ein gemeinsames finsteres Interesse teilten? Darüber sprach man ja nicht unbedingt in der Gemeinde.

Die Predigt war heute wirklich wunderbar, finden Sie nicht auch? Aber ich habe gar nicht richtig zugehört, sondern davon geträumt, die Frau vor mir zu ermorden. Ach, Sie auch?

Irgendwie hatte Glover diesen Mann gefunden. Sie musste wissen, wie.

»Zoe«, sagte Tatum. »Sehen Sie mal.«

Er deutete auf eines der Fotos. Zoe trat neben ihn und sah es sich genauer an.

Ein Gesicht, verschwommen, unscharf, kaum zu erkennen. Glover.

Er unterhielt sich mit jemandem, der auf dem Bild nicht zu sehen war. Zoe beugte sich mit finsterer Miene vor und versuchte, dem Foto weitere Informationen zu entlocken, fand jedoch keine. Ein Bild von Catherine und anderen Gemeindemitgliedern bei einem Picknick, alle lachten, unterhielten sich und ignorierten die Kamera. Catherine reckte beide Hände in die Luft und zeigte dem Mann, mit dem sie sprach, irgendetwas. Albert Lamb saß mit ernstem Gesicht neben ihr und hörte ihr zu. Glover befand sich am Rand des Bildes.

Die Kirchentür wurde geöffnet, als Zoe gerade nach dem Foto griff. Sie drehte sich um und sah sich einem Mann gegenüber, der einen Strauß roter Rosen in den Händen hielt. Er hatte lockiges braunes Haar und breite Lippen.

»Hallo«, sagte er freundlich und unbekümmert.

»Hallo«, erwiderte Tatum.

»Suchen Sie jemanden?«

»Wir sehen uns nur mal um.«

Er trat näher und runzelte die Stirn. Dann räusperte er sich. »Hier waren in letzter Zeit einige Personen, die sich umgesehen haben. Sind Sie auch Detectives?«

Tatum warf Zoe einen fragenden Blick zu, und sie zuckte mit den Achseln.

Er drehte sich wieder zu dem Mann um und zeigte ihm seinen Dienstausweis. »Special Agent Gray.«

»Oh. Ich bin Allen Swenson«, stellte er sich vor. »Geht es um Catherine?«

»Ja. Kannten Sie sie gut?«

»Na ja, ich gehe seit zwölf Jahren in diese Kirche, daher habe ich schon oft mit ihr gesprochen. Wir sind uns einmal bei einer Wohltätigkeitsveranstaltung begegnet. Sie war eine nette Frau.«

»Sind die Blumen für sie?«, erkundigte sich Zoe.

Er leckte sich die Lippen und wirkte kurz verwirrt, um den Blumenstrauß in seiner Hand dann anzusehen, als hätte er ihn völlig vergessen. »Ja. Ich habe die Trauerfeier heute Morgen verpasst, daher dachte ich, ich schaue mal kurz vorbei und lege die Blumen für sie nieder.«

Bei diesen Worten ging er zum Tisch und platzierte den Strauß neben den anderen. Danach beäugte er Zoe. »Und wer sind Sie?«

»Mr Swenson«, schaltete sich Tatum ein. »Würde es Ihnen etwas ausmachen, uns ein paar Fragen zu beantworten?«

Nach einer kurzen Pause antwortete er: »Nein, nur zu. Ich helfe gern.«

»Wann haben Sie von Catherines Tod erfahren?«

»Sonntagmorgen. Ich kam zum Gottesdienst und bin einigen Gemeindemitgliedern begegnet. Sie haben es mir erzählt.«

»Gab es am Sonntag denn einen Gottesdienst?«

»Nein. Der Pastor war nicht hier, und Patrick auch nicht.«

»Patrick?«

»Patrick Carpenter. Manchmal leitet er den Gottesdienst, wenn Pastor Lamb verhindert ist.« Swenson räusperte sich abermals. »Haben Sie bei den Ermittlungen schon Fortschritte gemacht?«

»Darüber dürfen wir keine Auskunft geben«, erwiderte Tatum. »Ist Ihnen in der Woche vor Catherine Lambs Tod etwas Ungewöhnliches aufgefallen?«

»Da war ich gar nicht hier. Ich komme meist nur zu den Sonntagsgottesdiensten.«

»Wann haben Sie Catherine das letzte Mal gesehen?«

»Hm ... Sie war am Sonntag davor nicht in der Kirche. Das könnte man durchaus als ungewöhnlich bezeichnen. Ich sah sie auf der Straße, als ich vor etwa anderthalb Wochen an der Kirche vorbeigefahren bin.«

»Wie hat sie da auf Sie gewirkt?«

»Ganz normal, würde ich sagen. Ich unterhielt mich mit einem Freund, daher habe ich nicht so genau darauf geachtet, aber ich habe ihr zugewinkt, und sie hat mich gesehen und ebenfalls gewinkt.«

»Das war alles?«

»Ja, aber ich saß ja, wie gesagt, im Auto und habe nicht angehalten, um mit ihr zu plaudern.«

»Wissen Sie, ob es jemanden in der Gemeinde gibt, der Catherine besonders nahestand?«

»Das kann man über mehrere sagen. Sie hat viele Unternehmungen hier organisiert.«

»Stand ihr jemand *besonders* nahe?«, fragte Zoe.

Er schien kurz zu zögern. »Na ja, Patrick und sie schienen sich sehr gut zu verstehen. Aber ich schätze, das lag nur daran, dass sie beide so stark in die Gemeindearbeit eingebunden waren. Die letzten Wochen haben sie jedoch etwas distanzierter gewirkt. Ich dachte schon, sie hätten sich vielleicht gestritten.«

»Wie kamen Sie auf die Idee?«

»Ach, das waren nur Kleinigkeiten. Früher saßen sie während des Gottesdienstes nebeneinander, aber an den letzten beiden Sonntagen taten sie das nicht mehr. Und sie sprachen auch nicht besonders oft miteinander.«

Zoe und Tatum warteten, ob er noch mehr sagen würde, und brachen das Schweigen nicht. Swenson schaute sich nervös um, fügte jedoch nichts mehr hinzu.

»Kennen Sie diesen Mann?« Zoe deutete auf das Foto von Glover.

Swenson runzelte die Stirn und beugte sich vor. »Oh, ja. Den habe ich hier ab und zu gesehen. Äh ... Moore, nicht wahr?«

»Er hat sich als Daniel Moore ausgegeben«, bestätigte Tatum.

Swenson nickte bedächtig. »Hmm. Ja, den habe ich hier gesehen.«

»Haben Sie auch mal mit ihm gesprochen?«

»Vielleicht ein- oder zweimal. Aber nur über Belangloses.«

»Ist Ihnen aufgefallen, ob er sich noch mit anderen unterhalten hat?«

Er sah sie irritiert an. »Ist das der Kerl, der das getan hat?«

»Wir möchten nur mit ihm reden«, sagte Tatum. »Wissen Sie, ob er mit jemand Bestimmtem gesprochen hat?«

Swenson überlegte. »Nein. Ich weiß nur, dass er hier war, und zwar regelmäßig.«

»Seit wann?«

»Ich bin mir nicht sicher.« Swenson trat einen Schritt zurück. »Ich helfe Ihnen ja gern, aber ich muss wieder an die Arbeit. Haben Sie vielleicht eine Visitenkarte, die Sie mir geben können?«

Tatum reichte ihm seine Karte. Swenson steckte sie ein und bedachte Zoe mit einem langen Blick. Dann drehte er sich um und ging.

»Er kannte Glover«, stellte Zoe fest. »Er hat ihn nicht nur hin und wieder gesehen.«

»Das sehe ich auch so«, stimmte Tatum ihr zu.

Zoe sah sich die Fotos noch einmal genau an und hielt Ausschau nach Glover. Catherines Vater, der Pastor, war natürlich auf mehreren Bildern zu sehen, wobei er stets eine ernste Miene zur Schau stellte. Patrick Carpenter tauchte auf sieben Fotos auf, seine Frau Leonor auf fünf. Auf jedem Bild lächelte Leonor oder unterhielt sich mit jemandem. Sie war stets mit jemandem im Gespräch. Patrick schien hingegen deutlich stiller zu sein. Nachdenklicher. Swenson war auch auf zwei Bildern zu sehen. Auf einem saß er mit Catherine allein vor der Kirche auf einer Bank und redete mit ihr.

Tatum fotografierte mit dem Handy die gesamte Pinnwand und auch das Foto von Rod Glover. »Wir sollten uns mal mit Albert Lamb unterhalten. Ich bin gespannt, was er uns über Daniel Moore erzählen kann.«

Kapitel 21

Bill schaffte es, Chelsey trotz seines von Aufruhr und Panik umwölkten Gehirns für die Schule fertig zu machen und hinzufahren. Er glaubte nicht, dass sie etwas mitbekommen hatte, konnte es jedoch nicht mit Sicherheit sagen. Manchmal war sie erschreckend aufmerksam. Er hatte ihr erzählt, Mommy hätte an diesem Morgen sehr früh zur Arbeit gehen müssen, und diese Lüge hatte dem Gefühlswirrwarr in seinem Inneren auch noch Schuldgefühle hinzugefügt. Nachdem sie aus dem Wagen gestiegen war, winkte sie ihm zu, und er winkte mit gequältem Lächeln zurück. Sie drehte sich um, und er fuhr los, hielt einen Block weiter an, sprang aus dem Wagen und musste sich übergeben.

Nun saß er schwer atmend im Auto und versuchte, sich wieder unter Kontrolle zu bekommen. In diesem Zustand konnte er nicht weiterfahren. Allein die Tatsache, dass er Chelsey zur Schule gebracht hatte, war nicht nur unverantwortlich, sondern zudem unfassbar dumm.

Wieder versuchte er, Hen auf dem Handy zu erreichen, wie er es schon den ganzen Morgen tat, doch es war noch immer ausgeschaltet. Er hatte drei verpasste Anrufe von Gina und eine Nachricht, in der sie ihn bat, sich zu melden, sobald es Neuigkeiten gab.

Die Polizei suchte jetzt nach ihr. Was immer auch passiert war, man würde es herausfinden.

Es sei denn, die Polizei steckte selbst dahinter.

Dieser Gedanke schoss ihm ganz unvermittelt durch den Kopf. Im nächsten Augenblick musste er an die Menschen denken, die zu Unrecht erschossen oder angeklagt worden waren, an die Fälle von Polizeibrutalität. Vielleicht hatten Officer Ellis und sein Partner längst gewusst, wo sich Hen aufhielt, als sie bei ihm aufgekreuzt waren. Möglicherweise gaben sie nur vor, nach ihr zu suchen.

Er war hilflos und wusste nicht, was er noch tun sollte. Also googelte er auf dem Handy *Was macht man bei einer vermissten Person*.

Der erste Treffer war schon wirklich hilfreich. Er konnte eine ganze Menge tun. Er konnte der Polizei weitere Informationen geben. Er konnte die Krankenhäuser in Chicago anrufen. Er konnte zu den Gefängnissen fahren. Mit allen Freunden seiner Frau sprechen. In den sozialen Medien nach ihr suchen. Flugblätter drucken lassen. Es gab sogar etwas mit dem Namen National Missing and Unidentified Persons System.

Jetzt ging es ihm sogar noch schlechter. Er hatte so viel zu tun, dass er nicht wusste, wo er anfangen sollte. Und er musste rechtzeitig wieder zu Hause sein, um das Mittagessen für Chelsey zuzubereiten.

Am besten fuhr er als Erstes zum Bahnhof und sah nach, ob Hens Wagen noch dort stand. So konnte er herausfinden, wo sie verschwunden war. Das würde der Polizei doch sicher helfen.

Es fiel ihm schwer, etwas so Einfaches wie Autofahren zu tun. Chelsey zuliebe zwang er sich dazu, aber er stand am Rand einer Klippe und der dunkle Abgrund lag direkt vor ihm. Alles, was er tat, konnte dafür sorgen, dass er ins Stolpern geriet und fiel. Es dauerte viel länger als nötig, den Parkplatz am Bahnhof zu erreichen.

Aber nun, wo er da war, wurde es einfacher. Er musste nur noch zwischen den Reihen voller geparkter Fahrzeuge hindurchfahren und nach Hens Wagen suchen. Sich dieser einfachen Aufgabe zu widmen, die dennoch seine ganze Konzentration erforderte, hatte durchaus etwas Entspannendes, wie er feststellte. Dabei ging er methodisch vor und fing auf der Südwestseite des Parkplatzes an, um sich langsam durch die Reihen zu arbeiten.

Er hatte vier Reihen durchsucht, als ihm am anderen Ende des Parkplatzes etwas ins Auge fiel: ein Streifenwagen mit aktiviertem Blaulicht. Sofort fuhr er darauf zu, bis er etwas entdeckte, das ihn bis ins Mark erschütterte. Ein Teil des Platzes war mit gelbem Absperrband abgetrennt. Und dahinter stand Hens Wagen.

Er trat auf die Bremse, sprang aus dem Wagen und rannte auf das Absperrband zu. Ein Polizist trat ihm in den Weg. Er erkannte ihn sofort wieder. Es war Ellis.

»Was ist passiert?«, fragte er laut und mit schwankender Stimme. »Wo ist Hen?«

»Mr Fishburne«, erwiderte Ellis. »Sie dürfen nicht weitergehen.«

»Ist sie dort? Hatte sie einen Unfall? Ist sie verletzt?«

»Wir haben Henrietta noch nicht gefunden«, teilte Ellis ihm mit. »Sie ist nicht hier.«

Erleichterung machte sich in ihm breit. Gefolgt von Verwirrung. Wenn Hen nicht hier war, wieso dann das Absperrband? Was ging hier vor sich?

Nun nahm er auch weitere Details wahr. Ein behandschuhter Mann schabte in der Nähe von Hens Wagen etwas vom Boden und verstaute es in einer kleinen Plastiktüte. Ein anderer Mann untersuchte den Türgriff des Wagens auf Fingerabdrücke.

Und dann entdeckte er die drei Männer am Rand des Parkplatzes, die langsam zwischen den Bäumen hindurchgingen und den Blick auf den Boden gerichtet hatten.

»Was ist passiert?«, flüsterte er.

»Das kann ich Ihnen noch nicht beantworten. Wir sind gerade dabei, es herauszufinden.«

»Aber Sie haben diese Leute doch aus gutem Grund hinzugezogen, oder nicht? Sie haben was gefunden.«

Ellis zögerte. »Noch weiß ich nichts Genaues, aber es gibt erste Hinweise darauf, dass sich hier eine Gewalttat ereignet hat.«

»Und diese Männer da drüben … Suchen die nach meiner Frau?«

»Ich verspreche Ihnen, dass wir uns bei Ihnen melden, sobald wir etwas herausgefunden haben, Mr Fishburne. Aber Sie sollten jetzt besser nicht hier sein.«

Ellis schob ihn von der Absperrung weg. Bill widersetzte sich nicht, und ihm ging dabei durch den Kopf, dass Ellis ihn auf dieselbe Weise zu seinem Wagen eskortierte, wie er Chelsey letzte Nacht, erst vor wenigen Stunden, wieder ins Bett gebracht hatte.

Kapitel 22

Albert Lamb wohnte in einem kleinen weißen Haus an einer ruhigen Straße. Die hölzernen Stufen gaben ein hohles Geräusch von sich, als Tatum hinaufstieg und Zoe ihm dicht auf den Fersen folgte. Anstatt zu klingeln, klopfte Tatum an die Tür, als würde das Klingeln die Atmosphäre der Trauer im Haus irgendwie stören.

Lautes Gebell war hinter der Tür zu hören. Einige Sekunden später rief Albert Lamb: »Augenblick!« Sie mussten noch kurz warten, bevor er die Tür öffnete. Er trug einen Anzug, der jedoch verknittert war, und sein dünnes Haar sah ungekämmt aus. Seine Augen waren verquollen, vom Schlafen, vom Weinen oder von beidem. Ein großer Golden Retriever drängelte sich an ihm vorbei und schnüffelte schwanzwedelnd an Tatums Beinen.

Albert musterte sie mit ausdrucksleerer Miene. Es dauerte einen Augenblick, bis er sie erkannte. »Oh. Sie arbeiten mit Detective O'Donnell zusammen, richtig? Tatum Gray?«

»Ganz genau«, bestätigte Tatum. »Dürfen wir reinkommen?«

Albert winkte sie herein. Im Haus war es dunkel und still. Selbst der Staub schien in der Luft erstarrt zu sein und dort vor Trauer gelähmt zu verharren. Albert führte sie ins Wohnzimmer, wobei er leicht zu wanken schien, und Tatum vermutete, dass er etwas getrunken hatte. Der Hund folgte ihnen mit gesenktem Kopf und eingezogenem Schwanz. Die Traurigkeit, die sich auf dieses Haus herabgesenkt hatte, wirkte sich eindeutig auch auf ihn aus.

Das Wohnzimmer war erstaunlich farbenfroh eingerichtet – der Teppich rund und blau, die Couch weiß, ein paar dazu passende Sessel. Ein Glastisch stand in der Mitte des Raums, und in einer Ecke entdeckten sie eine Zimmerpflanze, die genauso aussah wie die in Catherine Lambs Haus. Tatum vermutete, dass sie gleich zwei gekauft hatte, eine für sich und eine für ihren Vater. Albert Lambs Pflanze sah jedoch gut gepflegt aus. Bisher jedenfalls.

»Bitte setzen Sie sich.« Albert deutete auf die Couch. »Ich bin gleich wieder da.«

Tatum nahm Platz, Zoe blieb stehen. Als Albert hinausging, musste sich Tatum eingestehen, dass er sich geirrt hatte – der Mann war nicht betrunken, er stand nur kurz vor einem Zusammenbruch. Jede Bewegung schien ihn sehr viel Kraft zu kosten.

Kaum war er hinausgegangen, schlenderte Zoe durch den Raum und sah sich das Bücherregal an, ein Foto von Catherine, das an der Wand hing, das Fenster. Tatum hatte keine Ahnung, ob sie das tat, um eine Art Profil des alten Mannes zu erstellen, oder ob es sich um eine nervöse Reaktion auf die belastende Traurigkeit handelte. Der Hund folgte Zoe auf Schritt und Tritt und blickte erwartungsvoll zu ihr auf. Tatum zählte die Sekunden, bis Albert mit einem kleinen Tablett zurückkehrte, auf dem drei Gläser Wasser und eine Schüssel mit Crackern stand. Er stellte das Tablett auf den Tisch und ließ sich in einen Sessel sinken. Zoe setzte sich neben Tatum auf die Couch.

»Wie kann ich Ihnen helfen?«, fragte Albert. Seine Stimme klang müde und desinteressiert. Er wollte nicht wissen, ob es irgendwelche Neuigkeiten gab. Die Menschen gehen unterschiedlich mit ihrer Trauer um. Einige wollen, dass der Schuldige gefunden wird, weil sie darauf hoffen, dass der Gerechtigkeit genüge getan wird und sie vielleicht irgendwann damit abschließen können. Albert Lamb schien nicht zu ihnen zu gehören.

»Wir hatten gehofft, Sie könnten etwas mehr über ein Mitglied Ihrer Gemeinde erzählen, Mr Lamb.«

Albert seufzte schwer. »Patrick sagte schon, dass Sie sich bei Ihren Ermittlungen auf unsere Kirche konzentrieren.«

»Nicht auf alle Gemeindemitglieder, sondern nur auf einen Mann. Sie kennen ihn als Daniel Moore.«

Albert nahm sich ein Glas und trank einen Schluck. »Hat er denn einen anderen Namen?«, wollte er wissen.

»Sein richtiger Name ist Rod Glover.«

»Das war also sein Name.« Albert nickte nachdenklich.

»Wussten Sie, dass er seinen Namen geändert hatte?«, hakte Zoe sofort nach. »Woher wussten Sie das?«

»Weil er es mir erzählt hat.«

Einen Augenblick lang sagte keiner ein Wort. Tatum blinzelte mehrmals und versuchte, seine Gedanken zu ordnen. »Was hat er Ihnen noch erzählt?«

»Nicht viel. Er sagte, er wolle noch mal von vorn anfangen. Er habe eine schlimme Kindheit hinter sich und einiges an Gewalt erlebt. Er vertraute mir an, dass man hinter ihm her wäre und dass er nach Chicago gekommen war, um seine Vergangenheit hinter sich zu lassen. Er wollte sich ändern. Er wollte Gutes tun.«

»Haben Sie sich möglicherweise genauer nach seiner Vergangenheit erkundigt?«, fragte Zoe mit schneidender Stimme.

»Er sagte, er wolle noch nicht darüber reden, und ich habe seinen Wunsch respektiert.«

Zoe wollte noch etwas sagen, aber als Tatum ihr einen warnenden Blick zuwarf, klappte sie den Mund wieder zu und verkrampfte die Kiefermuskeln.

»Wissen Sie, wo wir ihn finden können? Haben Sie seine Telefonnummer?«, erkundigte sich Tatum.

»Nein.«

Ein lautes Quietschen gellte durch den Raum, und sie drehten sich alle ruckartig um. Alberts Hund stand mit einem großen Gummiball im Maul in der Tür. Er biss etwas fester zu, und das Spielzeug quietschte erneut. Dann trabte er forsch auf Albert zu, aber der Pastor rührte sich nicht.

»Wissen Sie vielleicht, mit wem er befreundet war?«, fragte Tatum weiter.

»Er war zu jedermann freundlich.«

»War er zu irgendjemandem besonders freundlich?«

»Nicht, dass ich wüsste, aber ich habe auch nicht darauf geachtet.«

Der Hund ließ den Ball zu Alberts Füßen fallen und winselte leise. Albert und der Hund starrten den Ball einige Sekunden lang reglos an. Tatum war drauf und dran, den Ball aufzuheben und zu werfen, damit der Hund ihn apportieren konnte.

»Sie haben diesen Mann also einfach in Ihre Gemeinde aufgenommen?«, schaltete sich Zoe plötzlich wieder in das Gespräch ein. »Einen Mann, von dem Sie wussten, dass er eine zwielichtige Vergangenheit hat? Und Sie haben ihn nicht einmal im Auge behalten?«

Tatum räusperte sich und warf ihr einen missbilligenden Seitenblick zu. Was immer in Zoes Kopf vorging, störte offensichtlich ihr Urteilsvermögen. Er konnte nur hoffen, dass sie ab jetzt den Mund hielt und ihm das Reden überließ.

Albert musterte Zoe. »Ich führe kein Unternehmen oder eine Schule, sondern leite eine Kirche. Wenn ich die Tür vor Menschen schließe, die mich am nötigsten brauchen …«

»Rod Glover gehört nicht zu diesen Menschen.«

»Glauben Sie, er hat etwas mit Catherines Tod zu tun?«

»Wir können keine Informationen über den Fall weitergeben«, erklärte Tatum.

»Falls Sie das glauben, dann irren Sie sich.«

»Woher wissen Sie das?«, fragte Tatum.

»Ich habe mich mehrmals mit ihm unterhalten. Ich habe gesehen, wie er den Bedürftigen half, mit Kindern spielte, Menschen innerhalb der Gemeinde unterstützte. Dieser Mann wäre *niemals* zu etwas in der Lage wie dem, was man meiner Tochter angetan hat.«

Abermals machte Zoe den Mund auf, aber Tatum hob einen Finger und ermahnte sie mit einem Blick zum Schweigen. Er wartete einige Sekunden und betrachtete den Hund, der Albert mit großen, trüben Augen und eingezogenem Schwanz ansah. Schließlich trottete das Tier in eine Ecke, legte sich auf den Boden und ließ die Ohren hängen.

»Wenn er unschuldig ist, hat er von uns nichts zu befürchten«, sagte Tatum. »Wir möchten ihm nur ein paar Fragen stellen. Sollten Sie also wissen, wo wir ihn finden können ...«

»Wie ich bereits sagte, kann ich Ihnen da nicht weiterhelfen.« Albert wirkte sehr erschöpft. »Er ist vor zwei Monaten abgereist. Ein Notfall innerhalb der Familie. Er sagte, er wisse nicht, wann er zurückkommen würde.«

»Wir haben Grund zu der Annahme, dass er einen guten Freund in Ihrer Gemeinde gefunden hat«, sagte Tatum. »Haben Sie eine Ahnung, um wen es sich da handeln könnte?«

»Mir fällt niemand ein.«

»Was ist mit diesem Foto?« Tatum zog sein Handy aus der Tasche und rief das Bild mit Glovers verschwommenem Gesicht in der Ecke auf. »Erinnern Sie sich vielleicht, mit wem er da gesprochen hat?«

Albert nahm das Handy so vorsichtig entgegen, als wäre es eine zerbrechliche Porzellanpuppe. Tatum bezweifelte, dass er überhaupt jemand anderen als Catherine auf dem Bild wahrnahm, die genau in der Mitte saß. »Ich erinnere mich an diesen Tag«, meinte Albert. »Catherine hat dieses Picknick zusammen mit Leonor auf die Beine gestellt. Ich war nicht gerade begeistert davon. Es sollte regnen, und der ganze Aufwand kam mir übertrieben vor. Aber diese beiden konnten alles erreichen. Und es war ein wunderschöner Tag. Catherine hatte Apfelkuchen gebacken, der lauter Bienen anlockte.«

»Wer war noch bei diesem Picknick?«, erkundigte sich Zoe.

Albert schüttelte den Kopf. »Das kann ich nicht so genau sagen. Sehr viele Gemeindemitglieder. Wo haben Sie dieses Foto gesehen?«

»Es hängt an der Gedenktafel in Ihrer Kirche«, antwortete Zoe. »Ist es Ihnen nicht aufgefallen?«

»Oh. Nein, ist es nicht. Ich wollte hingehen, aber ...« Er ließ das Handy sinken. »Ich war so müde.«

»Sie erinnern sich also nicht, mit wem er sich unterhalten hat? Dabei scheint Ihnen dieser Tag so gut im Gedächtnis geblieben zu sein, und er hat ganz in Ihrer Nähe gesessen.«

»Ich erinnere mich an Catherine.« Albert schüttelte den Kopf, als hätte Catherines Anwesenheit jedes andere Detail dieses Tages aus seinem Gedächtnis getilgt.

Dieser Mann hatte etwas Unheimliches und Gebrochenes an sich. Tatum konnte sich gut vorstellen, dass Albert Lamb ein Mann war, der immer große Reden hielt, laut und redegewandt war und über eine überzeugende Körpersprache verfügte. Ein Mann, der in seiner großen Kirche sprach und es schaffte, dass seine Worte und seine Überzeugungen bei jedem Anwesenden ankamen. Doch von der Trauer gebeugt, sprach er in kurzen, knappen Sätzen und seine Stimme klang müde und monoton. Tatum konnte nur noch einen Schatten des Mannes erhaschen, der er einst gewesen war. Eine dramatische Armbewegung. Ein Wort, das plötzlich betont wurde. Aber das waren nur noch abgehackte, übrig gebliebene Reflexe. Pastor Lamb war verschwunden, möglicherweise für immer. Vor ihnen saß Albert Lamb, ein Witwer, der sein einziges Kind verloren hatte.

»Wissen Sie, wer die Gedenktafel errichtet hat?«, fragte Tatum. Derjenige besaß vielleicht noch weitere Fotos vom Picknick. So konnten sie eventuell herausfinden, mit wem Glover gesprochen hatte. Möglicherweise gab es noch ein anderes Foto von ihm. Sie konnten alles über Glovers Zeit innerhalb der Gemeinde gebrauchen, das ihnen dabei half, seinen Partner zu identifizieren.

»Terrence, ein Mitglied unserer Gemeinde.«

»Würden Sie uns bitte seine Telefonnummer geben?«

Albert nahm sein Handy vom Tisch, tippte mehrmals auf dem Display herum und reichte es Tatum, damit er sich Terrences Nummer notieren konnte.

»Fällt Ihnen wirklich niemand ein, dem Glover nahegestanden hat?« Zoe war noch nicht bereit aufzugeben. »Hat er in der Kirche vielleicht immer neben derselben Person gesessen? Oder ist er in Begleitung gekommen oder gegangen? Hatte er näheren Kontakt zu irgendjemandem?«

Albert zuckte die Achseln. »Ich sagte ja bereits, dass er vielen Leuten geholfen hat.«

»Was für Leuten?«

»Menschen, die von seinen Erfahrungen profitieren konnten. Menschen mit ähnlichem Hintergrund, die ein neues Leben anfangen wollten.«

Tatum wurde übel. Er warf Zoe einen Blick zu, die die Augen aufriss, als sie ebenfalls begriff, was das bedeutete. »Menschen, die Erfahrungen mit Gewalt gesammelt haben?«, fragte er nach.

»Ja. Er war noch nicht lange in unserer Gemeinde, da sagte er mir, er würde gern anderen helfen, die so waren wie er. Menschen, die mit Gewalt aufgewachsen waren und selbst welche verübt hatten. Menschen, die sich mir oder Patrick vielleicht nicht anvertraut hätten.«

»Oder Catherine?«, warf Tatum ein.

»Damals war Catherine noch sehr jung und nicht so stark in die Kirchenarbeit involviert. Daher sagte ich allen, wenn sie mit Gewalt konfrontiert seien und Hilfe brauchten, die sie nicht von mir bekommen konnten, dann sollten sie mit Daniel sprechen. Dass er ihnen helfen würde, ein besserer Mensch zu werden.«

Der Pastor hatte den Mörder seiner Tochter nicht nur in seine Kirche gelassen, sondern ihn vermutlich auch noch seinem Komplizen vorgestellt. »Wir brauchen eine Liste aller Personen, die sich an Daniel gewandt haben.«

»So eine Liste gibt es nicht. Es ging doch gerade darum, dass es vertrauliche Gespräche sein sollten, dass sie sich an Daniel wenden konnten, ohne vorher mit mir oder jemand anderem zu sprechen.«

Sie blieben noch weitere zehn Minuten bei Albert Lamb, in denen Zoe eisern schwieg, während Tatum Fragen stellte, die der Pastor leise, fast schon geistesabwesend beantwortete. Falls er etwas über Catherines Mörder oder Rod Glover wusste, so blieb dieses Wissen hinter einer undurchdringlichen Barriere der Trauer verborgen.

Schließlich gingen sie, ohne dass er sie zur Tür brachte. Zoe marschierte schnellen Schrittes zum Wagen, als müsste sie so schnell wie möglich von Albert Lambs Haus wegkommen, und Tatum passte sich ihrem Tempo an. Er kannte sie gut genug, um an den aufeinandergepressten Lippen und den zusammengekniffenen Augen ihre Wut zu erkennen.

Eigentlich hätte er längst daran gewöhnt sein müssen. Zoe war immer ungeduldig und leicht aufbrausend. Sie ließ sich von Dummheit oder Widerspruch aus der Bahn werfen oder, schlimmer noch, wenn jemand ihre Meinung ignorierte. Aber etwas an ihrem jetzigen Verhalten machte ihn nervös. Das war nicht Zoes normales Benehmen, bei dem sie wie ein Feuerwerkskörper hochging und innerhalb kürzester Zeit alles aus sich herausließ. Vielmehr wirkte das wie ein langsam simmerndes Gefühl, das sehr lange Zeit anhalten konnte.

»Wenn er wenigstens gewusst hätte, mit wem sich Glover an jenem Tag unterhalten hat«, stieß sie hervor.

»Welchen Tag meinen Sie genau?«, hakte Tatum nach.

»Ist doch völlig egal. Aber dieses eine Mal haben wir tatsächlich ein Foto von ihm, einen handfesten Beweis. Die Kamera lügt nicht.«

»Glauben Sie, Albert Lamb hat uns angelogen?«

»Ich denke, Glover hat ihn belogen, und er hat uns dieselbe Lüge aufgetischt, was im Grunde genommen dasselbe wie lügen ist. Und jedes einzelne Mitglied dieser Gemeinde hat uns eine Version derselben Lüge erzählt. Mit wem wir auch reden, es gibt nichts als vage Geschichten. Doch das Foto sagt die Wahrheit. Es zeigt uns Fakten. Ich möchte sehen, wie Glover mit den Gemeindemitgliedern umgegangen ist, mit wem er gesprochen hat, von welchen Leuten er angezogen wurde.«

»Okay.« Tatum suchte Terrences Nummer heraus. Sie mussten wissen, ob es noch mehr Fotos gab.

Kapitel 23

Terrence Finch war professioneller Fotograf und teilte Tatum mit, dass er bis zum Abend in seinem Studio sein würde. Das Studio befand sich in der South Ashland Avenue und damit nicht weit von Albert Lambs Haus entfernt. Zoe wirkte so angespannt und explosiv, dass sich Tatum tatsächlich wünschte, ein Album von Katy Perry oder eines der anderen musikalischen Schrecken, die Zoe immer hörte, zu besitzen, um sie damit ein wenig beruhigen zu können.

Das Studio lag zwischen einer Autowaschanlage und einer nicht sehr ansprechenden Hamburgerbude. Jemand hatte mit schwarzer Farbe ein Herz an die Mauer des Studios gemalt und versucht, Namen hineinzuschreiben. Das Herz war jedoch zu klein dafür, daher stand darin jetzt die Liebeserklärung *Fleck und undefinierbares Gekritzel.* Tatum fragte sich, ob die beiden wohl noch zusammen waren und wie sie ihr Kind wohl genannt hatten.

Zoe drückte viel zu lange auf die Klingel, die einen lauten, wütenden Summton von sich gab, der Tatum zusammenzucken ließ. Sie warteten zehn Sekunden, dann klingelte Zoe erneut.

Die Tür wurde aufgerissen, und ein erboster Mann mit Ziegenbart stand vor ihnen.

»Terrence Finch?«, fragte Tatum.

»Sch!« Der Mann hielt sich einen Finger vor die Lippen und ließ sie eintreten, um die Tür hinter ihnen wieder zu schließen.

Das Studio war im Grunde genommen ein sehr großer Raum mit hohen Lampen in einer Ecke, die alle zur Decke gerichtet waren. Ein großes weißes Stoffstück war vor die hintere Wand und über den Boden gespannt und mit Spielzeug übersät. Ein Baby krabbelte auf dem Stoff herum und versuchte, einen orangefarbenen Ball aufzuheben. Ein Fotograf lief um das Set herum und schoss Fotos von dem Kind, das nur Augen für den Ball hatte.

Der Mann, der ihnen die Tür geöffnet hatte, ignorierte sie und ging zu einer Frau, die in einer Ecke des Raums stand. Beide sahen das Baby bewundernd an. Tatum schloss daraus, dass der Mann mit dem Ziegenbart nicht etwa Terrence Finch war, sondern der Vater des Kindes. Zwar konnte er keine Ähnlichkeit zwischen den beiden entdecken, aber vielleicht hatte das Baby ja früher auch einen Ziegenbart getragen, der nur für die Fotosession abrasiert worden war.

Der Fotograf hielt kurz inne und warf Tatum und Zoe einen Blick zu. »Ich bin Terrence. Dauert nicht mehr lange.« Dann wandte er sich auch schon wieder dem Baby zu, das frustriert aufschrie, als der Ball wegrollte.

Tatum beobachtete, wie Terrence um das Set herumhuschte und unzählige Fotos schoss. Der Mann war um die vierzig und hatte braunes, stellenweise sehr schütteres Haar. Er wirkte schlaksig und verdrehte die Arme, um das Gesicht des Babys möglichst gut aufs Bild zu bekommen.

Das Kind hob einen Würfel auf, stellte ihn auf einen anderen und stapelte einen dritten darauf. Doch der Turm war wacklig und stürzte ein. Die Einmischung der Schwerkraft entlockte dem Baby einen zornigen Schrei.

»Versuch's noch mal, Leo«, ermutigte ihn die Mutter. Leos Vater sah frustriert aus und schien bereit zu sein, jeden Augenblick loszustürmen und Leo zu zeigen, wie man einen richtigen Turm baut.

Die Fotosession ging noch einige Minuten weiter. Die Mutter wollte, dass Terrence Leo mit einem Teddybären fotografierte. Dummerweise hatte Leo jedoch keine Lust dazu. Wann immer jemand mit dem Teddy näher kam, krabbelte Leo mit vor Entsetzen aufgerissenen Augen weg. Der Junge besaß gute Reflexe, das musste Tatum ihm lassen. Er würde sich garantiert nicht von einem gefährlichen Teddybären zerfleischen lassen.

Als er von den Anweisungen seiner Eltern schließlich völlig verwirrt war, setzte sich Leo mitten auf das Set und brach in Tränen aus. Terrence legte die Kamera weg, da er davon ausgehen musste, dass Leos Eltern diesen Augenblick bestimmt nicht festgehalten haben wollten. Sie zogen sich die Jacken an, die Mutter nahm Leo auf den Arm, und die Familie ging hinaus, nachdem Terrence versprochen hatte, die Fotos baldmöglichst zu schicken.

Sobald sie weg waren, trat Terrence nervös auf Tatum und Zoe zu. »Hi. Tut mir leid. Sie sind der Special Agent, mit dem ich telefoniert habe, richtig?«

Tatum nickte und zeigte dem Mann seinen Dienstausweis. »Agent Gray. Das ist meine Partnerin Zoe Bentley.«

»Geht es um Catherine?« Terrence hatte die traurigen Augen weit aufgerissen. Seine Stimme brach bei ihrem Namen und wurde ganz rau.

»Wie gut kannten Sie Catherine?«, wollte Tatum wissen.

»Ziemlich gut. Ich gehe seit zehn Jahren in diese Kirche«, antwortete Terrence. »Jeder in unserer Gemeinde kannte sie. Ich weiß nicht, was ohne sie aus der Kirche werden soll.«

»Was ist mit diesem Mann?«, fragte Zoe und zeigte Terrence das Foto von Glover und Andrea auf ihrem Handydisplay. »Kennen Sie ihn auch?«

Terrence starrte das Bild an. »Er gehört auch zur Gemeinde. Sein Name ist Daniel.«

»Wie gut kennen Sie ihn?«

»Ich habe ein paarmal mit ihm gesprochen. Schien ein netter Kerl zu sein.«

»Haben Sie auch gesehen, wie er sich mit anderen unterhalten hat? Hatte er Freunde innerhalb der Gemeinde?«

»Nicht, dass ich wüsste.«

»Wir waren heute Morgen in der Kirche und haben die Gedenktafel gesehen.« Bei diesen Worten suchte Tatum das Foto vom Picknick heraus, auf dem Glovers Kopf verschwommen in der Ecke zu sehen war. »Haben Sie das Foto geschossen?«

Terrence sah es kurz an. »Ja«, antwortete er. »Ich habe alle Fotos gemacht, die an der Tafel hängen.«

»Wissen Sie, mit wem Daniel auf diesem Foto gesprochen hat?«

»Nein. Mir ist nicht einmal aufgefallen, dass er darauf ist. Ich habe es wegen Catherine ausgewählt.«

»Haben Sie noch mehr Fotos von diesem Picknick?«, fragte Tatum. »Oder von anderen Kirchenveranstaltungen?«

Terrence zuckte mit den Achseln. »Klar. Welche Veranstaltungen meinen Sie?«

»An der Tafel hingen noch weitere Bilder.« Tatum wischte über sein Handydisplay. »Aus dem Garten, beim Sortieren von Kleidung, in einer Obdachlosenküche ... Alles, was Sie haben.«

»Das müssen Tausende von Fotos sein«, erwiderte Terrence. »Geht es nicht etwas spezieller?«

Tatum und Zoe warfen sich einen Blick zu. Zoes Augen funkelten vor Aufregung. »Wir nehmen alles, was Sie haben«, wiederholte Tatum. »Und wir wären Ihnen dankbar, wenn Sie uns eine Kopie der Fotos überlassen.«

Terrence runzelte die Stirn. Tatum wollte schon erwähnen, dass ihnen die Fotos dabei helfen könnten, Catherines Mörder zu finden, als der Fotograf meinte: »Okay. Es wird aber eine Weile dauern, alles zu sortieren. Ich habe die Daten auf Backups, die ich im Hinterzimmer aufbewahre.«

»Wir können warten«, versicherte Zoe ihm. »Haben Sie vielleicht einige der Fotos schon hier, die wir durchgehen könnten, während Sie den Rest heraussuchen?«

»Sicher.« Terrence klang alles andere als begeistert. »Ich habe noch mehr Fotos von Catherine entwickelt, die nicht auf der Gedenktafel gelandet sind. Die können Sie sich schon mal ansehen.«

Er ging zu einer Plastikkommode in einer Ecke und zog die oberste Schublade auf. Sie war voller Briefumschläge, und er kramte darin herum und nahm dann einen heraus.

»Falls Sie was brauchen, rufen Sie einfach.« Er drückte Zoe den Umschlag in die Hand. »Ich bin hinten.«

Schon war er verschwunden, und Zoe holte einen dicken Stapel Fotos aus dem Umschlag. Sie ging sie durch, und Tatum beugte sich zu ihr herüber, wobei sich ihre Köpfe beinahe berührten.

Als Glover das erste Mal auf einem Foto auftauchte, starrten sie es beide eine geschlagene Minute an und nahmen alle Details in sich auf. Auf dem Bild unterhielt er sich mit einem stämmigen Afroamerikaner. Einige Fotos später war Glover wieder zu sehen, diesmal im Gespräch mit zwei Frauen, von denen sich eine lachend eine Hand vor den Mund hielt. Auch auf dem nächsten Bild sahen sie Glover, und es folgten noch viele mehr.

»Scheiße«, murmelte Zoe.

Tatum war ganz ihrer Meinung. Sie hatten die vage Hoffnung gehabt, Glover hätte sich bei dem Picknick mit seinem Partner, seinem engen Freund unterhalten. Nun wurde jedoch offensichtlich, dass Glover nicht nur einer Person innerhalb der Gemeinde nahegestanden hatte. Offensichtlich war er nahtlos in die Gemeinde integriert worden, hatte alle mit seinem falschen Charme um den Finger gewickelt und dafür gesorgt, dass ihn jeder kannte und mochte.

So gut wie jedes Gemeindemitglied konnte sein Partner sein.

Kapitel 24

Zoes Gedanken rasten. Sie war völlig verspannt, als wollte sie jeden Augenblick losstürmen. Irgendwo draußen auf der Straße hupte jemand zweimal, und sie knirschte mit den Zähnen und ärgerte sich gewaltig über dieses Geräusch.

Sie waren in ihr Motel zurückgekehrt, Tatum hinter dem Lenkrad, während Zoe aus dem Fenster gestarrt hatte. Nach mehreren Versuchen, eine Unterhaltung zu führen, die Zoe nur einsilbige Reaktionen entlockten, hatte Tatum schließlich aufgegeben und sie hatten beide geschwiegen. Zoe war sich bewusst gewesen, dass jedes Gespräch im Augenblick nur böse enden würde.

Auf ihrem Zimmer lief sie auf dem zerschlissenen Teppich auf und ab. Ihr war, als würden Ameisen unter ihrer Haut krabbeln, als würde etwas mit ihren Fingernägeln nicht stimmen oder als wäre ihre Kleidung zu eng. Sie wusste nicht, ob ihr zu warm oder zu kalt war, vielleicht ein bisschen von beidem. Ein seltsames Geräusch hing in der Luft, als würde etwas Schweres über Asphalt gezogen, aber ihr war bewusst, dass es von ihren knirschenden Zähnen erzeugt wurde.

Sie setzte sich aufs Bett und riss sich zusammen, versuchte, sich auf das Profil der Männer zu konzentrieren, die auf Glover zugegangen waren. Männer, die Gewalt erlebt hatten und wollten, dass ihnen jemand half, damit es ihnen besser ging. In wenigstens einem hatte Glover einen potenziellen Verbündeten gesehen. Einen Menschen, den er noch mehr verderben konnte. Wenn sie sich konzentrierte, würden sich die Eigenschaften dieser Person herauskristallisieren, sodass sie sie besser erkennen konnte.

Sie nahm ihr Notizbuch und einen Stift zur Hand. Tippte mehrmals mit dem Stift auf das Blatt, wodurch einige Punkte zurückblieben. Legte das Notizbuch weg, fuhr den Laptop hoch, ging einige der Fotos durch, die Terrence ihnen gegeben hatte. Tausende von Fotos, die drinnen und draußen aufgenommen worden waren, mal von wenigen Personen, dann wieder von größeren Gruppen. Und Glover war überall. Er hatte die Dokumentation einer mustergültigen Kirchengemeinde in ein krankes Wimmelbildspiel verwandelt.

Zoe machte sich daran, die Fotos zu sortieren. Terrence hatte sie bereits in Ordnern mit dem entsprechenden Datum und einer kurzen Beschreibung des Ereignisses gespeichert. Sie kopierte alle Ordner und behielt nur die Bilder, auf denen Glover zu sehen war. Anfangs hörte sie dabei Katy Perry, aber die Musik ging ihr nur auf die Nerven, daher schaltete sie sie wieder aus.

Ein Klopfen an der Tür. Sie machte die Tür auf und sah sich Tatum gegenüber.

»Ich finde, wir sollten über das reden, was wir wissen, und uns überlegen, wie wir weiter vorgehen wollen«, sagte er.

»Okay.« Zoe trat zur Seite und ließ ihn eintreten. Tatum setzte sich auf einen Stuhl, während Zoe auf und ab ging, auf der Unterlippe herumkaute und nicht wusste, wie sie anfangen sollte.

»Es ist sehr wahrscheinlich, dass sich nicht nur ein Mann ratsuchend an Glover gewandt hat«, stellte Tatum fest. »Glauben Sie, Glover hat ihnen wirklich geholfen?«

Zoe lachte gequält auf. »Oh, er hat auf jeden Fall dafür gesorgt, dass es so aussah. Er hat mit ihnen geredet, sie dazu gebracht, sich ihm zu öffnen, ihm ihre kleinen schmutzigen Geheimnisse anzuvertrauen. Sie sollten das Gefühl haben, dass er auf ihrer Seite steht.«

»Warum?«

»Vielleicht hat es ihn erheitert. Oder er wollte mehr über ihre Schwächen in Erfahrung bringen. Es ist gut möglich, dass er die ganze Zeit nach einem Komplizen gesucht hat.« Zoe überlegte. »Er hat sich dieser christlichen Gemeinde angeschlossen. Möglicherweise fühlte er sich nicht wohl dabei, sich jeden Sonntag die Predigten über die Sünde anhören zu müssen. Vielleicht wollte er herausfinden, dass es in der Kirche noch andere wie ihn gab. Das hätte ihn beruhigt.«

»Erzählen Sie mir hier etwa gerade, Glover würde unter dem Hochstapler-Syndrom leiden?«

Zoe ballte die Fäuste. »Er war im wahrsten Sinne des Wortes ein Hochstapler. Es ist kein Syndrom, wenn es der Wahrheit entspricht. Glover hat versucht, sich in die Gemeinde einzuschleichen, aber er war von Menschen umgeben, die beteten, über gute Taten und gute Absichten sprachen, doch er wusste die ganze Zeit, wer er wirklich ist. Er hat zwar vorgegeben, ein aufrechter Bürger zu sein, doch er hatte schon mehrere Frauen ermordet und träumte die ganze Zeit davon, erneut zu töten. Ein Teil von ihm muss diese Dissonanz verabscheut haben. Daher ging er zu diesem bescheuerten Pastor ...«

»Bitte nennen Sie ihn nicht so.«

»Ist ja gut. Er ging zu diesem gutgläubigen Pastor und tischte ihm eine traurige Geschichte über seine schlimme Vergangenheit auf. Dadurch erreicht er zweierlei. Erstens ist es gewissermaßen ein Geständnis, daher muss er nicht mehr das Gefühl haben, er würde sich verstecken. Und zweitens kommt er in Kontakt mit ehemaligen Häftlingen, Männern, die ihre Frauen schlagen, gewalttätigen Verbrechern, allen möglichen Menschen, die bereit sind, mit ihm zu reden und sich ihre Schuld von der Seele zu reden. Dabei kommt ihm der Umstand zugute, dass Baptisten keine Beichte kennen, sonst wäre sein Plan nie aufgegangen. Nun kann er jeden Sonntag in der Gewissheit, von Gewalttätern umgeben zu sein, der Predigt lauschen. Und dieser Trottel Albert Lamb glaubte ...«

»Hören Sie damit auf!« Tatums Stimme klang derart verbittert, dass Zoe verdutzt innehielt.

»Womit denn?«

»Bezeichnen Sie Albert Lamb nicht als Idioten.«

»Warum nicht?«

»Weil es mich stört.« Tatum hob die Stimme. »Sie müssen keinen Mann schlechtmachen, der ...«

»Er hat den Mann in seine Gemeinde aufgenommen und ihm potenzielle Mörder vorgestellt, Tatum.«

»Albert Lamb ist ein guter Mensch. Er hat einen Mann gesehen, der sich ändern wollte, und beschlossen, ihm dabei zu helfen.«

»Dieser Mann hat fünf Frauen vergewaltigt und ermordet!«

»Was er Albert Lamb aber nicht auf dem Silbertablett serviert hat! Woher hätte Albert denn wissen sollen ...«

»Er konnte es nicht wissen! Aber er hätte vorsichtiger sein müssen. Wenn ein Fremder zu einem kommt und von seiner gewalttätigen Vergangenheit berichtet, dann nimmt man ihn nicht gleich mit offenen Armen auf. Erst recht nicht, wenn man für eine ganze Gemeinde zuständig ist, die einem vertraut.«

»Was erwarten Sie denn? Dass jeder in der Welt jedem anderen mit Misstrauen begegnet? Wie in aller Welt soll die Gesellschaft dann aussehen?«

Zoe ballte frustriert die Fäuste. »Ein wenig Misstrauen kann nicht schaden!«

Tatum riss die Augen auf und starrte sie irritiert an. »Auf wen sind Sie eigentlich wütend?«

»Was?«

»Hier geht es nicht um Albert. Er konnte unmöglich wissen, wer Glover war. Das wissen Sie selbst. Ihnen ging es doch ganz genau so, oder nicht? Haben Sie mir nicht erzählt, dass Sie Rod Glover sogar in Ihr Zimmer gelassen haben?«

»Ich war ein Kind!« Tatum begriff wirklich gar nichts. Der Unterschied war doch offensichtlich. »Ich wusste es nicht besser. Albert Lamb trug Verantwortung.«

»So wie Ihre Eltern?«

»Nein, das ist nicht ...«

»Sie haben mir erzählt, dass Rod Glover häufig im Haus Ihrer Eltern zu Gast war. Er hatte sogar einen Schlüssel. Weil er so ein netter Nachbar war.«

»Halten Sie den Mund, Tatum. Sie haben ja keine Ahnung ...«

»Und was ist mit der Polizei in Maynard? Hat man da nicht die Wahrheit ignoriert, selbst nachdem Sie Fakten vorlegen konnten?«

In Zoes Ohren rauschte es, und sie stand kurz davor, laut loszuschreien. Sie wollte nur noch wortlos kreischen, bis Tatum endlich den Mund hielt, und musste die Lippen fest zusammenpressen, um das zu verhindern.

»Und was ist mit den Leuten, die später glaubten, Sie hätten einen Unschuldigen aus der Stadt vertrieben?« Tatum beruhigte sich wieder ein wenig. »*Sie* fühlten sich einsam, während Rod Glover sich eine schöne Gemeinde gesucht hat, in der er gemocht wurde.«

Zoe stellte fest, dass sie in eine Ecke des Zimmers zurückgewichen war, als hätte sie vor Tatums Worten die Flucht ergriffen.

»Albert Lamb, Glovers Kollegen und Vorgesetzte, die Polizei, Ihre Eltern, *Sie*.« Tatum hob bei jedem Punkt einen weiteren

Finger. »Niemand ist schuld daran. Mit einem Menschen wie Glover rechnet man nun mal nicht. Menschen, die nicht wie wir ausgebildet sind, können sich nicht einmal vorstellen, dass ihnen ein solcher Mensch je über den Weg läuft. Und das ist auch gut so, denn ansonsten würde keiner mehr vor die Tür gehen.«

»Sie reden von ihm, als wäre er ein Erdbeben oder eine Sturmflut. Glover ist nur ein Mann.«

»Ein kranker, perverser Mann mit der perfekten Verkleidung als netter, aufrichtiger, freundlicher Geselle. Ein normaler Mensch sieht nur das Äußere; nur wir wissen, was in ihm vorgeht.«

Zoe war völlig erschöpft und konnte sich kaum noch aufrecht halten. Tatum sah ebenfalls müde aus.

»Es war ein langer Tag«, fügte er leiser hinzu. »Ich muss mich ausruhen. Eine weitere lange Nacht überstehe ich nicht.«

»Ich will noch arbeiten.« Sie war sich nicht sicher, ob sie dazu in der Lage sein würde, wusste jedoch, dass Schlaf völlig utopisch war.

Er stand seufzend auf. »Natürlich. Aber ich kann nicht mehr. Nicht heute.«

An der Tür blieb er noch einmal stehen und drehte sich um. Einen Augenblick wünschte sich Zoe nichts sehnlicher, als dass er sie in den Arm nehmen würde. Vielleicht fände sie dann ja ein bisschen Ruhe.

Aber er tat es nicht. »Gute Nacht, Zoe.«

»Gute Nacht.«

Die Tür fiel hinter ihm ins Schloss. Zoe war zum Weinen zumute.

Stattdessen sortierte sie weiter Fotos.

Kapitel 25

Tatum war so ermattet, dass an Schlaf nicht zu denken war. Er saß auf dem Bett, zog sich die Schuhe und die Hose aus und hielt dann nachdenklich inne.

In Los Angeles hatte er einen Partner namens Bobby O'Leary gehabt, der behauptete, auf der Toilette am besten denken zu können. Seiner Meinung nach schlossen Hosen jeden bedeutsameren Gedankengang aus. Wenn Tatum und er also über einen Fall sprachen, sagte Bobby unweigerlich nach einiger Zeit: »Das ist eine knifflige Sache. Ich gehe mal zum Nachdenken aufs Klo.« Er verschwand für zwanzig Minuten und kehrte mit guten Ansätzen und Ideen wieder zurück. Tatum hätte sich durchaus vorstellen können, dass Bobby längst Chief gewesen wäre, wäre es gestattet gewesen, nur in Unterhose zu arbeiten.

Umso bedauerlicher fand er es, dass es bei ihm nicht genauso funktionierte. Er wünschte sich so sehr eine Erleuchtung, die ihm half, den Fall zu knacken oder immerhin einen Weg zu finden, Zoe zu beruhigen. Aber als er so in Unterhose und Socken auf dem Bett saß, passierte rein gar nichts, außer dass er anfing zu frieren.

Sein Handy klingelte. Es steckte noch in seiner Hosentasche, und als er sich abmühte, es herauszuholen, fragte er sich, wieso es bei ausgezogenen Hosen immer so schwierig war, etwas aus der Tasche zu nehmen. Noch eines dieser ungelösten Mysterien. Auf dem Display stand Marvins Name.

»Hey, Marvin, wie geht's?«

»Mir geht's gut, Tatum. Was macht Chicago?«

»Ist so wie immer. Kalt.«

»Ach ja? Dann kauf dir warme Socken. Das ist der beste Weg, um sich warmzuhalten, Tatum. Socken.«

Ein weiser Ratschlag von einem weisen alten Mann. »Ich werde es mir merken.«

»Mach das, Tatum. Wie geht's deinem Partner?«

Tatum runzelte die Stirn. Konnte sein Großvater neuerdings etwa Gedanken lesen? Hatte er eine Erschütterung der Macht gespürt? »Sie ist zerstreut. Der Fall setzt ihr ein bisschen zu. Aber das wird schon wieder.«

»Ihre Schwester behauptet etwas anderes.«

»Du hast mit Andrea gesprochen?«

»Wieso überrascht dich das, Tatum? Die Menschen unterhalten sich gern mit mir. Weißt du auch, warum? Weil ich zuhöre. Du könntest das auch mal versuchen.«

Tatum seufzte. »Wir haben heute mit jemandem gesprochen, und sie wurde so wütend ...« Er hielt inne und wusste nicht, wie er es erklären sollte. »Wenn wir einen Fall bekommen, müssen wir Abstand wahren. Objektiv bleiben. Es darf nicht persönlich werden.«

»Aber dieser Fall ist sehr persönlich für sie, Tatum. Was willst du deswegen unternehmen?«

»Was soll ich denn machen? Sie nach Quantico zurückschleifen, während sie sich nach Leibeskräften wehrt?«

Der alte Mann brummte. »Das ist gar keine so schlechte Idee.«

»Zoe mag unter großem Stress stehen, aber sie kommt schon damit klar. Das kannst du deiner neuen besten Freundin Andrea ausrichten, wenn ihr das nächste Mal miteinander sprecht.«

»Es geht ihr bestimmt ganz prächtig, Tatum. Sie wurde vor gerade mal einem Monat lebendig begraben und jagt jetzt einen Serienmörder, der in ihrer Kindheit ihr Nachbar gewesen ist. Da geht es ihr garantiert großartig.«

»Rufst du nur an, um mich zu belehren?«

»Ich möchte, dass du auf sie aufpasst – mehr verlange ich gar nicht. Ihre Schwester macht sich Sorgen um sie, und das wollte ich dich wissen lassen. Erschieß nicht den Boten, Tatum.«

»Ich passe auf sie auf. Das verspreche ich dir.«

»Gut.« Marvin schien etwas beruhigt zu sein. »Was ich dich noch fragen wollte: Wo bewahrst du die Katzensnacks auf?«

»Die was?«

»Die Katzensnacks. Hast du mich nicht gehört? Hallo? Die Katzensnacks, Tatum, wo finde ich die?«

»Ich habe dich durchaus gehört. Was willst du denn mit den Katzensnacks?«

»Chicago scheint dir nicht gutzutun, Tatum. Ich will Katzensnacks für die Katze. Wofür sollte ich die denn sonst haben wollen?«

»Für die Katze? Für Freckle?«

»Natürlich für Freckle. Dachtest du, ich hätte mir während deiner Abwesenheit noch eine zweite Katze zugelegt? Habe ich den Eindruck erweckt, ich hätte Bedarf an noch mehr Katzen?«

»Aber ... Wieso willst du ihm denn einen Snack geben? Du kannst Freckle nicht ausstehen.«

»Verdammt, Tatum, ich habe dir eine einfache Frage gestellt und hätte gern eine einfache Anwort, nicht diese Bundesermittlung. Machst du so was da drüben? Gehst du deinen Verdächtigen wegen Katzensnacks auf die Nerven? Kein

Wunder, dass ihr so lange braucht, um den Kerl zu schnappen. Die Damen vom Buchklub sind hier. Sie finden Freckle niedlich und wollen ihm Snacks geben. Bist du damit einverstanden, Tatum? Würdest du mir dann bitte verraten, wo du die Katzensnacks aufbewahrst? Oder muss ich erst selbst welche kaufen gehen?«

»Beruhige dich, Marvin. Achte auf deinen Blutdruck. Die Katzensnacks sind im linken Hängeschrank.«

»Da sind sie nicht. Ich habe schon nachgesehen. Da waren nur diese komischen salzigen Cracker.«

Tatum runzelte die Stirn. »Wir haben keine Cracker im Haus.«

Einen Augenblick lang herrschte Schweigen. »Linker Hängeschrank?«, wiederholte Marvin. »Okay.«

»Hast du die Katzensnacks gegessen, Marvin?«

»Ich … Hör mal, ich dachte wirklich, es wären Cracker. Sie haben nicht besonders geschmeckt, aber ich hab schon Schlimmeres gegessen.«

»Auf der Packung ist eine Katze abgebildet. Angeblich schmecken sie nach Hühnchen. Kam dir das nicht seltsam vor?«

»Weißt du was, Tatum? Als du jünger warst, hast du diesen Tonfall mir gegenüber nicht angeschlagen. Damals warst du deutlich respektvoller.«

»Damals wusste ich auch noch nicht, dass du Katzenfutter isst.«

»Mach dich nicht lächerlich, Tatum. Ich muss zurück zu meinen Gästen. Die sind auch deutlich netter als mein oberschlauer Enkel.«

»Mach's gut, Marvin.«

»Ja, ja.«

Tatum legte das Handy grinsend auf den Nachttisch. Die Vorstellung, wie Marvin in der Küche bei einer Tasse Tee saß und geistesabwesend die Katzensnacks futterte, war einfach zu köstlich. Dann musste er an Zoe denken. Ärgerlicherweise hatte Marvin recht. Es ging Zoe nicht gut, das wusste Tatum ebenfalls. Und zwar nicht erst seit heute, wo sie so aufbrausend und wütend auf Albert Lamb gewesen war. Er bekam schon die ganze Woche mit, dass mit ihr etwas nicht stimmte. Immer wieder ertappte er sie dabei, wie sie ins Leere starrte. Über längere Zeit unkonzentriert wirkte. Augenblicke, in denen sie zusammenzuckte, die Augen ängstlich aufriss, was jedoch sofort aufhörte, sobald er sie fragte, was mit ihr los sei.

Beinahe hätte er noch einmal an ihre Zimmertür geklopft. Er hatte schon ein Bein in der Hose, verharrte dann jedoch. Der Gedanke, jetzt in ihr Zimmer zu gehen, das von dieser knisternden Atmosphäre durchdrungen war, ließ seine Entschlossenheit verpuffen. In seinem jetzigen Zustand konnte er Zoe nicht helfen. Wenn er sich ausgeruht hatte, sah die Sache schon anders aus.

Kapitel 26

Der Mann, der die Kontrolle hatte, kam früh nach Hause, weil er die Fassade nicht länger aufrechterhalten konnte. Er hatte das Gefühl, als würde jeder, der ihn ansah, Bescheid wissen. Als könnte man in ihn hineinblicken und die Krankheit und die Schuldgefühle erkennen. Immer wieder hatte er in den Spiegel geschaut und sein Gesicht aus allen Blickrichtungen betrachtet, um sich zu vergewissern, dass er unverändert aussah. Dem war auch so, falls ihn das Spiegelbild nicht trog. Was an sich schon eine unangenehme, wenngleich nicht beängstigende Vorstellung war und zukünftige Ängste heraufbeschwor. *Was ist, wenn ich im Spiegel nicht die Wahrheit sehe?*

Er hatte geglaubt, er würde sich wie beim letzten Mal besser fühlen. Ein paar Stunden lang war das auch der Fall gewesen. Nachdem sie mit allem fertig gewesen waren, hatte er tief und traumlos geschlafen.

Doch beim Aufwachen an diesem Morgen war da bereits wieder diese Nervosität gewesen, die ihn von innen heraus zerfraß. Diese war sogar noch verstärkt worden, als er Daniel gesehen und den unter der abweisenden Art seines Freundes brodelnden Zorn gespürt hatte. Ein unter einem Gletscher gefangener Vulkan. Da hatte er eines der Röhrchen ausgetrunken – diesmal hatte er acht sammeln können –, jedoch kaum Erleichterung dadurch gefunden.

Als er nun nach einem anstrengenden Tag wieder zu Hause war, lief er wie ein gefangenes Tier in seinem Zimmer auf und ab und hatte ein grässliches Gefühl in der Magengrube. Daniel war sauer auf ihn und gab sich nicht einmal Mühe, es zu verbergen. Er war wütend über den Kontrollverlust letzte Nacht.

Der Mann, der die Kontrolle hatte, fühlte sich wieder wie ein kleiner Junge, der im Bett lag, nachdem er bei etwas Verbotenem erwischt worden war, nachdem sich seine Mutter die Augen ausgeweint und er ihr versprochen hatte, so etwas nie wieder zu tun. Damals hatte er im Bett gelegen und durch die dünnen Wände gehört, wie sie mit seinem Dad sprach. Wie sie ihm erzählte, dass der Lehrer wieder angerufen hatte, weil er erwischt worden war, wie er sich mit einer stumpfen Schere schnitt, oder weil er wieder dieses Bild mit den schwarzen und roten Formen gemalt hatte. Seine Mutter hatte geweint, und sein Vater hatte versucht, sie zu beruhigen, und ihr versprochen, einen anderen Arzt aufzusuchen. Einen, der herausfand, wo das Problem lag.

Die darauffolgende Woche hatte er in der Gewissheit verbracht, dass seine Eltern wütend auf ihn waren, sich mucksmäuschenstill durchs Haus bewegt, in der Schule ruhig dagesessen und versucht, nach Möglichkeit keine Aufmerksamkeit zu erregen. Und die unangenehmen Schuldgefühle und Sorgen hatten ihn wie ein unersättlicher Parasit von innen heraus zerfressen.

Jetzt fühlte er sich ganz genauso. Er hielt den Atem an und lauschte. Vielleicht würde er ja hören, wie sich Daniel leise mit seinem Vater unterhielt. »Letzte Nacht hat er diese Frau gebissen, als wäre er ein Tier. Ich weiß wirklich nicht, was mit ihm los ist.«

Aber sein Vater war tot, wie er sich in Erinnerung rief. Und Daniel war sein Freund.

In all den Jahren, die sie sich nun kannten, war Daniel nie wütend auf ihn gewesen. Er hatte immer so viel Verständnis und Mitgefühl gezeigt. Daniel war der Einzige, der *immer* für ihn da war, der mit ihm redete, wenn er unter Stress stand, und ihm versicherte, dass seine Gedanken und Wünsche normal waren, dass es jedem so ging.

Sein Freund veränderte sich. Das lag am Tumor. Der Tumor veränderte ihn.

Auf einmal fiel ihm wieder ein, wie wütend Daniel gewesen war, als er den Namen Rod Glover in den Nachrichten gesehen hatte. Als würde das etwas bedeuten. Vielleicht tat es das ja auch.

Vielleicht hieß der Tumor so.

Es war kein Wunder, dass sich Daniel so anders verhielt. Etwas fraß ihn auf. Ein gieriger, fauler Tumor. Rod Glover. Er stellte sich vor, wie sich der Krebs im Gehirn ausbreitete und es zerstörte, bis von Daniel nichts als eine leere Hülle übrig war, die vom Tumor gesteuert wurde.

Als Daniels Freund musste er ihm bei diesem Kampf beistehen. Er musste Daniel helfen, damit er sich nicht verlor.

Nach einem letzten Blick in den Spiegel holte er tief Luft, streifte sein mentales Kostüm über, entspannte seine Gesichtszüge und setzte ein Lächeln auf. Er betrat die Küche, öffnete den Kühlschrank und nahm eines der Röhrchen heraus. Möglicherweise war das letzte nicht in Ordnung gewesen. Er schüttelte es und stürzte den Inhalt mit schnellen, gierigen Schlucken herunter.

Nichts. Keine vorübergehende Erleichterung, kein Hochgefühl.

Hinter ihm kam Daniel herein. Sein Freund griff an ihm vorbei in den Kühlschrank und nahm eine Bierflasche heraus.

»Das mit letzter Nacht tut mir leid«, sagte er zu Daniel.

»Würdest du endlich aufhören, dich deswegen zu entschuldigen«, knurrte Daniel. »Das hast du jetzt schon zehnmal gemacht.«

Wirklich? Das war durchaus möglich. »Ich möchte nicht, dass du sauer auf mich bist.«

»Es dreht sich nicht immer alles um dich«, erklärte Daniel und trank einen Schluck Bier.

»Warum bist du dann wütend?«

Daniel schüttelte den Kopf. »Das ist unwichtig, du musst dir deswegen keine Sorgen machen. Und es hat nichts mit dir zu tun, verstanden? Ich bin überhaupt nicht wütend. Alles ist super.«

»Okay.« Er wusste, dass das nicht stimmte. Er wusste von Rod Glover. Aber er sagte nichts weiter dazu. Sonst schämte sich Daniel womöglich noch.

»Es wird schlimmer«, fuhr Daniel fort. »Ich dachte, ich würde mich inzwischen besser fühlen, aber die Schmerzen werden schlimmer und gestern ...« Er umklammerte die Bierflasche fester, und einen Moment lang sah es so aus, als wollte er sie auf der Arbeitsplatte zertrümmern. Aber er tat es nicht. »Ach, vergiss es.«

»Im Kühlschrank sind noch ein paar Röhrchen.«

»Nein, danke.« Daniel trank von seinem Bier. »Die Leiche wurde noch immer nicht gefunden. In den Abendnachrichten haben sie nichts darüber gebracht. Auch auf den üblichen Webseiten steht nichts Neues.«

»Vielleicht haben sie sie gefunden, aber die Presse nicht informiert.«

Daniel schnaubte abfällig. »Ich habe keine Zeit, so lange zu warten. Wir müssen den Anruf machen.«

Der Mann, der die Kontrolle hatte, bekam es mit der Angst zu tun. »Soll ich das machen?«

»Nein. Jemand könnte deine Stimme erkennen. Ich mache es gleich morgen früh. Sie wissen ja sowieso schon, dass ich mit der Sache zu tun habe.«

»Okay.«

Ein grimmiges Lächeln umspielte Daniels Lippen. »Und wir werden in ein paar Tagen wieder auf die Jagd gehen. Bist du bereit?«

Der Mann, der die Kontrolle hatte, nickte. Er war mehr als bereit dazu. Er *brauchte* es. Das taten sie beide.

Kapitel 27

Mittwoch, 19. Oktober 2016

»Scheiße«, murmelte Zoe, als Tatum auf den Parkplatz an den Kickapoo-Wäldern fuhr.

Sie zählte elf Fahrzeuge von verschiedenen Nachrichtensendern. Die Schar der Schaulustigen, die sich vor dem gelben Absperrband ballten, erinnerte an ein Rockkonzert, und alle schubsten und drängelten, um möglichst weit nach vorn zu gelangen.

Dieser Tatort sah völlig anders aus als das relativ unspektakuläre Haus von Catherine Lamb.

Das Absperrband erstreckte sich über den gepflasterten Weg, der hinunter zum Fluss führte, und umfasste einen relativ großen Bereich des Waldes, der die Wasserfläche umgab. Auf der anderen Seite waren mehrere Streifenpolizisten zu sehen, die sich langsam durch die Büsche bewegten.

»Da ist O'Donnell.« Zoe deutete auf die Frau, die gerade aus ihrem Wagen stieg.

O'Donnell winkte sie zu sich herüber. Ein Abschnitt des Parkplatzes war für die Officers, die Rettungssanitäter und die Kriminaltechniker reserviert. Tatum parkte neben einem Krankenwagen.

Zoe stieg aus und zog ob der morgendlichen Kühle die Schultern ein. Die Luft roch nach feuchter Erde und Holz, aber ein anderer Geruch hatte sich daruntergemischt. Der Gestank nach Tod und Verwesung.

»Schön, dass Sie kommen konnten«, sagte O'Donnell.

Zoe nickte. »Danke, dass Sie uns benachrichtigt haben.«

»Womit haben wir es zu tun?«, fragte Tatum.

»Ich bekam einen Anruf von Officer Ellis vom Revier Chicago South«, berichtete O'Donnell. »Eine Frau namens Henrietta Fishburne wird seit Montagnacht vermisst. Ein Streifenpolizist hat ihre Leiche heute Morgen gefunden, nachdem bei der Zentrale ein Anruf über verdächtige Individuen, die sich hier im Wald herumtrieben, eingegangen war.«

»Warum hat er Sie angerufen?«

»Die Rechtsmedizinerin hat sofort Ähnlichkeiten zwischen dieser Leiche und dem Lamb-Fall festgestellt und vorgeschlagen, dass man mich informiert.«

»Dann ist Ellis der leitende Detective?«, erkundigte sich Tatum, als sie zu der Menschenmenge kamen, die sich vor dem Absperrband drängte.

O'Donnell ging voraus und bahnte sich einen Weg durch die Gaffer. »Nein, er ist der Officer, der die Vermisstenmeldung aufgenommen hat. Er hat nach Feierabend noch weitergesucht und ihren Wagen auf dem Parkplatz an der 147. Straße vor dem Bahnhof gefunden, also etwa anderthalb Kilometer von hier entfernt. Neben dem Wagen wurden Blutflecken auf dem Boden entdeckt, die jedoch zu keinen weiteren Erkenntnissen führten. Er hatte erneut Dienst, als die Leiche gefunden wurde, und ist direkt hierhergekommen. Ein Detective aus Chicago South hat hier das Sagen, und jetzt warten wir darauf, dass die Chefetage entscheidet, wer die Ermittlungen übernehmen soll.«

Sie zuckte mit den Achseln. »Bis dahin versuchen wir, miteinander auszukommen.«

Zoe folgte O'Donnell und Tatum zu dem Polizisten, der am Absperrband Wache hielt. O'Donnell zeigte ihre Dienstmarke vor, was ihn nicht besonders zu beeindrucken schien. Nachdem sie erklärt hatte, wer sie waren, stellte sich heraus, dass man ihn nicht darüber informiert hatte, dass sie kommen würden. Er musste erst mit dem leitenden Detective Rücksprache halten.

Während sie darauf warteten, dass der Officer sie zum Tatort ließ, nahm Zoe ihre Umgebung genauer in Augenschein. Dies schien ein guter Ort zu sein, um eine Leiche verschwinden zu lassen. Man konnte mehrere Hundert Meter weit in den Park hineinfahren, und die Bäume und Büsche standen so dicht nebeneinander, dass sie einen vor Blicken schützten. Ein Mörder konnte sich einfach eine Stelle aussuchen und die Leiche verstecken. Ihr fiel auf, dass zwischen den Bäumen hindurch ein Fluss zu erkennen war.

»Welcher Fluss ist das?«, erkundigte sie sich.

»Das ist der Little Calumet River«, antwortete eine vertraute Stimme neben ihr. »Stellen Sie sich das nur vor.«

Sie drehte sich um, sah die wackelnden buschigen Augenbrauen, und ihr wurde ganz flau im Magen.

»Harry Barry«, murmelte sie ernüchtert.

»Zoe Bentley! Was für ein unglaublicher Zufall. Wir begegnen uns immer an den seltsamsten Orten.«

»Das ist kein Zufall. Sie folgen mir überall hin.«

Er setzte eine verletzte Miene auf. »Ich? Ich folge Ihnen doch nicht. Ich *wohne* hier.«

»Sie leben in den Kickapoo Woods?«

»Nein, nein«, gab er nach. »Aber als ich hörte, dass eine junge Frau ermordet wurde, und das so kurz nach dem Lamb-Mord, geriet ich ins Grübeln. Schließlich kann das nur eins bedeuten, wenn Sie hier sind.« Er fügte lautlos *Serienmörder* hinzu.

Zoes Miene blieb undurchdringlich. »Ich bin aus reiner Gefälligkeit hier. Soweit ich weiß, gibt es zwischen diesem Fall und meinen Ermittlungen keinen Bezug.«

»Das hatte ich mich auch schon gefragt. Gab es da vor Jahren nicht diesen Mord am Little Calumet River?«

Ihr wurde übel. Sie hatte längst geahnt, dass er darauf zu sprechen kommen würde. Einer der beiden Morde, die Glover ihrer Meinung nach während seiner Zeit in Chicago verübt hatte, war am Little Calumet River geschehen. Sie hatte Harry davon erzählt, als er vor Monaten einen langen Artikel über sie geschrieben hatte. Und dieser lästige Mann vergaß natürlich nichts.

»Zoe«, sagte Tatum, »wir dürfen weitergehen.«

»Schreiben Sie nichts, ohne vorher mit mir darüber gesprochen zu haben«, ermahnte Zoe den Reporter angespannt. Bevor er etwas erwidern konnte, wandte sie sich rasch ab und duckte sich unter dem Absperrband hindurch.

Zoe trug sich auf der Liste ein, nahm die Latexhandschuhe entgegen, die O'Donnell ihr reichte, und streifte sie über. Dann folgte sie ihr über den gepflasterten Weg.

Ein junger Streifenpolizist trat auf sie zu, der ebenfalls Latexhandschuhe trug. »Sind Sie O'Donnell?«

O'Donnell nickte. »Ja. Ellis, nicht wahr? Danke, dass Sie uns kontaktiert haben.« Sie stellte alle vor, und Ellis bedeutete ihnen, ihm zwischen den Bäumen hindurch zu folgen.

»Haben Sie das Opfer schon identifizert?«, erkundigte sich O'Donnell, als sie den Pfad verließen und sich einen Weg durch das Unterholz bahnten, wobei Laub unter ihren Füßen raschelte.

»Wir haben zur Sicherheit die Fingerabdrücke genommen, aber es ist Henrietta Fishburne. Sie sieht aus wie auf den Fotos, die wir von ihr haben, und sie hat zwei kleine Narben am linken Fußgelenk, die zu jenen passen, die Fishburne seit einem Fahrradunfall in ihrer Kindheit hat. Ihre Handtasche haben wir bisher nicht gefunden. Auch nicht ihr Handy.« Er hielt inne und musterte sie. »Soweit ich weiß, könnte dieser Mord mit einem anderen Fall in Verbindung stehen. Gab es dabei auch Hinweise, die auf Teufelsanbetung hindeuteten?«

»Auf Teufelsanbetung?«, wiederholte Zoe irritiert.

»Sie sehen es ja gleich selbst«, antwortete er grimmig und ging weiter.

Mehrere Personen liefen zwischen den Bäumen herum. Der Fluss war jetzt in voller Pracht vor ihnen zu sehen, das grüne Wasser glitzerte im Sonnenlicht und winzige Wellen schlugen ans Ufer. Er war an beiden Seiten von Bäumen gesäumt. Ein Kriminaltechniker hockte am schlammigen Ufer und stellte dort einen weiteren Beweismittelmarker ab. Auch am gegenüberliegenden Ufer hatten sich Officers verteilt, um die aufdringlichen Medienvertreter und neugierigen Schaulustigen abzuhalten, die einen Blick auf das Geschehen werfen wollten. Je näher sie kamen, desto intensiver wurde der Leichengeruch, und Zoe atmete nur noch flach.

Im Gehen erhaschte sie einen ersten Blick auf die Leiche, einen dunklen Fuß. Nach weiteren Schritten riss sie fassungslos die Augen auf.

Die letzten, grausamen Augenblicke im Leben dieser Frau breiteten sich vor ihren Augen aus. Die Tote war nackt und lag auf dem Rücken. Lockiges Haar, mit Schlamm und Erde befleckt. Dunkle Prellungen an den Rippen, den Oberschenkeln, den aufgeschabten Knien und im Gesicht. Ein Messer steckte tief in ihrem Bauch. Fliegen summten um die Leiche herum, und Zoe versuchte, die Augen nicht anzusehen, in denen Maden herumkrochen.

Um die Leiche herum zeichnete sich ein großer, ungleichmäßiger weißer Kreis am Boden ab, in dem sich mehrere Linien kreuzten. Es dauerte einige Augenblicke, bis Zoe erkannte, worum es sich dabei handelte. Man hatte ein Pentagramm auf die Erde gemalt.

Sie spürte schon jetzt, welchen Preis sie später für diesen Einblick in das qualvolle Ende der Frau würde zahlen müssen. Ein dumpfes Gefühl drohte schon jetzt, ihren Verstand zu überwältigen, aber sie kämpfte dagegen an, verdrängte es, trat näher an die Leiche heran und konzentrierte sich. Dr. Terrel, die Rechtsmedizinerin, hockte neben dem Opfer und stülpte ihm langsam und vorsichtig, fast schon sanft Papiertüten über die Hände.

Zoe hockte sich neben Terrel, achtete dabei darauf, die weiße Farbe am Boden nicht zu berühren, und betrachtete die Leiche. Der Mörder hatte sich diesmal keine Mühe gegeben, die Tote zu bedecken. Ganz im Gegenteil hatte er sie sogar nach dem Tod noch in eine bestimmte Pose gebracht. Das passte nicht zum Lamb-Fall. Wo war die Verbindung?

Die Frau hatte dunkle Haut, sodass man die Prellungen nicht sofort sah, aber sie waren da. Ligaturspuren, Winkel und Breite identisch mit denen des letzten Opfers. Aber reichte das aus, um die beiden Fälle miteinander zu verbinden?

O'Donnell, die hinter Zoe stand, räusperte sich. »Was haben wir bisher?«

Terrel hielt nicht in ihrer Arbeit inne und blickte auch nicht auf. »Die Livores sind bereits vollkommen ausgeprägt, aber die Leichenstarre hat sich schon wieder gelöst, daher schätze ich, dass sie vor etwa vierundzwanzig bis sechsunddreißig Stunden gestorben ist. Wenn ich sie obduziert habe, kann ich den Zeitpunkt genauer festlegen. Die Totenflecke lassen vermuten, dass die Leiche kurz nach dem Tod bewegt wurde.«

»Todesursache?«, fragte O'Donnell.

Terrel warf ihr einen fragenden Blick zu.

»Ich werde Sie nicht darauf festnageln«, versprach O'Donnell. »Eine erste Vermutung reicht mir schon.«

»Ich kann es noch nicht mit Sicherheit sagen, aber ich gehe davon aus, dass ihr das Messer post mortem in den Bauch gestoßen wurde«, sagte Terrel. »Oder sie haben sie gründlich gereinigt. Die Halsverletzungen sehen Sie ja, die auf eine Strangulation hindeuten.«

Zoe sah sich das Messer genauer an. Die Eintrittswunde war sauber und hatte kaum geblutet. Wäre das Opfer noch am Leben gewesen, hätte es deutlich stärker geblutet. Und eine Reinigung mitten in der Nacht wäre schwierig gewesen. Was darauf schließen ließ, dass das Opfer nicht durch die Stichwunde getötet worden war, da musste sie Terrel zustimmen.

Wahrscheinlich war das Opfer wie Catherine erdrosselt worden.

»Haben Sie mich deshalb rufen lassen?«, fragte O'Donnell. »Weil sie erwürgt wurde?«

Terrel deutete auf den Arm des Opfers, und Zoe beugte sich ein wenig vor. Zwei winzige Löcher waren auf der Haut zu erkennen. »Auch am anderen Arm«, merkte Terrel an. »Sieht nach Einstichstellen aus. Ich werde bei der Autopsie überprüfen, ob sie alle dieselbe Größe haben.«

Zoe runzelte die Stirn und stand auf, um sich die andere Halsseite des Opfers anzusehen. Die Haut war zerfetzt worden, und eine breite Blutspur führte am Hals herunter. »Können Sie schon sagen, was das für eine Wunde ist?«, fragte sie und deutete darauf.

»Auf den ersten Blick sieht es nach einer Bisswunde aus«, antwortete Terrel. »Ich werde Speichelproben nehmen und sie mit denen vom letzten Mordfall vergleichen.«

»Das sieht für mich wie eine Eskalation aus«, stellte Tatum fest. »Zuerst benutzt er nur Spritzen. Jetzt hat er das Opfer gebissen.«

Zoe war sich da nicht so sicher. »Spritzen benutzt er aber immer noch.«

»Vielleicht nimmt er sich noch Blut auf Vorrat mit und benutzt dafür die Spritzen«, mutmaßte Tatum. »Aber die Fantasie hat sich weiterentwickelt. Er wollte sie beißen. Wie ein Raubtier.«

Da fielen Zoe die Blutflecken neben dem Wagen des Opfers ein, die O'Donnell erwähnt hatte. Die Leiche wies zwei sichtbare schwere Verletzungen auf – die Stich- und die Bisswunde. Erstere war jedoch nach dem Tod zugefügt worden. »Wahrscheinlich hat er sie neben ihrem Auto gebissen«, überlegte sie laut. »Dort griff er sie an. Aber das war nicht der Plan.«

»Wer sagt, dass es einen Plan gab?«, fragte O'Donnell.

Zoe deutete auf das Pentagramm auf dem Boden. »Das ließ sich nicht leicht malen, und hier wurde sehr viel Farbe benutzt. Sie haben sie hergebracht. Ließen sich aus irgendeinem Grund Zeit. Sie hatten alles geplant, aber irgendetwas ist schiefgegangen.« Sie richtete sich auf. »Einer von ihnen hat die Kontrolle verloren und sie gebissen.«

»Ich sehe hier noch mehr Kontrollverlust.« Tatum deutete auf die von Prellungen übersäten Rippen des Opfers. »Solche Verletzungen habe ich schon früher gesehen. Jemand hat sie getreten, als sie am Boden lag.«

Zoe nickte. »Das lässt auf große Wut schließen.«

»Oder Dominanz«, warf O'Donnell ein. »Als Machtdemonstration.«

»Nein«, sagten Tatum und Zoe gleichzeitig. Zoe warf Tatum einen Blick zu und nickte. *Erklären Sie es.*

Tatum räusperte sich. »Täter, die vergewaltigen und morden, um Macht oder Dominanz zu zeigen, werden als machtmotiviert bezeichnet. Üblicherweise planen sie, das Opfer zu vergewaltigen, und der eigentliche Mord ist ein Versehen. *Dieser* Mord war eindeutig geplant. Sie haben die Farbe und die Spritze mitgebracht. Und dann haben sie ...« Er runzelte die Stirn.

»Augenblick. Wir gehen davon aus, dass sie sie Montagnacht auf dem Parkplatz vor dem Bahnhof überfallen haben, richtig?«

»Das scheint die logische Schlussfolgerung zu sein«, erwiderte O'Donnell.

»Wahrscheinlich haben sie sie getötet und die Leiche hier abgelegt.«

»Damit sie sie hinlegen können, ohne dabei unterbrochen oder bemerkt zu werden«, fügte Zoe hinzu.

»Aber wer sind dann die verdächtigen Individuen, die der Anrufer gesehen hat?«, wollte Tatum wissen. »Die Person, die die verdächtigen Individuen gemeldet hat, rief heute Morgen den Notruf an, nicht letzte Nacht.«

»Das könnte auch nur Zufall sein«, meinte O'Donnell. »Vielleicht hat der Anrufer ein paar Teenager gesehen, die im Park feiern wollten, und beschlossen, seine Bürgerpflicht zu tun und ihnen den Spaß zu verderben.«

»Aha.« Tatum klang skeptisch. »Das sollten wir überprüfen.« Er ging ein Stück zur Seite und zückte sein Handy.

»Dass sie Farbe im Wagen hatten, bedeutet noch lange nicht, dass all das geplant war«, sagte O'Donnell an Zoe gewandt. »Ich habe mal zwei Monate lang einen Farbeimer im Wagen herumgefahren, hatte aber keinen ruchlosen Plan, abgesehen davon, dass ich mein Wohnzimmer streichen wollte.«

Zoe wurde immer frustrierter. Der Leichengeruch, der selbst hier im Freien unerträglich war, drehte ihr den Magen um, und das ständige Hämmern in ihrem Schädel ließ sich kaum noch ignorieren. Sie verkniff sich eine bissige Erwiderung und blickte auf den verschlammten Fluss hinaus, bis sie sich wieder halbwegs beruhigt hatte. »Wir können nichts ausschließen«, sagte sie. »Es ist unsere Aufgabe als Profiler, das hervorzuheben, was wahrscheinlich ist. Wie Dr. Terrel scharfsinnig bemerkt hat, gibt es viele Übereinstimmungen zwischen diesem

Mord und dem an Catherine Lamb. Ich vermute, dass diese Tat geplant war, aber sie sind vom eigentlichen Plan abgewichen. Und ich glaube, dass Glover und sein Partner wie beim vorherigen Mord auch diese Frau getötet haben.«

»Okay«, erwiderte O'Donnell. »Aber wieso das Pentagramm und das Messer? Nach allem, was Sie mir erzählt haben, passt das nirgendwo rein.«

Da hatte sie recht. Zoe hatte gesagt, dass die Täter einen Plan gehabt hatten, aber wie sah der aus? Das hier passte nicht ins Profil der beiden Männer. Sie schüttelte den Kopf. »Das weiß ich nicht. Irgendetwas entgeht uns noch.«

»Zoe.« Tatum trat auf sie zu und reichte ihr das Handy. »Die Zentrale hat mir eben die Aufzeichnung des Anrufs geschickt. Hören Sie ihn sich mal an.«

Zoe spielte die Aufnahme ab. Eine Stimme hallte aus dem Handylautsprecher. »Notrufzentrale, wie kann ich Ihnen helfen?«

Und dann sagte eine andere raue, tiefe, erschreckend vertraute Stimme: »Ich möchte verdächtige Aktivitäten an den Kickapoo Woods melden. Ich habe eben zwei Männer gesehen, die etwas Schweres in den Wald getragen haben. Ich glaube, sie waren bewaffnet. Sie sahen aus wie Terroristen.«

Die Zentrale fragte noch nach dem genauen Standort, den der Anrufer äußerst detailreich erklärte, aber Zoe bekam die Worte gar nicht richtig mit. Sie hörte nur noch die Stimme, und eine entsetzliche Übelkeit erfasste sie.

Sie starrte Tatum entsetzt an. »Das ist Rod Glover.«

Kapitel 28

Bill saß vor seinem Computer und starrte mit leerem Blick auf den Bildschirm. Er hatte ein Flugblatt erstellen wollen, um es auszudrucken und in der Nachbarschaft aufzuhängen. Dafür brauchte er allerdings ein Foto. Beim Durchgehen ihrer Bilder hatte er eines gefunden, das an einem perfekten Nachmittag am Strand entstanden war. Henrietta und Chelsey umarmten sich darauf, pressten die Wangen aneinander und hatten Sand im Gesicht und in den Haaren. Beide strahlten, und die gleiche schelmische Freude spiegelte sich in ihren identischen Augen wider.

Das war das falsche Foto für das Flugblatt, aber er konnte nicht aufhören, es anzustarren.

Chelsey war an diesem Morgen sehr schwierig gewesen. Es fiel ihm zunehmend schwerer, ihr zu erklären, wo Mom war, und wenn er behauptete, sie müsse arbeiten, verlangte seine Tochter, dass er sie anrief. Er hatte sich kurz im Bad einschließen müssen, um nicht die Geduld zu verlieren oder vor Chelsey zu weinen.

Ein lautes Klopfen riss ihn aus seiner Erstarrung. Er stand auf und ging schweren Schrittes zur Tür, um sie aufzuziehen, ohne vorher nachzusehen, wer davorstand.

Officer Ellis sah ihn mit ernster Miene an, und hinter ihm stand eine blonde Frau in einem grauen Anzug, die Bill nicht kannte. Die Gesichter der beiden ließen schlimme Nachrichten vermuten.

»Mr Fishburne, das ist Detective O'Donnell«, stellte Ellis die Frau vor. »Dürfen wir reinkommen?«

»Sicher.« Bill trat zur Seite und fragte sich, warum er sich nicht gleich erkundigt hatte, ob es Neuigkeiten gab. Aber solange er nicht fragte, konnte er die Sache hinauszögern und auf das Beste hoffen.

Sie betraten das Haus, und O'Donnell schloss die Tür hinter sich.

»Mr Fishburne«, begann sie. »Ihre Frau ist tot. Ihre Leiche wurde heute Morgen gefunden. Mein aufrichtiges Beileid.«

Er ging ins Wohnzimmer und ließ sich auf die Couch sinken. »Was ist passiert?«, flüsterte er.

»Sie wurde Montagnacht auf dem Parkplatz vor dem Bahnhof ermordet«, erklärte O'Donnell.

»Ermordet?«

»Ja.«

»Wissen ... Wissen Sie, wer ...« Er konnte nicht weitersprechen.

»Noch nicht. Aber ich versichere Ihnen, dass wir alle Hebel in Bewegung setzen, um denjenigen zu finden, der das getan hat.«

»Wie ist sie ...« Er wollte die Frage schon stellen, merkte dann aber, dass er es eigentlich gar nicht wissen wollte. Noch nicht. »Hat sie sehr gelitten?«

»Wir vermuten, dass der Tod schnell eingetreten ist.«

Hatte die Frau kurz gestutzt? Er dachte nicht länger darüber nach. Dann fiel sein Blick auf die Uhr. In nicht einmal vier Stunden würde Chelsey nach Hause kommen. Er würde es ihr sagen müssen. Mommy ist fort? Mommy ist im Himmel? Sie waren nicht religiös, hatten nie lange über den Himmel gesprochen, aber jetzt wünschte er, sie hätten es getan. Es wäre so viel einfacher gewesen, Chelsey zu sagen, dass ihre Mutter an einem besseren Ort war und von oben auf sie herabblickte.

Unverhofft fiel ihm ein, dass Hen Chelseys Geburtstagsfeier in zwei Monaten geplant hatte. Jetzt würde er das übernehmen müssen.

Er musste lernen, ihr das Haar zu flechten.

Was sagte das über ihn aus? Seine ersten Gedanken, nachdem er vom Tod seiner Frau erfahren hatte, drehten sich um Dinge, die *er* jetzt tun musste ... anstatt an ihre gemeinsamen Erlebnisse zu denken.

»Muss ich ... Brauchen Sie mich, um ihre Leiche zu identifizieren?«

»Nein«, antwortete O'Donnell leise. »Das ist nicht nötig. Ihre Frau musste ihre Fingerabdrücke hinterlegen, als sie in der Kanzlei angefangen hat. Wir konnten sie auf diese Weise identifizieren.«

»Oh.« Er wusste nicht, was er noch sagen sollte.

O'Donnell sprach über die Autopsie, erklärte den Zeitplan und was gemacht werden musste. Alles prasselte auf ihn ein. Er würde die Überreste seiner Frau bekommen. Sie hatte ihm gesagt, dass sie eingeäschert werden wollte; das war also schon mal geklärt. Er musste sich um die Beisetzung kümmern.

Er würde es Chelsey irgendwie sagen müssen, auch wenn er keine Ahnung hatte, wie er das bewerkstelligen sollte.

»Würde es Ihnen etwas ausmachen, mir einige Fragen zu beantworten, Mr Fishburne?«

»Nein, fragen Sie ruhig.«

Hatte seine Frau Feinde. Hat sie sich in letzter Zeit merkwürdig benommen. Wie hörte sie sich am Telefon an. Er antwortete automatisch und war wie betäubt. Hens Existenz wurde auf eine Reihe von Fakten reduziert. Er wollte O'Donnell sagen, was für eine wunderbare Mutter Hen war. Und was für eine gute Freundin. Wie es sich anfühlte, wenn sie einen in den Arm nahm. Was für Gespräche sie führten. Er wollte von der Fehlgeburt erzählen, die sie vor Chelseys Geburt gehabt hatte, und dass Hen danach tagelang geweint hatte. Wie glücklich sie nach Chelseys Geburt gewesen war. Dass sie Kirschen mochte. Dass sie den Geruch von Schweißfüßen nicht ausstehen konnte.

Aber all das interessierte O'Donnell nicht. Es würde ihr nicht dabei helfen, ihren Job zu machen und Hens Mörder zu finden. Die Person, die ihm und seiner Tochter Hen genommen hatte, die aus einer glücklichen Familie aus drei Personen eine zerstörte aus zweien gemacht hatte.

Kapitel 29

Zoe betrat den Konferenzraum des Reviers mit einem großen Becher heißer Schokolade in der Hand. Sie war sich nicht sicher, wie lange diese Besprechung dauern würde, ahnte jedoch bereits, dass es Stunden werden könnten. Die meisten Teilnehmer hatten bereits Platz genommen. Zwischen Tatum und einem Captain war noch ein Stuhl frei.

Sie setzte sich, nippte an der heißen Schokolade und genoss die himmlische Süße auf der Zunge. Dabei musste sie an Glovers Anruf denken. Zuerst hatte sie jedes Mal, wenn sie sich anhörte, wie Glover die verdächtigen Aktivitäten meldete, Beklommenheit, vermischt mit Aufregung, empfunden. Etwa beim zwölften Anhören war sie in der Lage gewesen, die Aufzeichnung objektiv zu analysieren, und sie glaubte nicht, dass er alles nur gespielt hatte. Glover war beunruhigt gewesen. Doch in seiner Stimme schwang noch etwas anderes mit, das sie nur zu gut kannte: Zorn.

»Sind alle da?«, fragte der Captain, der neben ihr saß. »Dann können wir anfangen. Ich bin Captain Royce Bright von der Abteilung für Gewaltverbrechen des Bezirks Area Central.«

Er stellte rasch die anderen Anwesenden vor. Officer Ellis saß neben O'Donnell. Agent Valentine repräsentierte das ansässige FBI-Büro, und Zoe erkannte ihn als einen der Agenten wieder, mit denen Tatum sich angefreundet hatte. Die Detectives Koch und Sykes von Chicago South ... Zoe hätte den letzten Namen beinahe nicht mitbekommen, weil sie von einem seltsamen Geruch abgelenkt wurde. Einen Moment lang dachte sie an Vieh, doch etwas Industrielles schwang darin mit, das sie an verbranntes Plastik erinnerte. Nach einigen Sekunden ging ihr auf, dass der Geruch von Captain Royce Bright stammen musste, der neben ihr saß. Jetzt begriff sie auch, warum der Platz auf seiner anderen Seite leer war.

Zoe hielt sich ihren Becher unter die Nase und atmete den Duft der heißen Schokolade ein, sodass sie Brights Geruch ausblenden konnte.

»Die meisten von Ihnen kennen Dr. Terrel, die Rechtsmedizinerin«, fuhr Bright fort. »Und zu guter Letzt haben wir hier noch Agent Tatum Gray und Dr. Zoe Bentley von der Verhaltensanalyseeinheit des FBI in Quantico.«

Er ließ seine Worte kurz sacken und bat O'Donnell dann, die bisherige Ermittlung im Mordfall Henrietta Fishburne zusammenzufassen.

O'Donnell räusperte sich. »Gestern um vier Uhr zweiunddreißig rief Bill Fishburne den Notruf an, weil seine Frau Henrietta Fishburne nicht von der Arbeit nach Hause gekommen war. Die Officers Ellis und Woodrow fuhren zu ihm und nahmen die Vermisstenmeldung auf. Sie leiteten alle relevanten Informationen weiter und setzten dann ihre Arbeit fort. Officer Ellis beschloss, nach Schichtende auf dem Parkplatz vor dem Bahnhof nachzusehen, ob Henrietta Fishburnes Wagen noch dort stand. Er entdeckte ihn auf der hinteren Seite des Parkplatzes und mehrere Blutflecken daneben auf dem Asphalt. Nachdem er das gemeldet hatte, wurden Koch und Sykes dem Fall zugewiesen. Die Kriminaltechniker fanden weitere Blutspuren, die in nördlicher Richtung vom Auto zu den

Bäumen führten. Dort wurden Anzeichen für einen möglichen Kampf gefunden, ansonsten jedoch keine weiteren Spuren.«

Während sie weitersprach, schloss sie ihren Laptop an den Projektor an. »Heute Morgen um sechs Uhr und drei Minuten meldete ein anonymer Anrufer verdächtige Aktivitäten im Waldschutzgebiet Kickapoo Woods. Die Streifenpolizisten, die der Sache nachgingen, fanden die Leiche einer Frau, die auf Ende zwanzig geschätzt wurde.« Sie machte eine kurze Pause und wartete, bis ein Bild auf dem großen Display erschien, das das Opfer in der Mitte des weißen Pentagramms zeigte.

»Bei der Leiche wurden keine Besitztümer gefunden, daher konnte sie nicht sofort identifiziert werden. Man ging jedoch zu Recht davon aus, dass es sich um Henrietta Fishburne handelte. Die Officers Ellis und Woodrow waren im Dienst und wurden zum Fundort geschickt. Ellis konnte die informelle Identifikation mit Dr. Terrels Hilfe vornehmen, die wir später anhand der Fingerabdrücke bestätigten.«

O'Donnell ging mehrere Aufnahmen vom Bahnhofsparkplatz, von Fishburnes Wagen und der Blutspur durch, die zu den Bäumen führte. Zoe wurde leicht schwindelig, und flackernde Bilder tauchten vor ihrem inneren Auge auf. Kurze Dunkelheit. Henrietta, die vor ihren Angreifern weglief, auf dem unebenen Boden taumelte, starke Schmerzen am Hals – Zoe musste sich zwingen, damit aufzuhören. *Später.*

»Die Totenflecke lassen vermuten, dass die Leiche zwei Stunden nach dem Tod bewegt wurde«, fuhr O'Donnell fort. »Wir haben dreizehn verschiedene Blutflecken auf dem Parkplatz gefunden und keinen einzigen im Wald am Fundort der Leiche. Farbspuren vom Rücken und den Gliedmaßen des Opfers lassen vermuten, dass die Farbe noch feucht war, als die Leiche dort abgelegt wurde. Aus diesem Grund gehen wir vorerst davon aus, dass die Frau im nördlichen Teil des Bahnhofsparkplatzes getötet und dann ins Waldschutzgebiet gebracht wurde. Die

Täter haben geparkt, sich eine passende Stelle gesucht und das Pentagramm auf den Boden gemalt. Dann trugen sie die Leiche hin, legten sie ab und verschwanden.«

Während sie sprach, wechselten die Fotos auf dem Bildschirm, und man sah Nahaufnahmen der Details, die sie erwähnte, sowie Bilder mehrerer Fußspuren auf dem schlammigen Waldboden.

»Wir gehen davon aus, dass die Habseligkeiten des Opfers in den Fluss geworfen wurden. Mehrere Taucher suchen momentan danach. Wir haben die Aufnahmen der Überwachungskameras überprüft und insgesamt vier Fahrzeuge entdecken können, die den Parkplatz zur fraglichen Zeit verlassen haben, darunter auch ein Lieferwagen. Im Augenblick versuchen wir, diese Fahrzeuge und vor allem den Lieferwagen zu finden, aber die Bildauflösung ist leider nicht gut genug, um die Nummernschilder zu erkennen, und die Fahrer und Beifahrer sind in der Dunkelheit nicht zu sehen. Es gibt keine Kameras im nördlichen Teil des Parkplatzes, wo das Opfer angegriffen wurde, aber wir haben Aufnahmen, auf denen Mrs Fishburne beim Verlassen des Zuges zu sehen ist.« Ein verschwommenes Foto auf dem Bildschirm zeigte eine Frau, die durch einen leeren Bahnhof ging. Henriettas letzte Augenblicke.

»Das Labor hat Proben der Farbe genommen, mit der das Pentagramm gemalt wurde«, sagte O'Donnell. »Es ist eine wasserbasierte, handelsübliche Sorte. Sie versuchen, die genaue Marke herauszufinden. Bei dem Messer handelt es sich um ein einfaches Kochmesser, das zum Schneiden von Fleisch verwendet wird. Am Griff befanden sich keine Fingerabdrücke, und es ist kaum benutzt. Wir haben die Überreste einer klebrigen Substanz am Griff gefunden, die vom Klebstoff eines Preisschilds stammen könnten. Auch das wird gerade untersucht.«

Sie klickte einmal mit der Maus, und auf dem Bildschirm war etwas zu sehen, das wie eine Coladose aussah. »Dieses

Objekt wurde drei Meter vom Tatort gefunden. Es ist eine selbst gebaute Crackpfeife. Der Techniker, der sie entdeckt hat, glaubt, dass sie noch nicht lange da gestanden haben kann. In diesem Fall könnte es einen Zeugen geben.«

Bright merkte auf. »Fingerabdrücke?«

»Verwischt, aber wir arbeiten dran«, antwortete O'Donnell.

Ellis räusperte sich. »Möglicherweise kennen wir die Person, die die Dose dort zurückgelassen hat. Unter der Brücke an der South Halsted Street, also ganz in der Nähe des Fundorts, schläft häufig ein Cracksüchtiger.«

O'Donnell nickte ihm zu. »Der anonyme Anruf, der uns zum Fundort geführt hat, kam von einem Handy, das seitdem ausgeschaltet ist. Wir haben die Unterlagen für diese Nummer angefordert.«

Es handelte sich mit großer Wahrscheinlichkeit um ein Wegwerfhandy, aber selbst in diesem Fall ließ sich herausfinden, von wo der Anruf erfolgt war.

»Dr. Zoe Bentley hat die Stimme identifiziert als die von Rod Glover, einem Mann, der vom FBI gesucht wird, weil er fünf Frauen vergewaltigt und ermordet hat. Wir haben Grund zu der Annahme, dass Rod Glover sowohl am Mord an Henrietta Fishburne als auch am Mord an Catherine Lamb beteiligt war.«

»Bevor wir weitermachen, hätte ich gern eine kurze Zusammenfassung zu Rod Glover«, bat Bright.

Zoe räusperte sich, doch zu ihrer Überraschung schaltete sich Agent Valentine ein. »Das kann ich gern übernehmen.«

»Ich denke, ich bin dafür besser geeignet«, erwiderte Zoe trocken.

Agent Valentine lächelte sie an. »Sehr freundlich von Ihnen, aber ich habe die Akte gründlich studiert.«

Sie kannte diesen Tonfall nur zu gut; schließlich bekam sie ihn seit fünf Jahren nonstop zu hören. Die Gründe für diese herablassende Haltung konnten unterschiedlich sein – vielleicht passte es Valentine nicht, dass die Verhaltensanalyseeinheit in seinem Zuständigkeitsbereich agierte. Oder es lag daran, dass sie Zivilistin und keine richtige Agentin war. Oder dass sie eine Frau war. Möglicherweise war es auch etwas von allem. Sie kämpfte ohnehin schon gegen die Dunkelheit in ihrem Kopf an, und der von Captain Bright ausgehende Geruch machte alles noch viel schlimmer. Ihr schoss das Blut ins Gesicht.

Eine Berührung an ihrer Handfläche. Tatum. Er zog eine Augenbraue hoch und warf ihr einen vielsagenden Blick zu. Sie hätte beinahe eine harsche Bemerkung von sich gegeben, die eventuell dazu geführt hätte, dass man sie von den Ermittlungen ausschloss.

Nun holte sie tief Luft, nippte an ihrer heißen Schokolade und schenkte Valentine ein breites Lächeln. »Aber natürlich. Nur zu.«

Valentine nickte und warf einen Blick in die Akte vor sich. »1997 wurden in Maynard, Massachusetts, drei Frauen vergewaltigt und ermordet. Wegen dieser Morde erfolgte keine Anklage …«

»Es wurde durchaus jemand angeklagt«, warf Zoe ein. »Ein Teenager namens Manny Anderson. Er beging im Gefängnis Selbstmord und wurde deshalb nie verurteilt.«

»Äh … okay.« Agent Valentine sah abermals in seine Unterlagen. »Jedenfalls geht man davon aus, dass diese drei Frauen tatsächlich von Rod Glover ermordet wurden, der zu jener Zeit in der Stadt lebte und unmittelbar nach dem dritten Mord untertauchte …«

»Nicht unmittelbar«, säuselte Zoe. »Vier Tage später.«

Valentine blinzelte. O'Donnell grinste Zoe über den Tisch hinweg an und schien sich köstlich zu amüsieren.

»Alle drei Frauen waren Anfang zwanzig …«

»Nur Beth Hartley war Anfang zwanzig. Einundzwanzig, um genau zu sein. Jackie Teller und Clara Smith waren beide achtzehn.«

»Vielleicht wäre es besser, wenn wir Agent Valentine die Zusammenfassung überlassen, Dr. Bentley«, schaltete sich Captain Bright ein. »Wenn Sie noch etwas hinzufügen möchten, können Sie das gern hinterher tun.«

Zoe schäumte innerlich. Agent Valentine schürzte die Lippen und fuhr fort. »Alle drei Frauen wurden am Wasser gefunden. Sie waren vergewaltigt und stranguliert worden.«

»Womit hatte man sie stranguliert?«, wollte O'Donnell wissen.

»Ähm ...« Der Agent überflog die Unterlagen. »Einer Art Stoffschlinge.«

»Sie wurden mit grauen Krawatten erwürgt«, warf Zoe ein.

»Danke, Dr. Bentley«, sagte O'Donnell.

»Genau«, meinte Valentine. »Seitdem er Maynard verlassen hatte, ist Glovers Aufenthaltsort unbekannt, bis ...«

»Warum hat er Maynard verlassen?«, wollte O'Donnell mit Unschuldsmiene wissen. »Hatte die Polizei nicht längst einen anderen Verdächtigen verhaftet?«

»Wahrscheinlich hatte er Angst, ebenfalls verdächtigt zu werden.«

»Das stimmt nicht«, schaltete sich Zoe abermals ein. »Aber die Polizei hatte den Tipp bekommen, dass er in der Nähe eines Tatorts gesehen worden war, und er hatte eine Kiste voller Trophäen von den toten Frauen unter seinem Bett. Er ist geflohen, bevor die Polizei ihn zum Verhör aufs Revier bestellen konnte.«

»Danke, Dr. Bentley.«

»Gern, Detective O'Donnell.«

»Detective.« Bright klang angespannt. »Bitte lassen Sie Agent Valentine die Zusammenfassung beenden. Ihre Fragen können Sie danach noch stellen.«

Valentine hatte inzwischen rote Wangen bekommen. »Wo sich Glover danach aufhielt, ist nicht bekannt, aber 2008 tauchte er in Chicago auf und ermordete zwei Frauen ...«

»Entschuldigen Sie.« Zoe machte ein zerknirschtes Gesicht. »Ich muss Sie leider erneut unterbrechen. Wir haben Beweise dafür, dass er sich seit 2006 in Chicago aufgehalten hat.«

Agent Valentine ließ die Unterlagen sinken. »Möchten Sie die Zusammenfassung vielleicht beenden, Dr. Bentley?«

»Danke, sehr gern.« Zoe strahlte ihn an. Rasch umriss sie ihre Ermittlungen in Bezug auf Glovers Vergangenheit, seine letzte Arbeitsstätte und seine Wohnung. Sie beschrieb die beiden Morde, von denen sie glaubten, dass er sie in Chicago begangen hatte. Danach berichtete sie von seinem Angriff auf Andrea im Vormonat.

»Während der Zeit, die Glover in Dale City verbrachte, suchte er aufgrund von ständigen Kopfschmerzen und wiederholten Erbrechens einen Arzt auf«, sagte sie. »Bei ihm wurde ein anaplastisches Astrozytom diagnostiziert. Das ist ein bösartiger Hirntumor. Wir haben mit dem Arzt gesprochen und einen Spezialisten konsultiert. Ihrer Meinung nach hat Glover kein Jahr mehr zu leben, und in einem halben Jahr wird er wahrscheinlich eine ständige medizinische Versorgung und Betreuung benötigen.«

Captain Bright beugte sich vor. »Hat dieser Glover jemals Pentagramme an den Tatorten hinterlassen? Oder etwas anderes, das dem Satanismus zuzuordnen wäre?«

»Nein«, antwortete Zoe. »So etwas ist bei seinen früheren Morden nie vorgekommen.«

»Dann müssen wir also davon ausgehen, dass das Pentagramm und das Messer die Idee seines Komplizen waren?«

Zoe zögerte. »Das wäre möglich. Noch wissen wir nicht genug über die Psyche dieses Mannes, um etwas Genaueres sagen zu können.«

»Was haben wir denn, abgesehen von diesem Anruf, das die beiden Verbrechen miteinander verbindet?«, wollte Bright wissen.

»Die Fußabdrücke stimmen überein«, erklärte O'Donnell. »Laut den Technikern besteht kein Zweifel daran, dass ein und derselbe Mann an beiden Tatorten gewesen ist. Der zweite Mann hat am Lamb-Tatort keinen verwendbaren Fußabdruck hinterlassen, aber die Schuhgröße ist dieselbe. In beiden Fällen trugen die Mörder Handschuhe, daher haben wir keine Fingerabdrücke. Ich glaube, es gibt DNA-Spuren ... Dr. Terrel?«

»Ich habe DNA-Proben an der Bisswunde am Hals der Frau entnommen«, bestätigte Dr. Terrel. »Zudem hatte sie getrocknetes Blut unter den Fingernägeln, das von einem der Angreifer stammen könnte. Beide Proben werden mit der Speichelprobe vom Lamb-Fall verglichen. Da das FBI zugestimmt hat, diesem Fall in seinem Labor oberste Priorität einzuräumen, sollten die Ergebnisse morgen vorliegen.«

O'Donnell nickte. »Darüber hinaus wurden beide Frauen erwürgt, und beide hatten Einstichstellen an den Armen. Wir vermuten, dass die Spritze bei Catherine Lamb dazu verwendet wurde, dem Opfer Blut zu entnehmen.«

»Wurde Henrietta Fishburne vergewaltigt?«, wollte Bright wissen.

»Nicht, soweit ich es erkennen konnte«, antwortete Terrel.

Zoe blinzelte verwirrt. Bisher war sie felsenfest davon ausgegangen, dass dies der Fall wäre. »Sind Sie sicher?«

»Die Knie und Handflächen der Frau sind auf eine Art und Weise verletzt, die darauf schließen lassen, dass man sie auf die Knie gezwungen hat«, sagte Terrel. »Aber ich konnte keine Anzeichen für eine kürzlich erfolgte Penetration finden.«

Man hatte sie ausgezogen, auf die Knie gezwungen und von hinten gewürgt ... aber nicht vergewaltigt. Und dann waren da noch das Pentagramm und das Messer im Bauch der Frau. Und dieser verdammte Anruf. Zoe drehte diese Punkte im Kopf hin und her und versuchte, eine Erklärung dafür zu finden. Das passte weder in Glovers Profil noch in das seines Partners.

»Gibt es schon Fortschritte im Lamb-Fall?«, erkundigte sich Bright.

»Bisher haben wir keinen eindeutigen Verdächtigen, aber wir sind uns ziemlich sicher, dass er einer Kirchengemeinde in McKinley Park angehört«, antwortete O'Donnell.

Sie fasste zusammen, was sie bisher herausgefunden hatte, und erwähnte auch, dass Zoe und Tatum am Profiling arbeiteten. »Mehrere Zeugen bestätigen, dass Rod Glover Teil der Gemeinde war, und da Catherine Lamb als erstes Opfer ausgewählt wurde, halten wir es für sehr wahrscheinlich, dass auch Glovers Komplize Beta zur Gemeinde gehört.«

»Das ist ziemlich weit hergeholt, finden Sie nicht?«, fragte Valentine. »Da wir wissen, dass Rod Glover das Opfer kannte, könnte der zweite Mann auch ein x-Beliebiger sein.«

»Es gibt Anzeichen dafür, dass er Catherine Lamb ebenfalls gekannt hat«, erklärte Zoe.

»Und die wären?«

Zoe berichtete von der Halskette und dass das Opfer zugedeckt gewesen war.

»Aber das hätte auch Rod Glover getan haben können, oder nicht?«, merkte Valentine an.

»Es passt nicht in sein Profil.«

»Mörder sind unvorhersehbar. Wir können die Ermittlungen nicht auf einer vagen Theorie aufbauen.«

Widersprach Valentine ihr nur, weil sie ihn zuvor derart brüskiert hatte? Aber das hatte er sich nur selbst zuzuschreiben. »Ich verlange ja auch gar nicht, dass wir die Ermittlungen auf die Mitglieder der Gemeinde beschränken, sondern sage nur, dass das eine sehr wahrscheinliche Theorie ist.«

»Wir verfügen nur über beschränkte Ressourcen«, gab Valentine zu bedenken, »und wir müssen entscheiden, wie wir sie einsetzen wollen.«

»Okay, okay.« Bright hob die Hände. »Wie viele Mitglieder hat diese Kirchengemeinde?«

»Wir konnten keine eindeutige Zahl bestimmen, aber im Laufe der letzten Jahre müssen es einige Hundert gewesen sein«, antwortete O'Donnell.

»Hmm. Vorerst muss ich Agent Valentine zustimmen«, sagte Bright. »Es gibt keine konkreten Hinweise, die den zweiten Mörder mit der Kirchengemeinde in Verbindung bringen, und wir haben keine Zeit, mehrere Hundert Kirchgänger zu befragen.«

»Wir arbeiten bereits an der Liste«, warf O'Donnell ein. »Und wir können mit den vorbestraften Gemeindemitgliedern anfangen.«

»Gut. Erstellen Sie die Liste, dann sehen wir weiter.« Bright sah auf die Uhr. »Es ist jetzt neun Stunden her, seitdem Henrietta Fishburne gefunden wurde, und etwa achtunddreißig Stunden, seitdem man sie getötet hat. Ich möchte, dass die Ermittlungen in beiden Fällen zusammengelegt werden. Captain Miller vom South-Bezirk, der Leiter des Chicagoer FBI-Büros und ich haben uns darauf geeinigt, eine Taskforce unter meiner Leitung zu gründen.«

Zoe entging nicht, dass O'Donnell die Augen zusammenkniff. Sie hatte im ersten Mordfall ermittelt, und Zoe vermutete, dass O'Donnell davon ausgegangen war, auch die Taskforce leiten zu dürfen. Stattdessen hatte Bright soeben das Kommando übernommen.

»Wir können diesen Raum als Einsatzzentrale nutzen«, fuhr Bright fort. »Später erweitern wir die Taskforce um weitere Mitarbeiter. Fangen wir an. Wir müssen die Straßen von Chicago von diesen Monstern befreien.«

Kapitel 30

Drei Bildschirme flackerten in dem dunklen Raum. Auf jedem waren wütende Twitter-Diskussionen, erboste Forendebatten, gemeine Kommentare und brutale Bilder zu sehen. Hier gab es nichts als Hass.

Laughing_Irukandji lehnte sich auf seinem Stuhl zurück, schlürfte Ramennudeln und stellte die Schüssel hin und wieder ab, um einen Link anzuklicken oder einen wütenden Kommentar zu tippen.

Er hatte einen richtigen Namen, doch den benutzte er nicht länger. Dieser Name gehörte zu seinem physikalischen Körper, der ihm völlig egal geworden war. Sein wirkliches Leben fand hinter diesen Bildschirmen statt und raste mit Lichtgeschwindigkeit durch die Kabel, die die Welt umspannten. Und da war er nun mal Laughing_Irukandji.

Er öffnete auf zwei Bildschirmen Twitter-Feeds und beobachtete, wie Streit ausbrach, Dutzende wütender Twitter-User entrüstet losschrien und jede Sekunde ein neuer Tweet auftauchte. Lächelnd las er sich einige Kommentare über Rassismus und Frauenhass durch. Diese Leute glaubten doch tatsächlich, sie würden sich mit echten Menschen streiten. Dabei hatten sie es mit fünf Bots zu tun, hirnlosen Algorithmen, die nur das ausspuckten, was ihnen Laughing_Irukandji einprogrammiert hatte. Er spürte dieses zufriedenstellende Kribbeln, als er sich vorstellte, wie all diese Leute mit den Zähnen knirschten, während sie ihre Antworten schrieben und sich mit nichts Existentem stritten.

Zu jeder beliebigen Zeit standen ihm mehrere Hundert Bots zur Verfügung, seine kleine Armee des Chaos, die er als Männer und Frauen, Demokraten und Republikaner, Teenager und Menschen jeglichen Alters tarnte. Sein augenblicklicher Liebling waren drei Bots, die sich als Promis ausgaben. Erst an diesem Morgen hatten Tausende von Instagram-Nutzern entsetzt festgestellt, dass eines ihrer heißgeliebten Models verkündete, Hitler hätte in vielen Belangen recht gehabt.

Er aß noch ein paar Nudeln und zuckte zusammen, als er versehentlich mit seinem schmerzenden Zahn zubiss. Dieser nervte ihn schon seit Tagen, aber er wollte nicht zum Zahnarzt gehen. Beim letzten Besuch hatte ihm die Zahnärztin doch tatsächlich gezeigt, wie er sich die Zähne putzen sollte, als wäre er ein Kind. Er war wütend nach Hause gekommen und hatte seine Bot-Armee losgeschickt, um die Facebook-Seite der blöden Schlampe heimzusuchen, und ihr Drohungen und sexuelle Anmachen geschickt, bis die Seite schließlich irgendwann verschwunden war.

Nur, um es ihr zu zeigen.

Abgesehen von seinen Bots, hatte er Viren und Trojaner, die nach seiner Pfeife tanzten und sich mit einer Geschwindigkeit, die selbst ihn erstaunte, im Netz replizierten. Er hatte Zugriff auf Computer in China, Russland, Frankreich, England, Israel, Australien ... Die Liste ging endlos weiter. Wenn er hier auf seinem Stuhl, seinem Thron, saß, war er nicht nur ein Mann. Er war ein Gott.

Er rief ein Trollforum auf, das er gern frequentierte. Einer der User hatte das Passwort des Handys seiner Nachbarin geknackt und darauf Nacktfotos gefunden. Laughing_Irukandji wählte einige der Fotos aus, rief das Facebook-Profil des Mädchens auf, hackte sich ein und schickte die Fotos an all ihre Freunde. Ein weiteres zufriedenes Kitzeln. Aber nicht mehr. Der sonst übliche Rausch blieb aus.

Neuerdings brauchte er mehr.

Er überprüfte seine Finanzen. Mithilfe von drei Ketten aus Ransomware verdiente er pro Tag mehrere Hundert Dollar. Dabei achtete er darauf, es nicht zu übertreiben und nicht zu gierig zu werden. Denn die Gierigen wurden erwischt. Und Laughing_Irukandji hatte nicht die Absicht, sich erwischen zu lassen.

Danach schaute er sich auf seinen Lieblingswebseiten um. Everyday Feminism, ChicagoPride, ThinkProgress ... Er las sich die Artikel gründlich durch und spürte, wie die Wut in ihm aufwallte. Seine Gefühle wurden sorgsam kultiviert, als wäre er ein Gärtner, der seinen Zorn, seinen Hass und seine Boshaftigkeit wässerte und umhegte. Manchmal fiel ihm das sehr schwer. Aber er gab sich die größte Mühe, das Feuer nicht ausgehen zu lassen.

Ein Alarm poppte auf, und er verspannte sich. Eine Nachricht von *ihm*. Aufregung durchtoste ihn, als er daraufklickte.

Die Twitter-Kommentare, die über einen Monitor scrollten, blieben unbemerkt. Er las sich die Nachricht von Jack_the_Ripper wieder und wieder durch und saß lächelnd in der Dunkelheit.

KAPITEL 31

Tatum reckte sich auf seinem Stuhl und rieb sich die Augen. Während der letzten Stunde hatte er die Akten der beiden Mordfälle studiert und versucht, die Ähnlichkeiten und Unterschiede zu finden und die Entwicklung der Mörder nachzuvollziehen.

Serienmörder veränderten sich und passten sich an. Sie waren immerzu besessen von ihrem letzten Mord und überlegten, was sie beim nächsten Mal anders machen konnten. Häufig änderten sie ihr Verhalten, weil sie selbst sicherer wurden. Manchmal passten sie sich auch an, weil ihre Fantasien und Wünsche immer ausgefeilter wurden. Wenn er herausfand, warum sie dieses Mal einiges anderes gemacht hatten, konnte er die nächsten Veränderungen möglicherweise voraussahen.

Doch so schwer es bei *einem* Mörder bereits war, so unendlich kompliziert wurde es bei zweien. Ein gutes Beispiel war die Frage, warum man Catherine Lamb zugedeckt, Henrietta Fishburne jedoch im Freien regelrecht zur Schau gestellt hatte. Lag es daran, dass Glover dieses Opfer nicht hatte verdecken wollen? Oder dass keiner der Männer die Frau gekannt hatte und sie ihnen deswegen gleichgültig war? Oder hatte die Fantasie eines der Täter dieses abscheuliche Spektakel irgendwie beinhaltet? Er schrieb sich sogar alle möglichen Gründe auf, die ihm einfallen wollten, hielt beim zehnten jedoch inne. Das war alles andere als hilfreich. Die Aufgabe eines Profilers bestand darin, die Eigenschaften des Mörders zu ergründen und auf diese Weise den Kreis der Verdächtigen einzuschränken. Wenn er alles hinzuzog, was sich abgespielt haben könnte, würde er die Sache nur noch verworrener machen.

Er sah sich in der Einsatzzentrale um. Zoe saß allein am hinteren Ende des langen Tisches und betrachtete die Tatortfotos, wobei sie auf der Unterlippe herumkaute. Agent Valentine tippte ein Stück von ihr entfernt auf der Tastatur seines Laptops herum. Koch stand vor dem Whiteboard und erstellte eine präzise Zeitachse des Mordes an Henrietta Fishburne.

Die Tatortfotos waren das Auffälligste an der Tafel. Eine Aufnahme des geschundenen Körpers inmitten des Pentagramms. Dann Nahaufnahmen der Ligaturspuren, der Bisswunde und des Messers, das im Bauch der Leiche steckte.

Darüber hing ein Foto von Fishburne, das sie auf ihrem Instagram-Konto gefunden hatten. Sie lehnte lächelnd an einem Brückengeländer in einer Stadt, die irgendwie europäisch wirkte. Tatum konnte nur hoffen, dass das Bild bei einem langen Urlaub entstanden war und Henrietta ihn sehr genossen hatte. Der Kontrast zwischen der lächelnden Frau und der misshandelten Leiche war kaum zu ertragen.

»Was wissen wir über sie?«, wollte Tatum von Koch wissen.

Koch überlegte kurz. »Henrietta Fishburne war Anwaltsgehilfin in einer Kanzlei im Chicago Loop. Sie lebte mit ihrem Mann und ihrer Tochter in Riverdale – das ist ein Viertel in South Chicago. Sie war eine gute Angestellte und hat hart gearbeitet.«

»Kam es häufiger vor, dass sie erst so spät nach Hause kam?«, fragte Tatum.

Koch zuckte mit den Achseln. »Ihr Mann hat ausgesagt, Henrietta habe in den letzten drei Wochen immer so lange gearbeitet, sonst aber meist gegen acht Feierabend gemacht. Doch am Montagabend wurde sie von einem der Anwälte der Kanzlei gebeten, länger zu bleiben und an einem wichtigen Fall zu arbeiten. Sie ist um halb eins gegangen und hat den Zug genommen, der um ein Uhr fünfundvierzig an der 147. Straße hielt.«

»Wusste jemand, dass sie so spät nach Hause kommen würde? Hat sie es wem gesagt?«

»Nur einige Kollegen und ihr Mann wussten davon.«

Tatum nickte zufrieden und setzte sich neben Zoe. »Fishburne verließ das Büro im Allgemeinen nicht so spät«, sagte er. »Das war nur eine Ausnahme.«

Zoe wandte den Blick von den Fotos auf dem Tisch ab. »Also hätten die Mörder gar nicht damit rechnen können, dass sie so spät Feierabend gemacht hat, selbst wenn sie ihr gefolgt sind oder den Parkplatz mehrere Tage beobachtet haben.«

»Sie wurde anscheinend zufällig ausgewählt. Die Mörder haben auf dem Parkplatz auf jemanden gewartet, der ihren Vorstellungen entspricht und genau dann auftaucht, wenn keine Zeugen in der Nähe sind. Henrietta Fishburne war rein zufällig zur falschen Zeit am falschen Ort.«

»Das passt zu Glovers üblicher Vorgehensweise«, stellte Zoe fest. »An einem abgelegenen Ort in der Nähe von Wasser geduldig darauf warten, bis ein Opfer auftaucht.«

»Aber es passt nicht zum Mord an Catherine Lamb.«

Sie nickte. »Der Parkplatz am Bahnhof muss eine von Glovers Stellen gewesen sein.«

»Was denn für Stellen?«

Sie sah ihm in die Augen. »Zwischen 2009 und 2016 gab es keine Morde.«

Er vermutete, dass er zwischen den beiden Sätzen irgendeinen Zusammenhang erkennen sollte, aber wie es so häufig bei einem Gespräch mit Zoe der Fall war, konnte er ihr nicht folgen. »Und?«

»Glover hat wenigstens zehn Jahre hier gelebt. Aber er hat nur zwei Frauen ermordet, beide 2008. Was hat er die restliche Zeit getrieben?«

»Sich seinen Fantasien hingegeben. Masturbiert, um seine sexuellen Bedürfnisse zu befriedigen.«

»Ganz genau. Aber hin und wieder brauchte er ein paar neue Anregungen.«

»Warum? Warum glauben Sie, dass es ihm nicht gereicht hat, die früheren Morde immer wieder zu durchleben?«

»Wenn das reichen würde, wäre die ganze Pornoindustrie schon vor langer Zeit pleite gegangen.« Zoe hörte sich ein wenig ungeduldig an. »Sexuelle Fantasien brauchen Variationen. Erst recht bei besessenen Sexualstraftätern wie Glover. Und wir *wissen*, dass er auf bestimmte Umstände reagiert. Aus diesem Grund tötet er auch fast immer in der Nähe von Wasser. Daher können wir davon ausgehen, dass ihm das Fantasieren an besonderen Orten einen Kick verschafft. Ich vermute, er sucht Orte auf, an denen er normalerweise zuschlagen würde, und malt es sich aus. Er wartet wie in jener Nacht darauf, dass eine Frau allein vorbeigeht, und stellt sich dann vor, wie er sie packt, vergewaltigt und erwürgt.«

»Sie glauben also, er ist einfach an einen Ort zurückgekehrt, an dem er früher häufiger gewesen ist?«

»Ich bin mir sogar fast sicher und könnte mir sogar vorstellen, dass er den Zugfahrplan auswendig kann.«

»Aber er hat Henrietta Fishburne nicht vergewaltigt. Warum nicht?«

Zoe tippte auf eines der Bilder. Tatum sah es sich genauer an. Darauf war Henriettas von Prellungen übersäter Brustkorb zu sehen.

»Wir haben die Bestätigung, dass diese Verletzung von einem Tritt verursacht wurde«, erklärte Zoe. »Er hat sie getreten, als sie am Boden lag.«

»Oder sein Partner.«

»Das bezweifle ich. Sein Partner will Blut. Aus welchem Grund auch immer, aber er konzentriert sich allein darauf. Und er hat das Blut bekommen, das er haben wollte. Glover brauchte jedoch noch etwas und hat es nicht bekommen. Das hat ihn wütend gemacht, und er hat sie getreten.«

Tatum dachte darüber nach. »Sie vermuten, er hat keine Erektion bekommen?«

»Ja. Das könnte am Krebs liegen. Er muss stinksauer gewesen sein.« Tatum stellte überrascht fest, dass sie besorgt klang.

»Und?«

»Das könnte die Zeitspanne bis zum nächsten Mord deutlich verringern.«

Sie schwiegen beide eine Weile. »Warum das Pentagramm, das Messer und der Anruf?«, fragte Tatum schließlich.

»Wie Sie bereits herausgefunden haben, wollte er, dass wir sie so finden. Und es sollte so schnell wie möglich geschehen, wahrscheinlich, damit der Verwesungsprozess noch nicht zu weit fortgeschritten war.«

»Aber warum?«

»Vielleicht versucht er einfach, uns auf eine falsche Spur zu locken«, mutmaßte Zoe, hörte sich jedoch wenig überzeugt an.

»Oder er will Ihnen eine Botschaft übermitteln«, schlug Tatum vor. »Vielleicht wollte er, dass Sie die Leiche so sehen.«

»Aber wieso ein Pentagramm? Das ergibt doch keinen Sinn. Weder für mich noch für Glover hat ein Pentagramm eine besondere Bedeutung.«

»Es könnte ihm um Publicity gehen. Jetzt, wo seine Zeit knapp wird, will er noch auf sich aufmerksam machen.«

»Das wäre möglich«, gab Zoe zu. »Glover hat bisher nie Wert auf Publicity gelegt, aber die Umstände haben sich auch drastisch geändert.«

Agent Valentine, der nicht weit entfernt saß, seufzte laut. »Offensichtlich übersehen Sie das Entscheidende.«

Tatum musterte den Mann. Während ihrer Zeit im Chicagoer FBI-Büro hatte er Valentine etwas näher kennengelernt. Der Mann war ganz in Ordnung und hatte Humor, aber Valentines herablassende Art Zoe gegenüber ging Tatum auf die Nerven. »Und das wäre?«

»Den religiösen Aspekt dieser Morde. Beim ersten legt der Täter dem Opfer eine Kette mit einem Kreuz um den Hals, und zwar direkt über die Verletzungen durch die Schlinge, mit der sie getötet wurde. Beim zweiten Mord malen sie ein Pentagramm auf den Boden und legen die Tote wie ein Teufelsopfer darauf, noch dazu mit einem Messer im Bauch. Ich wette, dass er *damit* angeben will. Vielleicht hält er sich für den nächsten Propheten oder etwas in der Art.«

»Rod Glover ist kein religiöser Fanatiker«, widersprach Zoe ihm. »Ganz im Gegenteil.«

»Das mag ja sein, der bevorstehende Tod kann einen Menschen verändern. Sie haben ja selbst gesagt, dass ihm die Zeit davonläuft.«

»Das ist doch absurd und passt außerdem überhaupt nicht zu seinem Profil.«

»Der Mann hat einen Gehirntumor. Wer weiß schon, was im Augenblick in seinem Kopf vorgeht? Er könnte völlig geistesgestört sein. Oder es war die Idee seines Partners. Der Mann trinkt doch schon Blut, halten Sie Teufelsanbetung da für total abwegig? Wer weiß, vielleicht geht es ihm bei der ganzen Bluttrinkerei ja auch darum.«

»Na gut«, erwiderte Zoe knapp. »Ihr Einwand wurde zur Kenntnis genommen. Danke.«

Valentine zuckte mit den Achseln und widmete sich wieder seinen Unterlagen.

»Etwas anderes macht mir Sorgen.« Zoe deutete auf zwei Fotos. Eines stammte vom Lamb-Tatort – die blutigen Fußabdrücke, die um die Leiche herumführten. Das andere stammte vom zweiten Mord – Fußabdrücke im Schlamm, die einen Kreis um das Pentagramm bildeten. »Wir hatten vermutet, dass er beim ersten Mord die Kontrolle verloren hat und deshalb immer wieder um die Leiche herumgelaufen ist. Aber hier scheint er das Gleiche gemacht zu haben.«

»Aber hier haben sie das Pentagramm gemalt und die Leiche abgelegt«, merkte Tatum an. »Sie mussten mehrmals im Kreis laufen.«

»Aber es scheint beinahe eine Art Muster zu sein. Sehen Sie? Drei Schritte, dann bleibt er stehen und dreht sich zur Leiche um. Danach zwei Schritte zur Seite, und dann hier … Drei Schritte und er dreht sich zur Leiche um. Am anderen Tatort ist es genauso. Ich habe das mit O'Donnell überprüft. In beiden Fällen handelt es sich um die Abdrücke von Beta, nicht von Glover. Es sieht beinahe so aus, als würde er nach dem Mord eine Art obsessives Ritual durchführen. Etwas, das nichts mit dem Blut zu tun hat.«

»Was sagt uns das?«

Sie schüttelte den Kopf. »Bisher nichts. Aber wir müssen nach weiteren Mustern Ausschau halten. Vielleicht hat dieser Mann eine Zwangsstörung, was sich in einem direkten Gespräch bemerkbar machen würde.«

»Darauf müssen wir auf jeden Fall achten.«

»Wo ist O'Donnell hingegangen?«, fragte Zoe.

»Sie wollte mit Ellis diesen Cracksüchtigen suchen und sich noch mal beide Tatorte ansehen.«

»Wir sollten auch noch mal zum Parkplatz fahren.«

»Morgen früh?«, schlug Tatum hoffnungsvoll vor.

»Ich würde ihn mir lieber heute Nacht ansehen, wenn es dunkel ist. Um zu wissen, was *sie* gesehen haben.«

Tatum seufzte. »Natürlich. Lassen Sie mich das eben fertig machen, dann fahren wir zusammen hin.«

Kapitel 32

Zoe betrat ihr Motelzimmer und ließ die Tür hinter sich zufallen. Nachdem sie auf dem Parkplatz gewesen waren, hatte sie ursprünglich vorgehabt, mit Tatum zurück aufs Revier zu fahren und weiterzuarbeiten. Doch ihr war es eiskalt den Rücken heruntergelaufen. Sie hatte eine Pause machen müssen und Tatum gebeten, sie im Motel abzusetzen.

Henrietta Fishburnes Tod hatte eine Finsternis in ihrem Kopf entstehen lassen. Sie spürte sie fast schon körperlich, wie sie sich von innen gegen ihren Schädel presste, und wusste, dass sie sie rauslassen musste.

Also zog sie die Schuhe und die Socken aus, schlüpfte unter die Bettdecke und wickelte sich darin ein wie in einen sicheren Kokon. Sie zwang ihren Körper, sich zu entspannen. Der Tag war anstrengend gewesen, erst recht, wo sie die ganze letzte Woche kaum Schlaf gefunden hatte, und allein das Liegen tat schon gut.

Sie schloss die Augen und dachte an den Parkplatz. Henriettas Wagen hatte nicht mehr dort gestanden, aber sie konnte sich problemlos vorstellen, wie er da auf dem leeren Parkplatz im Dunkeln geparkt hatte. Henrietta musste das Herz bis zum Hals geschlagen haben, selbst bevor irgendetwas vorgefallen war – allein bei dem Gedanken, den Parkplatz allein in der Dunkelheit überqueren zu müssen.

Hohe Absätze, die schnell über den Asphalt klapperten. Es war kalt. Zoe atmete schneller und erschauderte trotz der Decke.

Sie erreichte den Wagen und wollte gerade die Tür aufschließen. Eine plötzliche Bewegung im Schatten. Eine Hand, die sie packte und wegzerrte. Entsetzlicher Schmerz am Hals. Ein Kampf.

Zoe krallte die Finger in die Bettdecke. Sie dachte an die Blutflecken am Boden und stellte sich vor, was sie bedeuteten: Henrietta, die panisch vor ihrem Angreifer zu fliehen versuchte und nicht begriff, dass sie sich immer weiter von der Sicherheit entfernte. Bäume ragten vor ihr auf, die Dunkelheit verbarg ihre Umgebung, als sie die Laternen des Parkplatzes hinter sich zurückließ. Jemand packte sie, zischte Drohungen. Stoff legte sich um ihren Hals und wurde zugezogen. Zoe erinnerte sich an dieses Gefühl, würde es nie mehr vergessen: Glover hinter ihr, sein Grunzen, als er die Schlinge zuzog, das verzweifelte Ringen nach Luft, das Krallen in das Stück Stoff an ihrem Hals. Seine rauen Finger, die ihre Haut berührten.

Sie zitterte immer heftiger, und ihre Erinnerungen vermischten sich mit dem, was Henrietta durchgemacht haben musste. Es war, als wäre sie in einen Bach gewatet, nur um in die Tiefe zu stürzen und zitternd zu begreifen, dass es gar kein Bach war, sondern ein reißender Fluss, dessen Strömung sie mitriss.

Zoe keuchte, kämpfte sich aus ihrem albtraumhaften Wachtraum heraus, zerrte sich dank des Gefühls der Bettdecke an ihren Fingern in die Realität zurück. Sie lag im Motelbett und schnappte nach Luft. Dies war nicht das erste Mal, dass sie sich die letzten Augenblicke eines Opfers ausmalte. Aber die Gewissheit, dass Glover da gewesen war, und ihre noch sehr lebhafte Erinnerung an ihre Begegnung mit ihm hatten die Sache noch viel schlimmer gemacht.

Sie schlug die Bettdecke zurück. Ihr Körper war schweißnass, und sie bildete sich ein, noch immer seine Hände auf ihrer Haut zu spüren. Rasch zog sie sich aus und eilte unter die Dusche. Das kochend heiße Wasser fühlte sich himmlisch an, und die Anspannung, die von ihrem Körper Besitz ergriffen hatte, ließ langsam nach. Ihre Gedanken gingen auf Wanderschaft.

Rennen durch die Dunkelheit, stolpern, jemand packt sie, dreht sie herum, Glovers geiferndes Gesicht dicht vor ihrem.

Zoe unterdrückte einen Schrei und drehte den Wasserhahn zu. Ihr Verstand kehrte in die Gegenwart zurück.

Sie wusste aus Erfahrung, dass sie schreckliche Albträume bekommen würde, wenn sie die imaginäre Szene nicht bis zu Ende dachte. Nachdem sie sich abgetrocknet hatte, ging sie wieder zu Bett.

Obwohl Zoe Glovers Morde nun schon seit zwanzig Jahren verfolgte, war Henrietta Fishburnes Leiche die erste, die sie tatsächlich mit eigenen Augen am Tatort gesehen hatte. Das schien etwas in ihrem Kopf ausgelöst und all die mit ihm verbundenen Erinnerungen und Traumata aktiviert zu haben. Sein Angriff auf Andrea. Die Morde an Beth, Jackie und Clara. Ihre Begegnung mit ihm vor wenigen Monaten. Wie sie sich mit Andrea in ihrem Zimmer verschanzt hatte, während er an die Tür hämmerte.

Zwar konnte sie logisch erklären, was sie gerade durchmachte, aber dadurch ließ sich das Zittern, das ihren ganzen Körper erfasste, auch nicht verhindern.

Ebenso wenig wie die Bilder von Henrietta, die durch die Dunkelheit rannte, während Glover ihr dicht auf den Fersen war.

KAPITEL 33

Die Tür zur Einsatzzentrale wurde abrupt aufgerissen. Tatum blickte von seinem Laptop auf und begegnete dem müden Blick von O'Donnell, die gerade hereinkam.

Sie sah sich um und bemerkte die leeren Sitze und die zur Seite gestellten Kaffeebecher. »Wo sind denn alle?«

»Koch und sein Partner reden mit Henrietta Fishburnes Eltern und engen Freunden«, antwortete Tatum. »Ich habe Zoe im Motel abgesetzt, nachdem wir noch einmal auf dem Parkplatz waren. Valentine ist im Forensiklabor, Ellis hat Sie begleitet. Einige Streifenpolizisten gehen im Umkreis des Bahnhofs noch immer von Haus zu Haus.«

Sie schloss die Augen und rieb sich erschöpft den Nasenrücken.

»Hatten Sie bei der Suche nach dem geheimnisvollen Zeugen Glück?«, erkundigte sich Tatum.

»Bisher nicht. Ellis glaubt, es handle sich um einen Mann mit dem Namen Good Boy Tony, doch der war nicht an den üblichen Plätzen zu finden. Wir versuchen es morgen noch mal. Gibt es hier Neuigkeiten?«

Tatum stand auf und trat zum Whiteboard. »Die Taucher haben einige Kleidungsstücke des Opfers und die Handtasche gefunden.« Er deutete auf das Foto der verschlammten Gegenstände, die in durchsichtigen Beweismittelbeuteln steckten. »Wir haben eine Bluse und einen Schuh. In der Handtasche befanden sich ihre Wagenschlüssel und ihr Handy. Die Schlüssel passen zu dem silbernen Fiat, sodass es da keine Zweifel mehr gibt. Wir haben das Handy ins Labor geschickt.«

»Sie haben dafür gesorgt, dass wir die Leiche finden, aber ihre Sachen in den Fluss geworfen«, stellte O'Donnell nachdenklich fest. »Vielleicht finden wir etwas Belastendes auf ihrem Handy?«

»Das wäre möglich, ich kann es mir aber nicht vorstellen. Es war reiner Zufall, dass sie sie als Opfer ausgewählt haben. Daher vermute ich, sie wollten nur ihre Spuren verwischen und unsere Zeit vergeuden.« Tatum runzelte die Stirn, als ihm ein Gedanke kam. »Sie kaufen sich Zeit. Weiß Glover etwa, dass er bald sterben wird? Aber das scheint mir nicht alles zu sein. Sie arbeiten schnell ...« Es war frustrierend, wie sich die Idee gerade außerhalb seiner Reichweite befand.

»Sind Sie mit dem Lieferwagen vorangekommen?« O'Donnell deutete auf die beiden körnigen Fotos eines verbeulten Chevrolet-Vans.

»Es ist uns gelungen, eine bessere Aufnahme des Kennzeichens zu bekommen«, erwiderte Tatum. »Aber es ist so dreckig, dass es vermutlich absichtlich verschmutzt wurde. Koch hat jedoch herausgefunden, wann sie auf den Parkplatz gekommen sind. Der Lieferwagen taucht um siebzehn Minuten nach neun auf. Sie haben im westlichen Teil geparkt, in der Nähe der Schienen, wo sie von der Straße kaum zu sehen waren. Um zwei Uhr siebenunddreißig fuhren sie wieder weg.«

»Da haben sie eine ganze Weile gewartet«, stellte O'Donnell fest.

»Etwas mehr als vier Stunden.« Tatum nickte. »Glover ist geduldig. Koch hat Streifenwagen losgeschickt, damit sie in

McKinley Park und in der Umgebung der Kickapoo Woods nach dem Lieferwagen suchen; vielleicht haben wir ja Glück.«

»Ja.« O'Donnells Augen sahen ganz glasig aus. Er bezweifelte, dass sie ihn überhaupt gehört hatte.

»Stimmt was nicht?«

»Das ist ein schönes Foto von ihr.« O'Donnell deutete auf Fishburnes Foto auf dem Whiteboard. »Als ich heute bei ihrem Mann war, hatte er ein Bild von Henrietta und ihrer Tochter am Strand auf dem Computer. Darauf sah sie fast aus wie ein anderer Mensch, wenn Sie verstehen, was ich meine?«

»Nein.«

»Meine Tochter ist etwa im selben Alter.«

»Wie Fishburnes Tochter?«

»Ja.« Sie seufzte. »Er hat mich gefragt, ob Henrietta … ob seine Frau vor ihrem Tod leiden musste.«

»Das fragen sie immer.«

»Ich habe ihm versichert, dass es ganz schnell ging.«

»Gut.«

»Ihr Tod war entsetzlich, Tatum. Sie hatte furchtbare Angst und starke Schmerzen. Sie bekam keine Luft mehr …«

»Aber das haben Sie der Familie nicht erzählt.«

»Nein«, flüsterte sie. »So etwas erzählt man der Familie nicht. Das darf die Familie nie erfahren.«

»Geht es Ihnen gut?«

Sie blinzelte mehrmals. »Ich muss meine Tochter anrufen und ihr Gute Nacht sagen.« Sie holte ihr Handy hervor und starrte aufs Display. »Verdammt! Es ist schon halb elf. Jetzt schläft sie längst.«

»Sie sehen sie ja morgen früh.«

»Ja«, murmelte sie und steckte das Handy wieder weg.

Er musterte sie besorgt. »Hören Sie …«

»Wissen wir schon etwas über das Handy, das die Täter benutzt haben?« Ihre Stimme klang ausdruckslos, und die Zerbrechlichkeit, die er eben noch bemerkt hatte, war verschwunden.

»Äh ... ja. Es war ein Wegwerfhandy, das vor diesem Anruf nie benutzt wurde. Direkt danach hat man es wieder ausgeschaltet. Der Anruf kam aus einer Gegend innerhalb des Loop.«

»Dort hat Henrietta gearbeitet.«

»Vermuten Sie, dass das Absicht ist?«, fragte Tatum.

»Es könnte sein ... aber die Gegend ist gut zugänglich«, erwiderte O'Donnell. »Glover kann ein paar Stationen mit dem Zug gefahren sein, um dann auszusteigen, anzurufen und das Handy in der Nähe wegzuwerfen, bevor er wieder nach Hause fuhr.«

»Das klingt plausibel.«

»In diesem Fall könnten wir die Überwachungsvideos entsprechender Bahnhöfe anfordern, um herauszufinden, wo er ausgestiegen ist«, überlegte O'Donnell laut. »Aber es wäre der reinste Albtraum, die Aufnahmen durchzugehen.«

»Reden Sie doch mal mit Valentine, er kann Ihnen da vielleicht helfen«, schlug Tatum vor. Das FBI verfügte über Bilderkennungssoftware und genug Rechenpower, um die Aufnahmen durchzugehen und nach Glover zu suchen.

»Das ist eine gute Idee«, sagte O'Donnell. »Ich werde es Bright morgen vorschlagen.«

Beim letzten Satz schlich sich Verbitterung in ihre Stimme. Er konnte das nachvollziehen. Im Mordfall Catherine Lamb hatte sie das Sagen gehabt, aber jetzt wurden die Ermittlungen von Bright geleitet. Tatum kannte sich in der Polizeihierarchie zwar nicht so gut aus, hatte jedoch den Eindruck, dass O'Donnell zur Seite gedrängt worden war, und er wusste genau, wie sich das anfühlte.

»Gibt es schon Fortschritte bei den Gemeindemitgliedern?«, wechselte er das Thema.

»Patrick Carpenter hat mir eine Namensliste per E-Mail geschickt«, berichtete O'Donnell. »Dreihundertzwölf Namen, davon einhunderteinundsiebzig Männer. Das Alter ist nicht vermerkt, daher lässt sich schwer sagen, wer infrage kommt. Zudem ist die Liste nicht komplett, sondern besteht nur aus den Leuten, an die er sich erinnert. Vom Großteil hat er weder eine Adresse noch eine Telefonnummer. Ich versuche, von Albert Lamb eine ähnliche Liste zu bekommen, allerdings hat es den Anschein, dass er kaum noch das Bett verlassen kann. Es ist zum Mäusemelken. Und da Valentine Bright gesagt hat, dass das reine Zeitverschwendung ist ...«

»Okay.« Tatum hob die Hände, als ihre Stimme schriller wurde. »Ich hab's verstanden. Ist gerade nicht angenehm, in Ihrer Haut zu stecken.«

Sie stutzte. »Das ist auch eine Art, es auszudrücken«, meinte sie schließlich. »Und nicht gerade hilfreich.«

»Es ist schon spät«, erwiderte er. »Sie sind seit sechs Uhr früh wach ...«

»Seit fünf. Ich bin früh aufgewacht und konnte nicht mehr einschlafen.«

»Und wann haben Sie das letzte Mal was gegessen?«

»Ich ... Ist eine Weile her.«

»Da ist noch Pizza.« Tatum deutete auf die Schachtel auf dem Tisch.

Sie stürzte sich darauf wie ein Puma auf ein einsames Reh. Aber als sie den Deckel aufklappte und ihren Raubtierblick auf das sprichwörtliche Reh richtete, verzog sie das Gesicht. »Da ist Ananas auf der Pizza.«

Oha, der Puma war wählerisch. »Na und?«

»Wer isst denn Ananas auf der Pizza?«

»Ich«, antwortete Tatum trotzig.

»Und ich fing gerade an, Sie zu mögen.« Sie nahm sich ein Stück, biss hinein und kaute wenig begeistert. »Und sie ist kalt. Eiskalte Pizza mit Ananas. Das ist aus meinem Leben geworden.«

»Ich mag Ihre Selbstmitleidsschiene.« Tatum grinste sie an. »Wollen wir etwas essen gehen?«

Sie zuckte die Achseln. »Ich schätze, dass sowohl meine Tochter als auch mein Mann jetzt schlafen, also kann ich auch mit Ihnen was essen gehen.«

»Jetzt fühle ich mich gleich richtig geehrt.«

Sein Handy klingelte. Es war Zoe. Er bedeutete O'Donnell, sie möge kurz warten, und ging ran.

»Tatum?« Zoes Stimme klang seltsam und abgehackt.

»Was gibt's?«

»Ich bin im Motelzimmer …?« Der Satz zog sich in die Länge, als wäre sie nicht sicher, ob sie sich tatsächlich in ihrem Zimmer aufhielt.

»Ich bin mit O'Donnell auf dem Revier. Was ist los?«

»Oh.« Eine lange Pause. »Ist nicht weiter wichtig und kann warten. Es ist eigentlich gar nichts.«

»Stimmt etwas nicht, Zoe?«

Keine Antwort. Nur Atmen.

»Zoe?«

»Was?« Sie hörte sich erschrocken an. Eine Sekunde später fügte sie hinzu: »Nein. Es ist alles in Ordnung. Wir sehen uns dann morgen.« Sie legte auf.

Tatum starrte das Handy verwirrt an.

»Und«, meinte O'Donnell, »gehen wir jetzt was essen?«

Kapitel 34

Der Mann, der die Kontrolle hatte, verbrachte den ganzen Tag fern von zu Hause und kam sich vor wie ein schlechter Theaterdarsteller, der aus seinem eigenen Leben ein Drehbuch gemacht hatte. Ihm war, als würde er ständig die nächste Zeile vergessen oder sich nicht mehr daran erinnern, in welcher Stimmung er sein sollte. Seine Bewegungen fühlten sich mechanisch und übertrieben an. Sein ganzer Körper glich einem lästigen Anzug, den er unbedingt loswerden wollte. Er hätte am liebsten alles stehen und liegen lassen und wäre von der Bühne gestürmt. Aber es gab keine Bühne und kein Drehbuch. Und er wusste, dass Daniel entsetzt sein würde, wenn er Aufsehen erregte. Daher riss er sich zusammen.

Aber als er nach Hause kam, war sein Kiefer so verspannt, dass es richtig wehtat. Und als er die Haustür hinter sich schloss, spürte er bereits, dass Daniel einen schlechten Tag hatte. Wenn man mit einem kranken Menschen zusammenlebte, entwickelte man ein Gespür für seinen Schmerz. Möglicherweise lag das an dem Geruch, der von seinem Atem und seinem Schweiß ausging. Vielleicht hörte er Daniel auch leise hinter der Tür des Gästezimmers stöhnen. Es war nicht weiter wichtig. Auf jeden Fall durchdrang Krankheit das Haus.

Er taumelte zum Kühlschrank und riss die Tür auf. Fünf Röhrchen waren noch da. Es konnte ja sein, dass das Blut irgendwie verdünnt war. Er musste einfach mehr zu sich nehmen. Also nahm er drei Röhrchen heraus, holte sich eine große Kaffeetasse aus dem Schrank und schüttete den Inhalt aus allen drei Röhrchen hinein, woraufhin die Tasse fast randvoll war. Eine Blase tauchte an der Oberfläche der zähflüssigen karmesinroten Masse auf und zerplatzte.

Schon hob er die Tasse an die Lippen und trank gierig. Die Flüssigkeit rann seine Kehle herunter, benetzte seine Zunge, seinen Gaumen und seine Zähne und schmeckte salzig und metallisch.

Es funktionierte. Mit einem Mal breitete sich Ruhe in seinem Körper aus. Danach hatte er sich die ganze Zeit gesehnt. Wie hatte er nur vergessen können …

Auf einmal drehte sich ihm der Magen um, und er rannte ins Bad, während er bereits Galle schmeckte. Gerade noch rechtzeitig kam er dort an und umklammerte die Toilettenschüssel mit beiden Händen, während er würgte und sich erbrach. Ihm stiegen die Tränen in die Augen und er röchelte und hustete. Dann wischte er sich das Gesicht ab und blickte in die Toilette, in der rotes Erbrochenes auf dem Wasser schwamm und das einst weiße Porzellan von rosafarbenen und braunen Flecken übersät war.

Das Blut dieser Frau war befleckt. Darum half es ihm nicht, und deshalb konnte er es nicht vertragen.

Er trat ans Waschbecken und spritzte sich Wasser ins Gesicht. Danach spülte er sich den Mund aus, spuckte rötliche Überreste ins Waschbecken und sah zu, wie sie kreisend im Abfluss verschwanden.

Immer noch hustend und spuckend zog er sich die Jacke über und ging hinaus, um den Geschmack und Geruch des Erbrochenen loszuwerden. Die Straße neigte sich, vielleicht war er es aber auch selbst, als er Schritt um Schritt dem Verkehrslärm entgegentaumelte.

Er war sich gar nicht sicher, wonach er überhaupt suchte, sondern wusste nur, dass er weg musste. Aber nachdem er eine Weile mit um den Leib geschlungenen Armen und zitternd weitergestampft war, sah er sie.

Die Frau mit dem Baby. Es war dieselbe, der er auch schon vor ein paar Tagen begegnet war.

Dieses Mal würde er nicht die Nerven verlieren. Er brauchte etwas Reines.

* * *

Alle hatten gute Ratschläge für Joanne, wie sie ihren Sohn aufziehen sollte. Von ihrer Mutter hatte sie das ja erwartet, schließlich sollte sie das wissen, und auch von ihrer Schwägerin, die drei Kinder hatte und sich als Guru der Kindererziehung ansah. Aber wie sich herausstellte, hatten ihre Nachbarn eine Meinung dazu, ebenso die Kassiererin im Supermarkt und die unverheirateten Freunde ihres Mannes. Anscheinend wusste jeder besser als Joanne, wie man Kinder aufzog, und musste ihr das auch auf die Nase binden. Ihre Lieblingstipps drehten sich um den Schlaf, insbesondere darum, wie das Baby schlafen gelegt werden sollte, was man tat, wenn es aufwachte, und was Joanne dabei alles falsch machte.

Anfangs hatte sie sich widersetzt. Zu erklären versucht, dass nicht alle Babys gleich waren. Einige schliefen nun mal nicht so gut, andere zahnten und wurden durch den Schmerz wach. Und nein, ihren Sohn stundenlang in seinem Bettchen weinen zu lassen, kam für sie nicht infrage. Aber nach endlosem Augenverdrehen, Seufzen und herablassenden »Tu, was du für richtig hältst«-Kommentaren hatte sie einfach nur genickt. Das schien alle zufriedenzustellen. Man gab ihr Ratschläge, sie nickte und machte trotzdem das, was sich für sie am besten anfühlte.

Ihr Sohn schlief problemlos ein, wenn sie mit ihm spazieren ging. Und es war doch nun wirklich keine große Sache, nach dem Mittag- und dem Abendessen einen Spaziergang zu machen.

Jetzt schlief er, und sie blickte lächelnd in sein engelsgleiches Gesicht. Als sie aufschaute, stutzte sie.

Ein Mann kam auf sie zu und verzog das Gesicht auf seltsame Weise. Er sah ungepflegt aus und bewegte sich seltsam und ruckartig. Am erschreckendsten waren jedoch seine Augen, die fiebrig aussahen und mit denen er direkt in den Kinderwagen ihres Sohnes starrte.

Instinktiv drehte sie sich mitsamt Kinderwagen zur Seite und warf einen Blick auf die Straße. Da kein Auto kam, ging sie schnellen Schrittes auf die andere Seite. Sie hätte so gern ihren Mann angerufen, aber er musste wie immer lange arbeiten. Und bei der Arbeit nahm er ihre Anrufe nie an.

Und was hätte sie auch sagen sollen? *Mir ist auf der Straße ein seltsamer Typ begegnet?* Er würde sich kaputtlachen. Und sie hatte auch nicht vor, sich ...

Der Mann folgte ihr. Sie sah aus dem Augenwinkel, wie er die Straße ebenfalls überquerte, und jetzt lief er hinter ihr her. Er hatte *die Richtung geändert,* um ihr zu folgen.

Sie beschleunigte ihre Schritte und war nicht mehr weit von zu Hause entfernt. Als sie die Straße abermals überquerte, hörte sie, wie er näher kam. Inzwischen schob sie den Kinderwagen nur noch mit einer Hand und kramte mit der anderen zittrig nach ihrem Hausschlüssel. Der Mann war nahe. Zu nah. Sie würde es niemals rechtzeitig schaffen, die Tür aufzuschließen und hineinzugehen.

Also wirbelte sie herum und sagte: »Wenn Sie noch näher kommen, schreie ich.« Ihre Stimme bebte, aber sie sagte es laut und entschlossen.

Der Mann wurde langsamer und sagte etwas, sprach aber nicht wirklich mit ihr. Er murmelte unverständliche Worte vor sich hin. Sein Kinn glitzerte komisch, und sie begriff voller Ekel und Entsetzen, dass er stark sabberte.

Sie drehte sich um und stürzte zu ihrem Haus, und die ruckartige Bewegung weckte ihren Sohn, der zu weinen anfing. Schon hatte sie den Schlüssel ins Schloss gesteckt und umgedreht und die Tür geöffnet, dann war sie im Haus und knallte die Tür hinter sich zu. Sie rammte den Bolzen vor die Tür und atmete zittrig ein.

Das Baby weinte.

»Sch«, säuselte sie und war den Tränen nah. »Sch.« Sie suchte in der Wickeltasche nach ihrem Handy. Eigentlich nahm sie diese Tasche sehr gern, weil sie darin alles Benötigte unterbringen konnte – Fläschchen, Schnuller, Windeln, Feuchttücher –, aber jetzt ärgerte sie sich darüber, weil sie nichts wiederfand. Wo war denn ihr gottverdammtes Handy?

Da! Rasch rief sie ihren Mann an. Es klingelte achtmal, dann legte sie frustriert auf. Sie sah aus dem Fenster.

Der Mann war da, lief vor ihrer Türschwelle auf und ab und redete vor sich hin. Seine Stimme war jetzt lauter, sodass sie einige Worte verstehen konnte. *Kontrolle ... Baby ... Tür ...*

Sie rief den Notruf an.

»Notrufzentrale, was kann ich für Sie tun?«

»Da ist ein Mann vor meinem Haus«, flüsterte sie. Ihr Sohn schrie im Hintergrund, und sie hätte ihn so gern auf den Arm genommen. Aber sie hatte schweißnasse Hände und hätte außerdem das Handy weglegen müssen. »Er hat mich bis zur Tür verfolgt.«

»Ist die Tür abgeschlossen?«

»J... ja.«

»Ist er noch an der Tür?«

»Ja, ich kann ihn durchs Fenster sehen. Er führt Selbstgespräche. Bitte schicken Sie jemanden her. Ich habe Angst.«

»Dazu müssen Sie mir Ihre Adresse durchgeben.«

Einen Moment lang konnte sie sich nicht daran erinnern, doch dann kamen ihr die Worte panisch über die Lippen.

»Okay, Miss. Wie lautet Ihr Name?«

»Joanne.«

»Joanne, Sie müssen jetzt ganz ruhig bleiben. Ich habe gerade einen Streifenwagen losgeschickt. Können Sie den Mann vor der Tür noch sehen?«

Joanne schaute durchs Fenster. Die Straße war leer. »N... nein. Ich glaube, er ist weg.«

»Der Officer kommt vorbei, sieht sich um und vergewissert sich, dass alles in Ordnung ist, okay? Joanne?«

Aber Joanne konnte nicht antworten; es hatte ihr die Sprache verschlagen. Eben war ein Schatten am Küchenfenster vorbeigehuscht. Direkt neben der Hintertür. Der Tür, die sie ständig abzuschließen vergaß, noch eine dieser Aufgaben, die sie aufgrund des Schlafmangels vergaß, weil sie alles wie durch dichten Nebel wahrnahm.

Hatte sie die Hintertür diesmal abgeschlossen?

Sie erinnerte sich vage daran, sie morgens geöffnet zu haben, um die Pflanzen im Garten zu gießen. Aber sie wusste nicht, ob sie sie auch wieder abgeschlossen hatte.

Der Türknauf bewegte sich, während die Stimme aus dem Telefon fragte: »Joanne? Sind Sie noch da?«

Kapitel 35

Die Tür war verschlossen. Er rüttelte mehrmals am Türknauf, wobei er sich nur ansatzweise bewusst war, was er da eigentlich tat. Das Baby jammerte im Haus, und er blinzelte und zuckte zusammen. Er stand nun schon seit einigen Minuten in diesem fremden Hinterhof und starrte die Tür an. Hatte er versucht, sie zu öffnen? Er drehte am Türknauf. Sie schien verschlossen zu sein. Ach ja, das hatte er ja schon mal versucht.

Irgendjemand sagte etwas, und er hielt inne und lauschte, doch die Stimme verstummte, und nur das schreiende Baby war noch zu hören. Da begriff er, dass es seine eigene Stimme gewesen war. Er hatte Selbstgespräche geführt.

Mühsam versuchte er zu begreifen, was eigentlich geschehen war. Hatte er wirklich vorgehabt, ein Baby aus dem Kinderwagen zu entführen?

Offenbar verlor er die Kontrolle.

Das ängstigte ihn mehr als alles andere. So etwas war schon einmal passiert, vor langer Zeit, und seitdem hatte er sein Bestes gegeben, aber heute war er nachlässig gewesen und das hätte fast zu einer Katastrophe geführt.

Er drehte sich um und ergriff die Flucht – nicht über die Straße, weil er befürchtete, dort gesehen zu werden. Stattdessen rannte er durch Gärten, sprang über Zäune, stampfte durch Blumenbeete, warf Gartenmöbel um und riss sich die Hose an einem Rosenbusch auf. Aus dem Augenwinkel bemerkte er das Blaulicht eines Streifenwagens, der auf der Straße vorbeifuhr. Suchte man nach ihm? Einen Augenblick lang war er verwirrt und glaubte schon, von Catherines Haus wegzulaufen, nachdem sie sie eben erst umgebracht hatten. Dann erinnerte er sich jedoch, dass seitdem ein Tag vergangen war, oder waren es zwei? Vier?

Als er an einem Zaun ankam, über den er nicht drüberklettern konnte, beschloss er, zur Straße zurückzukehren. Es war dunkel, und weder der Streifenwagen noch irgendwelche Passanten waren zu sehen. Hier gab es nur ihn und die Schatten.

Er zwang sich, tief einzuatmen, und die kalte Luft half ihm, wieder klarer zu denken. Die Nächte waren am schlimmsten. Tagsüber schlug er sich gut. Er redete mit den Leuten, machte seinen Job, funktionierte. Keiner vermutete etwas, davon war er überzeugt. Aber nachts wurde alles so viel schwerer. So war es schon immer gewesen.

Endlich hatte er sein Haus erreicht, ging hinein und verriegelte die Tür. Die Anzeichen für seinen Kontrollverlust waren überall zu sehen. Zwei Röhrchen lagen auf dem Küchentisch. Eins war heruntergerollt und auf dem Boden zerbrochen, und ein paar Blutstropfen waren herausgelaufen. Die Tasse, aus der er das Blut getrunken hatte, stand noch auf der Arbeitsplatte, und der Blutrest darin war geronnen. Als er einen Blick ins Bad warf, sah er die mit seinem Erbrochenem befleckte Toilette.

Er säuberte alles, duschte lange und atmete dabei tief ein, um wieder einen klaren Kopf zu bekommen. Er hatte die Kontrolle. Er hatte die Kontrolle. Er hatte die Kontrolle.

Kapitel 36

Zoes Atem ging flach und schnell. Die Wände des Zimmers schienen näher zu kommen, der Raum mit jedem Herzschlag kleiner zu werden. Sie hatte einen langen Spaziergang machen wollen, als sich die Klaustrophobie bemerkbar machte, doch sobald sie einen Schritt ins Dunkle getan hatte, war das Gefühl übermächtig geworden, dass Glover ganz in der Nähe war. Direkt hinter ihr.

Und wer konnte ihr das Gegenteil beweisen? Er war ihr schon einmal gefolgt. Was sollte ihn daran hindern, es wieder zu tun? Nachts allein herumzulaufen, während er ihr auflauerte, wäre einfach nur dumm.

Daher ging sie zurück in ihr Zimmer, verriegelte die Tür und versuchte, sich zu beruhigen.

Aber der wellenartig über sie hereinbrechenden Panik war sie einfach nicht gewachsen.

Selbst in diesem Zustand hörte ein Teil von ihr nicht mit dem Analysieren auf. Sie begriff durchaus, was gerade geschah. Der wenige Schlaf in letzter Zeit sowie die posttraumatische Belastungsstörung hatten eine heftige Panikattacke ausgelöst. Ihre von Emotionen aufgepeitschte Fantasie bestürmte sie mit lebhaften Szenarien, die das Inferno in ihrem Kopf nur weiter anfachten.

Es zu verstehen, half nicht im Geringsten. Wenn überhaupt, machte es die Sache nur noch schlimmer.

Als sie Tatum anrief, hatte sie auf Hilfe gehofft. Doch als er ihr sagte, er sei bei O'Donnell, wirkte er leicht ungeduldig. Schlagartig war der Grund für ihren Anruf in Vergessenheit geraten. Was konnte er schon tun, um ihr zu helfen?

Nur sie allein konnte sich helfen. Das wusste sie; sie hatte es schon immer gewusst.

Abermals lag sie zitternd im Bett und klammerte sich an das Gefühl der Bettdecke, in die sie eingewickelt war. Sie hielt sich nicht im Freien auf, wurde nicht von Glover gejagt. Sie war nicht in einem Sarg lebendig begraben. Sie befand sich in einem Motelzimmer. Es ging ihr gut.

Aber sie fühlte sich nicht gut. Ihr war speiübel.

Sie sprang auf und versuchte, sich aus der Bettdecke zu befreien. Aber diese klebte an ihr, und sie rang damit, während sie bereits Galle schmeckte. Sie würgte mehrmals, übergab sich keuchend und krallte sich in ihr Kissen. Eine Zeit lang lag sie nur röchelnd und würgend da und hatte einen widerlichen Geschmack im Mund. Dann fing sie an zu zittern, war völlig ausgelaugt, und ihr Herz raste.

Da war noch ein anderes Geräusch. Jemand klopfte an die Tür.

»Zoe?«, rief Tatum. »Geht es Ihnen gut?«

»Es ... geht mir gut.« Ihre Stimme klang zittrig und belegt. Nach einer Pause: »Machen Sie die Tür auf.«

»Nein. Wir sehen uns morgen früh.«

»Machen Sie die Tür auf, Zoe.«

Sie schloss voller Verzweiflung die Augen, wand sich aus der Bettdecke, mit noch immer rasendem Herzen. Taumelnd gelangte sie zur Tür, entriegelte sie und wischte sich rasch das Erbrochene vom Kinn. Sie öffnete die Tür einen Spaltbreit.

Tatum riss die Augen auf, als er sie sah. Anscheinend sah sie so schlimm aus, wie sie sich fühlte.

»Das war nur ein Albtraum«, krächzte sie. »Jetzt geht es mir wieder besser. Wirklich.« Sie wollte die Tür schon wieder schließen.

Er stellte einen Fuß dazwischen. »Das können Sie Ihrer Großmutter erzählen.« Er drückte die Tür ganz auf, aber langsam, um sie nicht zu verletzen. Dann drängte er sich an ihr vorbei.

Sie folgte seinem Blick, als er das Bett, die beschmutzte Bettwäsche, ihr von Flecken übersätes T-Shirt, ihre zitternden Hände wahrnahm. Phantompräsenz.

Im nächsten Augenblick hatte er sie auch schon in die Arme geschlossen. Sie wehrte sich und wollte seine Kleidung nicht auch noch mit Erbrochenem beschmieren, aber er hielt sie einfach nur fest, bis sie schließlich stillhielt und erschlaffte. Die Angst war verschwunden, aber sie spürte sie noch am Rand ihres Bewusstseins lauern. Jetzt gab es nur noch unsagbare Scham.

»Ich glaube, ich habe etwas gegessen, das mir nicht bekommen ist«, murmelte sie.

»Vielleicht lag es an der vielen heißen Schokolade«, mutmaßte er und ließ sie noch immer nicht los.

»Gut möglich. Aber jetzt geht es mir schon besser.«

»Gehen Sie duschen.«

Sie stolperte ins Bad und streifte sich angewidert das besudelte T-Shirt ab. Das heiße Wasser war eine Wohltat. Tatum war bestimmt längst gegangen. Sie würde sich morgen für das Chaos entschuldigen. Beim Zähneputzen ließ sie sich Zeit, um den beißenden Gallegeschmack loszuwerden.

Er war noch da, als sie, in ein Handtuch gehüllt, aus dem Bad kam. Offenbar hatte er saubere Bettwäsche angefordert, und nun bezog er gerade das Bett neu und hatte die Schmutzwäsche in eine Ecke geworfen.

»Das kann ich doch machen«, erklärte sie.

»Ich bin fast fertig.«

Rasch nahm sie sich Unterwäsche, ein Sweatshirt und eine Yogahose aus dem Koffer und zog sich im Bad an. Währenddessen hörte sie Tatum durch das Zimmer laufen. Einerseits wollte sie, dass er ging, andererseits machte sich schon bei der Vorstellung, wieder allein in ihrem Zimmer zu sein, eiskalte Furcht in ihrer Magengrube breit.

Sie holte tief Luft, was so einfach ging, dass sie kaum begreifen konnte, warum sie vorhin solche Schwierigkeiten beim Atmen gehabt hatte. Zaghaft öffnete sie die Tür. Tatum saß auf einem Stuhl neben dem Bett.

»Danke für die Hilfe«, sagte sie. »Wenn ich geschlafen habe, geht es mir bestimmt wieder besser.«

»Das denke ich auch.«

Sie ging zum Bett, setzte sich auf die Matratze und war auf einmal erleichtert, dass die Bettwäsche so schön sauber war. Tatum hatte das Bett so ordentlich bezogen, als hätte es das Motelpersonal gemacht.

»Gute Nacht«, murmelte sie.

Er rührte sich nicht und sagte keinen Ton.

»Ich hatte eine Panikattacke«, gab sie schließlich zu. »Ich habe zu viel gearbeitet. Aber jetzt geht es mir besser. Ich werde es die nächsten Tage langsamer angehen lassen.«

Er beäugte sie skeptisch. »Ach ja?«

»Wirklich!«

»Nein, das werden Sie nicht. Ich rufe morgen Mancuso an und sage ihr, dass sie Sie von diesem Fall abziehen muss.«

»Nein!« Sie war entsetzt. Mancuso würde Zoe nicht dazu bringen können, Chicago zu verlassen, aber sie konnte dafür sorgen, dass sie nicht mehr an den Ermittlungen beteiligt war und keine Informationen mehr erhielt. »Wenn Sie das tun …« Sie zermarterte sich das Gehirn, aber ihr wollte keine Drohung einfallen, keine Methode, um ihn einzuschüchtern.

»Ich muss wissen, was das heute Abend war«, verlangte er. »Ich bin Ihr Partner. Und ich mache mir große Sorgen. Aber wenn Sie nicht mit mir reden …«

»Es war nur eine Panikattacke.«

»So ein Unsinn. Sie benehmen sich schon seit Tagen seltsam. Zugegeben, ein bisschen seltsam sind Sie immer, aber Ihr Verhalten … war völlig untypisch für Sie.«

Sie schloss die Augen und kaute auf der Unterlippe herum. Dabei fragte sie sich, ob er wohl nur bluffte. Würde er sie tatsächlich von dem Fall abziehen lassen? Er wusste doch genau, was das für sie bedeutete. Als sie die Augen aufschlug, sah sie ihm ins Gesicht.

Es war sein voller Ernst.

»So etwas erlebe ich hin und wieder«, begann sie schließlich zurückhaltend. »Wenn ich mir vorstelle, was das Opfer durchgemacht hat.«

»Das geht uns allen so. Es ist Teil unseres Jobs.«

Sie schüttelte frustriert den Kopf. »Nein. Nicht so. Es ist … realer. Ich liege im Bett und kann sehen und fühlen, was passiert. Es ist fast so, als wäre ich sie … das Opfer.«

»Wie eine Halluzination?«

»Nein!« Wenn das rauskam, würde man sie nicht nur von diesem Fall abziehen, sondern gleich aus der Verhaltensanalyseeinheit werfen. »Ich weiß, wo ich mich befinde und wer ich bin. Mir ist bewusst, dass es nur meine Fantasie ist. Aber es ist so lebensecht, und ich kann es nicht aufhalten. Vielleicht bin ich deshalb so gut in meinem Job, weil ich in den Kopf *jedes* Menschen blicken kann. In den des

Opfers und den des Mörders. Das eine geht nicht ohne das andere.«

Sie kuschelte sich in die Decke. Jetzt, wo sie erst einmal angefangen hatte zu reden, konnte sie gar nicht wieder aufhören. »Ich kann die Angst beinahe spüren. Und den Schmerz. Mein Körper reagiert auf alles, daher fällt mir das Atmen schwer und mein Herzschlag beschleunigt sich. Normalerweise ist es nach einer halben Stunde vorbei.«

»Wie oft ist das schon passiert?«, wollte Tatum wissen.

»Keine Ahnung. Unzählige Male.«

»Großer Gott, Zoe.«

»Sie dürfen mit niemandem darüber reden, denn das würde keiner verstehen. Die würden mich rauswerfen.« Sie bereute schon jetzt, es ihm erzählt zu haben. »Es ist eigentlich keine große Sache. Ich habe es unter Kontrolle.«

»Danach sah es vorhin aber nicht aus.«

»Dieses Mal war es anders.«

»Warum?«

»Zum Teil wegen dem, was in San Angelo passiert ist. Hin und wieder leide ich noch unter Klaustrophobie.« Sie sprach nicht weiter.

»Und zum Teil wegen unseres Falls?«, fragte Tatum. »Wenn Sie sich in Henrietta Fishburnes Haut versetzen, fühlen, was sie vermutlich gespürt hat ... Sie haben Glovers Angriff auf sie nachempfunden.«

»Bruchstückhaft. Aber es ist mir nicht gelungen, es abzuschalten.« Sie erschauderte, zwang sich jedoch, stillzuhalten und die Zähne zusammenzubeißen. »Ich habe das noch niemandem erzählt. Sie dürfen nicht ... Bitte ...«

»Ich werde es keinem sagen«, versicherte er ihr. »Aber so kann das nicht weitergehen. Das ist Ihnen doch selbst klar, oder nicht?«

»Es wird nicht noch mal passieren.«

Er erwiderte nichts. Sie wusste selbst, dass sie das unmöglich versprechen konnte.

»Er ist sorglos geworden. Und er hat einen labilen Partner, der zunehmend außer Kontrolle gerät. Es ist nur noch eine Frage von Tagen, bis er erwischt wird.«

»Gut möglich.«

»Und sobald wir ihn haben, muss ich mir seinetwegen keine Sorgen mehr machen. Er ist schon jetzt so gut wie tot! Er hat kein Jahr mehr zu leben. Andrea wird in Sicherheit sein. Mir kann er dann nichts mehr antun. Die ganze Sache wird vorbei sein. Aber ich muss sie bis zum Ende durchziehen.«

Schweigen senkte sich auf sie herab. Tatum sah sie einfach nur mit sanften, besorgten Augen an, bis sich Zoe abwandte, weil sie es nicht länger ertragen konnte. Wieso hatte sie nicht den Mund gehalten? Sie hätte ihn nie anrufen sollen. Sie hätte ihm das niemals anvertrauen dürfen, denn das war zu viel, sie hätte wissen müssen, dass sie nur sich selbst trauen durfte, denn das hatte sie immer gewusst, sie hätte ...

»Okay«, sagte Tatum.

»Sie werden Mancuso nicht bitten, mich vom Fall abzuziehen?«

»Nein.«

Sie schloss die Augen und blinzelte eine Träne weg. »Danke.«

»Gute Nacht, Zoe.«

Er stand auf und ging zur Tür. Und schon spürte sie die Dunkelheit wieder, lauernd, wartend.

»Soll ich noch ein bisschen bleiben?«, fragte er.

Sie zuckte mit den Achseln. »Mir egal. Wenn Sie möchten.«

Doch sie lauschte angespannt, während sie ihm weiter den Rücken zudrehte, ob er die Tür öffnete und ging, wobei sie selbst nicht genau wusste, was ihr lieber war.

»Dann bleibe ich noch ein bisschen.«

Erleichterung breitete sich in ihr aus, und sie schämte sich ein wenig für ihre Reaktion. »Sie können sich auch hinlegen«, meinte sie und rutschte ein Stück zur Seite.

Das Bett knarrte, als er sich seufzend neben sie legte.

Sie blieb noch sehr lange wach, gefühlt mehrere Stunden. Als sie schließlich davon überzeugt war, dass er nicht aufstehen und gehen würde, entspannte sie sich und schlief ein.

Kapitel 37

Donnerstag, 20. Oktober 2016

Das Licht weckte Tatum, und er wurde sich der Tatsache bewusst, dass er noch Socken anhatte. Und auch seine Hose. Träge versuchte sein Verstand, dass WWW des Aufwachens herauszufinden. Nicht das World Wide Web, sondern das Was, Wann, Wo.

Neben ihm war ein leises Schnarchen zu hören. Als er den Kopf drehte, entdeckte er Zoe. Sie lag ihm zugewandt, und ihr war das zerzauste Haar ins Gesicht gefallen. In diesem Zustand wirkte sie so friedlich und zart, dass er sie einige Sekunden lang fasziniert ansah. Sein Blick wanderte über ihre krumme Nase, die schmalen, leicht geöffneten Lippen, den schlanken Hals und verharrte, als er bemerkte, dass er ihr in dieser Haltung ins T-Shirt blicken konnte, unter dem blasse Haut zum Vorschein kam. Sofort wandte er den Blick ab.

Er versuchte, lautlos aufzustehen, aber im Motel schien es nur knarrende Betten zu geben. Selbstverständlich gab das Bett auch jetzt Geräusche von sich, als wollte es protestieren, weil er sich so einfach davonzustehlen versuchte.

Zoe schlug augenblicklich die Augen auf, sah ihn verschlafen an und wirkte jetzt schon wacher und konzentrierter, als er es war. »Wie spät ist es?«

»Äh ...« Er hielt Ausschau nach seinem Handy. Es hatte beim Einschlafen noch in seiner Hosentasche gesteckt, was den Druck an seinem Oberschenkel erklärte. Er zog es heraus. »Viertel nach acht.« Es war ziemlich spät. Normalerweise brachen sie gegen sieben auf.

Zoe blinzelte. »Ich habe gut geschlafen.«

»Schön.«

»Zum ersten Mal seit Wochen hatte ich keine Albträume. Jedenfalls glaube ich das.«

Tatum musste an seinen Traum zurückdenken. »Ich habe geträumt, ich wäre am Nordpol und müsste einen Hundertmeterlauf gegen einen Haufen Pinguine absolvieren. Dabei habe ich mich ziemlich gut geschlagen, weil meine Beine länger sind als ihre, allerdings war ich nackt und habe mir den Hintern abgefroren. Und ich musste immer wieder daran denken, dass es im Fernsehen übertragen wurde und alle zusahen, was mir unfassbar peinlich war.«

»Am Nordpol gibt es keine Pinguine, nur am Südpol.«

»Stimmt. Das hätte ich den Pinguinen mal sagen sollen. Das wäre denen vielleicht peinlich gewesen.« Er musste sich unbedingt die Zähne putzen.

»Das mit letzter Nacht tut mir leid.«

»Da muss Ihnen nichts leidtun«, erwiderte er. »Aber von jetzt an werden wir einen Gang zurückschalten. Sie brauchen mehr Schlaf.«

»Okay.« Sie fummelte auf ihrem Nachttisch herum. »Wo ist mein Handy?«

»Es liegt gleich neben Ihrer Hand ... Jetzt haben Sie es runtergeworfen.«

Zoe bückte sich, um es aufzuheben, und wäre beinahe aus dem Bett gefallen. Tatum drehte sich um und suchte seine Schuhe.

»Oh, verdammt«, schimpfte Zoe. »Er hat die Story veröffentlicht.«

»Wer hat was?« Er fand den rechten Schuh, aber nicht den linken, was ja nicht sein konnte. Immerhin hatte er sie zusammen ausgezogen. Gab es im Motel etwa einen Kobold, der es auf linke Schuhe abgesehen hatte? Oder die Pinguine aus seinem Traum wollten verhindern, dass er das Rennen gewann.

»Harry Barry. Er hat mich gestern am Tatort gesehen und eins und eins zusammengezählt. Der Mann ist eine Gefahr für die Öffentlichkeit.«

»Sie übertreiben. Er ist höchstens ein öffentliches Ärgernis.«

»›Mögliche Verbindung zwischen Fishburne-Mord und Lamb-Mord‹«, las sie laut vor. »Du liebe Güte, hören Sie sich das an: ›Eine mysteriöse Aura umgibt die beiden Mordfälle, und die Polizei weigert sich noch immer, dazu Stellung zu beziehen, warum die versierte Profilerin Dr. Bentley hinzugezogen wurde.‹«

Tatum seufzte. »Sie müssen Ihren Reporter wirklich besser an die Leine legen.«

»Er ist nicht mein Reporter.« Zoe ließ das Handy sinken. »Das könnte sich sogar positiv für uns auswirken. Beide Mörder stehen unter großem Druck. Indem wir weiter die Schlagzeilen beherrschen, steigern wir den Druck noch, und einer von ihnen wird unweigerlich einen Fehler machen. Höchstwahrscheinlich Beta, der ohnehin schon labil zu sein scheint.«

»Hoffen wir nur, dass er nicht völlig durchdreht und Amok läuft«, gab Tatum mit finsterer Miene zu bedenken. Er hatte den zweiten Schuh gefunden und zog ihn gerade an.

»Ich hoffe vielmehr, dass er durchdreht und sich an die Polizei wendet, weil er ein Geständnis ablegen will«, meinte

Zoe. »Das ist schon häufiger geschehen. Kemper, Wayne, Adam Ford, Spahalski ...«

»Und dieser Engländer«, warf Tatum ein. »Michael Copeland. Und wie hieß der mit den unheimlichen Smileys doch gleich?«

»Keith Jesperson. Der war nahezu besessen von den Medien.«

»Oh, und Mack Rey Edwards.« Tatum ging auf dem Handy seine Nachrichten durch.

»Edwards hat nur gestanden, weil einigen seiner Opfer die Flucht gelungen ist. Er wusste, dass man ihn so oder so erwischen würde.«

»Dann hoffen wir mal, dass es Beta genauso geht. Außerdem könnte es auch sein, dass jemand Glover wiedererkennt und sich an die Polizei wendet.«

»Ich wünschte nur, Harry würde aufhören, ständig diese Adjektive an meinen Namen zu hängen. Bekannt, versiert, berühmt.«

»Der Mann steht eben auf Sie.«

»Machen Sie sich nicht lächerlich. Er tut das alles nur, weil er ein Buch über mich schreiben will und glaubt, so die Verkaufszahlen in die Höhe treiben zu können.«

»Es könnte auch beides sein.«

»Ich werde mit ihm reden.« Zoe legte ihr Handy beiseite. »Zuerst besorgen wir uns einen Kaffee, und dann schaue ich bei der *Chicago Daily Gazette* vorbei, bevor wir zum Revier fahren.«

Tatum starrte eine Nachricht von einer unbekannten Nummer an.

Ich habe mit Peter Damien gesprochen. Er ist ein Clanältester und möchte mit Ihnen reden.

Der Text gab ihm Rätsel auf. Doch auf einmal machte es Klick.

»Wir trinken den Kaffee unterwegs«, teilte er Zoe mit. »Unsere Vampirbibliothekarin möchte mit uns reden.«

* * *

Die Tür war schwarz gestrichen, und darauf prangte in Rot der Name des Geschäfts: Night Fangs. Die Farbe der Buchstaben schien nach unten zu verlaufen, als wäre sie mit Blut geschrieben worden. Darunter hatte jemand in verschnörkelten Buchstaben *Geh mit einem Fang aus* geschrieben, und Tatum verdrehte die Augen, als er die Tür aufdrückte.

Das Geschäft war erstaunlich geschmackvoll eingerichtet. Tatum hatte schon fast mit einem Sarg, vielleicht ein paar künstlichen Schädeln in den Regalen und lauter Spinnweben gerechnet. Aber er betrat einen kleinen, hell erleuchteten Raum mit einigen Bildern an der Wand und einem großen Holztisch. Ein schlanker junger Mann mit langem blondem Haar saß am Tisch und starrte mit finsterer Miene etwas an, das er in den Händen hielt. Tatum ging zu ihm und stellte fest, dass der Mann eine Art Lehm sorgfältig auf einer Gebissform anbrachte.

»Willkommen im Night Fangs«, sagte der Mann und sah erst Tatum und dann Zoe an. Er riss leicht die Augen auf. »Oh, wow. Ich weiß, Sie haben die Trollzähne bestellt, aber wollen Sie sich das nicht noch mal überlegen?«

»Wie bitte?«, fragte Zoe irritiert.

»Ihr Freund ist eindeutig Trollmaterial. Aber bei Ihnen würde ich eher auf verführerische Vampirin abzielen. Glauben Sie mir, mit Ihren Augen und kleinen Fangzähnen könnten Sie glatt als Drusilla durchgehen. Ich wäre sogar bereit, Ihnen Rabatt zu …«

»Wir sind keine Kunden.« Tatum zückte seinen Dienstausweis.

»Oh.« Der Mann zuckte zusammen. »Sie sind die FBI-Leute, die Carmela erwähnt hat. Ich dachte, wir würden nur telefonieren.«

»Wir hielten ein Treffen für angebrachter«, erwiderte Tatum, der leicht brüskiert war, weil man ihn als Trollmaterial bezeichnet hatte. »Sie sind Peter?«

»Ja, aber Sie dürfen mich gern Damien nennen.«

»Ich nenne Sie lieber Peter.« Tatum sah sich um. »Sie verkaufen Fangzähne?«

»Maßgefertigte Fangzähne und Klauen. Vampire, Trolle, Orks, Werwölfe. Ich habe gerade Drachenzähne für einen Kunden in China hergestellt.«

Tatum sah sich die Bilder an den Wänden näher an. Darauf waren Peters Kunden zu sehen, die vor der Kamera die Zähne bleckten. Ein Mann, der den Mund voller rasiermesserscharfer Zähne präsentierte. Ein Mädchen in einem schwarzen Umhang mit mysteriösem Lächeln, bei dem die Spitzen der Fangzähne hervorlugten. Ein anderes Mädchen, dem zwei Hauer über Unterlippe und Kinn ragten. »Sie können tatsächlich davon leben?«, fragte er erstaunt.

»Ja, sieht ganz danach aus. Ich bekomme Bestellungen aus der ganzen Welt und habe mehrere berühmte Kunden. Kennen Sie die Bloody Barnacles?«

»Nein.«

»All ihre Zähne stammen von mir. Jetzt gehen nach jedem ihrer Konzerte zahlreiche Bestellungen bei mir ein. Und bis März bin ich immer für die ComicCon ausgebucht. Ich bin das ›Fang‹ in ›Fangirl‹, wenn Sie verstehen, was ich meine. Haha. Cosplayer machen die Hälfte meiner Kundschaft aus.«

Tatum hatte nur eine vage Idee, wovon der Mann da redete, aber er hakte nicht nach. Peter war offensichtlich nervös, und Tatum wollte, dass er sich entspannte.

»Dann sind Sie also ein Vampir?«, erkundigte er sich mit betont neutraler Stimme.

»Ich bin eher ein Psychovampir, denn ich trinke kein Blut. Aber ich bin gewissermaßen der Leiter meines Clans. Könnte man so sagen. Es ist kompliziert.« Peter fuhr sich mit einer Hand durch das Haar. »Es kommt mir komisch vor, das … Gesetzeshütern zu erzählen. Sie wollen mich doch nicht verhaften, oder?«

»So unglaublich es auch erscheinen mag, Vampirismus ist kein Bundesverbrechen«, erklärte Tatum. »Aber Carmela meinte, Sie hätten uns etwas zu sagen.«

Peter rutschte betreten auf seinem Stuhl herum. »Sie ermitteln im Mord an der Frau vom letzten Wochenende, richtig? Carmela sagte, Sie vermuten, es sei einer von uns gewesen.«

»Sie sagte, Sie würden alle Vampire in Chicago kennen«, erwiderte Tatum.

»Ja, ich schätze schon, ich bin ja schließlich einer der Ältesten.«

Es fiel Tatum immer schwerer, sein Pokerface aufrechtzuerhalten, als sich dieser picklige Fünfundzwanzigjährige wieder einmal als Ältester bezeichnete.

»Wir brauchen eine Liste aller Vampire in Chicago.«

»Die kann ich Ihnen nicht geben.«

Tatum beugte sich über den Tisch, bis seine Nasenspitze nur wenige Zentimeter von Peters entfernt war. »Passen Sie mal auf, *Damien,* eine Frau wurde ermordet. Und wenn Sie uns diese Liste nicht geben …«

»Ich schwöre Ihnen, dass es keiner von uns war!« Peters Stimme bebte. »Aber ich glaube, ich weiß, wer es gewesen ist.«

Tatum riss die Augen auf. »Raus damit!«

»Wir haben da dieses Forum, wissen Sie? In dem wir uns alle unterhalten. Aber einige der Mitglieder sind keine Vampire. Manche wollen nur mehr wissen, darum hängen sie da rum oder stellen Fragen. Und andere sind Spender. Wir tun unser Bestes, um eine gewisse Ausgewogenheit zwischen Spendern und Vampiren zu erhalten. Jedenfalls fing einer der User neulich an, Fragen zu stellen. Er wollte, dass ihm die Vampire beschrieben, wie Blut schmeckt. Und er hat über den nicht einvernehmlichen Blutkonsum gesprochen, dabei sind wir strikt dagegen. Wir leben schließlich im 21. und nicht im 19. Jahrhundert in Transsylvanien, nicht wahr?«

Tatum warf Zoe einen Blick zu. Sie schien kaum noch zu atmen und hing an Peters Lippen.

»Aber einige Mitglieder haben ihm die Meinung gegeigt, und er hat nichts weiter geschrieben. Ich habe mir jedoch Sorgen gemacht, dass er etwas Abwegiges tun könnte, verstehen Sie? Daher habe ich ihm eine persönliche Nachricht geschickt, ihm erklärt, wo das Problem liegt, und ihm vorgeschlagen, dass er sich eine Spenderin sucht, die so tut, als wäre sie nicht damit einverstanden. Einige Spender erregt so ein Rollenspiel.«

»Und, war er interessiert?«, wollte Zoe wissen.

»Nein, davon wollte er nichts hören. Er sagte, das würde nicht funktionieren, wie immer er das gemeint hat. Danach hat er sich eine Weile nicht mehr gemeldet. Vor zwei Wochen schrieb er mich dann wieder an. Er fragte, ob ich glaube, dass man durch das Trinken von Blut etwas heilen kann. Ich antwortete, nun ja … Es kann durchaus guttun, wenn man es braucht. Aber wenn man sich ein Bein bricht oder Diabetes hat, sollte man lieber zum Arzt gehen. Und dann fragte er, ob man mit Blut Antipsychotika ersetzen kann.« Peter hielt inne und schüttelte den Kopf.

»Und was haben Sie geantwortet?«, wollte Tatum wissen.

»Dass er das vergessen kann! Aber er hörte gar nicht mehr auf und meinte, was wäre, wenn das Blut vollkommen rein wäre, der Spender reinen Herzens sei oder was auch immer, und da habe ich ihm offen gesagt, dass er mit dem Blödsinn aufhören soll. Daraufhin hat er sich nicht mehr gemeldet. Ich war, ehrlich gesagt, heilfroh, weil ich dachte, ich hätte ihn zur Vernunft gebracht, verstehen Sie? Und dann, vor zwei Tagen, schickte er mir eine kurze Nachricht.«

»Was stand drin?«

»Dass ich mich geirrt habe.«

»Was noch?«

»Nichts weiter. Ich habe ihn sofort gefragt, was er damit meint, aber er hat nicht geantwortet. Ich habe ihm noch weitere Nachrichten geschickt, aber er hat sich nicht mehr gemeldet. Und als mich Carmela dann angesprochen hat, dachte ich, Scheiße, das könnte Ihr Mann sein.«

»Wir brauchen seine E-Mail-Adresse«, verlangte Tatum.

»Im Forum gibt es nur Benutzername und Passwort. Sein Benutzername ist Dracula2.«

»Okay. Wir brauchen Admin-Zugang zu Ihrem Forum und müssen mit dem Betreiber reden.« Wenn Mr Dracula2 kein Techniegenie war, würden die Analytiker des FBI ihn im Handumdrehen gefunden haben.

»Das Forum basiert auf Tor«, erklärte Peter.

Tatum fluchte leise. Das Tor-Netzwerk, oft nur als Dark Web bekannt, garantierte fast vollständige digitale Anonymität. Aus diesem Grund wurde es auch häufig von Pädophilen oder für Schwarzmärkte wie die Silk Road benutzt, um Drogen und Waffen zu verkaufen. Und die Chicagoer Vampir-Community nutzte es dem Anschein nach ebenfalls.

»Peter, wenn das der Mann ist, den wir suchen, wird er noch mehr Menschen umbringen«, beharrte Tatum und verschwieg lieber die Tatsache, dass das längst geschehen war. »Wir müssen ihn so schnell wie möglich finden.«

»Ich werde Ihnen alles geben, was ich habe, okay? Aber es gibt einen guten Grund dafür, dass wir dieses Forum benutzen. Einige Vampire möchten nicht aufgespürt werden.«

»Hat dieser ... Dracula2 vor seiner letzten Nachricht jemals von reinem Blut gesprochen?«, fragte Zoe. »Bezog er sich in seinen früheren Nachrichten oder Posts darauf?«

Peter überlegte kurz. »Ich glaube nicht. Ich kann gern nachsehen, bin mir aber ziemlich sicher, dass er es vor zwei Wochen zum ersten Mal erwähnt hat.«

»Kommt dieses Thema im Forum häufiger auf?«

»Nein, ich wüsste nicht, dass schon mal jemand reines Blut erwähnt hätte. Wir reden öfter mal über Geschlechtskrankheiten, das war's aber auch schon.«

Zoe warf Tatum einen Blick zu und gab ihm zu verstehen, dass sie hier fertig waren.

»Können Sie uns die Posts von Dracula2 zeigen?«, bat Tatum. »Und uns auch sagen, wo wir das Forum finden?«

»Äh, klar, Augenblick. Mein Laptop steht im Hinterzimmer. Aber fassen Sie die Zähne auf dem Tisch nicht an, okay?« Er ging hinaus und ließ sie allein.

»Was denken Sie?«, fragte Tatum. Er konnte das Funkeln in Zoes Augen sehen und wie sie auf der Unterlippe herumkaute. Sie ging davon aus, dass sie ihren Mann gefunden hatten.

»Es passt alles zusammen«, antwortete sie. »Die Zeitlinie stimmt überein, und alles, was er uns erzählt hat, passt zum Profil. Die Tatsache, dass er kein Interesse an Rollenspielen hatte, sagt uns, dass sein Blutkonsum nicht auf Paraphilie beruht.«

Tatum brauchte einige Sekunden, um hinterherzukommen. Als Zoe die verschiedenen möglichen Gründe für den Blutkonsum analysiert hatte, war Paraphilie darunter gewesen – ein sexueller Fetisch. »Warum schließen Sie das daraus?«

»Wäre es eine sexuelle Fantasie, würde ich erwarten, dass er an Rollenspielen interessiert ist. Er wäre sogar Feuer und Flamme dafür. Aber es interessierte ihn nicht, und er meinte, es würde nicht funktionieren.«

Der Logik konnte er folgen. »Dann bleiben also noch … eine psychotische Störung und das Renfield-Syndrom, richtig?«

»Ich denke, es ist das Renfield-Syndrom, auch wenn ich nicht wirklich davon überzeugt bin, dass es tatsächlich existiert«, erklärte Zoe. »Aber es hört sich in jedem Fall ganz danach an, als wäre er nur auf das Blut aus, richtig? Er hat nicht einvernehmlichen Blutkonsum erwähnt. Seine Begierden scheinen also komplizierter und gewalttätiger zu sein. Und die Tatsache, dass er sich Dracula2 nennt, ist ebenfalls interessant.«

»Weil es ein bescheuerter Benutzername ist?«

»Ja, das auch. Das sagt uns, dass ihm die Geschichte und die Kultur der Vampire ziemlich egal sind. Der Großteil dieser Leute kann alle Vampirnamen aus Fernsehserien oder den Büchern von Anne Rice aufzählen, ohne groß nachdenken zu müssen. Aber er sucht sich Dracula als Benutzernamen aus und nicht etwa Lestat, Edward Cullen oder Spike. Dracula ist der einzige Vampir, den er kennt, und er hat auch kein Interesse daran, sich einem Clan anzuschließen oder ihren Lebensstil zu übernehmen. Er will kein Teil der Community werden, und der normale Blutkonsum interessiert ihn ebenfalls nicht. Zudem hat er noch Antipsychotika erwähnt. Ich vermute, er leidet an einer psychischen Erkrankung, die Wahnvorstellungen oder eine Art von Schizophrenie auslöst.«

»Das würde ihn unvorhersehbar machen«, erkannte Tatum.

»Unvorhersehbar … und anfällig für Druck.«

»Warum haben Sie Peter nach dem reinen Blut gefragt?«

»Vor zwei Wochen will der Kerl auf einmal wissen, ob reines Blut Antipsychotika ersetzen kann. Zuvor hat er es kein einziges Mal erwähnt. Halten Sie das etwa für Zufall?«

Tatum runzelte die Stirn. »Sie vermuten, Rod Glover hat ihn auf die Idee gebracht.«

»Ich gehe stark davon aus.«

Kapitel 38

O'Donnell saß hinter dem Lenkrad und blickte nach vorn auf die Straße, während Ellis neben ihr an seinem Kaffee nippte. Rings um sie herum war es still, nur hin und wieder fuhr ein Wagen vorbei. Sie warteten darauf, dass Good Boy Tony auftauchte.

»Warum wird er Good Boy Tony genannt?«, wollte O'Donnell wissen.

»Das ist ein alter Spitzname«, antwortete Ellis. »Vor ein paar Jahren lebte er noch bei seiner Mutter. Und wann immer wir auf der Suche nach ihm an die Tür klopften, sagte sie, er habe nichts angestellt und sei ein guter Junge. Irgendwann ist das eben hängen geblieben.«

»Dann wohnt er nicht mehr bei ihr?«

»Sie ist letztes Jahr gestorben.« Ellis leerte seinen Becher und sah sich im Wagen um. »Haben Sie eine Stelle, an der Sie den Müll sammeln?«

»Nein.«

»Wieso nicht?«

»Wenn ich damit anfange, bleibt der Müll im Auto. Und fängt an zu stinken. So habe ich gar nicht erst Müll im Wagen.«

»Aber jetzt halte ich den Becher in der Hand und möchte ihn irgendwo lassen.«

»Sie können ihn später in eine Mülltonne werfen, wenn wir weiterfahren«, erwiderte O'Donnell. »Ich glaube sowieso nicht, dass er auftaucht.«

»Geben wir ihm noch zehn Minuten. Es ist ein wunderschöner Tag. Außerdem ist Donnerstag.«

Frannie's Scrap Shop hatte montags, dienstags und donnerstags geöffnet. Ellis' Worten zufolge verdiente Good Boy Tony bei Frannie das meiste Geld. Und er verpasste nie einen Donnerstag, weil er sonst bis Montag warten musste, um ihr das zu verkaufen, was immer er gesammelt hatte – und dann stand ihm ein hartes Wochenende bevor.

»Was Cracksüchtige angeht, ist Tony ziemlich zuverlässig«, meinte Ellis. »Er taucht schon auf, warten Sie es nur ab.«

O'Donnell gähnte und bereute ihre Entscheidung, Ellis zu begleiten. Sie hätte ihre Zeit besser mit den Aufnahmen der Überwachungskameras aus dem Loop verbringen können, über die sie am Vortag mit Tatum gesprochen hatte. Ellis hätte Tony auch einfach einsammeln und zur Befragung mit aufs Revier nehmen können. Allerdings bezweifelte Ellis, dass Tony in diesem Fall sehr hilfsbereit sein würde.

Ellis stellte den leeren Becher auf den Boden.

»Vergessen Sie ihn ja nicht«, ermahnte O'Donnell ihn.

»Keine Sorge.«

»Ich möchte nicht, dass mein Wagen nach Kaffee riecht.«

»Ich hab's verstanden.« Vor ihnen überquerte jemand die Straße und schob einen Einkaufswagen voller Schrott vor sich her. Ellis deutete auf den Mann. »Das ist er. Ich hab's doch gesagt. Auf ihn ist Verlass.«

Sie stiegen aus und näherten sich dem Mann, der so dünn war, dass sich O'Donnell fragte, wie in aller Welt er den Wagen schieben konnte. Er trug einen dreckigen Pullover und eine mit

Flecken übersäte Jeans. Als sie näher kamen, konnte sie die verräterischen Spuren des Crackrauchens erkennen – er hatte zwei hässliche Brandwunden auf den Lippen.

»Guten Morgen, Good Boy«, sagte Ellis fröhlich. »Wie läuft's?«

Tony sah sich hektisch um. »Gut. Ich hab dreiundzwanzig Dosen, hauptsächlich Cola. Und ich hab auch Draht gefunden, aber nicht geklaut, ich weiß, dass es so aussieht, als hätte ich ihn geklaut, aber er lag auf der Straße. Dafür kriege ich bestimmt einen guten Preis. Normalerweise finde ich nicht so viele Dosen, aber in der Schule war wohl eine Konferenz oder so was. Vielleicht haben sie den Leuten als Erfrischung Cola spendiert. Wenn ich im Voraus von Konferenzen wüsste, könnte ich hinterher hingehen und die Dosen einsammeln. Das wäre doch eine Geschäftsidee, oder nicht?« Währenddessen schob er den Wagen weiter, und das Geklapper der Räder begleitete seinen Monolog.

»Das hört sich nach einer guten Idee an«, stimmte Ellis ihm zu. »Und Sie haben da auch eine lange Metallstange. Die haben Sie doch nicht etwa von einem Verkehrsschild abgesägt, oder?«

»Nein, die hab ich bloß gefunden, ich stehle doch keine Verkehrsschilder. Ich weiß, dass das einige machen, aber ich nicht, das ist gefährlich für die Autos. Ich sammle nur ein, was ich finde.«

Ellis zeigte auf O'Donnell. »Das hier ist Detective O'Donnell. Sie ermittelt in einem Mordfall.«

Erneut sah sich der Mann hektisch um. »Okay.«

»Irgendwie glaube ich, Sie wissen längst, worum es geht, Tony.«

»Keiner, den ich kenne, ist gestorben«, erwiderte Good Boy Tony. »Und ich kenne auch niemanden, der wen getötet hat. Ich versuche, mich aus allem rauszuhalten, und die Leute lassen mich meist in Ruhe. Ich hab einen Freund, der vor zwei Monaten gestorben ist, aber das war kein Mord oder so, er ist einfach erfroren. Nachts kann es richtig kalt werden, und er hat in der Nacht draußen geschlafen und starb an Unterkühlung. Er war halb nackt, als sie ihn gefunden haben. Wussten Sie, dass einem manchmal richtig heiß wird, wenn man unterkühlt ist? Dann zieht man sich einfach aus. Genau das ist Randy passiert. Randy war mein Freund, der gestorben ist.«

»Wir reden von einem Mord, der vor drei Nächten passiert ist. Haben Sie da unter der Brücke an der South Halsted geschlafen, Tony?«

Der Mann schien darüber nachzudenken. Er atmete schwer, und die Räder quietschten. O'Donnell musste ganz kleine Schritte machen, um sich an sein Tempo anzupassen.

»Ja«, gab er schließlich zu.

»Haben Sie jemanden gesehen, als Sie dort waren?«, wollte O'Donnell wissen.

Er antwortete nicht.

»Es ist sehr wichtig«, beharrte Ellis. »Ich weiß, dass Sie keinen Ärger wollen, aber wir wissen, dass Sie dort gewesen sind. Wenn Sie uns nicht sagen, was passiert ist, müssen wir Sie zum Verhör mit aufs Revier nehmen.«

»Und was ist mit meinen Sachen?«, protestierte Tony. »Ich muss mein Zeug verkaufen. Frannie macht um vier zu. Wenn ich nicht rechtzeitig da bin, muss ich bis Montag warten. Und bis dahin könnte man mir meine Sachen klauen. Das ist letzten Sommer schon mal passiert. Die haben mich verprügelt und mir alles weggenommen, und die Polizei hat damals einfach weggeguckt.«

»Sagen Sie uns, was Sie gesehen haben, und wir halten Sie nicht länger auf.«

»Ich muss nicht mit aufs Revier und eine Aussage machen?«

»Nicht sofort«, versprach O'Donnell. »Aber wir werden das Gespräch aufzeichnen.« Sie holte ihr Handy aus der Tasche und startete die Aufnahme.

»Und ich muss nicht vor Gericht aussagen?«

»Das könnte durchaus passieren«, meinte Ellis, »aber erst in einigen Monaten, falls überhaupt. Und es ist uns völlig egal, dass Sie Crack geraucht haben. Darum geht es nicht.«

Er blieb stehen, und O'Donnell atmete erleichtert auf, als das Quietschen der Räder aufhörte.

»Ich hab nach einem Platz zum Rauchen gesucht«, berichtete Tony. »Normalerweise mach ich das hinter dem Einkaufszentrum, aber der Security-Mann hat mich entdeckt, daher bin ich zur Brücke gegangen. Niemanden interessiert, was ich unter der Brücke treibe. Ich war gerade fertig und bin zum Pissen in den Wald gegangen. Aber als ich unter der Brücke rauskam, hab ich zwei Stimmen gehört. Die Typen haben sich ganz leise unterhalten.« Er hielt inne und starrte den Griff des Wagens an.

»Was haben sie gesagt?«, wollte O'Donnell wissen.

»Den Anfang hab ich nicht mitgekriegt. Ich war high, und das Zeug war gut. Daher hab ich mich nicht konzentriert. Aber als einer der Kerle gesprochen hat, hat er geflüstert, doch weil er wütend war, hat er schreiend geflüstert, wenn Sie verstehen, was ich meine. Seine Worte waren wie ein Zischen, und das war mir total unangenehm, weil es sich so fies anhörte, und ich war high, daher hab ich mir die Ohren zugehalten. Und ich hatte jegliches Zeitgefühl verloren, sah immer wieder Lichtblitze, und mir war übel … Aber als ich runterkam, redeten sie über jemanden. Sie sagten, sie wollten sie tragen und ihr Zeug wegschmeißen. Dann hörte ich ein Platschen vom Fluss.«

»Haben Sie sie gesehen?«, fragte O'Donnell.

»Nein, es war dunkel, und mitten in der Nacht geht man auch nicht nachgucken, wer sich da im Wald rumtreibt, wenn Sie verstehen, was ich meine.«

»Und was ist dann passiert?«

»Einer hat ständig Selbstgespräche geführt. Es hörte sich fast an, als würde er beten oder so. Und später meinte er, es war nicht gut und dass sie zu dunkel gewesen wäre.«

O'Donnell und Ellis tauschten einen schnellen Blick.

»Sind Sie sicher, dass er das gesagt hat?«

»Ja, er sagte immer wieder: ›Sie ist zu dunkel. Das ist nicht gut; sie ist zu dunkel.‹ Nach einer Weile sind sie abgehauen.«

»Können Sie ihre Stimmen beschreiben?«

»Sie waren ... keine Ahnung. Normal. Ich sagte ja, dass sie fast immer geflüstert haben.«

»Ist Ihnen ein Akzent aufgefallen oder etwas anderes?«

»Nein.«

»Würden Sie sie wiedererkennen, wenn Sie ihre Stimmen hören?«

»Ich glaube nicht.«

O'Donnell seufzte. »Und dann?«

Sein Blick zuckte wild umher. »Ich hab nicht ... Hören Sie, ich war high. Es tut mir echt leid, aber ich war high. Ich will aufhören, das schwöre ich Ihnen. Ellis weiß das. Ich werde aufhören. Gleich am Montag. Sobald ich das Zeug verkauft habe, ist genug Geld für zwei Gramm da, und das war's. Ich will nicht mehr so sein.« Ihm lief eine Träne über die Wange. »Ich brauche nur ein bisschen was, weil es eine harte Woche war, und danach komm ich weg von dem Zeug. Ich habe einen Cousin, der mir einen Job bei der Müllabfuhr und eine Unterkunft besorgen kann. Ich will schon seit einer Weile mit ihm reden, das hab ich auch Ellis gesagt, nicht wahr?«

»Stimmt«, bestätigte Ellis. »Ihr Cousin in Pullman.«

»Ganz genau.«

»Was ist danach passiert, Tony?«, fragte O'Donnell. »Ich verspreche, dass Sie keinen Ärger bekommen, okay?«

»Ich … ich bin da hingegangen. Wollte sehen, ob sie was liegen gelassen haben. Und da war diese Frau. Aber sie war tot; ich bin mir sicher, dass sie tot war. In ihrem Bauch steckte ein Messer. Selbst wenn ich die Polizei gerufen oder sie ins Krankenhaus gebracht hätte, wäre ihr nicht mehr zu helfen gewesen, oder? Oder?« Er hörte sich immer verzweifelter an.

»Sie war bereits tot, Tony«, versicherte Ellis ihm. »Sie hätten nichts mehr für sie tun können.«

»Das dachte ich mir. Und ich wollte ja die Bullen rufen. Aber zuerst musste ich wieder einen klaren Kopf kriegen, verstehen Sie? Daher bin ich zu der Stelle gegangen, wo ich manchmal schlafe. Und ich hatte richtig Angst, denn manchmal, nachdem ich was geraucht habe … Ich dachte, die Kerle würden mich vielleicht suchen. Weil ich sie gehört habe. Und so habe ich mich versteckt. Und später hatte die Polizei die Leiche gefunden, da hätte ich auch nichts mehr tun können, oder?«

»Nein«, antwortete Ellis. »Sie hätten nichts mehr tun können.«

Kapitel 39

Es gab eine Sache, die Harry nie jemandem eingestanden hatte und die er mit ins Grab nehmen wollte: dass er stolz auf alles war, was er schrieb.

Selbst auf den schlechtesten Artikel, und manchmal besonders auf die Schundseiten, die über untreue Promis, Brustwarzen, die unter Kleidern hervorlugten, oder diesen albernen Artikel über den Coach der Chicago Cubs, der in Hundescheiße getreten war. Er hatte sie alle in der Gewissheit geschrieben, dass er das besser konnte als jeder andere Reporter in Amerika. Zugegeben, Bob Woodward hatte beim Watergate-Skandal hervorragende Arbeit geleistet, aber hätte Bob auch einen Fünfhundert-Wörter-Artikel über das Topmodel Tiffany Wu schreiben können, die den ganzen Tag mit Zahnpasta am Kinn herumgelaufen war? Nein, das hätte er nicht.

Richtig stolz war er jedoch auf seine Artikel über Zoe Bentley. Nicht, weil dafür journalistisches Geschick erforderlich war, weil er über etwas Bedeutsames schrieb oder ähnlicher Mist.

Vielmehr lag es daran, dass er der eine Reporter in einer Welt voller elender Geschichten über Mörder, blutige Gewalttaten und heldenhafte Polizeiarbeit war, der verstand, dass sich die wahre Geschichte um Zoe Bentley drehte. Und er brachte sie zum Leuchten.

Seine Finger flogen nur so über die Tastatur, Wort um Wort erschien auf dem Bildschirm, und er hatte eine nicht brennende Zigarette schlaff im Mundwinkel hängen. Er wollte keine Raucherpause im Freien einlegen, daher versuchte er vergeblich, das Nikotin aus der Zigarette zu saugen, als wäre sie ein Lolli. Der Filter war schon ganz weich geworden.

»Harry Barry.«

Einen Augenblick lang glaubte er, ihre autoritäre Stimme wäre nur ein Produkt seiner Fantasie. Schließlich hatte er die letzten Stunden damit verbracht, ihr kurzes Gespräch vom Vortag immer wieder durchzugehen und so viel wie möglich herauszuholen. Aber dann begriff er, dass Zoe tatsächlich hinter ihm stand. Er drehte sich auf seinem Stuhl herum und nahm die feuchte Zigarette aus dem Mund.

»Dr. Bentley! Was für eine angenehme Überraschung. Mit Ihnen hatte ich ja überhaupt nicht gerechnet.«

Sie sah ihn mit ihren durchdringenden Augen an. »Sie haben über eine mögliche Verbindung zwischen dem Mord an Catherine Lamb und dem an Henrietta Fishburne geschrieben, dabei hatte ich Sie ausdrücklich gebeten, vorher mit mir zu sprechen, bevor Sie etwas veröffentlichen. Das war unverantwortlich, irreführend und außerdem ...«

»Wir hatten das doch alles schon«, fiel Harry ihr ins Wort. »Mehrmals sogar. Sie haben nicht darüber zu entscheiden, was ich schreibe. Das macht mein Redakteur. Wenn Sie eine Zeitung wollen, bei der Sie das Sagen haben, warum bitten Sie das FBI dann nicht, eine zu gründen? Nennen Sie sie *Bureau Gazette*. Das kommt bestimmt gut an. Bundesagenten sind doch für ihre kreative Ader bekannt.«

»Es gibt nichts, was diese beiden Fälle miteinander in Verbindung bringt, und ...«

»Und ob es das gibt.«

Sie blinzelte. »Und was?«

»Sie sind die Verbindung zwischen diesen beiden Fällen«, erklärte er. »Und wenn Sie in beiden ermitteln, schließe ich daraus, dass es eine Verbindung geben muss.«

»Ich möchte mit Ihrem Redakteur sprechen.«

Harrys Grinsen wurde noch breiter. »Bitte tun Sie das. Sein Büro ist da vorn. Er heißt McGrath.«

Zoe sah zögernd zu der Tür hinüber.

»Sie sollten vorher anklopfen. Er kann es nicht leiden, wenn man einfach so reinplatzt.«

Sie kaute auf der Unterlippe herum und schaute über seine Schulter auf den Bildschirm. »Ist das noch ein Artikel über den Mord?«

»Das da?« Er drehte sich um und schloss das Fenster. »Nein, das ist etwas anderes, woran ich arbeite.«

»Die Schlagzeile lautete ›Anwohner von McKinley Park wütend über Inkompetenz der Polizei‹.«

»Ja.«

»Die Polizei ist nicht inkompetent, sondern tut ihr Bestes, um diesen Mordfall zu lösen.«

»Ah ja. Sicher tut sie das. Und was ist mit den drei anderen Morden aus den letzten fünf Jahren? Nur einer wurde aufgeklärt. Und dieser komische betrunkene Kerl, der immerzu Frauen anbaggert? Was ist mit dem? Wieso unternimmt die Polizei da nicht mal was?«

»Was für ein komischer betrunkener Kerl?«, fragte Zoe.

»Würden Sie in McKinley Park wohnen, wüssten Sie, wen ich meine. Und was ist mit der Frau, deren Baby beinahe entführt wurde? Und den ganzen Graffiti? Und dem Einbruch in der Schule? Die Einwohner von McKinley Park fühlen sich nicht mehr sicher.«

»Wo haben Sie all das her?«

»Hauptsächlich aus den Kommentaren unter meinen anderen Artikeln.«

»Und Sie schreiben einen neuen Artikel über ... Leserkommentare unter einem anderen Artikel?«

»Ich sage Ihnen nicht, wie Sie Ihren Job machen sollen, also erzählen Sie mir auch nicht, wie ich meinen zu machen habe.«

Zoe schüttelte fassungslos den Kopf. »Eigentlich ist es mir auch egal. Was Ihren Artikel über die Verbindung zwischen den Morden angeht ...«

»Warum sind Sie deswegen überhaupt so besorgt?«, fiel Harry ihr ins Wort.

»Viele Serienmörder sind besessen von Nachrichtenmeldungen über sich. Solche Artikel können dafür sorgen, dass sie schneller wieder zuschlagen, und manchmal ändern sie sogar ihre Vorgehensweise. Insbesondere, wenn diese Artikel besonders schlampig und aufdringlich sind.«

»Sie schmeicheln mir. Handelt es sich Ihrer Meinung nach bei diesem Killer denn um einen, der sich von der Presse beeinflussen lässt? Das interessiert mich vor allem, weil die Polizei ja erst Glovers Foto an die Medien rausgegeben hat.«

»Mit diesen Artikeln beeinflussen Sie außerdem die öffentliche Meinung. Sie verbreiten Hysterie ...«

»Begreifen Sie es denn nicht, Zoe?« Harry verlor langsam die Geduld. »Sie *brauchen* mich, damit ich diese Artikel schreibe.«

Sie runzelte nur die Stirn und erwiderte nichts.

»Wollen Sie, dass Rod Glovers Foto weiterhin gedruckt wird?«, fragte Harry.

»Ja«, antwortete Zoe nach einer Sekunde.

»Dann muss diese Story auf der Titelseite bleiben. Die Leute verlieren das Interesse am Catherine-Lamb-Mord. Wenn ich den mit der Henrietta-Fishburne-Geschichte verbinde, merken die Leute auf. Und sie schauen genauer hin, sobald

Glover irgendwo aufkreuzt. Keine andere Zeitung schenkt dem Lamb-Fall so viel Aufmerksamkeit wie wir. Und wenn morgen mein nächster Artikel erscheint, wird halb Chicago wissen, wie Glover aussieht. Wir drucken sein Bild noch mal ab, zusammen mit den Fotos von Catherine und Henrietta.«

Sie überlegte kurz. »Okay. Aber Sie müssen andere Fotos nehmen als die, die Sie schon verwendet haben.«

Harry zuckte mit den Achseln. »Geben Sie mir, was Sie haben, und ich sehe zu, was ich tun kann.«

Zoe kramte in ihrer Handtasche herum und holte einen USB-Stick heraus.

»Hier sind Fotos von Glover und Catherine Lamb drauf«, sagte sie. »Können Sie stattdessen benutzen.«

Harry schloss den Stick an seinen Computer an und öffnete einen Ordner, in dem sich zwei Fotos befanden. Zoe hatte sich vorbereitet. Er fragte sich kurz, ob das die ganze Zeit ihre Absicht gewesen war, und machte einen Doppelklick auf das erste Bild. Es war eine Nahaufnahme, auf der sich der lächelnde Rod Glover mit jemandem unterhielt. Es war kein sehr vorteilhaftes Bild, da sein Lächeln spöttisch wirkte und sein Gesicht unheilvoll und grausam aussah.

»Dieses Foto ist nicht so gut wie das letzte«, stellte Harry fest. »Hier drauf kann man ihn nicht so gut erkennen.«

»Das mag sein, aber er erweckt einen anderen Eindruck.«

Da hatte sie recht. Auf dem letzten Foto lächelte er fröhlich in die Kamera und sah aus wie jedermanns Lieblingsonkel.

Er öffnete das zweite Foto von Catherine. »Oh, das können wir nicht nehmen.«

»Wieso nicht?«

»Weil wir ein viel besseres Foto von ihr haben. Sehen Sie das denn nicht? Sie sieht so glücklich aus, wie die Sonne auf ihrem Haar glänzt und vor dem schönen Hintergrund. Das ist das perfekte Opferbild. Ein wunderschönes Leben, das viel zu früh beendet wurde und weiter.«

»Aber dieses hier ist eindringlich«, beharrte Zoe.

»Die Leser wollen aber nicht, dass Opfer eindringlich aussehen.«

»Das ist mir egal. *Ich* will es.«

Harry sah sich das Foto genauer an. Catherine saß in einem Garten, und der Schatten eines Baums fiel auf ihr Gesicht. Ein Lächeln umspielte ihre Lippen, das jedoch traurig und bedrückt wirkte. Und sie blickte auf eine seltsame Weise in die Kamera, die fast schon mysteriös rüberkam. Als würde sie irgendetwas wissen.

»Warum wollen Sie ausgerechnet dieses Foto?«

Zoe gab ihm keine Antwort.

»Ich nehme es nicht, wenn Sie mir das nicht verraten.«

»Wenn ich es Ihnen sage, werden Sie mich nur zitieren.«

»Das werde ich nicht. Versprochen.«

Nach kurzem Zögern gab Zoe zu: »Es gibt Hinweise darauf, dass Catherines Mörder etwas an ihr lag. Er fühlte sich schuldig. Und ich möchte, dass er dieses Foto sieht.«

Harry schnaubte. »Glauben Sie, er fühlt sich so schuldig, dass er ein Geständnis ablegt?«

»Möglicherweise, oder er macht einen Fehler«, erwiderte Zoe. »Das passiert öfter, als Sie denken. Mörder haben Schuldgefühle. Nicht alle, aber einige.«

»Und Sie glauben, Glover fühlt sich schuldig?«

Sie zuckte mit den Achseln.

»Ich nehme das Bild.« So langsam gefiel ihm die Idee. »Ich verwende sie beide.«

Kapitel 40

Rhea Deleon gähnte ihrem Patienten nun schon zum dritten Mal ins Gesicht, und zwar mit weit aufgerissenem Mund, als wollte sie Edvard Munchs *Der Schrei* nachahmen.

»Ach herrje, tut mir leid«, sagte sie und unterdrückte gleich das nächste Gähnen.

Ihr Patient, ein Welpe namens Syrup, legte den Kopf schief und sah sie mit seinen hervorquellenden braunen Augen scheinbar fasziniert an. Syrup war heute Morgen von seiner Besitzerin hergebracht worden, einer Frau, die sich darüber beschwerte, der Hund würde »ständig betrunken aussehen«. Dabei hatte sie jedoch eher beschämt als besorgt geklungen, als würden ihre Freunde und ihre Angehörigen glauben, sie hätte einen alkoholkranken Hund.

»Du siehst überhaupt nicht betrunken aus, nicht wahr?«, fragte Rhea Syrup zuneigungsvoll und kraulte ihn am Hals.

Er wedelte mit dem Schwanz und ließ die Zunge aus der Schnauze hängen. Genau das war sein Problem: Seine Zunge hing ihm immer ein kleines Stück heraus, selbst wenn er die Schnauze schloss, was ihn sehr niedlich, aber auch ein bisschen beschränkt aussehen ließ. So etwas kam bei Hunden durchaus häufiger vor, und Rhea wollte sich vergewissern, dass keine neurologischen Probleme vorlagen.

»Na ja, du siehst vielleicht ein bisschen betrunken aus«, gab sie zu. »Aber auf sehr niedliche Weise.«

Syrup wedelte mit seinem Ringelschwanz.

Sie untersuchte ihn langsam, weil ihr irgendwie alles schwerfiel. In letzter Zeit war sie ständig müde. Sie wachte morgens schon müde auf, und über den Tag wurde es nur noch schlimmer. Kaffee schien auch nicht mehr dagegen zu helfen. Das ging jetzt schon eine ganze Weile so, aber sie hatte Monate gebraucht, um endlich den Mut aufzubringen und zu einem Arzt zu gehen.

Dabei war das so albern. Eine Tierärztin, also selbst eine Medizinerin, die sich davor fürchtete, einen Arzt aufzusuchen. Wäre sie ein Hund gewesen, hätte sie die Arztpraxis mit eingezogenem Schwanz betreten.

»Aber Menschenärzte sind wirklich unheimlich«, sagte sie Syrup. »Sie sind ungeduldig und aufbrausend, und man bekommt nach der Untersuchung nicht mal ein Leckerchen. Sie kraulen einen auch nicht hinter dem Ohr.«

Syrup nieste zweimal, drehte sich um und wollte gehen. Seiner Meinung nach war die Untersuchung beendet. Rhea hielt ihn mit sanfter Gewalt fest.

Wahrscheinlich lag das alles an ihrer Nervosität. Ihre Praxis stand kurz vor dem Bankrott. Neuerdings musste sie beim Bezahlen von Rechnungen immer überlegen, welche sie noch ein paar Wochen länger aufschieben konnte. Erst vor einer Woche war sie beim Erhalt der Stromrechnung in Tränen ausgebrochen. Sie verbrachte jeden Tag Stunden damit, die Einnahmen und Ausgaben durchzurechnen, und suchte nach einem Weg, das Unmögliche möglich zu machen. Mehr mit weniger zu erreichen. Sie schaltete mehr Online-Werbung, konnte allerdings nicht genau sagen, ob sie damit Erfolg hatte.

Es fiel ihr zudem immer schwerer, ständig Geld nachzupumpen, als würde sie einem gefräßigen Gott Opfer darbringen, das dann doch nur im klaffenden Schlund des Internets versickerte.

»Weißt du, was ich brauche?«, fragte sie Syrup. »Ich brauche eine reiche Katzenlady. Jemanden mit vierzig Katzen und einem dicken Bankkonto. Kennst du da vielleicht jemanden?«

Syrup seufzte.

»Nicht?« Sie griff nach der Taschenlampe. »Dann wollen wir uns mal deine Augen anschauen.«

Aus irgendeinem Grund bewirkte das Licht der Taschenlampe, dass Syrup durchdrehte. Er entwand sich ihrem Griff und verschwand kläffend unter dem Schreibtisch.

Rhea wollte ihn schon wieder einfangen, als das Telefon klingelte. Sie nahm den Hörer ab. »Happy-Paws-Klinik, wie kann ich Ihnen helfen.«

»Hier ist Dr. Brooks. Ist Rhea Deleon zu sprechen?«

»Hi, das bin ich.« Schon wurde sie wieder ganz hibbelig. Wieso hatte sie nur solche Angst vor Ärzten?

»Ich habe jetzt die Ergebnisse der Blutuntersuchung vorliegen.« Dr. Brooks klang ernst und unzufrieden. »Sie leiden unter schwerer Eisenmangelanämie.«

»Oh. Okay.« Das war jetzt nicht so tragisch.

»Ich möchte, dass Sie so bald wie möglich einen Termin machen, damit wir über die Behandlung sprechen können. Sollen wir gleich etwas ausmachen?«

»Im Augenblick passt mir das nicht... Kann ich Sie zurückrufen?« Sie wusste, dass sie das sowieso nicht tun würde. Da war es viel einfacher, einige Eisenpräparate einzunehmen und darauf zu hoffen, dass sich die ganze Sache wieder erledigte.

Die Ärztin betonte noch einmal, dass Rhea die Sache nicht auf die leichte Schulter nehmen dürfe, dann beendeten sie das Gespräch.

Rhea holte dem Hund ein Leckerchen und lockte ihn damit unter dem Schreibtisch hervor. Während er zufrieden kaute, gähnte sie abermals und streichelte ihn geistesabwesend.

»Ich gebe mich auch mit zwei Katzenladys mit jeweils zwanzig Katzen zufrieden«, teilte sie Syrup mit. »Du kannst es ja mal weitersagen.«

Kapitel 41

Je mehr Zeit verstrich, desto stärker veränderte sich die Einsatzzentrale der Taskforce, wie Tatum es schon oft in ähnlichen Situationen erlebt hatte. Die Whiteboards füllten sich, wurden wieder abgewischt und beschrieben, um neue Informationen unterzubringen, während die Überreste vorheriger Notizen in die Ecken wanderten. Auf dem langen Tisch sammelte sich zerknülltes Papier, leere Becher, so manches Sandwicheinwickelpapier. Auch der Geruch im Raum veränderte sich und wurde zu einer Mischung aus Körpergeruch, Kaffeeduft und Whiteboardmarker-Ausdünstungen.

»Was wollen Sie?«, fragte Sykes Tatum. »Chinesisch oder Pizza?«

Tatum blickte von seinem Bildschirm auf und wusste nicht, was der Mann von ihm wollte. »Wie bitte?«

»Ich bestelle uns was zu essen«, erläuterte Sykes. »Was wäre Ihnen lieber?«

»Äh, chinesisch, denke ich.«

»Nudeln? Reis? Vegetarisch? Sind Sie allergisch gegen Erdnüsse?«

»Bestellen Sie doch einfach, was Sie wollen, Sykes. Ist mir völlig egal«, knurrte Tatum ungeduldig und wandte sich Zoe zu, die wild in ihrem Notizbuch herumkritzelte. »Valentine hat uns gerade die DNA-Analyse geschickt, Zoe.«

Sie sah zu ihm auf. »Und?«

»Die DNA, die unter Fishburnes Fingernägeln gefunden wurde, stimmt mit Glovers DNA aus der Datenbank überein.« Glovers DNA hatten sie seit seinem Angriff auf Andrea im Vormonat, aber das ließ Tatum lieber unerwähnt.

Zoe atmete langsam aus. »Dann haben wir den direkten Beweis.«

»Ja.«

»Was ist mit dem Speichel?«

»Dazu gab es keinen Treffer in der Datenbank, aber die DNA stimmt mit der aus der Speichelprobe von Catherine Lambs Leiche überein.«

»Chinesisch oder Pizza, Zoe?«, fragte Sykes.

Zoes Antwort kam wie aus der Pistole geschossen. »Ich hätte gern Frühlingsrollen, gern mit Fleisch, wenn sie die haben, und Chop Suey, aber bitte mit frittierten Nudeln, nicht mit Reis, und sagen Sie ihnen, sie sollen mit dem Koriander sparsam sein – das ist sehr wichtig.«

Sykes warf Tatum einen vielsagenden Blick zu und ging hinaus.

»Hat jemand Valentines Handynummer?«, rief O'Donnell von der anderen Seite des Raums herüber. »Ich kann ihn im Büro nicht erreichen.«

Tatum suchte die Nummer heraus und gab sie ihr. Auf dem Rückweg zu seinem Platz bemerkte er, dass Koch mehrere Bilder von Pentagrammen verglich.

»Was sehen Sie sich da an?«, fragte Tatum.

»Ich wollte herausfinden, was das Pentagramm zu bedeuten hat. Ursprünglich dachten wir ja, es würde sich um ein satanisches Ritual handeln, stimmt's?« Er ging mehrere Bilder durch und hob eins hoch. Dabei handelte es sich um die Illustration eines Mannes in einer Art Klerikergewand, der über einer liegenden nackten Frau stand und ein Messer in der Hand hielt.

»Das ist ein Bild aus, ähm ... *Le Satanisme et la magie*. Es stellt eine Todesweihe dar.«

»Aber ich sehe kein Pentagramm«, merkte Tatum an.

»Stimmt, aber das Pentagramm wird in mehreren Referenzen erwähnt. Aber es gibt noch eine andere Erklärung.« Koch breitete mehrere Bilder auf dem Tisch aus. »Das sind Gangabzeichen. Der fünfzackige Stern wird von der People Nation und insbesondere von den Latin Kings verwendet.«

»Dann vermuten Sie, die Morde hätten einen Gangbezug?«, fragte Tatum angespannt.

»Nicht direkt, aber einer der Mörder könnte doch Mitglied einer Gang sein, oder nicht?«

»Glover gehört keiner Gang an, und die DNA des anderen Mannes ist nicht in der Datenbank, was bedeutet, dass er noch nie verhaftet wurde.«

Koch zuckte mit den Achseln. »Es war einen Versuch wert.«

Tatum nickte und kehrte zu Zoe zurück. »Wie kommen Sie voran?«

»Ich arbeite an Betas Profil und glaube, schon eine gute Arbeitsgrundlage gefunden zu haben.«

Tatum setzte sich neben sie und lehnte sich zurück. »Wie hat es sich Ihrer Meinung nach abgespielt?«

»Was meinen Sie?«

»Glover und Beta? Wie hat ihre Zusammenarbeit begonnen?«

»Nun ja ... Ich gehe davon aus, dass Beta genau wie Glover in die Riverside Baptist Church geht. Als Glover dann seine Rede darüber gehalten hat, dass er anderen helfen möchte, die Gewalt erlebt haben, ist Beta auf ihn zugegangen.«

»Ja, so in etwa stelle ich mir das auch vor. Der Mann hat Gewaltfantasien über das Trinken von Blut ...«

»Wir wissen nicht, ob das zu diesem Zeitpunkt schon der Fall war.«

»Aber wir können Mutmaßungen anstellen.« Tatum wackelte mit den Augenbrauen und grinste Zoe an, die ihn mit einem frustrierten Blick bedachte. Zoe konnte *Mutmaßungen* nicht ausstehen.

»Glover kann Menschen sehr gut einschätzen«, sagte Zoe. »Er hat einen Mann gesehen, der gewaltbereit und leicht manipulierbar war. Und dessen Fantasien sich mit seinen kombinieren ließen. Ich bezweifle, dass Glover ihn damals schon als Partner in Betracht gezogen hat. Aber er muss der Ansicht gewesen sein, dass er ihn irgendwann brauchen könnte.«

»Also freundet sich Glover mit ihm an. Bringt ihn dazu, ihm noch mehr zu vertrauen.« Tatum konnte im Hintergrund hören, wie O'Donnell Sykes sagte, dass sie auf keinen Fall Ananas auf der Pizza haben wollte.

»Vielleicht hat er schon damals versucht, Beta zu Taten zu bewegen, um herauszufinden, ob er bereit war, seine Fantasien auch auszuleben«, überlegte Zoe laut. »Und um seine Grenzen auszutesten.«

»Das klingt plausibel. Glover kann ihn nicht zu Taten bewegen, weiß aber auch, dass er Medikamente nimmt. Und ihm geht auf, dass der Mann vermutlich leichter zu beeinflussen ist, wenn er nicht unter Medikamenteneinfluss steht.« Er hatte großen Spaß an dieser Diskussion und zur Abwechslung mal den Eindruck, er könne mit Zoe mithalten und sie wären auf derselben Wellenlänge.

»Dann verschwindet Glover letzten Sommer für eine Weile«, fuhr Zoe fort. »Er reist nach Dale City und erfährt zu dieser Zeit, dass er an Krebs erkrankt ist und sterben wird. Und er wird angeschossen.«

»Marvin sei Dank«, warf Tatum ein.

»Er flüchtet zurück nach Chicago. Er ist verletzt, hat kaum noch Geld und weiß, dass seine Zeit abläuft. Er braucht Hilfe.«

»Also meldet er sich bei jemandem, dem er vertrauen kann, seinem seltsamen Psychofreund. Meinen Sie, Glover hatte da schon die Idee, dass sie ein Serienmörderduo werden könnten?«

Sie kaute nachdenklich auf der Unterlippe herum.

»Letzte Chance, die Bestellung noch mal zu ändern«, rief Sykes. »Ich rufe da jetzt an.«

»Könnte sein«, meinte Zoe schließlich. »Ich vermute, anfangs hat Glover nur dringend Hilfe gebraucht. Als es ihm besser ging, machte er sich daran, seine letzten Monate zu planen. Und er hatte aus welchem Grund auch immer das Bedürfnis, sich einen Komplizen zu suchen.«

»Möglicherweise stellten sich weitere Symptome ein. Sein Tumor hat ihm zu schaffen gemacht. Er fiel in Ohnmacht, war verwirrt, hatte motorische Probleme.« Tatum zuckte mit den Achseln.

»Das ist denkbar. Glover beschloss, seinen Freund mit an Bord zu holen, was wiederum bedeutete, dass er diesen dazu bringen musste, die Medikamente abzusetzen. Also deutete er an, dass sie durch Blut zu ersetzen seien. Reines Blut.« Sie runzelte die Stirn. »Er hatte sich längst entschieden, dass Catherine Lamb ihr erstes gemeinsames Opfer werden sollte. Aber warum?«

Tatum dachte darüber nach. Möglicherweise hatte Glover eine sexuelle Fantasie, die er mit ihr ausleben wollte, aber diese Erklärung erschien ihm zu einfach zu sein. Indem sie Catherine bei sich zu Hause überfielen, waren sie ein großes Risiko eingegangen. Dafür musste es auch einen guten Grund gegeben haben.

»Sie muss etwas gewusst haben«, überlegte Tatum laut, und genau in diesem Augenblick sagte Zoe: »Sie wusste etwas.«

Tatum grinste sie an. »Catherine hatte die beiden zusammen gesehen, oder Beta hatte sie gefragt, ob sie wüsste, dass der gute alte Daniel Moore wieder in der Stadt ist.«

»Es könnte auch etwas anderes gewesen sein«, meinte Zoe. »Ihr Vater sagte, etwas hätte sie belastet. Vielleicht hat Beta sie tatsächlich nach ihrer Meinung zum Blutkonsum gefragt.«

»Wie auch immer der Grund aussehen mag, Glover war offenbar der Ansicht, dass Catherine zum Problem werden könnte, sobald sie mit dem Morden angefangen hatten«, sagte Tatum. »Darum haben sie sie als Erste getötet. Glover hat seinem Freund gesagt, dass Catherine die Erste sein müsse, weil ihr Blut so rein wäre, dass es die Medikamente komplett ersetzen konnte.«

»Sie töten Catherine …«, fuhr Zoe fort. »Und kurz darauf auch Henrietta Fishburne.«

Tatum nickte. Das war der aktuelle Stand. Aber es gab zu viele Fragen. Warum so schnell? Was sollten das Pentagramm und das Messer? Wieso hat Glover die Polizei angerufen?

»Wir müssen herausfinden, was Glover vorhat«, stellte Tatum fest.

»Da bin ich ganz Ihrer Meinung. Aber zuerst sagen wir den anderen, was wir bisher über Beta haben.« Zoe stand auf, ging zu einem Whiteboard und klopfte laut dagegen. Alle wandten sich ihr zu.

Nur Sykes war noch am Telefon. »Ganz genau. Nur wenig Koriander. Und eine große Flasche Cola.«

Zoe warf ihm einen erbosten Blick zu. Er ging rasch hinaus und flüsterte dabei weiterhin ins Handy.

»Wir haben ein erstes Profil von Beta«, verkündete Zoe.

»Dann lassen Sie mal hören«, ließ Bright sich vernehmen.

»Da wir wissen, dass Glover ihn als seinen Komplizen ausgesucht hat, können wir Rückschlüsse auf einige seiner Eigenschaften ziehen. Glover ist besessen von Kontrolle, und er würde nach jemandem Ausschau halten, den er herumkommandieren kann. Dominanten Menschen würde er definitiv aus dem Weg gehen, daher besteht die hohe Wahrscheinlichkeit, dass es sich bei Beta um jemanden handelt, der es gewohnt ist, Anweisungen zu befolgen. Außerdem würde Glover darauf achten, dass ihm sein Komplize nützlich ist, was bedeutet, dass Beta einen Job oder eine andere Einkommensquelle haben muss und darüber hinaus eine Wohnung und ein Auto.«

Tatum beobachtete sie und genoss es, wie sie den Raum dominierte. Alle hingen ihr an den Lippen und wagten es kaum zu atmen. Zoe hatte eine ganz bestimmte Art, sich zu präsentieren, und ihre Körpersprache ließ erkennen, dass jedes ihrer Worte von entscheidender Bedeutung war. So hatte sie auch ausgesehen, als sie Sykes sagte, dass sie nur wenig Koriander wollte, als sie Tatum erklärt hatte, warum Taylor Swift ein Genie war, wann immer sie anhand weniger Beweise das Profil eines Killers erstellt hatte. Sie war zugegebenermaßen häufig schroff, manchmal sogar unhöflich, aber übersehen konnte man sie nie.

»Laut der Zeugenaussagen, die O'Donnell und Ellis aufgenommen haben, sagte Beta über Fishburne: ›Das ist nicht gut; sie ist zu dunkel.‹ Diese Worte lassen vermuten, dass er es vor allem auf weiße Opfer abgesehen hat. Zudem lässt der Tatort auf ritualhaftes Verhalten schließen. Beta ist im Kreis um beide Opfer herumgelaufen, was auf eine mögliche Zwangsneurose schließen lässt.«

Sie sah Tatum kurz in die Augen, bevor sie weitersprach. »Wir haben heute Morgen mit jemandem gesprochen, der online mit Beta gechattet hat.« Sie gab ihre Unterhaltung mit Peter, dem Fangzähnedesigner, wieder.

»Dann ist der Mörder ... was genau?«, wollte Koch wissen.

»Laut seiner Fragen nimmt er Antipsychotika. Wir wissen jetzt, dass sein Verlangen nach Blut von Wahnvorstellungen ausgelöst wird. Er könnte eine bipolare Störung haben oder unter Schizophrenie leiden.«

Sie räusperte sich kurz. »Im Allgemeinen sind wahnhafte Mörder desorganisiert, neigen zu chaotischen, unvorhersehbaren Amokläufen und sind Anfang zwanzig, weil sich dieser Zustand mit etwa zwanzig manifestiert. Dieser Fall liegt jedoch anders, weil er Medikamente genommen hat, was bedeutet, dass er in Behandlung war und wir sein Alter unmöglich schätzen können. Da er vermutlich von Glover manipuliert wird, sind die Morde zudem organisierter. Tatsächlich ist davon auszugehen, dass Glover so gut wie alles plant.«

Tatum wusste, dass das für die Taskforce ebenso eine gute wie eine schlechte Nachricht war. Desorganisierte Mörder waren unvorhersehbar und konnten jederzeit durchdrehen. Aber sie wurden meist sehr schnell gefasst, weil sie sorglos waren und in der Öffentlichkeit durch seltsames Verhalten auffielen.

»Wir können noch einige weitere Thesen aufstellen, weil sich Glover keinen auffälligen Partner ausgesucht hätte«, fuhr sie fort. »Daher hat Beta sein Verhalten wahrscheinlich gut unter Kontrolle oder kann zumindest den Anschein erwecken. Bei einem kurzen Gespräch würde er nicht unbedingt auffallen, ein längeres Verhör könnte er jedoch nicht durchstehen. Der Druck würde zunehmen, und irgendwann würde er ausrasten oder sich seltsam verhalten. Insbesondere, wenn er sich in einer fremden, feindseligen Umgebung wie dem Verhörraum eines Polizeireviers befindet.«

»Dann verwandelt Rod Glover Beta im Grunde genommen in eine Art trainiertes Raubtier?«, fragte Bright.

»Zumindest am Anfang, aber im Laufe der Zeit wird er die Kontrolle über ihn verlieren. Die Wahnvorstellungen des Mannes werden schlimmer, und er gerät zunehmend außer

Kontrolle. Wir werden ...« Sie runzelte die Stirn. »Äh ... wir werden ...« Sie hielt inne.

»Was noch?«, hakte Bright nach.

»Nichts«, antwortete sie nach einem Augenblick. »Das ist alles, was wir bisher haben.« Sie setzte sich und griff nach ihrem Handy.

»Was ist?«, erkundigte sich Tatum leise.

»Mir ist etwas eingefallen, das Harry gesagt hat. Es könnte nicht weiter wichtig sein ... aber ich sollte der Sache nachgehen. Augenblick.« Sie hielt sich das Handy ans Ohr. »Harry.«

Tatum beobachtete amüsiert, wie sie augenblicklich genervt aussah und ihr Tonfall barsch und feindselig wurde.

»Dieser Artikel, den Sie über die Polizei in McKinley Park geschrieben haben«, sagte Zoe. »Ging es da nicht auch um eine Frau, die gemeldet hat, dass jemand ihr Baby entführen wollte? Haben Sie da einen Namen?«

Sie wartete eine Minute und sagte dann: »Keinen Nachnamen? Nur Joanne? Ja, ich weiß, aber ich dachte, Sie hätten tatsächlich mal investigativ gearbeitet und mit ihr gesprochen. Okay. Hat sie die Polizei gerufen? Aber wir haben die letzten Fallakten aus der Gegend überprüft, und es gab keine über ... Ja. Okay, danke.« Sie legte auf.

»Worum ging es da gerade?«, wollte Tatum wissen.

Zoe blickte auf. »Eine Frau namens Joanne aus McKinley Park hat gestern die Polizei gerufen, weil ein Mann ihr gefolgt ist, als sie mit ihrem Kind auf der Straße unterwegs war. Sie hatte den Eindruck, er wollte ihr Baby entführen. Und er ist danach noch zehn Minuten lang um ihr Haus herumgelaufen. Sie sagte, er hätte ziemlich verwirrt gewirkt.«

»Das könnte unser Mann gewesen sein.«

»Ja«, bestätigte Zoe. »Das ist dieselbe Gegend, in der Catherine Lamb gewohnt hat, und es ist sehr wahrscheinlich, dass er ebenfalls dort lebt. Harry sagte, Joanne hätte den Eindruck gehabt, dass die Polizei sie nicht wirklich ernst genommen hätte. Keiner hat mit ihr gesprochen. Sie haben nur einen Streifenwagen vorbeigeschickt, der ein bisschen in der Gegend herumgefahren ist.«

»Der Anruf muss in der Zentrale vermerkt worden sein«, meinte Tatum. »Das sehen wir uns mal genauer an.«

Kapitel 42

Tatum rieb sich seufzend die Augen. Ihm brummte der Kopf.
Sie hatten den entsprechenden Eintrag problemlos gefunden. O'Donnell hatte die Frau angerufen und um weitere Informationen gebeten. Eine nützliche Beschreibung hatte sie ihnen allerdings nicht geben können; sie sagte nur, er sei ein Weißer gewesen. Das half ihnen nicht wirklich weiter.
Danach hatte O'Donnell gemeint, dieser eine Zwischenfall müsse ja nicht der einzige gewesen sein. Sie besorgten sich die Unterlagen der Zentrale aus der vergangenen Woche und filterten nur die Anrufe aus der Gegend um McKinley Park heraus, um dann nach allem zu suchen, was mit ihrem Fall in Verbindung stehen könnte.
»Ich habe hier einen interessanten Anruf«, meldete Tatum. »Ein Mann hat ein seltsames Objekt am Himmel gesehen. Die Zentrale hat ihn gefragt, ob es sich möglicherweise um ein Flugzeug handeln könnte, und er hat geantwortet: ›O ja, das wird es vermutlich sein.‹«
Zoe blickte vom Monitor auf. »Das ist irrelevant.«
»Denken Sie?«
Sie wandte sich erneut ihrem Bildschirm zu. »Ich glaube, ich habe etwas gefunden. Einen Eintrag vom 16. Das war …

Sonntag. Ein Drogeriebesitzer meldete um 22.51 Uhr, zwei Mädchen waren in seinen Laden gerannt, weil jemand sie verfolgt habe. Er konnte niemanden sehen, aber die Mädchen haben sich geweigert, vor die Tür zu gehen, und mussten von ihren Eltern abgeholt werden. Das könnte Beta gewesen sein.«

Sie gingen die Einträge weiter durch und entdeckten noch zwei, bei denen ein Mann gemeldet worden war, der in der Gegend herumlief, Selbstgespräche führte und manchmal Passanten folgte.

»Glauben Sie, das war alles Beta?«, fragte Tatum Zoe.

»Gut möglich. Wahrscheinlich verliert er zunehmend die Kontrolle, und das sind die Augenblicke, in denen er durchdreht. Alle vier Zwischenfälle haben sich spätabends ereignet. Jedes Mal war es ein Weißer. Drei von vier sagten, er hätte Selbstgespräche geführt.«

»Für mich hört sich das nach ein und demselben Mann an«, meinte O'Donnell. »Stellt sich nur die Frage, ob es sich auch um Beta handelt.«

»Wir sollten mit einem Phantombildzeichner zu diesen Leuten gehen, vielleicht können sie ihn ja gut genug beschreiben«, schlug Koch vor.

»Ich werde in der Gegend zusätzliche Streifenwagen einsetzen«, erklärte Bright. »Und ich sage der Zentrale, dass sie alle seltsamen Anrufe aus McKinley Park an die Taskforce weiterleiten soll.« Schon war er aufgestanden und hinausgegangen.

»Hey, sehen Sie sich das an.« O'Donnell klang aufgeregt. »Ich habe hier eine Fallakte. Vandalismus. Sonntagnacht wurde nicht weit von der Drogerie entfernt ein Schaufenster eingeschlagen.«

Tatum sah da noch keine Verbindung. »Das kann alles Mögliche gewesen sein.«

»Ursprünglich wurde es als Vandalismus gemeldet, weil nichts gestohlen wurde. Doch als die Beamten mit dem

Ladenbesitzer sprachen, vermutete er, dass ein Käfig fehlte. Er war sich nicht sicher, ob sie nicht vielleicht verkauft worden waren und sein Angestellter nur vergesen hatte, es zu notieren ...«

»Wer sind *sie*?«, fiel Zoe ihr ins Wort.

»Hamster. Es war ein Käfig mit Hamstern.«

Tatum starrte sie an. »Glauben Sie, er hat ein paar Hamster gestohlen?«

»Nun ja ... Er ist besessen von Blut, nicht wahr? Und wenn er sich kein Menschenblut beschaffen konnte ...«

»Gut möglich«, sagte Zoe. O'Donnell grinste. »Gibt es dort Überwachungskameras?«

»Leider nicht«, antwortete O'Donnell. »Aber wir schicken gleich morgen Kriminaltechniker hin. Vielleicht können sie ja am Fensterbrett noch Fingerabdrücke sicherstellen.«

»Wenn wir die Berichte über die Sichtungen und den Raub zusammentragen, können wir seinen Weg vielleicht nachvollziehen«, schlug Zoe vor. »Falls alles zusammenhängt und das wirklich unser Mann war, können wir durch ein geografisches Profiling möglicherweise seinen Wohnort eingrenzen.«

»Das machen wir gleich morgen früh«, erklärte Tatum.

»Wir haben hier einen Durchbruch«, protestierte Zoe.

»Das habe ich gehört. Es ist eine Spur, eine sehr gute sogar, aber sie kann bis morgen warten. Es ist schon fast zehn.«

Zoe starrte ihn mit finsterer Miene an. »Das könnte ...«

»Zoe.« Er zog die Augenbrauen hoch und hoffte, dass seine Botschaft bei ihr ankam.

»Okay.« Sie stöhnte leise auf. »Wir fahren zurück ins Motel.«

»Es ist schon spät, und meine Tochter schläft längst«, sagte O'Donnell. »Sollen wir noch etwas trinken gehen?«

Tatum runzelte die Stirn. »Wir sollten vielleicht besser ...«

»Ja«, fiel Zoe ihm ins Wort, was ihn sehr verwunderte. »Ich würde sehr gern noch etwas trinken gehen.«

Kapitel 43

Bernice's Tavern war genau das, was Zoe gebraucht hatte. Als wollte die Kneipe den Gegenpol zu den finsteren Augenblicken der letzten Nacht darstellen, war sie hell erleuchtet und mit blinkenden Lichterketten an den Wänden geschmückt. Überall war altmodische Bardekoration zu sehen – Bierwerbung, gerahmte Bandposter und Fotos von berühmten Gästen, ein Straßenschild. Dabei wirkte das Ganze nicht etwa kitschig oder gezwungen und auch nicht so, als wäre alles auf einem Hipster-Flohmarkt gekauft worden, sondern spiegelte schlichtweg die Geschichte der Bar wider.

Zoe bestellte wie üblich ein Guinness. Tatum ein Honker's Ale und O'Donnell ein Bier namens Daisy Cutter, von dem Zoe nie zuvor gehört hatte. In der Bar stand noch eine richtige Jukebox, und Zoe überlegte, ob sie hingehen und einige Songs auswählen sollte. So etwas hatte sie seit Jahren nicht mehr gemacht.

»Ist das ein typischer Fall für Sie?«, erkundigte sich O'Donnell und trank einen ordentlichen Schluck von ihrem Bier.

»Eigentlich gibt es keinen typischen Fall«, antwortete Zoe. »Jeder ist irgendwie anders.«

»Dann sind Serienmörder wie Schneeflocken?«

Zoe runzelte die Stirn. »Ich verstehe den Vergleich nicht.«

»Jeder ist anders.«

»Na ja, Serienmörder haben schon ein paar Gemeinsamkeiten«, schaltete sich Tatum ein. »Sonst könnten wir unsere Arbeit nicht machen. Wir erstellen nicht nur ein Profil, wir stützen es auf den Vergleich mit ähnlichen Individuen.«

»Der Konsum von Blut ist beispielsweise ganz und gar nicht einzigartig«, erklärte Zoe. »Es gibt mehrere bekannte Fälle, auch in den Vereinigten Staaten. John Cruthchley war einer davon. Und natürlich der Vampir von Sacramento. Und ...«

»Okay!« O'Donnell hob eine Hand, um sie zum Schweigen zu bringen. »Sie betrachten also die Gemeinsamkeiten und ziehen so Rückschlüsse auf die Psyche des Mörders?«

»Das ist ein Teil davon«, antwortete Tatum. »Aber es geht nicht nur darum, ein Profil zu erstellen. Wir versuchen, auch eine Strategie zu entwickeln, wie man den Killer fassen kann, mithilfe von Methoden, die schon früher erfolgreich waren.«

»Wie lange machen Sie das schon?«

»Äh ... Welches Jahr schreiben wir?« Tatum warf übertrieben auffällig einen Blick auf den Kalender an der Wand. »2016, ja? Dann mache ich das jetzt seit ... drei Monaten.«

»Im Ernst? Seit drei Monaten?« O'Donnell wirkte verschnupft. »Ich dachte, Sie beide wären erfahrene Profiler und keine Anfänger.«

Tatum grinste sie an. »Auf Zoe trifft das auch zu. Sie macht das schon seit einer ganzen Weile. Ich bin vor allem hier, weil ich so gut aussehe und einen messerscharfen Verstand habe.« Sein Handy klingelte, und er holte es aus der Tasche. »Hallo? Ja, Marvin, ich ... Das ist Musik. Ja, ich weiß, dass du weißt, was Musik ist ... Ich bin in einer Bar. Ja, die Mörder machen die Straßen von Chicago noch immer unsicher. Was? Was soll das heißen, die Katze hat sie kaputt gemacht? Wie ist Freckle an die Fernbedienung gekommen? Warte kurz … ich kann dich kaum verstehen.« Tatum warf Zoe einen betretenen Blick zu und ging hinaus.

»Wer ist Marvin?«, erkundigte sich O'Donnell.

Zoe fuhr mit einem Finger über den Glasrand. »Tatums Großvater. Sie wohnen zusammen.«

»Oh. Kümmert sich Tatum um ihn?«

»Da bin ich mir nicht ganz sicher.« Zoe runzelte die Stirn. »Sein Großvater ist nicht senil. Und nach allem, was ich gehört habe, streiten sie sich die meiste Zeit. Aber ich glaube, Tatum hat außer Marvin keine Angehörigen mehr, daher halten sie zusammen.«

»Augenblick mal … Ist dieser Marvin etwa Marvin Gray?«

»Sie haben von ihm gehört?«, fragte Zoe überrascht.

»Sein Name taucht in der Fallakte über Glovers Angriff auf Ihre Schwester auf. Er hat Glover angeschossen.«

»Ja, das ist richtig. Er hat noch einiges auf dem Kasten.« Es war Zoe irgendwie unangenehm, dass O'Donnell über den Angriff auf Andrea Bescheid wusste. Dabei war das für diesen Fall relevant, und der Detective sollte ohnehin alles über Glovers Vergangenheit gelesen haben. Doch es fühlte sich irgendwie zu persönlich an, fast so, als hätte O'Donnell ein Familiengeheimnis herausgefunden.

»Dann gibt es nur Tatum und seinen Großvater?«

»Und eine Katze. Ach ja, einen Fisch haben sie auch noch, glaube ich.«

»Keine Freundin?«

Eine Sekunde lang glaubte Zoe, O'Donnell würde sich auf Marvin beziehen. Dann begriff sie es. »Nein. Äh … Ich denke nicht. Tatum hat keine Freundin.« Sie trank einen Schluck Bier und hoffte, dass Tatum schnell zurückkommen würde.

»Und was ist mit Ihnen? Haben Sie einen Freund oder einen Mann?«

»Nein.«

»Aha.« O'Donnell legte den Kopf schief.

»Was?« Zoe ging das Thema langsam auf die Nerven.

»Ach, nichts. Na ja ... So, wie Tatum Sie ansieht und über Sie spricht, habe ich mich gefragt ...«

»Was haben Sie sich gefragt?«

»Ob Sie schon mal was miteinander hatten.«

»Natürlich nicht.« Zoes Wangen brannten, und sie wandte sich ab und trank schnell ein wenig Bier.

»Warum nicht?«

»Wir arbeiten zusammen und sind praktisch Partner.«

»Es lag also nicht daran, dass Sie damit gegen die Vorschriften verstoßen würden?«

»Doch. Nein! Wir hatten nichts miteinander, weil wir uns nicht auf diese Weise zueinander hingezogen fühlen.«

»Okay.«

»Sie machen wieder diese Sache mit dem Kopf.«

»Was meinen Sie?« O'Donnell hatte eine Unschuldsmiene aufgesetzt.

»Diese ... Sache.« Zoe hielt den Kopf schief, um es zu demonstrieren.

»So etwas mache ich nicht.«

»Sie tun es die ganze Zeit.«

»Ich wollte damit ja nur sagen, dass Tatum Sie im Grunde genommen anbetet. Meiner Ansicht nach ist das bei einem Mann eine sehr wünschenswerte Eigenschaft. Außerdem ist er wirklich attraktiv. Jetzt erzählen Sie mir nicht, das wäre Ihnen nicht einmal aufgefallen.«

Zoe musste an den Morgen denken. Wie sie Tatum nach dem Aufwachen neben sich gesehen hatte. Wie sich seine Umarmung angefühlt hatte. Sie schüttelte energisch den

Kopf. »Das wäre eine dumme Idee, selbst wenn wir tatsächlich Interesse aneinander hätten.«

»Da kann ich Ihnen nicht widersprechen. Es hat mich nur interessiert.« O'Donnell zwinkerte ihr zu und leerte ihr Bierglas. Sie bedeutete dem Barkeeper, dass er ihr noch eins bringen sollte.

Zoe empfand die Vorstellung einer Affäre mit Tatum noch immer als verstörend. »Kein Mann ist es wert, dass man seinen Beruf für ihn aufgibt.«

»Das mag bei Ihrem Beruf vielleicht stimmen. Meiner ist neuerdings nicht mehr so erstrebenswert. Aber ich bin ja auch glücklich verheiratet.« Sie wackelte mit den Fingern und zeigte ihren Ehering. Ihr Lächeln wirkte ein wenig gequält, und ihre Miene überschattete sich.

Zoe trank ihr Bier aus und bestellte sich ebenfalls ein zweites. »Sind Sie in Ihrem Job nicht glücklich?«

O'Donnell schnaubte. »Ich weiß nicht, ob es Ihnen aufgefallen ist, aber ich bin auf dem Revier nicht besonders beliebt.«

»Davon habe ich gar nichts gemerkt.«

O'Donnell verdrehte die Augen. »Müssten Sie nicht etwas aufmerksamer sein?«

»Was ist Ihrer Meinung nach der Grund dafür, dass man Sie nicht leiden kann?«

»Ich stehe auf der schwarzen Liste«, gab O'Donnell mit leicht schneidender Stimme zu. »O'Donnell, die Ausgestoßene.«

»Warum?«

»Mein letzter Partner war korrupt. Die Interne ermittelt gegen ihn, und er wurde suspendiert.« Sie schürzte die Lippen und sah Zoe mit zusammengekniffenen Augen an. »Ich bin nicht käuflich, falls Sie sich das gefragt haben.«

»Okay. Was ist dann passiert? Haben alle gedacht, Sie wären wie er?«

O'Donnell schüttelte den Kopf. »Die Leute glauben, ich hätte ihn verpfiffen.«

»Ah.« Das war eine universelle, uralte Regel. Eine der ersten, die man als Kind lernte. Petzen konnte keiner leiden. Der Mensch verzieh eine Menge, aber es war schwer, einer Petze zu vergeben, weil man nie wusste, wann sie sich auch gegen einen selbst wenden würde. Das Leben war voller Augenblicke, in denen man wegschauen musste, in denen die Regeln in der Realität nicht so umsetzbar waren, und nichts war nur schwarz und weiß. In so einem Moment wollte man sich nicht auch noch fragen müssen, ob die Person, die einem eigentlich den Rücken freihalten sollte, einem vielmehr ein Messer hineinrammen würde.

»Es ist ihnen völlig egal, was er getan hat«, fuhr O'Donnell erbost fort. »Nur das, was sie glauben, ist von Bedeutung. Die Deals, die ich mit den internen Ermittlern gemacht habe. Wie ich ihn auffliegen ließ. Ich muss für Mannys Mist den Kopf hinhalten.«

Zoe nickte. Sie hätte O'Donnell gern gesagt, wie leid ihr das tat, vermutete aber, dass der Detective das gar nicht hören wollte. »Das geht vorüber«, sagte sie stattdessen.

»Hoffentlich. Wäre ich ein Mann, hätte sich das längst erledigt. Aber weil ich eine Frau bin, denken alle: *Sie schläft mit dem Mann von der Internen.* Oder: *Sie hatte was mit Manny, aber er hat ihr den Laufpass gegeben.* Oder: *Sie hatte was mit Manny und hat ihm wegen des Kerls von der Internen den Laufpass gegeben.*«

»Sie wissen doch gar nicht, was die Leute denken …«

O'Donnell drehte ruckartig den Kopf und verzog das Gesicht. Ihre Nasenflügel bebten. »Ach nein? Denken Sie etwa, das würde keiner aussprechen? Soll ich Ihnen die Zettel zeigen, die auf meinem Schreibtisch landen? Oder eine der E-Mails, die man mir geschickt hat?«

Zoe biss sich auf die Unterlippe und hielt den Mund.

O'Donnell seufzte. »Vergessen Sie's. Das konnten Sie ja nicht wissen.«

Zoe überlegte sich ihre nächsten Worte genau. »Ich weiß, wie es ist, keine Anerkennung zu bekommen.«

»Das mag ja sein, aber ich habe mir wirklich Mühe gegeben, verstehen Sie? Ich wollte gemocht werden.« O'Donnell nippte an ihrem Bier, merkte, was sie gesagt hatte, und fügte rasch hinzu: »Was nicht heißen soll, dass Sie das nicht getan haben. Ich wollte nicht ... Entschuldigen Sie. Das hätte ich nicht sagen dürfen.«

Zoe musterte sie fragend. »Schon okay.« Sie stürzte das halbe Bier auf einmal hinunter.

»Manchmal versinke ich in Selbstmitleid«, gestand O'Donnell. »Das ist keine sehr einnehmende Eigenschaft.«

»Ich habe mir eigentlich nie Mühe gegeben«, gab Zoe zu. »Ich wollte, dass mich die Leute so mögen und respektieren, wie ich bin. Aber ich neige zu Direktheit und Gefühllosigkeit. Das stößt andere oftmals ab. Selbst Menschen, die mir nahestehen.«

O'Donnell fummelte am Bierdeckel herum und zupfte ihn auseinander. »Tatum scheint Sie zu verstehen.«

»Vorerst. Aber eines Tages werde ich das Falsche sagen ... oder vielleicht kommt es auch gar nicht so weit und er hat vorher schon die Nase voll von mir.« Sie stellte erstaunt fest, dass ihre Stimme leicht zittrig klang. »Von mir kommt nur ein direkter Kommentar nach dem anderen. Das wird ihm irgendwann zu viel sein.«

O'Donnell beugte sich vor. »Ganz im Ernst, Zoe, so, wie er Sie ansieht, kann ich mir unmöglich vorstellen ...«

Zoe schüttelte den Kopf. »Das können Sie vergessen. Ich rede bloß Blödsinn.« Doch sie wusste selbst, dass das nicht stimmte. Das war schon früher bei anderen Freunden passiert. Und es geschah zurzeit mit Andrea, die kaum mit ihr reden konnte. Zoe wollte eigentlich nicht weiter darüber reden, aber O'Donnell sah sie an, als könnte sie es wirklich verstehen. »Es ist nur so …«

»Wo wir vom Teufel sprechen«, unterbrach O'Donnell sie und sah über Zoes Schulter.

Tatum ließ sich mit genervter Miene auf den Stuhl fallen.

»Ist alles in Ordnung?«

»Anscheinend muss ich den Fernseher reparieren«, antwortete Tatum. »Jemand hat ihn kaputt gemacht. Offenbar ist die Fernbedienung im Fischglas gelandet. Marvin behauptet, das wäre ein Teil des Kriegs, der zwischen dem Fisch und der Katze tobt. Sollen Fische und Katzen nicht eigentlich unabhängig sein?«

Zoe räusperte sich und riss sich zusammen. »Die schon, aber Großväter nicht.«

»Das stimmt. Worüber haben Sie gerade gesprochen?«

»Wer weiß das schon?«, witzelte O'Donnell. »Wir haben die zweite Runde eingeläutet.«

Tatum leerte seinen Bierkrug, stellte ihn auf die Bar und winkte den Barkeeper zu sich. »Dann muss ich wohl nachziehen.«

Kapitel 44

Diesmal stank der Wagen nicht. Er hatte darauf bestanden. Daniel war zwar nicht froh darüber gewesen, dass sie doppelt so viel dafür bezahlen mussten, aber das war dem Mann, der die Kontrolle hatte, egal. Sie konnten es sich leisten.

Sie standen auf einem anderen Parkplatz als beim letzten Mal, aber nach einer Weile konnte er keinen Unterschied mehr erkennen. Im Grunde genommen war es genau das Gleiche: Reihen voller Autos, Züge, die vorbeifuhren, kreischende Bremsen, Passagiere, die hin und her liefen.

Und das Warten. Endloses Warten. Immer wieder rutschte er auf seinem Sitz herum, öffnete und schloss das Fenster, tippte auf das Lenkrad, und sein linkes Bein wippte die ganze Zeit, als hätte es einen eigenen Willen.

»Was ist mit dir los?«, fragte Daniel irgendwann. »Kannst du nicht still sitzen?«

Nein, das konnte er nicht – das war ja das Problem. Das Jucken unter seiner Haut trieb ihn fast in den Wahnsinn, ebenso wie die Anspannung in seiner Magengrube. Er brauchte das; er wollte, dass es vorbei war.

Der Ein-Uhr-Zug war schon wieder abgefahren, und fünf Fahrgäste, alles Männer, waren an ihnen vorbeigegangen. Es würde nur noch ein Zug kommen. Daniel hatte gesagt, wenn der Zug auch ein Reinfall war, würden sie wieder nach Hause fahren und es in der nächsten Nacht erneut probieren. Doch das würde er nicht durchhalten. Er brauchte die Jagd, die Beute, das Blut.

Dann fuhr der Zug ein. Der Erste, der aus dem Bahnhof kam, war ein Mann.

Gefolgt von der schmalen Gestalt einer Frau.

»Es geht los«, sagte Daniel. »Bist du bereit?«

War er bereit? Dafür war er geboren worden. Er wollte schon aussteigen, ihr folgen, zuschlagen, trinken. Beim Gedanken an den metallischen Geschmack des Blutes lief ihm das Wasser im Mund zusammen …

»Scheiße«, fluchte Daniel.

Ein Mann trat neben die Frau. Sie waren ein Paar. Aber der Mann war klein. Sie konnten ihn problemlos ausschalten. Er würde dem Mann mit den Zähnen die Kehle aufreißen und ihn verbluten lassen. Schon hatte er die Tür geöffnet und einen Fuß auf dem Boden.

Daniel hielt ihn am Handgelenk fest. »Was zum Teufel hast du vor?«

»Ich kümmere mich um ihn«, zischte er Daniel zu. Sie hatten keine Zeit. Das Paar entfernte sich immer weiter. Er brauchte das!

»Nein!« Daniel zerrte an seinem Arm. »Mach die verdammte Tür zu!«

Beinahe hätte er Daniel geschlagen. Er ballte bereits die Faust und biss die Zähne aufeinander …

Aber er tat es nicht. Er hatte die Kontrolle. Er entspannte sich.

»Morgen«, sagte Daniel. »Morgen finden wir eine.«

»Ja.« Er schloss die Tür und ließ den Motor an, während sein ganzer Körper vor Anspannung vibrierte. »Morgen.«

***

Rhea setzte sich ruckartig auf und sah sich verwirrt um. Sie war in der Klinik am Schreibtisch eingeschlafen. Das war selbst für sie ein neuer Tiefpunkt. Sie wusste noch, dass sie am Papierkram gesessen und überlegt hatte, sich einen Augenblick zurückzulehnen und die Augen zu schließen. Grundgütiger, es war ja bereits dunkel draußen; sie musste über eine Stunde geschlafen haben.

Sie stand auf, schloss alle Fenster und schaltete die Alarmanlage ein. Das Gerät gab einen schrillen Piepton von sich, und auf dem Display zählte ein Countdown von zwanzig runter. Sie nahm ihre Tasche, steckte ihr Handy hinein und tappte benommen zur Tür. Als sie die Tür gerade von außen abschloss, hörte sie, wie innen der letzte Piepton ertönte und die Alarmanlage aktiviert wurde.

Sie drehte sich um, machte einige Schritte und runzelte die Stirn.

Es war viel zu ruhig. Die Straße war menschenleer. Ihre Klinik lag zwar nicht gerade im belebtesten Teil der Stadt, aber das hier kam ihr dennoch komisch vor. Wie spät war es eigentlich?

Sie warf einen Blick auf ihr Handy und riss vor Schreck die Augen auf.

Halb drei?

Sie hatte auf ihrem Bürostuhl über sechs Stunden geschlafen. Kein Wunder, dass sich ihr ganzer Körper so steif anfühlte und dass ihr dermaßen der Nacken wehtat.

Ihr Haus lag nur fünfzehn Minuten entfernt. Sie ging jeden Tag zu Fuß zur Arbeit, war aber noch nie so spät nachts nach Hause gelaufen.

Kurz überlegte sie, wieder reinzugehen und ein Uber zu rufen. Aber sie hatte bereits alles abgeschlossen und den Alarm aktiviert, und für diese kurze Strecke ein Uber nehmen?

Dies war einer der sichersten Stadtteile von Chicago. Sagte sie ihren Eltern das nicht immer, wenn sie sich wieder Sorgen machten? Ihr Dad schien zu glauben, sie würde in einem Kriegsgebiet leben. Aber in all ihren Jahren in Chicago war sie noch nie Opfer eines Verbrechens geworden, ließ man die Spam-Mails mal außen vor.

Sie machte sich auf den Heimweg.

Es war schon ziemlich unheimlich, an der leeren, dunklen Straße entlangzugehen. Und es war bitterkalt. Sie zitterte und sagte sich, dass es an der Kälte lag und nicht daran, dass sie Angst hatte. Zu Hause würde sie unter die heiße Dusche gehen und danach in ihrem Bett schlafen, wie es andere Menschen auch taten. Gleich morgen früh würde sie Dr. Brooks anrufen, denn sechs Stunden in der Klinik zu schlafen, war nicht normal. Dieses Problem würde sie nicht allein in den Griff bekommen.

Aber zuerst wollte sie nur noch nach Hause und schlafen.

* * *

»Sei nicht enttäuscht«, sagte Daniel. »Morgen wird es schon klappen.«

»Ich bin nicht enttäuscht«, behauptete er und umklammerte das Lenkrad. Er wollte Daniel erklären, dass man nicht einfach nur enttäuscht war, wenn man keine Luft zum Atmen mehr hatte. Man konnte nicht enttäuscht sein, wenn man am Verdursten war und sich die Oase, die man in der Ferne erspäht hatte, als Fata Morgana herausstellte. Enttäuscht beschrieb nicht mal im Ansatz, wie er sich fühlte.

Aber das alles sagte er nicht. Ihm dämmerte nämlich, dass Daniel ihn eigentlich gar nicht verstand.

Sie warteten an einer roten Ampel, als er die Bewegung bemerkte. Eine schmale Silhouette im Zwielicht. Eine Frau.

»Es ist grün«, sagte Daniel.

Sie war allein. Die Straße war leer, weit und breit kein Fahrzeug zu sehen. Er konnte es nicht fassen.

»Hey, hast du mich nicht gehört? Die Ampel ist grün. Fahr los!«

Er trat aufs Gaspedal. Bog mit quietschenden Reifen nach links ab. Erhöhte das Tempo.

»Wo zum Henker willst du denn hin?«, brüllte Daniel.

Die Frau drehte sich alarmiert um. Im Licht der Scheinwerfer war ihr Gesicht zu sehen. Sie war wunderschön.

Daniel schrie noch immer. »Was zum … Nein. Nein!«

Doch.

* * *

Der Fahrer war offensichtlich betrunken. Rhea ging ein Stück von der Straße weg und wartete, dass er vorbeifuhr. Aber das tat er nicht.

Der Lieferwagen raste auf den Bürgersteig, und die Bremsen quietschten, als er über den Bordstein holperte und keinen Meter von Rhea entfernt anhielt. Sie blieb wie angewurzelt stehen und starrte in das grelle Licht. Dieser Mistkerl hätte sie beinahe überfahren!

Die Fahrertür wurde aufgerissen, und sie wollte schon losschreien, als sie sein Gesicht sah.

Diesen Ausdruck hatte sie schon mal bei einem tollwütigen Hund gesehen, den sie einschläfern musste. Das verzerrte Gesicht, die glänzenden Augen, das Sabbern.

Ihre Reflexe setzten ein. Sie drehte sich um und lief los. Hörte ein Knurren hinter sich. Da rannte sie noch schneller, so schnell sie nur konnte, und kramte in ihrer Handtasche nach dem Schlüsselbund. Damit hätte sie wenigstens eine Waffe.

»Hilfe!«, schrie sie. »Ich brauche Hilfe!«

Ein plötzlicher Schmerz am Hinterkopf. Er hatte ihre Haare gepackt und hielt sie fest. Sie stieß einen weiteren Schrei aus. Er legte ihr die Hand auf Mund und Nase. Sie bekam keine Luft mehr.

Etwas Metallisches an ihren Fingern. Der Schlüsselbund! Sie stieß damit in Richtung seines Gesichts, spürte, dass sie etwas traf, hörte ein wütendes Grunzen. Dann biss sie ihm fest auf die Finger, schmeckte Schweiß und Blut, hörte jedoch nicht auf, schüttelte den Kopf und schlug die Zähne in seine Hand.

Er schubste sie, und Entsetzen und Schmerz zuckten durch ihren Körper, als sie gegen etwas Hartes prallte: einen Laternenpfahl. Vor ihren Augen verschwamm alles, und nun waren da zwei Gestalten, nicht nur eine, die sie mit sich zerrten, und sie hatte den Schlüsselbund verloren und konnte nicht mehr schreien, etwas sagen oder sich auch nur bewegen. Die Lippen des einen strichen feucht und widerlich über ihre Wange. Die Straße verblasste, ihr wurde schwarz vor Augen.

Plötzlich konnte sie wieder klar sehen und erkannte, dass sie sie zu einem schwarzen Schlund schleiften, und wenn sie zuließ, dass sie sie dorthin brachten, wäre alles vorbei, davon war sie überzeugt. Abermals wehrte sie sich, und einer der beiden schlug ihr ins Gesicht.

»Hör auf damit, Schlampe!«, schnaubte er.

Dann warfen sie sie in die Schwärze – die Ladefläche eines Lieferwagens. Sie riss den Mund auf, um erneut zu schreien, als sie ihr etwas in den Mund stopften. Aufgrund der blutenden Nase und des Lappens in ihrem Mund bekam sie kaum noch Luft. Einer der beiden drehte sie auf den Bauch, zerrte ihr die Hände auf den Rücken, und dann zog es an ihren Handgelenken, als er sie fesselte. Sie wimmerte in den Knebel, versuchte, ihn zu treten, aber der Tritt war schwach und nutzlos.

»Setz dich hinters Steuer. Lass uns von hier verschwinden!«, sagte einer der beiden.

Sie wurde auf den Rücken gedreht und sah verschwommene Schatten.

»Los! Bestimmt hat schon jemand die Bullen gerufen.«

Bitte. Bitte lass die Polizei kommen. Bitte.

Dann beugte sich der zweite Mann zu ihr herunter, und sie musste voller Abscheu und Entsetzen ertragen, dass er ihr über die Wange leckte.

* * *

»Verdammt!«

Daniel zog ihn zurück, und einen Moment lang wehrte er sich, weil er zurück zu ihr wollte. Er musste sie wieder schmecken.

Aber Daniel schüttelte ihn. »Reiß dich zusammen!«, brüllte er ihm ins Ohr. »Wir müssen hier weg!«

Er nickte und taumelte zur Fahrertür, während Daniel bei ihr blieb. Dann fuhr er zurück auf die Straße und trat das Gaspedal durch, sodass der Motor aufheulte, um möglichst schnell wegzukommen.

»Du Arschloch! Was hast du getan?«, schrie Daniel. »Willst du uns beide in den Knast bringen?«

Er hörte die Worte, aber sie waren ihm egal. Ihr Geschmack lag noch immer auf seiner Zunge.

So köstlich.

Nun wusste er, dass ihre anderen Opfer befleckt gewesen waren, selbst Catherine. Er hatte *gewusst*, dass Catherine nicht rein war, und das sogar schon seit einiger Zeit. Das hatte er auch Daniel gesagt.

Und wie sich herausstellte, hatte er sich nicht geirrt.

Diese Frau war jedoch anders. Vollkommen rein, mit göttlichem Blut. Nur ein Tropfen davon konnte bereits Wunder bewirken. Nicht nur bei ihm. Er war schließlich nicht der Einzige, der Hilfe brauchte.

»Fahr nach Osten zum See«, wies Daniel ihn an. »Wir suchen uns einen abgelegenen Strand und kümmern uns da um sie.«

»Nein«, entgegnete er entschieden. »Wir nehmen sie mit nach Hause.«

Kapitel 45

Freitag, 21. Oktober 2016

Die Straßen in Logan Square lagen dunkel und still da. Die Sonne würde erst in einigen Stunden aufgehen, die Menschen schliefen. Aber als O'Donnell auf die North Spaulding Avenue abbog, veränderte sich die Atmosphäre. Überall war Blaulicht zu sehen, mehrere Streifenwagen säumten die Straße, die Silhouetten der Polizisten huschten umher. In vielen Häusern brannte Licht, die Bewohner standen hinter den Fenstern und bekamen einen wahren Kriminalfall zu sehen, den keiner von ihnen hatte sehen wollen.

O'Donnell stellte ihren Wagen ab, stieg aus und zog die Schultern ein. Es war so kalt, dass ihr Atem kondensierte. Sie zeigte einem Streifenpolizisten, der auf sie zukam, ihre Dienstmarke und eilte an ihm vorbei, da sie Lieutenant Samuel Martinez längst entdeckt hatte.

Er stand am Funkgerät und sah sich angespannt um. Als er sie bemerkte, winkte er sie heran, während er weiter ins Funkgerät sprach.

»Die Kriminaltechniker sind noch nicht da«, beschwerte er sich gerade.

Im Funkgerät knisterte es. »Bravo zwölf, hier ist die Zentrale. Sie sind unterwegs und müssten in zehn Minuten eintreffen.«

»Verstanden. Rufen Sie sie an, und sagen Sie ihnen, sie sollen ihr verdammtes Funkgerät anmachen.«

»Verstanden, Bravo zwölf.«

Martinez beäugte O'Donnell, und das Blaulicht spiegelte sich in seinen Brillengläsern. »Danke fürs Kommen, O'Donnell.«

»Was ist passiert?«

»Es geht um eine Entführung«, berichtete er. »Rhea Deleon, neunundzwanzig, wurde auf der Straße entführt. Mehrere Zeugen sagen, zwei Männer in Kapuzenpullovern haben sie um Viertel vor drei in einen schwarzen Lieferwagen gezerrt.«

O'Donnell sah auf die Uhr. Zehn vor vier. »Haben wir eine Beschreibung?«

»Sie trugen, wie gesagt, Kapuzenpullover, der eine einen schwarzen, der andere einen grauen. Die meisten Zeugen haben aus dem Fenster gesehen und nicht viel mehr erkannt. Weiß, mittelgroß. Aber wir haben eine Zeugin, die gleich gegenüber des Tatorts wohnt. Sie konnte einen der beiden ziemlich gut erkennen. Deshalb haben wir Sie angerufen.«

O'Donnell verspannte sich. Sie ahnte bereits, was gleich kommen würde. »Was hat sie gesagt?«

»Sie sagte, er sei sehr dünn und sehr blass gewesen und ihr irgendwie bekannt vorgekommen. Als ich sie nach Details gefragt habe, fiel es ihr wieder ein. Ihren Worten zufolge war es der Mann aus der Zeitung.«

»Rod Glover.«

»Ich habe keine Ahnung, ob er es wirklich war. Zuerst war sie sich nicht sicher, weil er irgendwie anders aussah, aber dann meinte sie, er hätte denselben Blick gehabt, was für mich wie gequirlte Scheiße klingt. Aber ich dachte, Sie sollten selbst mal mit ihr reden.«

Sie schwiegen beide, als ein Streifenpolizist mit einem Beweismittelbeutel in der Hand auf sie zukam. »Das haben wir unter einem parkenden Auto gefunden«, sagte er.

Martinez nahm ihm den Beutel ab und sah hinein. Dann zeigte er ihn O'Donnell. Der Beutel enthielt einen Schlüsselbund mit mehreren Schlüsseln.

»Gehört vielleicht dem Opfer«, mutmaßte Martinez. »Wir haben ihre Handtasche gefunden, daher wissen wir überhaupt, wer das Opfer ist. Aber ein Schlüsselbund war nicht drin.«

O'Donnell sah sich die Schlüssel genauer an. Auf einem befanden sich rötlich-braune Flecken. »Ich glaube, auf einem der Schlüssel ist Blut, Lieutenant.«

»Da haben Sie recht.« Martinez wandte sich an den Streifenpolizisten. »Verstauen Sie die Schlüssel in einer Papiertüte, um die DNA-Probe nicht zu verfälschen.«

Ein weiterer Wagen näherte sich, dessen Scheinwerferlicht O'Donnell kurz blendete.

»Na endlich«, sagte Martinez und drehte sich zu dem Lieferwagen um, der auf dem Bürgersteig parkte. Die Kriminaltechniker.

Er wollte schon weggehen, aber O'Donnell hielt ihn am Arm fest. »Wo finde ich die Zeugin?«

* * *

Die Zeugin war eine Frau mittleren Alters in einem türkisfarbenen Bademantel mit zerzaustem blondem Haar und verquollenen roten Augen. Auf ihrem Schoß saß eine weiße Katze, wedelte mit dem Schwanz und kniff zornig die Augen zusammen. Die Frau streichelte das Tier geistesabwesend, während sie mit O'Donnell sprach und die Worte förmlich aus ihr heraussprudelten, nur hin und wieder von einem Schluchzen unterbrochen.

»Vielleicht hätte ich sie anschreien sollen, damit sie aufhören, aber ich hatte solche Angst. Die arme Frau – sie ist unsere Tierärztin, wissen Sie? Bei ihr lasse ich Dana immer impfen.«

»Mrs Weaver«, sagte O'Donnell. »Sie haben einen der Männer gesehen?«

»Es war der Mann aus der Zeitung, da bin ich mir ganz sicher. Sie waren so brutal! Haben sie so hart auf den Kopf geschlagen, dass ich schon dachte, sie bringen sie um. Aber das haben sie nicht; sie hat sich noch gewehrt, als sie sie weggeschleift haben.«

»Zuerst waren Sie sich nicht sicher, ob es wirklich der Mann aus der Zeitung war.«

»Aber jetzt bin ich mir sicher! Ich war nur so verwirrt, wissen Sie? Er war etwas dünner und blasser. Aber er hatte dieselben Augen, kalt und wütend, wie die eines Killers.«

O'Donnell musste Martinez zustimmen: Das war nicht überzeugend. »Konnten Sie die Automarke erkennen oder das Nummernschild sehen?«

»Sie haben sie in einen schwarzen Lieferwagen geworfen. Ich bin losgelaufen, um mein Handy zu holen. Wieso habe ich bloß nicht eher daran gedacht? Als ich wieder zum Fenster kam, fuhren sie gerade los.«

»Was ist mit dem anderen Mann? Haben Sie ihn auch gesehen?«

»Er wandte mir den Rücken zu, und er trug einen Kapuzenpullover, daher konnte ich sein Gesicht nicht sehen. Aber dann hat er … sich der armen Frau aufgedrängt und ich konnte seine Wange und sein Ohr sehen.«

»Was meinen Sie damit, dass er sich ihr aufgedrängt hat?«

Mrs Weaver rutschte unruhig hin und her, was die Katze noch wütender zu machen schien. »Er … Ich glaube, er hat sie geküsst. Es war so brutal … Eigentlich sah es gar nicht wie ein

Kuss aus. Aber ich war so verwirrt, und es war so schnell und brachial: Wahrscheinlich hat er sie einfach nur geküsst.«

Das kam O'Donnell jetzt doch komisch vor. »Was meinen Sie damit, dass es wie ein Kuss ausgesehen hat?«

»Er hat sich ihr aufgedrängt. Sie hat sich gewehrt.«

»Aber Sie sagten eben, es hätte eigentlich nicht wie ein Kuss ausgesehen. Wie sah es denn dann aus?«

Die Frau zögerte. »Auf mich wirkte es, als würde er ihr die Wange ablecken.«

O'Donnell beugte sich vor. »Hat sie an der Stelle geblutet?«

Eine kurze Pause. »Ja. Ja, das hat sie. Ihr lief Blut über das Gesicht.«

»Könnte es sein, dass er das Blut abgeleckt hat?«

Mrs Weaver riss die Augen auf. »Ja«, flüsterte sie. »Das habe ich zuerst auch gedacht. Aber das kann nicht sein. Wieso sollte er so etwas tun?«

O'Donnell antwortete nicht und hatte ein ganz flaues Gefühl im Bauch. Wenn Glover und sein Partner Rhea Deleon tatsächlich entführt hatten, war sie höchstwahrscheinlich längst nicht mehr am Leben.

Kapitel 46

Ihr tat alles weh. Ihr Brustkorb und ihre Beine schmerzten, weil einer der Männer sie mehrmals getreten und geschlagen hatte. Sie war vom vielen Schreien gegen den Knebel, den sie ihr in den Mund gestopft hatten, ganz heiser. Die Plastikkabelbinder schnitten sich in ihre Handgelenke und scheuerten ihr die Haut auf. Am schlimmsten ging es jedoch ihrem Kopf, der sich anfühlte, als wäre er in einen Schraubstock gespannt worden.

Geräusche drangen nur verzerrt an ihr Ohr, begleitet von einem ständigen Klingeln, und vor ihren Augen tanzten schwarze Flecken. Sie hatte eindeutig eine Gehirnerschütterung.

Auch das Atmen fiel ihr schwer. Durch den Mund bekam sie keine Luft, und ihr rechtes Nasenloch war blutverkrustet. Sie atmete vorsichtig durch das linke Nasenloch ein. Wenn sie jedoch Panik bekam und nach Luft rang, zuckte ein stechender Schmerz durch ihren Schädel.

Ihr Verstand war umnebelt, und es fiel ihr schwer, sich an das zu erinnern, was passiert war. Die Männer waren eine Weile mit ihr rumgefahren, und einer hatte den anderen angeschrien und mit Anweisungen bestürmt, die ignoriert wurden. Irgendwann hatte der Mann ihr die Hände um den Hals gelegt und sie gewürgt, und nach mehreren Sekunden reinen

Entsetzens hatte sie fast das Bewusstsein verloren und nur noch am Rande mitbekommen, wie sich die Männer weiter stritten.

Sie war zu sich gekommen, als die Männer sie in einer dunklen Garage aus dem Wagen gezerrt hatten. Als sie sich wehrte, trat einer der Männer auf sie ein und sie hatte sich auf dem Boden ganz klein gemacht. Danach hatten sie sie wieder hochgehoben. Sie hierhergebracht und an ein Wasserrohr gefesselt.

Das Badezimmer, in dem sie festgehalten wurde, stank leicht nach Urin. Der Boden war voller Flecken, und mehrere hatten ihre Hose besudelt.

Die beiden standen vor der Tür und stritten sich noch immer.

»Die Schlampe bringt uns noch in den Knast, du Idiot! Wir müssen sie loswerden. Noch ist es nicht zu spät.«

»Nein. Sie ist die Richtige, Daniel. Sie ist es! Sie wird alles besser machen. Du hast es doch selbst gesagt: Wir brauchen jemand Reines. Sie ist rein.«

»Dann kippen wir alles in einen gottverdammten Eimer, und du kannst trinken, wann immer du willst.«

»Es wirkt nur, wenn es frisch ist. Das waren deine Worte.«

»Sag mir nicht ... Ich weiß, was ich gesagt habe, verdammt noch mal, es ist nicht ...« Der Mann hob die Stimme und konnte nicht mehr an sich halten. »Wir finden eine andere, okay? Aber die hier müssen wir loswerden.«

Rhea wusste ganz genau, was er mit »loswerden« meinte. Sie rüttelte am Rohr. Vielleicht konnte sie es zerbrechen. Sich einen Teil davon schnappen. Die Männer damit schlagen, wenn sie sie holen kamen. Sie musste es versuchen. Das Rohr klapperte, als sie daran zerrte. *Komm schon, du dämliches Rohr. Na los ...*

Die Tür ging auf, und einer der Männer kam herein. Es war der dünne, kränkliche. Er starrte sie wutentbrannt an und hatte Speichel im Mundwinkel. Dann trat er sie in den Bauch, und sie stöhnte und bekam keine Luft mehr.

Der andere Mann kam auch herein und zog den kränklichen zurück.

»Wenn du noch mal Lärm machst, bring ich dich um«, fauchte der kränkliche Mann sie an.

»Lass das, Daniel. Sie wird keinen Mucks mehr machen. Siehst du? Jetzt ist sie ganz still.« Der andere Mann starrte sie an. »Du wirst leise sein, während ich mich mit meinem Freund unterhalte, ja?«

Sie nickte, rang noch immer nach Luft und kämpfte gegen die aufsteigende Übelkeit an.

Die beiden gingen wieder hinaus und schlossen die Tür hinter sich. Ihre Stimmen waren jetzt leiser, es konnte aber auch sein, dass sie einer Ohnmacht nahe war. Sie konnte es nicht mit Gewissheit sagen. Sie atmete die widerliche Luft ein und schluchzte.

Nach einer Weile wurde sie ruhiger. Konnte klarer denken. Dieser Mann, den der andere Daniel nannte, der wollte ihren Tod. Er war der gewalttätige. Der gefährliche. Ein Psycho, ein Monster.

Aber sein Freund war anders. Er brauchte sie lebend, vielleicht wollte er Lösegeld für sie verlangen. Hatte er nicht gesagt, sie würde alles besser machen? Bestimmt bezog er sich damit auf Geld. Dachten sie etwa, ihre Eltern wären reich? Was würden sie tun, wenn sie erfuhren, dass dem nicht so war?

Sie hatten auch noch etwas anderes gesagt. *Kippen wir alles in einen Eimer. Es wirkt nur, wenn es frisch ist.* Was hatte das zu bedeuten?

Die Tür ging wieder auf. Der andere Mann stand vor ihr und strahlte sie an.

»Keine Sorge, wir werden dir nicht wehtun. Wir brauchen dich lebend. Ich bringe dir nachher etwas zu essen und zu trinken, okay?«

Sie nickte.

»Aber du musst ganz ruhig sein. Wenn du Krach machst, können wir dich nicht hierbehalten. Dann müssen wir dich umbringen.« Seine Stimme klang ganz sachlich und direkt. Wie die eines Mannes, der eine Tatsache aussprach.

Zwei Psychos. Zwei Monster.

Sie versuchte, trotz des Knebels in ihrem Mund etwas zu sagen, und er schüttelte den Kopf. »Später. Wir reden später.«

Dann hockte er sich neben sie und hob eine Hand. Sie stellte bestürzt fest, dass er ein kleines Einwegskalpell in der Hand hielt. Als sie einen erstickten Schrei ausstieß, drückte er ihr das Skalpell an die Kehle.

»Denk dran«, flüsterte er. »Du hast versprochen, leise zu sein. Bist du jetzt still?«

Sie nickte und zitterte am ganzen Leib.

Er schlitzte ihr rechtes Hosenbein auf und entblößte ihren Oberschenkel.

»Das wird nur ein bisschen wehtun«, sagte er. »Nicht schreien.«

Das Skalpell drang in ihre Haut ein. Sie verkrampfte sich und riss die Augen auf, als ihr das Blut am Bein herunterlief.

Und der Mann legte die Lippen auf den Schnitt und fing an zu saugen.

Kapitel 47

»Rheas Praxis ist da vorn«, sagte Tatum und blickte die Straße entlang. Er hielt die Tatortfotos in der Hand und versuchte, die sonnenbeschienene, friedliche Umgebung mit den dunklen, unheilvollen Bildern voller Blut, Reifenspuren und herumliegenden Habseligkeiten in Übereinstimmung zu bringen. »Sie war auf dem Heimweg von der Arbeit.«

»Das wissen wir nicht mit Sicherheit«, erwiderte Zoe, die am Boden hockte und sich die Reifenspuren auf dem Bürgersteig näher ansah. »Vielleicht war sie auch aus. Wer kommt denn schon um zwei Uhr von der Arbeit nach Hause?«

»Ihre Praxis ist mit einer Alarmanlage gesichert, und sie haben die Daten überprüft. Die Anlage wurde um 2.29 Uhr eingeschaltet. Martinez ist jetzt da und versucht herauszufinden, warum sie erst so spät gegangen ist.«

Zoe stand auf. »Sehen Sie sich all die Fenster an. Eine erwachsene Frau hier zu entführen, selbst mitten in der Nacht, ist ...«

»Verrückt?«

»Oder ein Zeichen von Verzweiflung.«

Tatum musterte sie besorgt. Sie hatte schon wieder den Blick in die Ferne gerichtet. Nahm sie alle Details in sich auf, um die Ereignisse dieser Nacht selbst durchleben zu können?

Es war kurz nach vierzehn Uhr. Sie hatten vor einer Stunde den Laborbericht erhalten – die aus dem Blut am Schlüssel gesicherte DNA stimmte mit der DNA aus den Speichelproben der vorherigen Morde überein. Sie gehörte Beta. Die Entführung von Rhea Deleon war nun offiziell ein Fall für die Taskforce.

»Der Lieferwagen kam auch aus dieser Richtung«, fuhr Tatum fort. »Ob sie ihr gefolgt sind?«

»Es wäre möglich«, antwortete Zoe. »Aber ich bezweifle es. Sie hätte einen Lieferwagen bemerkt, der langsam hinter ihr herfährt. Nein, ich vermute, sie wollten irgendwohin, haben sie gesehen und beschlossen, sie sich zu schnappen. Wahrscheinlich ist Beta gefahren. Ich weiß nicht, ob Glover überhaupt realisiert hat, was passieren würde.«

»Das passt zu unserer Theorie, dass Glover Kognitionsprobleme hat und nicht mehr fahren kann.«

»Das ergibt Sinn.« Zoe nickte. »Seinen Komplizen ans Steuer zu lassen, ist ein deutlicher Kontrollverlust und untypisch für Glover, es sei denn, ihm bleibt nichts anderes übrig.«

Tatums Handy klingelte. Er warf einen Blick aufs Display und runzelte die Stirn, weil er die Nummer nicht kannte. »Hallo?«

»Agent Gray? Äh … Hier ist Damien.«

»Wer?«

»Peter? Von Night Fangs?«

Ach ja, der Mann, der Fangzähne verkaufte. »Was wollen Sie?«

»Es ist vermutlich nicht weiter wichtig, aber dieser Kerl, von dem ich Ihnen erzählt habe, hat sich eben gemeldet. Dracula2. Er stellt mir Fragen.«

»Was für Fragen?« Tatum blendete den Verkehrslärm aus und konzentrierte sich allein auf das Telefonat.

»Eigentlich ganz normale Fragen, jedenfalls für Vampire. Darum hielt ich es auch erst für unwichtig. Schließlich will er nichts Komisches über reines Blut, nicht einvernehmlichen Blutkonsum oder etwas in der Art wissen. Er hat nur gefragt, wie viel Blut er einem Spender jeden Tag abnehmen kann. Das ist doch gut, oder nicht? Es bedeutet doch, dass er einen bereitwilligen Spender gefunden hat.«

Großer Gott! »Haben Sie ihm geantwortet?«

»Noch nicht. Ich wollte zuerst mit Ihnen sprechen. Aber er ist noch immer online. Und er wird ungeduldig.«

»Okay, hören Sie mir gut zu. Sie müssen uns etwas Zeit verschaffen. Fragen Sie nach Einzelheiten, wie viel die Spenderin wiegt, wie groß sie ist … und ob es sich überhaupt um eine Frau handelt. Sagen Sie ihm, Sie müssten das in den Tabellen nachschlagen …«

»Es gibt aber keine Tabellen, Mann.«

»Das weiß ich! Und es ist auch egal. Sagen Sie ihm, Sie müssten sich mit einem Experten beraten, und dass Sie in einer Stunde eine Antwort für ihn haben.« Er sah auf die Uhr. Es war halb drei. »Nein! In fünfundvierzig Minuten.«

»Äh, okay, aber …«

»Es ist sehr wichtig, dass Sie dabei ganz locker bleiben.« Wenn das wirklich Beta war, wovon Tatum ausging, musste er inzwischen ausgesprochen paranoid sein. »Verhalten Sie sich so wie immer, okay? Stellen Sie ihm keine zu direkten Fragen – nicht zu ihm, nicht zu seinem Spender.«

»Aber was soll ich ihm in fünfundvierzig Minuten sagen?« Peters Stimme brach und klang leicht panisch.

»Sie müssen gar nichts tun. Ab da übernehmen wir.«

Kapitel 48

Tatum hatte eine vage Ahnung, was er brauchte. Sie mussten einen der Kriminaltechniker des Chicagoer FBI-Büros vor einen Computer setzen. Dann würden sie warten, bis Beta sich einloggte, und der Techniker würde seinen Cyberangriff starten und dabei Sätze murmeln wie: »Ich hacke mich jetzt in den Hauptrechner«, und: »Ich habe die Verschlüsselung geknackt. Der wird Augen machen.« Schließlich würde sich der Techniker auf seinem Stuhl umdrehen und ihnen die Adresse geben.

»So einfach ist das nicht«, teilte ihm der Techniker mit.

Vielmehr war es eine Technikerin mit dem Namen Barb Collier, eine Frau Mitte zwanzig, die immerzu Kaugummi kaute. Hin und wieder machte sie eine Blase und stach sie mit einem spitzen Fingernagel auf. Das Kauen und Ploppen lenkten ihn ab.

»Hören Sie, Barb«, sagte Tatum und sah zum zehnten Mal auf die Uhr. »Wir haben fünfzehn Minuten. Das Leben einer Frau hängt davon ab. Wir müssen herausfinden, wo er sich aufhält.«

»Das kann ich nicht herausfinden. Keiner kann das«, erklärte sie. »Er benutzt einen Browser, der auf Tor basiert. Und bei Tor geht es nun mal darum, dass man nicht aufgespürt werden kann.«

»Aber wir sind das FBI«, beharrte Tatum. »Wir haben doch Hintertüren, oder nicht? Für Notfälle?«

»Nein.«

»Was haben wir dann?«

»Können Sie ihn dazu bringen, eine Datei zu öffnen?« Sie machte eine kleine Kaugummiblase und sah ihn erwartungsvoll an.

Tatum überlegte kurz. »Was für eine Datei?«

Sie ließ die Blase mit einem Fingernagel platzen. »Irgendeine ausführbare. Jede Microsoft-Office-Datei geht. Java Script oder Flash auch. Ein PDF …«

»Ich kann ihn dazu bringen, ein PDF zu öffnen«, fiel Tatum ihr ins Wort.

»Gut, ein PDF lässt sich problemlos manipulieren. Ich kann einen Trojaner in der Datei verstecken … Sie wissen doch, was ein Trojaner ist, oder? Das ist ein Programm, das in einem anderen Programm versteckt wird. So wie die Griechen damals mit dem Holzpferd …«

»Ich weiß, was ein Trojaner ist«, erklärte Tatum. »Ungefähr jedenfalls.«

»Ich kann einen Trojaner im PDF verstecken. Wenn er die Datei öffnet, bekomme ich die vollständige Kontrolle über seinen Rechner. Ich kann Ihnen seine IP sagen, seine Dateien durchgehen, seine Webcam aktivieren … Dann ist er geliefert.«

»So machen wir es.«

Sie suchten sich online mehrere Tabellen zusammen, in denen Blutspenden behandelt wurden, und fügten sie in ein PDF ein.

»Das ist jetzt nicht besonders überzeugend«, gab Tatum zu, »aber wir wollen ja nur dafür sorgen, dass er nicht sofort Verdacht schöpft.«

»Ist er technisch versiert genug, um zu wissen, dass man einen Trojaner in einem PDF verstecken kann?«

Tatum überlegte kurz. »Ich bin mir nicht sicher. Er benutzt Tor, das beweist, dass er zumindest ein bisschen Ahnung hat. Aber wir müssen davon ausgehen, dass er sehr paranoid ist. Sobald er das Gefühl hat, dass etwas nicht stimmt, könnte das eine paranoide Wahnvorstellung heraufbeschwören, die ihn unvorhersehbar macht.«

»Hey, man ist doch nicht paranoid, wenn man wirklich gejagt wird, oder?«, fragte Barb.

»Glauben Sie mir, dieser Kerl ist auf jeden Fall paranoid.«

Sie bereitete das vor, was sie als »Nutzdaten« bezeichnete, und kaute dabei energisch auf ihrem Kaugummi herum. In der Zwischenzeit telefonierte Tatum mit Peter/Damien, um dessen Benutzernamen und Passwort für das Forum zu bekommen. Es brauchte einige sehr spezifische Drohungen, die Tatum durchaus in die Tat umzusetzen gedachte, bis Peter die Daten herausrückte. Der Benutzername lautete Abchanchu. Tatum wies Peter an, sich bis auf Weiteres nicht im Forum anzumelden.

Danach loggte er sich als Abchanchu ein und überprüfte die Liste der im Forum angemeldeten Mitglieder. Dracula2 war offline. Er überflog den Chatverlauf zwischen Abchanchu und Dracula2. Dracula2 hatte geschrieben, es sei eine Spenderin, etwa sechzig Kilo schwer und knapp eins siebzig groß. Tatum leitete die Informationen an Martinez weiter, um sicherzustellen, dass es sich auch um Rhea handelte. Danach schickte er Dracula2 eine Nachricht, an die er das PDF anhängte, und schrieb:

Hey, in der angehängten Tabelle findest du Informationen über die empfohlene Blutmenge.

Er unterdrückte den Drang, nach weiteren Details zu fragen. *Wer ist deine Spenderin?* Oder: *Wo wohnst du? Ich weiß, wo man gute Spritzen kaufen kann.* Jeder Fehler konnte Dracula2 in die Flucht schlagen, und er sollte doch die Datei öffnen.

Abermals überprüfte er die Mitgliederliste. Dracula2 war noch immer offline.

Tatum sah auf die Uhrzeit am unteren Bildschirmrand. Es war zwanzig Minuten nach drei. »Komm schon, du Mistkerl«, murmelte er. »Wo steckst du?«

Kapitel 49

Zoe betrachtete die Fotos, die vor ihr auf dem Tisch lagen. Aufnahmen der Straße aus unterschiedlichen Blickwinkeln, eine Nahaufnahme des blutbefleckten Laternenpfahls. Eine Handtasche, die achtlos auf den Bürgersteig geworfen worden war und deren Inhalt halb daneben lag. Ein Foto von Rhea Deleon von der Webseite ihrer Praxis, auf der sie in die Kamera lächelte und einen großen Hund umarmte.

Sie lehnte sich zurück und hatte so müde Augen, dass sie den Raum nur verschwommen wahrnahm. Martinez unterhielt sich in einer Ecke mit Captain Bright, während sie sich über einen Papierstapel beugten. Agent Valentine ging im Raum auf und ab und telefonierte. O'Donnell, Koch und Sykes diskutierten, wie sie weiter vorgehen wollten. Statusberichte, Anweisungen, Fragen. Sie senkte den Blick, blendete alles aus, konzentrierte sich.

Die wichtigste Frage, über die sie nachdenken konnte, bevor irgendetwas anderes an die Reihe kam, lautete: Wer hatte das Sagen?

Sie war sich so gut wie sicher, dass Glover die ersten beiden Morde geplant hatte. Aber diese Entführung passte nicht zu ihm. Sie war zu zufällig, zu gefährlich, zu riskant für seinen Geschmack. Sich eine Frau mitten auf der Straße zu schnappen? Dafür musste man schon sehr verzweifelt sein.

Aber sie durfte auch nicht vergessen, dass er im Sterben lag und dass seine Zeit knapp wurde. Möglicherweise war ihm inzwischen alles egal. Er lebte ein letztes Mal seine kranken Begierden aus und richtete dabei so viel Schaden wie möglich an. Das war durchaus denkbar.

Es fühlte sich nur falsch an.

»Wir haben den Bericht über die Reifen reinbekommen«, sagte O'Donnell und ließ sich neben Zoe auf den Stuhl sinken.

»Haben sie etwas Interessantes gefunden?«

»Die Reifen sind stark abgenutzt, ein anderes Profil als beim letzten Mal, was bedeutet, dass sie den Wagen gewechselt haben. Aber es ist ein Lieferwagen. Vielleicht sogar dieselbe Marke.«

Zoe nickte geistesabwesend.

»Was halten Sie von der Sache?«, fragte O'Donnell.

»Es war nicht geplant«, antwortete Zoe. »Wir haben es mit einer spontanen Tat zu tun.«

»Das denke ich auch. Auf dieser Straße trifft man mitten in der Nacht normalerweise keine Frau an, die zu Fuß unterwegs ist. Ihren Eltern zufolge hat Rhea Deleon normalerweise am frühen Abend die Praxis verlassen. Niemand hätte vorhersagen können, dass sie um diese Zeit dort sein würde. Oder sonst irgendjemand.«

»Sie sind vorbeigefahren, haben sie gesehen und sie entführt.«

»Was bedeutet das? Wird Glover langsam unvorhersehbar?«

Zoe runzelte die Stirn. »Der Mord an Henrietta Fishburne war gründlich und bis ins letzte Detail geplant. Der Wagen, der Ort, die Uhrzeit, die Ausrüstung, die sie bei sich hatten. Sie haben die Leiche an einen anderen Ort gebracht und eine

Stunde gebraucht, bis alles so war, wie sie es haben wollten. Sie sind einem bestimmten Plan gefolgt. Und nur vier Tage später passiert *das*?« Sie sah O'Donnell an. »Das war nicht Glovers Werk, sondern das seines Komplizen. Er gerät außer Kontrolle. Auch Glover kann ihn langsam nicht mehr kontrollieren.«

»Dreht er durch?«

»Es sieht ganz danach aus.« Zoe überlegte kurz. »Wir sollten mit einigen männlichen Gemeindemitgliedern der Riverside Baptist Church sprechen.«

O'Donnell starrte sie irritiert an. »Jetzt? Warum?«

»Glovers Komplize durchlebt eine intensive psychotische Phase, die zu diesem Verbrechen geführt hat«, erklärte Zoe. »Was auch bedeutet, dass er sich bei einem Verhör auffälliger benehmen wird.«

»Das mag ja sein«, erwiderte O'Donnell. »Aber uns fehlen die Leute und die Zeit dafür. Außerdem haben wir bisher noch keine vollständige Liste der Gemeindemitglieder. Und was machen wir, wenn wir mit den Leuten reden und nichts passiert?«

»Wir können Prioritäten setzen ...«

»Valentine und Bright sind noch nicht mal davon überzeugt, dass der Komplize der Gemeinde angehört.«

»Sie aber schon.«

»Ich halte es für wahrscheinlich. Aber das reicht nicht. Wir können unsere ganze Ermittlung nicht auf Ihrem Bauchgefühl aufbauen. Erst recht nicht jetzt, wo wir neue Hinweise haben. Rheas Leben könnte davon abhängen, dass wir schnell handeln.«

Zoe errötete. »Es ist nicht nur ein Bauchgefühl.«

»O doch.« O'Donnell schüttelte den Kopf. »Sehen Sie mich nicht so an, ich sage ja nicht, dass Sie sich irren, sondern nur, dass wir das nicht tun können. Es stehen einfach zu viele Namen auf der Liste.«

»Und was ist, wenn ich sie eingrenze?«, fragte Zoe. »Ihnen eine Liste mit zehn Namen gebe?«

O'Donnell zögerte. »Meinen Sie, ein kurzes Gespräch reicht? Sagen wir, eine Viertelstunde?«

»Ja.«

»Na, dann los.«

* * *

Zoe wackelte ruckartig mit dem Fuß, während sie die Liste durchging, die Patrick Carpenter der Polizei gegeben hatte. Wie O'Donnell richtig erkannt hatte, war sie unvollständig, und das in nicht nur einer Hinsicht. Es machte ganz den Anschein, als hätte sich Patrick hingesetzt und die Namen rein aus dem Gedächtnis notiert, so, wie sie ihm eingefallen waren. Einige Namen tauchten mehrmals auf. Manchmal stand da nur ein Vor- oder ein Nachname, und einige Namen waren abgekürzt. Dies sorgte für weitere Probleme. Beispielsweise waren sowohl Josh Wilson als auch Joshua Wilson aufgeführt. Handelte es sich um dieselbe Person oder waren es zwei verschiedene?

Zu einigen hatte er eine Telefonnummer oder eine Adresse hinzugeschrieben, aber diese stellten die Ausnahmen dar. Mit genug Zeit und Geduld hätte sie vermutlich einige aufstöbern können, aber um beides war es momentan äußerst knapp bestellt.

Sie rief Patrick Carpenter an. Nachdem sie es zwanzig Sekunden lang hatte klingeln lassen, legte sie auf. Kurz überlegte sie, zu ihm zu fahren, aber sie wusste ja nicht einmal, ob er zu Hause, in der Kirche oder bei seiner Frau im Krankenhaus war.

Daher rief sie stattdessen Albert Lamb an. Er ging fast sofort ran.

»Hallo?« Seine Stimme klang geschwächt, als würde er seit dem Mord an seiner Tochter dahinwelken und hätte selbst nicht mehr lange zu leben.

»Mr Lamb, hier ist Zoe Bentley.«

Er seufzte. »Was kann ich für Sie tun?«

»Ich muss die Liste der Gemeindemitglieder mit Ihnen durchgehen.«

»Ich bin sehr müde, Mrs Bentley. Es war ein langer ...« Er stockte, als wüsste er selbst nicht, auf welchen Zeitrahmen er sich bezog. Ein langer Tag? Ein langer Monat?

»Das verstehe ich. Aber eine Frau wurde entführt. Wir haben Grund zu der Annahme, dass der Mann, der Catherine getötet hat, dafür verantwortlich ist. Er gehört Ihrer Gemeinde an, daran besteht kein Zweifel. Und das Leben der Frau ist in großer Gefahr.«

Er schwieg eine Weile. »Ich bin zu Hause, Mrs Bentley. Können Sie vorbeikommen?«

Sie war bereits aufgestanden und griff nach ihrer Handtasche. »Ich bin schon unterwegs.«

Kapitel 50

»Die Hälfte dieser Namen kann ich gar nicht zuordnen«, sagte Albert Lamb und starrte die Liste mit blutunterlaufenen, verquollenen Augen an.

Er sah noch schlimmer aus als bei ihrem letzten Besuch, aber es war der Geruch, der Zoe zusetzte. Der Geruch von Krankheit, altem Erbrochenen und Kummer ging von ihm aus. Sie war sich fast sicher, dass er dieselbe Kleidung trug wie einige Tage zuvor. Sein Hund blickte mit großen, feuchten Augen aus der Zimmerecke zu ihm hinüber.

»Patrick hat uns diese Liste gegeben«, erklärte sie. »Das sind alles Mitglieder Ihrer Gemeinde.«

»Ich weiß ... Die Namen kenne ich, aber es fällt mir schwer, ihnen Gesichter zuzuordnen. Catherine konnte sich immer an alle erinnern. Wäre sie noch am Leben, könnte sie Ihnen zu jedem Einzelnen etwas erzählen und Ihnen den Beruf, die Hobbys und ihr Leibgericht nennen. So war sie eben. Ich weiß nicht, wie die Kirche ohne sie weiter bestehen soll.«

Wären sie in der Lage gewesen, mit Catherine zu reden, hätte sie ihnen einfach sagen können, wer sie ermordet hatte und wer Glovers Komplize war, und der ganze Fall wäre gelöst. Dieser Gedanke schoss Zoe unvermittelt durch den Kopf und wurde von Ungeduld und direkt danach von Schuldgefühlen begleitet. Albert versuchte nur, ihnen zu helfen, und es war nicht seine Schuld, dass er immerzu an seine tote Tochter denken musste.

»Was wäre, wenn ich Ihnen Fotos zeige?«, schlug Zoe vor. »Von all diesen Leuten? Könnten Sie sie dann den Namen zuordnen?«

Er nickte zögerlich. »Gesichter kann ich mir besser merken.«

Sie holte ihren Laptop aus der Tasche und fuhr ihn hoch. Mit einem Doppelklick öffnete sie das oberste Bild im neuesten Ordner. Zu ihrer Erleichterung war Catherine darauf nicht zu sehen. Das Foto war in der Kirche aufgenommen worden, und fünf Gemeindemitglieder saßen auf einer Kirchenbank und lächelten in die Kamera. Glover war auch nicht darauf, dafür aber ein Mann, der Zoe bekannt vorkam, auch wenn sie ihn nicht zuordnen konnte.

Albert hickste kurz, und Zoe glaubte schon, er würde in Tränen ausbrechen. Aber er lächelte sogar ein wenig. »Die Frau ganz links ist Harriette. Neben ihr sitzt John, ihr Mann, und ...«

»Wie heißt John weiter?«

»Hobbs.«

Zoe notierte sich die Nummer des Bildes und den Namen. Dann fügte sie *weiß, mittelgroß, verheiratet* hinzu. »Wissen Sie, welchen Beruf er hat?«

»Äh ... Straßenarbeiter, glaube ich. Ich meine, mich zu erinnern, dass er sich mal an einem der Werkzeuge verletzt hat und fast zwei Monate nicht arbeiten konnte.«

Straßenarbeiter. »Fällt Ihnen noch etwas ein?«

»Sie haben zwei Kinder.«

Zwei Kinder. »Okay. Und der Mann daneben?«

»Das ist Allen Swenson.«

Daher kannte sie ihn also – das war der Mann, den sie in der Kirche getroffen hatten. Sie schrieb den Namen auf. »Beruf?«

»Buchhalter.«

»Verheiratet? Kinder?«

»Er war verheiratet und ist geschieden.«

»Noch etwas?«

»Mehr fällt mir nicht ein.«

»Der Nächste?«

»An den Vornamen kann ich mich nicht erinnern, aber das sind die Wilsons.«

Das Paar war nicht weiter wichtig, da es sich bei den Wilsons um Afroamerikaner handelte. Die Zeugin hatte ausgesagt, Rhea sei von zwei Weißen entführt worden. »Okay. Das nächste Bild.« Sie öffnete es. Das Foto zeigte, wie sich Catherine im Eingang der Kirche mit einem großen Mann unterhielt.

Albert streckte eine Hand aus, als wollte er den Bildschirm berühren, zog sie aber wieder zurück. »Das ist Leon. Sein Nachname ist, äh ... Farrell.«

Zoe versuchte, nicht auf die Uhrzeit zu achten. Sie kamen quälend langsam voran, machten aber Fortschritte. »Verheiratet?«

»Nein. Er ist vor zwei Jahren aus Nevada hergezogen.«

Nach und nach fanden sie einen Rhythmus. Albert schien sich immer besser konzentrieren zu können, was eventuell daran lag, dass er an glücklichere Zeiten dachte. Zoe schrieb sich alle Namen auf und verglich sie mit Patricks Liste. Dabei versuchte sie, Albert nicht zu drängen, und konnte nur hoffen, dass Rhea noch am Leben war.

Kapitel 51

Im Haus gab es nur ein Badezimmer.

Das war ihm bisher gar nicht so bewusst gewesen, aber nun, wo sie die Frau im Badezimmer gefangen hielten, stellte es ein Problem dar. Daniel schien das nicht zu stören. Es machte vielmehr den Anschein, als würde er jetzt noch häufiger ins Bad gehen.

Aber der Mann, der die Kontrolle hatte, konnte nicht auf die Toilette gehen, solange die Frau da war. Selbst wenn sie den Kopf abwandte, ging es nicht. Bisher hatte er in seinem Zimmer in ein Glas gepinkelt und dabei immer die Tür im Auge behalten, aber er würde bald eine bessere Lösung finden müssen.

Die ganze Situation setzte ihm zu. Zwischen ihnen herrschte eine unerträgliche Spannung. Und er machte sich Sorgen um die Frau; die Wunde an ihrer Stirn hatte sich entzündet. Er vermutete, dass die Verletzung ärztlich versorgt werden musste, was natürlich nicht infrage kam. Aber sie durfte auch nicht sterben, jedenfalls noch nicht. Vorerst brauchte er sie.

Er streifte durch die Wohnung, ging in die Küche, ins Bad, um die Frau anzusehen, und zurück in sein Schlafzimmer. Daniels Tür war die meiste Zeit geschlossen, vermutlich schlief er.

Der Mann, der die Kontrolle hatte, hatte noch einmal vom Blut der Frau getrunken, nur einen Tropfen aus einem kleinen Schnitt, den er ihr am rechten Arm zugefügt hatte. Doch er hatte darauf geachtet, nicht zu viel zu trinken. Er hatte zu recherchieren versucht, wie viel er trinken konnte, aber nichts dazu gefunden.

Oh, aber er hatte diesen Typen aus dem Vampirforum danach gefragt, nicht wahr?

Es jagte ihm eine Heidenangst ein, dass die letzten Stunden so verschwammen, als würde er den Bezug zur Realität verlieren. Normalerweise ging er jeden Tag früh aus dem Haus, um sein anderes Leben zu führen. Dieses Leben schien jetzt jedoch so weit weg zu sein. Dabei brauchte er dieses Leben, weil es ihm Halt gab. Hier, zu Hause, mit der Frau, Daniel und dem Blut, trieb er wie in einem Traum dahin.

Morgen. Morgen würde er wieder aus dem Haus gehen.

Er setzte sich an den Computer, um im Forum nachzusehen. Der Admin, Abchanchu, war heute viel freundlicher als bei ihrem letzten Chat. Jetzt stellte er fest, dass Abchanchu ihm eine Datei geschickt hatte. Er hatte dazu geschrieben, dass er die Blutmengen den Tabellen entnehmen könne.

Er klickte die Datei an und lud sie herunter, öffnete sie aber nicht. Es fiel ihm ja schon schwer, sich auf das Lesen des Chats zu konzentrieren, wie sollte er da eine komplizierte Tabelle verstehen?

Bei seiner Antwort an Abchanchu bemühte er sich um einen lässigen Tonfall.

Kannst du mir das vielleicht kurz zusammenfassen?
Von Tabellen bekomme ich Kopfschmerzen. lol

Abchanchu antwortete nach ein paar Sekunden.

> Haha. Das ist eine ganz einfache Tabelle. Es wäre besser, wenn du dir einen Überblick verschaffst, bevor du zu viel trinkst.

Er knirschte mit den Zähnen.

> Was wäre denn für das Gewicht und die Größe, die ich dir genannt habe, eine sichere Menge?

Im Chatfenster war zu sehen, dass Abchanchu die Nachricht erhalten hatte, aber er ließ sich mit seiner Antwort Zeit.

> Ich würde nicht zu viel trinken. Aber wenn du auf Nummer sicher gehen willst, guck in die Tabelle. Ich will nicht schuld sein, wenn was schiefgeht.

Er seufzte. Dann würde er sich wohl konzentrieren und die Tabelle durchgehen müssen.
Ein plötzliches Geräusch erregte seine Aufmerksamkeit. Zuerst glaubte er, es würde von einem merkwürdigen Ungeziefer ausgehen, aber es war etwas anderes – er hörte die gedämpften Schreie der Frau.

Kapitel 52

»Er muss sie geöffnet haben«, sagte Tatum ein weiteres Mal und starrte auf den Bildschirm.

»Er hat sie nicht geöffnet«, erwiderte Barb, die es langsam nicht mehr hören konnte. »Das hätten wir gesehen.«

»Vielleicht haben Sie beim Trojaner was falsch gemacht?«

»Ich hab nichts falsch gemacht«, stieß Barb empört hervor. »Schreiben Sie ihm, dass er die Datei öffnen soll.«

»Das kann ich nicht machen, weil Peter so etwas nicht tun würde. Peter könnte nämlich gar nicht wissen, dass er die Datei nicht geöffnet hat.« Am liebsten hätte er den Laptop zertrümmert. »Verdammt! Wir müssen ihn irgendwie verschreckt haben.«

»Aber wie denn?« Barb war fassungslos. »Wir haben doch kaum was geschrieben.«

»Ich sagte doch, dass er im Augenblick höchst paranoid ist – alles könnte bei ihm Wahnvorstellungen auslösen.«

»Aber er ist noch online.« Barb deutete auf den Bildschirm. »Hätte er sich dann nicht ausgeloggt?«

Tatum hatte keine Ahnung. Es war durchaus vorstellbar, dass Beta weinend und in Embryonalstellung in der Ecke seines Zimmers lag. Oder dass er auf die Straße geflüchtet war. Oder dass ihn die Vorstellung, er müsse ein PDF öffnen, derart in Angst und Schrecken versetzt hatte, dass er nun entschlossen war, Rhea zu töten und danach Selbstmord zu begehen. Woher sollte er wissen, was da gerade passierte?

»Ich frage ihn einfach. Vielleicht ist er nur verwirrt«, meinte Tatum schließlich.

Es dauerte ein bisschen, bis er den Satz so formuliert hatte, dass es nicht so klang, als wäre Abchanchu wirklich an dem interessiert, was der Mann da trieb.

> Die Tabelle ist ganz leicht zu verstehen. Siehst du die Spalte ganz rechts, die mit »Gewicht« überschrieben ist?

Das konnte Beta dazu bringen, die verdammte Datei zu öffnen. Tatum hatte vor Jahren mit dem Rauchen aufgehört, aber auf einmal sehnte er sich nach einer Zigarette. Er starrte den Bildschirm an, wagte es kaum zu blinzeln und hoffte auf einen Hinweis darauf, dass die Datei geöffnet worden war.

Kapitel 53

Er eilte zum Bad und drehte am Türknauf, während die Schreie der Frau erstarben. Die Tür ging nicht auf. Er blinzelte verwirrt und fragte sich schon, ob es der Frau irgendwie gelungen war, sich zu befreien und im Bad zu verschanzen.

Als ihre Stimme jedoch plötzlich nicht mehr zu hören war, begriff er, was da vor sich ging. Daniel hatte die Tür abgeschlossen und kümmerte sich jetzt um die Frau.

»Daniel!«, schrie er. »Mach die Tür auf.«

Nichts. Er rüttelte am Türknauf. »Daniel! Tu es nicht!«

Ein Herzschlag. Zwei Herzschläge. Drei. Nein, nicht jetzt, wo er endlich eine Frau mit wirklich reinem Blut gefunden hatte. Eine wie sie würde er kein zweites Mal finden. Er hämmerte kreischend gegen die Tür. Etwas knackte, und die Tür ging auf.

Daniel kniete neben der Frau und hatte ihr eine Schlinge um den Hals gelegt. Das Gesicht der Frau war schon ganz lila, und ihr quollen die Augen aus dem Kopf, während sie panisch an den Kabelbindern zerrte, mit denen sie am Abflussrohr gefesselt war.

Er zerrte Daniel weg, knallte ihn gegen die Wand und beschimpfte ihn aufs Übelste. Dann hockte er sich neben die

Frau und löste die Schlinge mit zitternden Fingern. Aber sie war zu eng; er bekam sie nicht zu fassen. Die Frau verdrehte die Augen, bis nur noch das Weiße zu sehen war. Er stieß einen frustrierten Schrei aus, rannte in sein Zimmer, holte eines der Skalpelle, lief zurück und schnitt den Stoff auf, wobei das Skalpell tief in ihre Haut eindrang. Sofort strömte das Blut an ihrem Hals heraus und sickerte in ihre Bluse. Ihre Augenlider flatterten, als er ihr den Knebel aus dem Mund zerrte, damit sie wieder Luft bekam.

Sie hustete und röchelte und starrte das blutige Skalpell an.

»Nicht schreien«, ermahnte er sie und wedelte bedrohlich mit der Klinge.

Sie schluchzte verängstigt auf. Dann holte sie keuchend Luft und schloss die Augen.

Er stand auf und stürmte zu Daniel, der in die Küche gegangen war und soeben ein Handtuch im Spülbecken nass machte.

»Du Arschloch!«, schrie er Daniel an.

»Nicht so laut«, erwiderte Daniel gelassen und drückte sich das feuchte Handtuch auf den Hinterkopf. »Du hättest mir beinahe den Schädel gebrochen.«

»Schade, dass ich es nicht geschafft habe.« Ihm kamen die Tränen. Verrat! So hatte er sich schon früher gefühlt, aber er hätte nie gedacht, dass Daniel ihm so etwas antun würde. »Nach allem, was ich für dich getan habe …«

»Was hast du denn für mich getan?«, fuhr Daniel ihn an. »Und was ist mit allem, was ich für dich getan habe? Wer hat dich denn befreit? Wer hat dir dabei geholfen, zum ersten Mal richtiges, frisches Blut zu trinken? Und jetzt bringst du *mich* in Gefahr? Ich kann hier nicht weg. Mein Gesicht ist auf jedem Bildschirm und in jeder Zeitung dieser Stadt zu sehen. Ich sitze hier mit dir und dieser dämlichen Schlampe fest und muss auf den Moment warten, in dem es ihr gelingt, um Hilfe zu rufen oder sich zu befreien.«

»Das wird sie nicht tun. Sie kann es nicht!« Er schüttelte den Kopf. »Warum willst du überhaupt weg?«

»Wir hatten einen Deal, erinnerst du dich?«, fragte Daniel. »Ich helfe dir bei deiner Heilung, und du machst das Gleiche für mich. Ich bin krank! Ich werde sterben. Du weißt, was ich brauche, damit es mir wieder besser geht.«

»Aber du musst es doch nicht so tun. Koste ihr Blut. Es ist so rein – es wird dich heilen, davon bin ich überzeugt! Nur ein Tropfen kann ...«

»Ihr Blut wird meinen Hirntumor nicht heilen!«, tobte Daniel, vor Wut zitternd.

»Doch, das wird es«, flüsterte der Mann, der die Kontrolle hatte.

Daniel holte mehrmals tief Luft. Dann setzte er ein beruhigendes Lächeln auf. »Weißt du denn nicht, warum ich das getan habe? Ich wollte dich beschützen. Ihr Blut ist befleckt. Das hat sie mir gesagt.«

»Was? Nein, ist es nicht.«

»Sie hat es selbst gesagt. Irgendwie ist es ihr gelungen, den Knebel loszuwerden. Ich ging auf die Toilette, und sie hat gelacht. Sie sagte, ihr Blut wäre ätzend. Sie hat HIV.«

»Nein. Du lügst!«

Daniel riss die Augen auf und wirkte verletzt, und der Mann, der die Kontrolle hatte, bereute seinen Ausbruch sofort.

»Würde ich dich anlügen?«, fragte Daniel ganz leise.

Nein, natürlich würde er das nicht tun. Daniel hatte ihn noch nie angelogen. »Es tut mir leid.«

»Du darfst ihr Blut nicht trinken. Es würde dich umbringen.«

Seine Welt drohte, aus den Fugen zu geraten. Nein! Das konnte nicht sein. Er hatte es gekostet, ihr Blut war so unglaublich rein. »Ich muss dafür sorgen, dass sie nicht noch mal schreit«, sagte er geknickt.

Er ging zurück ins Badezimmer und kniete sich neben die keuchende Frau. Ihr lief noch immer Blut den Hals herunter, allerdings nicht in großen Mengen. Als er ihr gerade den Knebel in den Mund stecken wollte, krächzte sie etwas Unverständliches.

»Was?«

»Das habe ich nicht gesagt«, stieß sie hervor. »Ich habe kein HIV.«

Selbstverständlich würde sie das behaupten. Sie *wollte* ja, dass er krank wurde. Allerdings hatte er ihr Blut gekostet. Er würde es wissen, wenn sie ...

Es war der Tumor. Es war *Rod Glover.*

Der Tumor hätte kein Problem damit, ihn anzulügen. Er wollte ja, dass er ebenfalls starb. Er drehte sich rasch um, weil er schon befürchtete, der Tumor würde hinter ihm lauern, eine zähflüssige Masse kranker Gehirnzellen, die über den Boden glitten.

Aber da war nur Daniel, der noch in der Küche stand und sich das Handtuch auf den Hinterkopf drückte.

»Könnte ich etwas Wasser haben?«, bat die Frau mit heiserer Stimme.

Er nickte und besorgte ihr ein Glas Wasser. Dann legte er das blutige Skalpell auf den Boden und hielt ihr das Glas an die Lippen, damit sie trinken konnte. Nachdem sie mehrere Schlucke genommen hatte, hielt er das Glas zu schräg und sie keuchte wieder, sodass er es wegnahm.

»Noch mehr?«, fragte er, als sie nicht länger röchelte.

Sie schüttelte den Kopf. Hinter ihm fiel eine Tür ins Schloss. Als er sich umdrehte, stellte er fest, dass Daniel in sein Zimmer zurückgekehrt war.

»Sie dürfen ihn nicht in meine Nähe lassen«, flehte sie. »Er wird mich umbringen.«

»Das lasse ich nicht zu. Er weiß, dass er das nicht tun darf.«

»Lassen Sie ihn einfach nicht in meine Nähe.«

Er steckte ihr den Knebel wieder in den Mund. Da er einfach nicht anders konnte, beugte er sich vor und leckte ihr das Blut vom Hals. Es schmeckte so köstlich. Wie hatte er nur auf den Gedanken kommen können, es wäre befleckt? Er leckte alles ab, bis ihre Haut ganz sauber war, dann saugte er noch die Reste aus dem Kragen ihrer Bluse. Sie stöhnte auf und versuchte, sich ihm zu entwinden, was ihr jedoch nicht gelang.

Ihre Haut war ganz warm. »Du hast Fieber«, murmelte er.

Er hatte nichts im Haus, womit sich das Fieber senken ließe, und würde morgen etwas besorgen müssen.

Aber konnte er sie mit dem Tumor allein lassen?

Kapitel 54

Zoe war ins Motel zurückgekehrt und saß auf ihrem Bett. Sie las ihre Notizen durch und sah sich dabei die Fotos auf dem Laptop an. Ihrer Meinung nach war Rheas Entführung Grund genug, das Tatum gegebene Versprechen zu brechen und länger zu arbeiten.

Albert Lamb und sie hatten vier Stunden gebraucht, um alle Fotos durchzugehen. Er hatte längst nicht alle Personen auf den Fotos erkannt, der Großteil war ihm aber bekannt vorgekommen. Zudem war er in der Lage gewesen, ihr dreizehn weitere Telefonnummern zu geben. Auf Catherines Handy würden bestimmt noch weitere zu finden sein, und Zoe hatte vor, sich morgen darum zu kümmern.

Nun wollte sie erst einmal versuchen, die Namen der restlichen Gemeindemitglieder in Erfahrung zu bringen. Der große Glatzkopf, der sich auf zwei Fotos mit Rod Glover unterhielt, war bisher ein Unbekannter. Aber er war auf sieben Bildern mit einem Mann namens Donald Holcomb zu sehen. Holcombs Facebook-Profil war schnell gefunden, und da war auch der namenlose Glatzkopf als einer von Holcombs einhundertsiebenundvierzig Freunden aufgeführt. Offenbar hieß er Bobby Cross. Als sie sich Holcombs und Cross' Profile genauer ansah, erfuhr sie noch eine Menge wie ihr Alter und mit wem sie noch befreundet waren. Cross war Single; Holcomb war verheiratet und hatte eine vierjährige Tochter. Sie schrieb sich alles auf und überlegte derweil, wie wahrscheinlich es war, dass es sich bei einem dieser Männer um Beta handelte. Cross hatte noch einen weiteren bisher Unbekannten in seiner Freundesliste.

Sie arbeitete weiter, sah sich die Fotos an, recherchierte in den sozialen Medien, fügte Namen Notizen hinzu und umkringelte hin und wieder einen.

Der Fotograf besaß auch ein Auge für die kleinen verborgenen Momente. Ein hitziger Streit zwischen Ehepartnern. Ein Mann, dem in der Kirche die Tränen kamen. Ein Kind, das draußen in einem frisch angelegten Beet Blumen pflückte, während die Mutter wutentbrannt angerannt kam. All das war für Zoe von unschätzbarem Wert.

Als sie Alberts Haus verlassen hatte, war da nur eine Namensliste mit einigen Details wie Beruf oder Alter gewesen. Jetzt bekamen diese Menschen in ihrem Kopf ein Leben. Jeremy Finn war anfangs ein dreißigjähriger verheirateter Mann gewesen. Aber nachdem sie ihn im Verlauf von zwei Stunden immer wieder auf Fotos gesehen und seine Konten in den sozialen Medien durchgeschaut hatte, machte er eine Verwandlung durch. Seine Frau war nur auf zwei Fotos mit ihm zusammen zu sehen, auf allen anderen unterhielt er sich mit viel jüngeren, knackigen Gemeindemitgliedern oder stand in ihrer Nähe. Auf einem Bild berührte er die Schulter einer Frau. Darüber hinaus bestand die Hälfte seiner Facebook-»Freunde« aus Frauen in Unterwäsche – vermutlich Bots.

Archie Mann war jemand, der auf Fotos stets in die Ferne zu blicken schien, selbst wenn er sich unterhielt. Und er hatte immer die Hände in den Taschen.

Kyle Raker starrte ständig Männer an, und seine Frau schien es nicht zu bemerken.

Vincent Greer litt unter starkem Achselschweiß.

In ihrem Kopf entwickelten sich diese Menschen, denen sie nie begegnet war, und wurden zu Darstellern in einem makabren jahrelangen Schauspiel, das ein gewalttätiges Ende gefunden hatte.

Immer wieder waren Rod Glover und Catherine Lamb auf diesen Fotos zu sehen, spielten ihre Rolle, lächelten, unterhielten sich, bemerkten die Kamera manches Mal, jedoch nicht immer. Auf den ältesten Bildern fehlte Rod Glover, und Catherine war ein engelsgesichtiger Teenager und stand meist neben ihrer Mutter. Kurze Zeit später tauchte Glover das erste Mal auf, und er und Catherine dominierten zunehmend die Aufnahmen, während sie zu zentralen Figuren innerhalb der Kirchengemeinde wurden. In den letzten Jahren waren die beiden weitaus öfter zu sehen als Albert Lamb oder Patrick Carpenter. Bei Catherine konnte Zoe das nachvollziehen, weil sie die Rolle ihrer Mutter übernommen hatte. Doch es zeugte von Glovers Charisma, dass es ihm gelungen war, eine so wichtige Rolle im Leben der Gemeinde zu übernehmen.

Kapitel 55

Rhea saß zitternd in der Dunkelheit, und die Badezimmerwände schienen sich zu drehen. Sie hatte hohes Fieber und war geschwächt vom Hunger, Durst und Blutverlust. Vielleicht würde sie gar nicht durch die Hand dieser Männer sterben, sondern durch die Infektion.

Doch sie spürte das Kribbeln unter ihrem Bein, ihre leise Hoffnung. Es war so einfach gewesen, das Bein ein Stück zur Seite zu bewegen und das Skalpell darunter zu verbergen. Der Mann, der ihr etwas zu trinken gegeben hatte, war so panisch und verwirrt gewesen, dass er es überhaupt nicht mitbekam. Jetzt musste sie sich zum Warten zwingen. Draußen war noch immer Bewegung zu hören. Einer der Männer war noch wach. Und wenn sie reinkamen und das Skalpell sahen …

Nein, sie musste warten.

Ihre Schultern und ihr Rücken schmerzten von der unnatürlichen Haltung, in der sie gefesselt war. Und ihr war kalt. So schrecklich kalt.

War es spät genug? Sie saß jetzt schon seit Stunden, seit Tagen in der Dunkelheit. Die beiden Männer würden doch jetzt bestimmt schlafen.

Sie bewegte das Bein. Das kleine Skalpell war auf dem Boden kaum zu erkennen. Mit den Händen konnte sie es unmöglich aufheben, aber mit den Füßen würde es ihr vielleicht gelingen. Sie streifte sich die Schuhe und dann eine Socke ab und wackelte mit den Zehen, um die Blutzufuhr zu beschleunigen. Dann versuchte sie, das Skalpell zwischen zwei Zehen zu nehmen. Es schien eine Ewigkeit zu dauern. Der Winkel war völlig falsch, das Skalpell so flach, und sie zitterte stark. *Komm schon, komm schon, komm schon.*

Endlich und zu ihrem eigenen Erstaunen gelang es ihr. Sie hielt das Skalpell zwischen ihren Zehen fest. Jetzt musste sie es nur noch irgendwie in die Hand bekommen. Sobald sie das geschafft hatte, konnte sie die Kabelbinder hoffentlich durchtrennen. Es waren ja nur zwei.

Doch es stellte sich als unmöglich heraus.

Sie bekam das Skalpell beinahe in die Hand. Wenn sie das Knie beugte und an den Plastikkabelbindern zerrte, waren ihre Finger nur noch Zentimeter davon entfernt. Aber es reichte nicht. Und dann fiel das Skalpell herunter und blieb neben ihrer Taille auf dem Boden liegen.

Schritte. Jemand kam. Panisch drehte sie den Körper zur Seite und warf sich auf das Skalpell. Schmerz jagte durch ihre Schulter, als sie sie verdrehte.

Die Tür ging auf. Es war dieser Daniel. Seine Augen glänzten in der Dunkelheit. Jetzt, wo sein Freund schlief, würde er sie umbringen. Sie wimmerte.

»Was machst du da, Daniel?«, fragte eine Stimme aus der Dunkelheit.

Daniel drehte sich um. »Nichts«, antwortete er betont lässig. »Ich kann nicht schlafen und brauche meine Tabletten. Sie stehen im Badezimmerschrank. Ist das für dich in Ordnung?«

»Ja. Ich wollte mich nur vergewissern.«

Daniel trat kopfschüttelnd an den Schrank. »Verdammter Psycho«, murmelte er und nahm etwas aus dem Schrank. Dann machte er einen Schritt über Rhea hinweg, ignorierte sie völlig und drehte den Wasserhahn auf. Sie hörte das Wasser laufen und wie er sich einen Becher füllte. Mit einem Mal schrak sie zusammen, als kaltes Wasser auf sie herabtropfte. Das Rohr, an das sie gefesselt war, leckte.

Er nahm die Tabletten, trank das Wasser und verließ das Badezimmer, ohne sie auch nur eines Blickes zu würdigen. Sie hörte, wie die Tür ins Schloss fiel.

Daraufhin eine Bewegung. Der andere Mann. Er schleifte etwas umher. Eine Matratze. Er legte sie vor die Badezimmertür. Anscheinend hatte er vor, dort zu schlafen.

Zu Rheas Erleichterung ließ er die Tür geschlossen und legte sich nur stöhnend davor.

Sie richtete sich wieder auf, und ihre Schulter tat so weh, dass sie befürchtete, sie sich ausgekugelt zu haben. Der Schmerz und die Kälte bewirkten, dass sie kaum noch klar denken konnte. So musste es in der Hölle sein.

Inzwischen war ihr klar geworden, dass sie das Skalpell unmöglich in die Hand bekommen konnte. Außerdem war sie sich sowieso nicht sicher, wie sie die Kabelbinder in dieser Position durchschneiden sollte.

Neuer Plan.

Sie untersuchte das Rohr, an das sie gefesselt war. Bei ihr zu Hause war da so ein Plastikding am Abfluss ... Nannte man das nicht Siphon? Sie hatte ihn sogar schon mal abgebaut, als das Wasser nicht mehr abfließen wollte. Das ging ganz leicht. Sie hatte nur diese Plastikschelle mit einer Hand aufdrehen müssen, und schon ließ sich das ganze Ding abnehmen. Dabei hatte sie sich zwar fast ein gutes Shirt ruiniert, aber sie war hinterher auch sehr zufrieden gewesen, das ganz allein geschafft zu haben.

An diesem Rohr befanden sich keine Plastikteile. Der drehbare Teil war mit zwei Plastikschellen am Waschbecken und an der Wand befestigt. Sie konnte beide Hände problemlos entlang des Rohrs bewegen und beide Schellen mit den Fingern erreichen. Wenn sie beide aufschraubte, müsste sich das Rohr theoretisch abbauen lassen.

Aber sowohl das Rohr als auch die Schellen waren rostig, und als sie daran zu drehen versuchte, geschah gar nichts.

Wenn sie nur die Schelle am Waschbecken löste, wäre sie vielleicht in der Lage, das Rohr abzubekommen. In diesem Fall müsste sie immerhin nur eine der verdammten Schellen losdrehen.

Sie griff danach und drehte daran. Die Schelle war feucht, und ihre Handfläche rutschte ab. Aber sie versuchte es immer wieder.

Endlich schien sie sich zu bewegen. Nur ein kleines Stück.

Sie konnte es schaffen. Und dann wäre sie frei, hätte ein Skalpell als Waffe und das Überraschungsmoment auf ihrer Seite. Ihr war durchaus bewusst, dass das nicht viel war, aber immer noch besser als nichts.

Kapitel 56

Nach einer Weile hatte Zoe beim Durchgehen der Fotos das Gefühl, eine Saga zu entdecken. Immer wieder kristallisierten sich kleinere Geschichten heraus. Beispielsweise hatten die Kirchenveranstaltungen zu Beginn der Dokumentation größtenteils in Form von Picknicks stattgefunden. Je häufiger Catherine jedoch auf den Bildern zu sehen war, wahrscheinlich, weil sie sich immer aktiver an der Verwaltung beteiligte, desto öfter waren ehrenamtliche Tätigkeiten und Nachbarschaftsaktivitäten auf den Fotos zu sehen.

Aber es gab auch andere, weitaus banalere Geschichten zu entdecken. Ein verheiratetes Paar, das sich jahrelang nahezustehen schien, entfremdete sich im Laufe der Jahre, bis der Ehemann schließlich gar nicht mehr auftauchte. Ein niedliches lächelndes Kind wuchs zu einem mürrischen Teenager heran. Ein Mädchen wurde auf jedem Bild dünner, bis es fast ein Jahr lang überhaupt nicht mehr auftauchte, und danach wirkte es zwar gesünder, aber irgendwie distanziert und lächelte nie.

Einiges davon bildete sich Zoe wahrscheinlich nur ein. Während die Stunden vergingen, wurde sie immer müder und glaubte, weitere Hinweise zu entdecken. Kriselte es in Holcombs Ehe? Zwei Fotos, auf denen er und seine Frau in entgegengesetzte Richtungen starrten, brachten Zoe auf diesen Gedanken. Doch das waren Mutmaßungen, und damit durfte sie gar nicht erst anfangen.

Etwas nagte an ihr. Eine Verbindung, die sie noch nicht genau bestimmen konnte. Ein fehlendes Puzzleteil.

Sie hatte eine Liste möglicher Kandidaten zusammengestellt. Nicht einmal zehn Namen. Nur acht. Sie schickte O'Donnell die Liste und ging sie ein weiteres Mal durch, um sich zu vergewissern. Dabei fielen ihr langsam die Augen zu, und die Fotos auf dem Bildschirm verschwammen.

In ihren Träumen sah sie die Fotos weiterhin, aber sie bewegten sich und sie konnte die Menschen reden hören. Einer von ihnen war ein Mörder, das wusste sie, Glovers Komplize. Sie versuchte, ihn zu finden, aber er war in Bewegung, hielt sich immer außerhalb ihres Sichtbereichs, und sie konnte ihn einfach nicht genau erkennen. Sie wirbelte wieder und wieder herum, die Leute um sie herum verloren an Substanz, und der Mann, den sie unbedingt erkennen wollte, war ihr die ganze Zeit einen Schritt voraus. Dann lief Rod Glover durch die Menge, als wäre sie nichts als Nebel, kam direkt auf Zoe zu und hatte ein boshaftes Grinsen auf den Lippen.

Kapitel 57

Samstag, 22. Oktober 2016

Die Tür ging knarrend auf, und Rhea öffnete benommen die Augen. Es war der Bluttrinker. Er hatte ein Glas Wasser in der Hand.

Ihre Handfläche pochte. Sie hatte die ganze Nacht versucht, das Rohr zu lösen, bis sie irgendwann vor Erschöpfung eingeschlafen war. Hatte sie es geschafft? Sie erinnerte sich, dass es ein wenig nachgegeben hatte. Aber sie war zu schwach gewesen, um weiterzumachen. Es war viel leichter, einfach aufzugeben.

Er hockte sich neben sie, nahm ihr den Knebel aus dem Mund und hielt ihr das Glas an die Lippen. Sie trank gierig und bemühte sich, nichts zu verschütten, bis das Glas leer war.

»Du hast noch immer hohes Fieber«, stellte er fest, nachdem er ihr eine Hand auf die Stirn gelegt hatte.

»Das liegt an der Infektion«, flüsterte sie. »Ich brauche Antibiotika.«

»Wir haben keine da.«

»Ich muss zu einem Arzt. Die Infektion und das Fieber bringen mich sonst um.« Es schien ihm etwas daran zu liegen, dass sie am Leben blieb. Vielleicht konnte sie ihn ja überzeugen.

Doch er hörte gar nicht auf sie, sondern starrte ihren Hals an. »Was ist das?«

»Was?«

»Dieser Schnitt hier.« Er berührte die Stelle, an der er sie am Vortag verletzt hatte.

»Da haben Sie mich gestern mit dem Skalpell geschnitten, wissen Sie das nicht mehr?«

Er runzelte die Stirn. »Nein, das war ich nicht. Nur das am Bein.«

»Und am Arm und am Hals.«

»Nein! Daran würde ich mich erinnern. Das müsste ich doch wissen. Ich habe dich nur einmal bluten lassen. Das weiß ich ganz genau. Einmal. Und nicht am Hals, niemals am Hals, ich würde doch nicht …«

»Doch … Sie waren das«, erklärte sie verzweifelt. »Sie haben mich mehrmals verletzt.«

»Ich … war das nicht. Nein … das ist nicht möglich.« Er schüttelte heftig den Kopf. »Du warst das. Du versuchst, dich selbst zu verletzen und zu verbluten, damit ich dein Blut nicht bekommen kann.«

Ihm flogen Speichelfäden aus dem Mund, und seine Augen traten aus den Höhlen. Mit seinem vor Zorn verzerrten Gesicht sah er aus wie eine Bestie. Er würde sie töten. Während ihr das Herz bis zum Hals schlug, stieß sie hervor: »Es war der andere Mann. Daniel. Er hat das gemacht.«

Er stutzte und starrte sie verwirrt an. »Daniel?«

Der Mann hatte ganz offensichtlich jeglichen Bezug zur Realität verloren. Konnte sie das ausnutzen? »Er war heute Nacht bei mir. Sie haben wohl tief geschlafen«, sagte sie mit zitternder Stimme. »Er hat mich verletzt und mein Blut getrunken. Er will das ganze Blut für sich haben. Er will alles.«

Das schien ihn nicht zu überzeugen. »Daniel war das nicht.«

»Doch! Sie müssen mir glauben.«

»Nein, das war der Tumor. Der Tumor hat die Kontrolle über ihn übernommen. Jetzt will er *uns* auch infizieren. Es ist der Tumor. Rod Glover. Der Tumor.«

»Ja«, stimmte sie ihm zu. »Es ist sein Tumor. Er kam hier rein und hat mein Blut getrunken. Es war der Tumor, jetzt weiß ich es wieder. Sie müssen mir helfen. Der Tumor will Ihnen das Blut wegnehmen.«

»Ja. Du hast recht. Ich muss mich darum kümmern.« Seine Lippen bebten. »Ich muss ihn rausschneiden.«

»Genau. Schneid ihn auf und hol ihn raus. Das ist der einzige Weg.« Sie konnte es schaffen. Sie konnte ihn dazu bringen, seinen Partner zu töten.

Er dachte darüber nach. »Nein. Ich werde dir Antibiotika besorgen. Dann kann ich auch gleich fragen, ob sie was gegen den Tumor haben. Ich werde sie *fragen*.«

Wenn er das Haus verließ, würde sein Freund sie garantiert umbringen. »Bitte gehen Sie nicht! Er wird mich töten. Kümmern Sie sich erst um ihn!«

»Keine Sorge.« Er stopfte ihr den Lappen wieder in den Mund. Sie wehrte sich und versuchte, ihn auszuspucken, aber er zog den Knoten fester und sorgte dafür, dass der Knebel in ihrem Mund blieb. »Er hat letzte Nacht seine Tabletten genommen. Dann schläft er immer bis Mittag. Bis dahin bin ich längst wieder da.«

Er stand auf. Sie schrie durch den Knebel und versuchte, ihn mit der Zunge rauszudrücken, aber es gelang ihr nicht.

»Mach ja keinen Lärm, dann wacht er auch nicht auf.« Bei diesen Worten schloss er die Tür.

Sie hatte nicht vor, so lange zu warten, bis dieser Verrückte wiederkam. Ein Mann hatte das Haus verlassen, der zweite schlief unter Medikamenteneinfluss. Wenn sie sich jetzt befreien konnte, hatte sie dank des Skalpells mehr als nur eine kleine Hoffnung, sie hatte eine reelle Chance.

Angespornt von diesem Gedanken, drehte sie mit ganzer Kraft an der Schelle.

Die sich mit lautem Knirschen bewegen ließ.

Kapitel 58

Zoe schrak schwer atmend hoch und hatte die Albträume noch deutlich vor Augen. Ihr war, als hätte sie ganz kurz davorgestanden, etwas herauszufinden, ein wichtiges Detail auf den Fotos, das ihr bisher entgangen war. Aber was? Möglicherweise ein vielsagender Blick zwischen Glover und einem anderen Gemeindemitglied? Oder jemand, der wiederholt zusammen mit Glover auf den Bildern zu sehen war?

Allerdings hatte sie sich alle Fotos, auf denen Glover auftauchte, so oft angesehen, dass sie genau wusste, was darauf war. Sie konnte die Namen aller Personen auf diesen Fotos aus dem Gedächtnis aufsagen. Tatsächlich hatte sie sogar aufgelistet, wie oft jede Person im Gespräch oder bei irgendeiner Interaktion mit Glover fotografiert worden war. Der Mensch, der ihm am nächsten zu stehen schien, war Dennis Blake. Er gehörte zu den acht Männern auf Zoes Liste. Unverheiratet, sechsunddreißig Jahre alt, arbeitete als Verkäufer bei Walmart. Wahrscheinlich war er es gewohnt, Anweisungen auszuführen, und er gehörte zu der Art von Mensch, die sich von Glover herumscheuchen lassen würde. Er wäre Glover sofort ins Auge gefallen.

Das war es, was an ihr nagte. Die Wahrscheinlichkeit war hoch, dass es sich bei ihm um Beta handelte. Sie griff nach ihrem Handy und wollte Tatum anrufen.

Nein.

Sie empfand nicht die Art von Erleichterung, die sich sonst einstellte, wenn sie etwas Entscheidendes herausgefunden hatte. Was immer sie auch beschäftigte, es hatte nichts mit Dennis Blake zu tun.

Dabei handelte es sich nämlich nicht um etwas, das sie auf dem Foto gesehen hatte, sondern um etwas, das fehlte.

Jemand, der peinlich genau darauf geachtet hatte, nicht mit Glover fotografiert zu werden? Es gab insgesamt dreizehn Männer, die auf anderen Bildern, aber nicht einmal mit Glover zusammen auftauchten. Sie dachte nacheinander über alle nach, gelangte jedoch zu keiner Erkenntnis.

Das Problem war, dass sie sich auf Glover konzentrierte. Wie die Menschen auf dem Foto auf ihn reagierten. Lächelte er sie, ihre Partner oder Kinder an, wenn sie mit ihm sprachen? Ihr war, als könnte sie kein Profil von Beta erstellen, ohne hervorzuheben, welche seiner Eigenschaften mit Glover in Verbindung standen. *Beta ist weiß wie Glover, mittelgroß wie Glover. Er leidet an einer psychischen Erkrankung, die Glover ausgenutzt hat, um ihn zu manipulieren. Er ist ein Mitläufer, was Glover bei einem Komplizen wichtig wäre.*

Beta war selbst ebenfalls ein Mörder. Vielleicht hatte Glover diesen Wesenszug aus ihm herausgeschält oder er war schon vorher da gewesen. Und seine Eigenschaften hatten gar keinen Bezug zu Glover. Das war ihr eigenes Problem, das sie verfolgte. Sobald Glover auftauchte, sah sie die Welt mit anderen Augen und nahm alles verzerrt wahr.

Sie fuhr ihren Laptop hoch und ging die Fotos ein weiteres Mal durch, wobei sie sich jetzt auf die konzentrierte, auf denen

Glover nicht zu sehen war. Dabei hielt sie einfach nach allem Ausschau.

Nach zwanzig Minuten wusste sie, was es war.

Ein Foto, das sie an der Gedenktafel in der Kirche gesehen hatte, fehlte in ihrer Sammlung. Und sie wusste sofort, wer darauf neben Catherine abgebildet war.

Allen Swenson.

Sie suchte die Fotos heraus, die Tatum von der Gedenktafel gemacht hatte, und betrachtete sie. Allen Swenson war auf zwei Bildern zu sehen. Auf einem standen er und Catherine mit mehreren Personen zusammen und lächelten in die Kamera. Dieses Bild hatte sie auch von Finch, dem Fotografen, erhalten. Aber das zweite, ein Foto von Allen und Catherine, die im Garten auf einer Bank saßen und sich unterhielten, fehlte in Finchs Ordnern. Warum?

Jetzt, wo sie darüber nachdachte, fiel ihr erst auf, dass es so gut wie keine neueren Bilder von Allen gab. Dabei hatte er doch gesagt, er würde fast jeden Sonntag zum Gottesdienst kommen. Sie überprüfte das rasch. Swenson war nur wenige Male und auf Gruppenaufnahmen zu sehen.

Abermals ging sie die Dateien durch, achtete nun aber auf die Namen und notierte sich fehlende Nummern. Im Großen und Ganzen waren die Bilder fortlaufend nummeriert. Bei jedem Datumswechsel kam es zu einem Sprung, was vermutlich darauf zurückzuführen war, dass Finch zwischendurch andere Motive fotografiert hatte. Hin und wieder fehlten ein oder zwei Bilder, die wahrscheinlich verschwommen oder sonstwie misslungen und sofort gelöscht worden waren. Aber in den neueren Ordnern gab es zahlreiche Lücken, oftmals fehlten gleich vier oder fünf Fotos. Allein aus den letzten beiden Jahren schienen zweiunddreißig Fotos verschwunden zu sein.

Diese Bilder waren entfernt worden. Hatte Swenson darum gebeten?

Er hatte ihnen erzählt, er habe Catherine gesehen, als er an der Kirche vorbeigefahren war. Angeblich hatte er sich mit einem Freund unterhalten. Sie waren der Sache nie nachgegangen. Handelte es sich bei diesem Freund um Glover?

Hatte Catherine die beiden zusammen im Auto gesehen? Wenn Glover glaubte, sie hätte ihn erkannt und an Swensons Seite gesehen, konnte das schon Grund genug für ihn sein, ihren Tod zu wollen.

Swenson stand nicht auf ihrer Liste, weil diese auf den ihr vorliegenden Fotos basierte – auf denen er jedoch nur selten auftauchte. Da sie davon ausgegangen war, Beta habe Glover in der Kirche kennengelernt und Catherine dort regelmäßig getroffen, hatte sie sich auf Männer konzentriert, die häufig auf den Fotos auftauchten und Teil der Kirchengemeinde waren. Ihr war bis zu diesem Moment nicht in den Sinn gekommen, dass Bilder von bestimmten Menschen fehlen könnten.

Sie suchte in den sozialen Medien nach ihm und entdeckte sein Facebook-Profil. Er war geschieden und hatte keine Kinder. Auf seiner Seite gab es mehrere Selfies mit Frauen, die deutlich jünger waren als er.

Sie rief Tatum an.

»Hi.« Er klang erschöpft.

Erst jetzt erinnerte sie sich an die Online-Falle, die Tatum dem Mörder am Vortag gestellt hatte. »Gibt es schon Neuigkeiten in der Virussache?«

»Es ist kein Virus, sondern ein Trojaner.« Er gähnte beim letzten Wort laut. »Bisher gibt es nichts Neues. Er hat sich nicht ausgeloggt, die Datei aber auch nicht geöffnet. Wir kennen den Grund dafür nicht. Ich habe ihn heute Morgen gefragt, ob ihm die Datei geholfen hat, aber noch nichts von ihm gehört.«

»Sind Sie auf dem Revier?«

»Ja, ich habe hier geschlafen. Wir haben eine Pyjamaparty gemacht. Agent Valentine trägt einen rosafarbenen Schlafanzug.«

»Wirklich?«

»Nein. Aber ich finde es sehr lustig, dass Sie das auch nur für möglich halten.«

»Haben Sie die Telefonnummer des Fotografen, mit dem wir gesprochen haben?«

»Ich glaube schon. Finch, richtig? Augenblick ... Okay, ich schicke sie Ihnen. Warum?«

»Ich glaube, es fehlen einige Fotos«, antwortete Zoe ausweichend, weil sie sich nicht sicher war, ob sie ihre Ahnung nicht in die Irre führte. »Ich halte Sie auf dem Laufenden.«

»Okay. Es gibt eine Statusbesprechung um ...«

Sie legte auf, bevor er weitersprechen konnte. Reiner Selbstschutz. Dann rief sie Finch an. Es dauerte einige Zeit, bis er ans Telefon ging.

»Hallo?«

»Mr Finch, hier ist Zoe Bentley. Wir waren vor ein paar Tagen bei Ihnen ...«

»Daran erinnere ich mich. Wie kann ich Ihnen helfen?«

»Es geht um Catherine Lamb und Allen Swenson.«

Die lange Pause, die ihren Worten folgte, verriet ihr, dass sie richtig geraten hatte. Sie lächelte grimmig.

»Was ist mit den beiden?«, wollte Finch wissen.

»In den Dateien, die Sie uns gegeben haben, fehlt ein Foto, auf dem die beiden zu sehen sind. Aber es hängt an der Gedenktafel.«

»Da muss mir ein Fehler unterlaufen sein. Möglicherweise habe ich einen Ordner übersehen.«

»Nach allem, was ich bisher weiß, handelte es sich nicht nur um einen Ordner. Aus den letzten beiden Jahren fehlen mehrere Bilder. Haben Sie die entfernt, Mr Finch?«

»Ich sagte doch schon, dass es bestimmt nur ein Fehler war. Ich gehe die Dateien gleich Montagmorgen durch und schicke Ihnen die fehlenden.«

Wenn er einen Grund hatte, sie zu verbergen, dann würde er sie bis dahin gelöscht haben. »Was ist, wenn wir jetzt sofort einen Streifenpolizisten zu Ihrem Studio schicken? Mit einem Durchsuchungsbefehl? Würden Sie die Fotos dann schneller finden?«

»Das ist nicht nötig.«

»Eine Frau wurde ermordet, Finch. Falls Sie Beweise zurückhalten ...«

»Sie dürfen ihm nicht sagen, dass ich mit Ihnen gesprochen habe«, verlangte Finch.

»Wem?«

»Allen.«

»Allen Swenson?«

»Ja. Er kam am Dienstag in mein Studio und wollte, dass ich alle Fotos lösche, die ich in den letzten beiden Jahren von ihm gemacht habe.«

Am Dienstag. Das war der Tag, an dem sie Swenson in der Kirche getroffen hatten. Er hatte sie vor der Gedenktafel gesehen und musste direkt zu Finch gefahren sein, um etwas beseitigen zu lassen, was sie nicht finden sollten. »Hat er Ihnen auch einen Grund dafür genannt?«

»Er sagte, ich hätte seine Privatsphäre verletzt, und drohte, mich zu verklagen, wenn ich es nicht tue.«

»Haben Sie die Fotos gelöscht?«

»Ich habe sie aus den Ordnern gelöscht, aber nicht aus meinem Back-up.«

»Wir brauchen diese Fotos auf der Stelle.«

»Ich kann in zwanzig Minuten in meinem Studio sein und sie Ihnen schicken.«

»Schicken Sie sie an meine E-Mail-Adresse.« Sie nannte sie ihm. »Und beeilen Sie sich.«

Die Wartezeit war kaum auszuhalten. Immer wieder rief sie ihre Mails ab in der Hoffnung, er hätte endlich was geschickt.

Als sie ihn gerade noch einmal anrufen wollte, traf seine E-Mail ein. Sofort öffnete sie die Bilder.

Manchmal war ein Bild tatsächlich mehr wert als tausend Worte, und nun hatte sie sogar zweiunddreißig davon. Einige waren gänzlich harmlos, aber das waren auch nicht die, die Swenson Sorgen bereiteten. Finch besaß wirklich ein besonderes Händchen dafür, entscheidende Augenblicke einzufangen, und siebzehn Fotos erzählten eine Geschichte.

Allen und Catherine, die sich in der Kirche unterhielten und für eine freundschaftliche Beziehung etwas zu dicht beieinanderstanden. Einige Bilder, auf denen sie sich in einer dunklen Ecke küssten. Dann ein anderes, auf dem Allen eine Hand an Catherines Taille hatte und es so aussah, als wollte sie sie wegnehmen oder dort festhalten. Weitere Fotos, auf denen sie sich unterhielten, wobei Catherine aufgelöst und Allen ganz ruhig wirkte. Ein Foto der weinenden Catherine, die Allen stoisch anstarrte. Ein weiteres Kussfoto. Ein aggressiver Kuss, bei dem Allen Catherine packte, die die Arme steif herunterhängen ließ, als müsste sie sich zwingen, ganz stillzuhalten.

Zoe rief O'Donnell an, wobei sie den Blick nicht von Catherines Gesicht auf dem letzten Bild abwenden konnte. Catherine hatte die Augen geschlossen, als wollte sie ausblenden, was mit ihr geschah, es vielleicht sogar verschwinden lassen. Aber letzten Endes hatte sie die Augen wohl nicht fest genug zugemacht.

KAPITEL 59

Das Rohr ließ sich nicht drehen. Rhea stöhnte vor lauter Verzweiflung leise. Sie zog mit ganzer Kraft daran und achtete nicht mehr darauf, ob sie Lärm machte oder den anderen Mann, diesen Daniel, weckte. *Komm schon ...*

Nichts.

Der Mechanismus schien anders zu sein als bei ihr zu Hause. Möglicherweise ähnlich, aber nicht genauso. Obwohl sie die Schelle ganz gelöst hatte, konnte sie das Rohr nicht abnehmen.

Sie würde es auf der anderen Seite versuchen müssen. Sobald sie auch die zweite Schelle gelöst hatte, kam sie bestimmt frei. Doch sosehr sie sich auch abmühte, sie konnte sie einfach nicht lösen. Die Schelle bewegte sich kein bisschen. Rhea bekam sie aus diesem Winkel auch nicht gut zu fassen, und sie wurde langsam müde. Und da war Rost. So viel Rost ...

Ihr kam eine Idee. Sie hielt die gefesselten Hände so, dass sich der Kabelbinder direkt über der verrosteten Stelle befand, und drückte mit dem ganzen Gewicht dagegen.

Das Rohr knackte. Rostsplitter fielen um sie herum zu Boden. Sie versuchte, daran zu ziehen, was ihr aus dieser Position jedoch nicht gelang.

Aber hatte es nicht gerade ein bisschen nachgegeben?

Sie setzte sich, holte mehrmals tief Luft und wagte einen neuen Versuch. Und einen weiteren. Das Rohr bewegte sich nicht.

Rhea richtete sich auf, hob die Hände und riss sie ruckartig nach unten. Das Rohr klapperte, und bei dem Lärm bekam sie es mit der Angst zu tun. Es rieselte deutlich mehr Rost herunter. Sie versuchte es noch mal.

Klong.

Und noch mal.

Klong.

Klong. Klong. Klong.

Sie hielt inne, stemmte sich hoch und ließ sich mit dem gesamten Gewicht auf das Rohr fallen. Etwas gab nach. Sie würde es schaffen! Das Rohr war so verrostet, dass sie es zerbrechen konnte.

Auf einmal ging die Tür auf.

Rhea ließ sich auf den Boden sinken und verbarg das Skalpell unter ihrem Körper.

Daniel kam blinzelnd und gähnend hereingeschlurft. Er trug einen nicht zugebundenen Bademantel, einen Slip, Socken und ein fleckiges weißes T-Shirt. Beim Hereinkommen sah er sie kopfschüttelnd an und trat vor die Toilettenschüssel. Rhea wandte den Blick ab. Sie konnte spüren, dass er sie beim Pinkeln anstarrte.

Er betätigte nicht die Spülung, ging zum Waschbecken, sodass er direkt über ihr stand, und wusch sich die Hände und das Gesicht.

Wasser tröpfelte an den Stellen, an denen sie die Schellen geöffnet hatte, auf den Boden, was sich wie Regen anhörte. Rasch rutschte Rhea zur Seite und ließ das Wasser stattdessen in ihr Haar und auf ihre Schultern tropfen. Wenn er das herunterlaufende Wasser bemerkte, würde er herausfinden, was sie vorhatte, und dann wäre es um sie geschehen …

Doch er merkte nichts und drehte den Wasserhahn zu.

»Hey, hast du Frühstück gemacht?«, rief er seinem Freund zu.

Und bekam natürlich keine Antwort.

Daniel verließ das Badezimmer. Sie stellte sich vor, wie er auf der Suche nach seinem Freund durch alle Räume ging.

Als er zurückkam, war da ein Glitzern in seinen Augen.

»Tja«, meinte er. »Sieht ganz danach aus, als wären wir allein. Unbeaufsichtigt.«

Rhea atmete hektisch und verängstigt durch die Nase ein.

»Ich könnte dich einfach ausschalten.« Er grinste sie an. »Dreißig Sekunden, und aus wäre es mit Rhea Deleon. Das ist doch dein Name, richtig? Rhea Deleon? Die Polizei sucht nach dir. Na ja, eigentlich nach dir und mir. Wir waren gestern sogar die Stars der Abendnachrichten. Ich könnte dich beseitigen und dafür sorgen, dass die Polizei Rhea Deleons Überreste im Fluss findet. Was hältst du davon?«

Als sie den Kopf schüttelte, wurde sein Grinsen breiter. Es war offensichtlich, dass er ihre Reaktion und ihre Angst genoss. Und sie hatte so große Angst.

Er tippte sich nachdenklich an die Lippen. »Es spricht doch nichts dagegen, dass wir uns ein bisschen amüsieren, oder? Ich bezweifle, dass mein Partner mir das übel nehmen wird.«

Gelassen schlenderte er aus dem Bad und ließ die Tür offen stehen.

Wo steckt der andere Kerl? Er hatte doch nur zur Apotheke fahren wollen. Jetzt war er bestimmt schon eine Stunde weg, und sie begriff nicht, was er so lange trieb. Aber das war auch unwichtig. Ihr blieben höchstens noch ein paar Minuten, und sie musste die Zeit nutzen.

Abermals stemmte sie sich hoch und rüttelte am Rohr, das lautstark protestierte, um dann mit einem Ruck zu zerbrechen. Abwasserschlamm tränkte ihre Kleidung.

Sie war frei. Einige Sekunden lang atmete sie nur schwer und konnte nicht fassen, was gerade passiert war. Sie fummelte am Knebel herum, der jedoch sehr fest saß und sich mit aneinandergefesselten Händen nicht lösen ließ. Daher hob sie das Skalpell hoch und versuchte, es sich zwischen die Hände zu klemmen und den Kabelbinder durchzuschneiden.

Doch sie verletzte sich die Haut, und das heraussickernde Blut machte den Kabelbinder noch rutschiger. Zwar gelang es ihr, mit dem Skalpell am Plastik zu sägen, aber da die Klinge nicht gezackt war, glitt sie nur darüber und war eigentlich nutzlos.

»Sei vorsichtig, sonst verletzt du dich noch.«

Er stand in der Tür und hielt ein graues Stoffstück in der Hand. Rhea wich zurück und stieß das Skalpell in seine Richtung.

Daniel machte einen Schritt und trat Rhea ins Gesicht. Der Schmerz war schlimmer als alles, was sie je erlebt hatte. Sie spürte etwas brechen, und die Welt um sie herum verschwamm. Das Skalpell rutschte ihr aus den Fingern und fiel klappernd zu Boden.

Er packte ihr Handgelenk, zerrte sie über den Boden auf sich zu und schleuderte sie auf den Bauch. Etwas legte sich um ihre Kehle – *das Stoffstück* –, und sie bekam keine Luft mehr. Sie wand sich, versuchte, sich zu befreien, trat ins Leere, wollte schreien, bekam jedoch keinen Ton heraus.

Dann zerrte er ihr die zerrissene Hose herunter und befummelte sie grob mit den rauen Fingern, stieß sie in sie hinein. Die Schlinge um ihren Hals lockerte sich, sie bekam Luft und schrie gegen den Knebel. Rhea schloss die Augen und betete, dass es schnell vorbei sein würde. Seine Atmung wurde schwerer und kehliger. Auf einmal nahm er die groben Hände weg.

Sie schlug die Augen auf. Er starrte sie mit gerötetem Gesicht und weit aufgerissenen Augen an und schien stinksauer zu sein.

»Das ist deine Schuld! Weil du so gottverdammt hässlich bist!«

Die Schlinge zog sich wieder zu. Sie bekam keine Luft, konnte nicht schreien, nicht einmal wimmern.

Ihr einziger Trost war, dass der Schmerz nachließ. Eigentlich spürte sie ihn gar nicht mehr.

Kapitel 60

O'Donnell beobachtete Swenson auf dem Monitor. Er verlor die Geduld und drehte im Verhörzimmer Kreise. Sie konnte nur hoffen, dass sich das nicht als weitere Sackgasse erwies, nachdem sie bis eben mit den anderen Männern von Zoes Liste gesprochen hatte. Verständlicherweise waren sie alle nervös gewesen, aber keiner fiel irgendwie aus dem Rahmen.

»Ist das Swenson?« Tatum trat neben sie.

»Ja«, antwortete sie. »Sie haben ihn aufgegriffen, als er gerade sein Haus verließ.«

»Hat er gesagt, wo er hinwollte?«

»Er meinte, er wolle sich mit einem Freund treffen.«

Tatum nickte. »Was macht der Durchsuchungsbeschluss?«

»Koch arbeitet daran. Ich bin mir nicht sicher, ob wir schon genug in der Hand haben.«

»Dann versuchen wir doch mal, Koch die Arbeit zu erleichtern«, schlug Tatum vor.

Sie gingen durch den Flur zum Verhörzimmer. Auf einmal blieb O'Donnell stehen.

»Wen haben wir denn da?«, meinte sie.

Patrick Carpenter kam zornentbrannt auf sie zugestürmt.

»Detective!«, brüllte er, als er bis auf wenige Meter an sie herangekommen war. »Reicht es nicht, dass unsere Gemeinde Catherine verloren hat? Die Menschen sind noch in tiefer Trauer, und Sie belästigen sie und versuchen, einem von ihnen dieses grässliche Verbrechen anzuhängen?« Seine hervorstehenden Augen waren blutunterlaufen, und seine Kleidung wirkte sehr unordentlich. Hatte das etwas mit Catherines Tod oder der Schwangerschaft seiner Frau zu tun?

»Wir wollen niemandem etwas anhängen ...«

»Mr Swenson hat mich angerufen und mir mitgeteilt, dass Sie ihn verhören.«

O'Donnell musterte ihn fragend. »Ich dachte, er hätte seinen Anwalt angerufen.«

»Oh, ich habe in seinem Namen einen Anwalt beauftragt, das kann ich Ihnen versichern. Und er ist offenbar nicht der Einzige, den Sie an diesem Wochenende belästigt haben. Einige andere Gemeindemitglieder haben mir Nachrichten geschickt, weil sie ...«

»Mr Carpenter, wir versuchen nur, die Personen zu finden, die für Catherines Tod verantwortlich sind. Ich gehe doch mal davon aus, dass alle Mitglieder Ihrer Gemeinde das ebenfalls wollen?«

»Wir möchten, dass ihr Mörder zur Rechenschaft gezogen wird, aber wir sind gegen diese ... diese ... Hexenjagd. Ein Gemeindemitglied nach dem anderen abzuholen und nach Informationen auszuquetschen ...«

»Wie Sie bereits wissen, ist Daniel Moore, ein Mitglied Ihrer Gemeinde, in Wirklichkeit Rod Glover und wird wegen mehrfachen Mordes gesucht«, schaltete sich Tatum ein. »Und wir glauben ...«

»Sie glauben, Allen hätte etwas damit zu tun? Haben Sie überhaupt schon mal mit dem Mann gesprochen? Er ist einer der freundlichsten Menschen, die ich kenne.«

»Bitte reden Sie etwas leiser, Mr Carpenter, oder ich muss ...«

»Mal abgesehen davon, dass er dünn und recht schwach ist. Glauben Sie wirklich, er wäre fähig, zusammen mit einem todkranken Mann diese Gewalttaten zu verüben? Können Sie diese absurden Anschuldigungen irgendwie untermauern? Oder haben Sie Allen nur verhaftet, weil Daniel und er befreundet waren?«

O'Donnell merkte auf. Swenson und Glover waren Freunde? Sie musste dafür sorgen, dass Carpenter weitersprach. »Wir glauben, dass Mr Swenson wichtige Informationen über seinen Freund besitzt. Sie stimmen uns doch gewiss zu, dass er uns diese anvertrauen sollte.«

Patrick schien zu begreifen, dass er zu viel gesagt hatte. Plötzlich stutzte er und zischte nach einigen Sekunden: »Ich kann nicht lange bleiben. Meine Frau wird heute aus dem Krankenhaus entlassen. Ansonsten würde ich darauf bestehen, bei Mr Swensons Befragung anwesend zu sein. Und Sie sollten ihm lieber keine Fragen stellen, solange sein Anwalt nicht hier ist.«

»Das werden wir nicht«, versicherte O'Donnell ihm. »Ich hoffe, die restliche Schwangerschaft verläuft problemlos.«

Carpenter drehte sich nur wortlos um und ging.

»Das war interessant«, stellte Tatum fest. »So haben wir immerhin schon mal einen Anhaltspunkt.«

»Ganz genau.« O'Donnell zückte ihr Handy und rief Koch an.

»Hey.« Koch ging sofort ran.

»Wie kommen Sie mit dem Durchsuchungsbeschluss voran?«

»Es zieht sich etwas und könnte noch eine Stunde dauern, bis der Richter Zeit dafür hat.«

»Okay, wir haben noch etwas für Sie. Patrick Carpenter hat uns gerade erzählt, dass Swenson und Glover Freunde waren.«

»Dann haben wir mit Sicherheit genug für einen Beschluss«, erwiderte Koch nach einer kurzen Pause.

»Wir haben Swenson hier und geben unser Bestes, um ihn hierzubehalten, aber noch können wir ihn nicht verhaften.«

»Ich sehe mal, ob das auch schneller geht.« Koch legte auf.

O'Donnell steckte das Handy wieder ein und betrat das Verhörzimmer.

»Detective«, sagte Swenson angespannt. »Ich warte schon fast eine Stunde. So gern ich Ihnen helfen möchte, ist das am Wochenende ...«

»Und wir wissen Ihre Hilfe sehr zu schätzen.« Sie setzte sich. »Wir möchten Ihnen nur ein paar Fragen stellen. Den ganzen Vormittag über haben wir mit anderen Gemeindemitgliedern gesprochen, aber das hat Ihnen Mr Carpenter bei Ihrem Telefonat vermutlich schon erzählt.«

Swenson setzte sich und sagte nichts. Sie bemerkte, dass er einen tiefen Kratzer an der linken Wange hatte.

»Wie gut kannten Sie Catherine Lamb?«, begann sie das Verhör.

»Ich habe dem Agent hier doch schon gesagt, dass wir uns ab und zu unterhalten haben. Und wir haben eine Wohltätigkeitsveranstaltung zusammen organisiert. Das ist alles.«

»Was ist mit Daniel Moore?«

»Den kannte ich nur flüchtig, aber das habe ich ...«

»Patrick Carpenter sagte, Sie und Moore seien Freunde gewesen.«

Swenson schaute sich nervös um. »›Freunde‹ würde ich jetzt nicht sagen. Ich habe gelegentlich ein Wort mit ihm gewechselt. Er ist ein freundlicher Mann.«

»Wann haben Sie ihn zuletzt gesehen?«

»Ich erinnere mich nicht so genau. Es ist schon eine Weile her. Ich glaube, er ist jetzt schon mehrere Monate weg.«

»Wissen Sie, wo er jetzt ist?«

»Nicht genau. Wie gesagt, wir standen uns nicht sehr nahe.«

Es wurde Zeit, die Daumenschrauben anzulegen. »Woher haben Sie diese Schramme?«

Er berührte seine Wange. »Ich habe mich beim Rasieren geschnitten.«

O'Donnell musste an das Blut an Rheas Schlüssel denken. »Da müssen Sie wirklich besser aufpassen. Sie sagten, Sie hätten sich hin und wieder mit Catherine unterhalten, aber aus ihren Telefonunterlagen geht hervor, dass Sie sie zehn- oder zwanzigmal angerufen haben.«

Er verspannte sich. »Ich sagte ja, dass wir eine Veranstaltung planen mussten.«

»War das nicht vor fünf Monaten?«

»Äh ... Ja, ich schätze schon.«

»Wir haben Fotos von dieser Veranstaltung gesehen. Ist Ihnen bewusst, dass Sie auf keinem der Fotos, die wir anfänglich erhalten haben, zu sehen sind?«

»Ich war mit der Organisation beschäftigt und hatte wohl keine Zeit für einen Fototermin. Aber ich habe ein paar mit dem Handy geschossen, falls Sie Beweise brauchen ...«

»Sie haben mich missverstanden, Mr Swenson«, fiel O'Donnell ihm ins Wort. »Anfänglich hatten wir kein Foto von Ihnen. Aber als wir den Fotografen danach fragten, sagte er, Sie hätten ihn angewiesen, alle Fotos von Ihnen aus den letzten beiden Jahren zu löschen. Zu unserem Glück hat er das nicht getan, daher konnten wir sie uns doch noch alle ansehen.«

Sie hatte damit gerechnet, dass er die Augen aufriss, sobald er begriff, was das bedeutete. Sein Blick huschte durch den Raum, als würde er nach einem Ausweg suchen. Einige Sekunden lang saß er wie erstarrt da.

Mit einem Mal veränderte er sich. Sein Gesichtsausdruck wurde ausdruckslos, seine Haltung entspannter. Er lehnte sich angespannt lächelnd zurück. »Ich denke, ich warte jetzt besser auf meinen Anwalt.«

Kapitel 61

Eine von O'Donnells ersten Erinnerungen drehte sich um den Film *Die unendliche Geschichte*. Ihr Vater hatte die Videokassette eines Tages mit nach Hause gebracht und ihr versichert, es sei ein toller Film voller Abenteuer. »Du wirst ihn lieben«, hatte er gesagt, und sie erinnerte sich noch genau an seine Worte und sein Lächeln, weil dies das erste Mal war, dass sie sich von ihm verraten fühlte.

Der Film fing mit den seltsamen Kreaturen und dem ominösen dunklen *Nichts* gut an. Ihr Vater hatte ihr versprochen, dass sie später einen wunderschönen pelzigen Drachen zu sehen bekommen würde. Sie freute sich sehr darauf und war gespannt, mehr über das Nichts zu erfahren, Aber zuerst mussten Atréju und sein Pferd Artax die Sümpfe der Traurigkeit durchqueren. Diese Sümpfe ließen jeden, der sie betrat, unfassbar traurig werden, und auf halbem Weg blieb Atréjus Pferd auf einmal stehen und ließ sich vom Sumpf verschlucken.

Zuerst war O'Donnell angespannt gewesen und hatte darauf gewartet, dass das Pferd, ermutigt von seinem Freund, jeden Moment wieder auftauchte. Aber nein. Es blieb verschwunden. Sie hatte ihren Vater sogar fassungslos gefragt: »Ist es tot?«

»Ja, aber schau gut hin – der Drache taucht gleich auf.«

Doch sie hatte den Drachen nie gesehen, denn sie war in Tränen ausgebrochen und hatte ihren Vater beschuldigt, sie belogen zu haben, bis ihre Mutter schließlich hereinkam und das Video anhielt. An jenem Wochenende hatte O'Donnell stundenlang geweint und war auch noch Tage später aus heiterem Himmel traurig geworden.

Als Teenager hatte sie sich das Video gekauft und vorgehabt, es sich anzusehen und sich über ihren kindischen Aufstand kaputtzulachen, nur um erneut loszuheulen, sobald Atréju Artax anschrie, dass er weitergehen soll. Sie hatte die Videokassette erbittert zertrümmert.

Jetzt als Erwachsene kam sie sich hin und wieder so vor, als müsste sie die Sümpfe der Traurigkeit ebenfalls durchqueren. Jeder Schritt war schwerer als der vorherige, bis der Gedanke, einfach stehen zu bleiben, sich verschlucken zu lassen und Frieden zu finden, beinahe übermächtig wurde.

Diesen Geisteszustand erlebte sie nun auch wieder.

Koch hatte es geschafft, einen Durchsuchungsbeschluss zu erwirken und zwanzig Minuten zuvor aus Swensons Haus angerufen. Sie hatten alles durchsucht, aber das Haus war leer. Er hatte versprochen, sich noch mal zu melden, falls sie etwas Hilfreiches entdeckten.

Swensons Anwalt war eingetroffen, und sie brachten ihn ins Verhörzimmer. Die Wahrscheinlichkeit war hoch, dass sie nun kein sinnvolles Wort aus Swenson herausbekommen würden, und sein Anwalt würde darauf bestehen, dass sie seinen Mandanten gehen ließen. Er war schließlich nicht verhaftet worden, und sie hatten auch nichts Greifbares gegen ihn in der Hand.

Sie wollte schon Koch anrufen, verharrte dann jedoch und wählte die Nummer ihres Mannes.

»Hey.« Ein Hauch von Kälte schwang in seiner Stimme mit, was jedem anderen entgangen wäre, aber sie bildete sich ein, dass sich das Handy in ihrer Hand plötzlich eiskalt anfühlte. Sie hatten an diesem Vormittag in den Zoo gehen wollen. Stattdessen war sie hier.

»Hi, Schatz. Es tut mir sehr leid, aber ich befürchte, heute wird wieder ein langer Tag. Es ist etwas passiert ...« Sie wollte ihm von Rhea Deleon erzählen. Eine Frau, die in ihrem Viertel zu Fuß unterwegs gewesen war und sich nun in der Gewalt von Mördern befand, die Frauen vergewaltigten, nachdem sie ihr Blut getrunken hatten. Aber sie tat es nicht, denn sie hatte schon vor langer Zeit festgestellt, dass es eine schlechte Idee war, Arbeit mit nach Hause zu nehmen. »Ich werde sie vermutlich wieder nicht ins Bett bringen können.«

»Okay.«

»Kannst du mir Nellie mal geben?«

Ein Augenblick der Stille, dann: »Mommy?«

»Hey, Schätzchen.«

»Rate, was ich in der Hand habe.«

»Daddys Handy.«

»Nein, in der anderen Hand.«

»Keine Ahnung. Was ist es denn?«

»Du musst raten.«

»Eine deiner Puppen?«

»Nein.«

»Etwa ... ein Ball?«

»Nein.« Nellie kicherte.

O'Donnell lächelte. »Was ist es dann?«

»Das sage ich dir nicht«, erwiderte Nellie keck.

O'Donnell war offensichtlich ein schlechterer Detective, als sie gedacht hatte. Sie schaffte es weder, Swenson zum Reden zu bringen, noch, ihre fünfjährige Tochter zu überreden. »Dann ist es bestimmt ein Hundehaufen.«

»Igitt! Nein, ist es nicht.«

»Es ist ein stinkender Hundehaufen.«

»Bäh! Mom!«

»Ich werde meinen Polizistenfreunden erzählen, dass Nellie einen Hundehaufen in der Hand hat.«

»Es ist kein Hundehaufen, sondern ein Lolli.«

»Ah! Das hätte ich als Nächstes gesagt.« Sie hatte ein dämliches Grinsen auf den Lippen. »Schätzchen, ich muss heute länger arbeiten, aber ich rufe an, um dir Gute Nacht zu sagen.«

»Versprichst du es?« In der Frage schwang ein Hauch von Anschuldigung mit.

»Pfadfinderehrenwort.«

»Okay, Mommy.«

»Tschüss, Schatz.«

»Tschüss.«

Sie starrte das Handy noch einige Sekunden an, bis es unverhofft klingelte. Es war Koch.

»Hey«, sagte sie. »Ich wollte Sie eben anrufen.«

»Ich habe etwas«, berichtete Koch. »Swensons Computer ist passwortgeschützt, und wir wollten ohne die Techniker nicht daran rumfummeln. Aber wir haben einen Haufen DVDs gefunden, und ich habe auf meinem Laptop in mehrere reingeschaut. Es sind selbst gedrehte Pornos, und Swenson ist der Hauptdarsteller.«

Ganz offensichtlich war das noch nicht alles. »Und?«

»In einigen der Videos ist er mit Catherine Lamb zu sehen.«

Hab ich dich. »Denken Sie, sie wusste, dass sie dabei gefilmt wurde?«

»Wir haben die Kamera schon gefunden. Sie war gut versteckt. Und Catherine erweckt auf dem Video nicht den Anschein, als wüsste sie von der Kamera.«

»Dieser Mistkerl.«

»Ich weiß nicht, ob Sie damit etwas anfangen können, aber er bewahrt auch große Mengen an Bargeld unter seiner Matratze auf. Über fünftausend Dollar. Mein erster Gedanke war Drogen, aber ich konnte keine finden. Ich habe mit den Jungs von K-9 gesprochen, sie schicken vorsichtshalber einen Spürhund her.«

»Das ist eine gute Idee.« Auch wenn sie bezweifelte, dass sie Drogen finden würden. Daher stammte das Geld nicht.

»Das ist bisher alles, aber wir suchen weiter.«

»Schicken Sie mir ein paar Fotos von dem Geld. Und melden Sie sich, sobald Sie noch etwas anderes entdecken. Gute Arbeit.« Sie legte auf. Das war doch eine gute Nachricht. Jetzt wusste sie, wie sie Swenson zum Reden bringen konnte.

Nellie hatte vielleicht keine Kacke in der Hand gehabt, aber Swenson tischte ihnen eindeutig gequirlte Scheiße auf.

Kapitel 62

Sie betrat den karg eingerichteten, hell erleuchteten Verhörraum, dicht gefolgt von Tatum. Swenson versuchte, den Eindruck zu erwecken, als wäre er die Ruhe selbst, aber O'Donnell hatte kurz vorher noch gesehen, wie er auf und ab gegangen war, und wusste, dass er ihnen etwas vormachen wollte.

Sie setzten sich, und O'Donnell sagte laut: »Detective Holly O'Donnell und Special Agent Tatum Gray beginnen das Verhör von Allen Swenson.«

»Wurde mein Mandant verhaftet?«, wollte der Anwalt namens Garry Nelson wissen.

Er war kahlköpfig und hatte ein großes Muttermal am Kinn. Seine Unterlippe war deutlich dicker als die obere, was ihn ein wenig wie eine Kröte aussehen ließ, und seine leicht krächzende Stimme verstärkte diesen Eindruck nur noch mehr.

»Nein«, antwortete O'Donnell. »Wir haben ihn nur zum Verhör herbestellt.«

»Dann würde ich gern …«

»Aber wir haben ein paar interessante Dinge gefunden, als wir sein Haus durchsucht haben.«

»Sie haben mein Haus durchsucht?«, schrie Swenson, der auf einmal ganz und gar nicht mehr ruhig wirkte.

Sie knallte die Kopie des Durchsuchungsbeschlusses auf den Tisch. »Wollen Sie ins Filmgeschäft einsteigen, Swenson? Wir haben einige sehr aufschlussreiche DVDs entdeckt.«

Nelson nahm den Beschluss vom Tisch und überflog ihn. »Ich werde dagegen angehen. Sie haben meinen Mandanten unter falschem Vorwand hergelockt ...«

»Nur zu«, fiel ihm O'Donnell gelassen ins Wort. »Wir sind genau nach Vorschrift vorgegangen.«

Nelson ignorierte sie und starrte den Beschluss an. »Ich würde mich gern mit meinem Mandanten beratschlagen.«

O'Donnell seufzte. »Schon wieder?«

Sie ging mit Tatum hinaus.

»Wissen Sie, woran mich dieser Kerl erinnert?«, fragte Tatum.

»An eine Kröte?«

»Sie auch? Ich dachte schon, er fängt gleich Fliegen mit der Zunge.«

»Das ist wirklich irritierend«, stimmte O'Donnell ihm zu. »Möglicherweise baut er seine Strategie darauf auf. Er will uns verwirren und dann mit seinem Mandanten davonhüpfen.«

Sie grinsten sich an, doch ihre Fröhlichkeit war von Anspannung durchzogen. O'Donnells Nerven lagen blank, und sie hatte das Gefühl, dass es Tatum auch nicht anders ging, obwohl er den Coolen spielte.

»Schon seltsam, dass sich Anwälte immer beratschlagen müssen«, meinte O'Donnell. »Können sie nicht einfach wie jeder normale Mensch ›reden‹ sagen? Wer außer Anwälten beratschlagt sich denn noch?«

»Keine Ahnung. Ich bezweifle, dass außer ihnen jemand Einwände hat. Normale Menschen sind einfach dagegen.«

»Ich sage das manchmal.«

»Nein, das tun Sie nicht.«

»Stimmt«, gab O'Donnell zu. »Aber meine Mom hatte immer Einwände gegen meinen Tonfall.«

»Das ist etwas anderes. Mütter dürfen sagen, was sie wollen.«

Zehn Minuten später ging die Tür auf, und Nelson verkündete, dass sie sich beratschlagt hätten.

»Die DVDs, die sich im Besitz meines Mandanten befinden, sind unzulässig«, verkündete Nelson, sobald sie sich wieder gesetzt hatten. »Sie werden sie vor Gericht nicht verwenden können, und jede Frage, die auf etwas beruht, das Sie auf einer dieser DVDs gesehen haben, ist ebenfalls unzulässig.«

O'Donnell verschränkte genervt die Arme. »Das hatten wir doch schon. Der Beschluss gestattet uns …«

»… nach versteckten Personen oder Waffen oder Aufzeichnungen über den Aufenthaltsort gewisser Personen, womit Rhea Deleon und Rod Glover alias Daniel Moore gemeint sind, zu suchen«, beendete Nelson den Satz für sie.

»Ganz genau.«

»Und die DVDs?«

»Wir haben sie bei der Suche nach den Aufzeichnungen gefunden.«

»*Dagegen* habe ich keine Einwände, aber mir leuchtet nicht ein, warum Sie sie anschauen mussten.«

»Sie hätten etwas enthalten können, das auf den Aufenthaltsort von Rod Glover oder Rhea Deleon schließen lässt.«

»Wie denn das?«

»Es hätten entsprechende Dateien darauf sein können«, sagte O'Donnell. »Oder Kameraaufnahmen von dem Ort, an dem Rhea Deleon festgehalten wird.«

»Sie fischen im Trüben, Detective. Wenn Sie die elektronischen Medien und Computerdateien meines Mandanten sehen wollen, hätte das in dem Beschluss stehen müssen.«

Da hatte er recht. O'Donnell wäre am liebsten vor die Tür gegangen und hätte Koch getreten. Wieso hatte er nicht darauf geachtet, dass das im Beschluss stand? Aber jede Sekunde, die sie später kamen, konnte Rhea Deleons letzte sein. Konnte sie es Koch verübeln, dass er es eilig gehabt hatte?

Und ob sie das konnte. Verdammt.

»Das wird dann wohl der Richter entscheiden, ob sie zulässig sind oder nicht«, fauchte sie. Vor Gericht war alles möglich.

»Wenn Sie Ihren Fall darauf aufbauen ...«

»Lassen Sie uns über etwas anderes sprechen, Mr Swenson. Ich habe hier Ihre Telefonunterlagen. Anscheinend haben Catherine Lamb und Sie vor drei Monaten fast jeden Tag miteinander telefoniert.« Sie zeigte ihm die entsprechenden Einträge. »Das war zwei Monate nach der Veranstaltung, die Sie zusammen organisiert haben.«

»Sie war meine religiöse Beraterin«, erwiderte Swenson. »Und sie hat tagtäglich mit vielen Leuten gesprochen.«

»Das stimmt ... Aber Ihre Unterhaltungen waren sehr kurz und haben nie länger als fünf Minuten gedauert.«

»Meine Glaubenskrisen dauern nicht lange.«

»Ihre Gespräche fanden zur selben Zeit statt, zu der Terrence Finch Ihre Beziehung zu Miss Lamb auf Fotos festhielt. Da wir bereits wissen, dass Sie ein Liebesverhältnis hatten, und da Sie darüber in Kenntnis gesetzt wurden, dass ich die Fotos kenne, können wir auch gleich zum Punkt kommen. Sie haben sie angerufen, um sich mit ihr zu treffen.«

»Detective«, schaltete sich Nelson ein, »mein Klient wird nicht ...«

»Ja, okay. Na und?« Swenson hob die Stimme. »Ist es illegal, die Tochter eines Pastors zu ficken?«

»Nein, es ist illegal, sie zu erpressen.« Tatum verschränkte die Arme und starrte sein Gegenüber bedrohlich an.

Swenson schüttelte den Kopf. »Sind Sie verrückt geworden? Ich habe sie nicht erpresst.«

O'Donnell holte sechs Fotos aus der Fallakte und legte sie nebeneinander auf den Tisch. Swenson und Catherine, die dicht beieinanderstanden. Swenson und Catherine, die sich küssten. Swenson, der Catherine festhält, als sie sich ihm entziehen will. Swenson und Catherine – sie weinend, er fast schon grinsend. Dann ein Foto des Bargelds aus Swensons Haus. Und zu guter Letzt Catherines nackte Leiche in einer Blutlache.

»Das ergibt eine interessante Geschichte, finden Sie nicht?«, fragte O'Donnell. »Fassen wir das mal zusammen, und Sie können sich dabei schon mal vorstellen, wie sich das Ganze vor Gericht und in den Ohren der Geschworenen anhören wird. Vor drei Monaten begannen Sie eine sexuelle Beziehung zu Catherine Lamb. Ich bezweifle, dass es jemals eine richtige Beziehung war. Sie mag die Aufregung oder den Reiz des Verbotenen genossen haben, aber wir werden es nie erfahren. Nach einigen Wochen beschließt sie, die Sache zu beenden. Und dann haben Sie ihr mitgeteilt, dass Sie sie die ganze Zeit gefilmt haben. Sie haben Videos, auf denen Sie Geschlechtsverkehr haben. Sie fingen an, sie zu erpressen. Wir können beweisen, dass Catherine regelmäßig Geld von ihrem Konto abgehoben hat. Wir werden die Seriennummern der Scheine, die wir unter Ihrem Bett gefunden haben, überprüfen ...«

»Das können Sie nicht tun, selbst wenn die Nummern übereinstimmen«, protestierte Nelson.

»Die Polizei kann das vielleicht nicht, aber das FBI«, erklärte Tatum. »Wir sind bereit, diesem Fall erhebliche Ressourcen zuzuordnen.«

Tatum hatte O'Donnell zwar gesagt, dass er das bezweifelte, doch er konnte hervorragend bluffen. O'Donnell fuhr fort. »*Möglicherweise* haben Sie sogar darauf bestanden, dass sie weiterhin mit Ihnen schläft. Ich bin gespannt, was die Geschworenen davon halten werden.«

Nelson begehrte auf. »Detective ...«

»Aber vor Kurzem ist etwas passiert. Catherine hatte kein Geld mehr. Ihr Konto ist so gut wie leer. Sie hat Ihnen gesagt, dass sie nicht länger zahlen kann und dass sie mit ihrem Vater sprechen will. Und Sie wussten, dass er zur Polizei gehen würde. Glücklicherweise hatten Sie noch ein Ass im Ärmel: Ihren guten Freund Rod Glover. Wie Sie wissen, hat Patrick Carpenter ausgesagt, dass Sie beide gute Freunde waren. Glover hat Ihnen versichert, dass alles gut wird. Dass er Erfahrung in solchen Dingen hat. Sie drangen in Catherines Haus ein und haben sie gemeinsam ermordet. Um der guten alten Zeiten willen haben Sie sie auch noch vergewaltigt.«

Swenson schüttelte den Kopf. »Das ist nie ...«

»Danach haben Sie von Terrence Finch verlangt, dass er alle Fotos von Ihnen und Catherine löscht. Er kann das bezeugen. Was denken Sie, Swenson? Wären Sie ein Geschworener, wie würden Sie entscheiden? Schuldig oder nicht schuldig?«

Nelson drehte sich zu seinem Mandanten um. »Sagen Sie nichts. Wir besprechen später alles unter vier Augen. Sie haben keine handfesten Beweise und wollen Sie bloß einschüchtern.«

»Eigentlich geht es uns um Rhea Deleon«, erklärte Tatum. »Soweit wir wissen, ist sie noch am Leben. Aber das könnte sich jeden Augenblick ändern. Wenn Sie jetzt auspacken und reinen Tisch machen, wenn Sie uns helfen, Glover und Rhea zu finden, verbringen Sie vielleicht nicht den Rest Ihres Lebens hinter Gittern.«

»Ihr Fall basiert auf unzulässigen Beweisen«, beharrte Nelson.

»Wirklich, Mr Nelson?«, entgegnete O'Donnell. »Würden Sie das Leben Ihres Mandanten darauf verwetten? Denn es hängt nur vom Richter ab. Außerdem haben wir selbst ohne die DVDs eine ziemlich überzeugende Sachlage.«

»Außerdem haben wir noch den Computer«, fügte Tatum hinzu. »Was werden wir wohl darauf finden, sobald wir das Passwort geknackt haben? Und ich kann Ihnen versichern, dass das FBI Ihr Passwort im Handumdrehen geknackt haben wird.«

Sie wollten sich abermals beratschlagen. O'Donnell und Tatum gingen hinaus.

Zoe wartete vor der Tür auf sie. »Gute Arbeit.«

»Was halten Sie davon?«, erkundigte sich O'Donnell.

»Ihre Erklärung ist bestenfalls lückenhaft«, antwortete Zoe. »Sie passt weder zum Muster noch zu den Beweisen und ganz eindeutig nicht zum Profil. Und sie erklärt weder Henrietta Fishburne noch Rhea Deleon.«

»Stimmt.« Da konnte O'Donnell ihr nicht widersprechen.

»Aber hat funktioniert und ihm Angst eingejagt.« Zoe deutete auf den Monitor, auf dem zu sehen war, wie Swenson angespannt mit seinem Anwalt flüsterte. »Swenson ist nicht vorbestraft und wahrscheinlich zum ersten Mal auf einem Polizeirevier. Er ist kurz vor dem Durchdrehen, und sein Anwalt kann ihn nicht beruhigen. Er wird auspacken.«

O'Donnell nickte. »Hoffen wir, dass uns das zu Rhea führt.«

»Oder zu Glover«, fügte Zoe mit finsterer Miene hinzu.

Die Tür ging auf, und Nelson kam heraus. Sein Mandant wollte einen Deal aushandeln.

Kapitel 63

Es brauchte einiges an Überzeugungsarbeit, bis der Staatsanwalt zustimmte. Der Deal besagte, dass Allen Swenson ihnen alles über Catherine Lamb und Rod Glover erzählte. Dafür erhob man keine Anklage gegen ihn, solange ihm keine Mitschuld am Mord nachgewiesen werden konnte. Nelson und der Staatsanwalt verhandelten stundenlang über die verschiedenen Klauseln. Dabei war es völlig ohne Belang, dass Rhea möglicherweise im Sterben lag oder Glover die Flucht gelang oder einen weiteren Mord plante. So etwas dauerte eben so lange, wie es nun mal dauerte.

Als sie sich wieder mit Swenson zusammensetzten, war es draußen längst dunkel geworden. Sie hatten den Snackautomaten und O'Donnells Nussvorrat geplündert. O'Donnell war vom vielen Zucker und Kaffee schon ganz hibbelig, und ihr Körper dankte es ihr mit dumpfen Kopfschmerzen und leichter Übelkeit.

Diesmal trug sie einen Ohrhörer, damit Zoe ihr aus dem Nebenraum Hilfestellungen geben konnte.

»Wann sind Sie Rod Glover das erste Mal begegnet?«, fragte O'Donnell.

»Ich kannte ihn als Daniel Moore«, antwortete Swenson. »Er schloss sich vor etwa zehn Jahren unserer Gemeinde an. Das genaue Datum weiß ich nicht mehr. Aber eines Nachmittags unterhielten wir uns über Baseball. Ich war überrascht, weil Daniel wie ich ein Fan der White Sox war. Die meisten anderen waren Cubs-Fans.«

»Glover hat sich keinen Deut für Baseball interessiert«, sagte Zoe in O'Donnells Ohr. »Er hat Swenson nur erzählt, was der hören wollte.«

»Wir haben uns zusammen ein Spiel angesehen. Er schien ein netter Kerl zu sein. Es machte Spaß, etwas mit ihm zu unternehmen. Ich hatte stets einen guten Eindruck von ihm, und ich kann andere im Allgemeinen gut einschätzen.« Swenson hörte sich an, als wollte er sich rechtfertigen.

»Okay.« O'Donnell wurde langsam ungeduldig. »Aber Ihre Freundschaft beschränkte sich nicht nur auf Baseball, richtig?«

»Nein. Wir haben auch über unsere Jobs geredet. Über Frauen. Ich hatte eine unschöne Scheidung hinter mir und habe ihm davon erzählt. Er redete gern von Pornos.«

»Was für Pornos?«

»Er ging nie ins Detail, und es war immer halb im Spaß gesagt, verstehen Sie? Aber er interessierte sich für Sachen, die über Blümchensex hinausgingen.«

»Gab es einen Grund, warum er mit Ihnen darüber gesprochen hat?«

»Das … das weiß ich nicht. Das Thema muss irgendwie aufgekommen sein.« Swenson wirkte verwirrt, als könnte er sich im Nachhinein auch nicht mehr erklären, wie es dazu gekommen war. »Jedenfalls haben wir bloß herumgealbert. Doch ein paar Jahre später lernte ich online, genauer gesagt im Dark Web, ein paar Leute kennen, die gerade eine Art Marktplatz für Pornos auf die Beine stellten.«

»Wieso mussten sie denn dafür ins Dark Web?«, wollte O'Donnell wissen, auch wenn sie die Antwort längst kannte.

Swenson warf Nelson einen Blick zu, und der Anwalt nickte. Das war vom Deal abgedeckt, sie würden es ihm nicht zur Last legen können. »Sie haben illegale Pornos verkauft. Minderjährige, falsche Snuffvideos, Sex mit Tieren, harten BDSM-Kram. Dafür legen die Leute eine Menge Kohle auf den Tisch. Ich aber nicht. Ich steh mehr auf normale Sachen.«

»Und Sie haben Glover davon erzählt?«

»Es sollte doch nur Spaß sein, verstehen Sie? Wir waren was trinken, und ich sagte, ich wüsste da einen Ort, wo er alles für seine kranken Fetische finden kann. So haben wir eben miteinander geredet.«

»Und Sie haben ihm die Seite gezeigt?«

»Zuerst musste ich ihm alles über Tor und Bitcoin beibringen. Er hatte nicht die geringste Ahnung. Wenn es um Technologie ging, war er ein richtiger Dinosaurier, was ich immer für komisch hielt, wo er doch beim IT-Support gearbeitet hat. Er fuhr richtig darauf ab, und ich habe ihm ein paar Sachen erklärt. Nicht nur das mit den Pornos. Er sagte, er hätte ein Problem mit seinem Pass und bekäme immer Ärger, wenn er nach Kanada fährt, da habe ich ihm gezeigt, wo er einen falschen Ausweis kaufen kann. Ich habe diese Dienste nie genutzt, wusste aber darüber Bescheid.«

»So hat er seine falsche Identität glaubhafter gemacht«, sagte Zoe.

»Was hat er sich auf dem Pornomarktplatz angesehen?«, fragte O'Donnell.

»Das kann ich Ihnen nicht sagen. Wir haben nie darüber gesprochen, verstehen Sie? Ich habe ihn einmal danach gefragt, und er sagte, er würde auf Videos von meiner Mom stehen. So liefen unsere Unterhaltungen ab.«

»Was ist dann passiert?«

»Nichts. Wir gingen weiterhin was trinken und hin und wieder zu einem Spiel.«

»Fragen Sie ihn, warum es kaum Fotos gibt, auf denen er sich in der Kirche mit Glover unterhält«, bat Zoe.

»Was ist mit der Kirche?«, erkundigte sich O'Donnell. »Haben Sie sich auch dort unterhalten? Vielleicht sogar nebeneinander gesessen?«

Swenson rutschte verlegen auf seinem Stuhl herum. »In der Kirche sind wir uns irgendwie aus dem Weg gegangen. Daniel war niemand, den ich neben mir haben wollte, wenn ich mir eine Predigt über Gott anhöre, verstehen Sie?«

»Ist Ihnen aufgefallen, dass Glover ein besonderes Interesse an Catherine Lamb gezeigt hat?«

»Nein. Ich hatte keine Ahnung. Das ist wirklich alles, was ich über den Kerl weiß, okay? Vor einigen Monaten ist er verschwunden. Ich habe ihn ein paarmal angerufen, er ging nicht ran, und das war's.«

»Sie hatten danach keinen Kontakt mehr zu ihm?«

»Nein. Das hätte ich Ihnen doch spätestens erzählt, nachdem sein Foto in der Zeitung war. Aber ich wusste wirklich nicht, dass er wieder in Chicago ist. Sie können ja mein Telefon und alles überprüfen. Ich sage die Wahrheit.«

»Wenn wir herausfinden, dass Sie uns angelogen haben, können Sie den Deal vergessen«, drohte O'Donnell.

»Das ist mir klar. Aber ich hatte nichts mehr mit ihm zu tun.«

»Reden wir über Catherine Lamb.«

Er warf seinem Anwalt einen skeptischen Blick zu. »Und die können mich wegen der Sexsache nicht anklagen, richtig?«

»Solange Sie mit dem eigentlichen Mord nichts zu tun haben, sind Sie aus dem Schneider«, versicherte Nelson ihm.

Swenson drehte sich wieder zu O'Donnell um. »Vor drei Monaten sind Catherine und ich das erste Mal miteinander ins Bett gegangen.«

»Wer hat die Sache ins Rollen gebracht?«

»Ich hatte schon eine ganze Weile mit ihr geflirtet, nur aus Spaß, wissen Sie? Aber als ich eines Tages vorschlug, wir sollten uns in einem Motel treffen, hat sie Ja gesagt.«

Swenson schien alles nur »aus Spaß« zu machen. O'Donnell kannte diese Sorte, Männer, die alles lächelnd sagten, aber man wusste genau, dass sie jedes Wort ernst meinten. Sie erzählten einem, dass man schöne Brüste hatte, forderten einen auf, sich auf ihren Schoß zu setzen, und grinsten die ganze Zeit, als wäre man in den Insiderwitz eingeweiht. Und wenn man auch nur leicht feindselig wurde, war man auf einmal die Schlampe, die keinen Sinn für Humor hatte. Bei diesen Kerlen konnte man einfach nicht gewinnen.

Warum war Catherine darauf reingefallen? Wahrscheinlich war es nach und nach passiert und nicht an einem Tag. Vielleicht hatte sie sich eingeredet, Swensons »Witze« würden eine Art von Liebe suggerieren. Oder sie hatte rebellieren wollen. Es war auch nicht auszuschließen, dass sie sich tatsächlich zu ihm hingezogen gefühlt hatte. Sie würden es wohl nie erfahren.

»Aber Sie hatten nicht immer Sex in einem Motel.«

»Wir waren nie in einem Motel, sondern immer bei mir zu Hause.«

»Wo Sie sie gefilmt haben.«

»Das mache ich nur aus Spaß. Und es war ja auch nicht nur sie. Den meisten Frauen auf den Videos macht das nichts aus. Sie finden es heiß.«

Spaß, schon klar. »Was ist dann passiert?«

»Ich wollte etwas Neues mit ihr ausprobieren. Als ich die Videos erwähnt habe, ist sie ausgeflippt.« Swenson riss die Augen auf und machte ein verletztes Gesicht. »Ich wollte die Videos doch niemandem zeigen. Die waren nur für mich. Als ich meinte, ich könnte ihr eine Kopie geben, hat sie sich nur noch mehr aufgeregt.« Er hielt inne.

O'Donnell hakte nicht nach. Da war noch das viele Bargeld, und sie wussten ja bereits, dass er es von Catherine hatte. Also wartete sie, bis er es von allein erzählte.

Er seufzte. »Sie wollte mir die Videos abkaufen. Sie sagte, sie hätte Geld. Ich hätte ja Nein gesagt, aber ...«

Jetzt kommt die Rechtfertigung.

»Mein Geschäft ging den Bach runter. Ich brauchte das Geld. Und ich meinte zu ihr, es wäre nur geliehen.«

Aber sicher. Arschloch. Mistkerl. O'Donnell wünschte sich auf einmal nichts lieber, als den ganzen Deal platzen zu lassen. Er hatte ihnen rein gar nichts gegeben. Und sie konnten ihm nicht mal das zur Last legen, was er tatsächlich gestanden hatte. Er würde mit allem davonkommen.

»Haben Sie immer noch behauptet, es wäre nur geliehen, als ihr das Geld ausging? Und wie kommt es, dass die Videos noch in Ihrem Besitz sind? Wollte sie sie Ihnen nicht abkaufen?«

»Sie hat nie gesagt, dass sie pleite ist, okay? Ich dachte einfach, sie hätte genug Geld von ihrem Dad, von der Kirche oder von woher auch immer. Und ... Ja, okay, ich habe eine Kopie der Videos behalten. Schließlich war es doch sowieso nur ein Darlehen, und sie wusste nichts von den Kopien. Ich wollte sie mir ja auch nicht noch mal ansehen.«

»Was ist dann passiert?«

»Dann rief mich Patrick Carpenter an, um mir zu sagen, dass sie tot ist. Er hat an diesem Tag viele Leute angerufen, nicht nur mich. Und ja, ich bin ein bisschen durchgedreht, als ich davon erfahren habe. Zugegeben, ich war traurig, aber ich habe mir auch Sorgen gemacht, die Polizei könnte auf falsche Gedanken kommen. Und als ich sah, wie der Agent hier sich in der Kirche die Fotos angesehen hat, fiel mir ein, dass Terrence uns auch während unserer Beziehung fotografiert hat. Daher habe ich ihn aufgesucht und ihn gebeten, die Fotos zu löschen. Aber das ist alles. Ich hatte nie etwas mit dem Mord zu tun, das schwöre ich.«

Kapitel 64

Zoe saß in der Einsatzzentrale und ging die Abschrift des Verhörs zum zehnten Mal durch in der Hoffnung, irgendetwas zu entdecken, das ihr bisher entgangen war. O'Donnell und Tatum waren noch bei Swenson und löcherten ihn mit Fragen. Sie versuchten, ihn bei Ungereimtheiten oder einer Lüge zu erwischen, suchten nach einer Information, die ihnen mehr über Glovers Aufenthaltsort verraten würde – oder über Rheas.

Jedes Beweisstück aus Swensons Haus untermauerte seine Aussage. Konnte er dennoch Beta sein, Glovers Komplize?

Sie versuchte, sich die Folge von Ereignissen vorzustellen, von denen sie eben erfahren hatten. Swenson hatte eine kurze Affäre mit Catherine und filmte sie beim Sex. Derweil wurde seine Besessenheit vom Blutkonsum immer stärker. Er träumte davon, ihr Blut zu trinken. Möglicherweise hatte er sie beim Sex gebissen; Zoe würde sich die Videos ansehen müssen. Er setzte seine Medikamente ab und geriet immer mehr außer Kontrolle.

Dann erpresste Swenson Catherine, nachdem sie von den Videos erfahren hatte. Irgendwann drohte sie damit, alles auffliegen zu lassen, und er brachte sie mit Glovers Hilfe um, erlag dabei seinem Drang und trank ihr Blut.

Nachdem er es einmal getan hatte, gab es kein Halten mehr. Ohne seine Medikamente hatte er seiner Besessenheit nichts entgegenzusetzen. Daher arbeitete er mit Glover zusammen und half ihm, Henrietta zu ermorden. Und dann Rhea ...

Das war zu weit hergeholt und passte einfach nicht. Die Beweise ließen nicht darauf schließen, dass Beta irgendein sexuelles Interesse an Catherine Lamb gehabt hatte. Die Erpressung passte auch nicht zu Betas Profil, der niemals die Initiative ergriffen hätte. Beta plante nicht. Er befolgte Anweisungen. Er *reagierte*. Und es gab auch keine Erklärung für all die fehlenden Teile. Das Pentagramm und das Messer. Glovers Plan bei all dem.

Am meisten störte sie jedoch die Tatsache, dass Swenson während des Verhörs nicht ausgerastet war. Sie hatten ihn zwar durcheinandergebracht und verängstigt, aber er zeigte keines der Verhaltensmuster, die Zoe bei einem Mann inmitten einer psychotischen Episode erwarten würde. Vielmehr war er bei klarem Verstand und rational.

Hatte sie sich etwa geirrt? War Glovers Beziehung zu seinem Komplizen nicht mehr als eine Freundschaft zwischen zwei kaltblütigen Mördern?

Nein. Die Beweise sprachen dagegen, ebenso wie ihr Bauchgefühl. Beta geriet zunehmend außer Kontrolle.

Was nur eins bedeuten konnte: Swenson war nicht Beta. Er war kein Mörder. Und Glovers Komplize, der wahre Killer, lief immer noch da draußen rum.

Kapitel 65

»Es tut mir leid«, sagte die Apothekerin. »Ohne Rezept kann ich Ihnen kein Antibiotikum geben.«

»Es geht um eine Infektion«, wiederholte er und kämpfte gegen die Frustration, nein, die Wut an, die in seinem Bauch aufwallte. Er musste die Kontrolle behalten. »Durch einen fiesen Kratzer.«

»Das verstehe ich, Sir, aber ich brauche ein Rezept.«

Sie sah ihn merkwürdig an. Konnte sie sein wahres Ich sehen, seine Fassade der Normalität durchschauen? Sickerte es durch seine Haut hindurch? Reflexartig fasste er sich an die Wange, die sich jedoch anfühlte wie immer.

»Haben Sie etwas gegen Krebs? Einen Hirntumor?« Er war sich nicht sicher, wie die genaue Diagnose lautete. Vielleicht hätte er Daniels letzte Untersuchungsergebnisse mitnehmen sollen. Aber er wusste ja nicht mal, ob Daniel welche hatte, und wenn ja, wo er sie aufbewahrte.

Die Apothekerin tauschte einen kurzen Blick mit ihrer Kollegin. Als ob er das nicht mitbekommen würde. Als ob er nicht merken würde, was hier vor sich ging. Sie hielten ihn für merkwürdig. Vielleicht wussten sie ja Bescheid. Vielleicht wussten sie von Catherine, von der Frau vom Bahnhof und von der dritten, die im Augenblick in seinem Haus war.

»Meinen Sie Schmerzmittel?«

»Nein ... Irgendetwas ...« Etwas, das den Tumor heilte. Aber das war idiotisch, und das hätte er eigentlich wissen sollen. Würde es so etwas geben, hätte Daniel es längst genommen.

Dies war nun schon die dritte Apotheke, die er aufsuchte. Die dritte! Und zuvor war er auch noch aufgehalten worden. Er sah auf die Uhr, und ihm wurde auf einmal schwindelig und er musste sich an der Ladentheke abstützen.

»Ist alles in Ordnung, Sir?«

Wie war das möglich? Es konnte doch nicht schon Nachmittag sein! Er versuchte, den Tag Revue passieren zu lassen, erinnerte sich aber nur bruchstückhaft daran. Unterhaltungsfetzen. Er war in Panik geraten und hatte eine Weile im Auto sitzen und sich beruhigen müssen. Aber das waren doch nur zehn oder zwanzig Minuten gewesen, oder?

»Sir?«

Er drehte sich um und ging. Der Mann, der hinter ihm in der Schlange stand, wich zur Seite aus, als wollte er ja vermeiden, ihn zu berühren. Sie konnten es alle sehen. Er hatte doch die Kontrolle verloren.

Dann fuhr er eben zu einer anderen Apotheke. Die Frau hier war eine blöde Kuh, genau wie die anderen. Sie wollte ihm nicht helfen. Daniel hatte recht gehabt; einige Frauen waren echte Schlampen. Sie wollten die Männer bloß leiden lassen. Beim nächsten Mal würde er mit einem Apotheker reden.

Und dann fiel sein Blick auf den Zeitungsstand.

Es war, als hätte ihm jemand einen Schlag in die Magengrube verpasst. Auf so gut wie allen Zeitungen waren Fotos der Frau. Rhea Deleon hieß sie laut der Schlagzeilen. Und da waren auch Fotos von Daniel.

Aber das Bild von Catherine setzte ihm erst richtig zu. Auf einer Titelseite prangte ein Foto von ihr. Dabei handelte es sich nicht um das Bild, das schon unzählige Male in der Zeitung zu sehen gewesen war, das hübsche vom Picknick. Nein, sie hatten eins genommen, auf dem sie leicht zur Seite blickte und ein trauriges Lächeln ihre Lippen umspielte. Eine reale Version der Mona Lisa. Als er noch ein Kind gewesen war, hatte sein Vater ihm mal erzählt, die Mona Lisa würde einen immer ansehen, wo man auch stand. Damals hatte ihm das Angst eingejagt. Und jetzt sah er es vor sich.

Catherine blickte ihn an.

Die dunklen Geheimnisse. Er wusste, worüber sie gesprochen hatten. Catherine hatte über ihn Bescheid gewusst. Über seine Gier nach Blut. Sie würde es allen erzählen, genau wie Daniel es vorhergesagt hatte.

Dieses rätselhafte Lächeln. Das kannte er viel zu gut. Wie oft hatte sie ihn bei ihren Gesprächen so angelächelt? Das war das Lächeln eines Menschen, der hinter all deine Masken schaute. Der dein verdrehtes, krankes wahres Ich sah.

Er taumelte weiter. Machte sich schnellen Schrittes auf den Heimweg. Alle Passanten, an denen er vorbeieilte, folgten ihm mit Blicken. Er wollte die Augen schließen, damit er nicht mehr sehen musste, wie sie ihn anstarrten. Als er schon den halben Weg hinter sich hatte, fiel ihm ein, dass er mit dem Auto zur Apotheke gefahren war, das jetzt auf dem Parkplatz stand.

Das war unwichtig. Deswegen würde er nicht umkehren. Dann ging er eben zu Fuß. So weit war es nicht bis zu seinem Haus.

Es fing an zu regnen.

Er würde nach Hause kommen und unter die heiße Dusche gehen. Vielleicht sahen Daniel und er später noch etwas fern.

Aber die Frau war im Badezimmer. Und Daniels Gehirn wurde von dem bösartigen Tumor zerfressen, der auch *ihn* infizieren wollte.

War Daniel überhaupt noch irgendwo in seinem Körper? Konnte man ihn noch retten? Daniel war so oft für ihn da gewesen. Er war es Daniel schuldig, alles in seiner Macht Stehende zu tun, um ihm zu helfen.

Er kam vor seinem Haus an, schloss die Tür auf und ging hinein.

Irgendetwas stimmte nicht, das merkte er, kaum dass er die Tür hinter sich geschlossen hatte. Daniel wartete in der Küche auf ihn, hatte eine Bierflasche in der Hand und ein herzliches Lächeln auf den Lippen.

»Du bist ja ganz nass!«, sagte Daniel fröhlich. »Du musst doch völlig durchgefroren sein. Zieh dich schnell um. Ich koche dir einen Tee.«

Die Badezimmertür war geschlossen. Er ging darauf zu, aber Daniel versperrte ihm den Weg.

»Wir müssen reden. Während du weg warst, ist etwas passiert«, sagte Daniel.

»Was denn?« Seine Stimme klang sehr schrill und panisch.

»Die Frau konnte sich befreien. Sie hatte ein Messer. Ich musste mich um sie kümmern.«

Er schob Daniel zur Seite, stürzte zur Tür und riss sie auf.

Die Frau lag in der Badewanne, rührte sich nicht und starrte blicklos ins Leere.

Da wusste er es mit Sicherheit. Daniel konnte nicht mehr gerettet werden. Der Tumor hatte ihn vollkommen verschlungen. Denn Daniel hätte ihm das niemals angetan.

»Ich wusste, dass du dich aufregen würdest«, sagte der Tumor in bedächtigem Tonfall hinter ihm. »Und ich verspreche dir, dass wir jemand anderen finden werden. Mit noch besserem Blut. Aber zuerst müssen wir das hier in Ordnung bringen.«

Er musste sich konzentrieren. Denn das Wichtigste war jetzt zu verhindern, dass der Tumor ihn auch noch ansteckte. Er bemerkte das Skalpell auf dem Boden, bückte sich und hob es auf.

»Siehst du? Das hatte sie in der Hand. Ich weiß nicht, wo sie es herhatte. Vielleicht warst du ein bisschen sorglos, als ...«

Er drehte sich um und stieß mit dem Skalpell nach dem Tumor. Der Tumor wich schreiend zurück, und die Klinge verletzte ihn an der Schulter.

»Was zum Teufel machst du denn?«, kreischte der Tumor. »Leg das weg, du verdammter Psycho!«

Er schwang das Skalpell in weitem Bogen und schlitzte dem Tumor die Brust auf. Panik und Zorn umwölkten seinen Verstand. Jetzt war er vollkommen außer Kontrolle.

»Großer Gott«, stieß der Tumor hervor und taumelte nach hinten. Er hob die Hände, um ihn zu besänftigen. »Leg das Messer weg. Wir können doch über alles reden.«

Erneut stach er zu. Blut spritzte aus der Hand des Tumors.

Der Tumor drehte sich um und rannte nach draußen.

Er stand da und starrte die offene Tür an. Inzwischen regnete es in Strömen, und das Wasser prasselte in einer entsetzlichen, unaufhörlichen Kakofonie auf die Erde, die zum Lärm in seinem Kopf passte. Er zitterte vor Wut, weil das alles so schrecklich unfair war. Bis vor Kurzem lief es doch so gut.

Nachdem er die Tür zugeknallt hatte, stolperte er in sein Zimmer und ließ das Skalpell auf den Boden fallen. Ein heftiges, hilfloses Schluchzen entrang sich seiner Kehle. Alles war ruiniert. Er bemerkte den Laptop auf seinem Schreibtisch. Abchanchu hatte ihm eine Nachricht geschickt und erkundigte sich, ob er alles hatte, was er brauchte. Einen Moment lang überkam ihn Panik, weil er irgendwie dachte, es würde um Daniel gehen. Um den Tumor. Woher wusste er das? Wussten es alle?

Doch dann erinnerte er sich an die Tabelle. Die er jetzt nicht mehr brauchte.

Er zog sein Kostüm über und schrieb eine kurze Antwort. *Ja, danke.* Den Anschein von Kontrolle bewahren. Das Kostüm. Die Verkleidung.

Auf einmal sah er keinen Sinn mehr. Die Frau war fort. Daniel war fort. Alles war vor die Hunde gegangen, obwohl er sich so bemüht hatte, die Kontrolle zu behalten.

Schreiend riss er den Laptop von den wenigen Kabeln ab, an die er angeschlossen war, und zertrümmerte ihn auf dem Schreibtisch. Dann stürmte er in die Küche, schnappte sich die Bierflasche, die der Tumor stehen gelassen hatte, und zerschlug sie auf der Arbeitsplatte, wobei er sich die Handfläche aufschnitt. Blutend lief er durch das Haus und warf Stühle, Bücher und herumstehende Fast-Food-Schachteln durch die Gegend. Er zerstörte auch Daniels Computer, knallte ihn mehrfach gegen die Wand, bis der Bildschirm von Rissen überzogen war und die Tasten durch die Gegend flogen.

Schwer atmend ging er ins Bad und berührte die Wange der Frau, auf der ein roter Striemen zurückblieb.

Sie war noch warm. Er legte ihr einen Finger an den Hals und spürte einen schwachen, aber stetigen Puls.

Erschaudernd und unglaublich erleichtert stieß er die Luft aus. Es regnete weiter, und Wassermassen strömten an den Fensterscheiben herunter.

Kapitel 66

»Es gibt Neuigkeiten«, verkündete Tatum beim Betreten der Einsatzzentrale. »Ich habe eben mit Barb gesprochen.«

»Wer ist Barb?«, fragte Zoe müde.

»Die Computerspezialistin, die den Trojaner programmiert hat. Sie sagte, Dracula hätte sich vor einer Stunde kurz im Chat gemeldet und dann ausgeloggt.«

Zoe brauchte einen Moment, um zu begreifen, wovon er sprach. »Vor einer Stunde war Swenson noch hier.«

»Ja.«

»Hätte er sich mit seinem Handy ausloggen können? Oder ...«

»Vor einer Stunde war ich bei ihm, Zoe. Er konnte sich nicht mit dem Handy ausloggen.«

»Dann steht fest, dass er nicht Glovers Komplize ist. Er ist nicht Beta.«

»Sie scheinen nicht überrascht zu sein.«

Sie seufzte. »Die Beweise sprachen auch nicht dafür. Was hat Dracula2 denn im Chat geschrieben?«

»Er schrieb: ›Ja, danke.‹ Es war die Antwort auf meine Frage, ob er alles habe, was er braucht.«

»Aber er hat die Datei nicht geöffnet?«

»Nein. Vielleicht hat er geahnt, dass es eine Falle ist.« Tatum durchquerte kopfschüttelnd den Raum und ließ sich auf einen Stuhl sinken.

Zoe lehnte sich stöhnend zurück. Wenn man sich im Raum umsah, wäre man nie auf die Idee gekommen, es könnte Samstagabend sein. Die meisten Ermittler waren anwesend, telefonierten, aktualisierten die Informationen an den Whiteboards oder saßen vor ihren Laptops. Zoe konnte O'Donnell zwar nicht sehen, aber ihre Stimme draußen auf dem Flur hören. Sie telefonierte und schien wütend zu sein.

Martinez setzte sich neben Zoe. »Ich habe eben mit Rhea Deleons Ärztin gesprochen«, sagte er.

»Warum?«

»Ich versuche herauszufinden, warum sie so spät von der Arbeit nach Hause gekommen ist. Die Ärztin ist eine der letzten Personen, mit denen Rhea an diesem Tag telefoniert hat. Jedenfalls hat sich herausgestellt, dass Rhea unter schwerer Anämie leidet. Glauben Sie, unser Mann hat das gewusst? Hatte er es deshalb auf sie abgesehen?«

Zoe kaute auf ihrer Unterlippe herum. »Die Beweise lassen nicht darauf schließen, dass sie das Ziel gewesen ist. Es sieht eher nach einer zufälligen Entführung aus. Aber es ist denkbar, dass ihr Blut aufgrund der Krankheit anders schmeckt, was sein Verhalten beeinflussen könnte.«

»Das erklärt vielleicht auch, warum wir die Leiche noch nicht gefunden haben.«

Dies war eine der vielen Fragen, die sie beschäftigten. Catherine Lamb und Henrietta Fishburne waren nicht lange nach ihrem Tod gefunden worden. Bei Henrietta hatte Glover sogar dafür gesorgt, dass sie die Leiche fanden. Rhea war nun jedoch schon fast achtundvierzig Stunden verschwunden, und bisher war ihre Leiche nicht aufgetaucht.

»Es wäre denkbar«, meinte Zoe.

»Vielleicht haben sie sie am Leben gelassen.«

»Oder Beta hat beschlossen, sie aufzuessen«, sagte Zoe.

Martinez seufzte. »Sie können einen wirklich aufmuntern.«

O'Donnell kam hereingestürmt und schien zu schäumen. »Ich brauche eine Zigarettenpause«, teilte sie Zoe mit.

»Okay.« Zoe runzelte die Stirn. »Warum erzählen Sie mir das?«

»Weil ich möchte, dass Sie mich begleiten.«

»Aber ich rauche nicht.«

»Ich auch nicht. Eine Pause brauche ich trotzdem.«

Achselzuckend folgte Zoe O'Donnell auf den Flur. Sie gingen zu einem Raum, in dem eine kleine graue Couch, ein runder Tisch mit mehreren Zeitschriften darauf und eine Topfpflanze standen. Durch ein großes Fenster konnte man auf den Highway blicken. Scheinwerfer blitzten auf, wann immer ein Wagen vorbeifuhr. O'Donnell ging zum Fenster und schnaufte lautstark.

»Was ist das für ein Raum?« Zoe sah sich neugierig um und musste an das Wartezimmer bei einem Arzt denken.

»Das ist ein Verhörraum«, antwortete O'Donnell. »Für Menschen, die es etwas gemütlicher haben sollen. Familienmitglieder, verängstigte Zeugen und dergleichen. Aber hier kann man spätabends auch ganz gut runterkommen, wenn man am liebsten auf eine Wand einprügeln möchte.«

»Möchten Sie das denn gerade?«

»Mir ist eher danach, auf meinen Mann einzuprügeln.«

»Oh.«

»Und Bright. Und Manny. Und dieses ganze verdammte Department.«

Zoe ging zu O'Donnell und wusste nicht, was sie tun sollte.

»Ich habe eben mit meinem Mann telefoniert«, berichtete O'Donnell. »Er war sauer, weil ich ihn an einem Samstagabend mit unserer Tochter allein gelassen habe.«

»Es ist ja nun nicht Ihre Schuld, dass Rhea Deleon entführt wurde«, erwiderte Zoe.

»Das habe ich auch gesagt. Aber wie sich herausstellte, hat irgendein anderer Detective aus dem Department vor einer Stunde ein Foto seiner schlafenden Kinder auf Facebook gepostet. Und jetzt raten Sie mal, wer auf Facebook mit ihm befreundet ist? Richtig, mein Mann.«

»Na und?«

»Mein Mann ist der Ansicht, dieser Detective würde ein ausgewogenes Verhältnis zwischen Beruf und Familie hinbekommen, und er verlangt, dass ich das von ihm lerne«, schimpfte O'Donnell.

»Sie können ihm doch erklären, dass die ganze Taskforce hier ist.«

»Das will er aber nicht hören, Zoe. Hätten Sie sich sein endloses Gemecker eben anhören müssen, wüssten sie das.« O'Donnell kniff die Augen zu. »Verzeihen Sie, dass ich Ihnen damit auf die Nerven gehe, aber ich musste mal Luft ablassen und habe hier sonst niemanden, mit dem ich reden kann.«

»Schon okay.«

»Außerdem sind Sie Psychologin, nicht wahr? Sie sind das vermutlich gewohnt.«

Zoe runzelte die Stirn. »Ich bin forensische Psychologin. Wenn ich mit Patienten rede, handelt es sich meist um Gewaltverbrecher.«

»Ich bin im Augenblick auch ziemlich gewaltbereit«, gab O'Donnell zu, »daher passt das schon.«

»Ihr Mann versteht bestimmt, warum Sie nicht zu Hause sind.«

O'Donnell schüttelte den Kopf. »Nein, das tut er nicht. Aber das ist auch nicht mehr wichtig. Es sieht so aus, als würde ich sowieso nicht mehr lange hier arbeiten. Bright hat mir das vor ein paar Stunden recht deutlich zu verstehen gegeben. Mein Mann wird begeistert sein.«

»Oh.« Zoe erinnerte sich daran, dass Bright O'Donnell in sein Büro gebeten hatte. »Das tut mir leid. Ist es wegen der Sache mit Ihrem letzten Partner?«

O'Donnell zuckte mit den Achseln. »Unter anderem. Ich habe eine Zeit lang versucht, einfach durchzuhalten. Dachte, die Gerüchte würden irgendwann aufhören. Bright würde begreifen, dass es sich lohnt, mich in der Abteilung zu behalten, wenn ich meine Fälle effizient löse. Aber zwei der fünf Mordfälle aus dem letzten Jahr konnte ich bisher nicht lösen. Und jetzt kommen wir bei diesem Fall nicht weiter. Bright ist nicht dumm. Keiner will mit mir zusammenarbeiten, und die ganze Zeit schwebt diese Sache mit Manny über meinem Kopf.«

»Ich kann mir nicht vorstellen, dass Bright tatsächlich glaubt, Sie wären ein Maulwurf«, erklärte Zoe. »Sie haben ja selbst gesagt, dass er nicht dumm ist.«

O'Donnell stützte resigniert den Kopf gegen die Fensterscheibe. »Ich habe Manny bei der Internen angeschwärzt.«

»Oh.« Zoe wusste nicht, wie sie reagieren sollte.

»Aber ich habe es nicht getan, weil ich mit ihm oder dem Kerl von der Internen ins Bett gegangen bin, und ich habe keinen Deal gemacht. Diese ganzen Gerüchte sind Blödsinn. Doch ich habe ihn verpfiffen.« O'Donnells Stimme brach.

Sie schien bei diesen Worten immer kleiner zu werden und sah auf einmal aus wie ein zartes, verängstigtes Kind. Zoe zögerte, legte ihr dann aber eine Hand auf die Schulter.

O'Donnell sah sie mit feuchten Augen an. »Sie müssen jetzt nicht denken, ich hätte einen Stock im Arsch. Einige Polizisten sind korrupt, aber trotzdem gute Polizisten. Als ich noch bei der Streife war, bekam ich mit, wie mein Partner fünfhundert Dollar von einem Drogendealer einsteckte, den wir verhaftet haben. Er wollte mit mir teilen, und ich habe abgelehnt. Aber ich habe ihn nicht verraten. Dieser Job ... Zivilisten haben ja keine Ahnung, wie oft ein Polizist tagtäglich in Versuchung gerät. Menschen machen Fehler. Insbesondere, wenn sowieso jeder davon ausgeht, dass wir korrupt sind. Das kann ich verstehen.«

»Aber bei Manny war es anders?«

»Er ließ sich jeden Monat von mehreren Drogendealern schmieren. Und er hatte eine Abmachung mit zwei Strafverteidigern – er verhaftete Dealer, gab ihnen die Visitenkarte des Anwalts, und wenn der Anwalt den Mandanten verteidigte, bekam Manny zwanzig Prozent. Ich habe zweimal mit angesehen, wie er Geld von einem Zuhälter angenommen hat. Er hat immer wieder gesagt, ich müsse auch etwas nehmen. Damit er weiß, dass er mir vertrauen kann. Und wissen Sie was? Ich hätte es beinahe getan. Denn zu diesem Zeitpunkt konnte ich ihn entweder verpeifen oder korrupt werden, und mir war nicht klar, was davon schlimmer ist.«

»Aber Sie haben kein Geld genommen.«

O'Donnell wischte sich mit dem Handrücken über die Wange. »Nein. Man sollte annehmen, es hätte sich gut angefühlt, Rückgrat zu zeigen, aber die meiste Zeit habe ich es sogar bereut. Alles wäre so viel einfacher gewesen. Stattdessen bin ich zur Internen gegangen und habe ausgepackt. Und jetzt bin ich die Petze des Departments.«

»Sie haben das Richtige getan.« Zoe war sich bewusst, wie hohl ihre Worte klangen.

»Ach ja? Dummerweise wird man dafür nicht belohnt.«

Zoe drückte O'Donnells Schulter, und sie schwiegen einen Augenblick. »Manchmal bereue ich es, Glover nicht verfolgt zu haben«, gestand sie dann.

O'Donnell blinzelte und musterte sie überrascht. »Warum?«

»Nachdem er geflohen war, veränderte sich mein Leben. Die Leute dachten, ich hätte das alles nur erfunden. Ich hatte nicht viele Freunde. Das hat sich seitdem auch nicht geändert.

Ich hätte eigentlich gar nichts sagen müssen; ich war ja bloß ein Teenager. Ich hätte die Polizei einfach ihre Arbeit machen lassen können. Schließlich wurde er durch meine Einmischung nicht mal verhaftet. Er blieb in Freiheit. Tötete weiter. Daher frage ich mich manchmal, was wohl passiert wäre, wenn ich einfach den Mund gehalten hätte. Vermutlich würde ich dann heute einen anderen Job machen. Hätte Freunde, vielleicht sogar eine Familie wie Sie. Ohne diese Sache, die mir ständig auf der Seele liegt. Ohne unheimliche Briefe von ihm oder dass ich meine Schwester in Gefahr bringe.«

Sie standen beide einige Minuten lang schweigend da.

»Ich habe jetzt die Nase voll vom Selbstmitleid«, erklärte O'Donnell dann.

»Okay«, sagte Zoe. »Gehen wir. Ich muss noch die Abschriften der Verhöre mit den Männern von der Liste, die ich Ihnen gegeben habe, durchsehen, falls uns etwas entgangen ist.«

Kapitel 67

Sonntag, 23. Oktober 2016

Das Klingeln seines Telefons erschreckte ihn. Er hatte in der Küche gesessen und ins Licht der Morgensonne geblickt, das durch das Fenster hereinfiel. Wie lange? Eine Stunde? Zwei?

Der Name auf dem Display kam ihm entfernt bekannt vor. Er musste rangehen, hätte es schon bei den letzten vier Anrufen tun sollen, konnte sich aber einfach nicht überwinden. Wenn er den Anruf annahm, würde er sein »normales« Kostüm überstreifen müssen – und all diese Gefühle, Impulse und Ängste hinter einer ruhigen Fassade verbergen.

Aber das konnte er nicht. Er hatte die Kontrolle verloren.

»Willst du nicht rangehen?«, fragte Daniel.

Daniel war letzte Nacht mit betretener Miene zurückgekehrt und hatte sich entschuldigt. Er hatte seinem Freund tief in die Augen gesehen und erkannt, dass es wirklich Daniel war und nicht der Tumor. Daher hatte er ihn reingelassen. Daniel hatte sich entschuldigt, und er hatte erwidert, dass es keinen Grund dafür gebe. Er wusste, dass der Tumor das getan hatte, nicht Daniel. Außerdem war die Frau noch am Leben. Daniel war sehr erleichtert darüber gewesen.

»Nein«, antwortete er. »Das ist unwichtig. Die rufen noch mal an.«

Aber er wusste, dass es wichtig war. Er ließ zu, dass sein Leben aus den Fugen geriet. Irgendwann würde es jemand merken. Daniel hatte ihm wieder und wieder gesagt, dass er nicht von seinem üblichen Tagesablauf abweichen durfte.

Das Telefon verstummte.

»Sollen wir einen Spaziergang machen?«, schlug Daniel vor.

Er sah seinen Freund überrascht an. Daniel ging nie mit ihm spazieren. Das war zu gefährlich. »Und was ist, wenn dich jemand erkennt?«

»Ich sehe doch gar nicht mehr so aus wie auf dem Foto.«

Da hatte er recht. Der Krebs zerfraß Daniels Körper. Sein Kopf sah beinahe aus wie ein Totenschädel, und die Haut spannte sich über seinen Knochen. Ihm fiel das Haar büschelweise aus. Er bot einen schrecklichen Anblick.

Aber wenigstens würde ihn niemand erkennen.

Er stand auf und öffnete die Badezimmertür. »Wir sind jetzt eine Weile weg«, sagte er.

Die Frau sah ihn flehentlich an. Sie sah auch nicht gerade gut aus. Er versuchte, sich daran zu erinnern, wann er ihr das letzte Mal etwas zu trinken gegeben hatte. Heute Morgen? Letzte Nacht? Wenn sie wieder zurück waren, würde er ihr etwas Wasser geben.

Sie liefen nebeneinander her, und die Passanten ignorierten sie. Er war erleichtert. Wenn er allein unterwegs war, starrten ihn die Leute immer an. Hatte er jedoch einen Freund bei sich, achtete man nicht weiter auf ihn.

Möglicherweise fanden die Leute es seltsam, wenn ein Mann allein unterwegs war, und erwarteten stets ein Paar.

Mann und Frau. Freunde. Ein Pärchen. Ein Mann und sein Hund. Eine Mutter und ihr Kind. Alles musste paarweise auftreten, wie auf Noahs Arche.

»Wir müssen wieder auf die Jagd gehen«, sagte Daniel.

»Ich weiß. Aber … Kann das nicht noch warten? Nur ein paar Nächte?« Ihm gefiel der Gedanke nicht, die Frau im Haus allein zu lassen.

»Du weißt, dass das nicht geht.«

Stimmt, es ging nicht. Daniels Zeit lief ab. Außerdem hatte er aufgehört, das Blut der Frau zu trinken, damit sie sich erholen konnte.

Sie kamen an einem Kiosk vorbei, und sein Blick fiel auf das bekannte Gesicht.

Catherine, deren Augen ihm folgten wie eine Wirklichkeit gewordene Mona Lisa. Er blieb stehen und starrte sie an. Sie kannte all seine Geheimnisse. Seine finsteren Geheimnisse.

»Sie wird es allen erzählen«, murmelte er. »Sie weiß Bescheid.«

»Nicht, wenn wir sie aufhalten«, sagte Daniel, so wie er es schon vor zwei Wochen getan hatte. »Kauf sie. Kauf sie alle.«

Der Mann, der die Kontrolle hatte, ging zum Kioskbesitzer. »Was kostet die *Chicago Daily Gazette*?«

Der Mann reichte ihm eine Zeitung. »Einen Dollar.«

»Ich nehme alle.«

»Alle?« Der Mann starrte ihn verwirrt an.

»Alle Ausgaben der *Chicago Daily Gazette,* die Sie haben.« Er zückte seine Brieftasche.

»Die muss ich erst zählen.«

Das würde eine Ewigkeit dauern. Und Catherine würde ihn die ganze Zeit anstarren. »Nein. Ich zahle Ihnen dreihundert. Für alle.«

Der Mann überlegte kurz und nickte dann zufrieden.

Er nahm die drei Geldscheine aus der Brieftasche. Daniel bestand darauf, dass sie immer genug Bargeld bei sich hatten. Kreditkartenzahlungen konnten zurückverfolgt werden.

Die Tüte mit den Zeitungen war schwer, doch das störte ihn nicht. Es fühlte sich gut an, etwas wegen Catherines Blick unternommen zu haben. »Lass uns nach Hause gehen«, sagte er zu Daniel.

Kapitel 68

»Wir müssen den Fall noch mal von Anfang an durchgehen«, meinte O'Donnell.

Zoe nickte. Das war die beste Herangehensweise. So kamen sie nicht weiter. Sie mussten andere Möglichkeiten in Betracht ziehen.

Sie saßen zu dritt in einer Ecke der Einsatzzentrale. Es war Sonntagmorgen, und mehrere Mitglieder der Taskforce waren noch nicht erschienen. Zoe fragte sich, ob Albert Lamb wohl in der Kirche war und betete. Ob sich die Gemeinde versammelt hatte. Sie wäre gern hingefahren und hätte am Gottesdienst teilgenommen, aber O'Donnell hatte davon abgeraten, weil ihre Anwesenheit gerade nach den Verhören des Vortags problematisch sein könnte. Bright hatte einen Detective hingeschickt, der nicht mit diesem Fall betraut war, um sich umzusehen und ein paar Fotos zu machen.

»Spielen wir doch mal mit dem Gedanken, dass Glovers Partner Beta gar nichts mit der Kirche zu tun hat«, sagte Tatum.

Zoe war empört und wollte ihn schon anfahren. *Selbstverständlich* gehörte Beta der Kirchengemeinde an.

Aber wieso ging sie denn so felsenfest davon aus? Gab es handfeste Beweise dafür?

Die Aufgabe eines Profilers bestand im Grunde genommen nicht darin, den Mörder zu finden. Das war der Job der Polizei. Der Profiler musste die Polizisten in die richtige Richtung weisen. Die Zahl der Verdächtigen von »jeder« auf einen überschaubaren Kreis eingrenzen. Aber wenn der Profiler einen Fehler machte, wenn ein Teil des Profils nicht stimmte, gehörte der Mörder der kleinen Gruppe von Verdächtigen möglicherweise gar nicht an. Und die Polizei würde ihn ignorieren, weil er nicht ins Profil passte. Das Schlimmste, was sie tun konnten, war daher, sich an das bestehende Profil zu klammern.

»Okay«, sagte sie. »Gehen wir mal davon aus, ich hätte mich geirrt und Beta gehört der Kirchengemeinde nicht an.«

Tatum starrte sie bei diesen Worten irritiert an, als würde er seinen Ohren nicht trauen.

»In diesem Fall muss Glover sich aus *seinen* Gründen für Catherine entschieden haben«, stellte O'Donnell fest. »Vielleicht wusste sie etwas über ihn. Oder sie hatte ihn nach seiner Rückkehr in Chicago gesehen und er war besorgt, dass sie jemandem davon erzählen würde.«

»Und er ist seinem Komplizen irgendwo anders begegnet«, meinte Zoe. »Möglicherweise im Dark Web.«

»Wir wissen, dass Dracula2 im Dark Web unterwegs war«, warf Tatum ein. »Da ist auch das Vampirforum zu finden.«

Zoe wartete darauf, dass die Ideen auf sie einstürmten, doch sie spürte nichts als Frustration. Sie versuchte, sich auszumalen, wie Glover im Dark Web mit einem Fremden Kontakt aufnahm und seinen Charme durch Chat-Akronyme und Emojis ersetzte. Um einen Fremden davon zu überzeugen, an seiner Seite zu morden. Manchmal fühlte sich eine Idee im Kopf so falsch an wie ein Steinchen im Schuh. Sie lenkte einen ab und erschwerte alles andere, bis man sie wieder losgeworden war.

»Das gefällt mir nicht«, fuhr Tatum fort. »Es scheint nicht zu passen. Glover hätte Catherine die Kette mit dem Kreuz niemals umgelegt, sondern als Trophäe mitgenommen. Und wenn Beta sie nicht kannte, hätte er das auch nicht getan, weil er gar nichts von der Kette gewusst hätte.«

»Und die ganzen Berichte über den seltsamen Mann stammen alle aus dem Umkreis der Kirche«, fügte O'Donnell hinzu.

Zoe atmete erleichtert auf. »Dann gehen wir also davon aus, dass er mit der Kirche zu tun hat.«

»Es passt einfach zusammen. Aber er stand nicht auf der Namensliste, die Sie mir gegeben haben«, meinte O'Donnell.

»Möglicherweise doch, und er hat nur ein gutes Pokerface«, gab Tatum zu bedenken.

»Er gerät zunehmend außer Kontrolle. Es ist sehr unwahrscheinlich, dass er ein längeres Gespräch durchhalten kann, erst recht ein Polizeiverhör«, erklärte Zoe. »Könnte Ihnen sein seltsames Verhalten während des Verhörs entgangen sein? So etwas wie ein nervöses Zucken oder ein Stottern?«

»Nein«, antwortete O'Donnell energisch. Zoe kannte diesen Tonfall nur zu gut, da sie ihn selbst häufig aufsetzte, wenn man andeutete, sie hätte etwas vermasselt.

»Dann gehen wir mal davon aus, dass er nicht auf der Liste stand«, schaltete sich Tatum rasch ein. »Was haben wir noch?«

»Alle anderen Personen auf der Liste halte ich für unwahrscheinlich.« Zoe war mit einem Mal sehr müde. »Aber wir können auch noch mal jeden Einzelnen durchgehen.«

»Was ist mit den Leuten, die nicht auf der Liste stehen?«, wollte Tatum wissen.

»Auf Patricks Liste stehen einige Namen, die nicht auf der auftauchen, die wir von Albert haben«, merkte O'Donnell an.

Sie druckten die Listen in dreifacher Ausfertigung aus und suchten jeder für sich nach Diskrepanzen.

»Ich habe zwölf weitere Namen gefunden«, sagte O'Donnell schließlich.

»Ich auch«, bestätigte Zoe.

»Ich habe dreizehn«, erklärte Tatum. »Einer ist Ihnen entgangen: Patrick Carpenter steht auf keiner der beiden Listen.«

Da hatte er recht. Patricks Name stand nicht auf der Liste, die O'Donnell von ihm bekommen hatte. Und als Zoe mit Albert die Fotos durchgegangen war, hatten sie Patrick ignoriert, weil sie ihn ja bereits kannten. Sie starrten die Listen schweigend einige Sekunden lang an.

»Es könnte Patrick sein«, meinte O'Donnell. »Er kannte Catherine gut, und er wohnt in dem Gebiet, in dem wir auch die Adresse des Mörders vermuten.«

»Aber er ist verheiratet«, warf Tatum ein. »Würde seine Frau denn nicht merken, wenn mit ihm etwas nicht stimmt?«

»Sie liegt seit zwei Wochen im Krankenhaus«, gab O'Donnell zu bedenken. »Sie wurde etwa zu der Zeit eingeliefert, zu der Beta unserer Vermutung nach aufgehört hat, seine Medikamente zu nehmen.«

»Er war nicht so oft in der Kirche und hat als Grund seine Frau vorgeschoben«, sagte Zoe.

»Passt er ins Profil?«, erkundigte sich O'Donnell.

»Alter und Erscheinungsbild schon«, antwortete Zoe. »Er könnte obsessiv sein. Er hätte ganz bestimmt Schuldgefühle nach Catherines Tod und würde den Drang verspüren, die Leiche zuzudecken.«

»Hat seine Frau nicht auch von Reinheit gesprochen?«, fragte O'Donnell. »Etwas, das so ähnlich war wie der Ausdruck ›reines Blut‹, den Dracula2 verwendet hat. Vielleicht hat ihr Mann ihr diesen Gedanken in den Kopf gesetzt.«

»Aber würde er sich leicht manipulieren lassen? Ist er ein Mitläufer?« Tatum war skeptisch. »Auf mich hat er eher kontrollierend gewirkt. Er ist ein wichtiges Mitglied der Gemeinde. Würde sich Glover so einen Partner suchen? Ich kann mir nicht vorstellen, dass er Anweisungen ohne nachzudenken befolgt.«

Zoe nickte. Das war ein gutes Argument, aber ... »Auf den Fotos ist er nicht besonders oft zu sehen. Er taucht ein paarmal auf, aber tatsächlich dominiert Catherine die Bilder. Vielmehr Catherine und Glover. Möglicherweise war Patrick in der Gemeinde gar nicht so wichtig, wie wir immer dachten. Das könnte sogar Aggression gegen Catherine auslösen, für die das durchaus galt. Vielleicht hat er sie als jemanden angesehen, der ihm den Platz weggenommen hat.«

Tatum wirkte nicht überzeugt. »Das muss nichts zu bedeuten haben. Sagten Sie nicht, Albert sei auch nur auf wenigen Fotos zu sehen? Einige Menschen lassen sich nun mal nicht gern fotografieren. Möglicherweise mag der Fotograf ihn auch nicht. Oder er verbringt viel Zeit in einem nicht öffentlichen Bereich der Kirche. Diese Fotos enthalten nicht die ganze Wahrheit.«

Das ließ sich nicht leugnen. Es fiel Zoe schwer, sich vorzustellen, Glover würde an einen religiösen Berater herantreten und ihn durch Manipulation zu einem Mord bewegen. Glover würde sich einen Komplizen wünschen, der keine Aufmerksamkeit erregte.

Etwas, das Tatum gesagt hatte, nagte an ihr. Der Gedanke, Patrick könnte Beta sein, überzeugte sie nicht. Sie wollte weitermachen. Aber etwas war eben gesagt worden, das wichtig war – weil sie eine Sache übersahen. War es etwas, das Patrick getan hatte? Deckte er Beta vielleicht? Oder ...

Mit einem Mal wurde ihr schwindelig.

Diese Fotos enthalten nicht die ganze Wahrheit.

Sie hatte die Fotos die ganze Zeit als schlichte Repräsentation des Lebens innerhalb der Kirchengemeinde angesehen, doch dem war gar nicht so. Zugegeben, Catherine Lamb und Rod Glover waren viel öfter darauf zu sehen als alle anderen, aber das musste noch lange nicht bedeuten, dass sie eine derart wichtige Rolle in der Gemeinde gespielt hatten.

Vielmehr konnte es auch daran liegen, dass sie in den Augen des Fotografen wichtig waren.

In all den Jahren, die Zoe nun mit Fallakten arbeitete, hatte sie die Fotos zunehmend so behandelt, als würden sie den gesamten Fall repräsentieren. Polizeifotografen waren Profis und trafen keine Auswahl. Sie dokumentierten einfach alles. Aber hier hatten sie es nicht mit einem Polizeifotografen zu tun.

Und da war noch etwas anderes.

»Der Fotograf stand auch nicht auf meiner Liste.« Ihre Stimme war kaum lauter als ein Flüstern. »Er war bei jeder einzelnen Aufnahme dabei, denn er hat sie gemacht. Albert und ich haben nie über ihn gesprochen.«

»Passt er ins Profil?«, wollte O'Donnell wissen.

Gute Frage.

Und wie er ins Profil passte.

»Er ist weiß und mittelgroß. Seine Fotos beweisen sein Interesse sowohl an Catherine als auch an Glover. Er ist eindeutig ein Mitläufer. Tatum und ich waren Zeuge, wie er die Anweisung von Kunden bis ins kleinste Detail befolgt hat. Und er hat uns die Bilder ohne großen Protest ausgehändigt. Aber er ist auch eingeknickt, als Swenson verlangt hat, dass seine Fotos gelöscht werden sollen. Er tut, was jedermann ihm sagt. Glover wird das nicht entgangen sein. Er ging jahrelang in diese Kirche. Aus den Fotos können wir schließen, dass er Catherine nahestand. Er ist …« Sie wollte schon obsessiv sagen, merkte dann jedoch, dass das unwichtig war. Sie hatte die Beweise falsch interpretiert!

»Großer Gott.« Sie stöhnte auf. »Dieses Herumlaufen im Kreis. Das ist kein Ritual. Er macht Fotos!«

Diese Fußabdrücke. Drei Schritte, zum Opferumdrehen. Wieder und immer wieder. Sie musste daran denken, wie Terrence Finch das Kleinkind umkreiste und aus allen Blickwinkeln fotografiert hatte.

»Darum ging es auch bei der Halskette, dem Pentagramm und dem Messer. Das war nur ein Set. Er brauchte Requisiten für seine Fotos.«

»Sie ist zu dunkel«, murmelte O'Donnell. »Erinnern Sie sich? Tony, der Drogensüchtige, meinte, einer der Mörder hätte gesagt: ›Sie ist zu dunkel.‹ Wir dachten, er würde von ihrer Hautfarbe sprechen, aber es könnte auch sein, dass sie auf den Fotos zu schlecht zu sehen war. Er hat sie sich angesehen und festgestellt, dass sie nicht gut genug geworden waren.«

»Hat dieser Tony nicht auch was von Lichtblitzen erzählt?«, fragte Tatum. »Wir hielten es für eine Nebenwirkung der Droge, aber vielleicht hat er tatsächlich das Blitzlicht einer Kamera gesehen.«

»Warum sollte er die gestellten Fotos der Morde machen?«, fragte O'Donnell.

»Das weiß ich noch nicht«, erwiderte Zoe. »Es ist durchaus schon vorgekommen, dass Mörder ihre Verbrechen fotografiert haben, um die Fotos später für ihre sexuelle Befriedigung zu verwenden. Aber dieser Mörder hat nicht aus sexuellem Verlangen getötet. Und selbst wenn es so gewesen wäre, hätte er keine Requisiten benötigt.«

»Augenblick mal«, meinte O'Donnell. »Haben Sie nicht gestern mit Finch gesprochen?«

In der Tat. Er hatte sich am Telefon kurz gefasst und beinahe zu schnell bereit erklärt, ihr die fehlenden Fotos auszuhändigen. Denn er geriet zunehmend außer Kontrolle und konnte kein längeres Gespräch mehr führen, wie sie kurz zuvor richtig erkannt hatte. Es konnte aber auch daran gelegen haben, dass sie mit einem Durchsuchungsbeschluss gedroht hatte und er genau wusste, dass sie dann weitaus mehr als nur Fotos finden würden.

»Es ist mir entgangen«, murmelte sie. »Er war es, und ich habe es nicht gemerkt. Wir müssen zu ihm.«

»Noch haben wir keine handfesten Beweise«, erklärte O'Donnell. »Geben Sie mir einen Augenblick. Ich muss telefonieren.« Sie verließ den Raum.

Zoe schloss die Augen. »Ich habe mit ihm gesprochen. Ich hätte es merken müssen, war aber zu abgelenkt. Was ist, wenn Rhea ...«

»Wir wissen es noch nicht mit Sicherheit«, versuchte Tatum sie zu beruhigen. »Bisher ist es nur eine Annahme.«

Zoe widersprach ihm nicht, auch wenn es weitaus mehr als nur eine Annahme war. Denn es passte einfach alles – so wie bei keinem anderen Verdächtigen zuvor. Sie konnte sich gut vorstellen, dass Glover Terrence beim Fotografieren bemerkt hatte. Vielleicht hatte er die Dunkelheit in ihm sofort erkannt, schon allein anhand der Art, wie Terrence manchmal Fotos schoss, ohne dass man ihn bemerkte. Wie er versuchte, sie in einem unbedachten Augenblick einzufangen. Glover ging auf ihn zu und behauptete, sich ebenfalls für Fotografie zu interessieren. Freundete sich mit dem Mann an. Ergründete seine Schwächen.

Möglicherweise war Terrence aber auch zu Glover gekommen, nachdem Albert Lamb allen gesagt hatte, man könne sich bei bestimmten Problemen an ihn wenden. Hatte sich Terrence etwas von der Seele reden müssen?

O'Donnell kehrte mit grimmigem, alarmiertem Gesicht in den Raum zurück. »Ich habe eben mit Swenson gesprochen. Er hat Finch nie mit einer Anklage gedroht, sondern damit, Finchs Geheimnis preiszugeben, das Glover ihm bei einer ihrer Männergespräche anvertraut hatte.«

Zoes Magen zog sich zusammen. Jetzt hatten sie den Beweis.

»Anscheinend war Finch besessen von dem Gedanken, Menschenblut zu trinken.«

Kapitel 69

Er ließ die Tüte mit den Ausgaben der *Chicago Daily Gazette* auf den Boden fallen, sodass die Zeitungen herausquollen und Catherines allwissende Augen ihn gleich mehrfach anstarrten. Sie wusste Bescheid; sie würde es verraten. Er musste das in Ordnung bringen.

Nein. Er musste sich konzentrieren. Zuerst galt es, sich um die Frau zu kümmern.

Er betrat das Badezimmer, hockte sich neben sie und nahm ihr vorsichtig den Knebel aus dem Mund.

»Könnte ich etwas Wasser haben?«, flüsterte sie mit brechender Stimme.

Er nickte, ging in die Küche und holte ein Glas Wasser. Sanft hielt er es ihr an die Lippen und hielt es schräg, damit sie trinken konnte. Einiges ging daneben und lief ihr am Kinn herunter. Er befühlte ihre Stirn und stellte erleichtert fest, dass das Fieber zurückgegangen war. Es ging ihr etwas besser.

Ging es ihr schon gut genug, dass er von ihr trinken konnte?

Beinahe wäre er losgestürmt, um ein Skalpell zu holen, aber wenn er sie versehentlich verletzte, würde er ihr Blut nie wieder kosten können. Jetzt, wo er wusste, wie wirklich reines Blut schmeckte, durfte er kein Risiko eingehen.

»Ich muss mich um etwas kümmern«, teilte er ihr mit. »Aber sobald ich damit fertig bin, bringe ich dir etwas zu essen, okay?«

»Okay.«

Er verließ das Badezimmer, holte die Zeitungen und starrte Catherines Foto auf dem Titelblatt an. »Es tut mir leid«, murmelte er. »Ich muss es tun. Es tut mir so leid.«

»Du tust nur, was du tun musst«, sagte Daniel, der auf der Couch saß. »Entschuldige dich nicht. Das liegt nur an diesem Land und den Krankenkassen. Sie haben uns dazu gezwungen. *Sie* haben das getan, nicht wir.«

Er legte die Zeitungen auf den Tisch und nahm die oberste in die Hand. »Ich weiß noch, wie ich das Foto gemacht habe«, sagte er traurig.

»Da haben wir diesen Schuppen gestrichen«, erinnerte sich Daniel. »Das war ein schöner Tag.«

»Die Sonne schien ihr genau richtig ins Gesicht. Es sollte ein Profilbild werden, aber sie merkte, dass ich die Kamera in die Hand nahm, und drehte sich um. Und setzte ihr typisches Lächeln auf.«

»Das ist ein schönes Foto«, stimmte Daniel ihm zu. »Aber du musst dich darum kümmern.«

»Ich muss mich darum kümmern.«

Er riss die Seite heraus, zerknüllte sie und ließ sie zu Boden fallen. Dann griff er nach der nächsten Zeitung und wiederholte den Vorgang. Das Geräusch des zerreißenden Papiers ließ ihn erschaudern. Als wären es Catherines Schreie. Als würde er ihr Schmerzen zufügen, indem er ihr Bild zerriss.

»Es tut mir leid«, sagte er immer wieder. »Es tut mir leid.« Er zerriss die nächste Zeitung und zerknüllte sie. Zu seinen Füßen häufte sich das Papier.

»Du solltest die Streichhölzer holen«, meinte Daniel.

* * *

»Wie lange noch?«, fragte Tatum angespannt.

O'Donnell blickte durch das Wagenfenster zum einsamen Haus hinüber. »Zwanzig Minuten, haben sie gesagt.«

Das wusste er. Aber er benahm sich wie das lästige Kind, das seine Eltern ständig fragte, ob sie schon da waren. Aber verdammt noch mal, das Haus befand sich direkt vor ihnen. Und sie konnten sehen, dass sich darin jemand bewegte. Terrence Finch war zu Hause.

Doch der Mann war gefährlich, vor allem, wenn sich Glover ebenfalls dort aufhielt. Und falls sie Rhea Deleon in diesem Haus gefangen hielten, konnte das Ganze schnell in eine Geiselbefreiung ausarten. Daher war es eindeutig klüger, auf das SWAT-Team zu warten.

Sein Drang, sich zu bewegen, loszuschlagen, etwas zu unternehmen, ließ sich dadurch jedoch nicht beruhigen. Das Haus war doch direkt vor ihnen.

»Und was ist, wenn sie Rhea Deleon in diesem Augenblick umbringen?«, gab er zu bedenken. »Wir müssen jetzt handeln.«

»Das ist äußerst unwahrscheinlich«, erwiderte Zoe vom Rücksitz aus. »Warum sollte er sie ausgerechnet jetzt töten?«

Tatum schaute zum anderen Wagen hinüber, in dem Koch und Sykes warteten. Zivilfahrzeuge, die auf Distanz blieben. Aber was war, wenn Glover aus dem Fenster sah? Oder Finch? Sie durften nicht vergessen, dass Finch sehr paranoid war. Wenn er einen fremden Wagen vor seinem Haus bemerkte …

Er sah auf die Uhr. Noch achtzehn Minuten.

* * *

Die zerknüllten Zeitungen bedeckten den ganzen Boden. Er entzündete ein Streichholz und hielt es an eine Zeitung. Sie fing sofort Feuer, und er beobachtete fasziniert, wie die Flamme flackerte und wie sich die Farbe des Papiers von weiß zu braun und letztlich schwarz veränderte.

Um dann zu erlöschen und nur noch ein letztes Rauchwölkchen aufsteigen zu lassen.

Er versuchte es ein zweites Mal, doch das Feuer brannte kaum und ging sofort wieder aus.

»Ich glaube, das Papier ist zu nass«, stellte er fest.

Daniel erwiderte nichts, sondern starrte mit finsterer Miene zwischen den Rippen der Jalousie hindurch nach draußen.

»Ich hole das Speiseöl.« Er ging in die Küche und kehrte mit der Ölflasche ins Wohnzimmer zurück, wo er das Speiseöl auf das Papier spritzte, bis die Flasche halb leer war.

Abermals zündete er ein Streichholz an.

Diesmal ging die Flamme nicht aus.

* * *

»Ist das Rauch?« Tatum kniff die Augen zusammen.

»Verdammt, Sie haben recht. Das ist Rauch!« O'Donnell riss die Wagentür auf. »Los, los!«

Tatum schoss aus dem Sitz, als hätte er auf einer Feder gesessen. Schon war er auf dem Bürgersteig und zog seine Waffe. Koch und Sykes kamen ebenfalls angerannt.

Sie hatten ein Stück vom Haus entfernt geparkt. Zu weit entfernt, wie es jetzt den Anschein machte. Viel zu weit.

Tatum lief auf das Haus zu, wobei der Wind in seinen Ohren dröhnte, und er konnte nur hoffen, dass er noch rechtzeitig ankam. Etwas Helles und Orangefarbenes war hinter den Jalousien zu erkennen. Flammen.

»Die Hintertür!«, rief er Koch zu. »Sichern Sie die Rückseite des Hauses!«

Koch änderte sofort die Richtung und lief um das Haus herum. Sykes wurde langsamer und drehte plötzlich um. Tatum hatte keine Ahnung, was der Mann da trieb. Er richtete die Waffe auf das Fenster, und die Mündung wackelte bei seinen Bewegungen. Währenddessen hoffte er, dass Zoe im Auto geblieben war. Dies konnte schnell in eine Schießerei ausarten. Seine Reflexe setzten ein, sein Verstand analysierte seine Umgebung, seine Verstärkung, die möglichen Gefahren, während er die Fenster im Auge behielt und auf Bewegungen achtete.

Eine der Jalousien bebte ein wenig, und dahinter war eine Gestalt zu sehen.

Tatum änderte die Richtung und hielt direkt auf die Haustür zu.

Inzwischen drang Rauch aus mehreren Fenstern. Flammen loderten hinter den Jalousien auf.

* * *

Dichter Rauch hing im Wohnzimmer, und er hustete stark. Er ging zum Badezimmer und schloss die Tür, damit die Frau nicht erstickte. Vielleicht sollte er ein Fenster öffnen und den Rauch rauslassen. Aber Daniel hatte ihn ermahnt, dass die Jalousien geschlossen bleiben mussten, solange die Frau da war.

»Ich mache jetzt ein Fenster auf, Daniel!«, rief er. Seine Stimme brach, er krümmte sich und bekam einen schrecklichen Hustenanfall. Der Wohnzimmertisch hatte Feuer gefangen und stand jetzt in hellen Flammen. Es war so heiß im Raum, und er bekam fast keine Luft mehr. Der Rauch ließ seine Augen tränen, und die Welt verschwamm.

Aber die Gewissheit, dass das Feuer Catherine endlich zum Schweigen gebracht hatte, tat gut.

Er öffnete das Fenster und ließ den Rauch hinaus. Blinzelnd und durch einen Tränenschleier sah er zur Straße hinüber.

Jemand kam auf das Haus zugerannt. Als er die Augen zukniff, konnte er eine Waffe in der Hand des Mannes erkennen.

»Daniel, Bullen!«, schrie er.

»Ich sehe sie«, sagte Daniel und trat neben ihn. »Ich muss abhauen. Wenn sie mich hier erwischen, ist alles vorbei. Das weißt du doch, nicht wahr?«

Natürlich wusste er das. Daniel wurde gesucht. »Geh! Ich halte sie auf.« Er knallte das Fenster zu.

Daniel lief ins Gästezimmer. Gut, er wollte durch das Fenster abhauen. So weit wie möglich fliehen. Aber dafür brauchte er Zeit.

War die Tür verschlossen? Er trat darauf zu und geriet ins Stolpern. Als er versuchte, das Gleichgewicht wiederzuerlangen, kippte er sich versehentlich das Öl auf die Hose.

Sie fing sofort Feuer.

* * *

Tatum erreichte die Tür eine Sekunde vor O'Donnell und trat mit ganzer Kraft dagegen. Er hörte das Holz knacken, die Tür schwang auf, und Rauch quoll ihm entgegen. Das Feuer brüllte, loderte dank des frischen Sauerstoffs noch höher auf, und die Hitze bewirkte, dass Tatum die Hände schützend hochriss und nach hinten taumelte. Seine Augen brannten sofort, und er konnte nur vage die Umrisse von Möbeln ausmachen – ein umgestürzter Sessel, eine Couch, ein Tisch.

Weiter im Inneren des Hauses schrie eine Stimme vor Schmerzen. Finch.

»Lauf!«, brüllte Finch. »Sie sind hier, Daniel. Verschwinde!«

Tatum taumelte keuchend weiter. Durch die Rauchsäulen und die flimmernde heiße Luft sah er, wie Finch mit den Armen wedelte, dessen Kleidung in Flammen stand.

»Lauf!«, schrie Finch erneut.

Tatum stürzte sich auf Finch und spürte die Erschütterung, als er gegen den Mann prallte und mit ihm zu Boden ging. Finch rollte sich zuckend herum und schrie vor Schmerzen, da seine gesamte Kleidung brannte. Tatum schlug die Flammen an der Hose des Mannes aus und war sich dabei nur vage der sengenden Hitze auf seiner Haut bewusst.

»Tatum!« O'Donnell stand röchelnd hinter ihm.

»Die Fenster!«, schrie Tatum. »Wir müssen die Fenster bewachen! Glover haut ab!«

Sie lief wieder hinaus. Tatum starrte durch die wabernde Luft. War Rhea Deleon hier irgendwo?

Sykes kam mit einem Feuerlöscher in den Händen herein. Weiße Schaumpartikel erfüllten die Luft, als er die Flammen um sie herum löschte, sodass man rein gar nichts mehr erkennen konnte.

»Passen Sie auf«, warnte Tatum ihn hustend und spähte durch den Dunst.

»Ist Glover hier?«, rief Zoe ins Haus hinein.

»Das weiß ich nicht«, krächzte Tatum. »Sehen Sie draußen nach.« Er stand auf, zerrte Finch auf die Beine und brüllte Sykes an: »Legen Sie ihm Handschellen an! Ich sehe mich im Haus um.«

Ihm schlug das Herz bis zum Hals, als er durch die erste Tür trat, die Waffe durch den Raum schwenkte und rasch alle Einzelheiten in sich aufnahm. Zerbrochene Möbelstücke. Blutflecken auf dem Boden und an den Wänden. Ein Fenster mit geschlossenen Läden. Hier war Glover nicht ins Freie gelangt. »Sauber!«

Das Brennen in seinen Handgelenken und Armen drang nun auch bis in sein vom Adrenalin angefeuertes Gehirn durch, aber er zwang sich, es zu ignorieren. Er trat die nächste Tür auf und wirbelte herum, weil er sich einbildete, etwas gehört zu haben. Es war ein weiteres Schlafzimmer mit Einzelbett und

kleinem Nachttisch. Ein großes Fenster, ebenfalls geschlossen.
»Sauber!«

Die dritte Tür. Er trat sie auf und sicherte zuerst das Badezimmer, obwohl er die Frau in der Badewanne längst gesehen hatte. Außer ihr war niemand hier. Er hustete wieder, was jetzt allerdings nicht am Rauch, sondern am Gestank lag. Im Raum wimmelte es von Insekten. Er hockte sich neben die Badewanne und tastete am Hals der Frau nach einem Puls. Sie war steif und kalt, und ihre Haut sah blass und kränklich aus und war von unzähligen Fliegen bedeckt.

»Ist das Rhea?«, fragte Zoe hinter ihm mit heiserer Stimme.

»Ja«, antwortete er. »Sie ist schon lange tot.«

* * *

Er hatte höllische Schmerzen am ganzen Körper. Das Feuer hatte ihm die Beine und Arme verbrannt. Er konnte nicht aufhören zu husten und hatte die Lunge voller Rauch. Würgend beugte er sich vor und übergab sich.

Aber Daniel war entkommen. Er hatte ihm genug Zeit verschafft, davon war er überzeugt.

Ein Mann zog ihn auf die Beine und führte ihn zu einem Krankenwagen. Menschen betraten sein Haus, redeten von Verstärkung, Technikern und allem möglichen Polizeikram.

Aus irgendeinem Grund holte niemand die Frau aus dem Haus. Er drehte sich um und glaubte, sie im Rauch stehen zu sehen. Sie nickte ihm fast schon freundlich zu.

»Sie sollten ihr helfen«, krächzte er.

»Was reden Sie Spinner denn da?«, fuhr der Mann ihn an.

»Die Frau. Ich glaube, sie braucht einen Arzt.«

Der Mann starrte ihn fassungslos an. »Sie ist tot, Sie Irrer. Sie haben sie getötet.«

»Nein.« Er versuchte, es zu erklären. »Sie lebt – sehen Sie doch.«

Eine Frau verließ das Haus, kam auf sie zu und sah ihn mit ihren durchdringenden grünen Augen fragend an. »Terrence. Erinnern Sie sich an mich?«

Das tat er. Das war *sie*. »Natürlich. Sie sind die Profilerin, Zoe Bentley. Wir sind uns schon begegnet. Daniel hat mir von Ihnen erzählt.«

»Wo ist Daniel?«

Er zeigte lachend auf das Fenster des Gästezimmers. »Er ist entkommen. Durch das Fenster geflohen.«

»Das Fenster ist von innen verriegelt«, erklärte Zoe. »Und wir hatten einen Mann hinter dem Haus. Es ist niemand rausgekommen.«

Er runzelte die Stirn und bemerkte im Augenwinkel eine Bewegung.

Es war Daniel, der sich grinsend an die Hauswand lehnte. Terrence versuchte, seinen Blick zu erhaschen, ihm zu verstehen zu geben, dass er verschwinden musste, bevor die Polizisten ihn bemerkten.

»Wen sehen Sie da an, Terrence?«

Er ignorierte sie. »Lauf«, sagte er zu Daniel. »Lauf.«

»Da ist niemand«, stellte die Frau fest. »Und Rhea Deleon ist seit über einem Tag tot.«

Es war sinnlos, mit ihr oder einem der anderen zu reden. Nur Daniel hörte ihm wirklich zu. Nur Daniel konnte ihn verstehen.

»Du musst weglaufen«, sagte er immer wieder.

Aber sein Freund lächelte ihn nur an.

Kapitel 70

Zoes Kehle war noch immer wie ausgedörrt, und sie musste bei jedem tiefen Atemzug husten. Die Rettungssanitäter, die am Tatort eingetroffen waren, hatten ihr Sauerstoff gegeben und sie ins Krankenhaus bringen wollen, um Untersuchungen durchzuführen, aber sie hatte nicht mitfahren wollen. Tatum, dessen Arme verbrannt waren, hatten sie allerdings mitgenommen.

Sie ging wieder in Terrence Finchs Haus und machte einen Schritt zur Seite, um zwei Männer mit einer Bahre durchzulassen. Die Luft stank nach Rauch und Verwesung, und Zoe atmete ganz flach.

O'Donnell stand im Wohnzimmer und sah mit finsterer Miene zu, wie die Männer die Leiche auf die Bahre legten. Zoe trat zu ihr.

»Die Leiche war voller Fliegen«, sagte O'Donnell. »Und der Gestank ... Aber Finch schien davon überzeugt zu sein, dass sie noch lebt.«

»Er hat Wahnvorstellungen«, erläuterte Zoe, »und vermutlich auch Halluzinationen.«

»Sie müssen so etwas jeden Tag zu sehen bekommen.«

»Nein. Ein psychotischer Serienmörder ist eine Seltenheit. Die meisten werden zudem schnell gefasst. Der einzige Grund, warum wir Terrence Finch nicht früher erwischt haben, ist, dass Rod Glover ihn ständig beraten hat.«

»Dr. Terrel wird die Autopsie morgen früh durchführen, aber das Opfer hatte verschmierten Brei im Gesicht und auch im Mund. Es sieht beinahe so aus, als hätte er sie nach ihrem Tod zu füttern versucht.«

»Wann können wir ihn befragen?«

»Er hat schwere Verbrennungen erlitten und viel Rauch eingeatmet. Ich befürchte, dass er frühestens heute Abend ansprechbar sein wird.«

Die altbekannte Unruhe stieg in Zoe auf. Sie sollte sofort mit ihm reden. Sie musste wissen, warum sie die Tatorte fotografiert hatten. Und wohin Rod Glover verschwunden war.

»Was hat er verbrannt?«, fragte sie und blickte auf die verkohlten Überreste schwarzen Papiers herab, die überall verstreut waren.

»Zeitungen. Wir haben einen Stapel mit Ausgaben der *Chicago Daily Gazette* gefunden. Er hat überall die Titelseite abgerissen. Darauf befand sich ein Bild von Catherine Lamb. Wir haben einige unversehrte Seiten unter der Couch gefunden.«

Die *Chicago Daily Gazette*. Das Feuer konnte ein direktes Resultat ihrer Zusammenarbeit mit Harry Barry sein. »Immer dieselbe Seite?«

»Ja.«

Zoe beobachtete, wie der Fotograf einige braune Flecken auf dem Boden fotografierte.

»Das ist Blut«, stellte O'Donnell fest. »Fast überall finden sich Blutspuren. Im Bad, in Terrences Schlafzimmer, im Wohnzimmer. Ach ja, und hier.« Sie öffnete den Kühlschrank. In der Tür standen mehrere Röhrchen mit einer dickflüssigen karmesinroten Flüssigkeit.

Sie wandte sich an den Fotografen. »Haben Sie das Innere des Kühlschranks schon fotografiert?«

Der Mann warf ihr einen Blick zu. »Noch nicht.«

»Tun Sie es jetzt.« O'Donnell hielt ihm die Tür auf und trat zur Seite.

Der Fotograf schoss ein Foto, machte einen Schritt zur Seite und machte ein zweites. Dann bewegte er sich erneut, um einen dritten Blickwinkel einzufangen. Zoe musste an die Fußabdrücke denken, die sie auf den Tatortfotos gesehen hatte, und an ihre erste Interpretation – dass diese auf einer Art obsessivem Verhalten beruhten. Wäre ihr dieser Fehler nicht unterlaufen, könnte Rhea Deleon noch …

Sie verdrängte diesen Gedanken. Für Selbstkasteiung war später noch mehr als genug Zeit.

»In Terrences Schlafzimmer haben wir etwas gefunden, was wie das Bein eines Säugetiers aussieht. Es könnte von einem der Hamster stammen, die aus dem Zoogeschäft gestohlen wurden.« O'Donnell hörte sich zufrieden an. Ein weiteres Puzzleteil war an seinem Platz. »Wir haben Plastikstücke und mehrere Tasten einer Tastatur entdeckt. Der Laptop ist bisher noch nicht aufgetaucht; könnte sein, dass er ihn weggeworfen hat. Außerdem standen dort zwei Gläser mit Urin.«

»Urin? Kein Blut?«

»Ganz genau. Vielleicht hat er neuerdings auch Urin getrunken.«

»Das wäre möglich.« Zoe überlegte kurz. »Oder er hat in Gläser gepinkelt, weil sie Rhea im Badezimmer festgehalten haben.«

»Das wäre denkbar. Im Gästezimmer scheint eine Zeit lang jemand geschlafen zu haben. Ich habe den Technikern gesagt, dass sie sich den Raum als Letztes vornehmen sollen, weil Sie bestimmt zuerst einen Blick reinwerfen möchten.«

Zoe sah O'Donnell überrascht an. »Danke.«

»Ziehen Sie sich aber vorher Handschuhe und Überzieher über.«

Nachdem sie das getan hatte, betrat Zoe das Gästezimmer, wobei das Nylon um ihre Schuhe bei jedem Schritt knisterte.

Wie im restlichen Haus stank es auch hier. Aber unter dem Geruch nach Tod und Feuer nahm sie noch etwas anderes, etwas Schlimmeres wahr. Schweiß und Krankheit. Das Zimmer war schmutzig, die Bettwäsche fleckig und zerknittert, und es herrschte ein ziemliches Durcheinander.

»Kein Blut in diesem Zimmer, soweit wir es erkennen konnten.« O'Donnell tauchte im Türrahmen auf. »Und nicht viele Besitztümer, abgesehen von Kleidungsstücken. Aber im Kleiderschrank steht eine Schachtel.«

Zoe öffnete den schmalen Schrank. In den Fächern lagen Unterwäsche, T-Shirts und Hosen. Ein Gewirr aus grauen Krawatten, das an zusammengeringelte Schlangen erinnerte, nahm ein ganzes Fach ein. Ganz unten stand eine rechteckige Schachtel. Zoe hockte sich hin und nahm sie angespannt heraus. Sie wusste bereits, was sie darin finden würde. Einen Augenblick lang war sie wieder vierzehn und spähte unter Glovers Bett. Mit zitternder Hand nahm sie den Deckel ab.

»Was halten Sie davon?«, wollte O'Donnell wissen.

»Das sind seine Trophäen«, antwortete Zoe. Sie hoffte, dass O'Donnell glaubte, ihre Stimme wäre nur aufgrund des Rauchs so belegt. »Einige davon habe ich schon früher gesehen.«

Mehrere zerrissene Slips. Ein Armband. Eine dünne Goldkette. Sie hob einen Slip hoch. Er wies mehrere Löcher auf, als wäre er von Motten zerfressen worden. Als sie ihn vor all diesen Jahren zum ersten Mal gesehen hatte, war der Slip noch recht neu gewesen.

Unter den Trophäen lagen Zeitungsausschnitte. Der Artikel über die Verhaftung von Jovan Stokes, daneben ein Foto der Taskforce, die ihn erwischt hatte, auf dem sie ganz in der Ecke stand. Ein Foto von ihr und Tatum an einem Tatort. Ein weiterer Artikel, geschrieben von Harry Barry, über die Verhaftung des »Bestatters«. Sowie andere Artikel von Harry über Clyde Prescotts Morde in San Angelo. Anders als viele andere Serienmörder sammelte Glover keine Zeitungsartikel über seine Verbrechen. Vielmehr interessierte er sich für *Zoe*.

Kapitel 71

Im Krankenzimmer standen zwei Betten, von denen nur eins belegt war. Terrence Finch lag darin, mit Handschellen ans Bett gefesselt, und er trug ein türkisfarbenes Krankenhausnachthemd. Der Arzt hatte ihnen mitgeteilt, dass man ihm Schmerzmittel und Antipsychotika gegeben hatte. Er starrte die Wand vor sich an und drehte nicht den Kopf, als sie hereinkamen. Zoe setzte sich auf den Stuhl neben dem Bett, und O'Donnell nahm neben ihr Platz. Tatum blieb hinter ihnen stehen.

»Mr Finch, ich bin Detective O'Donnell, und das sind Dr. Bentley und Agent Gray«, sagte O'Donnell. »Wir möchten Ihnen einige Fragen stellen.«

Er blinzelte und sah sie benommen an. »Dr. Bentley«, murmelte er. »Wir sind uns schon begegnet.«

»Hallo, Terrence«, begrüßte Zoe ihn ruhig.

»Wie ich hörte, hat man Ihnen Ihre Rechte vorgelesen«, fuhr O'Donnell fort. »Aber ich würde das gern noch einmal machen, bevor wir uns unterhalten.«

Während sie das tat, sah Zoe ihm ins Gesicht. Er schien nicht zuzuhören, und zwischendurch flackerten seine Augen und er starrte einen Punkt hinter ihnen an. Sie vermutete, dass er trotz der Medikamente noch halluzinierte. Es war zweifelhaft, ob sie etwas von dem, was er hier sagen würde, vor Gericht verwenden konnten. Aber das war Zoe egal. Terrence Finch würde nicht weglaufen, und nur er konnte ihnen verraten, wo Glover steckte.

O'Donnell nickte ihr zu. Zoe beugte sich vor.

»Terrence«, begann sie. »Erzählen Sie uns von Rod Glover.«

Er verspannte sich und blickte erneut hinter sie. »Von wem?«

»Sie haben ihn als Daniel Moore kennengelernt. Aber Sie müssen doch inzwischen wissen, dass er eigentlich Rod Glover heißt.«

»Nein«, widersprach Terrence. »Er war Daniel. Rod ist der Tumor. Er versucht, Daniel zu übernehmen, ihn zu töten. Aber Daniel ist noch da drin. Er ist da.«

»Okay.« Zoe entschied sich zu einem Themawechsel. »Erzählen Sie uns, wie Sie Daniel kennengelernt haben.«

»Ich hatte schlimme Gedanken«, gestand Terrence. »Ich musste mit jemandem reden. Mit jemandem, der es verstand. Ich habe es bei Catherine versucht, aber sie sagte nur, ich solle zu einem Arzt gehen und beten. Beten hat mir aber nicht geholfen, und der Arzt hat mir nur noch mehr Tabletten verschrieben. Ich hasse Tabletten.«

»Und dann haben Sie mit Daniel gesprochen?«

»Unser Pastor meinte, Daniel könnte helfen. Also habe ich mich an ihn gewandt. Und er hat mich verstanden. Er wusste genau, was ich durchmache, und er konnte mir helfen.«

»Wie hat er Ihnen geholfen?«

Ein Achselzucken. Ein weiterer Blick über die Schulter. »Er hat mir geholfen. Wir haben geredet. Er zeigte mir, wie ich online andere Menschen wie mich kennenlernen kann.«

»Okay. Wann ist er bei Ihnen eingezogen?«

»Als er zurückkam.«

»Von wo ist er zurückgekommen?«

Ein verschlagener Ausdruck huschte über sein Gesicht. »Von einer Reise.«

Wie viel hatte Glover diesem Mann erzählt? »Okay. Daniel kam also zurück und zog bei Ihnen ein?«

»Ja. Er war krank. Konnte nicht Auto fahren. Er brauchte meine Hilfe. Ich habe ihm gern geholfen – wir waren Freunde.«

»Und dafür wollte er Ihnen auch helfen, richtig?«

Terrence zögerte. »Wir waren Freunde. Natürlich wollte er das. Aber er war krank, daher musste ich mich um ihn kümmern. Er konnte schlecht schlafen und nicht fahren. Ich wollte, dass es ihm besser geht.«

»Wissen Sie, worunter er litt?«

»Er hat einen Gehirntumor.«

Zoe nickte. »Dann wollten Sie ihn zu einem Arzt bringen?«

Terrence schüttelte den Kopf und zuckte zusammen, weil die Bewegung so schmerzhaft war. »Ärzte sagen einem nie die Wahrheit. Es gibt ein Heilmittel. Sie wollen es einem nur nicht verraten.«

»Und was ist dieses Heilmittel?«

Terrence überlegte sehr lange. »Sie sind Ärztin, richtig?«

»Ich bin Doktor der forensischen Psychologie.«

»Daniel sagte, Sie sind sehr clever. Sie kennen das Heilmittel längst, nicht wahr? Wollen Sie mich austricksen? Mich dazu bringen, es auszusprechen? So wie Catherine? Ich werde es nicht sagen – das können Sie vergessen.« Er riss die Augen auf, und die Handschellen klapperten, als er daran zerrte.

»Ist ja schon gut«, versuchte Zoe ihn zu beruhigen. »Sie müssen es nicht aussprechen.«

Er entspannte sich.

»Soll ich es sagen?«, fragte Zoe.

»Ärzte geben es nie zu«, meinte er abweisend. »Sie wollen nicht, dass man davon erfährt. Damit kein Chaos ausbricht.«

»Das Heilmittel ist Blut, stimmt's?« Zoe sah ihm in die Augen. »Menschenblut.«

Er blinzelte verblüfft. »Ja.«

Zoe schenkte ihm ein Lächeln, als wären sie in dasselbe Geheimnis eingeweiht. »Das bleibt unter uns. Detective O'Donnell und Agent Gray werden es niemandem verraten.«

»Das werden wir nicht«, versprach Tatum ernst.

»Sie wollten also, dass Daniel Menschenblut trinkt?«

»Ja. Aber er sagte, es würde ihm nicht helfen. Er hatte eine andere Idee.«

»Was hatte er für eine Idee?«

Terrence wandte den Blick ab. »Keine. Er sagte, er hätte keine Krankenversicherung, daher würden die Ärzte ihm nicht helfen. Mich hat meine Krankenversicherung ja auch nicht gesund gemacht. Es sind die Versicherungsunternehmen. Das ist alles ihre Schuld.«

»Wollte Daniel Frauen wehtun? War das seine Idee?«

»Daniel wollte nie jemandem wehtun.« Sein Tonfall wurde schneidender.

»Okay, aber er wollte etwas tun, damit es ihm besser geht?«

»Nein! Das war alles meine Idee! Alles.«

»Ist ja gut. Was war Ihre Idee?«

»Ich wollte Menschenblut trinken, und Daniel hat mir davon abgeraten.« Er sah ihr eindringlich in die Augen, als könnte er sie so überzeugen. »Er wollte das alles nicht. Er sagte, es würde sowieso nicht funktionieren, nicht, solange das Blut nicht rein genug wäre.«

Zoe hielt inne und legte den Kopf schief, als würde sie nachdenken. »Dann war das alles also gar nicht Daniels Idee. Er wollte Sie aufhalten.« Er hatte den mitfühlenden Freund gespielt und Terrence gleichzeitig die Idee in den Kopf gesetzt, dass Catherine ihr erstes Opfer werden musste. Weil sie von

Terrences Gier nach Blut wusste und der Polizei den entscheidenden Hinweis geben konnte.

»Er hatte recht«, fuhr Terrence fort. »Wir brauchten reines Blut. Daher schlug ich vor, dass wir die reinste Person nehmen, die ich kannte.«

»Wer war das?«

Terrence riss die Augen auf und schien ihr wieder über die Schulter zu sehen. Er bewegte die Lippen, ohne dass ein Ton darüber kam, als würde er mit einem unsichtbaren Komplizen flüstern. Zoe widerstand dem Drang, sich umzudrehen. »Wer war die Person, die Sie vorgeschlagen haben, Terrence?«

»Catherine Lamb«, antwortete er schließlich.

Zoe nickte. »Und Daniel war einverstanden?«

Erneut ein flüchtiger Blick. »Er … er wollte das nicht. Aber er hat mir zugestimmt, dass sie als Einzige rein genug wäre. Ich hätte es nicht für mich getan. Aber Daniel brauchte das Blut.«

»War es auch sein Plan, ihr Blut zu entnehmen, damit er es trinken kann?«

Abermals ein Zögern. »Ja.«

»Sie sind also zu Catherine Lambs Haus gegangen, um ihr Blut zu bekommen. Was ist dann passiert?«

»Sie ist gestorben.«

»Weil Sie ihr zu viel Blut abgenommen haben?«

»Ja, da war sehr viel Blut.«

»Aber, Terrence.« Zoe spielte die Verwirrte. »Catherine Lamb wurde erdrosselt. Und vergewaltigt.«

»Nein, da irren Sie sich. Da war nur Blut.« Er hob die Stimme. »*Nur das Blut!* Darum ist es passiert. Ich habe ihr zu viel Blut abgenommen.« Es klapperte laut, als er an den Handschellen zerrte.

»Okay …«, sagte Zoe sanft und nickte. »Und Sie haben Fotos von ihr gemacht, nicht wahr? Warum haben Sie sie fotografiert?«

»Ich bin Fotograf.« Er starrte sie trotzig an. »Ich fotografiere ungewöhnliche Situationen.«

Die Fotos waren eindeutig nicht Terrences Idee gewesen, sondern Glovers. Aber warum? Zur Luststeigerung? Aber Glover bewahrte keine Fotos in seiner Trophäenschachtel auf.

»Hat Daniel verlangt, dass Sie diese Fotos machen?«

»Nein.«

»Sie haben ihr eine Halskette umgelegt, richtig? Die mit dem Kreuzanhänger. Wieso?«

»Sie hat sie immer getragen. Das Foto sah dadurch besser aus.«

»Hat Daniel das Blut getrunken?«

»Nein ... Er wollte es nicht. Aber ich habe ihm etwas in den Kaffee gekippt. Und unters Essen gemischt.« Er schien sehr zufrieden mit sich zu sein. »Es hat geholfen. Ihm ging es besser.«

Wusste Glover, dass das geschah? Hatte er Terrence das Blut unter sein Essen mischen lassen, um ihm das Gefühl zu geben, er würde die Entscheidungen treffen? Sie bezweifelte es. Vermutlich hatte der Hirntumor Glovers Geschmackssinn beeinflusst, sodass ihm der Geschmack nicht aufgefallen war.

»Warum hat Daniel dann mitgemacht?«, hakte sie nach. »Wenn Sie das nur getan haben, damit er reines Blut bekommt, und er das Blut später nicht trinken wollte, warum hat er dann überhaupt mitgemacht?«

»Ich ... ich bin verwirrt. Das liegt an den Medikamenten, die sie mir hier geben. Er hat es getrunken; darum haben wir es doch gemacht. Es war meine Idee. Aber er hat das Blut getrunken.« Er schüttelte energisch den Kopf. »Er wollte wieder gesund werden. Darum haben wir es gemacht. Um an das Blut zu kommen.«

»Und vier Tage später haben Sie eine andere Frau vor einem Bahnhof überfallen. Wollten Sie auch ihr Blut?«

»Ja, ich wollte ... Uns ging das Blut aus. Darum sind wir hingefahren und haben auf die Frau gewartet. Und wir haben ihr Blut genommen.«

»Und sie getötet.«

»Das war ein Unfall.«

»Warum haben Sie das Pentagramm gemalt und ihr das Messer in den Bauch gestochen?«

Nach kurzem Zögern: »Das waren nur Requisiten. Für die Fotos.«

»Wessen Idee war das?«

Abermals bewegte er die Lippen, ohne etwas zu sagen, wandte sich von ihr ab und starrte etwas an, das nur er sehen konnte. Sie versuchte, die Worte von seinen Lippen abzulesen, aber es gelang ihr nicht.

»Wessen Idee war das, Terrence?«

»Meine.«

»Und Daniel hat mitgemacht? Er hat eine Stunde mit einer Toten verbracht, während Sie das Set vorbereitet und die Fotos geschossen haben?«

»Er ist ein guter Freund.«

»Und dann haben Sie Rhea Deleon entführt.«

Sein Kopf wackelte hin und her. »Wen?«

»Die Frau, die wir in Ihrem Haus gefunden haben.«

»Ach ja. Sie. Ja. Daniel wollte sie nicht. Er war von Anfang an dagegen.« Seine Augenlider flatterten. »Es war alles meine Idee.«

In diesem Fall glaubte sie ihm sogar. »Und er hat sie getötet.«

»Nein, er war das nicht. Das war der Tumor. Rod.«

Sie beäugte ihn kritisch. »Der Tumor hat sie getötet? Wie meinen Sie das?«

»Er hat es versucht. Sie ist noch am Leben. Aber er wollte sie umbringen. Er hat ihr Blut getrunken, sie gewürgt und versucht, sie zu töten.« Sein Blick wirkte einen Moment lang fokussiert, und Zorn spiegelte sich in seinen Augen wider. »*Er hat es getan.*«

Terrence war bereit, die Schuld für Daniels Taten zu übernehmen, aber offensichtlich nicht für den Anteil des Tumors. »Was ist dann passiert?«

»Ich habe ihn rausgeworfen. Ich dachte, Daniel wäre fort, der Tumor hätte ihn verschlungen. Daher habe ich ihn mit einem Messer bedroht, und er ist weggelaufen.«

»Wissen Sie, wohin er gegangen ist?«

»Nein, aber es ist nicht ...« Wieder zerrte er an seiner Hand, und die Handschellen klapperten gegen das Bettgeländer. »Es ist unwichtig. Er ist zurückgekommen. Und er war wieder Daniel. Er hat mir geholfen. Er half mir dabei, Catherine noch einmal zum Schweigen zu bringen. Wir wollten ihr nichts von dem Blut erzählen.«

»Haben Sie deshalb die Zeitungen verbrannt?«

»Natürlich. Aber das war meine Idee. Nicht Daniels. Er hat mir geholfen. Er ist ein guter Freund. Ich werde es Ihnen nicht sagen. Ich sage es Ihnen nicht.« Sein Blick zuckte herum, und er legte den Kopf schief, als würde er jemandem zuhören.

»Können Sie uns sagen, wann Daniel das erste Mal Kontakt mit Ihnen aufgenommen hat, Terrence?«

»Nein. Ich beantworte keine Fragen mehr. Nein. *Nein.*« Speichel benetzte seine Lippen. »Ich habe Ihnen alles gesagt. Lassen Sie mich in Ruhe.«

»Nur noch ein paar Fragen, dann können Sie sich ausruhen. Wann hat Daniel das erste Mal Kontakt zu Ihnen aufgenommen?«

Er flüsterte etwas und bewegte betont die Lippen. Zoe beugte sich vor, weil sie darauf hoffte, etwas zu verstehen.

Es gelang ihr gerade noch, sich zurückzulehnen, als er sich blitzschnell aufbäumte. Seine Zähne schnappten nur wenige Zentimeter von ihrer Wange entfernt zu, und sie spürte seinen Atem, roch den Verwesungsgeruch aus seinem Mund. Angewidert rückte sie mit dem Stuhl nach hinten und starrte ihn entsetzt an.

»*Lassen Sie mich in Ruhe!*«, kreischte er, und Speichelfäden flogen aus seinem Mund. »Lassen Sie mich in Ruhe! Verschwinden Sie! Raus, raus!« Er ruckte in seinem Bett herum, und die Handschellen schabten kreischend über das Bettgeländer. »Raus raus raus raus raus!«

Zoe stand auf und wich zurück, wobei sie fast gegen Tatum geprallt wäre. Er legte ihr beruhigend eine Hand auf die Schulter, und sie atmete tief durch. Sie verließen das Krankenzimmer, während Terrences Schreie weiter in ihren Ohren gellten.

Kapitel 72

»Glover ist also seit gestern weg«, stellte Tatum mit finsterer Miene fest. »Und vermutlich inzwischen fast in Kanada.«

Sie standen auf dem Krankenhausflur nur wenige Schritte von Terrences Zimmertür entfernt. Die Wirkung der Schmerzmittel ließ langsam nach, und seine Arme taten höllisch weh. Fast bereute er es, Finch aus dem Feuer gerettet zu haben.

»Wer weiß.« O'Donnell wirkte zweifelnd. »Er hat fast all seine Sachen zurückgelassen, darunter auch Bargeld. Er hat seine Kreditkarten nicht benutzt und kein Geld abgehoben. Terrences Worten zufolge kann er nicht mehr fahren.«

O'Donnell sah Zoe an. »Er war wütend wegen der Fotos, daher war das wohl eher Glovers Idee.«

Zoe runzelte die Stirn. »Das denke ich auch, aber es ergibt keinen Sinn. Glover steht darauf, Frauen zu missbrauchen und zu strangulieren, nicht, sie wie bei seltsamen Teufelsanbetungen zu drapieren.«

»Vielleicht waren die Fotos nur eine komische Ausrede, um die Frauen zu töten«, mutmaßte O'Donnell. »Glover sagt Terrence, dass er diese toten Frauen fotografieren muss, damit er dadurch eine Art psychischer Energie gewinnen kann, die ihn heilen wird. Daraufhin muss er seine Idee auch in die Tat umsetzen. Zu versuchen, einen Verrückten zu verstehen, wäre sinnlos.«

»Aber es steckt eine bewusste Logik dahinter«, gab Zoe zu bedenken. »Terrences Wahnvorstellungen drehen sich nur um das Blut, richtig? Jedenfalls zu Beginn, bevor er richtig durchgedreht ist. Vergessen wir nicht, dass er, abgesehen davon, vollkommen normal wirkte. Dann würde ihn eine wirre Idee über Fotos, die psychische Energie übertragen, nicht überzeugen. Was immer Glover gesagt hat, muss Finch sinnvoll erschienen sein.« Vor Frustration wurde ihre Stimme immer schriller.

Tatum musterte sie besorgt. Er kannte sie inzwischen gut genug, um das Muster zu erkennen. Wenn es um Glover ging, versagte ihr analytischer Verstand. Sie *versuchte* zu verstehen, wie er tickte, doch anders als andere Mörder, deren Profil sie erstellt hatte, entzog er sich ihr immer. Er befand sich in ihrem blinden Fleck.

»O'Donnell hat recht«, meinte er. »Die Fotos sind nicht für seine Befriedigung gedacht und müssen einem anderen Zweck dienen.«

»Das mag sein.« Zoe wirkte immer ungeduldiger. »Aber ich glaube nicht, dass er Terrence einreden konnte, sie würden seine Krebserkrankung heilen.«

»Das hat er auch nicht gesagt«, widersprach Tatum.

»Wie meinen Sie das?«, fragte O'Donnell.

»Laut Terrence hat Glover gesagt, er hätte keine Krankenversicherung. Er hat nicht behauptet, er würde sterben oder dass die Ärzte ihm nicht helfen konnten, sondern dass sie es nicht tun *wollten*.«

»Das haben wir doch schon besprochen«, meinte Zoe. »Glover würde einen Weg finden, um sich als Opfer darzustellen.«

»Aber er ließ es so klingen, als würde es am Geld liegen. Mit Fotos von toten Frauen kann man keine Krebserkrankung heilen.« Tatum schüttelte den Kopf. »Aber sie lassen sich verkaufen. Erinnern Sie sich, was uns Swenson erzählt hat?«

»Er sagte, es gäbe Leute, die viel Geld für so etwas bezahlen«, murmelte O'Donnell nach einem Augenblick. »Und er erwähnte falsche Snuffvideos. Aber wenn sie wussten, dass alles echt war ...«

»Wir sind davon ausgegangen, Glover hätte im Dark Web nur Pornos kaufen wollen.« Zoe riss die Augen auf. »Aber was ist, wenn er auch als Verkäufer aufgetreten ist? Wie viel würde man ihm dafür bezahlen?«

»Vermutlich eine Menge«, überlegte Tatum laut. »Wenn die Bilder echt sind. Wenn diese Verrückten auf dem Marktplatz wussten, dass es sich um Fotos tatsächlicher Morde handelte. Falls er das getan hat, würde das auch erklären, warum er die Polizei zu Henrietta Fishburnes Leiche gelotst hat. Er wollte, dass die Presse über den Mord berichtete, damit er die Fotos verkaufen konnte.«

»So hat er es auch Finch erklärt«, begriff Zoe. »Er brauchte Geld, wahrscheinlich für eine Behandlung in einem Privatkrankenhaus, und darum mussten sie die Frauen töten und die Fotos machen. Ich würde wetten, bei dem Pentagramm und dem Messer handelte es sich um Kundenwünsche.«

Tatum schüttelte fassungslos den Kopf. »Tu, was du liebst, und das Geld wird folgen.«

»Wenn das zutrifft, dann könnte er sich hier in Chicago einen Arzt gesucht haben«, sagte O'Donnell.

»Das hatten wir doch schon«, erwiderte Tatum. »Es gibt einfach zu viele Patienten. Und ohne Durchsuchungsbeschluss, den wir niemals bekommen werden, zeigt man uns erst recht keine Krankenakten.«

»Aber wir könnten die Auswahl einschränken.« O'Donnell gab sich nicht geschlagen. »Wenn unsere Theorie stimmt, können wir herausfinden, wie viel er für die Fotos bekommen hat und wann er bezahlt wurde. Wir können nach einer Klinik suchen, die Bargeld annimmt und den Papierkram möglichst gering hält. Wenn es diese Transaktionen tatsächlich gibt, müssen wir möglichst viel darüber in Erfahrung bringen, damit wir den Behandlungsort und Namen des Patienten leichter herausfinden.«

Zoe war ganz blass geworden und rieb sich die Augen. »Wir müssen uns beeilen. Wenn ihm tote Frauen das Leben retten können, sucht er sich vielleicht schon sehr bald das nächste Opfer.«

»Wir müssen ein paar Anrufe machen«, erklärte Tatum. »Falls er die Fotos verkauft hat, lassen sich im Dark Web Spuren finden. Wir bitten die Analytiker, sich die Sache mal anzusehen.«

Kapitel 73

Laughing_Irukandji saß in Unterwäsche auf seinem Thron, starrte die Monitore an und wartete. Lauerte.

Halbherzig scrollte er durchs Forum und las einen Thread über das Hacken der Datenbank einer Dating-App sowie einen weiteren über einen neuen Exploit, der in einer beliebten Webcam-Anwendung entdeckt worden war. Er kommentierte nichts und hatte das Gesicht zu einem verächtlichen Grinsen verzogen.

Auf Twitter trendete der Hashtag #FindRhea. Er hatte sich einige der unfassbar langweiligen Tweets durchgelesen, ein Meer aus Heuchelei einer Vielzahl von Menschen, die versuchten, andere mit ihren sogenannten tief empfundenen Gebeten zu übertrumpfen.

Er programmierte einige seiner Bots darauf, das Gerücht zu verbreiten, Rhea wäre eine illegale Einwanderin, taggte jeden Tweet mit #FindRhea und #DeportRhea und gähnte, als die erwartete Empörung einsetzte.

Einige Nachrichten trafen ein, andere Trolle, die korrekt vermuteten, dass er das Gerücht in die Welt gesetzt hatte. Die meisten amüsierten sich. Einer fand, er sei zu weit gegangen. Laughing_Irukandji grinste.

Wenn die wüssten.

Eine weitere Nachricht poppte auf, und er verspannte sich, während sich sein Herzschlag beschleunigte. Jack_the_Ripper. Endlich. Mit zitternden Fingern klickte er die Nachricht an.

> Jack_the_Ripper: Es gab einige Rückschläge, und ich kann die letzten Fotos nicht schicken. Aber du hast ja die letzten drei bekommen und kannst dich vergewissern, dass sie echt sind. Das sind Fotos von Rhea Deleon wenige Minuten nach ihrem Tod. Die hat sonst keiner.

Heftige Enttäuschung überkam ihn. So war das nicht abgemacht. Er hatte dem Mann klare Anweisungen gegeben. Rasch tippte er eine Antwort.

> Laughing_Irukandji: Unser Deal sieht anders aus. Keine Fotos, kein Geld.

Die Reaktion erfolgte sofort.

> Jack_the_Ripper: Ich brauche das Geld. Ich habe dir doch schon drei Fotos geschickt. Wenn du nicht zahlst, sind wir fertig miteinander.

> Laughing_Irukandji: Okay. Dann war's das.

Der Mann hatte klar und deutlich gesagt, dass er das Geld brauchte, und zwar schnell. Er würde keinen anderen finden, der diese Summe zahlen würde. Nie im Leben.

> Jack_the_Ripper: Okay, was ist, wenn ich dir etwas anderes schicke? Etwas Besseres? Aber wenn du es

haben willst, musst du mir vorher bezahlen, was du mir schuldest, und die neuen Fotos kosten extra.

Laughing_Irukandji: Dann muss es aber was ganz Besonderes sein.

Er fühlte sich wieder einmal unglaublich mächtig. Andere in den sozialen Medien zu trollen war bei Weitem nicht so befriedigend wie das hier.

Jack_the_Ripper: Ich kann dir eine schwangere Frau schicken.

Laughing_Irukandji ließ grinsend eine ganze Minute verstreichen, bevor er antwortete.

Laughing_Irukandji: Das wäre großartig. Aber ich habe besondere Anforderungen.

Kapitel 74

Montag, 24. Oktober 2016

Tatum sah sich in der Einsatzzentrale um, die bis auf den letzten Platz besetzt war. Trotz der blutunterlaufenen Augen und der müden Gesichter hatte er den Eindruck, alle würden heute wacher aussehen. Als hätte die Aufregung der Jagd ihre Sinne geschärft.

Und natürlich der Kaffee. Es machte beinahe den Anschein, als gäbe es einen Wettbewerb, wer die größte Tasse hat. O'Donnells war beinahe so groß wie ihr Kopf, und Valentine hatte eine große Thermoskanne mitgebracht, aus der er sich ständig in seinen Styroporbecher nachschenkte. Sogar Zoe hatte ihrer neu gefundenen Liebe zu heißer Schokolade den Rücken gekehrt und einen starken Kaffee vor sich stehen.

»Guten Morgen«, sagte Bright. »Wie Sie alle wissen, haben wir gestern Terrence Finch verhaftet und in seinem Haus die Leiche von Rhea Deleon gefunden. Detective O'Donnell und Dr. Bentley ist es gelungen, ihn gestern Abend zu befragen, nachdem er wieder zu sich gekommen war, aber er konnte uns keine konkreten Hinweise auf Rod Glovers Aufenthaltsort liefern. Die Detectives Koch und Sykes haben ihn heute Morgen aufgesucht, richtig?«

»Ja«, bestätigte Koch. »Aber er hat sich einen Anwalt genommen.«

»Er bekommt Medikamente, die seine Psychose vermutlich eindämmen und ihn vorsichtiger werden lassen«, warf Zoe ein.

»In jedem Fall gehen wir später erneut zu ihm, wenn es ihm besser geht. Falls er uns zu Glover führen kann, können wir uns möglicherweise auf einen Deal einigen.«

»Wir haben in Bezug auf Glover auch Fortschritte gemacht«, berichtete Sykes. »Wir haben gestern mit Finchs Nachbarn gesprochen, und eine hat Glover vor zwei Tagen bei Finchs Haus gesehen. Sie hat ihn anhand der Fotos, die wir ihr gezeigt haben, identifiziert, sagte jedoch, er würde jetzt anders aussehen. Wir haben einen Phantombildzeichner zu ihr geschickt und nun ein neueres Bild von ihm.«

»Gehen wir davon aus, dass sich Rod Glover noch in Chicago aufhält?«, wollte Bright wissen.

»O ja«, bestätigte Tatum.

Alle Anwesenden sahen ihn an. Nach einer kurzen Pause erklärte er: »Wir sind gestern nach Finchs Verhör einigen Hinweisen nachgegangen und haben die Theorie aufgestellt, Rod Glover könnte die Fotos seiner letzten Morde verkauft haben, um seine Krebsbehandlung bezahlen zu können.«

»Wem soll der die verkauft haben?«, wollte Bright wissen.

»Kunden, die er auf einem Marktplatz für illegale Pornos im Dark Web fand«, antwortete Tatum. »Einige unserer Analytiker haben die ganze Nacht daran gearbeitet und sich die Seiten angesehen, die uns Swenson genannt hat.«

Sie hatten die Nacht im Chicagoer FBI-Büro verbracht. Tatum, Zoe und Valentine hatten den Analytikern die ganze Zeit über die Schulter geschaut, bis man sie schließlich genervt vor die Tür gesetzt hatte. Um vier Uhr war eine E-Mail mit dem endgültigen Suchergebnis eingetroffen.

»Vor einem Monat fing ein User namens Jack_the_Ripper an, bisher unbekannte Fotos eines Mordopfers anzupreisen«, berichtete Tatum und legte einen Ordner auf den Tisch. »Die meisten Antworten kamen von Trollen, aber es meldeten sich auch einige Interessenten. Letzten Endes verkaufte er Bilder, die später öffentlich in Foren geteilt wurden.« Er reichte Koch, der zu seiner Rechten saß, ein Foto aus dem Ordner.

»Das ist ein Foto von Shirley Wattenberg, die 2008 ermordet wurde, wahrscheinlich von Rod Glover«, sagte Tatum. »Dieses Foto sieht aus, als wäre es nach der Tat aufgenommen worden. Anfangs hat er fünftausend Dollar für das Foto verlangt, aber aufgrund der schlechten Bildqualität und weil er die Echtheit nicht beweisen konnte, hat er es schließlich für zweihundert verkauft. Nachdem die Forenmitglieder erkannt hatten, dass es sich um ein authentisches Bild handelte, verbesserte sich der Ruf von Jack_the_Ripper. Er versprach, bald mehr Fotos liefern zu können.«

Tatum reichte zwei weitere Bilder herum. »Als Nächstes kam Catherine Lamb. Alle Bilder wurden kurz nach dem Mord aufgenommen. Wir wissen, dass er acht davon verkauft hat, aber nur zwei wurden mit den anderen Mitgliedern geteilt. Es ist unklar, welche Summe er für diese Bilder erhalten hat, aber die Analytiker schätzen, dass es etwas mehr als achttausend Dollar gewesen sein müssen.«

»Warum haben wir das nicht schon früher gefunden?«, verlangte Bright aufgebracht zu erfahren. »Diese Fotos waren online für jeden zu sehen?«

Valentine räusperte sich. »Nicht für jeden. Nur für wenige ausgesuchte Forenmitglieder. Haben Sie eine Ahnung, wie viele Tor-Websites mit illegalen Pornos es gibt? Sie machen über achtzig Prozent des ganzen Dark Web aus. Das sind Tausende von Websites. Im Augenblick befinden sich dort über dreißig Millionen Fotos und Videos, die ständig den Besitzer wechseln.«

Tatum kannte die Statistik, trotzdem wurde ihm jedes Mal übel, wenn er die Zahlen hörte. Das war, als würde man auf einem Feld einen Stein hochheben. Man *wusste,* dass sich darunter Ungeziefer verbarg, aber es war nicht dasselbe, wie tatsächlich zu sehen, wie sie dort herumhuschten und -krochen. Auf den meisten dieser Fotos und Videos waren Minderjährige zu sehen. Wollte man etwas Bestimmtes in diesem Hort der Verderbnis finden, hatte man eine ebenso schwere wie widerliche Aufgabe vor sich.

Er erklärte allen kurz, womit sie es zu tun hatten, bevor er fortfuhr. »Als Jack_the_Ripper das nächste Mal im Forum auftauchte, verkaufte er die Fotos von Henrietta Fishburne. Er erklärte, den Großteil bereits im Vorfeld an einen Privatkunden veräußert zu haben, der auf bestimmten Requisiten bestanden habe.«

»Requisiten?«, hakte Koch nach.

»Das Messer und das Pentagramm«, warf Zoe ein. »Sie haben weder zu Finchs noch in Glovers Profil gepasst. Ebenso wie die ritualistische Pose des Opfers waren sie der Fantasie einer dritten Person entsprungen.«

»Wissen wir, wer dieser Privatkunde ist?«, fragte Koch.

»Nein«, antwortete Tatum. »Wir versuchen noch, es herauszufinden, aber das Geschäft wurde in einem Privatchat im Dark Web abgewickelt. Ich glaube, nicht einmal Glover weiß, mit wem er da verhandelt hat. Der Kunde hat die Fotos nie geteilt, aber andere Bilder von diesem Mord tauchten in den Foren auf.« Er reichte noch zwei Fotos herum. Sie waren die schlimmsten, weil sie kurz vor Henriettas Tod aufgenommen worden waren. Es handelte sich um Nahaufnahmen ihres Gesichts, auf denen sie den Mund zu einem Schrei aufriss und ihr eine Krawatte um den Hals gewickelt worden war. Der Arm, der die Krawatte festhielt, war ebenfalls zu sehen. Er gehörte einem Weißen. Die Hand umklammerte die Krawatte so fest, dass die Venen hervortraten, und man konnte Kratzspuren auf der Haut erkennen. Das passte zu dem, was sie bei der Autopsie herausgefunden hatten – den Hautzellen unter Henrietta Fishburnes Fingernägeln. Da sie die DNA dieser Zellen in der Datenbank gefunden hatten, wussten sie auch, dass es sich um Glovers Arm handelte.

Tatum wartete, bis alle die Fotos gesehen hatten. »Weil die Presse am selben Tag über den Mord berichtet hat, womit die Echtheit der Fotos bestätigt wurde, gingen sie für viertausend Dollar das Stück weg. Mehrere Forenmitglieder warfen ihre Bitcoins in einen Topf, um sie zu kaufen und zu teilen. Wir wissen nicht, wie viel der Privatkunde für die Fotos bezahlt hat. Aber da sie auf seine Anforderungen zugeschnitten waren, gehen wir davon aus, dass Glover eine Menge Geld dafür verlangen konnte.«

Er nickte O'Donnell zu.

»Wir vermuten, dass das Geld aus dem Verkauf dieser Fotos zur Finanzierung von Glovers Krebsbehandlung in einer Privatklinik genutzt wird«, sagte O'Donnell. »Allein in Chicago gibt es mehr als zwanzig dieser Kliniken.«

Bright runzelte die Stirn. »Wir werden unmöglich einen Durchsuchungsbeschluss für alle Kliniken bekommen. Das ist ein interessanter Ansatz, aber ohne ...«

»Eine dieser Kliniken ist mir sofort ins Auge gefallen«, unterbrach O'Donnell ihn. »Das Celeste Cancer Center. Es handelt sich um eine teure Klinik mit sehr hoher Erfolgsrate. Zwei Punkte sind besonders auffällig. Erstens handelt es sich um die kleinste Klinik, die gerade mal sechs Mitarbeiter beschäftigt. Das würde Glover gefallen, da ihn dann weniger Personen identifizieren können. Und zweitens ist es die einzige Klinik, die nur Bargeld annimmt.«

»Wir gehen davon aus, dass Glover in Chicago eine Kontaktperson hat, die Bitcoin in Bargeld umwandelt«, erklärte Tatum.

»Ich habe diese Klinik heute Vormittag aufgesucht«, fuhr O'Donnell fort. »Mir wurde bestätigt, dass die Art von Tumor, die Glover hat, dort behandelt wird und dass die Behandlung in etwa die Summe kostet, die er unserer Meinung nach besitzen dürfte. Alles passt zusammen. Danach habe ich das Phantombild herumgezeigt und einer sehr leicht beeinflussbaren jungen Krankenschwester beschrieben, was Glover Frauen antut. Sie hat mir erklärt, dass sie nicht gegen die Schweigepflicht verstoßen dürfe, dass es jedoch einen sehr guten Grund für einen Durchsuchungsbeschluss gäbe. Zudem erwähnte sie, dass der 2. November um 14.30 Uhr der perfekte Zeitpunkt wäre, um dort einzutreffen. Die Patienten werden zu Routinebehandlungen in die Klinik bestellt, und ich vermute, dass Glover dann seinen nächsten Termin hat.«

Das alles hatte O'Donnell Tatum schon zuvor erzählt, aber jetzt erregte ein Punkt seine Aufmerksamkeit. Es hatte etwas mit dem Phantombild zu tun. Aber was war es genau? Er knirschte mit den Zähnen und versuchte, es zu fassen zu kriegen. Die Krankenschwester hatte Glover anhand des Phantombilds identifiziert. Wahrscheinlich hatte sie sein Foto zuvor auch schon in den Medien gesehen, aber es war Monate alt und zeigte einen gesunden Glover. Was genau ließ ihn jetzt stutzen?

»Das könnte für einen Beschluss reichen.« Koch lächelte. »Der 2. November ist nächste Woche. Wenn er zu seinem Termin erscheint, haben wir ihn.«

»Ich weiß nicht, ob wir so lange warten können«, gab Zoe zu bedenken. »Wir wissen, dass Glover auch nach dem Mord an Henrietta Fishburne weiter nach Opfern gesucht hat. Nur darum sind sie auf Rhea Deleon gestoßen. Aber ich vermute, dass der Mord an Rhea nicht nach Plan verlaufen ist, und ich bin mir nicht sicher, wie viel Zeit er für die Fotos hatte.«

»Soweit wir wissen, ist noch kein Foto von Rhea im Forum aufgetaucht«, fügte Tatum hinzu.

»Wenn wir bis zu Glovers Termin warten, könnte er ein weiteres Mal töten, um seine nächste Behandlung bezahlen zu können«, gab Zoe zu bedenken.

»Gutes Argument«, stimmte Koch ihr zu. »Ich werde versuchen, einen Beschluss für die Klinik zu erwirken. Vielleicht finden wir in den Unterlagen eine Spur zu Glover. Eine Telefonnummer, eine Adresse, einen Notfallkontakt. In solchen Kliniken muss man doch Unmengen an Formularen ausfüllen. Irgendwo muss er irgendwelche Informationen preisgegeben haben.«

»Wir reden auch noch mal mit Finch, vielleicht fällt ihm ja noch etwas ein«, sagte Valentine.

»Und wir schicken Kopien des Phantombilds an die Medien«, verlangte Bright.

Tatum nahm die Gespräche rings um sich herum wahr, die nach Ende der Besprechung geführt wurden, aber er dachte über das Phantombild nach und wie sehr sich Glover verändert hatte. Alle strömten aus dem Raum, aber Zoe bemerkte, dass er nicht aufgestanden war, und ging zu ihm.

»Stimmt was nicht?«, erkundigte sie sich.

»Woher wusste Patrick Carpenter, dass Glover krank ist?«, fragte Tatum.

»Was?«

»Als wir Allen Swenson verhört haben, tauchte Patrick Carpenter auf und sagte, Allen hätte das alles nicht zusammen mit einem todkranken Mann verüben können. Dabei haben wir der Presse gegenüber nicht erwähnt, dass Glover Krebs hat und dem Tode nahe ist. Auch nicht Patrick Carpenter gegenüber. Und Glover sah auf dem Foto gesund aus.«

»Vielleicht hat Glover Patrick schon vor einer Weile von seiner Krebserkrankung erzählt«, überlegte Zoe. »Oder er hat es von jemandem erfahren.«

»Aber wir wissen, dass er die Diagnose erst in Dale City erhalten hat. Also muss Patrick im vergangenen Monat davon erfahren haben. Entweder hat er mit jemandem gesprochen, der Glover vor Kurzem begegnet war …«

»Oder mit Glover selbst«, beendete Zoe den Satz.

»Wir müssen uns noch mal mit Patrick unterhalten.«

Kapitel 75

Leonor Carpenters Tage glichen einer endlosen Achterbahnfahrt aus Nervosität und Erleichterung. Ihr emotionaler Zustand war ganz und gar von ihrem ungeborenen Kind abhängig, oder genauer gesagt von seinen Füßen.

Jedes Mal, wenn sie einen Tritt spürte, war sie erleichtert. Ihr Sohn war noch da, war noch am Leben. Je mehr Zeit jedoch ohne eine Bewegung verstrich, desto größer wurden ihre Sorgen. Hatte ihn die Nabelschnur erwürgt? Hatte sein kleines Herz aufgehört zu schlagen? Im Krankenhaus war das beruhigende Piepen des Herzmonitors die ständige Störung wert gewesen. Kaum hatte man sie jedoch nach Hause geschickt, war sie ganz und gar von Stups' Gnade abhängig.

Sie hätte ihm keinen Namen geben dürfen; das war ein Fehler. Eigentlich sollte sie es besser wissen. Aber nach einundzwanzig Wochen konnte sie nicht länger nur *es* oder *der Fötus* sagen.

Wenn er sie über zwei Stunden lang nicht trat, wurde die Angst übermächtig. Dann legte sie sich im Bett auf die Seite und flüsterte mit Tränen in den Augen: »Komm schon, Stups. Ein kleiner Tritt für Mommy. Nur ein kleiner Tritt.«

Und er hörte immer auf sie und ließ sie den kleinen Tritt spüren, den sie brauchte, um sich zu erholen. Schon jetzt war er ein so braver Junge.

Er hatte sie vor einer Viertelstunde getreten, daher war sie, wie Patrick es immer amüsiert ausdrückte, bei »Tritt plus fünfzehn«. Sie war ruhig, fast schon glücklich, und sah Patrick dabei zu, wie er seinen Kaffee austrank, bevor er losmusste. Natürlich wusste sie, dass er gehen musste; die Gemeinde brauchte ihn jetzt, wo Catherine tot und Albert in Trauer war. Die Gemeinde drohte unter der Last aus Traurigkeit und Angst zu zerbrechen. Die ständigen Verhöre der Polizei hielten die Mitglieder von der Kirche und somit von Trost fern. Sie brauchten Patrick, um Frieden zu finden.

Leonor und Stups würden schon ein paar Stunden ohne ihn auskommen. Außerdem war sie ja nicht allein im Haus.

Dennoch bemerkte sie die Besorgnis in Patricks Augen.

»Kommst du auch wirklich zurecht?«, fragte er.

»Aber sicher.«

»Vielleicht sollte ich lieber bleiben. Albert könnte …« Er sprach nicht weiter. Sie sah die Wahrheit in seinen Augen. Albert konnte eben nicht. Sie war sich nicht sicher, ob sich Albert jemals wieder so weit erholen würde, dass er seinen Pflichten innerhalb der Gemeinde wieder nachkommen konnte.

»Geh nur«, sagte sie lächelnd. »Es geht mir gut. Ich werde mich ein Weilchen hinlegen, und falls etwas sein sollte, kann Daniel mir ja helfen.«

Wie aufs Stichwort betrat ihr Gast die Küche. Leonor wurde wieder einmal ganz schwer ums Herz, als sie sah, wie dünn er geworden war. Der arme Mann wurde vom Krebs regelrecht von innen heraus aufgefressen. Darüber hinaus jagte ihn auch noch die Polizei. Wut wallte in ihrem Bauch auf, und Stups trat sie und schien sich zusammen mit seiner Mutter zu ärgern.

»Guten Morgen«, murmelte er dumpf.

»Wie hast du geschlafen?«, erkundigte sich Leonor. Sie hatte gehört, wie er sich die halbe Nacht im Bett herumgewälzt hatte, und er hatte ihr erzählt, der Schmerz sei nachts kaum zu ertragen.

»Wie ein Baby.« Er schenkte ihr ein Lächeln und zwinkerte ihr zu. »Aber vermutlich nicht so gut wie der kleine Stups.«

Sie grinste und freute sich über Daniels gute Laune. »Der Frechdachs hat mich die ganze Nacht getreten.«

»Er wird genauso lebhaft wie seine Mama«, meinte Daniel.

»Ich komme später und mache das Mittagessen«, erklärte Patrick. »Ich möchte nicht, dass Leonor am Herd stehen muss.«

»Mach dir keine Umstände«, erwiderte Daniel. »Ich kann kochen. Ich mache mein leckeres Hähnchen à la Daniel.«

Seine Worte schienen Patrick nicht besonders zu beruhigen. »Wenn irgendetwas ist, fahr sie nicht zum Krankenhaus, sondern ruf einen Krankenwagen.«

»Ich könnte gar nicht fahren, selbst wenn ich wollte, mein Freund!«, rief Daniel ihm ins Gedächtnis.

»Ach ja, stimmt.«

»Geh nur.« Leonor lachte leise. »Wir kommen schon zurecht.«

Daniel ging hinaus, um ihnen ein wenig Privatsphäre zu gönnen. Patrick umarmte sie und drückte sie ganz fest an sich, als hätte er Angst, sie loszulassen. Sie legte seine Handfläche auf ihren Bauch, als Stups gerade erneut zutrat, und sie lächelten sich an. Dann brach er auf.

Leonor sah gedankenverloren aus dem Küchenfenster und dachte an die arme Catherine, die nie erfahren würde, wie es war, wenn ein Leben in einem heranwuchs. Diese kleinen Tritte. Dieses Band zwischen Mutter und Kind.

Leonor wischte sich eine Träne von der Wange.

Und die Polizei glaubte tatsächlich, Daniel hätte etwas damit zu tun. Als ob er irgendjemandem Schaden zufügen könnte, erst recht nicht Catherine. Die Polizisten kannten ihn eben nicht so gut wie Leonor und Patrick. Sie hatten ihn nicht im Obdachlosenheim gesehen, wie er mit diesen Männern und Frauen gesprochen und ihnen mit einem ermutigenden Lächeln eine Decke für den Winter gegeben hatte. Die Polizisten hatten nicht gehört, wie er inbrünstig in der Kirche betete. Sie waren nicht dabei, wenn er mit ihr über seine gewalttätige Kindheit sprach und dabei die eine oder andere Träne vergoss.

Und sie waren auch letzte Nacht nicht hier gewesen, als Daniel sich bei ihr und Patrick dafür bedankt hatte, dass er sich bei ihnen aufhalten durfte. Er hatte außerdem gesagt, dass er sich stellen wolle, weil er besorgt sei, der Stress könne die Schwangerschaft beeinträchtigen, was er auf keinen Fall riskieren wollte.

Leonor hatte ihn schließlich zum Bleiben bewegen können. Sie wussten alle, dass er nicht die benötigte medizinische Betreuung bekommen würde, wenn er erst einmal hinter Gittern saß. Der Krebs würde ihn umbringen. Das wäre schon lange vor dem eigentlichen Prozess sein Todesurteil.

Sie wollte gerade aufstehen, als Daniel in die Küche zurückkehrte.

»Ich wollte mich ein bisschen hinlegen«, sagte sie. »Du kannst dich gern am Kühlschrank bedienen ...« Auf einmal bemerkte sie, dass er etwas in der Hand hielt. Es dauerte einen Augenblick, bis sie begriff, dass es eine ihrer Strumpfhosen war, die er auf seltsame Weise zwischen beiden Händen hielt und dehnte. Dabei starrte er ins Leere.

»Oh«, murmelte sie peinlich berührt. »Habe ich die im Gästezimmer liegen lassen?«

Er lächelte kaum merklich und machte einen Schritt auf sie zu. »Es tut mir leid, Leonor, aber ...«

Als es plötzlich an der Tür klopfte, erstarrten sie beide. Daniel riss vor Angst die Augen auf.

»Das ist bestimmt nur die Nachbarin«, versicherte Leonor ihm leise. »Sie wollte mir einen Kuchen vorbeibringen, den sie für mich gebacken hat. Geh wieder nach hinten; ich sage dir Bescheid, wenn sie gegangen ist.«

Er zögerte, nickte dann aber und verließ den Raum.

Leonor ging langsam zur Tür, als es abermals klopfte.

»Einen Moment!«, rief sie. Sie sah durch das Guckloch und erkannte den Mann und die Frau sofort wieder. Kurz überlegte sie, ob sie überhaupt die Tür öffnen sollte. Aber sie hatten sie ja längst gehört. Wenn sie die beiden nicht hereinließ, würden sie wissen, dass sie etwas zu verbergen hatte.

Sie zog den Riegel zurück und öffnete die Tür. »Hallo«, sagte sie eisig. »Sie sind doch die, die letzte Woche bei mir im Krankenhaus waren. Tatum und ... Zoe, nicht wahr? Sie haben mir nicht erzählt, dass Sie vom FBI sind.«

Tatum machte ein peinlich berührtes Gesicht. »Das tut mir sehr leid, Mrs Carpenter. Wir wollten Sie angesichts Ihres Zustands nicht beunruhigen.«

»Wie freundlich von Ihnen. Hätten Sie dem Rest unserer Gemeinde doch nur ebenso viel Rücksicht entgegengebracht.«

»Ist Patrick zu Hause?«, erkundigte sich Zoe.

»Nein, er ist ausgegangen.«

»Wissen Sie, wo wir ihn finden?«

»Da werden Sie ihn schon anrufen und selbst fragen müssen.« Er war in der Kirche, aber das wollte sie den beiden nicht auf die Nase binden.

»Dürfen wir kurz reinkommen, Mrs Carpenter?«, bat Tatum. »Wir würden Ihnen gern einige Fragen stellen.«

»Patrick ist bestimmt bei der Arbeit«, sagte sie verzweifelt. »Sie können dort mit ihm reden.«

»Es dauert nur ein paar Minuten«, beharrte Tatum. »Wir möchten Sie nicht lange aufhalten.«

Sie konnte sie einfach wegschicken. Ohne einen Durchsuchungsbeschluss würden sie sich nicht gewaltsam Zutritt verschaffen dürfen. Leonor verspannte sich und wollte ihnen schon sagen, dass sie wieder gehen sollten, bekam die Worte jedoch nicht heraus. Wenn sie den beiden sagte, dass sie nicht hereinkommen durften, würden sie Verdacht schöpfen und wissen, dass sie etwas zu verbergen hatte.

Nein, sie musste sie hereinbitten. Sie würden sich schon nicht zu genau umsehen. Schließlich hatten sie keinen Grund, Verdacht zu schöpfen. »Natürlich.« Sie trat mit einem mulmigen Gefühl im Magen zur Seite. »Kommen Sie herein.«

Sie führte sie in die Küche. Daniel hatte sich garantiert in seinem Zimmer eingeschlossen. Leonor musste nur ihre Fragen beantworten und dafür sorgen, dass sie wieder verschwanden. Obwohl rings um den Küchentisch vier Stühle standen, nahm keiner von ihnen darauf Platz.

»Leonor«, begann Zoe, »kennen Sie Daniel Moore?«

»Selbstverständlich«, antwortete sie. »Er gehörte unserer Gemeinde an.«

»Wann haben Sie das letzte Mal etwas von ihm gehört?«

Sie zuckte mit den Achseln. »Bevor er Chicago verlassen hat. Er sagte, er müsse wegen einer familiären Krise für einige Zeit weg.«

»Waren Sie nicht besorgt, dass er trotz seiner Erkrankung Auto fahren wollte?«, fragte Tatum.

»Er konnte noch fahren …« Beinahe hätte sie sich verplappert. Wieso hatte sie die beiden nur reingelassen? Sie war noch nie eine gute Lügnerin gewesen. Das Problem war nicht, dass sie dabei cool bleiben musste – das bekam sie hin. Aber man musste die alternative Wahrheit bis zu Ende durchdenken, denn Realität und Fantasie waren immer miteinander verwoben. Und darin war sie nun mal schlecht.

»Was wollten Sie sagen?«, hakte Zoe nach. »Dass er trotz seiner Erkrankung noch fahren konnte?«

»Nein.«

»Was dann?«

»Ich habe nur gesagt, dass er noch fahren konnte.«

»Aber Sie schienen nicht überrascht zu sein, dass er krank ist«, merkte Tatum an.

»Ich ging nur davon aus …« Sie stockte. »Ich bin sehr müde und wollte mich gerade hinlegen. Ich kann auch nicht lange stehen, das ist nicht gut für St… für das Baby.«

»Warum setzen Sie sich denn nicht?«, schlug Zoe vor.

»Ich möchte jetzt schlafen«, sagte sie entschieden. »Bitte gehen Sie.«

»Nur noch ein paar Fragen, dann sind Sie uns wieder los«, erwiderte Tatum gelassen. »Wann haben Sie oder Patrick *wirklich* das letzte Mal mit Daniel gesprochen?«

Leonor ließ sich auf den Stuhl sinken und starrte Tatum an. Sie hatte beschlossen, nicht länger zu lügen, sondern einfach gar nichts zu sagen.

»Hat er sich nach seiner Rückkehr bei Ihnen gemeldet?«, wollte Tatum wissen.

Das Schweigen zog sich in die Länge. Dachten die beiden etwa, sie könnten sie auf diese Weise einschüchtern? Sie legte eine Hand auf ihren Bauch. Stups verpasste ihr zur Beruhigung einen leichten Tritt, und sie wusste, dass sie nicht allein war.

»Wussten Sie, dass Daniel Moore in Wirklichkeit Rod Glover heißt?«, fuhr Tatum fort. »Dass er gesucht wird, weil er acht Frauen ermordet hat, darunter auch Ihre Freundin Catherine Lamb?«

Sie ließ ihre Gedanken auf Wanderschaft gehen, wie sie das zuweilen tat. Dachte an den kleinen Stups, an ihre Familie. Dass sie das Richtige tat. Dass die guten Taten immer eine Bedeutung hatten, selbst wenn sie einem noch so schwerfielen.

Zoe warf Tatum einen Blick zu, und er seufzte. »Dürfte ich noch kurz auf die Toilette gehen, Mrs Carpenter?«

Beinahe hätte sie Nein gesagt. Aber sie hatten ein kleines Bad direkt gegenüber der Küche. »Natürlich«, antwortete sie. »Es ist gleich da vorn.«

Er ging in die Richtung, in die sie deutete, und sie sah ihm nach, bis sie sich vergewissert hatte, dass er nirgendwo anders hinging. Zoe setzte sich ihr gegenüber.

»Leonor.« Zoes Tonfall war sanft, fast schon ein Flüstern. Als wollte sie nicht, dass Tatum ihre Worte hörte. »Ich muss Ihnen etwas Wichtiges erzählen.«

Leonor sagte nichts, merkte jedoch, dass sie sich unwillkürlich vorbeugte, um die Frau besser verstehen zu können.

»Ich kenne Daniel aus meiner Kindheit. Er war unser Nachbar«, sagte Zoe.

Zuerst war Leonor nur erstaunt, aber dann begriff sie, was das bedeutete. »Sie sind das Bentley-Mädchen!«, wisperte sie und lächelte sie herzlich an. »Daniel hat mir alles über Sie erzählt.«

Kapitel 76

Zoe war sich nicht sicher, ob man ihr den Schreck ansehen konnte, der sie bei Leonors Worten durchfuhr.
Daniel hat mir alles über Sie erzählt.
Leonor hatte das weder wütend noch anschuldigend gesagt. Was immer Glover ihr erzählt hatte, es schien die Frau nur freundlicher zu stimmen.
Sie zwang sich zu einem Lächeln. »Genau. Ich war vierzehn, als er aus Maynard wegging, und kannte ihn ziemlich gut.«
»Er sagte auch, dass Sie heute für das FBI arbeiten, aber ich habe erst jetzt die Verbindung hergestellt«, flüsterte Leonor, die offensichtlich nicht wollte, dass Tatum sie hören konnte. »Er sagte, Sie seien in Kontakt geblieben.«
Zoe wurde leicht schwindelig. Bei Glover wusste man nie, aus welchem Grund er log – oder ob er seine Lügen nicht sogar selbst glaubte. Als Teenager hatte sie ihn ein paarmal bei einer Lüge ertappt, und er hatte es stets so aussehen lassen, als wäre es nur Spaß gewesen. Aber hin und wieder schien er von der Wahrheit seiner Worte überzeugt zu sein. Glaubte er tatsächlich, sie seien »in Kontakt geblieben«?
Vielleicht hatte er das Leonor auch nur erzählt, um zugänglicher zu wirken. Immerhin war er so kein Single ohne Familie

mehr, sondern ein sympathischer Mann, der dafür sorgte, dass der Kontakt zu dem Mädchen aus der Nachbarschaft nicht abbrach.

Wie immer der Grund auch aussehen mochte, sie beschloss, darauf aufzubauen. »Dann wissen Sie, was in Maynard passiert ist? Mit den Mädchen?«

»O ja.« Leonor sah sie traurig an. »Er sagte, die Polizei hätte sogar ihn in Verdacht gehabt. Aber Sie waren ja da und wissen, was geschehen ist.«

Zoe konnte sich denken, was Glover der Frau aufgetischt hatte. »Sie haben den Täter erwischt«, berichtete sie. »Es war ein Junge von der Highschool. Er hat sich im Gefängnis das Leben genommen.«

Leonor nickte, und ihr Blick zuckte zum Flur und zur Badezimmertür. »Aber Ihr Partner glaubt …«

»Was mein Partner glaubt, ist unwichtig«, säuselte Zoe. »Ich bin bei den Ermittlungen objektiv. Wir wollen keine Mutmaßungen anstellen.«

Leonor schien sich ein wenig zu entspannen. »Das ist gut.«

Zoe wählte ihre Worte mit Bedacht. »Ich werde ganz ehrlich zu Ihnen sein. Es gibt einige Beweise, die Daniel mit diesen Verbrechen in Verbindung bringen. Aber ich glaube eher, er war zur falschen Zeit am falschen Ort. Wenn er uns aber selbst sagen könnte, was passiert ist …« Sie zuckte mit den Achseln. »Momentan sieht es nicht gut für ihn aus. Je eher wir die Gelegenheit bekommen, mit ihm zu reden und die Sache zu klären, desto besser. Aus diesem Grund muss ich wissen, wann er mit Ihnen gesprochen und was er gesagt hat.«

Bei ihren letzten Worten kniff Leonor leicht die Augen zusammen. »Ich sagte ja bereits, dass ich in letzter Zeit nichts von ihm gehört habe.«

Sie verlor sie. Zoe musste sich schnell etwas ausdenken. »Es wäre besser für ihn, wenn er sich stellt. Die Polizei sucht bereits nach ihm.«

»Letzten Endes wird er das bestimmt auch tun.«

Letzten Endes? Da begriff Zoe, was die Frau meinte. »Wenn er seine Behandlung abgeschlossen hat?«

Leonor machte ein nachdenkliches Gesicht. »Das weiß ich nicht. Aber ich kann mir nicht vorstellen, dass er die nötige Behandlung im Gefängnis bekommen kann.«

Zoe vermutete, dass Leonor wusste, wo sich Glover versteckte. Sie musste dieser Frau begreiflich machen, worum es hierbei ging. »Wissen Sie, wie er seine Krebsbehandlung bezahlt?«

Leonor runzelte die Stirn. »Nein. Wir haben, wie gesagt, schon länger nicht mehr miteinander gesprochen.«

»Er verkauft Fotos im Dark Web. Fotos seiner Opfer.« Sie öffnete ihre Tasche und holte die Bilder heraus, um sie nebeneinander auf den Tisch zu legen.

»Das ist Shirley Wattenberg. Sie war einundzwanzig, als sie ermordet wurde. Er hat sie vergewaltigt, erwürgt und wie Abfall liegen lassen. Das ist das Foto, das *er* von ihr gemacht hat.«

Leonor wandte angewidert den Blick ab. »Sie lügen mich an. In Ihren Augen ist seine Schuld doch längst bewiesen.«

»*Er* ist derjenige, der Sie angelogen hat. Diese Frau kennen Sie. Catherine Lamb. Sehen Sie sich das Foto an. *Er* hat das getan. Er hat dieses Foto online verkauft.«

Inzwischen saß Leonor völlig verkrampft da. »Ich möchte, dass Sie gehen. Raus! Auf der Stelle!«

Zoe wusste, dass sie es vermasselt hatte. Sie hätte ruhig bleiben müssen. Irgendwann hätte Leonor ihr schon etwas gegeben. Aber nun musste sie diesen Kurs weiterfahren. Sie legte die Fotos von Henrietta Fishburne auf den Tisch. Leonor starrte die Bilder an und wurde ganz blass. Sie sah aus, als müsste sie sich übergeben.

Zoe deutete auf ein Foto. »Das ist Henrietta. Daniel hat das getan. Aber sein richtiger Name ist Rod Glover. Sie müssen uns alles sagen, was Sie wissen. Wir müssen ihn festnehmen, bevor er noch einer Frau etwas antun kann.«

Leonor schüttelte den Kopf und schloss die Augen. Ihre Lippen zuckten, als wäre sie kurz davor, in Tränen auszubrechen.

Nach einigen Sekunden war die Toilettenspülung zu hören und Tatum kam aus dem Badezimmer. Sie sahen einander an, und Zoe schüttelte den Kopf. Notgedrungen steckte sie die Fotos wieder ein und legte ihre Visitenkarte auf den Tisch.

»Falls Ihnen noch etwas einfällt, rufen Sie uns bitte an«, sagte Zoe und stand auf.

Einen Augenblick sah es so aus, als wollte Leonor etwas sagen, doch dann wandte sie nur den Blick ab.

Zoe verließ das Haus und ärgerte sich über sich selbst. Sie war so kurz davor gewesen, davon war sie überzeugt. Wenn sie nur das Richtige gesagt hätte, wäre die Wahrheit ans Licht gekommen. Leonor hatte reden wollen. Stattdessen hatte Zoe sie brüskiert, wie sie es letzten Endes bei allen Menschen tat.

»Patrick ist vermutlich in der Kirche«, sagte Tatum und entriegelte den Wagen. »Lassen Sie uns hinfahren. Wenn es sein muss, lassen wir sie beide in verschiedene Verhörräume auf dem Revier bringen.«

Zoe nickte und setzte sich auf den Beifahrersitz. Sie starrte aus dem Fenster, während sie losfuhren und das Haus hinter ihnen zurückblieb. »Sie sagte, Glover habe von mir als Kind erzählt. Anscheinend hat er es so dargestellt, als hätten wir ein gutes Verhältnis zueinander.«

»Glover lügt. Er sagt Dinge, die andere hören wollen – das wissen Sie doch.«

»Aber warum hat er überhaupt von mir gesprochen?«

Tatum seufzte. »Ich weiß, dass Sie am liebsten eine Erklärung für alles hätten, was diese Menschen tun, aber wissen Sie was? Manchmal gibt es keinen guten Grund. Er wollte einfach über Sie sprechen und hat es getan. Und es ist doch ganz klar, dass er es so aussehen ließ, als wäre es eine enge Freundschaft gewesen, denn alles, was er sagt, soll ihn in einem guten Licht dastehen lassen.«

»Stimmt.«

Sie fuhren eine Weile schweigend weiter.

»Sie hätten ihr die Fotos nicht zeigen sollen«, meinte Tatum. »Nicht in ihrem Zustand.«

»Sie *weiß* etwas. Ich wollte sie nur dazu bewegen, es auszusprechen.«

»Trotzdem sind Sie zu weit gegangen, als Sie ihr die Fotos ihrer toten Freundin gezeigt haben. Wenn sie sich bei der Polizei beschwert …«

»Ihre vermeintliche tote Freundin schien ihr nicht besonders viel zu bedeuten«, fiel Zoe ihm ungeduldig ins Wort. »Sie hat sich das Foto kaum angesehen. Henrietta Fishburnes Foto schien sie viel mehr zu verstören.« Zoe dachte an den Augenblick zurück. Wie Leonor plötzlich blass geworden war. Sie hatte nicht angewidert oder entsetzt gewirkt, sondern …

Verängstigt.

»Ich kann es ihr nicht verdenken«, erklärte Tatum. »Hätten Sie mir ein Foto von …«

»Drehen Sie um!«, verlangte Zoe.

»Was? Warum?«

»Sie hat eigentlich gar nicht Henrietta angesehen, sondern den Arm, der auf dem Foto zu sehen ist.« Sie holte das Foto heraus, um ihre Vermutung zu überprüfen. Henrietta Fishburne, die stranguliert wurde, und von ihrem Angreifer war nur der Arm zu sehen. Über den sich mehrere lange rote Kratzer zogen.

Leonor hatte diese Kratzer schon einmal gesehen. Das hatte ihr solche Angst gemacht. Sie hatte sie auf Glovers Arm gesehen und beim Betrachten des Fotos begriffen, dass er der Mann war, der Henrietta würgte.

Was wiederum auch bedeutete, dass sie ihn erst vor Kurzem gesehen haben konnte. Und dass er sich womöglich in diesem Moment in Patricks und Leonors Haus aufhielt.

Kapitel 77

Leonor rührte sich nicht, als sie den Wagen wegfahren hörte. Sie kannte die Redewendung »vor Angst wie erstarrt«, hatte aber bis zu diesem Augenblick gedacht, es sei nur eine andere Art auszudrücken, dass jemand große Angst hat. Anscheinend war es aber durchaus möglich, sich derart zu fürchten, dass der Körper schlichtweg nicht mehr reagierte.

Sie versuchte, sich einzureden, dass sie es sich nur eingebildet hatte. Sie hatte doch nur einen kurzen Blick auf das Foto geworfen. Die Kratzer, die ihr auf dem Arm aufgefallen waren, konnten auch seltsame Lichtreflexe sein. Und selbst wenn nicht, mussten sie gar nichts bedeuten. Kratzer auf einem Arm waren doch keine große Sache. Sie hatte sich bei der Gartenarbeit schon unzählige Male die Haut aufgekratzt.

Trotzdem waren es drei lange Kratzer. Genau wie auf Daniels Arm.

Sie hatte ihn danach gefragt, und er hatte ihr peinlich berührt geantwortet, er würde aufgrund der Krebsmedikamente so trockene Haut bekommen, die die ganze Nacht juckte, und sich manchmal blutig kratzen.

So eine detaillierte Erklärung. Und sie war wie aus der Pistole geschossen gekommen. Wäre es eine Lüge gewesen, hätte er doch wohl erst einmal darüber nachdenken müssen. Sie hatte ihm eine Feuchtigkeitscreme gegeben, und er hatte später gesagt, es habe sich bereits eine Linderung eingestellt.

Sie musste an sein ernstes Gesicht bei dieser Unterhaltung denken. Er hatte sich bei der Erklärung gekratzt und dann aufgelacht, als er gemerkt hatte, was er da tat.

Kein Mensch konnte so gut lügen. Das war unmöglich.

Er hatte nie zu verbergen versucht, dass er bei Terrence Finch untergekommen war. Das war mit das Erste gewesen, was er Patrick bei seinem Anruf erzählt hatte. Er hatte bei Terrence gewohnt und dann herausgefunden, dass Terrence möglicherweise in etwas Illegales verwickelt war. Außerdem hätte sich Terrence in letzter Zeit immer seltsamer verhalten. Daniel hatte gesagt, er müsste ein paar Nächte bis zu seinem nächsten Behandlungstermin irgendwo unterkommen. Und als sie später herausgefunden hatten, dass Terrence verdächtigt wurde, Catherine ermordet zu haben, und verhaftet worden war, hatte sich Daniel die Schuld dafür gegeben. Er hatte gemeint, er hätte die Anzeichen erkennen müssen. Schmerz und Scham hatten sich in seinen Augen widergespiegelt.

Aber nun wusste sie nicht mehr, was sie denken sollte. War es wirklich möglich, dass Terrence diese Frauen ermordet hatte, während Daniel bei ihm wohnte, ohne dass er irgendetwas mitbekam?

Außerdem handelte es sich bei demjenigen, der das Foto der erdrosselten Frau gemacht hatte, nicht um den Angreifer. Dafür war der Blickwinkel falsch. Wenn Finch also das Foto geschossen hatte …

Diese drei Kratzer.

Nun bereute sie es, den Agenten gegenüber nichts gesagt zu haben. Sie hätte ihnen ja nicht erzählen müssen, dass sich Daniel im Haus aufhielt, sondern einfach vorschlagen können, dass sie sie aufs Revier begleitete, um eine Aussage zu machen. Oder sie bitten zu warten, bis Patrick wieder da war.

Denn jetzt war sie mit Daniel allein in ihrem Haus. Und sie kannte ihn – er hatte ein gutes Herz, aber ...

Sie bekam diese Kratzer einfach nicht aus dem Kopf.

Wahrscheinlich reagierte sie nur übertrieben. Der Anblick dieses entsetzlichen Fotos hatte etwas in ihr ausgelöst. Aber sie brauchte Hilfe.

Sie rief Patrick an.

»Hey«, meldete er sich fast augenblicklich.

»Patrick«, flüsterte sie mit brechender Stimme. »Kannst du nach Hause kommen?«

»Warum? Stimmt etwas nicht?« Er klang alarmiert. »Geht es um das Baby?«

»Nein ... Ich brauche dich einfach hier.«

»Natürlich. Ich bin schon unterwegs. Bis gleich.« Er legte auf.

Sie stieß die Luft aus. Selbst die kurze Unterhaltung mit Patrick hatte sie schon ein wenig beruhigt. So langsam kam sie sich dumm vor. Auf ein Foto so übertrieben zu reagieren ...

Als sich plötzlich eine Schlinge um ihren Hals legte, wusste sie überhaupt nicht mehr, was sie denken sollte.

KAPITEL 78

Tatum stellte den Motor ab und hatte die Wagentür bereits aufgerissen. Zoe blieb dicht hinter ihm, als er zur Tür eilte. Er wollte gerade anklopfen, da hörten sie einen lauten Knall im Haus.

Sofort zog Tatum die Waffe und riss die Tür auf. »Warten Sie hier.«

Zoe ignorierte seine Anweisung und betrat gleich nach ihm das Haus. Tatum rückte lautlos vor, mit flüssigen Bewegungen, die Waffe in beiden Händen nach vorn gerichtet. Er trat in die Küchentür und brüllte: »Halt! Lassen Sie sie los, und nehmen Sie die Hände hoch!«

Ihr schlug das Herz bis zum Hals, als sie über Tatums Schulter spähte.

Glover stand am anderen Ende des Raums neben dem Küchenschrank und drückte Leonor ein scharfes Messer an die Kehle. Leonors Gesicht war rot angelaufen, und sie keuchte und sah sich mit weit aufgerissenen Augen panisch um. Um ihren Hals lag eine Strumpfhose, doch die Schlinge schien locker herunterzuhängen. Glover hatte sie vermutlich losgelassen, als sie vor dem Haus hielten, und sich das Messer gegriffen.

»Ich bringe sie um!«, brüllte Glover. »Legen Sie die Waffe runter, oder ich schneide ihr die Kehle durch.«

»Das können Sie vergessen«, erwiderte Tatum. »Legen Sie das Messer weg, dann muss niemand verletzt werden.«

Glover lachte bellend auf. »Diesen Punkt haben wir längst überschritten. Komm rein, Zoe – ich will deine Hände sehen.« Er bewegte den Kopf langsam von links nach rechts wie eine Schlange.

Zoe ging um Tatum herum und hob die Hände. »Ich bin unbewaffnet.«

»Bitte«, flehte Leonor. »Ich muss …«

»Halt den Mund«, fuhr Glover sie an. »Oder ich steche dir das Messer in den Bauch.«

Zoes Herz raste, als sie Glover in die Augen sah und die Dunkelheit und die Leere darin wahrnahm. Genau so hatte er sie vor all diesen Jahren angesehen, nachdem er herausgefunden hatte, dass sie in sein Haus eingebrochen war. Und auch bei seinem Angriff auf sie vor einigen Monaten. Dieser Blick bedeutete Tod. Sein Gesicht spiegelte das pure Böse wider. Der Tod lauerte darin, jederzeit bereit zuzuschlagen. Ihr fiel das Atmen schwer, und sie keuchte beinahe ebenso wie Leonor. Eine Sekunde lang glaubte sie, dass Glover sie alle in seiner Gewalt hätte. Dass nur er allein entschied, wie die Sache ausgehen würde.

Nein.

Das war die Denkweise eines Kindes. Die Angst vor dem Unbekannten. Das Entsetzen, wenn einen der schwarze Mann holen kam. Aber der war Glover nicht. Er war keine Kreatur, die aus dem Sumpf gekrochen kam oder sich unter ihrem Bett versteckte. Er war kein Monster. Er war ein Mann. Sie zwang sich, ihn so zu sehen, wie er wirklich war.

Er war krank. Wenn der Tod über ihm schwebte, dann nur deshalb, weil er bald sterben würde. Seine Haut spannte sich über seinen Knochen, seine Augen waren tief in den Höhlen versunken. Er hatte eine kahle Stelle am Kopf, wo man ihm die Haare abrasiert hatte, wahrscheinlich im Zuge einer medizinischen Behandlung. Er war dünn, erinnerte fast schon an ein Skelett.

Dieser Mann war gebrochen. Das machte ihn nicht weniger gefährlich. Er hatte nichts zu verlieren.

»Glover«, sagte sie leise. »Wenn du sie verletzt, wird Agent Gray dich erschießen.«

»Das mag sein.« Er hatte ein irres Grinsen auf den Lippen. »Aber dann habe ich deine entsetzte Miene vor mir, wenn du mit ansehen musst, wie diese Frau stirbt. Das wäre die Sache wert.«

Er hatte keine Angst vor Tatums Waffe. Wie bei vielen Psychopathen war auch Glovers Risikoeinschätzung gestört. Er war sich der Existenz der Waffe bewusst, doch sie stellte nur eine abstrakte, kaum greifbare Gefahr dar. Glover spürte Gefahr nur in Form von Schmerzen. Zoe erinnerte sich an seinen Angriff auf sie und die Bestürzung in seinen Augen, als es ihr gelungen war, ihn zu verletzen. Und dann war es abermals passiert, als Marvin ihn angeschossen hatte. Wenn Glover Schmerz spürte, wurde die Gefahr real.

Und nun hatte er immerzu Schmerzen. Das war es, wovor er sich wirklich fürchtete. Vor dem Krebs. Er hatte genug Zeit gehabt, um den Schmerz zu verarbeiten und entsetzliche Angst davor zu bekommen. Im Vergleich dazu war die Waffe bedeutungslos. Möglicherweise hätte er es sogar vorgezogen, erschossen zu werden, um dem Tod durch die Krebserkrankung zu entgehen.

»Wenn du das Messer hinlegst, sorge ich dafür, dass du die medizinische Behandlung bekommst, die du *verdienst*.« Sie betonte das Wort »verdienst«, denn in Glovers Welt hatte er nur einen Anspruch auf alles, was er sich nahm.

»Das ist eine nette Geschichte, die du mir da auftischen willst«, schnaubte Glover. »Ich habe mich über Gefängniskrankenhäuser informiert. Ich weiß, welche Behandlung mich da erwartet. Aus diesem Grund muss ich das großzügige Angebot leider ablehnen.«

Aber natürlich. Er hatte jede Möglichkeit erwogen und überprüft. Sie erinnerte sich an Leonors Worte von zuvor. *Ich kann mir nicht vorstellen, dass er die nötige Behandlung im Gefängnis bekommen kann.* Sie hatte nur Worte wiederholt, die Glover zu ihr gesagt hatte. Für ihn war die Verhaftung gleichbedeutend mit einem Todesurteil, das langsam und qualvoll vollstreckt wurde.

Nein. Hier wollte er etwas anderes erreichen. Er wollte entweder fliehen oder sterben. Vielleicht nahm er gerade seinen ganzen Mut zusammen, um Tatum dazu zu bringen, ihn zu erschießen, gewissermaßen Selbstmord durch die Hand eines Bundesagenten zu begehen. Und sobald er dazu bereit war, würde Leonor sterben.

»Und was ist, wenn wir dich gehen lassen?«, fragte Zoe.

»Mich gehen lassen? Damit wir endlich das ersehnte Wiedersehen bekommen?« Wieder wackelte Glover mit dem Kopf. »Da haben wir nach all den Jahren endlich die Gelegenheit, uns zu unterhalten, und du willst, dass ich gehe?«

»Worüber möchtest du denn reden?«

»Ein wenig Dankbarkeit wäre nett.«

Zoe blinzelte verwirrt. »Dankbarkeit?«

»Ich habe dich *geschaffen*, Zoe. Du verdankst mir alles. Ich bin der Grund für deine steile Karriere. Jovan Stokes, Jeffrey Alston, Clyde Prescott. Ich habe die Geschichten verfolgt und musste mich die ganze Zeit in einer miesen kleinen Wohnung verstecken und ständig darauf achten, dass mich die Bullen nicht komisch ansehen. Ich musste mehrere Tausend Dollar für eine falsche Identität auf den Tisch legen, nur weil so eine Rotznase entschieden hatte, ihr netter Nachbar wäre ein Mörder.«

»Du warst ein Mörder.«

»Nein! Das war dieser Junge von der Schule. Die Polizei hat es doch selbst gesagt. Ich habe ihr sogar bei den Ermittlungen geholfen.«

Sie starrte ihn erstaunt an. Offenbar hatte er das so oft erzählt, dass er inzwischen selbst daran glaubte. Oder er bildete sich in einem Winkel seines verrückten Verstands ein, er könnte aus dieser Sache noch irgendwie rauskommen. Könnte irgendwie beweisen, dass er vollkommen unschuldig war. Vielleicht log er auch, weil ihm nichts Besseres einfiel.

»Sag danke«, verlangte er.

»Was?«

»Dank mir für deine Karriere, oder ich schlitze dieser Frau die Kehle auf.«

Er wackelte immer wieder mit dem Kopf. Warum tat er das?

Sein peripheres Sehvermögen war gestört. Darum konnte er auch nicht mehr Auto fahren. Er sah sie und Tatum an, als stünden sie in einem Tunnel. Aus diesem Grund bewegte er den Kopf. Er wollte sie beide im Auge behalten.

Sie beschloss, ihre Theorie auf die Probe zu stellen. »Ich mache dir ein Angebot. Der Agent und ich gehen von der Tür weg. Du kannst einfach hinausgehen und verschwinden, solange du Leonor bei uns lässt. Ich hole die Autoschlüssel jetzt aus der Handtasche.«

»Lass das!« Er riss die Augen auf und umklammerte das Messer noch fester.

»Das sind nur Autoschlüssel«, sagte sie und nahm ganz langsam den Schlüsselbund heraus. Daran befanden sich zwar nicht die Autoschlüssel – die hatte Tatum –, aber das war egal. »Hier.«

Sie warf ihm den Schlüsselbund zu und zielte dabei absichtlich schlecht. Glover drehte den ganzen Kopf, um zu beobachten, wie die Schlüssel durch die Luft flogen und klappernd auf dem Boden landeten. Dann riss er den Kopf herum, damit er Tatum und die Waffe im Blick hatte, während er einen Schritt zur Seite machte.

»Keine Bewegung«, bellte er.

Er hatte Tatum nicht beobachten können, solange er die Schlüssel ansah.

»Du kannst sie nehmen«, sagte Zoe. »Fahr weg. Lass Leonor einfach hier.« Hatte Tatum bemerkt, wie Glover den Kopf bewegte? Begriff er, was das bedeutete?

Ja. Zoe konnte es beinahe fühlen. Sie dachten in ähnlichen Bahnen und verarbeiteten das Geschehen gemeinsam.

»Zuerst musst du dich bei mir bedanken«, verlangte Glover gerissen. Er verschaffte sich Zeit. Dachte über ihr Angebot nach oder schmiedete andere Pläne.

Möglicherweise wollte er auch wirklich, dass sie ihm dankte. Es war denkbar, dass er das vor seinem Tod noch von ihr hören wollte. Er war schon immer von ihr besessen gewesen. Zudem waren Glovers Fantasien das, was ihn antrieb. Dies konnte eine davon sein.

»Danke«, sagte sie. »Du hast recht. Ich habe dir alles zu verdanken. Und jetzt sieh her: Ich gehe zur Seite.« Sie machte einen Schritt nach rechts.

Er starrte sie bedrohlich an. »Nicht …«

»Das, was dir passiert ist, war nicht fair«, fuhr sie fort. »Du warst ein guter Nachbar. Du warst mein Freund. Ich war undankbar.«

»Eine Schlampe«, spie er förmlich aus.

»Ich hätte dir nicht die Schuld geben dürfen. Die Polizei hatte ja schon einen Verdächtigen. Du musstest meinetwegen dein Zuhause verlassen.« Noch ein Schritt. Und ein dritter. Glover bewegte den Kopf und folgte ihr mit dem Blick.

»Wenn ich das nicht getan hätte, wären sehr viele Menschen nicht verletzt worden, nicht wahr?« Ein weiterer Schritt. Ganz langsam. Dabei sah sie ihn die ganze Zeit an. »Du wolltest Catherine nichts tun. Aber dir blieb nichts anderes übrig.«

»Es war Finch! Das war alles Finchs Idee.«

»Genau!« Sie redete jetzt schneller und mit schrillerer Stimme. Versuchte, panisch zu klingen. Wie eine Frau, die ihn besänftigen wollte. »Und du hast bestimmt versucht, es ihm auszureden. Aber was hattest du denn schon für eine Wahl? Meinetwegen bist du nicht krankenversichert. Und diese Fotos sollten dir nur die medizinische Behandlung ermöglichen, die du verdienst, nicht wahr?«

Tatum bewegte sich langsam auf die Wand zu. Glover bemerkte es nicht. Sie war sich sogar fast sicher, dass er es gar nicht sehen konnte. Tatum befand sich nicht in Glovers Sichtfeld.

»Du kannst es immer noch schaffen.« Zoe gab sich gar nicht erst die Mühe, überzeugend zu klingen. Glover wollte nicht überzeugt werden. Er wollte sehen, dass sie Angst hatte. Hierbei ging es darum, dass er gewann. »Die Autoschlüssel liegen direkt vor dir auf dem Boden. Ich werde dich nicht aufhalten. Ich möchte nur nicht, dass noch jemand verletzt wird.«

Tatum schlich an der Wand entlang und achtete darauf, kein Geräusch von sich zu geben.

»Denkst du, ich wäre dämlich genug zu glauben, du würdest mich einfach laufen lassen?«, fragte Glover.

»Es ist mir egal, ob du wegläufst!«, stieß sie mit zittriger Stimme hervor. »Ich bringe das in Ordnung. Aber tu ihr nicht weh. Sag mir, wie ich das wieder in Ordnung bringen kann!«

Da grinste er. Als hätte er gewonnen. »Tut mir leid, Zoe, aber du kannst das nicht in Ordnung bringen.«

Er legte die Hand fester um den Messergriff und wollte Leonor die Kehle aufschlitzen. Tatum sprang los, hatte die Distanz zwischen ihnen mit zwei schnellen Schritten überwunden und Glovers Handgelenk gepackt. Glover riss überrascht den Kopf herum und stieß einen Schrei aus, als Tatum ihm den Arm verdrehte und ihn zwang, das Messer fallen zu lassen.

Alles war blitzschnell passiert. Glovers Bewegungen wirkten träge, er war verwirrt. Zoe lief los und legte einen Arm um Leonors Schultern, die von Glover wegtaumelte und beinahe ins Stolpern geriet.

»Es ist alles gut«, versicherte Zoe der wimmernden Frau immer wieder. Sie half ihr, sich auf einen Stuhl zu setzen, und sah dann zu, wie Tatum Glovers Hände auf dem Rücken mit Handschellen fesselte.

Glover weinte.

Das war ein seltsamer Anblick. Dieser Mann, der ihr solche Angst eingejagt hatte, der über Jahre hinter ihr her gewesen war, hatte sich so leicht besiegen lassen. Tatum war nicht einmal der Schweiß ausgebrochen. Die ganze Sache hatte drei, vielleicht vier Sekunden gedauert. Und Glover sah so erbärmlich aus.

Vielleicht war das der Augenblick, in dem sie selbst ein paar siegreiche Worte sagen sollte. »Ich hoffe, der Krebs bringt dich langsam um« oder: »Du hättest diese Frauen nicht töten dürfen«.

Stattdessen sagte sie: »Ich rufe O'Donnell an und sage ihr, dass es vorbei ist.«

KAPITEL 79

Donnerstag, 1. November 2016

Zoes Handy klingelte, als sie die Birchdale Avenue entlangjoggte. Sie war zum ersten Mal seit ihrer Rückkehr nach Dale City laufen gegangen und musste sich eingestehen, dass sie den Lakefront Trail in Chicago vermisste. Es gab in Dale City zwar auch mehrere gute Laufwege durch den Wald, die jedoch alle nicht so lang und schön waren wie der am Ufer des Lake Michigan.

Sie sah auf das Display, auf dem der Name des Anrufers im Takt ihrer Schritte auf und ab hüpfte. Es war O'Donnell.

»Hallo?«, meldete sie sich schwer atmend.

»Zoe? Rufe ich zu einer ungünstigen Zeit an?«, fragte O'Donnell in Zoes Bluetooth-Ohrhörern.

»Nein.«

»Was ist das für ein Lärm? Ist das Wind?«

»Ich jogge.«

»Ich kann später wieder anrufen.«

»Schon okay – was gibt es denn?«

»Ich wollte Ihnen sagen, dass Terrence Finch einen Selbstmordversuch begangen hat. Es ist ihm gelungen, einen

Teil seiner Medikamente zu verstecken, und er hat sie alle auf einmal genommen. Jetzt wird er rund um die Uhr überwacht.«

Zoe wurde langsamer und rang nach Luft. »Hat er gesagt, warum er sterben will, oder einen Abschiedsbrief hinterlassen?«

»Er hatte nichts zu schreiben und hat auch nichts gesagt. Aber die Wachen und die Krankenschwestern, die sich um ihn kümmern, haben berichtet, dass er sie seit Tagen um Blut anfleht. Er hat speziell nach Rhea Deleons Blut verlangt.«

»Vielleicht hat er endlich begriffen, dass sie tot ist«, mutmaßte Zoe. »Und mit ihr ist auch seine Hoffnung gestorben, noch einmal ihr Blut zu trinken.«

»Das könnte sein. Sein Anwalt sagt, er würde auf nicht schuldig aufgrund einer Geisteskrankheit plädieren.«

»Damit wird er kaum durchkommen«, erklärte Zoe. »Ich kann Ihnen auch den Grund dafür verraten.«

»Weil man ihn nicht für unzurechnungsfähig erklären wird?«, vermutete O'Donnell.

»Weil man ... Ja, genau. Er wusste, was er tat. Seine Taten waren vorsätzlich und geplant.«

»Das hat der Staatsanwalt auch gesagt. Er meinte, sie würden versuchen, die M'Naghten-Regel anzuwenden, damit jedoch scheitern.«

»Genau.« Zoe wischte sich den Schweiß von der Stirn. »Er *ist* verrückt, O'Donnell. Er leidet unter Wahnvorstellungen und Halluzinationen. Er bekommt Medikamente gegen Schizophrenie. Eigentlich gehört er in eine geschlossene Anstalt, aber er wird im Gefängnis landen.«

»Das muss das Gericht entscheiden. Der Staatsanwalt ist auf Blut aus.« Sie hielt inne. »Das Wortspiel war jetzt nicht beabsichtigt.«

Zoe atmete aus und betrachtete das Sonnenlicht, das durch die Äste fiel. Es war später Nachmittag, die Sonne ging langsam unter. Sie musste nach Hause. »Was ist mit Glover?«

»Der Arzt schätzt, dass ihm vielleicht noch vier Monate bleiben. Es könnte sein, dass er das Prozessende nicht mehr miterlebt.«

Genau das hatte er vorhergesagt. Gab er ihr die Schuld an seinem sogenannten Todesurteil? Wahrscheinlich. Sie war sich nicht sicher, was sie davon hielt.

»Mehrere Agenten von der Verhaltensanalyse waren gestern hier«, berichtete O'Donnell. »Sie wollten mit Glover sprechen. Sollten *Sie* das nicht machen?«

»Ich habe mich dagegen entschieden.«

»Warum?«

»Ich bezweifle, dass ich objektiv bleiben könnte.«

»Aber es würde Ihnen vielleicht helfen, mit der Sache abzuschließen.«

»Das ist nicht nötig«, erwiderte Zoe gereizt. »Und dieses Verhör sollte auf professionelle Weise durchgeführt werden. Wir müssen genau erfahren, wie es Glover gelungen ist, seine Bedürfnisse zwischen den Morden über längere Zeiträume in den Griff zu bekommen. Und es ist wichtig, dass wir mehr über seine Kindheit erfahren; denn noch ist unklar, ob er von seinen Eltern missbraucht wurde. Die Briefe, die er mir geschickt hat, waren sie Teil seiner sexuellen Fantasie oder erfüllten sie ein anderes Bedürfnis? Und ich möchte mehr über die Funktion des ...«

»Okay, okay. Ich meine ja nur, dass es besser wäre, wenn Sie mit ihm reden. Diese Agenten kamen mir wie Schwachköpfe vor.«

»Sie sind keine Schwachköpfe, sondern sehr gut in ihrem Job.«

»Hm-mm.«

»Zumindest einer, der andere ist doch eher ein Schwachkopf«, gab Zoe zu. »Aber ich habe sie genau instruiert, und solange sie sich an meine Anweisungen halten, werden sie gute Resultate erzielen. Ich … ich kann das nicht.«

»Weil er Ihre Schwester angegriffen hat?«

»Das auch.« Sie wollte eigentlich nicht mehr sagen, aber dann sprudelte die Wahrheit doch aus ihr heraus. »Und weil ich wieder zu einem kleinen Mädchen werde, wenn ich ihm in die Augen sehe.«

»Das kann ich nachvollziehen«, sagte O'Donnell nach einem Augenblick.

Zoe überquerte die Straße und näherte sich ihrer Wohnung. »Gibt es bei Ihnen Neuigkeiten? Werden Sie versetzt?«

»Das weiß ich nicht.« O'Donnell seufzte. »Gut möglich. Ich habe noch immer keinen Partner, und ohne einen Partner kann man in dieser Abteilung nicht lange arbeiten. Aber dass ich Glover verhaftet habe, verschafft mir etwas Zeit. Mein Mann ist nicht gerade begeistert.«

»Was denken Sie darüber?«

Einige Sekunden lang herrschte Schweigen. »Das ist es, was ich am besten kann«, antwortete O'Donnell. »Ich mag meinen Job. Trotz dieser ganzen Misere mit Manny und dem Department.«

»Das verstehe ich.«

»Und bei Ihnen? Arbeiten Sie an neuen Fällen?«

»Nein. Nur an ein paar fortlaufenden.« Sie blieb am Hauseingang stehen und stieß die Luft aus. »Möglicherweise verlasse ich die Verhaltensanalyse. Man hat mir eine andere Position angeboten.«

»Wirklich? Was denn für eine Position?«

»Sie wollen, dass ich die Leitung der Profilerausbildung bei der FBI-Akademie übernehme. Ich würde mit angehenden Agenten arbeiten und wäre auch für jeden der Verhaltensanalyse zugewiesenen Agenten zuständig.«

»Das klingt, als wäre es genau das Richtige für Sie«, stellte O'Donnell fest. »Nehmen Sie den Job an?«

»Ich weiß es noch nicht. Wahrscheinlich. Es ist eine gute Stelle, und ich werde einige wichtige Veränderungen einleiten können. Außerdem muss ich nicht mehr so viel herumreisen.«

»Gibt es auch Nachteile?«

»Äh ... Nein. Ich glaube nicht.«

»Na, dann herzlichen Glückwunsch«, sagte O'Donnell. »Ach, eine Sache noch. Leonor Carpenter hat das Baby nicht verloren. Es war sehr knapp, und sie liegt im Krankenhaus, aber es sieht gut aus. Dann haben Sie an diesem Tag wohl zwei Leben gerettet.«

»Das ist schön.«

»Nur für den Fall, dass Sie sich noch wegen Rhea Deleon Vorwürfe machen.«

»Das tue ich nicht«, behauptete Zoe. Aber das war gelogen.

»Okay, gut. Es war schön, mal wieder mit Ihnen zu reden, Zoe. Ich würde Sie gern hin und wieder anrufen. Sie sind eine gute Zuhörerin. Ich sehe Sie als meine persönliche Seelenklempnerin an.«

Zoe verdrehte die Augen. »Ich bin forensische Psychologin.«

»Ja. Genau das habe ich wohl gebraucht. Schönen Abend noch, Zoe.«

»Den wünsche ich Ihnen auch.« Zoe blickte am Gebäude empor und wurde immer nervöser. Ihr Tag war noch lange nicht zu Ende, und sie wollte noch etwas tun, das sie nur sehr selten tat.

Kapitel 80

Zoe lief in ihrem Wohnzimmer auf und ab. Ihr Haar war vom Duschen noch ganz nass. Beyoncé sang im Hintergrund. Obwohl sie schon laufen gewesen war, wäre sie gern noch mal rausgegangen, weil die Wände sie einzuengen schienen.

»Du wirkst angespannt«, stellte Andrea fest.

Ihre Schwester stand in der Küchentür, hatte sich eine Schürze umgebunden und hielt einen Kochlöffel in der Hand. Obwohl Andrea schon seit zwei Tagen hier war, freute sich Zoe noch jedes Mal, wenn sie sie sah.

»Ich bin nicht angespannt«, erwiderte sie.

»Da ist schon eine Rille im Teppich«, meinte Andrea. »Machst du dir wegen heute Abend Sorgen?«

Zoe wollte es schon leugnen, entschied sich dann aber für die Wahrheit. »Ich hätte mich nicht von dir dazu überreden lassen sollen.«

»Es wird bestimmt ein schöner Abend.«

»Es sind zu viele Menschen.«

»Uns eingeschlossen, sind wir zu fünft, Zoe.« Andrea lächelte sie an. »Wie können das zu viele sein?«

Zoe seufzte. »Du hast ja recht«, meinte sie wenig überzeugend. »Es wird ein schöner Abend.«

»Allerdings. Hilf mir ein bisschen beim Kochen.«

Zoe folgte Andrea gehorsam in die Küche. Auf dem Herd standen drei Töpfe, und im Ofen brutzelte eine Lasagne. Die verschiedenen Gewürze, die in der Luft hingen, ergänzten sich zu einem köstlichen Aroma. Zoe blieb neben den Töpfen stehen und atmete tief ein.

»Du musst das Gemüse waschen und schneiden.« Andrea deutete auf einen Haufen aus Gurken, Tomaten und Paprikaschoten. »Und ich hätte gern kleine Stücke, keinen Brei. Ich sage es dir schon, wenn sie zu klein sind.«

»Ich weiß, wie man eine Gurke schneidet.«

»Das werden wir ja noch sehen.«

Zoe machte sich daran, die Paprikaschoten zu waschen. »Mom hat mich heute angerufen.«

»Ach ja? Was wollte sie?«

»Sie wollte hören, wie es uns geht. Aber dann hat sie eine Viertelstunde lang versucht, mich dazu zu überreden, meinen Job aufzugeben und zurück nach Maynard zu ziehen, weil Dr. Rozenbergs Sekretärin gekündigt hat und der Arzt auf der Suche nach einem guten Ersatz ist.«

»Diese einmaligen Gelegenheiten kann man nur schwer ablehnen.« Andrea salzte die Pilzsuppe. »Den Job wollte sie mir auch schon aufdrängen. Übrigens hat die Sekretärin bereits vor zwei Monaten gekündigt, und Dr. Rozenberg geht vermutlich sowieso bald in Rente.«

»Anscheinend gibt es auch einige attraktive alleinstehende Männer in Maynard«, fuhr Zoe fort und schnitt eine Tomate klein. »Sie hat mir die ganze Liste vorgelesen.«

»Dann war es eine angenehme Unterhaltung?«

»Ich weiß nicht, wie du es so lange bei ihr ausgehalten hast. Ich hätte längst den Verstand verloren.«

»Es war friedlich«, sagte Andrea nach einem Moment. »Ja, Mom ist manchmal … eben Mom. Aber sie hat den ganzen Tag zu tun. Du schneidest die Tomaten zu klein. Der Aufenthalt zu Hause war genau das, was ich gebraucht habe.«

»Und jetzt reicht es?«, fragte Zoe und versuchte, nicht zu hoffnungsvoll zu klingen.

Andrea rührte die Suppe ein letztes Mal um. »Ja, aber ich kehre nicht nach Dale City zurück.«

»Oh.« Zoe konzentrierte sich auf die Gurke.

Andrea lugte ihr über die Schulter. »Die Stücke sind zu klein. Ich habe doch gesagt …«

»Ich mache das genau richtig. Warum willst du nicht hierher zurückkehren?«

»Unter anderem, weil ich einige sehr schlechte Erinnerungen an diese Stadt habe.«

»Glover sitzt im Gefängnis! Er wird in wenigen Monaten sterben, und du darfst dir von ihm nicht …«

»Ich habe nie gern hier gewohnt, Zoe. Nie! Tut mir leid. Ich weiß, dass du dich hier wohlfühlst, aber ich tue das nicht.«

»Okay.« Zoe blinzelte eine Träne weg. »Was willst du dann tun?«

»Erinnerst du dich an Mallory aus Boston?«

»Ist das die, die einen immer anfasst?«

»Sie stellt nur gern Körperkontakt her, das ist alles.«

»Sie fasst jeden an, mit dem sie redet. Sie hat meine Schulter gestreichelt. Wenn das kein obsessives Verhalten ist, dann weiß ich es auch nicht.«

»Es ist … Ach, vergiss es.« Andrea klang verzweifelt. »Sie will ein Restaurant aufmachen.«

»Und du möchtest für sie arbeiten?«

»Nein, sie hat vorgeschlagen, dass wir das Restaurant zusammen führen.«

Zoe kaute auf ihrer Unterlippe herum. »Du willst mit Mallory ein Restaurant eröffnen?«

»Ich denke darüber nach.«

»Wie willst du das finanzieren?«

»Sie hat gerade etwas Geld von ihrer Großmutter geerbt. Und ich könnte einen Kredit aufnehmen.«

»Das ist ziemlich riskant.«

»Sagt die Frau, die ihren Lebensunterhalt mit der Jagd auf Serienmörder verdient. Hey, du machst die Stücke schon wieder zu klein. Ich zeige dir, wie das geht.«

»Ich habe ein sehr scharfes Messer in der Hand, und dies ist nicht der richtige Augenblick, um mir zu erklären, wie man Gemüse zu schneiden hat.« Zoe rammte das Messer nur eine Haaresbreite von ihrem Finger entfernt in das Schneidebrett.

»*Okay.*«

»Wie viel Geld brauchst du denn?«

»Das müssen wir noch herausfinden, aber ich schätze, es werden so dreißig- bis vierzigtausend sein.«

»Ich kann dir das Geld leihen.«

Andrea schnaubte. »Was? Zahlt dir die Regierung etwa so viel Geld?«

Zoe drehte sich zu ihr um. »Harry Barrys Verleger ist bereit, mir eine ordentliche Summe für die Exklusivrechte an meiner Geschichte zu bezahlen.« Sie hatte Harry gesagt, dass er das vergessen könne, aber er hatte in dem für ihn typischen selbstgefälligen Tonfall, der sie immer auf die Palme brachte, gemeint, er würde ihr etwas Zeit geben, um darüber nachzudenken. »Das sollte für deinen Anteil am Restaurant reichen.«

»Ich kann dein Geld nicht nehmen.«

»Du nimmst es nicht. Ich leihe es dir. Im Moment brauche ich es doch sowieso nicht.«

»Oh, Zoe.« Andreas Stimme brach. Sie stürzte auf Zoe zu und umarmte sie stürmisch.

»Aber ich kann bei euch jederzeit umsonst essen«, verlangte Zoe, schloss die Augen und legte die Arme um ihre Schwester.

»Okay.«

»Und du sagst mir nie wieder, wie ich das Gemüse zu schneiden habe.«

»Das kannst du vergessen.«

Sie umarmten sich einige Sekunden lang, bis es an der Tür klopfte.

»Sie sind da.« Zoe wischte sich über die Augen.

Sie verließ mit Andrea im Schlepptau die Küche und öffnete die Tür, als Tatum gerade erneut anklopfen wollte. Neben ihm stand Marvin, und in seinem Rücken war Christine Mancuso zu sehen.

»Wir haben Wein mitgebracht«, verkündete Tatum und beäugte Zoe und Andrea kritisch. »Ist alles in Ordnung?«

»Wir schneiden nur Zwiebeln«, erwiderte Andrea schniefend. »Her mit der Flasche.«

Kapitel 81

Andrea hatte einen Teller mit Käse und Früchten angerichtet, die sie als Vorspeise aßen, bis die Lasagne fertig war. Sie saßen zu fünft im Wohnzimmer, tranken Wein und hörten vor allem Marvin beim Reden zu. Der alte Mann besaß die beneidenswerte Fähigkeit, jederzeit den Alleinunterhalter spielen zu können.

»Wir haben gestern bei meinem Buchklub darüber gesprochen«, meinte er und wandte sich Mancuso zu. »Waren Sie schon mal bei einem Buchklub?«

»Nein, bisher nicht«, antwortete sie lächelnd.

»Sie sollten mal vorbeikommen – das würde Ihnen bestimmt gefallen. Auf jeden Fall würden Sie gut zu uns passen.« Er runzelte leicht die Stirn. »Allerdings sind Sie ein bisschen jung; die meisten Frauen sind zwischen vierzig und fünfzig. Aber ich denke, sie werden Sie mögen.«

»Für wie alt halten Sie mich?«, erkundigte sich Mancuso.

»Ich schätze nur ungern das Alter einer Dame, aber in Ihrem Fall mache ich eine Ausnahme. Dreißig? Nein, warten Sie … neunundzwanzig.«

Mancuso sah Tatum an. »Ich mag Ihren Großvater.«

»Das geht allen so.« Tatum seufzte schwer.

Zoe kam sich komisch vor. Sie konzentrierte sich zu sehr auf sich, ihre Haltung, ihr Verhalten. Versuchte, den Eindruck zu erwecken, sie würde sich an der Unterhaltung beteiligen, ohne jedoch etwas Bedeutsames beizusteuern. Lächelte sie zu viel? Sie legte eine Hand auf ihr Knie, was ihr gekünstelt vorkam, also nahm sie sie wieder weg. Als sie sich lässig anlehnen wollte, ließ sich das auf der Couch irgendwie nicht bewerkstelligen.

Sie hatte sich noch nie dafür interessiert, was andere von ihr dachten. Aber da sie sie zu sich eingeladen hatte, war sie auf einmal befangen, was ihr wiederum auf die Nerven ging.

»Sollen wir Marvin verraten, dass Christine verheiratet ist?«, raunte Andrea ihr zu.

»Ich bezweifle, dass es ihm etwas ausmachen würde«, erwiderte Zoe.

Sie konnte dem Gespräch einige Sekunden lang nicht folgen, weil sie versuchte, gerade zu sitzen. Als sie wieder hinhörte, erklärte Marvin der Leiterin der Verhaltensanalyseeinheit, wie man einen Mörder *richtig* fängt.

»Man erkennt es an den Augen«, erklärte er. »Sie müssen ihnen nur in die Augen sehen.«

»Wirklich?« Mancuso schien sich köstlich zu amüsieren.

»›Augen, so durchscheinend, dass man in ihnen die Seele erkennen kann‹, hat Gootier gesagt.«

»Er heißt *Gautier*«, korrigierte Tatum ihn und verdrehte die Augen. »Und dabei geht es um Frauen, nicht um Mörder.«

»Wenn ich eine Lektion in französischer Literatur benötige, sage ich dir schon Bescheid, Tatum.«

Zoe stand auf. »Die Lasagne muss inzwischen fertig sein. Ich hole sie.«

»Lass mich das machen«, schlug Andrea vor.

»Schon okay.« Zoe huschte in die Küche. Sobald sie außer Sichtweite war, lehnte sie sich an einen Küchenschrank und atmete aus. Sie brauchte einen Moment für sich, um ihre Nerven zu beruhigen.

»Kann ich helfen?«, fragte Mancuso hinter ihr.

Zoe wirbelte herum. »Nein«, stieß sie hervor.

Mancuso trat näher. »Vielen Dank für die Einladung. Es ist wirklich ein schöner Abend.«

»Oh. Gut.« Erstaunlicherweise war Zoe erleichtert.

»Haben Sie schon eine Antwort für mich? Der Assistant Director der FBI-Trainigsabteilung liegt mir bereits in den Ohren.«

»Ich … ich muss noch einen Tag darüber nachdenken.«

»Das ist eine gute Stelle, Zoe. Sie wäre perfekt für Sie.«

»Das weiß ich.«

»Das Trainingsmaterial für Profiler ist völlig veraltet und muss von Grund auf neu erstellt werden.«

»Da kann ich Ihnen nicht widersprechen.« Auf einmal fiel Zoe die Lasagne wieder ein, und sie holte sie schnell aus dem Ofen.

»Das sieht köstlich aus«, sagte Mancuso.

»Andrea hat die Lasagne gemacht. Italienisches Essen ist ihre Spezialität. Sie überlegt, in Boston ein Restaurant zu eröffnen.« Es fühlte sich komisch an, die Worte auszusprechen, aber nicht wirklich unangenehm.

Sie kehrten ins Wohnzimmer zurück.

»Ich sage ja nur, wenn es der Fisch nicht war, wer war es dann?«, wollte Marvin von Tatum wissen.

»Das ist doch lächerlich, Marvin. Der Fisch ist kein kriminelles Superhirn …«

»Ist das der Fisch, den ich Ihnen überlassen habe?«, warf Mancuso ein.

»Sie haben ihm den Fisch gegeben?« Marvin war fassungslos.

»Ja«, erwiderte Mancuso. »Ich liebe Fische. Ich habe ein großes Aquarium in meinem Büro und ein weiteres zu Hause.

Der Fisch, den ich Tatum gegeben habe, heißt Timothy. Er ist ein richtiger Mistkerl.«

»Wieso wusste ich nichts davon, dass der Fisch eine FBI-Ausbildung bekommen hat, bevor er bei uns eingezogen ist? Das erklärt so einiges«, sagte Marvin.

»Es ist nur ein Goldfisch, Marvin«, meinte Tatum.

»Das ist kein Goldfisch, es ist ein Gourami. Wenn du auch nur die geringste Ahnung von Fischen hättest, würdest du das wissen.«

»Aber *du* hast Ahnung von Fischen?«, fragte Tatum skeptisch.

»Ich weiß sehr viel über Fische.« Marvin warf Mancuso einen Blick zu. »Ich liebe Fische. Sie sind faszinierend.«

»Wirklich? Dann zähl doch mal drei Fischarten auf«, verlangte Tatum.

»Na ja … Gourami. Und Thunfisch.«

»Das waren zwei.«

»Weißt du was, Tatum? Manchmal bist du eine echte Nervensäge. Ich will die Damen nicht mit unserem Gerede über Fische langweilen. Wir sollten über interessantere Themen sprechen. Wie deine Erdkundelehrerin aus der achten Klasse und was da passiert ist.«

»Okay«, gab Tatum widerwillig nach. »Du bist ein Fischexperte.«

»Und ob ich einer bin.«

»Ich möchte mehr über die Erdkundelehrerin wissen«, sagte Andrea.

»Vielleicht später«, wiegelte Marvin ab. »Darüber sollten wir vor dem Essen lieber nicht reden.«

»Okay«, meinte Zoe. »Essen wir.«

»Darf ich vorher einen Toast aussprechen?«, bat Marvin.

»Äh … sicher«, antwortete Zoe.

»Marvin …«, ermahnte Tatum seinen Großvater.

»Sei still, Tatum. Dein Opa hat jetzt das Wort.« Marvin erhob sein Glas. »Vor einem halben Jahr teilte mir mein Enkel mit, dass er nach Quantico gehen würde. Ich war nicht begeistert, aber ich wusste, dass ich ihn begleiten muss, da er nun mal keinen Tag ohne mich zurechtkommt.«

Tatum verdrehte die Augen, hielt aber den Mund.

»Ich wusste immer, dass Tatum ein guter Mann ist, aber er schien mir in Los Angeles nie richtig glücklich zu sein, und ich dachte schon, er wäre beim FBI vielleicht nicht richtig aufgehoben. Doch dann kamen wir hierher, und er bekam eine brillante, talentierte Partnerin. Und plötzlich kann mein Enkel wieder lächeln.«

Zoe spürte, wie ihr das Blut in die Wangen schoss.

»Er erzählt nicht viel von der Arbeit, aber wenn er mal davon spricht, dann voller Bewunderung und Enthusiasmus, und nun weiß ich, dass er dort gelandet ist, wo er hingehört. Und Sie können sich glücklich schätzen, weil Sie im ganzen FBI keinen besseren Agenten finden werden.«

Tatum fiel leicht die Kinnlade herunter, als wollte er den zuvor erwähnten Fisch nachahmen.

»Darum möchte ich mich bei Dr. Zoe Bentley dafür bedanken, dass sie so eine unglaubliche Frau ist. Und ich danke Ihnen dreien, dass Sie diese Psychos von den Straßen holen, damit Menschen wie Andrea und ich nachts besser schlafen können.«

Er hob sein Glas noch etwas höher. »Auf die Agenten der Verhaltensanalyseeinheit.«

KAPITEL 82

Nach Marvins Toast schien der Druck auf Zoes Brustkorb etwas nachzulassen. Sie war noch immer angespannt und nervös, konnte jedoch das köstliche Mahl genießen, das Andrea gekocht hatte. Und sie stellte überrascht fest, dass sie auch die Gesellschaft genoss. Mancuso ging kurz nach dem Dessert. Marvin unterhielt Andrea mit Vorschlägen und Anekdoten aus seinen Erfahrungen als Restaurantbesitzer. Zoe ging in die Küche, um etwas Ruhe zu finden und abzuwaschen. Ihre kleine Küche war für Gelage wie Andreas Fünf-Gänge-Menü nicht ausgelegt, und das Spülbecken quoll über von Töpfen und schmutzigem Geschirr.

Tatum kam herein, als sie einen Topf ausschrubbte, in dem etwas Tomatensauce angebrannt war. Er nahm sich ein Geschirrtuch und machte sich ans Abtrocknen.

»Das kann ich doch machen«, protestierte Zoe.

»Ich möchte aber helfen.« Tatum trocknete ein Weinglas ab. »Sie sollten Andrea lieber warnen. Wenn sie Marvins Ratschläge befolgt, wird ihr Restaurant den Eröffnungsabend nicht überdauern.«

Zoe stellte den sauberen Topf beiseite und widmete sich der Auflaufform. »Machen Sie sich um sie keine Sorgen. Sie weiß, was sie tut.«

»Davon bin ich überzeugt.«

Sie standen kurz schweigend nebeneinander.

»Ist alles in Ordnung?«, erkundigte sich Tatum.

»Ja, wieso auch nicht?« Sie merkte, dass sie die Kiefermuskulatur verkrampfte, und entspannte sich. »Das war ein schöner Abend.«

»Ja.« Tatum stellte die sauberen Weingläser nebeneinander.

»Mir ist aufgefallen, dass wir es bei diesem Fall mit drei unterschiedlichen Signaturen zu tun hatten. Drei Profilen.«

»Ja. Glover, Finch und Glovers Kunde, der ihm die Anweisungen gegeben hat.«

»Hat es so etwas schon einmal gegeben? Ich kann mich an keinen Serienmörder erinnern, der Wünsche erfüllt hat.«

»Serienmörder sehen die Berichterstattung über sie manchmal als Wunsch an«, erklärte Zoe. »Aber es wäre natürlich sinnlos, ein Profil der Medien zu erstellen. Dieser Fall war besonders interessant, weil es tatsächlich drei Individuen waren. Wir haben nie versucht, ein Profil des dritten zu erstellen. Aber es wäre einen Versuch wert. Es ist faszinierend, das Internet als Mechanismus zur Verschleierung eines Opfers anzusehen. Glovers Kunde musste das Opfer nicht aktiv entpersonifizieren, weil das allein dadurch geschehen ist, dass er die Frauen durch den Filter seines Computerbildschirms betrachtet hat. Ähnlich verhält es sich mit Internettrollen. Dieses Thema sollte dringend genauer erforscht werden. Wir müssen mal mit Mancuso darüber reden ... Was ist? Warum sehen Sie mich so an?«

Ein kaum merkliches Lächeln umspielte Tatums Lippen. »Ach, nur so.«

»Okay.« Sie legte einige abgespülte Löffel beiseite, als er gerade nach einem nassen Teller griff. Ihre Finger berührten sich. Zoe war sich seiner Nähe plötzlich überdeutlich bewusst. Tatum war viel größer als sie, und ihr Kopf war nur wenige Zentimeter von seiner Schulter entfernt. Würde sie den Kopf nur ein wenig schräg legen, könnte sie ihn berühren. Die Wange an seine Schulter legen. Sie erinnerte sich daran, wie er sie im Motelzimmer in die Arme genommen hatte und wie sie dann später beruhigt durch seine Nähe neben ihm eingeschlafen war.

Rasch machte sie einen winzigen Schritt von ihm weg und räusperte sich. »Ich bin es nicht gewohnt, Gäste zu haben.«

»Nicht? Ich kann Ihnen ein paar Tipps geben. Zum einen ist Rihanna nicht unbedingt die passende Hintergrundmusik.«

»Nicht? Was wäre denn besser geeignet?«

»So gut wie alles. Aber Jazz wäre gut. Miles Davis oder Duke Ellington ...«

Zoe schnaubte.

»Oh, tut mir leid.« Tatum zog ein beleidigtes Gesicht. »Offenbar ist Rihanna besser als einige der renommiertesten Jazzmusiker des 20. Jahrhunderts.«

»Bevor Sie derart anmaßend meinen Musikgeschmack kritisiert haben, wollte ich eigentlich sagen, dass der Abend ... besser war als erwartet.«

»Das freut mich.«

»Schön, dass Sie gekommen sind.«

»Gern. Jederzeit wieder.«

Sie wollte noch so viel mehr sagen. Die Worte lagen ihr auf der Zunge, doch sie konnte sie nicht aussprechen. Wie froh sie darüber war, dass man ihn in ihre Einheit versetzt hatte und dass sie Partner geworden waren. Dass sich alles viel einfacher anfühlte, wenn sie zusammenarbeiteten, als würde er die scharfen Kanten irgendwie glätten. Dass er sie auf gewisse Weise vervollständigte, weil er sie aus den Sackgassen holte, in die sie sich manchmal manövrierte, und ihr einen anderen Blickwinkel ermöglichte. Dass sie noch nie zuvor mit jemandem so gut zusammengearbeitet hatte. Dass man ihr eine Beförderung angeboten hatte, die sie ablehnen würde, weil das bedeutete, dass er nicht mehr ihr Partner sein würde. Dass sie sehr traurig war, weil ihre Schwester nach Boston ziehen würde, weil Andrea lange Zeit die Einzige gewesen war, die sie verstanden hatte. Dass sie jetzt jedoch nicht mehr das Bedürfnis hatte, Andrea festzuhalten, weil er da war. Dass die FBI-Agenten nicht länger ein feindseliger Haufen für sie waren, weil endlich jemand auf ihrer Seite stand.

»Wir arbeiten wirklich gut zusammen«, sprudelte es aus ihr heraus.

»Das finde ich auch«, stimmte Tatum ihr fröhlich zu. »Sehen Sie nur, wie schnell wir den Abwasch geschafft haben.«

»Ja.« Sie strahlte ihn an. »Wir sind die besten Tellerwäscher des FBI.«

Danksagung

Von allen drei Zoe-Bentley-Büchern ließ sich dieses am schwersten schreiben. Terrence Finchs Abwärtsspirale zu ergründen und gleichzeitig das Tempo des Buches zu halten *und* ein zufriedenstellendes Mysterium zu ersinnen, schien beinahe unmöglich zu sein. Und ich hätte es ohne die Menschen, die mir immer zur Seite standen, niemals geschafft.

Der allergrößte Dank gilt meiner Frau Liora. Sie hat mir geholfen, den Plot zu entwickeln und herauszufinden, wie sich die schwierigen Szenen gestalten lassen; und sie hat meinen ersten Entwurf gelesen, der im Grunde genommen ein wilder Mischmasch war, und mir gesagt, was ich daran verbessern konnte. Wenn man mich fragt, wie ich es schaffe, Bücher zu schreiben, ist Liora stets ein entscheidender Bestandteil der Antwort. Jeder, der schreiben möchte, sollte eine eigene Liora haben.

Christine Mancuso, die den nächsten Entwurf zu lesen bekam, hatte den allerschwersten Job – sie musste mir mitteilen, dass es so nicht ging. Es gab ein krasses Pacing-Problem (das sind die schlimmsten), und wenn ich es nicht in Ordnung bringen konnte, würde das ganze Buch darunter leiden. Aus diesem Grund habe ich mehrere drastische Änderungen vorgenommen, von denen das Buch letzten Endes stark profitieren konnte.

Mein Vater las den letzten Entwurf, um sicherzustellen, dass ich Terrence Finchs Geisteszustand richtig beschrieben habe. Es ist im Laufe der Jahre immer wieder hilfreich gewesen, dass meine Eltern Psychologen sind, und dies war einer der Vorteile, die sich daraus ergaben.

Jessica Tribble, meine Lektorin, erhielt den finalen Entwurf und schickte mir ihre wohlüberlegten Notizen, die mir später halfen, einige schwerwiegende Probleme zu beseitigen. Die ganze Nebenhandlung um Allen Swenson wurde aufgrund dieser Notizen umgeschrieben und deutlich verbessert.

Kevin Smith, mein Plotlektor, half mir bei der Entscheidung, wie ich mehrere wichtige Momente umschreiben konnte, indem er mir hilfreiche Kommentare und Vorschläge schickte, ohne die es die endgültige Fassung in dieser Form nicht geben würde. O'Donnell, Finch und Glover wurden dank seiner Hilfe noch sehr viel besser.

Stephanie Chou hat das letzte Lektorat des Buches durchgeführt (und wie Jessica auch die beiden vorherigen bearbeitet). Mit ihren scharfen Augen eliminierte sie Unmengen an Fehlern, und sie hat mir dabei auch noch viel über Pumas und Gazellen beigebracht.

Sarah Hershman, meiner Agentin, ist es zu verdanken, dass diese Reihe überhaupt veröffentlicht wurde, und sie hat mich seitdem unaufhörlich unterstützt.

Hagar Cygler half mir mit einigen Fotografieratschlägen aus, sodass ich Finchs Charakter besser darstellen konnte.

Mit Gali Liors Hilfe konnte ich einige Details aus Catherines Autopsie besser beschreiben, was mir ohne sie niemals möglich gewesen wäre.

Außerdem gilt mein Dank meinen Freunden von der »Author's Corner«, ohne die mein ganzes Abenteuer als Schriftsteller niemals begonnen hätte. Ihr seid die besten Freunde, die ich mir nur wünschen kann. Danke, dass ihr mich immer unterstützt und anfeuert.